A ILUSÃO DA JUSTIÇA

A ILUSÃO DA JUSTIÇA

Hans Kelsen

Tradução
SÉRGIO TELLAROLI

Revisão técnica
SÉRGIO SÉRVULO DA CUNHA

martins fontes
selo martins

© 1995, 2008 Livraria Martins Fontes Editora Ltda., São Paulo, para a presente edição.
Publicado por Manz'sche Verlags e Universitätsbuchhandlung, Viena, em 1985.
© Hans Kelsen Institut, Viena.
© Manz Verlag, Viena, 1985.
Publicado por acordo com Manz Verlag, Viena.
Esta obra foi publicada originalmente em alemão sob o título *Die Illusion der Gerechtigkeit*.

Publisher *Evandro Mendonça Martins Fontes*
Coordenação editorial *Vanessa Faleck*
Produção gráfica *Carlos Alexandre Miranda*
Produção gráfico da capa *Katia Harumi Terasaka*
Revisão *Ellen Barros*
Renata Sangeon
Julio de Mattos

Dados Internacionais de Catalogação na Publicação (CIP)
(Câmara Brasileira do Livro, SP, Brasil)

Kelsen, Hans, 1881-1973
A ilusão da justiça / Hans Kelsen ; tradução Sérgio Tellaroli ; revisão técnica Sérgio Sérvulo da Cunha. – 4ª ed. – São Paulo : Martins Fontes, 2008. – (Justiça e direito)

Título original: Die Illusion der Gerechtigkeit.
ISBN 978-85-336-2403-0

1. Ciências sociais – Filosofia 2. Filosofia antiga 3. Justiça 4. Platão – Crítica e interpretação I. Título. II. Série.

07-9770   CDD-184

Índices para catálogo sistemático:
1. Filosofia social : Platão   184
2. Justiça : Filosofia platônica 184
3. Platão : Filosofia social   184

Todos os direitos desta edição reservados à
Martins Editora Livraria Ltda.
Av. Dr. Arnaldo, 2076
01255-000 São Paulo SP Brasil
Tel.: (11) 3116 0000
info@emartinsfontes.com.br
www.emartinsfontes.com.br

Índice

Prefácio		XIII
Informações preliminares		XIX
Outras obras de Hans Kelsen sobre a filosofia de Platão		XXIII

Introdução: O dualismo platônico 1

Capítulo	1: O dualismo do Bem e do Mal	1
Capítulo	2: O dualismo na filosofia grega	17
Capítulo	3: A absolutização do dualismo	34
Capítulo	4: A relativização do dualismo	40

Primeiro livro: O amor platônico 63

Primeira parte: Eros 63

Capítulo	5: O problema do Eros na investigação platônica	63
Capítulo	6: O Eros homossexual	66
Capítulo	7: A relação de Platão com a família	69
Capítulo	8: A posição de Platão com relação à mulher	72
	I. *Filebo* e *Timeu*	73
	II. *República*	75
	III. O mito do *Político*	79

Capítulo	9:	O Eros pederasta	80
	I.	*Cármides* e *Lísis*	80
	II.	*Fedro*	82
	III.	*República*	86
Capítulo	10:	A pederastia na Grécia	88
	I.	O círculo cultural dórico	88
	II.	A relação da religião e da literatura com a pederastia	90
	III.	O posicionamento da filosofia e, particularmente, de Xenofonte	93
	IV.	A tendência antipederasta da legislação penal e da moral	97
	V.	Testemunhos dos escritos de Platão	100
Capítulo	11:	O conflito de Platão com a sociedade	105
Capítulo	12:	Sócrates: o ideal platônico da castidade	108
Capítulo	13:	O pessimismo platônico	111
Capítulo	14:	A reviravolta otimista: a admissão do Eros	115
	I.	*Lísis*	116
	II.	*Banquete*	119
	III.	O mito de Eros de Aristófanes	124
	IV.	A doutrina amorosa de Diotima	128

Segunda parte: Kratos 139

Capítulo	15:	A vontade de poder em Sócrates	139
Capítulo	16:	A virtude é saber: uma ideologia da *paideia*	142
Capítulo	17:	O *daimônion*	149
Capítulo	18:	A ânsia pela *paideia* e pela *politeia* em Platão	149
Capítulo	19:	Platão como político	152
Capítulo	20:	O "caráter tirânico" e a figura de Cálicles	155
Capítulo	21:	A pretensão platônica pelo poder na *República*	159
Capítulo	22:	A pretensão platônica pelo poder no *Político* e nas *Leis*	169
Capítulo	23:	A aventura siracusana	171

Segundo livro: A verdade platônica 177

Primeira parte: A ciência 177

Capítulo 24: A Academia e seu caráter político 177
Capítulo 25: Platão e a "ciência rigorosa" 178
Capítulo 26: A ciência natural em Platão 184
Capítulo 27: A interpretação ético-normativa do mundo
  no *Fédon* 189
Capítulo 28: O método "científico" de Platão 192
Capítulo 29: As doutrinas esotérica e exotérica de Platão . 195
Capítulo 30: Ciência e política 197

Segunda parte: A verdade 198

Capítulo 31: A verdade em Sócrates 198
Capítulo 32: Verdade e mentira no *Hípias Menor* 200
Capítulo 33: A "verdade" da teoria platônica do
  conhecimento no *Mênon* e no *Fedro* 203
Capítulo 34: A "verdade" dos mitos platônicos 218
Capítulo 35: A dupla verdade na *República* 235
Capítulo 36: A mentira necessária como razão de Estado. 238
Capítulo 37: O método ideológico de Platão 241
Capítulo 38: O pragmatismo platônico 243
Capítulo 39: A produção da ideologia pelo Estado 244
Capítulo 40: A religião como ideologia estatal 252
Capítulo 41: A arte como ideologia estatal 256
Capítulo 42: A doutrina das ideias e a teologia 261
Capítulo 43: A imortalidade da alma: uma verdade
  político-pedagógica? 263
Capítulo 44: O dualismo platônico e a dupla verdade 266

Terceiro livro: A justiça platônica 273

Primeira parte: A justiça como retribuição – O pitagorismo 273

Capítulo 45: O problema da justiça nos diálogos da
  juventude 273

Capítulo	46:	A doutrina da justiça no *Górgias*...............	283
	I.	A doutrina dos pitagóricos...........................	283
	II.	A essência da retórica: o ponto de partida....	284
	III.	O diálogo com Polo: a necessidade da punição..	288
	IV.	O diálogo com Cálicles...................................	291
	V.	A retribuição no Além.....................................	300
	VI.	A teoria penal dos sofistas: correção e intimidação..	305
	VII.	O caráter ideológico da teoria penal platônica..	308
Capítulo	47:	A doutrina da justiça na *República*...............	310
	I.	O mito da retribuição, no início do diálogo	310
	II.	A separação entre justiça e retribuição.........	311
	III.	A retomada da teoria da retribuição.............	315
	IV.	O mito final da retribuição no Além.............	319
Capítulo	48:	A doutrina da justiça nas *Leis*.......................	324
	I.	O princípio de talião......................................	324
	II.	A ordem universal como ordem jurídica......	326

Segunda parte: A concretização da justiça – A doutrina platônica da alma.. 328

Capítulo	49:	A doutrina da alma e a ideia do direito.........	328
Capítulo	50:	Os gregos e a crença na alma.........................	331
	I.	A noção de alma	331
	II.	A religião pré-homérica dos mortos	332
	III.	A concepção homérica da alma.....................	333
	IV.	O renascimento da crença na alma na doutrina dos órficos e dos pitagóricos.........	334
Capítulo	51:	A metafísica da alma no *Górgias*.................	336
Capítulo	52:	A teoria da anamnese do *Mênon*..................	338
Capítulo	53:	A síntese na doutrina da alma do *Fédon*	341
	I.	O dualismo de alma e corpo..........................	341
	II.	A imortalidade da alma e a retribuição no Além...	350
	III.	O espaço do Além: o cenário do drama da retribuição	359

Capítulo 54: A doutrina ético-política da alma na
República 360
    I. A doutrina da tripartição da alma 360
    II. A relativização da oposição entre Bem e
    Mal na doutrina da alma da *República* 368
    III. Alma e justiça 373
Capítulo 55: O problema da alma no *Fedro* 374
    I. A alma como uma parelha de cavalos e
    como substância alada 375
    II. A doutrina da alma a serviço da especulação
    acerca de Bem e Mal 385
Capítulo 56: A "psicologia" do *Filebo* 387
    I. O sentido puramente ético da doutrina
    platônica do prazer 387
    II. A desqualificação do prazer sexual 391
    III. A relativização da oposição ética 391
Capítulo 57: A teoria da alma no *Timeu* 395
    I. As duas almas do homem 395
    II. A transmigração da alma como instrumento
    de uma simbologia universal da natureza 398
Capítulo 58: O papel da alma nas *Leis* 400
    I. A alma humana 400
    II. A alma como personalidade moral 403
    III. As duas almas do mundo 405

***Terceira parte: O conhecimento da justiça: a doutrina
platônica das ideias*** 408

Capítulo 59: A justiça e a doutrina das ideias 408
    I. Alma e ideia 408
    II. Ideia e conceito 409
    III. O realismo conceitual platônico 411
Capítulo 60: A doutrina das ideias do *Fédon*, do *Banquete*
e do *Fedro* 412
    I. A relação entre a doutrina da alma e a
    doutrina das ideias 412
    II. A ideia como valor 415
    III. O caráter absoluto do valor 418

Capítulo 61:	A doutrina das ideias da *República*	421
I.	O sentido normativo da ideia	422
II.	O verdadeiro sentido da alegoria da caverna	423
III.	A verdade e a justiça	424
Capítulo 62:	A relação entre ideia e realidade	427
Capítulo 63:	A ideia como fundamento supremo de validade	429
Capítulo 64:	A ideia como causa última: ideia e Deus	431
I.	A guinada da doutrina das ideias rumo à ontologia	431
II.	A ideia como o criador do mundo	435
Capítulo 65:	A ruptura da especulação acerca de Bem e Mal	439
I.	A especulação acerca de Bem e Mal no *Político*	439
II.	A ideia do Mal	441
Capítulo 66:	A luta do Bem contra o Mal e a liberdade da personalidade moral	442

Quarta parte: A essência da justiça – A mística platônica.. 446

Capítulo 67:	O Bem e a justiça	446
Capítulo 68:	O Estado ideal: sem solução para o problema da justiça	448
I.	O problema da justiça na *República*	448
II.	O significado da Constituição para a justiça.	449
III.	O ideal estatal: uma ideologia teocrática	451
IV.	A justiça econômica no Estado ideal	452
V.	O ideal estatal: a pretensão platônica quanto ao poder para sua filosofia	456
VI.	A realização do ideal estatal	458
Capítulo 69:	O método das substituições: não a solução, mas o adiamento do problema	459
I.	A justiça como princípio da divisão do trabalho	459
II.	Estado e indivíduo: um paralelo?	466
III.	A justiça como razão	468

	IV.	O procedimento analógico	469
	V.	A invalidação das conclusões tiradas	472
	VI.	A substituição da justiça pelo Bem	473
	VII.	A substituição do Bem pelo "filho do Bem"	475
Capítulo 70:	O caminho rumo ao conhecimento do Bem	476
	I.	A dialética	476
	II.	A transcendência do Bem	477
	III.	A visão do Bem no *Banquete* e no *Fedro*	483
	IV.	A experiência mística do Bem segundo a *Carta VII*	485
	V.	A justiça como segredo divino	487
	VI.	Platão, o místico	488
Capítulo 71:	A ausência de conteúdo do conceito de justiça	491
	I.	A definição do Bem no *Filebo*	491
	II.	As tautologias do *Político*	494
	III.	A justiça como igualdade nas *Leis*	496
Capítulo 72:	Democracia ou autocracia	497
	I.	A função negativa do conceito de justiça: a exclusão da democracia	497
	II.	O ideal do autocrata absoluto e o irracionalismo político	498
	III.	O critério do regente "verdadeiro"	501

Quinta parte: A justiça e o direito: a doutrina platônica do direito natural 503

Capítulo 73: A harmonia entre a justiça e o direito positivo na ética de Sócrates 503
Capítulo 74: Justiça e direito positivo no *Górgias* 505
Capítulo 75: Justiça e direito positivo na *República* 508
Capítulo 76: A teoria do direito natural na alegoria da caverna 510
Capítulo 77: A teoria do direito natural nas *Leis* 511
Capítulo 78: A apoteose do direito positivo no *Críton* 515

Apêndice (notas) 519

Introdução: O dualismo platônico 519
Primeiro livro: O amor platônico 541
Segundo livro: A verdade platônica 559
Terceiro livro: A justiça platônica 584

Notas breves e referências.. 621

Introdução: O dualismo platônico 621
Primeiro livro: O amor platônico 627
Segundo livro: A verdade platônica 642
Terceiro livro: A justiça platônica.. 651

Prefácio

Com a morte de Hans Kelsen, em 19 de abril de 1973, seus herdeiros confiaram o espólio literário do falecido ao discípulo e amigo, senhor Rudolf A. Métall, de Genebra, tendo-se decidido ao mesmo tempo que, após a morte deste, os escritos deveriam ser entregues aos cuidados e à gerência do Instituto Hans Kelsen. Ao senhor Rudolf A. Métall permitiu-se, ademais, submeter o vasto volume de escritos a um exame e uma ordenação preliminares. Após a sua morte, em 30 de novembro de 1975, o espólio literário de Hans Kelsen, obedecendo já à organização definida pelo amigo e discípulo, foi transferido de Genebra para Viena, no que a senhora Grete Métall prestou particular ajuda ao Instituto, razão pela qual cabe-lhe aqui um agradecimento.

Dentre as obras – relativamente concluídas – encontradas nesse espólio, destaca-se, sobretudo, aquela dedicada à filosofia social de Platão, que reflete o embate de Kelsen, estendendo-se por quase toda a sua vida, com o pensamento platônico. Kelsen começou a se ocupar dessa temática já durante a sua atividade como catedrático da Faculdade de Direito de Viena, dando prosseguimento a tais estudos até a época de sua atuação junto à Universidade de Berkeley, na Califórnia. Kelsen reconhece Platão como a mais importante personalidade intelectual que buscou compreender o que seja a "justiça" e desenvolve com ele um diálogo intenso. Examina minuciosamente todos os posicionamentos de Platão e chega à conclusão de ser, aquilo nos transmite, apenas uma "ilusão da justiça". Numa fase posterior de sua atividade científica, Kelsen parece ter postergado o trabalho contínuo no respectivo manuscrito em benefício da conclusão de sua *Teoria geral das normas*, que, em consequência, foi a primeira obra de seu espólio a ser publicada (1979).

Assim como a obra citada acima não apresenta reflexões inteiramente novas, mas, antes, condensa o estágio derradeiro de sua teoria das normas, também a presente investigação acerca da filosofia social de Platão não é obra que venha à luz de um jato, sem estudos anteriores. São vários os trabalhos anteriores de Kelsen sobre essa mesma temática. Cada um deles, porém, enfoca apenas aspectos isolados da filosofia social de Platão, ou então reproduz apenas de forma abreviada os pensamentos amplamente desenvolvidos na presente investigação.

É exceção o primeiro livro, tratando do amor platônico, uma vez que foi, na verdade, publicado em 1933 na revista *Imago* (vol. XIX, p. 34-98, 225-55), sob o título "O amor platônico". Mais tarde, essa mesma obra foi também parcialmente reproduzida (apenas o segmento intitulado "Eros") na coletânea de ensaios de Kelsen organizada por Ernst Topitsch ("Aufsätze zur Ideologiekritik", in *Soziologische Texte*, org. por Heinz Maus e Friedrich Fürstenberg, vol. XVI, Neuwied am Rhein-Berlim, Luchterhand, 1964). Já essa "reimpressão", contudo, apresenta-se não como uma mera reprodução daquela primeira versão citada acima, mas foi, na verdade, reelaborada por Kelsen em uma série de pontos. Assim, também a versão publicada no presente volume não constitui mera reimpressão de qualquer das anteriores, mas, novamente, apresenta um texto algo ampliado. O desenvolvimento que assim se descortina desse primeiro livro da obra dá-nos uma ideia do estilo de trabalho de Kelsen, que se caracteriza pelo fato de o autor prosseguir tratando e desenvolvendo textos já escritos, mesmo posteriormente à sua publicação. Para facilitar ao leitor a visualização desse desenvolvimento contínuo, todas as passagens adicionais (relativamente à primeira versão) encontram-se destacadas na presente edição: as passagens acrescentadas receberam, ao seu princípio e término, uma sinalização própria (*...**).

PREFÁCIO

A inserção do livro sobre o amor platônico na obra integral que ora apresentamos não se deve unicamente ao seu desenvolvimento contínuo, mas também ao fato de ter sido sempre concebido como parte da obra mais abrangente sobre a filosofia social de Platão. Do desenvolvimento do manuscrito depreende-se que, desde cedo, Kelsen pensava em uma obra abrangente que deveria ter aproximadamente a organização que o presente volume apresenta. Pareceu-nos, pois, correto, sobretudo em função também das referências mútuas contidas nas partes que compõem a obra, não renunciar à inserção do livro sobre o amor platônico. No tocante à introdução ("O dualismo platônico"), bem como aos segundo e terceiro livros ("A verdade platônica" e "A justiça platônica"), uma semelhante referência a publicações anteriores não foi possível. Ainda assim, para possibilitar ao leitor uma comparação com obras anteriores de Kelsen versando sobre questões semelhantes, enumeram-se nas "Informações preliminares" aquelas obras do autor que tratam da filosofia de Platão.

Em suma, cumpre dizer que o manuscrito alcançou um alto grau de acabamento. Apresenta-se datilografado, embora dotado de numerosos acréscimos – feitos em parte a máquina, em parte a mão –, cortes, referências e rearranjos. Quanto à sua organização, a obra em si já se apresentava de fato estruturada, mas os títulos de capítulos e segmentos não se encontravam indicados no texto, tendo sido possível, contudo, em grande parte, extraí-los de uma documentação à parte do próprio Kelsen. A organização é, portanto, absolutamente idêntica àquela do manuscrito, e os títulos constantes desta edição foram – tanto quanto possível – extraídos da mencionada documentação. A divisão principal em uma introdução – sobre o dualismo platônico – e três livros – sobre o amor, a verdade e a justiça platônica – embasava já, desde o princípio, o manuscrito de Kelsen. As demais subdivisões, em capítulos e em segmentos assinalados com algarismos romanos, sofrem alterações no seu desenrolar. Onde ostentam títulos é porque – conforme já se mencionou – eles foram extraídos fundamentalmente de documentação à parte do próprio Kelsen, de modo que se pôde efetuar uma construção em consonância com o sistema do autor.

As notas ao pé de página ofereceram-nos um problema específico. Kelsen as havia numerado de acordo com cada livro. No entanto, a sistemática por ele pretendida afigurou-se por vários motivos imprópria para uma publicação: as notas do manuscrito – bastante numerosas – eram de natureza bastante diferenciada: em parte, apenas indicavam a página de uma obra citada ou remetiam brevemente a outras passagens do manuscrito; em outra parte, eram notas de tamanho e conteúdo usuais. Por último, entretanto, havia notas com reflexões mais extensas, versando predominantemente sobre a literatura em questão. Essa última espécie de nota – que em geral se publica sob um traço, ao pé da página – não só avançaria com frequência sobre o texto principal, como também dificultaria ao leitor um estudo fluente da obra. Assim, os editores acreditam estar prestando um serviço ao diferenciar dois tipos de notas e tratá-las diferentemente. As indicações remetendo a outras partes do manuscrito, bem como as notas mais breves, estarão reunidas nesta edição no final do livro sob o título "Notas breves e referências". As notas mais extensas, porém, serão agrupadas à parte e reunidas, de acordo com cada livro, no "Apêndice". A numeração em sequência das notas, conforme os diferentes livros, permaneceu inalterada. Contudo, os números de chamada das notas constantes no "Apêndice" estarão impressos, no texto, em negrito.

O controle das citações, ao qual os editores, segundo seu entendimento, não poderiam se furtar, foi tarefa extremamente morosa e, em certa medida, difícil. Considerando-se que a literatura citada tem por origem numerosos países e diversas épocas, as bibliotecas nacionais revelaram-se insuficientes; numerosos trabalhos tiveram de ser obtidos do exterior. Tal controle, porém, possibilitou um grande número de retificações. Em um número relativamente pequeno de casos, tais esforços não obtiveram êxito. A despeito de todo empenho, não foi possível encontrar algumas obras. As citações que, por esse motivo, não foram verificadas ostentam o sinal (O). Nos casos em que se encontrou a obra citada – e, consequentemente, fez-se a verificação quanto a autor, título, ano de publicação etc. –, mas não a passagem específica reproduzida pelo autor, em razão de uma indicação insuficiente ou equivocada da página, acrescentou-se um (Θ).

Nas citações de traduções do grego, nem sempre foi possível localizar a tradução utilizada por Kelsen. Em tais casos, na medida em que se reconheceu uma concordância quanto ao sentido verificado em outras traduções, o texto citado não foi corrigido. A não ser por umas poucas exceções (mantidas), os diálogos platônicos, frequentemente citados, foram reproduzidos segundo a tradução de Otto Apelt (*Platon: Sämtliche Dialoge*, vols. 1 a 7, Leipzig, Meiner, 1912 a 1922).

As obras mencionadas com particular frequência figuram com seus títulos abreviados. Assim, os diálogos e cartas de Platão encontram-se indicados apenas pelo nome do diálogo ou o número da respectiva carta, além do número que identifica a passagem. Nas citações extraídas de *Die Fragmente der Vorsokratiker*, de Hermann Diels, 5ª ed., Berlim, 1935, indicou-se apenas o fragmento em questão, bem como o nome do editor e tradutor (Diels).

O amplo trabalho de complementação da obra aqui descrito levou os órgãos do Instituto Hans Kelsen – sua administração, conselho administrativo e presidência – a decidirem por sua publicação, incumbindo a administração do Instituto da edição.

Pela execução de todo o difícil trabalho de escrita, cumpre-nos agradecer aqui às senhoras Eva Jilka e Erna Dirmeier.

Na tarefa do controle contenutístico do manuscrito, e particularmente na verificação das citações, prestaram-nos essencial ajuda os professores assistentes Dra. Gabriele Kucsko-Stadlmayer, Dra. Angelika Kaindl-Niehsl e Dra. Bettina Stoitzner, bem como o Dr. Karl Staudinger e a Dra. Ulrike Weitzl; registre-se aqui também a eles o nosso agradecimento.

K. Ringhofer   R. Walter

Informações preliminares

Na presente obra, far-se-á continuamente referência à personalidade de Platão e à sua obra. Parece pois oportuno dar aqui, preliminarmente, algumas informações a respeito.

1. Personalidade: Platão nasceu (provavelmente) no ano 427 a.C. em Atenas, tendo morrido nessa mesma cidade, em 347 a.C.; provinha de uma família abastada da aristocracia ateniense e tinha dois irmãos, Adimanto e Gláucon – que, na condição de interlocutores de Sócrates, desempenharam importante papel no diálogo de Platão sobre a *República* –, bem como uma irmã, Potone. Do segundo casamento de sua mãe nasceu Antífon, seu meio-irmão que aparece no *Parmênides*. O *Cármides* foi assim intitulado em homenagem ao tio de Platão, que nele figura como interlocutor.

Platão certamente desfrutou da formação nas artes e na ginástica, como era comum aos filhos das famílias nobres de Atenas; disso nos dão testemunho parcial suas reiteradas citações de poetas, particularmente Homero.

Jovem ainda, conhece Sócrates, permanecendo seu discípulo até a morte deste (399 a.C.). Na maioria das obras de Platão, é Sócrates quem desempenha o papel principal e conduz o diálogo. Valendo-se disso, e particularmente numa fase mais tardia, Platão oculta-se por trás da figura do mestre.

A despeito de sua origem nobre, Platão não exerceu qualquer cargo político, embora decerto se sentisse habilitado a fazê-lo; presume-se que tenha participado de três campanhas militares. Importantes na vida de Platão são suas viagens. Após a morte de Sócrates, acredita-se que ele tenha, inicialmente, viajado para Mégara e Cirene; depois, para a Itália, ao encontro dos pitagóricos Filolau e Eurito, e, por fim, para o Egito. Importância maior têm, no entanto, as três viagens do filósofo a Siracusa, a outrora florescente cidade grega na Sicília. Em sua primeira estadia ali, Platão trava contato com o governante de Siracusa Dionísio I (o "tirano") e conhece o cunhado Díon, que se torna seu mais próximo discípulo e amigo; essa primeira estadia termina após cerca de dois anos, em razão de divergências surgidas entre o filósofo e Dionísio I. Após a morte deste (367 a.C.), seu filho e sucessor, Dionísio II, por insistência de Díon, convida Platão a regressar a Siracusa. Logo, porém, Díon é desterrado, e Platão, que interviera em seu favor, mas nada pudera fazer – como ele próprio escreve em sua *Carta III* –, retorna a Atenas (367 a.C.). Ainda uma vez deixa-se persuadir por Dionísio II a viajar para Siracusa (361/360 a.C.), vendo frustrarem-se, contudo, tanto seus empenhos no terreno da filosofia, quanto sua tentativa de ajudar Díon, retornando, assim, não sem dificuldades, a Atenas (em 357 a.C., Díon toma o poder em Siracusa e é assassinado em 354 a.C.).

Após o retorno a Atenas, Platão funda a Academia, na qual ensina até sua morte (347 a.C.).

Nosso conhecimento acerca da vida de Platão baseia-se principalmente na obra de Diógenes Laércio, surgida no ano 3 d.C. (à qual a presente obra faz reiteradas referências).

2. Obras: A forma através da qual a filosofia de Platão se apresenta é, essencialmente, a do diálogo. Nem todos os seus diálogos são incontroversos quanto à data de surgimento. Pode-se admitir a seguinte sequência:

Íon
Segundo Hípias
Protágoras (sequência
   cronológica discutível)
Apologia
Críton
Laques
Lísis
Cármides
Eutífron
Trasímaco (República, livro I)
Górgias
Menêxenos
Mênon
Crátilo
Eutidemo

Fédon
Banquete
República (374 a.c.,
   aproximadamente)
Fedro
Parmênides
Teeteto (entre 369 e 366 a.c.)
Sofista (entre 366 e 361 a.c.)
Timeu (após 360 a.c.)
Crítias (espólio)
Filebo
Cartas VII e VIII (353 a.c.,
   aproximadamente)
Leis (publicadas
   postumamente)

A autenticidade do Primeiro Hípias (*Hípias Maior*), do Alcibíades (*Alcibíades Maior*) e das demais cartas – inclusive a VII – é duvidosa (cf. detalhes em Ulrich Cf. Willamowitz-Moellendorf, *Platon*, 1919, 5. ed., 1959; cf. também Alfred Edward Taylor, *Plato*, 1926, 5. ed., 1955; cf. ainda o panorama de Gottfried Martin, *Platon*, 1969, p. 135).

De um modo geral, veja-se o panorama das obras em Gottfried Martin, loc. cit., p. 145 e ss. No tocante a questões específicas, veja-se igualmente a literatura indicada no presente volume.

Outras obras de Hans Kelsen sobre a filosofia de Platão

"De gerechtigheid bij Plato", in *Utrechtsch Dagblad*, n. 278, 24/11/1931.
"Die platonische Gerechtigkeit", in *Kant-Studien*, 38º vol., 1933, p. 91-117.

Reimpressões:
– *Die Wiener rechtstheoretische Schule. Schriften von Hans Kelsen, Adolf Merkl, Alfred Verdross*, org. por Hans Klecatsky, René Mareie, Herbert Schambeck, Viena/Frankfurt/Zurique, Europa Verlag; Salzburg Munique, Universitätsverlag Anton Pustet, 1968, 1º vol., p. 351-80.
– "Aufsätze zur Ideologiekritik", org. por Ernst Topitsch, in *Soziologische Texte*, org. por Heinz Maus e Friedrich Fürstenberg, 16º vol., Neuwied am Rhein-Berlim, Luchterhand, 1964, parte IV: "Die platonische Gerechtigkeit", p. 198-231.

Traduções:
– *Platonic Justice. Ethics*, 48º vol., 1937/1938, p. 269-96, 367-400.
– *What is justice? Justice, Law, and Politics in the Mirror of Science. Coltected Essays*, Berkeley-Los Angeles, University of California Press, 1957, parte III: "Platonic Justice", p. 82-109, 380 (reimpressão: 1960).

– "La justice platonicienne", in *Revue philosophique de la France et de l'étranger*, ano 57, 114º vol., 1932, p. 364-96.
– *Kami to Kokka. Ideologie Hihan Rombun Shu* [Deus e Estado. Ensaios para a crítica da ideologia], trad. de Ryuichi Nagao, Yuhikaku, 1971, parte III.
– *Kami to Kokka. Ideologie Hihan Ronju* [Deus e Estado. Ensaios para a crítica da ideologia], prefácio de Hans Kelsen em japonês e introdução de Ernst Topitsch, trad. de Ryuichi Nagao, Tóquio, Bokutaku-sha, 1977, parte III: "Platon no Seigiron" [A justiça platônica], p. 81-123.
– *La Idea del Derecho Natural y otros ensayos*, introdução de Enrique R. Aftalión, p. 7-11, Buenos Aires, Editorial Losada, 1946, parte III: "La Justicia Platônica", trad. de Luis Legaz y Lacambra, p. 113-44. (Reimpressão: Editora Nacional Mexico, 1974.)

"Die platonische Liebe", in *Imago*, 19º vol., 1933, p. 34-98 e 225-55.

Reimpressões:
– "Aufsätze zur Ideologiekritik", org. por Ernst Topitsch, in *Soziologische Texte*, org. por Heinz Maus e Friedrich Fürstenberg, 16º vol., Neuwied am Rhein-Berlim, Luchterhand, 1964, parte V: "Die platonische Liebe", p. 114-97.

Traduções:
– "Platonic Love", trad. de Dr. George B. Wilbur, in *The American Imago*, 3º vol., caderno 1/2, 1942, p. 3-110.
– *Platonic Love* (Die platonische Liebe), trad. de Ryuichi Nagao, Tóquio, Bokutaku-sha, 1979, 251 p.

"Platon und die Naturrechtslehre", in *Österreichische Zeitschrift für öffentliches Recht*, 8º vol., 1957, p. 1-43.

Reimpressões:
– "Aufsätze zur Ideologiekritik", org. por Ernst Topitsch, in *Soziologische Texte*, org. por Heinz Maus e Friedrich Fürstenberg,

16º vol., Neuwied am Rhein-Berlim, Luchterhand, 1964, parte VII: "Platon und die Naturrechtslehre", p. 232-92.

Traduções:
– "Plato and the doctrine of natural law", trad. de Richard N. Porter, in: *Vanderbilt Law Review, Studies in legal philosophy*, 14º vol., 1960, p. 23-64.

Introdução
O *dualismo platônico*

Capítulo 1
O dualismo do Bem e do Mal

De todo o grande contingente daqueles que – desde que o ser humano adquiriu a capacidade de pensar – se ocuparam da questão da justiça, duas cabeças alçam-se muito acima de todas as demais. A primeira, cingida do glorioso esplendor da especulação filosófica; a outra, da coroa de espinhos da crença religiosa. Tanto quanto o divino Salvador, Jesus de Nazaré, apenas o filósofo de Atenas, o "divino" Platão, lutou pela justiça. Aquele, mais ainda com sua vida do que com sua doutrina; este, mais com sua doutrina do que com sua vida. Somente os diálogos de Platão revelam-se tão completamente impregnados do pensamento na justiça quanto o está a pregação de Jesus. Se a questão da justiça constitui o problema central de toda teoria e prática social, então o pensamento europeu atual, em uma de suas esferas mais importantes, apresenta-se fundamentalmente marcado pela maneira como o filósofo grego e o profeta judeu colocaram essa questão e a responderam. Se é que nos cabe esperar encontrar uma resposta para ela, para a questão da justiça absoluta, havemos de encontrá-la em um ou no outro – ou, do contrário, tal questão será inteiramente irrespondível. E isso porque inexiste, e decerto nem pode existir, pensamento mais profundo e querer mais sagrado voltados para a solução do enigma da justiça.

Tanto quanto a doutrina de Jesus, construída sobre a metafísica pós-babilônica do judaísmo, também a obra de Platão constitui essencialmente uma grandiosa especulação ética, impregnada de ardor religioso e fantasia poética, acerca do Bem e seu oposto, o Mal. É por isso que a filosofia platônica encontra-se sob o signo de um dualismo radical*. O mundo de Platão não é uno. O abismo, o *khorismos*, que o cinde em todas as suas manifestações, reaparece continuamente e sob as mais variadas formas. Não é absolutamente um único mundo, mas são dois os mundos com que deparamos na filosofia de Platão. Um deles, o reino transcendente da ideia, desprovido de tempo e espaço, o reino da coisa em si, a realidade verdadeira e absoluta do Ser, imutável, eterno, alheio a todo movimento e mudança; o outro, o reino oposto a esse transcendente, a esfera espaço-temporal das coisas conforme elas meramente se nos apresentam, constituindo uma esfera da aparência enganadora, do nascer e perecer, do cambiante vir a ser e, assim, na verdade, do Não-ser. Se o primeiro desses mundos é o mundo do inteligível, o objeto, o único possível, aliás, do genuíno conhecimento racional, do pensamento puro e do verdadeiro saber – da *episteme* –, o segundo é o mundo do sensível, o objeto altamente questionável da percepção pelos sentidos, da mera opinião – da *doxa*.

É essa mesma oposição que aparece na doutrina platônica do *peras* e do *apeiron*. Na primeira – a esfera do determinado, do delimitado, da forma – reina o princípio da liberdade; ela se encontra sob a lei da finalidade ou normatividade. Na outra – a esfera do indeterminado, do ilimitado, da substância – reina a obrigatoriedade, a lei de causa e consequência, a causalidade. Um pensador moderno falaria aqui em uma oposição entre espírito e natureza, valor e realidade, entre o Dever-ser e o Ser. Trata-se, ademais, da oposição entre forma e matéria, *techne* e *empeiria*, *noesis* e *aisthesis*, do elemento criador ativo masculino e do elemento receptor passivo feminino; da oposição entre

---

* Sobre a organização das notas, cf. prefácio, p. XIV.

poiesis e *mimesis*, entre unidade e multiplicidade, entre totalidade e soma, e, por fim – exprimindo-o da forma mais genérica –, da oposição entre identidade e alteridade. No plano do humano, porém, trata-se da oposição, de tão grande importância para a doutrina platônica, entre a alma imortal – aparentada ao divino e à razão, e aspirando a ambos – e o corpo mortal – preso à esfera do sensível; fala-se aqui, enfim, daquela oposição que, na metafísica platônica, tudo abrange: a oposição entre o Além divino e supraterreno e o Aqui humano e terreno.

Tal dualismo multiforme – que se expressa também na simbologia espaço-temporal do superior e do inferior, da esquerda e da direita, do à frente e do atrás, do antes e do agora – é no fundo, e em seu sentido original, conforme à oposição entre Bem e Mal. O mesmo vale para a oposição entre forma e substância[2]. Nesse sentido Aristóteles[3] interpreta a filosofia platônica, quando afirma que "Platão atribuiu aos elementos (forma e matéria) a causa do Bem e do Mal – a um deles a do Bem, ao outro a do Mal –, o que, como já disse, alguns dos filósofos anteriores haviam feito, como Empédocles e Anaxágoras". No *Timeu*[4], Platão descreve a matéria, que se manifesta por meio dos quatro elementos – fogo, água, terra e ar –, como o "receptáculo de todos os corpos", como aquilo que "deve acolher em si todas as espécies" e que, portanto, deve ser "livre de toda e qualquer forma". Dessa maneira, pela qual a divindade boa configura o mundo visível segundo o modelo das ideias, o Bem penetra no caos da matéria, a qual, como aquilo que "acolhe", Platão aqui compara à "mãe", em oposição ao "pai", que representa o "modelar", o verdadeiro "Ser" da ideia, do qual as formas que penetram na matéria são apenas "imagens" ou "cópias". A oposição entre homem e mulher, para Platão, é oposição entre Bem e Mal.

Na *República*[5], o filósofo compara a alma, em sua existência terrena, ao Deus marinho Glauco, cuja feição original revela-se desfigurada pelo fato de as "conchas, algas e pedras" terem se apegado firmemente a ele. Assim também encontra-se a alma – ao longo de sua existência terrena – num estado "que é a consequência de milhares de males". Sua verdadeira essência, aquela em razão da qual a alma é aparentada "ao divino, ao imortal e ao que eternamente é" – ou seja, ao Bem absoluto –, encontra-se oculta sob "o acréscimo de terra e pedra" que "se apegou firmemente a ela", "pois é da terra que ela se alimenta". A terra, ou seja, a matéria, é contraposta à verdadeira natureza da alma, quer dizer, ao seu "ser boa". A matéria representa o Mal.

Que a substância ou matéria – diferentemente da figura ou forma – representa o Mal se depreende ainda do fato de Platão contrapor-lhe Deus, que é, fundamentalmente, o Bem (embora sua relação com a ideia do Bem não seja clara)[6]. No mito que se encontra no *Político*[7], no qual o mundo é comparado a um navio cujo timoneiro é Deus, o Mal presente no mundo é relacionado ao fato de Deus "soltar as mãos do timão", em consequência do que o mundo, "por seu impulso inato", "gira ao contrário", ameaçando retornar, assim, a seu estado caótico original. Isso significa que "o Bem quase desaparece, e o mundo, pelo continuado acúmulo de males, corre o risco de aniquilar-se a si próprio, juntamente com tudo o que há nele". "Culpado disso (de que o mundo, abandonado por Deus, se arruine no mal) é o caráter corpóreo (isto é, de substância ou matéria) de sua composição, que era próprio da sua natureza original. Isso porque, antes de transformar-se no mundo ordenado de hoje (ou seja, ordenado por Deus, configurado, mas não criado), o corpóreo era presa de uma forte tendência para a desordem. Foi apenas daquele que o esculpiu (configurou) que o mundo obteve tudo o que hoje exibe de belo (o que inclui o Bem). De seu estado anterior (o estado da matéria pré-formada, no sentido da teoria exposta no *Timeu*), porém, originou-se tudo quanto é repugnante e injusto na esfera celeste, e que o próprio mundo possui e transfere para os seres vivos."[8] No dualismo platônico, portanto, a oposição entre forma e matéria coincide com aquela entre Deus e mundo, e, assim, entre Bem e Mal.

É bastante similar o que ocorre com a oposição entre *peras* – o determinado, o determinante, o limite – e *apeiron* – o indeterminado, o ilimitado. No *Filebo* (24-26), Platão discute a "conjunção" de *peras* e *apeiron*, isto é, a questão de como aquilo que limita adentra o ilimitado. Caracteriza como o efeito dessa conjunção "que os opostos" – como o quente e o frio, o úmido e o seco, o lento e o veloz, o grande e o pequeno – "não mais se contrapõem de maneira hostil, mas encontram-se em simetria e harmonia". Segundo Platão, uma divindade – claramente a personificação do *peras*, do limite, da medida – introduz "a lei e a ordem, na qualidade de poderes moderadores", na esfera do *apeiron*, o qual é aqui caracterizado como a esfera da "arrogância e de toda a maldade", uma esfera que, "em absoluto, não possui em si qualquer limite, quer seja para o prazer, quer seja para a saciedade".

Esse dualismo cosmológico corresponde, na antropologia platônica, à oposição entre alma e corpo. É no *Fédon* que essa oposição mais claramente se expressa como aquela entre Bem e Mal. Ali, mais do que em qualquer outra parte, Platão acentua enfaticamente a diversidade fundamental entre alma e corpo[9]. A alma – ensina ele – é aparentada ao invisível, ao não perceptível pelos sentidos, ao uno não composto, ao que permanece eternamente igual a si próprio, ao divino; já o corpo é aparentado ao visível, ou seja, ao que é perceptível pelos sentidos, ao que é mutável e mortal. "A alma assemelha-se, acima de tudo, ao divino, ao imortal, ao suprassensível, ao único, ao indissolúvel e ao que permanece sempre idêntico a si mesmo; o corpo, por sua vez, assemelha-se ao humano, ao mortal, ao multiforme, ao sensível, àquilo que se dissolve e ao que jamais permanece idêntico a si próprio.[10]"

Uma vez que a alma é da natureza do "não composto", do que "permanece eternamente idêntico a si próprio", não estando sujeita ao movimento e à mudança, ela é – contrariamente ao corpo – indestrutível, ou seja: imortal. Em seu anseio pelo conhecimento, ela se volta, segundo sua natureza, para "o puro, o eterno, o imortal e o sempre idêntico a si próprio"[11], e o faz como para um objeto que lhe é aparentado, visto que o conhecimento só é possível entre assemelhados. E é "para um lugar de natureza similar à sua essência" que a alma se vai após a morte do corpo, "um lugar digno, puro e invisível, o verdadeiro Hades", a esfera do "Deus bom e sensato", ou seja, a esfera do Bem[12]. É somente por ser boa, em conformidade com sua essência, que a alma pode conhecer o Bem. Mas ela é tolhida nessa sua capacidade, enquanto permanece vinculada ao corpo. "Quando ela se vale do corpo para a contemplação de um objeto qualquer, seja dos olhos, dos ouvidos ou de qualquer outro dos sentidos – pois contemplar algo por intermédio do corpo significa o mesmo que contemplá-lo por meio dos sentidos" –, a alma é "arrastada pelo corpo na direção daquilo que jamais permanece idêntico a si próprio", mergulhando, "assim, ela própria, na hesitação e na confusão" e titubeando "como se estivesse embriagada"[13]. Enquanto permanece ligada ao corpo, a alma é incapaz do puro "conhecimento racional"[14], que é o conhecimento do ser imutável, do Bem absoluto. O empecilho é o corpo, que Platão diz ser, em sua natureza "corpórea", algo "pesado e opressivo" a tornar a alma "maculada e impura" com seus "desejos e prazeres", seduzindo-a a somente tomar por verdadeiro aquilo que, por ser corpóreo, se pode "tocar, ver, beber, comer e pôr a serviço da volúpia", ao passo que apenas o "invisível, o só concebível" é, de fato, verdadeiro[15]. Considerando-se que ser bom coincide com conhecer o Bem, com a inteligência do Bem, o corpo, com seus prazeres e desejos, faz aqui as vezes daquilo que é oposto ao Bem: ou seja, o Mal. Se o homem é mau, ele o é porque não possui apenas uma alma, mas um corpo também. Uma vez que a alma, se pretende apoderar-se da verdade, não é senão "desencaminhada" pelo corpo; ela pensa "melhor" "quando nada de corpóreo a perturba – seja a audição, a visão, uma dor ou ainda um prazer –, mas quando, sem atenção ao corpo, e na medida do possível sem qualquer comunhão ou contato com ele, atém-se o mais possível a si mesma, buscando o que realmente é"; "a alma do filósofo (...) tem o corpo na mais baixa conta possível e busca fugir dele.[16]" "Enquanto pesar sobre nós o corpo, e nossa alma se deformar por esse Mal, jamais atingiremos inteiramente aquilo pelo que ansiamos", isto é, "a verdade", que é idêntica ao Bem. Aqui, Platão caracteriza expressamente o corpo como um Mal (κακοῦ), remetendo todo o mal existente no mundo a esse mesmo corpo e a seus desejos, que não apenas privam o ser humano de sua paz interior, mas também impedem a paz exterior, "pois até mesmo as guerras, a revolta e as batalhas são consequência unicamente do corpo e de seus desejos"[17]. Nessa doutrina do corpo como um Mal que se opõe à alma – o Bem existente no homem –, Platão revela-se claramente influenciado pelo orfismo[18]. A doutrina órfica segundo a qual o corpo é o cárcere da alma encontra-se manifestamente expressa no *Fédon*. Ali, Platão afirma pela voz de Sócrates: "É conhecido dos amantes da sabedoria que sua alma, antes que a filosofia a tomasse sob seus cuidados, encontrava-se totalmente acorrentada ao corpo, como que soldada a ele; era obrigada a contemplar as coisas através dele, como que através de um cárcere, e não por seus próprios meios, sendo, pois, compelida a vagar em meio às trevas da mais completa ignorância; somente a filosofia percebeu a terrível pressão exercida por esse encarceramento, qual seja a de que, pelo poder dos desejos, o próprio acorrentado torna-se, de certo modo, carcereiro de si mesmo"[19, 20].

Seria decerto um exagero afirmar que as diversas oposições com as quais a filosofia platônica opera não possuem outro sentido que não o ético. Se não é o único, esse sentido ético é, no entanto, o sentido primordial do dualismo platônico, a camada mais profunda de seu pensamento, na qual, como no solo que o nutre, tudo o mais deita raízes. O dualismo ético do Bem e do Mal é, por assim dizer, o mais interior dos anéis, circundado pelos dualismos epistemológico e ontológico que nele se emaranham e dele brotam.

Que todas as oposições em meio às quais se move o pensamento platônico, que o *khorismos* específico de Platão encontra seu sentido último na oposição fundamental entre Bem e Mal, depreende-se não somente de que a oposição entre os dois mundos, onde quer que ela surja em Platão, afigura-se como oposição de valores, como separação entre um mundo "superior" e outro "inferior", entre uma religião do valor e outra do desvalor, mas sobretudo do fato de, na filosofia platônica, caber indubitavelmente ao ético a primazia, o que será demonstrado mais claramente no curso desta investigação. O cerne da filosofia platônica é a doutrina das ideias, e a ideia central à qual todas as demais são subordinadas e aparentadas é a do Bem, do valor moral. O ponto de partida que conduz à doutrina das ideias contrapostas às coisas perceptíveis pelos sentidos é, obviamente, a questão socrática acerca da essência do moralmente bom: a questão que indaga sobre o que, verdadeiramente, é bom ou ruim (mau) nas coisas e, particularmente, nas ações humanas. Esbarra-se aqui, porém, num fato inegável: o de que não é possível ver nas coisas, nelas apreender por meio dos sentidos, se são boas ou ruins, da mesma forma como, pelos sentidos, pode-se perceber que são brancas ou pretas, duras ou moles, ruidosas ou silenciosas[21]. O juízo que define um comportamento humano como moralmente bom ou ruim, o juízo moral de valor, significa – na medida em que exprima um valor objetivo – se esse comportamento está ou não de acordo com o que deve ser, se corresponde ou não a uma norma objetivamente válida. Na verdade, esse Dever-ser da norma não se deixa perceber por intermédio dos sentidos. A especulação metafísica de Platão conclui daí que aquilo que torna as coisas moralmente boas ou ruins tem, necessariamente, de ser algo situado não neste mundo da percepção sensível, mas num outro mundo, "mais elevado", só acessível ao pensamento liberto de todo o sensível. Se uma coisa é boa ou ruim, se ela é como deve ser ou não é como deve ser, esse seu "Ser" – que, na verdade, constitui apenas uma cópula – há de representar outro que não aquele das coisas perceptíveis pelos sentidos, um Ser mais elevado, um Ser "verdadeiro". Tal é o "Ser" das ideias, o valor moral hipostasiado numa entidade transcendente, o Ser metafísico do Dever-ser ou a ideia como norma. Este não é um simples conceito estabelecido como coisa real, pois um conceito não pode – contrariamente à ideia, particularmente a ideia do Bem – servir como fio de prumo do agir[22]. Ele precisa ser uma norma, que estabelece como as coisas devem ser e, em especial, como os homens devem proceder.

O caráter normativo das ideias, que representam o Ser ao mesmo tempo em sua singularidade, verdade, eternidade e imutabilidade, mostra-se nitidamente em sua relação com a realidade empírica (as coisas do mundo sensível), que está em constante devir, conforme essa relação é exposta por Platão. Essa exposição, no entanto, não é consistente: às vezes o Ser verdadeiro das ideias e o devir das coisas no mundo sensível encaram um ao outro como opostos absolutos. No *Timeu*[23], Platão fala do "Ser que sempre é, o qual não admite qualquer devir" e do "devir contínuo, que jamais se torna participante do Ser" (τὸ ὂν ἀεί, γένεσιν δὲ οὐκ ἔχον – τὸ γιγνόμενον μὲνἀεὶ, ὂν δὲ οὐδέποτε). No *Fédon*, porém, fala-se que "jamais pode haver qualquer outro devir de alguma coisa" senão "por intermédio da participação na essência particular daquilo de que essa coisa é parte", isto é, da participação na ideia; fala-se ainda que "não pode haver outra causa do tornar-se dois senão a participação na dualidade", ou seja, na ideia da dualidade[24]; "que a cada ideia em particular corresponde um Ser real, e que as demais coisas recebem sua denominação de acordo com sua participação nessas mesmas ideias[25]"; "que tudo quanto é reconhecido como igual pelos sentidos almeja o igual em si (a ideia da igualdade), sem, contudo, alcançá-lo totalmente[26, 27]". Segundo essa exposição, as coisas do mundo sensível anseiam por ser tal e qual as ideias que, como modelos, tipos ideais, lhes têm precedência, como ordem normativa, lhes são superiores. Isso significa que as coisas são como *devem* ser – relativamente boas, portanto – *na medida em que* tomam parte nas ideias. Se o mundo sensível, o mundo do eterno devir, participa do Ser verdadeiro das ideias, ele não pode estar em oposição absoluta com esse Ser; não se deixa, pois, simplesmente analisar como Não-ser, mas apenas como algo intermediário entre o Ser e o Não-ser. O mesmo se verifica também na exposição da doutrina das ideias na *República*. Ali, Platão opõe ao que é de forma plena, às ideias – e que, sendo "plenamente cognoscível", constitui objeto da *episteme* –, o que "absolutamente não é", sendo, pois, "totalmente incognoscível"; caracteriza, então, o mundo sensível do devir, do nascer e perecer, como algo "intermediário", como *metaxy*, ou seja, algo que se situa entre o que é plenamente e o que simplesmente não é, porque "participa" tanto do Ser quanto do Não-ser, não sendo portanto incognoscível, tampouco completamente cognoscível, mas apenas objeto da *doxa*, a qual é uma espécie de saber incompleto, mas não ignorância. Na caracterização desse patamar intermediário entre Ser e Não-ser, Platão afirma que ele não representa um grau mais elevado do Ser – trata-se, portanto, de um grau inferior ao do Ser pleno –, tampouco representando um grau mais elevado do Não-ser – constituindo, pois, um grau inferior ao do mero Não-ser. Ou seja: Platão diferencia diversos graus do Ser e do Não-ser[28, 29]. Isso não pode ser entendido em sentido ontológico, mas apenas em sentido axiomático, pois não é possível a uma coisa mais ou menos ser, nem tampouco mais ou menos não ser; ela pode apenas ser ou não ser, não havendo lugar, no plano da realidade empírica, para diversos graus do Ser ou diversos graus do Não-ser. Isso seria evidentemente impensável. Mas é, de fato, possível que haja – ou parece poder haver – diversos graus daquele "verdadeiro" Ser que Platão caracteriza como o Ser das ideias e que é, em essência, a vigência dos valores, ou seja, um Ser-valor, um Ser-bom; e é possível que haja – ou parece poder haver – diversos graus daquele Não-ser que, como oposto ao Ser das ideias, ao Ser-valor, ao Ser-bom, há de ser considerado como o anverso do valor, como Ser-mau. A julgar por sua configuração original, a doutrina das ideias de Platão constitui uma metafísica do valor – não se trata de uma ontologia, mas de uma metafísica da realidade[30].

É verdade que Platão procura apresentar as ideias não apenas como valores ou normas, mas também como conceitos – hipostasiados – das coisas perceptíveis pelos sentidos[31]; quando, porém, apresenta ideias típicas como exemplos, ele se refere primordialmente a Ideias-valor[32], sendo evidente – o que o próprio filósofo reconhece – que a expansão de sua doutrina das ideias rumo a uma metafísica da realidade do Ser esbarra em dificuldades insuperáveis[33]. Uma vez que a doutrina das ideias, na qualidade de uma metafísica do valor, tem por meta uma interpretação normativa do mundo, Platão ignora precisamente aquilo para o qual o conhecimento científico da natureza volta seus olhos: a mudança como tal, o movimento indiferente ao valor, conforme este se verifica particularmente no desenvolvimento dos seres vivos. Para ele, a observação desse movimento não resulta em qualquer "conhecimento" verdadeiro; não lhe importa, em absoluto – ou importa-lhe apenas secundariamente –, aquilo que é objeto da compreensão das ciências naturais; Platão o ignora, desqualifica-o como inferior. O que lhe importa é o conhecimento do valor, o saber acerca do Bem e do Mal. Para ele, o verdadeiro conhecimento e o conhecimento do Bem são sinônimos[34]. Somente partindo do pressuposto de que o saber é, essencialmente, saber acerca do bem, pode ele chegar à paradoxal tese socrático-platônica de que a virtude é saber e, portanto, ensinável[35]. Nas variadas especulações, voltadas para as coisas mais diversas, que se nos apresentam nos diálogos platônicos, a ideia moral sustenta sempre a condição de estrela-guia, a despeito das muitas e tão características digressões presentes nesses diálogos. Ela sozinha, assegura-nos Platão, conduz à meta. E essa meta de toda a filosofia platônica, a meta que Platão almeja atingir desde a primeira à última de suas obras, por variadíssimos lados, com a maior energia, é o Bem absoluto.

Este, contudo, não é concebível sem o Mal. Se o Bem há de constituir objeto do conhecimento, este precisa também incluir o Mal; é o que faz, aliás, a filosofia de Platão, que não é absolutamente, como se costuma apresentá-la, uma doutrina do Bem, mas uma especulação acerca de Bem e Mal. Sem dúvida a ideia do Bem é exposta com muito maior ênfase por Platão do que a concepção do Mal; os pensamentos a respeito do Bem desenvolvem-se com muito maior riqueza do que aqueles que têm o Mal por objeto. Pois para o Bem volta-se não apenas o pensar, mas sobretudo o querer do eticista. O Mal nem sequer deveria ser pensado, não fosse pela necessidade de compreendê-lo com o Bem, como polo oposto a este; mas fica, mesmo aí, apenas cogitado em conjunto com o Bem e absorvido na gloriosa apoteose deste. E, como o Mal é apenas a sombra sob a luz do Bem, nas sombras ele permanece na exposição desse Bem.

Acrescente-se a isso ainda que Platão – também por razões de natureza pessoal, talvez – demonstra um certo receio em ocupar-se sistematicamente da questão do Mal. De qualquer maneira, não o trata tão direta e pormenorizadamente como o faz com a questão do Bem. Sobretudo nos primeiros diálogos, pode-se apenas deduzir, daquilo que ele afirma acerca do bem, o que é para ele o mal, ou o representante do Mal. Sua postura parece a de um homem que teme o Mal, o Mal que tem dentro de si, o Mal do qual se considera capaz. É a postura de um homem de exagerada sensibilidade moral, em que o anseio por pureza e a vontade do ideal são particularmente intensos, e daí a consciência sempre viva da enorme distância entre sua realidade e o ideal. Num homem de um caráter tão emocional, é possível que o temor do Mal seja empecilho ao embate com a essência desse mesmo Mal. Contudo, por mais que Platão o negue em seu querer, não pode excluí-lo do âmbito do seu conhecimento. Na *República*[36], Sócrates afirma: "Em nós, seres humanos, o Bem é largamente sobrepujado pelo Mal. Quanto ao Bem, não se deve considerar nenhum outro como causador (senão Deus); para o Mal, ao contrário, há que se procurar outras causas, jamais a divindade". Ora, isso certamente significa que o Mal de alguma forma tem de "ser", pois é efeito de causas. Nesse mesmo diálogo[37], Platão compara a alma, cativa do universo sensível do corpo, a seres humanos "que, numa morada subterrânea", numa "caverna", "firmemente presos com correntes atadas às pernas e ao pescoço" e "impedidos pelas correntes de girar a cabeça", só podem dirigir o olhar para a frente, em linha reta, e assim só percebem as sombras que as coisas às suas costas, sob a luz de um fogo igualmente invisível para os acorrentados, projetam na parede oposta da caverna. Nessa metáfora, a "morada dos acorrentados" é equiparada "ao universo espacial, conforme ele se nos apresenta através da visão"[38], ou seja, ao mundo de sombras dado aos nossos sentidos, ao mundo da aparência e do vir a ser; e os acorrentados dizem ali que estão "agrilhoados ao Mal"[39], ao qual – bem como à totalidade da esfera onde ele tem seu lugar – não pode pertencer qualquer Ser verdadeiro. Do verdadeiro Ser da ideia participa apenas o Bem, não o Mal; decorre daí – segundo a concepção original da doutrina das ideias – apenas uma ideia do Bem, mas não uma ideia do Mal[40]. No *Teeteto*[41], porém, Platão afirma pela voz de Sócrates: "O Mal não pode desaparecer, pois sempre tem de haver algo que seja oposto ao Bem; nem pode ele, digamos, encontrar acolhida junto aos deuses. Necessariamente, ele circunda a natureza mortal e nossas moradas terrenas. É por essa razão que nos cumpre tentar fugir daqui para lá tão rapidamente quanto possível". Aqui, Platão parece não mais querer negar a existência, o Ser do Mal, mas até mesmo admitir a ideia do Mal junto à do Bem, atribuindo àquela, tanto quanto a esta, um Ser verdadeiro. Porque diz que, "no mundo do verdadeiro

Ser (...), erguem-se dois modelos (παρὰ δείγματα): um para o divino, o mais ditoso, o outro para a ausência dele, o mais desditoso"[42]. Supondo-se que Platão não tenha nesse diálogo abandonado a doutrina das ideias, não se pode entender outra coisa que não a ideia do Bem, como esse "modelo" para o divino ("o mais ditoso"), que se ergue no mundo do "verdadeiro Ser". Assim, o modelo que, nesse mesmo mundo do verdadeiro Ser, se ergue para a ausência de Deus ("o mais desditoso") só pode constituir uma ideia do Mal[43]. Isso se acha em contradição com o que foi dito anteriormente: que o Mal não pode encontrar acolhida junto aos deuses, mas paira em torno da natureza mortal e de nossas moradas terrenas, o que parece sugerir que o Mal tem sua sede apenas neste mundo das percepções sensíveis, da mera aparência, e não no "mundo do verdadeiro Ser". Mas tais contradições são constantes na filosofia de Platão. Se, de resto, existe um Mal em "nossas moradas terrenas", há de haver também – segundo uma doutrina das ideias desenvolvida de forma consequente – uma ideia do Mal. Caso Platão, em contradição com uma doutrina das ideias segundo a qual só o que existe é uma ideia do Bem e nenhuma do Mal – e, portanto, nenhuma coisa ou acontecer da realidade empírica que participe do Mal –, não reconhecesse que há um Mal neste mundo; caso não reconhecesse que, como ele afirma, "sempre tem de haver algo que seja oposto ao Bem", estaria privando sua filosofia moral de todo sentido. Se não "há" o Mal, não faz sentido a exigência de evitá-lo; e fazer o bem não possui valor algum, se tal exigência pode ser cumprida sem o empenho em se evitar o mal. Não é pois de admirar que na derradeira obra de Platão, nas *Leis*, o Mal assuma uma forma ainda mais definida; que, como o Bem, ele seja substanciado e personificado num ente especial, a alma má do mundo, que, tanto quanto a alma boa do mundo à ideia do Bem, deve ser atrelada a um mundo do Mal.

É bastante significativo que a suposição da existência de uma alma má paralelamente a uma alma boa do mundo esteja intimamente ligada a uma mudança decisiva no conceito original de alma. A alma imortal do *Fédon* é, em sua essência, alma individual e, como tal, um conceito puramente ético, e não psicológico, no sentido das ciências naturais; trata-se da substância una, não composta, do Bem no homem. Na mesma medida, porém, em que Platão se apropria da crença órfica na paga a ser aplicada à alma após a morte; na mesma medida em que se torna o centro de sua filosofia moral a doutrina de que, no Além, a alma é recompensada pelo eventual bem proceder e punida pelo eventual mal proceder do homem, tem ele também de alojar o Mal nessa alma constituída de bons e maus componentes. Ao lado da alma una, essencialmente boa, surge – no *Fedro* e, particularmente, na *República* – a alma tripartida, com um impulso voltado para o Bem e outro para o Mal. Por fim, Platão admite a existência de duas espécies distintas de almas: boas e más. No *Fedro*, faz-se notar ainda uma tendência a, mesmo sem despir o conceito da alma de seu significado ético, aproximá-lo, em maior ou menor grau, de um conceito das ciências naturais. Em contradição com a doutrina exposta no *Fédon* de que a alma é da natureza daquilo que permanece sempre idêntico a si mesmo – o que significa que ela não está sujeita à mudança e ao movimento –, o conceito de alma é aqui identificado com o do movimento próprio. "Todo corpo que recebe de fora o seu movimento é um corpo inanimado; aquele, porém, que o recebe de dentro, de si próprio, é um corpo animado: essa é, precisamente, a natureza da alma." A alma é "nada mais" do que "o que se move a si próprio"[44, 45]. Sua definição como movimento próprio tem, necessariamente, de conduzir à admissão de uma alma do mundo. "Toda alma rege tudo quanto é inanimado e percorre a totalidade do céu, mostrando-se diferentemente em formas diferentes.[46]" Isto é, há apenas uma única alma, impregnando a totalidade do universo, uma alma do mundo que também penetra nos homens; decerto uma concepção dificilmente conciliável com a imortalidade individual (que é, no entanto, precisamente o que importa a Platão aqui). Também nas *Leis* a alma é definida como movimento próprio. Por intermédio do ateniense, Platão afirma ali "que a alma nada mais é do que o princípio e o movimento inicial de tudo quanto é, foi e será, bem como de tudo quanto a isso se opõe (...), pois ela é para tudo, como ficou demonstrado, a causa de toda mudança e de todo movimento"⁴⁷. E, a seguir, lê-se: "A consequência imediata, pois, de que a alma signifique para nós a causa de tudo é certamente a de que havemos de considerá--la não apenas como a causadora do Bem, do Belo, do Justo e do que lhes é pertinente, mas também do Ruim, do Feio e do Injusto, e do que lhes concerne... Assim, se a alma, como poder ordenador, rege tudo que de alguma maneira se move, ela é também, necessariamente, o poder ordenador na abóbada celeste". Como, entretanto, o elemento ético predomina nesse conceito de alma – apesar da tentativa de lhe dar um cunho físico, no sentido das ciências naturais –, como também nessa doutrina da alma do mundo perpassa a especulação acerca de Bem e Mal, ela não tem como manter-se junto a uma alma do mundo. A alma do mundo, que provoca o movimento para o Bem, não pode ser a mesma que causa o movimento para o Mal. Por isso Platão faz o ateniense lançar a pergunta sobre se existem "uma ou várias" almas do mundo, para, imediatamente, respondê-la ele próprio: "Temos de supor a existência de pelo menos duas: uma a produzir o Bem e outra com o poder de exercer o efeito contrário". Ao que seu interlocutor, Cleinias, observa: "Foste diretamente ao ponto"⁴⁸. A seguir apenas se fala, mais ainda, sobre duas almas do mundo. "Qual das duas espécies de almas devemos declarar a condutora do céu, da terra e de todo o universo circundante? Aquela inteiramente dedicada à razão e à virtude, ou a que não deseja tomar conhecimento nem de uma nem da outra?" E a resposta diz: "temos que (...) afirmar claramente que é a alma melhor que rege o universo, e que é a ela que nos cumpre atribuir este seu curso ordenado (...) Quando, porém, o curso se afigura confuso e contrário à ordem, isso se deve à alma ruim"⁴⁹.

Claro está que a doutrina da alma como causa do movimento e a doutrina do movimento – ou seja, do devir – nela contida, e particularmente a concepção de uma alma produtora do Mal, são inteiramente incompatíveis com a concepção original da doutrina platônica das ideias. De acordo com essa concepção, o movimento que se verifica no mundo sensível, o devir, vincula--se ao Não-ser; somente o mundo inteligível das ideias, o mundo do Bem – o Bem é, pois, a ideia central, a ideia propriamente dita –, é o do Ser verdadeiro; justamente por isso, o mundo que lhe é oposto, o mundo das coisas, do devir, o mundo empírico da realidade perceptível pelos sentidos, o mundo terreno do acontecer real, há de constituir aquele do Não-ser, isto é, o mundo do Mal, ou, numa formulação menos radical, uma esfera inferior, participante tanto do Ser quanto do Não-ser – e isso na medida em que se encontra em oposição ao mundo do Ser verdadeiro, o mundo do Bem. Do ponto de vista de uma especulação radical acerca de Bem e Mal, é o Bem, e somente ele, que deve ser; o Mal não deve ser[50]. Por isso mesmo, o Mal consiste no que não é, e apenas o Bem no que é, visto que, para o pensamento ético, o Ser é o Dever-ser[51]. Porque o eticista quer que o Mal não deva ser, este consiste para ele naquilo que não é. Dessa forma ele satisfaz o querer por meio do conhecer. E esse primado – que é decisivo para o caráter ético – do querer sobre o conhecer manifesta-se, na representação objetiva, como primado do Dever-ser sobre o Ser, do valor sobre a realidade. No sistema puro do Bem não há lugar para o Mal. Na concepção original da especulação platônica sobre Bem e Mal, isso se expressa no fato de ser negada ao Mal, ou a seus representantes ônticos, a qualidade do verdadeiro Ser. O que deve ser *é*, tem o verdadeiro Ser, enquanto o que não deve ser apenas *parece ser*. Precisamente por isso precisa ser feita a diferença entre o Ser verdadeiro, o Ser real, e o Ser aparente; precisa ser rebaixada à mera condição de Pseudosser aquilo que, na concepção vulgar, é Ser; precisa ser sobreposto às percepções sensíveis relacionadas a esse Pseudosser um pensar voltado para o verdadeiro Ser (isto é, a ética sobre as ciências naturais), a fim de que se possa declarar o bem, o que deve ser, como verdadeiro Ser, mas também, como não sendo, aquilo que, na concepção vulgar, é – e, no entanto, não deve ser, porque não é bom, mas mau, isto é, o próprio Mal.

Foi assim que a especulação platônica acerca do Bem e do Mal, sua tentativa de interpretar o mundo eticamente, violou a concepção natural[52]. A concepção de mundo própria do conhecimento esclarecedor, voltado para a realidade da experiência sensível, ou seja, para a natureza, é categoricamente invertida, ou posta de ponta-cabeça, pela concepção justificadora – isto é, ética –, voltada para o valor. O que para uma é o Ser, o real, a outra o explica como o que não é, como irreal – na medida em que não logra reconhecê-lo como o Bem (o devido), mas tem, antes, de condená-lo como o Mal. E exatamente o que para uma é o irreal – porque não verificável pela experiência sensível –, o valor absoluto, o Dever-ser transcendente, significa para a outra a verdadeira realidade, o Ser propriamente dito. Como porém seu objeto, o valor, é cindido em razão de sua natureza imanente – uma vez que o Bem é impensável sem seu oposto, o Mal –, toda especulação ética acerca do valor, na medida em que visa valores absolutos, transforma-se numa metafísica dualista, a qual, quando não apenas hipostasia, mas também personifica o Bem e o Mal, assume um caráter mais ou menos teológico.

Capítulo 2
O dualismo na filosofia grega

Considerando-se que toda especulação ético-metafísica conduz, por necessidade imanente, a uma concepção dualista do mundo, e por isso todos os sistemas religiosos exibem um caráter dualista que se evidencia mais ou menos nitidamente (mesmo sem que se influenciem mutuamente, a fantasia dos mais diversos povos em torno da questão do Bem e do Mal resulta em símbolos bastante semelhantes), não é de fato decisivo para a compreensão da filosofia moral de Platão, mas nem por isso insignificante, se revela, em si, uma influência direta da doutrina Ormuz-Ariman de Zaratustra[53]. Que, no mito do *Político*, Platão rejeite manifestamente a ideia de duas divindades mutuamente hostis, característica da teologia iraniana, não constitui um fator decisivo. Isso comprova que ele tinha conhecimento de uma doutrina dessa natureza. Sua resistência à admissão de um Deus mau explica-se pela mesma razão em função da qual Platão, originalmente, tampouco admitiu a existência de qualquer ideia do Mal paralelamente à do Bem: uma vez que o conceito de Deus, assim como a "ideia" platônica, é uma substanciação do valor "Bem", o conceito de um Deus mau – isto é, um Antideus –, ou de uma ideia do Mal – ou seja, uma anti-ideia –, representa uma contradição lógica. Ainda assim, essa contradição é menos manifesta do que aquela, aí implícita, de um único e mesmo Deus como causador tanto do Bem quanto do Mal. Daí a tendência dualista de toda especulação metafísico-religiosa acerca do valor, que compele também Platão a admitir finalmente a alma má do mundo paralelamente à alma boa.

Essa mesma tendência manifesta-se nitidamente já na mais antiga especulação teológica dos gregos que conhecemos: na *Teogonia* de Hesíodo. Retrata-se ali a luta dos deuses mais jovens do Olimpo, sob o comando de Zeus, contra os mais velhos, os deuses titânicos, e tal luta apresenta-se inequivocamente como uma luta da luz contra as trevas, do Bem contra o Mal. Os primeiros são chamados "doadores de bens"[54]. Seu comandante, Zeus, tem por esposas Métis – a astúcia – e Têmis – o direito. Esta última gerou-lhe Eunomia (a equidade), Dike (a justiça) e Eirene (a paz)[55]. Dos Titãs, porém, pela voz de seu pai, Urano, o poeta diz que "eles se teriam inclinado para o crime e praticavam más ações, cujo castigo sofreriam mais tarde"[56]. E, imediatamente a seguir, lê-se que a Noite gerou as três deusas do destino: Cloto, Láquesis e Átropos, que "castigam as transgressões dos homens e deuses. Elas jamais repousam enquanto não punem o grave delito praticado"[57]. A luta termina com a vitória dos deuses olímpicos sobre os titãs, que são lançados por Zeus na escuridão do Tártaro[58]. É a vitória do Bem sobre o Mal. Essa simbologia se repete. Tendo Zeus expulsado os Titãs do céu, a Terra gera Tifeu, um monstro "com cem cabeças iguais a serpentes e horríveis dragões"[59]; também essa figura do Mal é vencida por Zeus e arremessada nas profundezas do Tártaro[60]. De Tifeu provêm os "ventos que sopram úmidos", que "sopram às cegas sobre o mar", ao passo que, dos deuses olímpicos, provém o Zéfiro clareante, para "grande utilidade dos homens"[61].

Uma especulação dualista acerca do Bem e do Mal se nos apresenta também nos fragmentos de Ferecides de Leros[62], nos quais encontra-se descrito o casamento de Zas (Zeus), "aquele que vive aqui" (de ζῆν), com Ctônia, "a subterrânea"[63]. Zas simboliza a claridade; Ctônia, a escuridão; e, aparecendo

Zas como o representante do Bem, Ctônia representa o Mal. Ferecides nos fala de espaços subterrâneos nos quais Zeus mantém cativos os deuses culpados. Também aqui, a vitória do Bem sobre o Mal é apresentada por intermédio da luta de Zas contra poderes titânicos hostis que, sob o comando de Ofioneu, se rebelam contra sua ordem universal, sendo por ele derrotados e lançados no oceano. Ofioneu tem o aspecto de uma serpente, e essa é um símbolo típico do Mal. O próprio casamento sagrado de Zas, a luz, com Ctônia, as trevas, expressa a ideia de que a luz – o Bem – sobrepuja as trevas – o Mal– e as subjuga[64].

Também a antiga filosofia natural exibe tendências dualistas. Ela ainda é fortemente permeada de uma nítida especulação acerca de Bem e Mal, pois ainda tem um caráter ético-político – como toda interpretação primitiva da natureza[65], constituindo uma interpretação socionormativa da realidade, que somente num estágio muito mais elevado do conhecimento é compreendida como "natureza" e, assim, como algo diverso da sociedade. Para o primitivo, a natureza é ainda um pedaço de sua sociedade. Desse modo, também a antiga filosofia da natureza dos gregos – essa primeira e, como certamente nos cumpre afirmar, grandiosa tentativa de apreender cientificamente a realidade – encontra-se ainda presa à concepção de valores que advêm da esfera social. Não se deve esquecer que filosofia e ciência da natureza têm sua origem (na Grécia, como em toda parte) numa contemplação religiosa do mundo cujo sentido mais profundo é (na Grécia, como em toda parte) a legitimação das autoridades sociais. Na medida em que a esfera ético-social, dominada por concepções religiosas, tem de ser aceita como um dado, o espírito investigador volta-se para a realidade perceptível pelos sentidos, tanto mais porque, nessa direção, a própria religião popular grega opunha poucos embaraços. A natureza transforma-se num problema não porque a sociedade ainda não se tenha transformado em um, mas porque o problema da sociedade é resolvido de outra perspectiva que não a científica – ou, antes, é tido por resolvido, até segunda ordem. Tão pouco problemáticas são as categorias sociais, tem-se-lhes por tão certas, que elas se tornam até mesmo o ponto de partida, a sólida base de operações para a primeira investigação científica da realidade. A natureza é interpretada por analogia à sociedade. O esquema primordial para a ordem, conforme se busca compreendê-la, é provido pelo Estado, porque está-se acostumado a tomar precisamente o Estado como a própria ordem e, graças à especulação teológica, como valor absoluto. A ciência natural tem seu início – nas palavras certeiras de Joël – numa "estatização da concepção de mundo"[66]. Uma oposição entre natureza e sociedade, entre ciência e política, apenas tardiamente adentra a consciência. Por essa razão, é absolutamente natural que os mais antigos filósofos naturais e escolas de filosofia natural – Tales e os milesianos, os pitagóricos, Parmênides, Empédocles e Zenon – tenham desenvolvido atividades políticas também[67].

Quando Tales de Mileto – com quem tem início a filosofia grega – e, com ele, Anaximandro e Anaxímenes buscam um princípio fundamental a partir do qual o mundo possa ser explicado como uno, têm em mente algo que governa o mundo como um monarca absoluto. E quando Tales acredita ter encontrado na água, Anaximandro no ilimitado (ἄπειρον) e Anaxímenes no ar esse algo, todos os três estão, com isso, constituindo o universo como uma monarquia. Não é certamente por acaso que essa filosofia natural floresceu numa época em que reinava na Grécia a tirania, e a influência dos despotismos orientais fazia-se cada vez mais forte[68]. O princípio fundamental do qual se serve a escola milesiana para a construção de sua concepção do mundo é expressamente designado por Anaximandro como ἀρχή. A palavra significa aqui não apenas "início", mas também "domínio". Desse princípio, do ἄπειρον, Anaximandro diz que ele "tudo abrange, tudo governa (κυβεvᾶν)"[69]. Em sua filosofia, a tendência dualista expressa-se no fato de ele fazer resultar da infinita substância primordial as oposições úmido-seco, frio-quente. As coisas infinitas estão em luta umas contra as outras, e assim é também com o fogo quente e o ar frio, a terra seca e o mar molhado. A prevalência de uma sobre a outra é injusta; seu equilíbrio, justo. O calor comete uma injustiça no verão; o frio, no inverno. Para produzir o equilíbrio, as coisas têm de novamente se igualar em sua causa primeira e comum, na substância infinita e eterna – assim expõe Burnet a doutrina de Anaximandro[70]. Se o fogo pouco a pouco faz secar a água, isso representa uma injustiça que, no fim, conduz necessariamente à destruição do mundo. O fogo misturado à água, porém, perdeu sua natureza peculiar, transformou-se em substância primordial. É somente quando se toma esse pensamento como o pensamento fundamental de Anaximandro que se entende aquele seu fragmento que diz: "E de onde as coisas se originaram, ali também, necessariamente, elas perecem, pois proporcionam umas às outras penitência e paga por sua injustiça (ἀδικία), segundo ordena o tempo"[71]. Vê-se nitidamente como ainda predomina aqui a especulação sobre Bem e Mal, a ideia da paga, a visão da natureza. Não é, portanto, supérfluo lembrar que Anaximandro foi um estadista, o fundador da colônia milesiana de Apolônia.

Também no princípio fundamental de Anaxímenes, o ar, se expressa uma interpretação socionormativa da realidade. Um de seus fragmentos diz: "Assim como nossa alma, que é ar, soberanamente nos mantém coesos, assim também hálito e ar compreendem a totalidade da ordem universal"[72]. Desse princípio fundamental é dito que ele "nos governa" (συγκρατεῖ ἡμᾶς). A ordem universal possui um caráter normativo, o que implica a concepção de que pode ser bom, ou mau, o que acontece em acordo, ou em desacordo, com essa ordem.

Heráclito de Éfeso foi igualmente um político. Proveniente de família nobre, ele se opunha aos democratas. Dos fragmentos de sua autoria que possuímos, depreende-se de maneira inequívoca seu profundo desprezo pela grande massa do povo. Nela ele vê apenas o populacho ignorante e incorrigível, do qual, na condição de filósofo pensante, ele se sente muito acima, pois "pensar é a maior das qualidades"[73]. "A maioria dos seres humanos não reflete sobre as coisas com as quais depara, nem tampouco entende o que experimentou; para eles, simplesmente acontece assim.[74]" "Essa razão, que é eterna, é incompreensível aos homens, e o é tanto antes quanto depois de eles terem sabido dela. Isso porque, embora tudo transcorra em conformidade com essa razão, os homens – quando experimentam como são as palavras e as obras – parecem jamais ter feito com elas a tentativa que eu ventilei, decompondo e analisando o que se dá com cada uma, segundo a sua natureza. Os demais homens, por sua vez, têm tão pouca consciência do que fazem quando acordados quanto a têm do que fazem dormindo.[75]" "Eles oram para seus ídolos como alguém que queira conversar com artefatos.[76]" "Não entendem nem mesmo o que ouviram. São, pois, como surdos. Atesta-o o provérbio: 'Quando presentes, estão ausentes'.[77]" "Jazem todos ali, empanturrados, feito o gado.[78]" De seus conterrâneos e sua democracia, Heráclito afirma: "Com justeza agiriam os efésios enforcando-se, um por um, todos os homens, deixando sua cidade aos impúberes – eles que expulsaram seu mais valoroso homem, Hermodoro, dizendo: de nós, nenhum há de ser o mais valoroso, ou, se um há de sê-lo, que o seja em outro lugar e em meio a outra gente"[79].

Assim como Anaximandro, Heráclito interpreta a natureza segundo a lei jurídica da retribuição: "O sol não ultrapassará seu curso; e, se o fizer, as Erínias, auxiliadoras de Dike, saberão como encontrá-lo"[80]. Tanto quanto Anaximandro, Heráclito – de modo absolutamente dualista – vê na natureza uma luta entre opostos. Para o caráter socionormativo dessa interpretação da natureza, é significativo que ele compreenda o jogo de suas forças a partir da categoria da guerra. Muito citado é o seu dito: "A guerra é o pai de todas as coisas, o rei de todas elas"[81]. Alvo de atenção menor, porém, é o seu complemento: "Alguns, ela demonstra serem deuses; outros, homens. A alguns, ela faz escravos; a outros, homens livres". Justifica-se, assim, por intermédio de uma lei natural, a oposição social entre escravos e homens livres. A ideia de que tal oposição constitui a lei de toda a vida, Heráclito a expressa da seguinte maneira: "É necessário saber que a guerra é algo generalizado, que o conflito é lícito (δίκην ἔριν) e que tudo se origina do conflito e da necessidade"[82]. Com isso, de certo modo contradiz Anaximandro, que vê na luta travada pelas coisas uma situação de injustiça. Comum a ambos é, no entanto, que utilizam o valor jurídico na interpretação da natureza. Tal como Anaximandro, supõe-se ter também Heráclito ensinado que o mundo será aniquilado pelo fogo. Enquanto, porém, o primeiro vê uma injustiça nessa morte do mundo pelo fogo, o último avista aí a realização da justiça. Um dos fragmentos de que dispomos afirma: "Pois tudo julgará e abarcará o fogo que se aproxima" (κρινεῖ καὶ καταλήψεται)⁸³. Isso seria uma concepção claramente ético-jurídica do acontecer universal, conforme aquela que, influenciada pelo antigo pensamento persa, é característica da doutrina judaico-cristã do Juízo Final.

Revela-se particularmente nítida a visão dualista de mundo, vinculada a uma postura básica ético-política, com os pitagóricos, que, originalmente, surgiram mais como uma ordem político-religiosa de tendência aristocrática, antidemocrática e aspirando a uma reforma moral da vida, do que como uma escola de eruditos. Sua doutrina de uma paga no Além, tomada da religião órfica, contém já todos os elementos de uma filosofia contemplando dois mundos, que, segundo o valor moral, diferencia um Aqui inferior de um Além superior, para onde vai a alma após a morte do corpo e onde a esperam recompensa e punição. A lei jurídica da paga é a lei universal do mundo, vigendo igualmente no Aqui, onde ela se concretiza na transmigração da alma, também essa um componente essencial da doutrina órfico-pitagórica. O caráter inteiramente ético desse dualismo é inequívoco. No mito de Dioniso, que constitui a base da religião órfica, Dioniso Zagreus – representando o princípio do Bem – é retalhado e devorado pelos Titãs – o princípio do Mal. Com seu raio, Zeus incinera os Titãs, e das cinzas surgem os homens, reunindo em si o Bem dionísico e o Mal titânico⁸⁴.

Inteiramente ético é também o sentido em que figura na doutrina órfico-pitagórica a oposição, tão importante para Platão, entre alma e corpo, para, já ali, vincular-se à oposição entre céu (éter) e terra, divino e humano, supraterreno e terreno⁸⁵. A unificação da alma, apartando-se do corpo que a macula – um conceito fundamental do orfismo e do pitagorismo –, é apenas uma dentre as variadas formas sob as quais se manifesta a concepção de uma luta do Bem contra o Mal.

Como oposição entre Bem e Mal cumpre, decerto, interpretar também aquela entre amor ou amizade (φιλία) e ódio ou conflito (νεῖκος), que constitui o motivo fundamental da filosofia natural de Empédocles. Que esse é o seu sentido, afirma-o Aristóteles⁸⁶.

"Como se percebesse, como quer que se apresentasse na natureza o oposto do bem, não apenas ordem e beleza, mas também desordem e feiura – e mais do ruim do que do bom, mais do repugnante do que do belo –, um outro filósofo introduziu, então, a amizade e o conflito, cada um deles na condição de causa de um ou de outro. Se, pois, se busca e compreende a afirmação de Empédocles de acordo com seu sentido – e não em conformidade com aquilo que ele balbucia feito uma criança –, descobrir-se-á que a amizade é a causa do Bem e o conflito, a do Mal. Caso portanto se quisesse asseverar que Empédocles, num certo sentido, caracteriza o Bem e o Mal como princípios – e é, aliás, o primeiro a fazê-lo –, certamente se estaria com a razão." A filosofia moral de Empédocles revela-se decisivamente influenciada pelos pitagóricos, dos quais toma a doutrina da transmigração da alma, fundada no princípio da paga, e uma ascética regra de vida. Sua filosofia natural, porém, é inseparável de sua filosofia moral, uma vez que ele interpreta a ordem da natureza não apenas por analogia à ordem social, mas diretamente como ordem social[87]. Para ele, *filia* e *neikos* não são absolutamente meras designações comparativas de forças físicas ou químicas, mas sim as categorias ético-sociais do amor e do ódio, produtoras tanto da união e separação dos elementos na natureza, quanto da união e separação dos homens na sociedade, em paz e em guerra. "No rancor, todas as coisas se tornam dessemelhantes e discordantes; no amor, porém, todas elas se unem e anseiam umas pelas outras."[88] O amor é conhecido dos seres humanos como um impulso em seus membros. "É ele que se agita por trás dos elementos, embora isso não tenha sido jamais apreendido por um único mortal."[89] A ênfase no valor manifestada com *filia* e *neikos* faz que ambos apareçam inequivocamente Bem e Mal[90]. Empédocles fala do conflito "amaldiçoado"[91], "impertinente"[92], das "malignas querelas"[93], do ódio "triste"[94], da luta "furibunda"[95], da discórdia "sangrenta"[96] – tudo isso em contraste com o amor "irrepreensível", seu "ímpeto suave, imortal"[97]: o amor gera vida[98]; o conflito, a morte[99], e esta como "vingadora"[100]. O princípio da paga, segundo o qual o mal da punição vincula-se ao mal da culpa – e, visto dessa maneira, a algo que lhe é assemelhado –, encontra-se na base de sua doutrina de que tudo quanto é assemelhado atrai-se mutuamente e, sobretudo, na base também de sua tese epistemológica de que o igual somente é conhecido pelo igual. "Pois é por intermédio da terra que vemos a terra, da água que vemos a água, do éter que vemos o éter divino, mas é também por intermédio do fogo que vemos o fogo aniquilador; e mais: é por intermédio do nosso amor que vemos o amor, e por intermédio do nosso triste ódio que vemos o ódio.[101]" Uma especulação acerca do Bem e do Mal expressa-se também na doutrina dos quatro períodos de Empédocles[102]. O primeiro é a situação ideal de uma Época de Ouro na qual reina o amor. Paulatinamente, porém, o conflito a invade, e esse segundo período, no qual conflito e amor, o Bem e o Mal, encontram-se em disputa, é a época atual. No período seguinte, reina solitário o conflito, ao qual se opõe, posteriormente, o amor, até que este logra, então, recuperar sua soberania, restabelecendo-se assim a Época de Ouro no repetir-se contínuo e cíclico da sucessão dos períodos desse processo universal. Nesse eterno retorno da situação ideal original manifesta-se a vitória do Bem sobre o Mal. Essa especulação sobre Bem e Mal também é ligada, em Empédocles, à concepção de dois mundos: um Além bom e um Aqui mau. Esta se expressa na sua crença na alma, tomada dos órficos. A alma, designada por ele como "dáimon"[103], desce de sua morada divina e límpida no Além rumo ao Aqui terreno e obscuro, e essa descida é um símbolo no qual as oposições entre o em cima e o embaixo, entre luz e escuridão, representam a oposição entre Bem e Mal[104]. Sua alma "chora e lamenta por ocasião do nascimento", quando "avista o lugar insólito"[105], "o lugar inamistoso no qual, pelos campos sombrios da desdita, vagueiam para lá e para cá o assassinato, o rancor e bandos de outros espíritos da desventura"[106]. Em conformidade com o modelo órfico, Empédocles compara o Aqui com uma "caverna" escura[107], provendo assim o modelo para a famosa metáfora da caverna de Platão. É de especial significação aí que a descida da alma rumo ao corpo do Aqui é considerada punição – punição pelo Mal que ela cometeu no Aqui. "Trata-se de um ditame da necessidade, de uma determinação dos deuses, de algo antigo, desde sempre eterno, selado com amplos juramentos [ou seja, uma necessidade de se cumprir uma promessa feita sob juramento: uma necessidade normativa, e não causal]: quem, enredado em culpa, maculou com sangue assassino suas próprias mãos; quem, dentre os dáimons (isto é, as almas) contemplados com uma vida bastante longa, cometeu um perjúrio em consequência de um conflito – estes têm de, distantes dos bem-aventurados, vagar três vezes dez mil estações, nascendo, no curso desse tempo, sob todas as formas possíveis que assumem as criaturas mortais a alternar as penosas sendas da vida... A estes, hoje, pertenço também eu, um banido por Deus, um errante, pois fiei-me no conflito furibundo.[108]" Esta última afirmação só pode significar: pois eu, numa vida anterior, sucumbi ao Mal. A transmigração da alma, que vem do Além para o Aqui e deste retorna para aquele, pressupõe a salvação de um Aqui no Além. Ela se assenta numa doutrina dos dois mundos[109].

Também o dualismo desses dois mundos tem suas raízes, em última instância, no pensamento social de Empédocles. Também ele proveio de uma família nobre e participou ativamente da vida política. Seus concidadãos, segundo consta, chegaram mesmo a oferecer-lhe o trono real, o qual ele teria recusado[110], supostamente porque desejava ser tido por mais ainda do que um rei. Pois, em sua "Canção da expiação", ele diz: "Caminho não mais como mortal, mas qual um Deus imortal, reverenciado por todos, como é conveniente, com fitas cingindo-me a cabeça e verdes grinaldas. Quando os visito, nas pomposas cidades, homens e mulheres, sou por eles reverenciado; acompanham-me aos milhares, para informarem-se acerca do caminho que conduz ao prêmio"[111]. "E, no entanto, isso pouco me importa – como se algo de grande eu realizasse sendo mais do que eles, os mortais, devotados a tanta ruína.[112]" Assim vê Empédocles a sua relação com os homens: como uma oposição intransponível entre o agraciado com o saber divino, cujas palavras encerram em si a "verdade"[113], e a massa dos "impúberes", cujos "esforços não são de longo pensar"[114] – esse "pobre", "deplorável", "desditoso" gênero humano[115]. Por isso ele também vê o universo cindido em dois mundos.

A tendência de compreender a oposição entre Bem e Mal como oposição entre dois mundos encontra-se profundamente enraizada na consciência social do povo grego. Já em Homero verifica-se "um uso corrente na língua, segundo o qual o conceito de 'nobre' é expresso pela mesma palavra que designa 'bom'". Para isso L. Schmidt chama a atenção em sua *Ethik der alten Griechen*[116]. As palavras *estlós* e *kakós* significam não apenas corajoso e covarde – ou seja, designam não somente uma virtude essencial na sociedade homérica e seu oposto –, mas também "nobre" e "vulgar"[117].

Tem-se aí designações para duas classes da sociedade, uma vez que o poeta parte evidentemente do ponto de vista de que a coragem é uma virtude especificamente nobre e de que, portanto, a virtude constitui um privilégio da classe nobre, privilégio do qual o povo vulgar em nenhuma medida compartilha. E essa oposição das classes é, em princípio, insuperável. "A fronteira que separa as classes", escreve Nilsson[118], "é mantida por intermédio da ordem consuetudinária da sociedade. Transpô-la é arrogância (ὕβρις), e esta suscita indignação (νέμεσις). ... O homem do povo que buscasse alçar-se de sua classe àquela mais elevada teria certamente encontrado a resistência que se designaria com as palavras ἄγαμαι e ἐγάρω", isto é, com palavras que significam aproximadamente o mesmo que aquela através da qual se expressaria a assim chamada inveja dos deuses. E essa "inveja" dos deuses é sua reação contra qualquer tentativa humana de transpor as barreiras que se erguem entre eles e os mortais[119].

A barreira intransponível que separa ambas as classes da sociedade homérica é a linha divisória entre os dois mundos nos quais se apresenta cindida uma sociedade organizada aristocraticamente. Uma interpretação filosófica do mundo que se orienta ainda por categorias sociais e, compreensivelmente, tem sua origem tão somente nos membros da classe dominante – uma vez que só esta dispõe de ócio para a especulação filosófica – há de, por isso mesmo, apresentar a tendência de ver no cosmo sujeito a uma lei jurídica não um mundo homogêneo, mas dois mundos distintos, tão separados um do outro quanto a nobreza virtuosa do povo "vulgar", para o qual a verdadeira virtude é inatingível. A "poesia didática do aristocrata Teógnis de Mégara", escreve L. Schmidt[120], "encontra-se inteiramente impregnada da ideia de que bom e nobre são sinônimos, e de que o nobre, para permanecer fiel à sua origem, tem apenas uma coisa a evitar: o contato desmoralizador com os maus, ou seja, com os não nobres". Uma postura bastante semelhante verifica-se em Píndaro, que louva a virtude inata, herdada dos pais, mas deprecia profundamente a virtude meramente adquirida pelo aprendizado[121].

Em que medida a questão ética, na qualidade de questão central da filosofia de orientação essencialmente ética, encontra-se entrelaçada com a oposição entre as classes e, portanto, com a luta ideológica entre a política aristocrática e a democrática, mostra-o o fato de ser uma das questões mais controvertidas, à época de Platão, se a virtude é ensinável ou inata, se consiste em um saber adquirível por qualquer pessoa ou em um querer determinado pelo nascimento – isto é, em um caráter intransferível. É evidente que a última opinião corresponde a princípios aristocráticos, e a primeira, aos democráticos. Aparentemente, um filósofo para o qual o saber é a maior das qualidades – como afirmou Heráclito – haveria de simpatizar com a doutrina democrática, segundo a qual a virtude é saber e, portanto, ensinável. E, de fato, até mesmo filósofos de inclinação altamente aristocrática declararam a virtude um saber. Possivelmente, isso decorre em parte de estarem intimamente ligadas, no grego, as palavras que designam o querer e as que designam a reflexão – βούλεσθαι, βουλεύεσθαι, βούλησις, βουλή –, como ocorre no alemão com "ciência" (*Wissen*) e "consciência" (*Gewissen*)[122]; e de que, com a vitória da democracia, predominou a tendência, amparada na língua, de se considerar a virtude um bem acessível a todos, o ponto de vista segundo o qual a virtude é saber e, assim, ensinável. "O que Sócrates e seus discípulos ensinaram a esse respeito", escreve L. Schmidt, "repousa unicamente na continuação consequente daquilo que estava em conformidade com o ideário popular e que, havia tempo, já se incorporara à língua.[123]"

Entretanto, seria equivocado supor que, com essa doutrina, a oposição entre as classes encontra-se superada na filosofia. Ela apenas adquire um outro sentido. Permanece existindo, sempre, como oposição entre proprietários e despossuídos. O fator decisivo, porém, não é mais a propriedade de bens materiais, mas a do "saber"; e a oposição entre os sabedores e os não sabedores, entre cultos e incultos, entre o filósofo e a massa do povo incapaz de qualquer filosofia não é menor do que aquela entre proprietários e despossuídos, ainda que "cultos" e incultos não pertencessem realmente à classe dos proprietários – os primeiros – e dos despossuídos – os últimos. De fato, quando o verdadeiro saber do filósofo adquire um caráter mais ou menos místico-metafísico, cabendo apenas, pela graça divina, a uns poucos eleitos, a oposição torna-se tão insuperável quanto o é na sociedade homérica aquela entre a nobreza e o povo comum. É esse caráter que ela efetivamente assume na filosofia de Platão. Aí, a oposição entre sabedores e não sabedores, entre "filósofos" e a massa do povo, vincula-se muito conscientemente à oposição política entre dominadores e dominados. No Estado ideal de Platão, os filósofos é que estão qualificados para a dominação. Seu Estado ideal – conforme teremos ainda oportunidade de ver – não se encontra verdadeiramente organizado em três classes, como se costuma supor. Ele é um Estado de duas classes. Os filósofos são apenas uma elite de uns poucos indivíduos, dentro da classe dos vigilantes, com a ajuda da qual essa classe domina a dos trabalhadores. Também essa teoria de Platão é uma teoria dualista, assim como sua doutrina dos dois mundos é, no fundo, uma teoria política[124].

Predecessora e modelo da teoria dos dois mundos de Platão foi a metafísica de Parmênides, esta ostentando influências órfico-pitagóricas. Tanto quanto Heráclito, seu antípoda, também Parmênides provém de família nobre, tendo atuado como legislador em sua cidade natal. Ainda mais agudamente do que aquele, Parmênides, na qualidade de filósofo sabedor, contrapõe-se à massa ignorante dos demais seres humanos. Em seu "Sobre a natureza", escrito em versos, ele apresenta sua doutrina do Ser como uma revelação que lhe coube receber pessoalmente de uma deusa, que lhe diz, no início de sua viagem pelo caminho do conhecimento: "Nenhum revés do destino te enviou a este caminho (pois ele está, de fato, fora da senda dos homens), mas sim o direito e a justiça (θέμις τὲ δίκη). Agora, hás de saber tudo, tanto do âmago inabalável da plena verdade (Ἀληθείας εὐκυκλέος ἀτρεμὲς ἦτορ), quanto também das pseudo-opiniões dos mortais (βροτῶν δόζας), que não abrigam certeza verdadeira"[125]. Por graça divina, outorga-se-lhe a "verdade", enquanto o restante dos homens permanece cativo do engano. Desses, dos "mortais que nada sabem", diz a deusa que "cambaleiam por aí, esses seres de duas cabeças, pois, em seu peito, a perplexidade governa o pensamento, que oscila de um lado para o outro. Seguem à deriva, ao mesmo tempo mudas e cegas, essas multidões estupidificadas e indecisas (...)"[126]. A essa oposição entre ele, agraciado por Deus com a visão da verdade, e a multidão cativa da ilusão corresponde o dualismo – desenvolvido já por Parmênides anteriormente a Platão – entre o Ser revelado apenas pelo conhecimento verdadeiro e a aparência do devir, em que a enganadora *doxa* faz crer[127]. Há dois caminhos para o pensamento, ensina-lhe a deusa. "O primeiro (mostra) que (o ser) é e que é impossível que não seja. Esta é a senda do conhecimento, que, portanto, busca a verdade. O outro, porém, (afirma) que nada é e que tem de haver, necessariamente, esse Não-ser. Tal caminho, posso afiançar-te, é inteiramente insondável. E isso porque não podes nem conhecer (pois isso é impossível) nem expressar o que não é"[128], "visto que pensar e Ser são a mesma coisa"[129]. O dualismo dos dois caminhos do pensamento, dos quais um conduz à luz da verdade, o outro, às trevas do equívoco, repete-se na exposição que a deusa faz do conceito errôneo que os homens têm da essência das coisas. "Chamaram luz e noite (escuridão) a todas as coisas (...), de modo que tudo encontra-se repleto de luz e noite invisível ao mesmo tempo, assim nada é possível que não esteja sob uma ou outra (...)"[130]. Dessas duas formas, luz e escuridão, Dike diz que "uma não deveria ser assumida; nesse ponto, eles (os homens) se equivocaram"[131] – eles, "para os quais Ser e Não-ser são a mesma coisa e não o são, e para os quais há em tudo uma via que conduz ao seu oposto"[132]. Não há como desconhecer que esse dualismo do Ser e do Não-ser, que é identificado com aquele da luz e da escuridão, não possui qualquer sentido físico, mas há de ser entendido no sentido epistemológico e – sobretudo – ético;

que o Ser de Parmênides só pode significar e, portanto, implicar, o dever-ser: o Bem; e o Não-ser só pode significar e, portanto, implicar o que não deve ser: o Mal. Que Parmênides identifica a oposição entre Ser e Não-ser com aquela entre luz e escuridão (noite), atesta-o Aristóteles[133]. No caminho que o conduz ao conhecimento do Ser, escoltam-no as "filhas do sol" (Ἡλιάδες), que, anteriormente, deixaram a morada da noite rumo à luz (εἰς φάος). "Lá (na morada da noite) encontra-se o portão dos caminhos da noite e do dia; de suas chaves cambiantes cuida Dike, a que muito pune – Δίκη πολύποινος." E é Dike, a deusa da justiça retributiva, quem lhe revela a verdade sobre o Ser, cabendo atentar aqui para o fato de que, em toda especulação acerca de Bem e Mal, bem como em todo pensamento primitivo, verdade e justiça compõem uma única e mesma coisa, conhecer e querer não se diferenciam nitidamente. Parmênides expor sua doutrina justamente pela voz de Dike possui um significado decisivo, ao qual não se pode deixar de atribuir grande importância. Isso demonstra que essa doutrina não deve ser entendida apenas – e, talvez, nem mesmo primordialmente – no sentido de uma teoria do conhecimento, mas sobretudo da ética. De que outro modo pode-se compreender que as primeiras palavras as quais Parmênides faz dizer a deusa Dike sejam: "Nenhum revés do destino te enviou a este caminho, mas sim o direito e a justiça" (θέμις τὲ δίκη)[134]? Que o Ser imutável, do qual se exclui todo devir, encontra-se sujeito à lei da justiça vem expresso nestas palavras: "Dike não concedeu ao Ser nem o devir, nem o perecer; ela não lhe afrouxa os grilhões, mas segura-os firmemente". E quando, mais adiante, se lê: "Imóvel e imutável, ele jaz limitado por portentosas correntes, sem princípio ou fim (...), pois a poderosa necessidade (Ἀνάγκη) o mantém acorrentado a tal limite ..."[135], é, evidentemente, uma necessidade normativa – e não causal –, um dever-ser, que mantém o Ser acorrentado. É a justiça que proíbe ao Ser o devir. O Ser imutável, imóvel, é o Ser justo e bom, obediente a essa proibição – o Ser como ele deve ser. Apenas aquilo que não é como deve ser – o Mal – há de modificar-se, mover-se, e fazê-lo precisamente na direção do Bem, do tornar-se bom; tudo quanto é como deve ser, tudo quanto é bom, deve permanecer como é, deve ser imutável e imóvel. O que assim é "completo" (τετελεσμένον ἐστί) – conforme afirma expressamente Parmênides – tem um limite (πεῖρας), e "assemelha-se a uma esfera perfeitamente redonda"[136]. Pode-se ignorar que os pitagóricos, cuja influência sobre Parmênides é incontestes, louvam a esfera como a figura mais perfeita e que, em sua doutrina dos opostos, eles situam o "limite" e a "luz" do lado do "Bem", em oposição à ausência de limites e à escuridão, ambas pertencentes ao Mal[137]? A tese de Parmênides, segundo a qual tudo quanto é existe – *é* – e tudo quanto não é não existe – *não é* –, configuraria uma tautologia inútil se o que é não significasse o que deve ser, o Bem, e se o que não é não representasse o que não deve ser, o Mal – ou seja, se nela, portanto, não estivesse ao menos implícita a norma de que o Bem deve ser e de que o Mal não deve ser. Numa especulação sobre Bem e Mal que só admite o que deve ser, a exigência de que o Bem, e apenas ele, deve ser é alçada à afirmação de que o Bem, e apenas ele, é, constitui o que *deve* ser, ou seja, o verdadeiro Ser; a exigência de que o Mal não deve ser é alçada à afirmação de que o Mal não *é*, não tem verdadeiro Ser, e, por conseguinte, o Mal, que não deve ser, que não constitui um verdadeiro Ser, *não é*. O Mal, o que não deve ser, tampouco deve ser pensado. É esse o sentido das palavras: os mortais ignorantes diferenciam duas formas, luz e escuridão, "*das quais uma não deveria ser assumida; nesse ponto, eles se enganaram*". Essa tal forma só pode ser a escuridão, o Mal. Visto que o Mal não deve sequer ser pensado, essa especulação, na qual Dever-ser e Ser se confundem, desemboca na tese paradoxal de que aquilo que não é – ou seja, aquilo que não deve ser – não pode ser pensado, não é concebível e nem sequer exprimível[138] (embora Parmênides, em sua doutrina, tenha ele próprio de pensar esse Não-ser e o aborde). A identificação do pensar com o Ser – a frase de Parmênides τὸ γὰρ αὐτὸ νοεῖν ἐστίν τε καὶ εἶναι[139] – só pode ser inteiramente compreendida entendendo-se o seu conceito de Ser como um Ser não apartado do Dever-ser, como um Ser que é Dever-ser e que, na verdade, revela-se apenas no pensar – num pensar ainda não diferenciado do querer –, jamais na percepção sensível da realidade empírica.

Nos fragmentos de Parmênides de que dispomos temos os resquícios de uma especulação acerca de Bem e Mal expressa em símbolos psicológicos, que exerceu influência fundamental sobre a de Platão. Quando Parmênides contrapõe ao mundo transcendental da verdade do pensamento puro o mundo empírico – isto é, o mundo dos sentidos, entendido como o da "ilusão" –, ele o faz porque esse mundo é dualista; ou, mais exatamente, porque ele assim se nos apresenta: dilacerado em oposições entre Bem e Mal, luz e escuridão, direita e esquerda, masculino e feminino – como um mundo, pois, da geração pelo sexo, e, por isso mesmo, um mundo do devir. Esse mundo bissexuado do devir, o mundo dos nossos sentidos, é categoricamente rejeitado por Parmênides, na medida em que é caracterizado como um constructo da ilusão, como mera aparência, e na medida também em que lhe é contraposto um mundo do verdadeiro "Ser" no qual, não havendo qualquer oposição – e, particularmente, oposição entre os sexos –[140], inexiste devir. Desse modo, a metafísica de Parmênides assume aquela postura pessimista que é tão característica da inclinação original da filosofia platônica, em sua rejeição – tanto no plano da ética quanto no da teoria do conhecimento – do mundo dos sentidos[141, 142].

Na teologia de Platão, a tendência dualista encontra expressão completa na doutrina de seu discípulo Xenócrates, que, segundo Heinze[143], "não possuía qualquer outra ambição senão a de ser um intérprete fiel de Platão", e que, "talvez na condição do único a fazê-lo dentre os discípulos do filósofo, acolheu em si a totalidade das convicções *religiosas* do já idoso Platão, desenvolvendo um sistema a partir delas (...)"[144]. Duas divindades superiores figuram nessa sua teologia: *Monas* (Μονάς), uma divindade paterna masculina, equivalente ao Zeus da religião tradicional, personificando o Bem; mas também, juntamente com esta, uma divindade feminina, na condição de mãe e alma do universo – *Dias* (Δυάς). Esta traz em si o *apeiron* (ἄπειρον) platônico, representante do Mal[145]. Identificar o Bem com o masculino, com o pai, e o Mal com o feminino, a mãe, é inteiramente conforme ao pensamento de Platão, que, no *Timeu*, como vimos, compara a substância amorfa – a matéria primordial, na condição do Mal

– à mãe, e o elemento "modelar" que a penetra e conforma, o Bem, ao pai.

A resistência que persiste até mesmo numa teologia pronunciadamente dualista como a de Zaratustra, contra a admissão – ditada pela lógica – da existência de um Deus mau em contraposição ao Deus bom, revela-se no fato de que, nessa teologia, o princípio mau não ascende à condição de paridade absoluta com o princípio bom. Na concepção de uma vitória futura do Bem sobre o Mal, este é submetido àquele e, assim, afinal negado e eliminado do sistema divino. Segundo a doutrina de Zaratustra, na origem do acontecer universal encontram-se um espírito bom e outro mau. "Ambos criam e escolhem seu mundo: um deles, a morte, os maus e, para estes, o inferno; o outro, a vida e a justiça, os homens pios e, para eles, o céu.[146]"

A vida do mundo constitui-se de uma luta entre esses dois poderes pela dominação universal, uma luta que culminará com a vitória do Bem e a aniquilação definitiva do Mal. Nas *Leis* (904), Platão apresenta a ordem universal divina como um plano esboçado pelo "soberano real", "no qual cada parte há de ter o seu lugar", "a fim de, de modo tão eficaz, fácil e infalível quanto possível, contribuir para a vitória da virtude (do Bem) no universo, bem como para provocar a derrota da maldade".

Uma vitória do Bem sobre o Mal só é possível se este for tão "real" quanto aquele; se o Mal não for desde o princípio nulo – como na concepção original da doutrina das ideias –, mas devendo tão somente ser aniquilado.

Capítulo 3
A absolutização do dualismo

De acordo com seu sentido original, o dualismo fundamentalmente ético da filosofia platônica é um dualismo absoluto – uma vez que o Mal constitui simplesmente a negação do Bem; e a tendência a se formular oposições conceituais de modo absoluto é um sintoma assaz seguro de uma reflexão voltada para o ético-normativo – em última instância para o valor – e não para a realidade, para o Dever-ser transcendente e não para uma reflexão voltada para o Ser empírico. Esta, sempre que possível, não trabalhará com opostos absolutos, mas esforçar-se-á por relativizar as oposições com as quais a princípio depara, o que significa admitir patamares intermediários, transições graduais de um polo a outro, dissolver toda a gama de fenômenos em séries de diferenças quantitativas de formas que transitam umas em direção às outras; assim, terá em mira, acima de tudo, o conceito de evolução. A história do pensamento grego mostra-nos como o conhecimento da realidade natural começa a se libertar da especulação ético-religiosa: que são relativizados os opostos absolutos a partir dos quais o mundo era visto por essa especulação, que remete toda e qualquer oposição à oposição fundamental entre Bem e Mal. A relativização da oposição fundamental entre Bem e Mal é uma das pontes pelas quais passa o caminho que conduz, da ética de uma especulação acerca de Bem e Mal, à ciência da natureza. Há aí uma mudança decisiva: também o Mal, e não apenas o Bem, é reconhecido como algo que é, como real, e a realidade empírica não apenas como má, mas como boa também, como uma mescla de Bem e Mal[147]. Se a realidade empírica pode ser tanto boa quanto má, então nem o bom, nem o mau constituem uma qualidade essencial dessa realidade, que deve, assim, poder ser conhecida independentemente de qualquer avaliação moral. Com a relativização da oposição entre Bem e Mal dá-se o primeiro passo rumo à autodissolução da especulação acerca de um e outro, fazendo-a ao mesmo tempo recuar, em proveito de um conhecimento da realidade empírica[148].

Na concepção original da visão de mundo platônica evidencia-se nitidamente o pendor para a absolutização do dualismo fundamental. Entre os dois mundos nos quais, para ele, cinde-se o todo universal, Platão sustenta haver uma diversidade essencial. Tão fundamental é essa oposição entre os dois mundos, que caminho algum conduz do primeiro ao segundo, uma vez que aquele – o mundo inteligível – não é acessível ao conhecimento humano, conforme este se processa no segundo, isto é, no mundo sensível. A oposição absoluta entre ambos esses mundos, que se verifica na transcendência de um em relação ao outro, é componente essencial da doutrina da imortalidade da alma, e da doutrina das ideias, inseparavelmente ligada a esta, tal como exposta no *Fédon*. A alma provém de um mundo que é completamente diferente daquele que, ao longo de sua vida, o homem percebe por intermédio dos sentidos, ou seja, com seu corpo; e é também rumo a esse outro mundo que a alma retorna. Esse outro mundo é o mundo das ideias e, enquanto tal, o mundo do Ser. "Para mim, nada há que esteja tão indubitavelmente certo quanto isto", afirma Platão pela voz de Símias: "que a todas essas concepções, ao Belo e ao Bom" – o que significa dizer às ideias –, "(...) cabe o mais verdadeiro Ser"[149]. Esse Ser, que Platão caracteriza como o "não composto", permanece sempre idêntico a si mesmo, persiste nessa mesma condição e não admite "a mais mínima mudança", nenhuma "alteração", isto é, se encontra em repouso, ao contrário do "composto", que "se comporta ora assim, ora assado", sujeito à mudança e à alteração, àquilo "que jamais, nem por um único momento, permanece idêntico a si próprio ou ao que lhe é semelhante" e que, portanto, encontra-se em estado de movimento, ou do devir. Tal é a condição das coisas perceptíveis pelos sentidos[150], o que equivale a dizer do mundo empírico do Aqui, em contraposição ao mundo transcendental das ideias, o mundo do Além. Aquele "pode ser apalpado, percebido por intermédio dos olhos ou de qualquer outro dos sentidos", ao passo que essas "coisas que permanecem sempre idênticas a si próprias não podem ser compreendidas senão com o intelecto pensante"[151]. O mundo empírico do devir, o das coisas que se comportam "ora assim, ora assado", é apenas objeto da percepção sensível, aqui caracterizada por Platão como "contemplação por intermédio do corpo". Voltada, porém, para o que "jamais permanece idêntico a si próprio", para algo que oscila de um lado para o outro, essa contemplação assemelha-se à visão que tem um bêbado. Se o homem – ou seja, sua alma presa ao corpo – contempla as coisas "por intermédio do corpo", isto é, percebe-as através dos sentidos, a alma mergulha "ela própria na hesitação e na confusão", titubeando "como se estivesse embriagada, e justamente porque confrontada com coisas de natureza instável"[152]. O objeto da percepção sensível, tanto quanto aquilo que o bêbado acredita estar vendo, é apenas aparência enganadora, e não verdadeiro Ser. É apenas quando a alma, sem a intermediação do corpo e "limitando-se inteiramente a si própria, dedica-se à contemplação, que ela se volta para o outro lado, para o puro, o eterno, o imortal e o que permanece sempre idêntico a si próprio, e, aparentada a estes, tão logo se vê sozinha e o permitem as circunstâncias, a alma detém-se sempre na sua contemplação, deixando para trás todo o instável e, enquanto se ocupa dessas coisas, permanecendo sempre absolutamente idêntica a si própria, porque confrontada com coisas de natureza semelhante à sua. O que nela assim se processa chama-se conhecimento racional"[153]. A percepção sensível, pelo contrário, na qualidade de "contemplação por intermédio do corpo", não é função da razão, mas de seu oposto. Platão fala-nos expressamente da "irracionalidade do corpo"[154]. Decorre daí que só é lícito acreditar naquilo que a alma, "graças unicamente à sua própria força, reconheceu nas coisas como o que é em si", ou seja, no resultado do conhecimento racional. Já daquilo que resulta da percepção sensível – a contemplação por intermédio do corpo –, disso não se deve "tomar (...) coisa alguma por verdadeira"[155]. De acordo com a doutrina da alma e a das ideias, conforme se encontram expostas no *Fédon*, existe apenas um tipo de conhecimento: o conhecimento racional; e este só é possível anteriormente à encarnação da alma ou posteriormente à sua libertação do corpo. Isso porque o corpo impede a alma de conhecer o verdadeiro Ser. "Perturbando e confundindo", ele se interpõe entre a alma e a verdade[156]. Capaz de contemplar o Ser, a verdadeira realidade, é não o ser humano vivendo no mundo da aparência e tendo sua alma desterrada num corpo, mas apenas a alma que se libertou do corpo, evadindo-se para o mundo do Ser. É o abismo da morte que separa esses dois mundos. Platão afirma pela voz de Sócrates: "No fundo, todos aqueles que se ocupam da filosofia de maneira correta" – ou seja, aqueles que se empenham em conhecer o verdadeiro Ser – "jamais almejaram outra coisa senão morrer e estar morto"[157]. Pois somente por intermédio da morte produz-se a total separação entre a alma e o corpo que a impede de conhecer o Ser verdadeiro. "Quando, para a contemplação, nos valemos do pensamento puro, é como se, de certo modo, a deusa da morte nos levasse consigo; pois enquanto o corpo pesar sobre nós, e nossa alma estiver deformada por esse mal, jamais atingiremos inteiramente aquilo pelo que ansiamos. (...) trata-se para nós, portanto, de fato consumado que, caso desejemos alguma vez obter o puro conhecimento, teremos de nos libertar dele (do corpo) e contemplar as coisas em si unicamente com a alma. E, ao que parece, aquilo pelo que ansiamos e que é objeto de nosso amor, isto é, a racionalidade (ou seja, o conhecimento puro), nós não a obteremos até que tenhamos morrido; enquanto vivermos, não a teremos – isso se evidencia bastante nitidamente. Se, conjuntamente com o corpo, é impossível alcançar um conhecimento puro, restam-nos, então, duas alternativas: ou é inteiramente impossível obter um saber, ou só é possível após a nossa morte.[158] "Deveria então aquele que verdadeiramente ama o conhecimento racional, e (...) revela-se fortemente impregnado da esperança de em nenhuma outra parte dele participar satisfatoriamente senão no Hades, recusar-se a morrer e para lá partir sem alegria? Não, nisso não se pode acreditar, meu caro – ou, pelo menos, não de um genuíno filósofo. Este alimentará crença sólida de que em parte alguma, senão lá, poderá participar do puro conhecimento racional.[159]" O caráter absoluto da oposição entre os dois mundos espelha-se, no plano da teoria do conhecimento, na suposição pessimista de que o outro mundo, o verdadeiro Ser do Bem, não é cognoscível neste mundo, na esfera do Mal. Para Platão – conforme se há de enfatizar constantemente –, conhecimento é sinônimo de conhecimento do Bem. A questão decisiva de sua filosofia indaga: é possível conhecer o Bem? Nesse ponto, Platão parte da identificação entre Ser e Conhecer estabelecida por Parmênides. "Ser" bom coincide com "conhecer" o Bem. Todo aquele que sabe o que é o bom é ele próprio bom, ou seja, age bem. Ninguém pratica o mal voluntariamente, pois ninguém erra voluntariamente. O ser humano que age mal o faz porque não sabe o que seja o bom, porque toma por bom o que, na verdade, é mau. É, portanto, incapaz de agir bem. Sua ignorância – na qual consiste o Mal – o separa, a ele e a seu mundo, para sempre do Bem, que consiste no saber. Um saber do Bem é impossível a um ser humano cativo deste mundo, preso ao próprio corpo. Contudo, esse dualismo absoluto do Bem, situado no "Além" do Ser verdadeiro, e do Mal, imanente ao "Aqui" da aparência enganadora, conduz, levado às últimas consequências, à conclusão paradoxal de que, neste mundo, não pode haver realmente um Bem, posto que o mundo da aparência e do devir encontra-se apartado do verdadeiro Ser – e, com isso, do Bem; e de que, neste mesmo mundo, tampouco pode realmente haver um Mal, pois, assim como a toda realidade empírica, não lhe cabe qualquer Ser verdadeiro. O dualismo absoluto do Bem e do Mal, do verdadeiro Ser e da aparência enganadora – do qual parte essa filosofia moral –, conduz, necessariamente, à sua autoanulação. Parece que Platão teve consciência desse problema. No *Parmênides*, faz o eleático, que admira, defender – em sua crítica à doutrina das ideias perante o jovem Sócrates – o ponto de vista de que as ideias, como entidades transcendentes, são inacessíveis ao conhecimento humano, sendo impossível que guardem qualquer relação com as coisas terrenas deste mundo; e que Deus – a personificação do Bem –, como ser transcendente, tem sua vigência circunscrita no Além, e por isso jamais teria como exercer sobre nós, neste mundo, a sua soberania[160]. Sendo absoluta a oposição entre ambos os mundos, o Ser e o Bem não podem chegar ao devir e ao Mal, e Deus não pode governar os homens. Por isso, a oposição fundamental, originalmente concebida de modo absoluto, precisa ser abrandada, tem de ser relativizada. O conhecimento do verdadeiro Ser, e particularmente do Bem, não pode ser inteiramente impossível; a despeito do abismo intransponível que se abre entre os dois mundos, ele tem de ser, de alguma forma e em alguma medida, possível aos homens vivendo neste mundo. O mundo da realidade empírica não pode ser meramente aparência enganadora, mas tem de conter em si, de alguma maneira e em alguma medida, algo do verdadeiro Ser; de algum modo, o Bem do Além precisa chegar até o Mal do Aqui, assim como este até aquele. Esse não é um problema exclusivamente da teologia platônica, mas de toda teologia que contrapõe inicialmente o Bem divino, como transcendente, ao

Mal humano deste mundo, para depois – através da ética voltada para o aperfeiçoamento do homem, para sua salvação do Mal – buscar compreender Deus como imanente ao mundo, e o homem como imagem de Deus.

Capítulo 4
A relativização do dualismo

De fato, a doutrina platônica não mostra apenas a tendência para a absolutização, mas também uma tendência oposta, voltada para a relativização das oposições; o pensamento de Platão é tão discrepante quanto o mundo que ele espelha. Vê-se em suas obras um áspero dualismo, que não admite ponte alguma entre os dois mundos a permitir o trânsito do conhecimento de um para o outro; e, a seu lado, um profundo pessimismo, que nega o mundo do Aqui e a possibilidade do seu conhecimento para – tanto no plano do Ser quanto no do Conhecer – responder positivamente apenas ao mundo do Além; um dualismo pessimista, que se alça até a mais violenta inversão jamais ousada por um gênio desdenhoso da natureza e de sua ciência, na medida em que proclama como incognoscível o que é dado pela experiência, como conhecimento verdadeiro o que é apenas um conhecimento postulado, e o que se situa para além da experiência como o objeto de um conhecimento acessível apenas a uma capacidade sobre-humana. Ao lado disso, porém, vê-se o nítido esforço para preencher, de algum modo, o abismo que separa os dois mundos, para inserir um meio-termo, um intermediador entre os dois produtos irreconciliavelmente opostos de sua especulação dualista. Sob variadas formas surge, nesse sentido, a doutrina de uma *metaxy*, sintoma de uma mudança do pessimismo dualista para uma proposição que reconhece também o mundo da realidade empírica. O decisivo nessa mudança é que Platão reconhece como Ser não apenas o mundo da ideia – ou seja, o Bem –, mas também o mundo das coisas isoladas, o devir, e, assim, o Mal. Este não é mais simplesmente o que não é, um Nada. O Mal faz-se Algo e, por fim, surge como uma espécie de Antideus do Bem personificado na divindade suprema. A "alma má do mundo" é apenas a consequência última da especulação platônica – como de qualquer outra especulação valorativa – na medida em que se vê obrigada a acolher o Mal no sistema de valores, uma vez que não pode mais simplesmente negar a realidade natural, ou seja, dizer dela que não é, porque não é boa. É preciso admitir o "Não-ser" do Mal como "Ser" – ainda que um Ser diverso do Bem, que de alguma forma se lhe opõe – porque o mundo empírico do devir, e particularmente do acontecer humano, deseja ser compreendido como um mundo de alguma forma existente. Seu devir é explicado como uma mescla de Ser e Não-ser, ele é, ao mesmo tempo, bom e mau. Porém, como não possui o puro Ser do bom, situa-se num plano inferior ao do mundo da ideia. Em vez de uma oposição absoluta entre os dois, passa a haver uma diferença gradual, uma ordem hierárquica dos valores.

Sob forma embrionária, essa tendência está presente já na concepção original da doutrina das ideias, quando – no *Fedro*[161] e na *República*[162], por exemplo – as coisas no Aqui do mundo sensível são caracterizadas como "cópias" ou "sombras" das "coisas lá de cima", isto é, das ideias, e quando – como no *Fédon* – a relação com o mundo das ideias é definida como participação (μέθεξις) ou presença (παρουσία) de umas nas outras, e onde se chega mesmo a afirmar que "jamais pode haver qualquer outro devir de alguma coisa" senão "por intermédio da participação na essência particular daquilo a que pertence"[163], o que significa que o mundo do devir só existe pela participação no mundo das ideias. Se o mundo sensível é sombra ou cópia do mundo das ideias, se ele, de alguma forma, participa do Ser verdadeiro, não é possível que seja mera aparência enganadora, que seja, como Não-ser, contraposto ao Ser: ele tem de ser, em algum sentido, ou em algum grau. Portanto, a reflexão voltada para esse objeto há de ser uma espécie de conhecimento. Na *República*, Platão se atém, de início, à doutrina defendida no *Fédon*, segundo a qual a percepção sensível voltada para o devir não tem por objeto o Ser, mas a mera aparência. Assim como essa observação por meio dos sentidos é comparada, no *Fédon*, à visão que tem o bêbado, é comparada, na *República*, a uma visão onírica. Quem busca voltar-se para o Ser transcendente e ver as ideias "está acordado"; já os que se limitam à percepção sensível do devir "sonham"¹⁶⁴. Isto é, o mundo empírico da percepção pelos sentidos – o devir – está para o mundo transcendente das ideias – o Ser – tal como a aparência está para a realidade. À contemplação do Ser transcendente Platão chama "conhecer"; à percepção sensível do devir, mero "opinar". Em concordância com essa equiparação do mero opinar ao "sonhar", lê-se mais adiante, em outro contexto, "que as opiniões desprovidas do conhecimento seguro são todas más, mesmo as melhores dentre elas são cegas"¹⁶⁵; que o mero opinar é "visão embotada", "carente de toda e qualquer razão"¹⁶⁶; que a "opinião" tem por objeto nada mais do que "sombras", e quem se contenta com a mera opinião passa sua vida a "sonhar e dormir", "antes ainda de acordar, alcança o mundo subterrâneo, para lá mergulhar em sono definitivo"¹⁶⁷; que, na medida em que uma contemplação – como a da geometria – volta-se para o Ser, ela é útil, mas, voltando-se para o devir – o que caracteriza a mera opinião –, carece de "qualquer utilidade"¹⁶⁸, isto é, não possui valor algum, do ponto de vista do conhecimento. Em todas essas manifestações, é absoluta a oposição entre os dois mundos, como oposição entre o Ser e a aparência – isto é, Ser e Não-ser. Contudo, imediatamente depois de haver contraposto a observação do devir perceptível pelos sentidos – simples sonhar – à contemplação do Ser transcendente – vigília –, Platão afirma, sem fundamentá-lo melhor, que aquilo que acabou de designar como objeto do mero sonhar – e que, portanto, é uma aparência oposta ao Ser, um Não-ser – "participa" do Ser transcendente. E só agora designa a observação do devir perceptível pelos sentidos como "opinar", diferentemente da contemplação do Ser transcendente, que é "conhecer" (saber). Essa introdução do princípio da participação tem por objetivo alçar o mundo do devir perceptível pelos sentidos da condição de Não-ser, da mera aparência, à de uma espécie de Ser; e a uma espécie de conhecimento, o mero sonhar do "opinar". Tal "opinar" não pode ser o conhecimento daquilo que não é, o ser do Não-ser, "pois como se pode conhecer algo que não é? Fica pois suficientemente constatado (...) que o que é de forma plena é plenamente cognoscível, e o que simplesmente não é, pelo contrário, é totalmente incognoscível"¹⁶⁹. A opinião não tem por objeto o que não é: "quem opina não relaciona sua opinião a *alguma coisa?*"[170]. A opinião, portanto, é uma espécie de conhecimento – não pleno, mas, ainda assim, conhecimento. Por conseguinte, o objeto desse conhecimento há de possuir um Ser – tampouco ele pleno, mas um Ser. Platão expressa isso caracterizando o objeto do conhecimento ao qual chama "opinar" como algo intermediário entre o Ser e o Não-ser. "Sócrates: Muito bem. Mas se algo se comporta de maneira a ser e não ser ao mesmo tempo, não se situaria esse algo no meio, entre o que incondicionalmente é e o que simplesmente não é? Gláucon: Isso mesmo. Sócrates: Bem, se o conhecimento está relacionado com o que é e o não conhecimento com o que não é, então há de se encontrar também para aquele algo intermediário, caso ele efetivamente exista, um meio-termo entre a ignorância e o saber. Gláucon: Certamente.[171]" Objeto do saber é o Ser "pleno"; objeto do opinar, um Ser incompleto. De fato, o opinar não é saber, mas tampouco é não saber; é um grau inferior do saber, assim como seu objeto é um grau inferior do Ser. "Sócrates: A opinião não seria, pois, nem ignorância nem saber. Gláucon: Assim parece. Sócrates: Estaria ela, então, acima de ambos, na medida em que supera seja o saber em clareza, seja a ignorância em sua falta de clareza? Gláucon: Nenhuma das duas coisas. Sócrates: Decerto parece-te, antes, que a opinião é mais obscura do que o saber e, por outro lado, mais clara do que o não saber? Gláucon: Muito mais. Sócrates: E ela certamente se situa no interior de ambos? Gláucon: Isso mesmo. Sócrates: Portanto, a opinião situa-se entre um e outro. Gláucon: Evidentemente.[172]" Mais adiante, Sócrates diz do objeto do conhecimento designado como opinar que ele "participa de ambos, tanto do Ser quanto do Não-ser, sem apresentar qualquer um deles em toda a sua pureza, de modo a que o possamos chamar imaculado". Se aquilo de que as coisas "participam" são as ideias, teria de haver também – em consequência da afirmação que acabamos de citar – uma ideia do Não-ser, o que certamente é um verdadeiro contrassenso, posto que as ideias constituem precisamente o que é.

Considerando-se que – segundo essa exposição – existem estágios intermediários entre o Ser e o Não-ser, a oposição entre ambos passa a ser interpretada não como contraditória, mas como meramente contrária. O Não-ser não é a negação do Ser, mas seu estágio inferior, um caso extremo do Ser; assim como o Ser das ideias, o Ser "pleno", é o estágio mais elevado, o outro caso extremo do Ser. A realidade empírica é um estágio intermediário entre ambos esses casos extremos. Não mais é, de modo algum, mera aparência enganadora, ilusão, uma construção onírica irreal, a alucinação de um bêbado, mas situa-se no interior da realidade edificada segundo estágios.

Que a realidade tenha diversos graus ou estágios, só é possível se ela coincide com o valor, entendendo-se aqui valor num sentido subjetivo, ou seja, como função do desejar e do querer. Porque apenas o valor, assim compreendido, pode ter graus ou estágios, de acordo com a intensidade do desejar e do querer; não pode apresentá-los, no entanto, uma realidade livre de valores, isto é, uma realidade enquanto objeto de um conhecimento liberto de todo desejar e de todo querer. O que importa a Platão nessa construção da realidade segundo estágios é conduzir o objeto axiológico do Bem e do Mal – que para ele é a oposição entre Ser e Não-ser – de uma oposição absoluta a outra apenas relativa. Nada mais significativo do que o fato de que Platão, nesse contexto, menciona um valor – a justiça – como exemplo único de um objeto que, situado entre o Ser e o Não-ser, constitui objeto do conhecimento caracterizado como opinião. "Sócrates: Ao que parece, descobrimos, pois, que as variadas concepções usuais da grande multidão relativamente ao Belo e a tudo quanto seja dessa espécie pairam a meio caminho entre o que não é e o que é incondicionalmente. Gláucon: Exato. Sócrates: Anteriormente, porém, já havíamos constatado que, deparando-nos com algo dessa natureza, haveríamos de considerá-lo como objeto da opinião, e não do saber, na medida em que aquilo que paira a meio caminho é apreendido também por meio de um poder igualmente intermediário. Gláucon: Foi o que constatamos. Sócrates: Daqueles, portanto, que só veem variadas formas do Belo, mas não enxergam o próprio belo nem são capazes de seguir quem conhece o caminho até ele; dos que veem variadas formas do Justo, mas não o Justo em si, e assim com tudo o mais – desses todos, pois, vamos afirmar que possuem apenas uma opinião sobre tudo, mas nenhum saber acerca daquilo sobre o que opinam. Gláucon: Necessariamente.[173]" O Justo encontrável na realidade empírica e apreensível por meio do conhecimento designado como opinião é um estágio intermediário entre o absolutamente Justo – que é o Ser pleno – e o absolutamente Injusto – o pleno Não-ser. Em consonância com isso, Platão fala posteriormente de um "Ser de menor valor" e um "Ser de maior valor", bem como de coisas que possuem uma maior ou menor participação no puro Ser, coisas às quais compete um Ser em maior ou menor medida[174]. A concepção de diversos graus do Ser expressa-se também na passagem em que Platão fala da ideia das coisas corpóreas. Aqui, ele diferencia a ideia de uma cama, que apenas pode ser pensada, que é obra de Deus, a cama perceptível pelos sentidos (construída pelo marceneiro) e a imagem da cama construída pelo marceneiro (pintada pelo pintor) como três graus diferentes do Ser. Chama, então, ao pintor da cama o "autor do produto que ocupa o terceiro estágio descendente da realidade pura"[175]. Na exposição da alegoria da caverna[176], lê-se: se um dos acorrentados, liberto dos grilhões, pudesse olhar para cima, em direção à luz, teria ele "se aproximado do que é e se voltado para coisas dotadas de um Ser mais forte". Se as ideias são dotadas de um Ser "mais forte", então há de caber às sombras um Ser mais fraco e, portanto, um Ser, ainda que de um grau inferior. Um "Ser mais forte" significa um Ser de valor superior; um Ser mais fraco, um Ser de valor inferior – o que não quer dizer um desvalor. E, de fato, se a realidade empírica é uma cópia das ideias transcendentes – ou seja, do Bem –, se participa, em maior ou menor medida, do absolutamente Bom, do Ser verdadeiro, então ela não pode ser Não--ser, não pode ser absolutamente má; se não de forma plena, ela, ainda assim, há de ser de algum modo, isto é, há de aproximar-se de ser boa, o que significa ser e não ser, ser boa e má ao mesmo tempo – uma mescla, pois, de Ser e Não-ser, de Bem e Mal, algo intermediário entre o absolutamente Bom e o absolutamente Mau. Isso significa que a oposição ontológica – e a ética, a ela vinculada na filosofia de Platão – não é apresentada como absoluta, mas como meramente relativa. Paralelamente, no entanto, Platão conserva a ideia de uma oposição absoluta. Na passagem da *República* citada anteriormente[177], na qual o Ser das ideias apenas é designado como um Ser "mais forte", não se diz expressamente que aquilo que os acorrentados veem tem um Ser mais fraco, mas afirma-se que as sombras que veem são "meras nulidades".

Embora, por um lado, Platão procure agora relativizar aquilo que, no *Fédon*, é apresentado como oposição absoluta entre os dois mundos, e o faça admitindo como uma espécie de conhecimento, como *doxa* – paralelamente ao conhecimento racional, a *episteme* –, a percepção sensível que, originalmente, oferecia apenas aparência e ilusão, por outro lado, ele tenta ainda apresentar de novo a oposição entre ambas essas espécies de conhecimento, como tão áspera quanto possível, possivelmente como absoluta. O conhecimento do Ser verdadeiro, doravante possível no Aqui, dá-se, aliás, não como uma ascensão paulatina e gradativa desde a mera opinião, a *doxa*, até o verdadeiro saber, a *episteme*. A reviravolta de uma para a outra só é possível através de uma sublevação revolucionária, por assim dizer, na alma do homem. Tão logo alguém passa da opinião para o saber, encontra-se numa situação fundamentalmente diversa. De súbito, surge algo de essencialmente novo[178]. Quando se deve trilhar o caminho que conduz do mundo da mera aparência até o conhecimento do verdadeiro Ser, faz-se necessária uma total "libertação" (*lysis*) do mundo da experiência sensível, uma "inversão" radical. Na exposição da alegoria da caverna lê-se que o que é necessário para que os acorrentados vejam as coisas reais, e não apenas suas sombras, é "sua desvinculação dos laços e sua cura da ignorância", um "voltar-se para o outro lado", um "pôr-se (...) em movimento e olhar (...) para cima, em direção à luz", em vez de fitar fixamente as sombras, a fim de, desse modo, "estar mais próximo do que é e voltado para coisas (...) às quais compete um Ser mais forte". Naturalmente, a "violência" dessa inversão há de ser sentida como "dolorosa"[179], mas ela eleva a alma do reino do sensível "até o reino do meramente concebível"[180]. É "uma reversão da alma de uma espécie de dia noturno para o verdadeiro dia, ou seja, para aquela ascensão que conduz ao Ser e a que chamaremos a verdadeira filosofia"[181]. "Nossa presente investigação", diz Platão, "mostra que, semelhantemente ao homem incapaz de voltar os olhos da escuridão em direção à claridade sem mover o corpo todo, assim também a capacidade de saber inerente a toda alma e o órgão através do qual se alcança o conhecimento precisam voltar-se, juntamente com a totalidade da alma, da esfera do devir para o outro lado, até se tornarem capazes de suportar a contemplação do que é e da luz mais brilhante dentre tudo quanto é. Essa, conforme afirmamos, é o Bem.[182]" Esse afastamento do mundo sensível e esse voltar-se inteiramente para o mundo espiritual das ideias seriam incompreensíveis se não significassem o afastamento do Mal e a orientação para o Bem. Precisamente nesse contexto pode-se ler que a alma que, embora provida de boa visão, não logra realizar aquela completa "reversão" "encontra-se acorrentada ao Mal, de modo que, quanto mais nitidamente ela vê, mais males pratica", e que nessa alma "dependuram-se qual balas de chumbo os elementos aparentados ao devir" – quais sejam, os desejos e prazeres –, "voltando sua visão para baixo"[183]. É apenas levando em conta que a esfera da percepção sensível significa o Mal e a do pensamento, o Bem que se pode entender a recusa de Platão em vincular o perceber ao pensar. O que se expressa nessa doutrina da completa inversão não é uma percepção concernente à psicologia ou à teoria do conhecimento – ou, pelo menos, não primordialmente. Somente a experiência ética do pecador que se transforma em santo encerra a vivência da "inversão" avassaladora que é típica de tal transformação. É a especulação acerca do Bem e do Mal que vincula a oposição entre percepção sensível e pensamento àquela entre a coisa isolada e a ideia, que priva do conhecimento do homem preso ao sensível o verdadeiro Ser do Bem e, assim, intensifica a oposição até o absoluto.

Na *República*, Platão apresenta a ideia do Bem não apenas como o Ser absoluto, mas também como causa última do devir. Isso porque ela, que tem sua sede no reino do inteligível, na esfera do meramente concebível, gera o sol, sua "imagem" na esfera do visível, no mundo sensível; e, do sol, Platão diz que "ele confere (...) ao que é visto não apenas o poder de sê-lo, como também vir a ser, crescimento e alimento"[184]. No *Timeu*[185], por sua vez, ele apresenta o mundo empírico como "o que veio a ser" – em contraposição ao "imutável, ao eternamente idêntico a si próprio" das ideias –, como a criação do Deus bom, do demiurgo, a quem, nessa criação, as ideias "servem de modelo". A substância a partir da qual o demiurgo constrói o mundo empírico é a matéria primordial, "aquela que acolhe", na qual, através do ato da criação, as coisas, em seu vir a ser, penetram, na condição de "cópias do que é", e da qual, também, elas novamente se retiram – ou seja, nascem e perecem. Se esse mundo do devir e do movimento é uma ação da ideia ou uma obra de Deus, então ele já não pode ser o que simplesmente não é, o irreal. No *Sofista*[186], a doutrina dos "amigos das ideias" – que, certamente, só pode ser a doutrina das ideias de Platão[187] – é submetida a uma crítica em seus fundamentos. Platão põe essa crítica na boca do estrangeiro, do qual pode-se supor que reproduz uma visão da qual Platão compartilhava à época em que escreveu o diálogo, ou, pelo menos, julgava que devesse ser tomada seriamente. O estrangeiro identifica, como o essencial da doutrina das ideias, sua oposição aos materialistas, que equiparam o Ser ao Ser corpóreo daquilo que é perceptível pelos sentidos, ao passo que os amigos das ideias "sacrificam tudo para fazer de certas formas (ideias), apenas concebíveis e incorpóreas, as detentoras do verdadeiro Ser. O corpóreo de seus adversários, e o que estes afirmam ser a verdade, eles o despedaçam pela arte da palavra, não o chamando um Ser, mas tão somente um vir a ser em movimento"[188]. O que importa aqui primordialmente é a contraposição do devir – como Não-ser – ao Ser. Imediatamente após ter explicado "que tudo quanto possui um poder (possibilidade), seja ele de que natureza for, de produzir uma modificação em outras coisas, ou mesmo de experimentar, ainda que por uma única vez, o mais mínimo efeito na coisa mais insignificante – ou seja, tudo que encerra um verdadeiro Ser"[189] (isto é, Ser-causa, Ser-efeito – vir a ser, portanto) – é Ser verdadeiro, o estrangeiro diz a Teeteto, que defende a doutrina das ideias: "Vós fazeis uma nítida diferenciação entre o devir e o Ser, não é mesmo? (...) E, segundo dizeis, nós nos encontramos, através do corpo e por intermédio da percepção, em comunhão com o devir, e, através da alma e por intermédio do pensamento, com o que verdadeiramente é, o qual, conforme afirmais, é idêntico em todos os seus aspectos e comporta-se sempre da mesma maneira, ao passo que o devir está em constante mutação". Ao que Teeteto responde: "Sim, é esse o nosso pensamento"[190]. O paralelo entre a oposição devir (como Não-ser) e Ser, e a oposição percepção como função do corpo e pensamento como função da alma é identificado aqui como o elemento essencial da doutrina das ideias. O resultado da discussão é que Teeteto tem de concordar com o estrangeiro em que se "há de (...) reconhecer também o móvel e o movimento como coisas que são"; que, "se tudo é imóvel, não pode haver um conhecimento racional de coisa alguma"[191]; que o movimento, "através da participação naquilo que é", "é"[192]; "ao falarmos do que não é, referimo-nos a como ele se parece; não a um oposto do que é, mas apenas a algo diverso dele"[193]. O decisivo nessa crítica da doutrina das ideias é que a oposição entre Ser e devir, e, juntamente com essa, aquela entre Ser e Não-ser, não é absoluta, mas apenas relativa, visto que o Ser é devir, e o devir, Ser. É extremamente significativa a aplicação à questão do valor, que Platão permite ao estrangeiro, dessa atitude relativista frente à questão da realidade. Ao lado da oposição entre Ser e Não-ser colocam-se as oposições entre o "Belo" e o "Não-belo" e entre o "Justo" e o "Injusto". O estrangeiro explica que seria necessário computar tanto o Belo quanto o Não-belo entre as coisas que são[194] e, por fim, constata: "Temos, portanto, de atribuir também ao Injusto (τὸ μὴ δίκαον) a mesma validade que atribuímos ao Justo (τῷ δικαίῳ), uma vez que um deles não é em maior grau do que o outro"[195].

A relativização da oposição entre Ser e Não-ser expressa-se também no fato de a realidade empírica ser apresentada como uma mescla de Ser e Não-ser. Já na *República* defende-se o ponto de vista de que, se o saber está relacionado ao que é (à ideia), a mera opinião – situada entre o saber e o Não-saber – há de estar voltada para um objeto situado "a meio caminho entre o que incondicionalmente é e o que absolutamente não é". Trata-se da esfera das coisas perceptíveis pelos sentidos, da qual se diz ali que ela "participa de ambos, tanto do Ser quanto do Não-ser, sem apresentar qualquer um deles em toda a sua pureza (...)"¹⁹⁶. E, no *Filebo*¹⁹⁷, ensina-se que o mundo da aparência representa uma mescla do *apeiron* – do ilimitado – e do *peras* – daquilo que limita, ou seja, da ideia conformadora. Também isso é apenas uma outra maneira de expressar o pensamento de que o devir é um estágio intermediário entre Ser e Não-ser, um movimento deste em direção àquele. Uma concepção análoga encontramos no *Timeu*¹⁹⁸, onde, no lugar daquilo que não é, do *apeiron*, surge o espaço ou a matéria, na qual, na condição de mãe, a divindade conformadora, na qualidade de pai e segundo o modelo das ideias, gera o mundo do vir a ser da experiência sensível. Uma vez que esse pai é "todo bondade", "quis que tudo lhe fosse tão semelhante quanto possível"¹⁹⁹. Ele cria o mundo da percepção sensível à sua imagem e semelhança. Esse mundo não atua mais como polo contrário e negação da única e verdadeira realidade da ideia, mas sim, ele próprio, como realidade, ainda que num plano mais profundo. Essa realidade só não é inteiramente idêntica ao masculino, seu pai, porque de sua produção também participa o feminino – a matéria, na qualidade de mãe, tal como Platão a chama: "o reino eterno do espaço, que, inacessível a toda aniquilação, oferece um lugar a tudo quanto nasce"²⁰⁰. Justamente no *Timeu*²⁰¹ enfatiza-se especialmente o pensamento de que o mundo apresenta-se o mais próximo possível de seu modelo primordial divino. Deus deseja configurar o mundo da melhor e mais bela forma possível, mas este mundo não se deixa realizar completamente. Porque, barrando a total concretização da ideia na realidade empírica – na qual se realiza a criação divina, a substância, na qual se dá a conformação ideal –, encontra-se a matéria, da mesma forma como, segundo a concepção original da doutrina das ideias, o corpo barra o caminho da alma. E, assim como o corpo em contraposição à alma, também a matéria, em oposição ao bom criador – Deus –, representa o Mal. Se o *apeiron*, o espaço, a matéria representam o que não é, isso não significa que sejam um nada. Pois, sendo algo, eles têm, na constituição da realidade empírica, tanta participação quanto Deus, a ideia, o *peras*, estes na condição do Ser. De fato, a esse algo que não é, atribui-se a causalidade, como legalidade específica:

a necessidade, que confundida com a normatividade contrapõe-se à causalidade da ideia ou Deus, da razão[202]. "No nascimento do mundo, atuaram conjuntamente a necessidade (cega) e a razão (divina); coube à razão o predomínio sobre a necessidade; pois, pela persuasão, conseguiu determinar que esta, através do vir a ser das coisas, as conduzisse, em sua maior parte, para o melhor.[203]" Concorrendo entre si, essas duas legalidades dominam o mundo terreno. Assim, se desse modo o Não-ser se apresenta como Ser, e o devir como Ser e Não-ser ao mesmo tempo, então essas contradições só se deixam resolver quando se identifica no "Ser" o Bem, e no Não-ser a sua negação, o Mal, cuja existência na realidade empírica – enquanto fator co-determinante no conceito do *apeiron*, do espaço ou da matéria – passa a ser reconhecida paralelamente à do Bem como ideia ou divindade. Que, em conformidade com a doutrina platônica, a matéria, como negação, significa o Mal ou a causa deste, afirma-o expressamente Aristóteles[204]. E o antagonismo sustentado por Platão entre o princípio da razão e o da necessidade é evidentemente apenas uma expressão para a luta do Bem contra o Mal. Se o mundo é conhecido como uma "mescla" de elementos opostos, isso ocorre sobretudo porque, como obra da divindade, ele não mais pode ser considerado mau, embora não possa ser tomado como inteiramente bom[205]. Se a relação entre o mundo transcendente e o empírico é possível como ordem hierárquica, isso acontece unicamente porque são, os diversos estágios do Ser, apenas graus diversos do Bem; porque o mundo se explica como uma mescla de Bem e Mal. Uma vez que o mundo, enquanto bom, é conhecido como algo sendo, ele não pode, enquanto ao mesmo tempo mau, ser simplesmente declarado como não sendo. Ele "é" como um todo, tal como é. Nele, portanto, também o Mal "é". "O Mal", diz Platão pela voz de Sócrates no *Teeteto*[206], "não pode desaparecer, (...) pois sempre tem de haver algo que seja oposto ao Bem; mas também não pode encontrar domicílio junto aos deuses, pois necessariamente circunda a natureza mortal e nossas moradas terrenas." Isso significa que o Mal tem de ser real, se o Bem – cujo oposto ele é – deva ser real. Além disso, também no *Timeu*[207] ressalta-se expressamente a maldade humana. Assim, são relativizadas as oposições, originalmente absolutas, entre Ser e devir, entre Bem e Mal. Entretanto, exatamente no *Timeu*, onde essa tendência à relativização surge com especial nitidez, Platão sustenta também, imediatamente antes de descrever a criação, pelo demiurgo, do mundo empírico do devir, a tese de sua primitiva doutrina das ideias, segundo a qual Ser e devir configuram uma oposição absoluta: "A meu ver, importa, primeiramente, estabelecer uma distinção entre as seguintes concepções: o que é aquilo que sempre é e não admite qualquer devir, e o que é aquilo que sempre é devir e jamais participa do Ser? O primeiro é apreensível pelo pensamento racional por intermédio da inteligência, pois permanece sempre idêntico a si mesmo; o outro só é apreensível pela (oscilante) opinião precisamente nessa sua forma incompleta, por intermédio da percepção pelos sentidos e sem qualquer participação da inteligência, pois encontra-se em constante vir a ser e perecer, sem jamais alcançar o Ser"[208]. Isso corresponde inteiramente à primitiva concepção da doutrina das ideias. Segundo, as ideias são de fato, na conformidade de sua essência, o permanentemente imóvel e imutável. O devir jamais pode alcançar o Ser, e este não admite qualquer devir. Isso, no entanto, é inconciliável com o demiurgo do *Timeu*, o Deus absolutamente bom e verdadeiro ser, como escultor causal do mundo empírico do devir.

Se este mundo é obra do ser verdadeiro, de um Deus absolutamente bom, a contemplação para ele dirigida não pode ser uma função da "irracionalidade do corpo", um mero sonhar. Por isso Platão também enfatiza, no *Timeu*, que a contemplação voltada para o que é percebido pelos sentidos conduz a "opiniões seguras e verdadeiras", e que essas opiniões, tanto quanto o conhecimento do Ser transcendente, nascem na alma, e não no corpo. "Se alguém afirmasse que o lugar no qual ambas essas coisas (δόξα e ἐπιστμη) nascem é outro que não a alma, estaria dizendo tudo, menos a verdade.[209]" A mera *doxa* é, também no *Timeu*, elevada a uma espécie de conhecimento, ao lado da *episteme*. "Se a razão e a opinião verdadeira são duas espécies distintas de conhecimento, então, sob quaisquer circunstâncias, as ideias serão dotadas de verdadeiro Ser, como entidades que não são percebidas, mas são concebíveis por nós; se, porém, como supõem alguns, a opinião verdadeira em nada difere da razão pura, então teremos de atribuir certeza incondicional a tudo quanto percebemos por intermédio do corpo. Cumpre-nos, pois, tê-las como duas espécies distintas, visto que se diferenciam tanto no tocante à sua origem quanto no que tange à sua natureza. Uma, nós a adquirimos através do ensinamento; a outra, por meio da persuasão; uma, ademais, apresenta vínculos indissolúveis com a verdadeira compreensão, ao passo que a outra prescinde da compreensão propriamente dita; uma não se deixa modificar pela persuasão, enquanto a outra, pelo contrário, admite ser por ela transformada; da opinião verdadeira, como não se nega, todos podem compartilhar, mas da compreensão racional, além dos deuses, somente uma reduzida porção dos homens.[210]" A "opinião" voltada para o devir da realidade empírica, perceptível pelos sentidos, é o conhecimento comum a todos os homens; a contemplação voltada para o Ser transcendental, um conhecimento divino, e isto conferido pela graça divina apenas a uns poucos eleitos.

A oposição entre conhecimento verdadeiro, *episteme*, e a mera opinião, *doxa*, encontra-se fundamentalmente ligada àquela entre o pensamento puro, *noesis*, e a percepção pelos sentidos, *aisthesis*; a qual, ao menos originalmente, é concebida em termos absolutos, na medida em que somente o pensar – e não a percepção pelos sentidos – pode conduzir ao verdadeiro saber[211], o que significa, em última instância, ao conhecimento do absolutamente Bom. Em sua *Carta VII*, porém, Platão caracteriza o ato no qual a alma apreende o absolutamente Bom como uma visão místico-religiosa, ou seja, como uma espécie de percepção superior, o que implica uma relativização da oposição entre o pensamento e a percepção[212].

Tanto quanto no *Timeu* o demiurgo é a causa do mundo empírico do devir, e este não é absolutamente mau, mas até mesmo tão bom quanto possível – e, portanto, necessariamente participante, em alguma medida, do verdadeiro Ser –, assim também, nas *Leis*[213], a alma do mundo, ou, melhor dizendo, as duas almas do mundo – a boa e a má – são, "para tudo, a causa de toda transformação e de todo movimento": a alma boa é a causa da transformação e do movimento para o Bem; a alma má é a causa da transformação e do movimento para o Mal. "Transformação e movimento" devem ser concebidos aqui na esfera da realidade, e não na da mera aparência, na medida em que ambas as almas do mundo são apresentadas pelo próprio Platão como entidades reais, e não de um modo em que apenas a alma boa do mundo pertença a uma esfera da realidade e a alma má, a uma esfera da mera aparência. Todo o dualismo entre um mundo do Ser verdadeiro e outro da aparência enganadora é inconciliável com o dualismo entre as almas boa e má do mundo, assim como é inconciliável também com a admissão da existência de um Deus bom, e existente verdadeiramente, como criador do mundo bom e mau do devir.

Se o mundo empírico participa do verdadeiro Ser e do Bem absoluto, isto é, do mundo das ideias, sendo-lhe, porém, ao mesmo tempo, diverso, porque o devir não é somente bom, mas mau também; e se o Mal não é nulo, mas real, e, unicamente porque (e na medida em que) o é, deve ser aniquilado no mundo empírico – então é necessário haver não apenas uma ideia do Bem, mas também uma ideia do Mal. Contudo, na concepção original da doutrina das ideias inexiste uma ideia do Mal, assim como inexistem ideias da injustiça ou dos vícios, mas apenas da justiça e das virtudes.

A doutrina das ideias, como uma ética metafísica, não atende à exigência lógica de que, havendo um conceito do Bem, deve também haver um conceito do Mal. Segundo a concepção original, as ideias não são meramente conceitos lógicos, mas realidades metafísicas de natureza ética – valor substanciado. Tal especulação ético-metafísica crê não ter razão alguma para alçar o desvalor, o Mal, a injustiça, o vício, à categoria de uma ideia. Exposta à crítica lógica, porém, ela recua. Isso se evidencia já no *Parmênides*[214]. Tendo Sócrates respondido com um categórico "sim" à pergunta acerca da existência ou não de ideias da Semelhança, do Justo, do Belo e do Bem, é levantada a questão sobre se haveria também ideias de coisas corpóreas, tais como o ser humano, o fogo e a água. A essa pergunta, Sócrates responde dizendo ter frequentemente alimentado dúvidas quanto a afirmar acerca das coisas corpóreas o mesmo que afirmou com relação à semelhança, à justiça, à beleza e à bondade. Na *República*[215], contudo, onde se fala com naturalidade da ideia de uma cama e de uma mesa, não se percebe ainda qualquer sombra de tal dúvida. No *Parmênides*, coloca-se, a seguir, a questão: "Também em relação àquelas coisas que se afiguram quase ridículas, como, por exemplo, os cabelos, a lama, a sujeira e demais coisas desprezíveis e vulgares, tens dúvida, Sócrates, sobre se se há de, para cada uma delas, admitir uma ideia em particular (...)?". Ao que Sócrates responde: "Não, de modo algum (...) o Ser dessas coisas limita-se àquilo que vemos"; admitir a existência de uma ideia para cada uma delas seria por demais espantoso. Segundo a concepção original da doutrina das ideias, porém, aquilo que vemos não é Ser algum, somente aparência enganadora; o Ser convém apenas àquilo que participa de uma ideia. Sócrates prossegue: "Não obstante, inquietou-me já reiteradas vezes o pensamento sobre se a mesma suposição não se aplicaria a todas as coisas. Tão logo, porém, o cogito, foge-me novamente o pensamento, pois assalta-me então o medo de mergulhar num abismo sem fim de parvoíce. Retornando, pois, mais uma vez àquelas coisas às quais, segundo a nossa exposição, correspondem ideias, ocupo-me exclusivamente delas". Ao que Platão afirma pela voz de Parmênides: "És jovem ainda, meu caro Sócrates, e a filosofia ainda não tomou posse de ti da maneira como, na minha opinião, o fará, quando, então, não menosprezarás nenhuma dessas coisas; no momento porém, em consequência da tua juventude, tens ainda demasiada consideração para com a opinião da multidão". Platão esquiva-se aqui, visivelmente, de uma clara decisão; mas a direção para a qual se move é evidente: que também o Mal tem seu lugar no sistema metafísico. Ainda assim, ainda hesita em admitir uma ideia do Mal. No *Teeteto*, contudo, Platão não mais parece rejeitar uma ideia do Mal junto à do Bem. Pois faz Sócrates dizer: "no mundo do Ser verdadeiro (...), erguem-se dois modelos (παρὰ δείγματα) – um para o divino, o mais ditoso, o outro para a ausência dele, o mais desditoso; mas eles (os homens maus) são cegos para esse fato, e devido à sua tolice e inacreditável insensatez não notam que, através de seus atos injustos, se fazem semelhantes a um e dissemelhantes do outro. Pagam, por isso, a pena de levar uma vida correspondente ao modelo ao qual se assemelham"[216]. Por "modelos" no mundo do Ser verdadeiro só podem ser entendidas as ideias. No *Sofista*[217], diálogo em que, na polêmica contra os idealistas, Platão abandona manifestamente a tese de sua primitiva doutrina das ideias original segundo a qual o devir não tem qualquer participação no Ser – entendido como imóvel –, ele chega à constatação de que "é necessário reconhecer o móvel e o movimento como coisas que são" e, por outro lado, compreender também o Ser das ideias como algo em movimento[218]; – Platão faz que o estrangeiro defenda o ponto de vista de que uma alma é justa ou injusta "devido à posse e à presença nela seja da justiça, seja de seu oposto"[219]. Na linguagem da doutrina das ideias, isso significa que ser justo é participar da ideia da justiça e injusto, da ideia da injustiça. O estrangeiro afirma ainda que se há de, "sob quaisquer circunstâncias, atribuir um Ser a tudo quanto tem o poder de fazer-se presente ou distante de nós" e que, consequentemente, "cabe um Ser à justiça, à compreensão e a todas as demais virtudes, bem como a seu contrário, e também à alma onde residem (...)". Com o devir tem-se de atribuir também ao Mal um Ser, isto é, realidade[220]. Se existe uma ideia da justiça e das demais virtudes, tem de haver também uma ideia da injustiça e do vício. Isso significa, decerto, que as ideias aqui não são mais apresentadas como substâncias metafísicas do valor, mas sim degradadas simplesmente a conceitos lógicos[221]. Se a ideia é apenas um conceito, então participação numa ideia significa apenas a subsunção de um objeto concreto a um conceito abstrato, e nada significa em termos do Ser ou Não-ser desse objeto. Assim, um ente pode ser bom ou mau, pode ser ambas as coisas em graus variados. Portanto, nada mais barra o caminho rumo à relativização da oposição entre Bem e Mal.

Se a oposição entre o mundo inteligível e o sensível – e, portanto, também aquela entre as reflexões voltadas para ambos esses objetos, a *episteme* e a *doxa* – é apenas relativa e não absoluta, porque também o mundo sensível é Ser, não mera aparência, e a *doxa* é conhecimento, não mero sonhar ou alucinação, tem-se então, por certo, de abandonar também a doutrina de que o conhecimento do ser verdadeiro é impossível aos que vivem neste mundo, presos ainda a um corpo, isto é, aos homens à mercê do sensível. Essa é a doutrina que Platão expõe no *Fédon:* "E, ao que parece, aquilo pelo que ansiamos e que é objeto de nosso amor, isto é, a racionalidade, nós não a obteremos até que tenhamos morrido; enquanto vivermos – isso é bem claro –, não a teremos. Se, conjuntamente com o corpo, é impossível alcançar um conhecimento puro, restam-nos, então, duas alternativas: ou é inteiramente impossível obter um saber, ou isso só é possível após a nossa morte. Isso porque, então – e não antes disso –, a alma estará sozinha consigo mesma, apartada do corpo"[222]. Logo a seguir, lê-se: "E, ao que parece, enquanto vivermos estaremos mais próximos do saber na medida em que, tanto quanto possível, nos privarmos da relação com o corpo, a ele nos unindo apenas na medida do estritamente necessário e não nos deixando impregnar por sua natureza, mas dele mantendo-nos puros até que Deus nos venha libertar completamente"[223]. O conhecimento do Ser verdadeiro e do absolutamente Bom, portanto, é possível ao homem ainda em vida; decerto não um conhecimento pleno, mas, de todo modo, um que, em maior ou menor grau, se aproxima desse conhecimento pleno. A oposição absoluta entre o conhecimento da alma incorpórea no Além e o erro do homem acorrentado a seu corpo no Aqui, sustentada na primeira formulação, é abandonada: há graus diversos do conhecimento do Ser verdadeiro. O conhecimento por intermédio da alma incorpórea no Além é apenas o estágio mais elevado de um conhecimento do Ser verdadeiro já possível, embora menos completo, no Aqui da alma encarcerada. No *Mênon*[224], onde Platão desenvolve em maior detalhe sua teoria segundo a qual o conhecimento é a reminiscência da ideia divisada pela alma durante sua preexistência no Além, diferenciam-se "estágios da reminiscência". Na *República*[225], ele chega mesmo a afirmar que aqueles capazes da inversão radical lograrão "ver as coisas lá em cima", as "coisas reais" – das quais apenas as sombras são visíveis aos acorrentados; e, por fim, até o próprio sol, em sua plena realidade; o que, posteriormente, é explicado pelo fato de, consumada a inversão, a alma tornar-se capaz de "suportar a contemplação do que é, e da luz mais brilhante dentre tudo quanto é; esta, conforme afirmamos, é o Bem"[226]. Conhecer o Bem e, com isso, ser bom, é possível no Aqui do mundo sensível. O abismo entre este mundo e o mundo inteligível é transposto. Uma ascensão gradual conduz do equívoco do Mal à verdade do Bem. A tendência à relativização da oposição chega quase à sua total supressão. Precisamente na *República*[227], porém, Platão diz "que o Bem não é o Ser, mas eleva-se acima deste em dignidade e força". Como para Platão Ser e conhecer coincidem, e conhecer é, fundamentalmente, conhecer o Bem, não pode significar outra coisa senão que a ideia do Bem – que na alegoria da caverna é declarada "a luz mais brilhante dentre tudo quanto é" e acessível à contemplação, ou seja, ao conhecimento humano – situa-se agora, porque além do Ser, para além também de todo conhecimento, inclusive do conhecimento por intermédio das almas incorpóreas. A oposição entre verdade e erro faz-se novamente absoluta. A contradição é inegável e assaz característica das tendências à absolutização e à relativização da oposição fundamental, constantemente em luta na filosofia de Platão[228].

Na doutrina platônica da alma, essa contradição não se mostra menos drástica do que em sua ontologia e teoria do conhecimento. Aqui, a oposição entre os dois mundos surge sob a roupagem do conflito que o filósofo supõe existir entre alma e corpo. Das passagens do *Fédon* já citadas acima, depreende-se que a oposição é absoluta justamente porque coincide com aquela entre a alma divina, imortal, e o corpo humano, mortal. A alma é boa porque imortal; e é imortal porque é da natureza do não composto, daquilo que permanece eternamente idêntico a si mesmo, isto é, da mesma natureza do Ser verdadeiro, que é o Bem. O corpo é mau porque de uma natureza oposta à da alma, sendo empecilho ao cumprimento da função essencial desta: o conhecimento do Ser verdadeiro, ou seja, do Bem. Por isso o genuíno filósofo – o homem que deseja conhecer o Ser verdadeiro – não teme a morte, mas a deseja, pois ela liberta-lhe a alma do mal do corpo, Desse ponto de vista, a alma só pode ser boa, e o corpo, mau; não pode haver qualquer mescla de Bem e Mal e, por isso, tampouco graus diversos de um e de outro, porque não pode haver estágios intermediários entre o anímico e o corpóreo. Que a alma não pode possuir variados graus, Platão o diz expressamente. Ele assegura, pela voz de Sócrates, "que de forma alguma uma alma pode ser mais ou menos alma do que outra"[229]. Isso significa que toda alma é, por natureza, boa – e, aliás, plenamente boa, e não mais ou menos boa, porque tampouco pode uma alma ser mais ou menos má. No *Fédon*, entretanto, Platão defende um ponto de vista inteiramente diverso, em sua inconciliável concepção, sobre a relação entre alma e corpo. Ao descrever o destino que, após a morte, aguarda a alma no Além – ou seja, sua separação do corpo –, ele distingue duas espécies de alma: uma que, "em estado puro, se separa do corpo sem nada levar dele consigo, visto que, em vida, ela jamais se permitiu voluntariamente qualquer comunhão com o corpo, mas dele fugiu, recolhendo-se em si mesma, pois esse era seu único propósito"; e outra que, "maculada e impura, aparta-se do corpo em consequência de sua constante comunhão com ele, ao qual ela se entregou e presenteou com seu amor, corpo esse que a havia enfeitiçado completamente com seus desejos e prazeres" – uma alma, pois, que chega ao Além "inteiramente impregnada pelo corpóreo, que nela como que se espalhou, dada sua comunhão e relacionamento com o corpo, pela constante convivência e completa entrega a ele"[230]. A alma que se evadiu para o Além, para a esfera do Ser verdadeiro e do Bem, ainda que apartada do corpo, pode "levar consigo algo dele", pode apresentar-se "maculada" pelo corpo, "impura", mais ou menos impregnada, ou até mesmo "inteiramente impregnada" pelo corpóreo; pode, portanto, ser mais ou menos má e, assim, mais ou menos boa, embora Platão – ainda nesse contexto – diga que a alma "se vai" para a "nobre, pura e invisível" esfera do Além como para "um lugar aparentado à sua essência". A admissão do anímico impregnado pelo corpóreo, de algo intermediário entre o anímico e o puramente corpóreo, de almas mais ou menos boas e almas mais ou menos más – em contradição com o conceito de alma originalmente desenvolvido –, torna-se inevitável quando Platão quer sustentar a crença da retribuição no Além, herdada da religião órfica. Pois essa retribuição só se pode cumprir nas almas dos mortos, e as almas somente podem ser recompensadas ou punidas se elas – como almas – são boas ou más. E como, segundo aquela crença, recompensa e punição possuem diversos graus, também as almas sujeitas à paga têm de ser boas ou más em variados graus. A crença da paga no Além é, de longe, o mais importante componente da filosofia moral de Platão e da doutrina das ideias, posta inteiramente a seu serviço. A crença órfica da retribuição no Além obriga Platão a admitir, paralelamente à alma essencialmente boa e não composta, e em contradição com esta, uma alma composta de elementos corpóreos e anímicos, mais ou menos boa ou má, forçando-o a situar na alma a oposição entre Bem e Mal, desse modo relativizando-a. Chega-se assim, na doutrina platônica da alma, à alma composta de três partes que desempenha o papel central na *República*.

Para defender Platão da objeção a essa contradição, tenta-se interpretar sua filosofia como um sistema que se desdobra segundo um desenvolvimento orgânico, no qual a oposição, originalmente entendida como absoluta, transforma-se paulatinamente em uma oposição apenas relativa. Por isso se atribui tanta importância à cronologia dos diálogos. Porém, os pontos de vista contraditórios são fartamente encontráveis no interior de um único e mesmo diálogo. Assim, no livro X da *República*, por exemplo, seguindo-se à enfática e detalhada exposição da doutrina da tripartição da alma composta de bons e maus elementos como base de toda a teoria do Estado – exposição que é objeto do livro anterior –, é retomada a tese da alma por natureza incompósita, e, por isso mesmo, imortal e exclusivamente boa.

"Dificilmente pode-se conceber", diz Platão pela voz de Sócrates, "que algo eterno seja composto de diversas partes e apresente uma composição como aquela que, em nossas considerações até aqui, deduzimos ser a da alma; ou seja, que tenha uma composição não da melhor espécie"[231]. Platão procura conciliar as duas teorias da alma que se contradizem mutuamente afirmando, então, que a teoria da tripartição da alma aplica-se apenas à alma "conforme a divisamos agora, desfigurada pela comunhão com o corpo", à alma em sua "forma presente", "na vida terrena dos homens"[232]. Isso só pode significar que a doutrina da alma incompósita e exclusivamente boa aplica-se à alma no estado em que se encontrará mais tarde, em sua forma futura, posterior à vida terrena e humana, isto é, depois de sua separação do corpo, no Além. No entanto, é fácil mostrar que precisamente o estado da alma no Além conduz à admissão de uma alma composta de bons e maus elementos; que Platão precisa conceber também almas más por natureza, a fim de justificar as punições – que para as irremediavelmente más são até mesmo eternas – a serem aplicadas às almas em sua forma futura, em sua vida supra-humana no Além.

Primeiro livro
O *amor platônico*

Primeira parte
EROS

Capítulo 5
O problema do Eros na investigação platônica

O trabalho intelectual dos grandes eticistas, mais ainda do que o de todos os demais pensadores, deita raízes em sua vida pessoal; toda especulação acerca de Bem e Mal – e a filosofia platônica deve ser entendida essencialmente como tal – brota da vivência ética que afeta o homem na totalidade do seu ser. Assim é também o poderoso *pathos* que move a obra de Platão, seu dualismo trágico e o heroico empenho por superá-lo, firmemente fundado no caráter particular de sua individualidade filosófica, na singularidade de seu destino e na orientação altamente pessoal diante da vida por este determinada. A trajetória da vida de Platão apresenta-se fundamentalmente determinada pela paixão do amor, pelo *Eros platônico*.

A partir dos documentos que ele nos legou, a imagem que podemos fazer do homem Platão não mostra uma natureza erudita fria e contemplativa que encontra sua satisfação no vivenciar cognitivamente o mundo; não nos mostra um filósofo cuja mente e ambição estejam voltadas exclusivamente para observar e descobrir o movimento do acontecer interior e exterior dos homens, para a elucidação esclarecedora de toda a desconcertante gama do existente, mas sim uma alma agitada pelos mais poderosos afetos, na qual – irmanada ao Eros e dele inseparável – pulsa uma irreprimível vontade de poder, e de poder sobre os homens. Formar homens com amor, amá-los formando-os e configurar sua comunidade como uma comunidade do amor é o anseio dessa vida; sua meta é formar os homens e reformar sua comunidade[1]. É por isso que seu pensamento, mais do que qualquer outra coisa, tem por objeto a educação e o Estado. E é por isso que, para ele, o Bem, a justiça – única justificativa para a dominação do homem pelo homem, única legitimação tanto da *paideia* quanto da *politeia* –, torna-se a mais elevada das questões. A paixão político-pedagógica de Platão brota da fonte de seu Eros. Uma vez tendo-se reconhecido que a dinâmica do seu filosofar advém desse Eros, não se pode fechar os olhos ante a singularidade desse Eros platônico. É essa singularidade, afinal, que determina a relação pessoal de Platão com a sociedade em geral e com a democracia ateniense em particular, determinando igualmente sua fuga deste mundo e seu anseio por dominá-lo reconfigurando-o. É também a particularidade desse Eros que explica o *khorismos* platônico e, ao mesmo tempo, o ímpeto por superá-lo. Sem esse Eros particular não se pode entender o homem, sua obra e, sobretudo, a problemática específica da justiça platônica.

Esse Eros, porém, que desempenha papel decisivo na vida e na doutrina de Platão, não é aquele sentimento no qual logo se costuma pensar quando se trata de amor; não é aquela atração física e espiritual que une seres de sexos distintos, que impele o masculino rumo ao feminino, a mulher em direção ao homem e no qual temos de reconhecer a lei fundamental de toda vida. O Eros platônico constitui, por assim dizer, uma exceção no tocante a essa lei, um desvio da norma que governa a grande massa dos homens. Ele é o amor entre seres de um mesmo sexo e, particularmente, do impulso que impele o homem rumo ao homem e que, no mundo antigo, encontrava-se disseminado por certas camadas sociais sob a forma da pederastia (παιδεραστία). Não faz, aliás, muito tempo que se encontrou a coragem para fazer frente àquela falsa hipocrisia que acreditava poder interpretar o

Eros platônico somente como uma metáfora para o anseio pela filosofia[2]. Nem sequer faz muito tempo, também, que aprendemos a compreender mais corretamente o Eros homossexual. Devemos à moderna investigação psíquica, capaz de penetrar também nas profundezas do inconsciente, a percepção de que a oposição entre o amor homossexual e o heterossexual não é, de modo algum, uma oposição tão crassa quanto se acreditava anteriormente; de que nos abismos do coração humano, sob a camada manifesta da libido heterossexual, dormita também a libido homossexual, e de que, já por essa única razão, inexiste aquele abismo a separar os assim chamados normais dos assim chamados anormais, abismo esse que conduz ao indignado desdém dos primeiros pelos últimos e que autorizaria os normais a abominar os anormais. Uma psicologia e uma caracterologia operando com métodos mais refinados ensinam-nos que é precisamente da consciência de uma propensão contrária à norma que brotam os mais vigorosos impulsos morais; e a pesquisa biográfica revela-nos cada vez mais a propensão sexualmente anormal dos maiores gênios. Já um rápido exame do desenvolvimento juvenil justamente das mais importantes personalidades pode ensinar-nos quão cuidadosamente cumpre proceder no julgamento ético de desvios de natureza erótica, e quão pouco é admissível identificar a norma sexual com a moral. Embora devesse hoje ser algo evidente que não se está nem sequer minimamente faltando com o devido respeito a um dos grandes no reino do espírito ao se procurar compreender-lhe o Eros – porque sem esse Eros não é possível compreender-lhe a personalidade e, sem essa compreensão, impossível o pleno entendimento de sua obra – e embora, ademais, não devesse hoje ser menos evidente que não pode causar dano algum à grandeza e à venerabilidade de uma personalidade histórica reconhecer que seu Eros não tomou o caminho usual de toda a carne, ainda assim, segue não havendo – mesmo naqueles círculos que conquistaram para si o maior dos méritos no sentido de uma interpretação correta do Eros e, assim, da totalidade da obra de Platão – absoluta clareza acerca da singularidade desse Eros e, portanto, tampouco um entendimento definitivo de pontos essenciais da doutrina platônica. De fato, que Platão, ao falar de Eros, está se referindo ao amor – o amor real, e não algo essencialmente distinto dele –, tal é enfaticamente acentuado pelos intérpretes mais recentes do filósofo, que descobriram assim situar-se nesse Eros a raiz de toda a filosofia platônica. Contudo, também nesses círculos fala-se apenas em termos gerais desse Eros platônico, sem trazer à luz sua particularidade – inequivocamente reconhecida aqui. E como temos, por esse lado, antes uma apoteose do que uma interpretação crítico-objetiva de Platão, e especialmente de sua teoria social, essa permanece obscura nos pontos em que seu entendimento não prescinde do Eros, mas resultará exclusivamente da particularidade deste[3].

Capítulo 6
O Eros homossexual

No tocante à relação do indivíduo com a sociedade, uma disposição homossexual é da maior significação. A consciência de "ser diferente dos outros" compele a um doloroso isolamento e, assim, já de início, a uma certa oposição hostil à sociedade que não compreende essa singularidade e que não apenas despreza essa feição particular do Eros, como também submete suas manifestações a punição pelo Estado. Essa infração também da norma jurídica, que se liga, às vezes mais, às vezes menos, à infração da norma sexual, além da consciência do impulso para violação, gera o sentimento de culpa e inferioridade, conduz a uma visão de mundo pessimista e cria, assim, a base para o anseio de libertação pessoal. Com muito maior intensidade do que no Eros normal, apresenta-se vivo no amor homossexual de um homem pelo outro, paralelamente ao desejo de uma entrega submissa e mesmo total, a vontade de dominação sobre o ser amado, a vontade de poder sobre os seres humanos. A singularidade desse Eros é que, sendo dual, compele do mesmo modo à hostilidade à sociedade, à negação do mundo, à fuga do mundo social e, pelo contrário, ao anseio por uma posição elevada na sociedade, pelo poder e pela dominação sobre ela, e, assim, à superação da oposição a ela, isto é, do dualismo pessimista.

O sentimento de culpa e inferioridade é compensado, e mesmo supercompensado, por uma consciência de si intensificada pela ambição social. Precisamente o impulso político e a paixão pedagógica que lhe é associada vicejam de modo particular nessa atmosfera psíquica; dela brota, por isso, também a necessidade de justificação, e, com ela, o problema ético, a demanda pela justiça, que é a legitimação da dominação.

Esse tipo caracterológico desempenha um papel que exibe forte ligação com o pai e os irmãos, e indiferença, ou mesmo hostilidade, em relação à mãe. Às vezes, justamente no relacionamento com a mãe está a raiz da perversão sexual. O desejo incestuoso não superado, fazendo que o amante ame nas mulheres apenas a mãe, afasta-o delas e o impele a parceiros do mesmo sexo[4]. Motivações morais obrigam, então, continuamente, à renúncia na satisfação do impulso pervertido; essa situação psíquica alimenta incessantemente o componente melancólico-depressivo do caráter, o sentimento de inferioridade jamais plenamente compensado pela consciência de si intensificada de modo hipertrófico, nutrindo, assim, o pendor para a visão de mundo pessimista. Amiúde observa-se aí um certo infantilismo. Trata-se de um não poder ou não querer superar um determinado estágio do erotismo juvenil. O "eterno jovem" é, frequentemente, apenas alguém que não ousa ser adulto, que não se sente à altura dos adultos e, por isso mesmo, desvia seu desejo de dominar as pessoas, de impor aos outros sua própria vontade, para um objeto que, por alguma razão, julga mais adequado. Ele quer permanecer na esfera juvenil e – uma vez que acalenta o desejo da dominação – tornar-se professor, educar. O impulso pedagógico é muito frequentemente, com relação ao objeto, apenas uma vontade de poder amoldada ao sujeito. A pederastia e a educação de jovens compõem o conteúdo de uma tal vida, que ideologicamente oculta a si mesmo sua situação ao declarar que o mundo dos adultos é demasiado corrupto para que possa ser reformado. Elevada, porém, acima da esfera do meramente pedagógico para a da esfera política, essa atitude mostra uma tendência marcadamente conservadora, e mesmo reacionária. Para o atormentado por um sentimento de culpa que dele jamais se liberta totalmente, nem mesmo através de uma vigorosa consciência de si, o passado é a infância pura, inocente e sob a proteção do pai. *Por isso, é no passado, e não no futuro, que se situa a Época de Ouro[5]; por isso também o mito, que remete ao passado cinzento, é a forma de expressão congenial a essa atitude psíquica.** Apenas a lembrança, isto é, a lembrança da própria infância, é boa, bela e consoladora. Tornar-se criança novamente, retornar à infância, ao pai ou aos pais, à moral paterna, restabelecer a autoridade paterna, desemboca também na política. Desse tipo de Eros resulta assim uma plataforma manifestamente aristocrático-conservadora e antidemocrática. A singularidade do homossexual tem de permanecer uma exceção: não pode e não deve tornar-se regra geral, se não quiser aniquilar a sociedade (por sua extinção gradativa). Faz-se necessário, portanto, postular um esquema social embasado não no princípio dos direitos iguais, mas do direito desigual; havendo uma posição social especial, tem de haver também um direito especial para os poucos que são diferentes da maioria e que, na medida em que logram superar seu sentimento de inferioridade e posicionar-se positivamente em relação à sociedade, conseguem-no somente julgando-se a si próprios melhores do que os outros, considerando-se mais valiosos do que a grande massa. Em face da desigualdade fundamental que ele comprova com sua própria existência, nada pode parecer mais odioso, mais antinatural e mais injusto ao Eros homossexual do que a igualdade da democracia. E assim como, por um lado, ele tende para uma orientação absolutamente conservadora, e mesmo reacionária, por outro lado – de maneira discrepante e contraditória, e na medida em que busca *justiça* – sentir-se-á atraído justamente por aquela dentre todas as formulações de justiça que, de modo inteiramente revolucionário, deposita toda esperança de salvação apenas numa total *inversão*, seja essa a inversão interior da transformação da alma, seja ela a inversão radical das condições sociais existentes, *se*gundo a qual os primeiros tornar-se-ão os últimos e os últimos, os primeiros – ou que sejam convocados para o governo precisamente aqueles que, no presente, são considerados os mais inapropriados para tanto: os filósofos.

Capítulo 7
A relação de Platão com a família

É pouco o que sabemos acerca da vida de Platão, e, mesmo *esse* pouco, incerto[6]. Seu verdadeiro nome era Aristodes. O apelido "Platão", sob o qual o filósofo adentrou a imortalidade, ele o recebeu em razão de sua avantajada constituição física. Baseados nas informações que chegaram até nós, podemos imaginar-lhe o rosto soberbo, talvez, e os traços suaves, ou mesmo delicados. Sua voz, conta-se, permaneceu fina e fraca, no que, decerto, poder-se-ia supor a razão de sua antipatia pelo dom da oratória[7]. De sua índole, Aristóteles[8] nos conta que ele teria sido um melancólico[9]. Em sua juventude, nem uma única vez tê-lo-iam visto rir em demasia, conta Diógenes Laércio[10], que cita também os *se*guintes versos do cômico Dexidemides:

Ó, Platão, que estais sempre com esse olhar sombrio e
[*nenhum outro conheceis,*
Qual um caracol, as sobrancelhas franzindo solenes.

"Triste como Platão" era, aliás, uma expressão bastante empregada já na Antiguidade[11]. Essa melancolia, cuja sombra negra sempre paira sobre sua obra, abranda continuamente um entusiasmo levado a extremos, que irradia com não menos nitidez de seus diálogos. E é precisamente essa alternância que confere ao conjunto da filosofia platônica um caráter extremamente juvenil[12].

Da situação familiar do filósofo, sabe-se que ele proveio de uma casa nobre e muito abastada. *O pai, Aríston, dizia remontar a Codro sua genealogia; a mãe, Perictioné, descendia de um parente próximo de Sólon[13].** Platão perdeu o pai – ao que parece, um homem calmo e recatado ainda no princípio da juventude. Pode-se supor que o tenha amado muito. Já homem adulto, reverencia-lhe a memória, pois, na *República*, faz Sócrates dirigir a seus dois irmãos, Gláucon e Adimanto – participantes do diálogo –, a seguinte apóstrofe, extraída de um poema composto por um amante de Gláucon: "Filhos de Aríston, sangue divino de um homem glorioso"[14]. Ainda mais significativo é, no entanto, que, num dos pontos altos dessa mesma obra – quando persegue até o limite máximo do ainda exprimível a questão acerca da essência do Bem –, ele não saiba expressar melhor ou de outra forma sua duplicação, característica de toda a metafísica do Bem, senão na metáfora da relação entre pai e filho. É-lhe possível falar apenas do filho do Bem, mas não do próprio Bem – do pai –, que aqui já é, visivelmente, o próprio deus--pai[15]. *Esse filho[16], que "o próprio Bem gerou à sua imagem e semelhança", é também um ser divino; trata-se do deus Hélios, o sol, que é, na esfera do visível – ou seja, neste mundo –, o que o pai, o absolutamente Bom, é na esfera do meramente concebível – isto é, no outro mundo.** É precisamente o pai, porém, que o mito – que se apoderou da figura de Platão logo após a sua morte – procura pôr de lado. O herói e salvador não possui pai algum, ou, pelo menos, não um pai terreno. Assim é que, em Atenas (não muito tempo após a morte do filósofo), falava-se que Platão teria sido concebido imaculadamente por sua mãe. O verdadeiro pai não teria sido Aríston, mas o deus Apolo[17]. A relação com os irmãos parece ter sido boa, muito particularmente com o mais novo, Gláucon. Por Cármides, um irmão de sua mãe, e por um outro parente do lado materno, o brilhante Crítias, o filósofo manifestou genuíno respeito[18]. Platão mostra empenho em conservar em suas obras a memória dos membros do sexo masculino de sua família; eternizou também seu meio--irmão, Antífon (no *Parmênides*) e fez do sobrinho Spêusipo seu sucessor na direção da Academia – o que chama tanto mais a atenção na medida em que, em seu Estado ideal, Platão abole radicalmente a família[19], isto é, a comunidade que repousa na união sexual de homem e mulher. Por outro lado, mulher alguma desempenhou qualquer papel na vida de Platão[20]. Nem sequer a relação com a mãe, Perictioné, a qual, em segundas núpcias, desposou o político Pirilampes, deixou qualquer traço em suas obras. A não ser que, dando-se crédito a Wilamowitz--Moellendorf[21], veja-se na única mulher caracterizada por Platão – a mulher ambiciosa descrita no livro VIII da *República*[22] – um retrato de sua mãe. Fala-se ali de um jovem, "filho de um excelente pai", o qual, por ser "cidadão de um Estado não muito bem ordenado", "evita cargos honoríficos, litígios, em suma, toda agitação desse gênero, preferindo ocultar-se por detrás dos outros do que debater-se com tais contrariedades"; em seguida, fala-se também da mãe, "que se agasta pelo fato de o marido não ter lugar entre os grandes do Estado e que, por esse motivo, se sente diminuída frente às outras mulheres; além disso, vê que ele não se esforça grandemente por possuir bens (...), e não a trata nem com particular atenção nem tampouco com desprezo" e que, "profundamente magoada com tudo isso, diz ao filho que seu pai é pouco viril, demasiado fraco e tudo o mais que as mulheres costumam dizer em tal situação" – uma mãe cuja influência, por fim, não conduz pai e filho exatamente para o melhor. Talvez seja lícito ainda buscar uma velada alusão também na descrição altamente singular do caráter tirânico que Platão nos oferece no livro IX da *República*[23]. *Ali, ele diferencia duas espécies de desejos – os necessários e os desnecessários; estes últimos são aqueles "contrários à lei e à ordem", embora "supostamente inatos nos homens"[24]. Como desejos contrários à lei e à ordem, Platão caracteriza aqueles "voltados para o ganho" e, acima de tudo, os "desejos amorosos"[25]. Dificilmente terá aí o filósofo pensado nos desejos sexuais normais, que, afinal, compõem a base da instituição legal do casamento.** Nesse contexto, ele fala de assuntos tão íntimos pertinentes à alma que se estaria de qualquer forma autorizado a supor tratar-se de confissões pessoais, mesmo que o próprio Platão não apontasse nessa direção, ao dizer que toda sua exposição procede de alguém que penetrou "com os olhos do espírito na essência moral" do tal caráter de alguém "não apenas capaz de julgar, como também de alguém que viveu sob o mesmo teto com um tirano"[26]. Conforme se depreende da observação imediatamente posterior –, na qual Sócrates declara-se, a si próprio e aos demais participantes do diálogo, como gente que já esteve em contato com homens tirânicos –, Platão certamente quis aludir aí também a acontecimentos da época, mas apenas secundariamente. O caráter tirânico, em cuja ruinosa raiz ele afirma estar a paixão do Eros tirânico, será provavelmente apenas o outro Eu, odiado e constantemente reprimido, do próprio

Platão; somente desse outro Eu pode ele realmente, e no sentido mais profundo, afirmar que com ele "vive sob o mesmo teto". O mesmo se verifica, de resto, também no *Hípias Maior*, quando, para expor o conflito entre um Eu superior e um inferior no peito de Sócrates, o filósofo faz que este fale de si como se se tratasse de um duplo, afirmando acerca desse outro Eu: "Ele é meu parente mais próximo e mora comigo na mesma casa. Quando, pois, chego em casa e ele me ouve falar assim, pergunta-me se não me envergonho. (...)"[27].

De que outro tirano pode Platão estar falando senão daquele que habita-lhe o peito, se ele o caracteriza sobretudo por meio de seus sonhos, tão criminosos que só os conhece quem os sonha? De tais sonhos, Platão diz que, "neles, não há insensatez ou impudência às quais o tirano não se disponha; não há assassinato com o qual ele não esteja pronto a arcar". E, dentre todos os crimes, o primeiro é "o deitar-se com a própria mãe, ou com qualquer outro ser, seja ele homem, Deus ou animal". Não estivesse aqui o filósofo descortinando a própria alma, revelando a si próprio seus mais recônditos desejos com o intuito de punir-se, como se poderia então entender esta observação: "Fomos aqui, porém, um pouco mais longe do que era estritamente necessário; afinal, o que queremos tornar claro para nós mesmos é apenas que uma espécie de desejo perigosa, selvagem e contrária à ordem nos é a todos inerente, mesmo àqueles dentre nós que parecem ser inteiramente virtuosos, e que essa espécie de desejo manifesta-se nos sonhos"[28]?

Capítulo 8
A posição de Platão com relação à mulher

Eram todavia desnecessários tais argumentos decerto vacilantes para reconhecer o posicionamento absolutamente estranho de Platão em relação à mulher, como esposa e, especialmente, como mãe. Pois o valor ou desvalor que o filósofo lhe confere evidencia-se nitidamente a partir da posição que a mulher ocupa no edifício bipartido da especulação platônica acerca de Bem e Mal. Ainda que não o declare expressamente, não resta dúvida de que Platão vê no princípio masculino o Bem, e no feminino, o Mal.

I. Filebo e Timeu

*No *Filebo*, diálogo dedicado à questão muito discutida sobre se o prazer (ἡδογή) ou a compreensão (φρόγησις) é o Bem supremo, a oposição entre Bem e Mal expressa-se sem que este último seja manifestamente caracterizado como tal – de modo que a compreensão é colocada muito acima do prazer, e este é submetido àquela. O resultado dessa especulação por vezes quase incompreensível é, como Apelt observa, o "conhecido pensamento nodal da ética platônica: o domínio da razão sobre os desejos no bem ordenado Estado anímico, que somente aparece aos olhos do espírito sob uma luz singular, causando-nos por isso, à primeira vista, alguma estranheza"[29]. Essencial nesse contexto é que a razão, que só pode representar o Bem, figura ali como "rei do céu e da terra"[30] – uma divindade masculina, portanto –, ao passo que o prazer, o polo oposto na hierarquia dos valores, como Afrodite[31], uma divindade feminina. Daí que o prazer, feminino, é consignado à esfera do devir[32] e do ilimitado (*apeiron*)[33], que na metafísica dualista de Platão são contrapostos à esfera do Ser e do limitado (*peiras*), que é a do Bem.**

No mito da criação contido no *Timeu* – diálogo no qual Platão se ocupa da realidade empírica do devir como uma mescla entre o Ser da ideia (que, para ele, é o Bem) e a matéria (com papel análogo, em diálogos anteriores, ao do não-ser, que é o representante do Mal) –, o filósofo compara aquilo que é, a ideia ou o "modelar", ao pai; e a matéria, emergente no lugar do não-ser, onde o devir vem a ser (o substrato do vir a ser), à mãe[34]. De maneira bastante semelhante distribuem-se os papéis no mito do nascimento de Eros, narrado no *Banquete*. Seu pai é a Riqueza, filho da Inteligência, mas sua mãe é a insensata Pobreza. Esta, astuciosamente, logra deitar-se com a Riqueza embriagada, gerando, assim, Eros – filho de um "pai sábio e talentoso" e "uma mãe tola e desprovida de talentos". É apenas à revelia do homem que se realiza o ato sexual, cujo produto herda do pai tudo quanto tem de bom e da mãe tudo quanto tem de ruim[35]. Platão manifesta sua valoração filosófico-sexual da mulher, com maior nitidez ainda, na doutrina da transmigração da alma, tal como exposta, em duas passagens distintas, no *Timeu*. Na primeira lê-se que, na criação do mundo, cada estrela recebeu uma alma. A encarnação, isto é, o nascimento terreno, dá-se com a vinda das almas ao mundo, primeiramente como homens. A primeira humanidade é, assim, masculina, e, no entanto, nessa sociedade sem mulheres, já há a "paixão amorosa". Se esses seres humanos masculinos adquirem o domínio sobre suas paixões - ou seja, se levam uma vida justa –, suas almas retornam às estrelas de origem; quem, entretanto, subjugado por suas paixões, leva uma vida iníqua, tem de, "quando do seu segundo nascimento, assumir a natureza da mulher, e – se mesmo sob essa forma não se livrar de sua malignidade – de se metamorfosear então, a cada vez, no animal correspondente ao tipo de maldade que tiver deixado formar-se dentro de si; e não poderá se libertar dessa dolorosa alternância até que, (...) pela compreensão racional, tenha se tornado senhor e, destarte, retomado a forma de sua nobilíssima natureza original"[36]. Assim, a existência da mulher é claramente interpretada como punição para o pecado do homem. Em seu estado original de inocência, quando mais perto da divindade, o ser humano é homem. No paraíso platônico só há homens. No último capítulo do diálogo sobre a criação do mundo, Platão torna a falar uma segunda vez dessa queda das almas do masculino para o feminino e, daí, de volta ao animal, dizendo: "Dos que haviam nascido homens, todos aqueles que eram covardes e levavam uma vida injuriosa foram, em seu segundo nascimento, transformados em mulheres. Concomitantemente, e por essa razão, os deuses criaram o impulso generativo por intermédio da constituição de uma espécie de essência animada que fizeram brotar em nós, homens, e de outra que fizeram brotar nas mulheres". A separação em dois gêneros e o impulso para a geração sexuada que une o homem a uma alma má incorporada na mulher é aqui não a causa, mas a consequência do pecado original.

Na fisiologia e anatomia dos dois sexos que então se segue, Platão acentua "o caráter indisciplinado e despótico dos órgãos genitais masculinos, cujo desejo furioso não tolera qualquer resistência, inacessível feito um animal a qualquer conselho da razão". Dos órgãos sexuais femininos, no entanto, diz que estariam vinculados "ao desejo da procriação". Somente em relação à mulher, e não no que concerne ao homem, o impulso sexual é interpretado como "desejo de procriação". O caminho rumo ao animal, porém, não parece passar aqui pela mulher, pois, após haver descrito o surgimento desta, Platão afirma: "Assim nasceram, portanto, as mulheres e tudo quanto é feminino. O gênero dos pássaros desenvolveu-se na medida em que, em vez de cabelos, foi dotado de penas, pela transformação dos homens que embora inofensivos eram levianos e que, embora ocupando-se dos fenômenos celestes, eram suficientemente simplórios para acreditar que a visão oferecia as mais seguras explicações para essas coisas. Quanto ao gênero dos animais terrestres, desenvolveu-se a partir dos desprovidos de todo amor à sabedoria e que se fecharam à contemplação dos fenômenos celestes (...) Os mais insensatos dentre os homens, porém, (...) foram (...) transformados em criaturas ápodes, serpenteando pela superfície da terra. Por fim, o quarto gênero, dos animais aquáticos, originou-se dos mais absolutamente irracionais e ignorantes (...), que, como punição por seu mais profundo grau de ignorância, receberam igualmente as moradas mais profundas. E, desse modo, todos os seres vivos continuam sendo, hoje como outrora, transformados uns nos outros, na medida em que vão alternando sua forma de acordo com a perda ou o ganho de racionalidade ou irracionalidade"[37]. A julgar por essa exposição da doutrina da transmigração da alma, parece que o renascimento como mulher seria punição para o delito e a imoralidade, ao passo que o renascimento como animal seria punição para a parvoíce e a ignorância.

II. República

Essa concepção platônica sobre a identidade ou, pelo menos, afinidade da mulher com o princípio do Mal parece contradizer a posição que o filósofo reserva à mulher no Estado ideal da *República*. Dentro da ordem que vige ali para a classe dominante dos guerreiros e dos "filósofos" (estes extraídos daqueles), a mulher é por princípio equiparada ao homem, sendo convocada para cumprir as mesmas funções, e especialmente também para o serviço militar. Essa equiparação, porém, não repousa no fato de Platão atribuir ao sexo feminino o mesmo valor que ao masculino. *Ele acentua enfaticamente "que, em praticamente tudo, um fica atrás do outro [ou seja, o feminino atrás do masculino]"[38]. A "postura digna de um homem" é contraposta à "natureza das mulheres"[39]. Ele exige que, no Estado ideal, os guardiões "somente possam imitar modelos apropriados ao seu ofício, ou seja, homens de maior coragem, prudentes, pios, livres e tudo quanto a isso se assemelha", mas não "o que não é livre" e, acima de tudo, "nada que seja feio, a fim de que da mera imitação não colham o fruto do Ser verdadeiro". De onde vem: "Não toleraremos, portanto, que, negando sua natureza masculina, aqueles cujo bem muito desejamos do fundo do coração e que devem tornar-se homens capazes imitem uma mulher, seja ela jovem ou velha, reproduzindo a maneira pela qual ela insulta seu marido ou se equipara aos deuses, e gaba-se de sua suposta felicidade; ou uma mulher presa da infelicidade, da dor e da desolação, para não falar de uma mulher doente, apaixonada ou dando à luz"[40]. Que mulheres também devam tornar-se guardiãs, disso Platão não parece cogitar aqui. A igualdade de direitos na relação entre homens e mulheres é indicada na *República* como o mais grave defeito da democracia[41]. E que o elogio a essa modalidade de Estado feito por Sócrates no *Menêxenos* somente pode ser entendido como amarga ironia expressa-o sobretudo o fato de declarar que teve por mestra, em seu julgamento da democracia, uma mulher: Aspásia, a amada de Péricles[42]. Se Platão não faz qualquer diferença entre homens e mulheres no tocante a certas funções no interior de seu Estado ideal, isso se deve** ao fato de ele ignorar a mulher como tal, de não reconhecer sua singularidade sexual, para a qual ele não se mostra sensível; de negá-la, enfim, inteiramente. Isso se revela com bastante nitidez quando o filósofo faz seriamente a sugestão de que, "nas escolas de luta, as mulheres se exercitem despidas ao lado dos homens", afirmando ainda somente julgar necessária uma justificativa especial a fim de que isso valha não apenas para as mulheres jovens, mas inclusive para "as já *de mais idade*, conforme, aliás, se verifica com os homens idosos, que, a despeito de suas rugas e sua aparência menos agradável, ainda assim dedicam-se com fervor aos exercícios de ginástica"[43].

*Dentro da normalidade sexual, uma mulher "virtuosa" é principalmente aquela que mantém fidelidade sexual a seu marido. No *Mênon*, Platão discute a diferença entre a virtude masculina e a feminina, e afirma: "Em se tratando, porém, da virtude feminina, não é difícil caracterizá-la: a mulher tem de ser uma boa administradora da casa, tem de manter a ordem em seu interior e ser obediente ao marido"[44]. Nem uma palavra, portanto, sobre fidelidade sexual.**

A mesma indiferença sexual relativamente à mulher evidencia-se nos argumentos com que Platão defende a equiparação da mulher ao homem de objeções óbvias. Um deles: se se há de fazer dos homens da classe dominante, "por assim dizer, pastores de um rebanho" – nisso consistiria essencialmente a função de Filaques –, então não se pode compreender por que também as mulheres não haveriam de fazer o mesmo, do mesmo modo como, de resto, também "as fêmeas dos mastins compartilham da mesma tarefa de vigilância dos machos, vão à caça e juntamente com eles fazem também as demais tarefas; ou deveriam elas guardar apenas o interior da casa, indisponíveis em virtude do parir e alimentar os filhotes, deixando unicamente aos machos o trabalho penoso e todo o cuidado com o rebanho?"[45].

Se Platão responde decididamente com um não a essa pergunta, levando em consideração apenas a constituição mais frágil da mulher, decisiva é aí a ideia de que parir e alimentar filhotes não justifica tratamento diverso do que têm os machos. Ainda mais cego para a diversidade sexual fundamental da mulher é o argumento de que a diferença entre homem e mulher não é maior do que aquela entre carecas e cabeludos, e, portanto, igualmente indigna de maior consideração, quando se trata de situá-la na comunidade social[46]. Seria possível sustentar que toda instituição da comunidade de mulheres e crianças, que Platão prescreve para a classe dominante de seu Estado ideal, decorre de um doutrinarismo não contrabalançado por qualquer experiência amorosa mais profunda com uma mulher, nem por qualquer simpatia para com o casamento e a família. Contudo, um pequeno detalhe, inadvertido na descrição da comunidade de crianças, fala mais claramente do que todas as instituições do Estado ideal platônico.

Quando alguém sugere que "as mulheres devem ser propriedade comum do conjunto dos homens, e nenhuma deve morar sozinha com qualquer um deles, assim como também as crianças devem ser de todos" e que essas crianças, após o nascimento, devem ficar sob os cuidados das autoridades para tanto designadas, que objeções deve estar preparado para enfrentar, se não supõe nas mulheres o menor sentimento materno, sentimento esse observável até nos animais? Que as mulheres não deixarão seus filhos aos cuidados das autoridades estatais; que, no mínimo, desejarão amamentar elas mesmas as suas crianças. E o estadista que não deseja permitir que esse instinto básico atue terá de cuidar, antes de mais nada, para que as mães não possam conhecer seus próprios filhos. Platão, no entanto, julga suficiente a exigência de que "nem o pai conheça o filho, nem o filho ao pai"[47]. Sobre a relação da mãe com o filho, não diz *aqui* palavra. Quem, num tal contexto, silencia a esse respeito, a este a natureza privou de todo saber acerca da maternidade e, assim, de toda compreensão para com uma das mais poderosas forças motrizes da vida em sociedade. *Mais adiante, em outro contexto (*República*, 460) – quando o assunto é a alimentação da criança de peito já apartada da mãe –, é que se lê que as autoridades às quais serão entregues as crianças cuidarão também de sua alimentação, trazendo até elas mães que tenham seus peitos cheios, mas absolutamente atentos para que nenhuma reconheça seu filho (...).** Decorre daí que, na *República*, Platão não contemple o relacionamento entre homem e mulher diferentemente do que o faz o criador de animais ante seus machos e fêmeas, e que mesmo nas *Leis*, onde abandonou a ideia da comunidade de mulheres, voltando a admitir o casamento, ele, ainda assim, o submeta a um controle por parte do Estado que há de ferir qualquer sensibilidade normal[48].

III. O mito do Político

Contudo, sua mais íntima relação com essa questão, bem como com muitas outras, Platão a revela no mito. No mito do *Timeu* – já mencionado anteriormente –, há de chamar a atenção o fato de, no gênero humano que se origina da primeira encarnação das almas, ser absolutamente impossível toda e qualquer reprodução sexuada, uma vez que esse gênero compõe-se unicamente de homens. No grande mito do *Político*, entretanto, que também descreve uma evolução do mundo, a reprodução sexuada é expressamente abolida na Idade do Ouro – em que as necessidades dos homens são fartamente supridas sem a sua intervenção, e que corresponde aproximadamente ao período da humanidade exclusivamente masculina do *Timeu* –, criando-se para ela um sucedâneo altamente surpreendente. Narra-se ali[49] que o mundo ora é regido pela divindade, ora é movido apenas por suas próprias forças, quando a divindade solta as mãos do timão, abandonando o mundo a seu próprio curso. O movimento realizado sob a condução divina levaria ao Bem; o outro, ao Mal. Se esse alcança seu limite extremo, Deus retoma o comando, guiando o mundo na direção oposta. A alternância da condução significa uma total *inversão* de todas as relações. Dentre estas, a reprodução sexuada desempenha um papel assaz notável. Essa questão é tratada por Platão com particular minúcia, situando-se, na verdade, no centro do mito como um todo. Deveras marcante é aí, então, que a reprodução sexuada pertença ao período do Mal, quando o mundo se move "seguindo seu próprio impulso". Nesse período, têm os homens, assim, também de "gerar e educar através de sua própria força e sob a influência desse mesmo impulso"[50] – que é um impulso do Mal e para o Mal –, do mesmo modo como têm de suprir suas demais necessidades exclusivamente com sua própria força, com seu trabalho. Dado que a mudança que produz a retomada do comando pela divindade significa uma mudança do Mal para o Bem – e, portanto, uma total inversão de todas as relações no mundo abandonado por Deus a suas próprias forças, às forças do Mal –, não pode haver reprodução sexuada sob a condução divina do mundo. Os homens não nascem em consequência do ato sexual, nem saem crianças do ventre materno, tornando-se progressivamente mais velhos até morrerem e serem enterrados; o que ocorre é precisamente o contrário: eles crescem da terra já velhos, tornando-se paulatinamente mais jovens até, finalmente, a ela retornarem como sementes. A esse retorno do idoso à infância relaciona-se o fato de "também os mortos, jazendo na terra, assumirem ali uma nova forma, logrando retornar à vida, na medida em que, com a inversão do universo, também o nascimento transformou-se em seu oposto"[51]. É, pois, uma ressurreição dos mortos o que aqui, paralelamente ao nascer originalmente da terra, ocupa o lugar da reprodução sexuada, da "geração pelos homens". Que as mulheres inexistem no paraíso do mito do *Político*, isso, de fato, não está dito ali, mas elas são supérfluas: a reprodução ocorre sem elas[52].

Capítulo 9
O Eros pederasta

Que Platão não apenas não possuía qualquer compreensão da singularidade sexual da mulher, como também que o amor por uma mulher lhe deve ter permanecido algo inteiramente estranho, depreende-se também que ele, que tanto fala do amor, reservando-lhe tanto na vida do indivíduo quanto no todo universal uma posição tão central, tem em mente, ao fazê-lo, única e exclusivamente a pederastia. Não se pode seriamente duvidar de que o Eros de Platão não é o que hoje chamamos de amizade, mas tem, mesmo em seu grau máximo de espiritualização, um fundamento manifestamente vinculado ao sensível, sendo sexual o Eros que desempenha um papel central tanto na sua vida quanto na sua doutrina[53]. A linguagem de seus diálogos é bem clara a esse respeito, mais do que em qualquer outro ponto.

I. Cármides *e* Lísis

Somente a partir da própria experiência pode Platão, no *Cármides*, dar-nos a descrição realista dos sentimentos que se apoderam de Sócrates à visão do belo rapaz. Já a cena que precede o aparecimento de Cármides revela-se repleta de erotismo. Como um bom autor dramático, Platão coloca no palco primeiramente uma legião de amantes do belo Cármides. Depois, à chegada do muito amado em pessoa, todos querem oferecer-lhe um lugar no banco, e "somente nos aquietamos" – diz Platão pela voz de Sócrates, o homem maduro em meio aos jovens enamorados – "depois de havermos feito levantar aquele que estava sentado em uma das extremidades e empurrado do banco para o chão aquele da extremidade oposta. Ele próprio, por sua vez, aproximou-se e tomou assento entre mim e Crítias. Já naquele momento, meu caro, perdi minha serenidade, e, de um só golpe, fora-se a minha valente autoconsciência, que, antes, fizera-me crer que nada seria mais fácil para mim do que conversar com ele. Quando, porém, (...) ele voltou seus olhos em minha direção, lançando-me um olhar absolutamente indescritível e pondo-se a me fazer perguntas (...), aí, então, meu nobre amigo, meus olhos fitaram suas vestes. Aquilo inflamou-me qual uma fagulha: fiquei desconcertado e nem por um momento duvidei que, em matéria de amor, nada supera a sabedoria de Quídias, que, falando a alguém de um belo rapaz, aconselhou-o dizendo: 'Que se cuide a corça para não atravessar o caminho do leão e, incapaz de salvar-se, tornar-se-lhe a mais apetitosa presa'. Pois, para mim, foi como se eu próprio houvesse caído em poder de um tal monstro"[54]. Sensualidade é também o cerne da "amizade" que constitui o tema do diálogo intitulado *Lísis*[55]. Essa amizade é o Eros do *Banquete* e do *Fedro*, é a παιδεραστία em toda a sua – para Platão – tão dolorosa e arrebatadora singularidade[56].

A paixão de Hipotales pelo belo Lísis – que constitui o ponto de partida do diálogo sobre a amizade que leva o nome desse último – é inequivocamente descrita como sexual. A partir dos sintomas descritos por Platão, a sensibilidade normal precisa se esforçar para não ver no objeto do amor de Hipotales uma moça. O estado do jovem enamorado apresenta todas as características típicas da atração sexual: o corar envergonhado, o entusiasmo acanhado, o desejo de proteger o objeto ambicionado, a incapacidade de vê-lo senão sob a mais rósea das luzes etc.[57]. A situação óbvia do estar sexualmente enamorado de Hipotales é nitidamente contraposta ao relacionamento desprovido de toda sensualidade entre Lísis e Menêxenos, esse sim uma genuína amizade, ao passo que Hipotales figura ali como "verdadeiro amante". Nesse contexto, Platão faz Sócrates dizer: "Ao amante genuíno, não dissimulado, deve necessariamente caber, da parte de seu amado, uma carinhosa amizade". Após essa manifestação de Sócrates, "Lísis e Menêxenos mal se dignaram a sugerir aprovação, contrariamente a Hipotales, cuja alegria revelou-se na rápida mudança da coloração de seu rosto"[58].

II. Fedro

É em louvor a essa pederastia que os participantes do *Banquete* proferem seus discursos, e é ela que, no *Fedro*, Platão professa sem reservas. Com ainda maior nitidez do que em todos os demais diálogos, evidencia-se ali, nessa segunda de suas duas obras amorosas, a componente sexual do Eros platônico, apresentando-se como elemento essencial, como fundamento último – como substrato, por assim dizer –, a partir do qual o Eros espiritualizado cresce. A apaixonada descrição de quem, à visão de um belo jovem, foi capturado pelo delírio do amor é um dos mais grandiosos poemas de amor, repleto de ardor sensual e, em sua beleza artística, uma excepcional representação da excitação sexual. O Eros que a visão do belo corpo do jovem libera é aqui interpretado como lembrança da visão do absolutamente Belo, do qual a alma participava no Além, a alma alada, anteriormente ao seu nascimento. A beleza do corpo do jovem é um reflexo da beleza eterna; por isso, percorre o enamorado do amado "primeiro um calafrio, e ecos das angústias temerosas de outrora surpreendem-lhe o espírito". "E, ao vê-lo, passado o tremor, acometem-no novamente calor e suor inabituais. As emanações da beleza que absorveu com seus olhos fizeram-no arder, e algo como uma chuva precipita-se sobre a penugem ainda nascente." Em decorrência do amor pelo belo rapaz, as asas recomeçam-lhe a crescer na alma. "Essa chuva quente derrete-lhe a camada exterior que impedia a germinação, de há muito trancada e tornada áspera pela secura. Agora, com o afluxo de seu alimento, incham-se e brotam das raízes os rebentos das penas sob toda a superfície da alma, pois toda emplumada ela foi um dia." A seguir, descreve-se a alternância de tormento e prazer que o amor gera. "Na medida em que ambos esses sentimentos se misturam, inquietante torna-se-lhe (à alma que ama) essa estranha situação; atônita, ela se enfurece: à noite, a desvairada agitação não a deixa dormir; durante o dia, impede-a de ficar quieta num mesmo lugar, fazendo que, ansiosa, ela corra rumo aos locais onde supõe poder divisar o portador da beleza. Se o vê, canalizando assim para si novo estímulo amoroso, expandem-se os dutos outrora obstruídos; respirando aliviada, ela se sente livre dos aguilhões e tormentos, voltando, assim, a gozar no presente do mais doce prazer. Por essa mesma razão, não se separa voluntariamente de seu belo amado, a ninguém dedicando maior estima do que a ele; de mãe, irmãos e amigos, esqueceu-se por completo; que se perca a fortuna pela qual não zela, nada lhe importa; tudo quanto a moral e o decoro exigem, tudo quanto, antes, considerava ser a honra, ela agora despreza, pronta a servir o objeto de seu anseio e a dormir tão próxima dele quanto se lhe permita. E isso porque, além da veneração que sente pelo portador da beleza, ela encontrou nele, e somente nele, o remédio para seu maior tormento. Esse estado, meu belo rapaz, a que se referem minhas palavras, os homens o chamam 'Eros'; se, contudo, ouvires como o designam os deuses, provavelmente rirás, pois te soará malicioso."

De "poemas mantidos em segredo", Platão cita, então, um verso que diz que apenas os mortais chamam Eros ao Deus alado, os imortais chamando-o *"Pteros"* – palavra que significa "pressão exercida pelo oscilar"[59] e que, tomada ao pé da letra, era presumivelmente uma expressão obscena. Aliás, não é de se excluir que esses versos sejam do próprio Platão, que apenas aparentemente os cita[60]. É verdade que mantém-se no *Fedro* – como em toda parte, quando o filósofo fala de Eros – a exigência da privação da satisfação do impulso sexual. Contudo, não apenas a própria representação do objeto erótico, beirando já as fronteiras do obsceno, é quase um sucedâneo dessa satisfação: ela se transforma, pela introdução de elementos retardadores, numa descrição claramente refinada do prazer sexual que, superando todos os embaraços, afinal atinge sua meta. Com uma vivacidade com a qual somente a experiência pessoalmente vivida se deixa expressar, descreve-se ali a luta da consciência moral contra os desejos da sexualidade. A alma é comparada a um coche puxado por um corcel bom e outro mau, simbolizando a razão orientada para a moralidade e os desejos compelindo à imoralidade. "Quando, então, tendo o cocheiro avistado o semblante do amor, e toda a alma se aquecido em decorrência dessa visão, esporeiam-no os aguilhões do desejo a fazer-lhe comichão, o próprio cavalo que lhe é obediente – e que, como sempre, também agora deixa-se dominar pela vergonha – contém-se, a fim de não se lançar sobre o amado; o outro, porém, não mais se importa com aguilhão ou chicote, mas precipita-se com portentosos saltos em direção à sua meta, obrigando seu companheiro e o cocheiro – aos quais impinge toda urgência – a marchar rumo ao amado e a falar das graças do amor. De início, ambos resistem, seu pensamento repleto de indignação por serem forçados a fazer algo terrível e mau; por fim, contudo, não havendo termo para o mal, cedem e consentem em fazer o que lhes mandam. Caminham em sua direção e miram a face resplandecente do jovem amado.[61]" Se, porém, o cocheiro logra fazer retroceder o coche, o corcel bom, "envergonhado e perturbado", molha "de suor a alma toda, ao passo que o outro (...) rompe em furiosa reprimenda, dirigindo muitos insultos ao cocheiro e a seu companheiro, acusando-os de, feito covardes medrosos, terem refugado e faltado com a palavra. Quer obrigá-los, embora eles não o desejem, a de novo seguir em frente, concordando apenas, a pedido deles, em adiar para mais tarde o avanço. E, quando a hora marcada chega, ele os adverte – aos outros, que se fingem de desentendidos –, conclama-os com violência, relinchando e lançando-se adiante, a novamente se aproximarem do jovem e a lhe dirigirem propostas. Estando próximos, ele baixa a cabeça, ergue a cauda, morde o freio e lança-se desavergonhadamente adiante". Novamente, porém, o cocheiro logra dominar o mau corcel, de modo que este, ao divisar o belo rapaz, "quase morre de medo". Contudo, essa vitória do condutor e de seu nobre cavalo não é definitiva. Agora, pela primeira vez, se descreverá de que forma também o jovem amado é apanhado por Eros. Quando amante e amado convivem por um tempo maior, quando "se encontram e se tocam, por ocasião dos exercícios físicos e nas demais oportunidades habituais, derrama-se então torrencialmente sobre o amante a fonte daquele rio ao qual, na condição de amante de Ganimedes, Zeus chamou *Himeros*: uma parte dessa torrente o invade; a outra, estando ele já repleto, escorre novamente para fora dele". Também o jovem amado encontra-se agora prenhe de amor: "está apaixonado, mas não sabe pelo que, e não compreende sequer sua condição, tampouco sendo capaz de descrevê-la (...); e que em seu amante, tal e qual num espelho, veja-se apenas a si próprio, isso ele não entende. Na presença do amante, desfruta o amado, tanto quanto aquele, paz para o seu tormento; em sua ausência, vê-se acometido pela mesma ânsia do amante, e por este desejado, na medida em que, correspondendo ao seu amor, carrega dentro de si o reflexo desse amor. Contudo, não o toma por amor, nem o designa assim, mas como amizade. Semelhantemente ao que ocorre com o amante, embora em menor grau, também o amado sente o desejo de ver o outro, tocá-lo, beijá-lo e deitar-se a seu lado. E é provável que, em seguida, o faça. Uma vez compartilhando ambos do mesmo leito, o desenfreado corcel do apaixonado já não precisará procurar pelas palavras a serem ditas a seu condutor e exigirá um pequeno prazer em recompensa pelas muitas penas. O do jovem amado, por sua vez, não encontrará palavras, mas, repleto de um desejo fervoroso e desconhecido, abraçará o amante e o beijará, acreditando tratar-se apenas de um fiel amigo aquele a quem estará acariciando; deitando-se ambos um ao lado do outro, é possível que, no que dele depender, não se recuse a colocar-se à disposição do amante, se esse assim o desejar. No entanto, aliado ao cocheiro e munido da vergonha e da razão, o outro corcel mais uma vez resistirá"[62]. Mas o fará em vão. Platão conclui sua descrição dessa luta – na qual somente a erudição teórica inteiramente alheia à vida ou a hipocrisia mentirosa verá outra coisa que não a luta pela satisfação do impulso sexual – não com a simples vitória do cavalo bom. Ele contempla também a possibilidade de que "alguma vez, não vigiados, ambos os cavalos indomáveis a puxar o coche surpreendam suas próprias almas, embriagadas ou em um qualquer estado de fraqueza, e, unidos, escolham para si e realizem o que preza o vulgo; e, uma vez tendo-o realizado, tornem a fazê-lo, embora apenas raramente, já que, assim, agem de uma forma que não agrada à totalidade da alma"[63]. O Eros que, superando o sensível, vence um dos "três combates verdadeiramente olímpicos", desse modo "atingindo o máximo que a reflexão humana ou a loucura divina é capaz de proporcionar ao homem", é o *mesmo Eros* que "escolhe para si e realiza o que preza o vulgo".

III. República

Também na *República*, porém, que, contrariamente ao *Lísis*, ao *Banquete* e ao *Fedro*, não possui um tema central erótico, o Eros revela-se nitidamente – quando ali Platão o menciona – como a pederastia que só a custo logra reprimir sua sensualidade. No bojo dos preceitos que têm por propósito elevar a coragem dos guerreiros no Estado ideal, Platão – pela voz de Sócrates – sugere: "Aquele que se destacou e distinguiu honrosamente – haverás de reconhecer – decerto tem de receber uma coroa de seus companheiros de campanha, de jovens e moços, um por um". Esqueceu-se aqui, ao que parece, que esse exército do Estado ideal compõe-se tanto de homens quanto de mulheres. E, após um comentário de Gláucon concordando com o que foi dito, Sócrates prossegue: "Tem-se, ademais, de cumprimentá-lo com um aperto de mão" – ao que Gláucon responde: "Isso também". Sócrates: "Receio, porém, que não aprovarás também o que se segue" – observação que possui um tom jocoso, uma vez que Gláucon é apresentado como "uma natureza particularmente apaixonada"[64]. "De que se trata?", pergunta Gláucon. Sócrates responde: "Ele deve beijar cada um de seus companheiros e por eles ser beijado". E Gláucon emenda: "Isso sem dúvida! E faço ainda um acréscimo à lei: ao longo de toda a duração da campanha, ninguém que ele deseje beijar poderá repeli-lo, e isso a fim de que, estando alguém apaixonado por um jovem ou uma moça, seu fervor pela vitória seja assim ainda mais estimulado"[65].

Note-se aqui quão enormemente custoso afigura-se o acréscimo de "ou uma moça", após ter-se falado em apertos de mão e beijos unicamente entre moços. Já por isso, não se poderá atribuir qualquer significado especial ao fato de Sócrates, concordando com Gláucon, finalmente declarar que "àquele que provar sua competência há de caber maior oportunidade para as *alegrias matrimoniais* do que aos outros", destacando ainda a preocupação com uma boa descendência.

Em que medida o Eros platônico é apenas o amor homossexual mostra-o o fato de Platão, ao explicar a palavra φιλόσοφος – que designa aquele que ama a sabedoria – na fundamentação de uma de suas teses principais – a de que os filósofos devem governar o Estado –, apresentar o amor única e exclusivamente como pederastia. Sócrates quer, em consequência, que o filósofo seja cheio de um desejo pela *totalidade* da sabedoria, e não apenas por uma parte dela, razão pela qual afirma: quando dizemos de alguém que ama alguma coisa (φιλεῖν), isso não significa que ele a ama somente sob um determinado aspecto, mas que a encerrou por inteiro em seu coração. Exigindo Gláucon uma explicação mais detalhada, Sócrates não ilustra sua afirmação lembrando, por exemplo, quão completamente um jovem apaixonado acolhe sua amada, com todas as suas qualidades e defeitos, em seu coração, mas afirmando "que todos os moços em flor de alguma maneira atraem e estimulam aquele que os quer bem e os ama, na medida em que parecem dignos de sua solicitude e carinhosa proximidade. Ou não é assim que vos comportais com relação aos moços? Chamais encantador e louvais o narizinho chato de um; o nariz aquilino de outro, dizeis, possui algo de monárquico; e aquele que fica entre um e outro, esse suplanta a todos em harmonias; os morenos apresentam um aspecto masculino; os loiros são verdadeiros pequenos deuses; já os da cor do mel tal e qual o seu nome – pensas – provêm da imaginação de ninguém menos do que de um amante desejoso de embelezar-lhes a palidez, que com essa de bom grado se contenta, contanto que se ligue a uma beleza juvenil"[66].

Do "amor correto", fala-se no terceiro livro da *República*[67]. E quando Platão, pela voz de Sócrates, exige que esse amor prescinda de todo prazer sensível – a fim de que ele seja "correto" –, poder-se-ia de início acreditar que ele se refere ao amor em si, ou seja, inclusive àquele entre homem e mulher. "A ele não pode associar-se esse prazer; amante e amado nada podem ter em comum com tal prazer, em se tratando do amor correto." Nota-se de imediato que também aí é somente a pederastia que Platão contempla. Assim é que, na sequência, lê-se ser necessário, portanto, introduzir no Estado ideal a determinação de que "é permitido ao amante beijar o amado, estar com ele e tocá-lo como se fosse seu filho, em nome da beleza e na medida em que este esteja disposto a tanto; no mais, porém, a relação do amante com aquele por cujas graças ele se empenha deve configurar-se de modo que o primeiro jamais provoque sequer a impressão de estar ultrapassando tal fronteira"[68].

Na verdade, é apenas no amor homossexual que Platão supõe haver abstenção da satisfação do impulso sexual. No tocante ao relacionamento entre os dois sexos – que para ele não pode de modo algum ser um Eros verdadeiro –, essa exigência permanece-lhe inteiramente estranha. Afinal, o filósofo coloca a própria relação sexual normal – minuciosamente regulamentada pelo governo – a serviço dos interesses populacionais de seu Estado ideal. O "amor platônico", se não se interpretar errônea e grosseiramente o filósofo, é na realidade somente a pederastia[69].

Capítulo 10
A pederastia na Grécia

I. O círculo cultural dórico

Platão foi compelido à sublimação de seu Eros sobretudo porque estava em contradição com as concepções morais e jurídicas da sociedade ateniense de seu tempo[70]. É incorreta a opinião, por vezes defendida, de que na Antiguidade a pederastia era amplamente disseminada, não sendo por isso eticamente rejeitada como na cultura cristã[71]. Apenas no tocante aos assim chamados Estados dóricos pode-se comprovar que costumes homossexuais e relacionamentos amorosos entre homens mais velhos e jovens eram publicamente aceitos. E mesmo ali, presume-se, a pederastia é um fenômeno social restrito unicamente à camada superior e nobre, relativamente pequena[72]. A nós, ela chega como um costume ou mau hábito fidalgo, supostamente explicável graças à função militar dessa classe, às constantes campanhas, à continuada vida nos acampamentos, que mantém os homens apartados das mulheres por um período demasiado longo e os obriga à satisfação mútua de suas necessidades sexuais. Contudo, a despeito da aceitação pública e até da legitimação religiosa, a pederastia tampouco parece haver sido uma instituição incontestada mesmo na sociedade dórica[73].

Atribui-se ao próprio Licurgo uma lei que a punia com a morte e o banimento[74]. E, acerca do rei espartano Agesilau, cujo comportamento, como nota Theodor Gomperz, "pode ser considerado típico dos círculos nobres de sua terra natal"[75], conta-se que ele combateu veementemente as tendências homossexuais que trazia bastante vívidas dentro de si. Xenofonte[76] fala de *sua sobriedade na fruição do prazer amoroso. Ele amou o jovem Megabates "como somente a natureza mais impetuosa é capaz de amar o mais belo dos jovens", mas "quando Megabates, segundo o costume dos persas de beijar aqueles aos quais reverenciam, quis beijar também Agesilau, esse recusou-se a se deixar beijar. Não atuou aí um extraordinário autocontrole? Como, porém, Megabates não mais tentasse beijá-lo, como se sentisse injuriado, Agesilau sugeriu a um de seus amigos que o convencesse de que lhe tinha respeito. O amigo perguntou a Agesilau se ele, caso Megabates se deixasse convencer, o beijaria; ao que, então, após alguns instantes de silêncio, Agesilau respondeu: 'Não. Nem mesmo se, momentaneamente, me fosse dado ser o mais belo, o mais forte e o mais veloz dos homens; prefiro lutar novamente a mesma luta – juro por todos os deuses – a ter transformado em ouro tudo quanto vejo.'".** Depreende-se daí que, mesmo em Esparta, o juízo da sociedade acerca da pederastia no mínimo não era inequívoco.

Quanto às razões que possivelmente levaram o legislador, ainda assim, a tolerar ou mesmo incentivar determinados hábitos homossexuais, ficamos restritos apenas a conjeturas. De todo modo, não era do interesse político-estatal a proliferação demasiado vigorosa de uma casta nobre organizada militarmente e dependente de escassas propriedades fundiárias. Afinal, já a superpopulação em si constitui um perigo constante para os pequenos Estados gregos[77], e medidas visando preveni-la não são raras. É a partir desse ponto de vista também que se deve julgar particularmente o conhecido costume espartano de enjeitar as crianças aleijadas ou fracas. Aristóteles expõe diretamente o ponto de vista de que a pederastia foi introduzida em Creta para combater a superpopulação[78].

II. A relação da religião e da literatura com a pederastia

Fora dos limites do círculo cultural dórico, e particularmente na Jônia e em Atenas, a pederastia certamente jamais fincou raízes. A religião grega[79], com seu rei dos deuses amante das mulheres e sua Afrodite incorporando o amor do homem pela mulher, constitui uma verdadeira apoteose do impulso sexual normal. O casamento de Zeus e Hera ocupa posição central na vida olímpica[80], pois, para o povo grego, o casamento é instituição sagrada e ter descendentes, multiplicar-se, um dos mais nobres deveres pátrios. Nada é mais característico do juízo médio acerca da pederastia do que a lenda que a remete a Laio, o pai de Édipo, que teria seduzido o belo adolescente Crísipos. O mito interpreta a maldição que pesava sobre a casa real dos Lábdacos como uma vingança de Hera, a guardiã do casamento, e, assim, como punição por um comportamento que, evidentemente, era encarado como antinatural, como um vício[81]. Nos poemas homéricos também não se acha qualquer sinal dele. Os casamentos de Heitor com Andrômaque e de Ulisses com Penélope fulguram ali como ideal incontestе, e é o amor de Menelau por Helena que põe em movimento o acontecer heroico[82]. *Tendo Agamêmnon tomado de Aquiles a graciosa Briseís, inflama-se a ira do filho de Peleu – tão fatídica para os aqueus –, que assim justifica sua ausência dos combates:

*Eu, só dos Aquivos,
fui despojado; tirou-me a querida consorte. Pois goze-a!
durma com ela! Qual foi o motivo de Aqueus e Troianos
digladiarem? Por que tanta gente reuniu Agamêmnon
e para cá transportou? Não por causa de Helena formosa?
Ou, porventura, entre os homens, somente os Atridas
                                                [demonstram
ter às esposas afeto? Qualquer indivíduo de senso
e bem nascido, à consorte demonstra afeição (...)*[83]**

Em sua *Teogonia*, Hesíodo – que Heráclito afirma ser "o mestre da maioria das pessoas: ele, creem elas, é quem mais sabe"[84] – apresenta o nascimento dos deuses como resultado de uma geração sexualmente normal. Essa epopeia é francamente uma deificação do Eros, que compele o masculino rumo ao feminino. E, em Os *trabalhos e os dias*, ele inclui entre as recompensas concedidas a uma comunidade que vive de acordo com a justiça a seguinte: "E as mulheres parem filhos semelhantes aos pais"; ao passo que, dentre as penas reservadas à comunidade afeita à injustiça, ressalta: "As mulheres não parem mais, as casas ruem, segundo a decisão do Zeus celestial"[85]. Um fragmento de Parmênides afirma: no centro, reina aquela que tudo governa, a deusa. Por toda parte ela enseja o nascimento desditoso e o acasalamento; envia ao homem a mulher e à mulher o homem, a fim de que se casem. E, antes de todos os deuses, criou o amor[86].

Num fragmento de Demócrito lê-se: a geração de filhos parece ser para os homens uma lei natural e um antigo e inevitável costume; isso é o que se observa também nos demais seres vivos, pois, seguindo o impulso natural, todos eles geram filhotes, sem que disso resulte-lhes qualquer proveito próprio (...) Essa é a conduta de todos os seres animados (...)[87]. Tampouco nos grandes autores trágicos observa-se – ao menos nas peças que se conservaram – qualquer apreciação da pederastia. Os dramas nos quais Ésquilo e Sófocles teriam tratado a questão (como Ésquilo nos *Mirmidões*) não chegaram até nós, e por isso não sabemos de que forma eles o fizeram[88]. *Atênaios afirma que Sófocles teria amado rapazes (φυλοείρας), ao contrário de Eurípides, que teria sido um amante das mulheres[89]. Refere-se, ao afirmá-lo, a uma obra do poeta Íon na qual este conta que, por ocasião de um banquete, Sófocles teria, valendo-se de um ardil, roubado um beijo a um belo rapaz[90]. E, ao fazê-lo, teria se vangloriado com as seguintes palavras: "Não sou, pois, um bom estrategista, meus senhores, embora Péricles me censure afirmando que eu não saberia comandar um exército?". Ainda segundo Íon, Sófocles, quando bebia, tinha resposta pronta para tudo, "em assuntos da vida burguesa, contudo, não era nem sábio, nem bem-sucedido, mas tal e qual qualquer ateniense médio da [assim chamada] classe mais elevada (ὡς ἄντις εἶς τῶνχρηστων Αθηναιων)". Essa observação mostra que Íon julga benevolamente as tendências homossexuais do poeta. Eurípides – também aí concordando com os sofistas – rejeita frontalmente a pederastia.** Em seu *Crísipos*, do qual dispomos apenas de fragmentos, ele apresenta o mito de Laio citado acima, e presumivelmente, aliás, sob a forma de uma condenação do vício[91]. Num fragmento do drama *Díctis* que chegou até nós lê-se: "Ele era meu amigo, e meu amor jamais conduziu-me à tolice ou a Cípris. Há, afinal, uma outra espécie de amor – o amor pela alma, honrado, comedido e bom. Decerto, os homens deveriam ter criado uma lei determinando que somente o casto, o capaz de dominar-se a si próprio, deveria amar, e deveriam ter mandado embora a filha de Zeus, Cípris"[92]. A passagem não deixa dúvida quanto ao ponto de vista do poeta. Atente-se ainda para o fato de que a relação de amizade entre Orestes e Pílades – por ele focalizada repetidas vezes – não mostra qualquer vestígio de uma coloração homossexual[93]. Especialmente nítida revela-se a atitude de recusa à pederastia assumida pela sociedade ateniense na comédia mais realista, sobretudo a de Aristófanes. Seu posicionamento nessa questão é tão particularmente sintomático com relação a Atenas porque, em sua obra, ele soube enfocar não apenas o gosto grosseiro da grande massa dos pequenos cidadãos, como também as concepções ético-políticas da aristocracia reacionária. E Aristófanes não se cansa de verter seu sarcasmo sobre a prática homossexual de certos círculos, tampouco faltando-lhe tons de maior seriedade mostrando claramente em que medida se estava consciente do grande perigo para a esfera pública ligado a tal inversão da vida sexual. Assim é que, em *As nuvens*, o Eros homossexual é verbalmente açoitado como imoral pelo Argumento Justo: *"O que poderá jamais nesta vida representar vergonha maior para ele (do que ser um sodomita)?"[94]. Louvam-se ali, ademais, os costumes antigos, que buscavam preservar os moços de tal vergonha:

> *jamais impunham-se eles com o doce arrulhar dos*
> *[sussurros ansiosamente carinhosos,*
> *Entregando-se ao amante com o olhar rebrilhando de*
> *[ardor sequioso de prazer*[95].**

Também em Os *pássaros* Aristófanes estigmatiza como vício a pederastia, na medida em que retrata satiricamente os desejos de um homossexual, mostrando os perigos que, segundo a opinião geral do povo, rondam o rapaz[96]. *Estivesse o homossexualismo amplamente disseminado, não teria podido Aristófanes escrever sua *Lisístrata*, na qual somente recusando-se a seus maridos as mulheres conseguem obrigá-los a pôr termo à guerra.** Mas é também precisamente a comédia que nos mostra quão amplamente a pederastia deve ter-se disseminado em certos círculos. Importada do círculo cultural dórico, ela, no entanto, deparou em Atenas, já no século V, com uma vigorosa oposição moral[97] comandada sobretudo pelos sofistas, tão apaixonadamente combatidos por Platão.

III. O posicionamento da filosofia e, particularmente, de Xenofonte

Especialmente característica dessa atitude da filosofia do esclarecimento é a passagem de uma obra do sofista Pródicos versando sobre o conhecido tema "dilema de Hércules". Nela, a virtude diz ao vício: "Tu, desditoso, o que possuis, afinal, que seja um bem, ou como pretendes saber o que seja um conforto sem que, de alguma forma, por ele te empenhes? Nem sequer esperas que a vontade de satisfazer um gosto se agite e, já de antemão, fartas-te à larga (...) Extorques o prazer amoroso – antes mesmo que desperte em ti a necessidade dele, e o fazes através de toda sorte de expedientes artificiais, *servindo-te dos homens qual fossem mulheres*; assim educas teus amigos, deles abusando à noite e deixando-os dormir durante as melhores horas do dia (...)"[98]. A virtude só pode falar assim se a pederastia for amplamente encarada como vício! É sabido também que Antístenes, discípulo de Sócrates e um dos mais veementes opositores de Platão, opunha-se a ela[99]. Da mesma forma, dispomos de palavras de Diógenes, da Escola Cínica, dirigidas contra a pederastia[100]. Do círculo socrático, sobretudo Xenofonte voltou-se decididamente contra ela – não obstante, aliás, sua simpatia pelos espartanos. Em virtude da incerteza quanto à data em que foi escrito, pode-se, talvez, discutir se seu diálogo *Banquete* constitui de fato uma resposta direta à obra homônima de Platão, embora isso seja mais do que provável[101]. Não se pode, contudo, contestar seriamente que o *Banquete* xenofontiano, segundo sua orientação geral, é dirigido contra a pederastia e quer ser uma glorificação do amor conjugal. *Do banquete para o qual Cálias convida Sócrates e alguns de seus amigos participa também Autólicos, o "favorito" de Cálias. Xenofonte enfatiza, porém, a presença ali também do pai do jovem, e, pela voz de Sócrates, destaca bastante elogiosamente o fato de Cálias sempre atrair o pai de seu jovem querido para os encontros com ele, "pois somente um amante bom e virtuoso não precisa ocultar tais encontros aos olhos de um pai"[102]. Nessa mesma obra de Xenofonte, discute-se ainda se a virtude é ensinável, e aí também Sócrates defende essa tese. Mas como Xenofonte faz Sócrates demonstrar sua tese? Este aponta para uma dançarina que, para o entretenimento dos convidados, está executando a dança das espadas e diz: "O que aquela moça ali está fazendo é mais uma prova de que a natureza feminina nada fica a dever à masculina, necessitando apenas de alguma orientação sensata e do exercício de seus poderes. Aquele dentre vós que for casado poderá extrair daí uma animadora lição e ensinar à sua mulher todas as habilidades que nela desejaria encontrar". Uma mulher pode adquirir até mesmo a virtude da coragem, "pois, do contrário, essa moça, que, afinal, é apenas uma mulher, não estaria saltando tão destemida por entre as espadas"[103]. Isso vai bem de encontro à habitual depreciação do casamento nos círculos do *Eros paiderastikos* e à concepção predominante da inferioridade da mulher, tão característica em Platão. Igualmente significativo é o fato de Xenofonte rejeitar expressamente a interpretação do mito de Ganimedes como justificação da pederastia. "Na minha opinião", afirma ele pela voz de Sócrates, "Zeus alçou Ganimedes para junto de si no céu não por causa de seu corpo, mas de sua alma." Em Homero, argumenta, não se diz de Ganimedes que ele é "formoso", mas "sensato", e assim foi reverenciado pelos deuses[104]. Sobre a defesa da pederastia por Pausânias – que afirmou devesse ser um exército de amantes e sodomitas bastante valente, pois muito se envergonhariam em deixar uns aos outros em apuros –, diz Xenofonte, por intermédio de Sócrates: "Uma afirmação espantosa! Como se aqueles para os quais se tornou hábito banir de seu relacionamento mútuo a censura e a vergonha fossem capazes de se envergonhar diante de um ato vil qualquer!". Pausânias teria evocado injustamente os tebanos e os eleáticos, entre os quais o amante e seu par, após passarem juntos uma noite, seguiriam lado a lado para a batalha, "pois, no caso deles, trata-se de uma instituição regulada por lei, ao passo que, entre nós, essa conduta é proibida"[105].** Das numerosas passagens nas quais isso aparece claramente, remetamos aqui apenas a umas poucas. Lê-se numa delas que, do relacionamento amoroso-sexual com um homem, o jovem leva consigo "apenas o ultraje e a vergonha" – e, aliás, desse relacionamento, e certamente também daqueles não compráveis; e quando alguém ganha para si um rapaz por intermédio da persuasão, "isso o torna ainda mais odioso"[106]. O ponto de vista de Xenofonte, e decerto a opinião média dos atenienses, expressa-se bastante claramente na seguinte passagem: "Ademais, contrariamente à mulher, o jovem sequer compartilha com o homem as alegrias do prazer amoroso, mas, sóbrio, contempla-lhe a embriaguez de volúpia, razão pela qual não há de causar espanto se nele houver até mesmo desprezo pelo amante. Se alguém quisesse dirigir para aí o olhar, descobriria que nada de condenável provém dos que se amam em razão de seus costumes; mas que o contato lascivo, ao contrário, já produziu muitos atos abomináveis"[107]. Particularmente característico, no entanto, é o fecho do diálogo. Sócrates manda que os siracusanos com seus bufões preparem uma peça, "que deverá propiciar grande alegria aos espectadores"[108]. É encenada uma pantomima, na qual Dioniso e Ariadne adentram seu aposento nupcial. Após a visão da cena amorosa apresentada por ambos os atores, "os solteiros juraram casar" – lê-se em Xenofonte –, "ao passo que os casados lançaram-se sobre seus cavalos e partiram ao encontro de suas mulheres, para delas se alegrar"[109]. *Também nos demais escritos de Xenofonte encontram-se manifestações mostrando que a opinião pública rejeitava a pederastia como imoral. Em suas lembranças acerca de Sócrates, conta-nos que este teria dito de Crítias – que pretendia servir-se de Eutidemo para satisfazer a própria voluptuosidade: "Ao que parece, Crítias tem algo da natureza dos porcos, pois gostaria muito de esfregar-se em Eutidemo, tal como os leitões nas pedras!"[110]. E, ao saber que Critóbulo havia beijado um belo rapaz, Sócrates comparou o beijo de um jovem belo à picada de uma aranha venenosa. Tendo Xenofonte aparteado que, ao picar, esse animal inoculava no homem algo de seu veneno, Sócrates replicou: "Cego! Pois, com seus beijos, não instilam também os belos alguma coisa, ainda que não sejas capaz de vê-la? Então não sabes que esse animal a que chamam 'belo' e 'florescente' é ainda mais terrível do que a aranha venenosa? Esta só pode causar dano através do contato, mas aquele instila seu veneno enlouquecedor à sua mera visão, até mesmo a grande distância"[111]. Evidentemente, Xenofonte conta essas histórias apenas para mostrar que a atitude de Sócrates coincidia com as concepções morais da sociedade em que vivia. Seu relato é importante no que tange a essas concepções. À sua luz ele viu Sócrates. O quanto Platão estava em contradição com tais concepções, percebe-se ao se comparar a afirmação de Sócrates – de que o beijo de um jovem belo assemelha-se à picada de uma aranha venenosa – a um epigrama que diz:

> *Ao beijar-te, meu Agaton,*
> *Senti tua alma suspensa nos lábios,*
> *Como se ela própria devesse fluir*
> *Alma adentro em mim, com um tremor ansioso*[112].**

A filosofia pós-platônica[113], por sua vez, apresenta um posicionamento inteiramente hostil à pederastia, declarando-a um vício antinatural. Em sua *Ética a Nicômaco*[114], Aristóteles – que foi discípulo de Platão e com ele viveu durante anos em íntima relação de trabalho – fala da pederastia juntamente com certas disposições doentias. "Penso aqui em manifestações de selvageria animal, como a daquela mulher da qual se diz que abria o ventre das grávidas para comer as crianças, ou em certos povos que se deleitam em comer carne crua ou mesmo carne humana e que se presenteiam mutuamente crianças para o banquete, ou ainda naquilo que se conta acerca de Fálaris[115]. Essas são, portanto, manifestações nas quais vem à luz uma natureza animal; outras, semelhantes, surgem vez por outra em decorrência de doenças ou da loucura, como foi o caso daquele homem que sacrificou e devorou a própria mãe, ou do escravo que comeu o fígado de seus companheiros. Outras anormalidades, por sua vez, apresentam semelhanças com estados doentios ou decorrem do hábito, como puxar os próprios cabelos, roer as unhas, comer carvão ou terra. *A essas pertence também a pederastia*, para a qual alguns tendem por sua natureza, outros – aqueles, por exemplo, que desde a juventude sofreram abusos –, em consequência do hábito."

IV. A tendência antipederasta da legislação penal e da moral

A própria legislação penal ateniense continha disposições de evidente tendência antipederasta. No discurso de Aisquines contra Tímarcos lemos (3): "Considerai, atenienses, os cuidados que teve Sólon, vosso velho legislador, para com a probidade, assim como Drácon e os legisladores de seu tempo. Primeiramente, fizeram leis sobre o recolhimento dos meninos, determinando expressamente aquilo que cumpria ao menino livre fazer, e de que maneira ele deveria ser educado. Depois, fizeram o mesmo com relação aos moços e assim por diante, tratando das demais faixas etárias – e, aliás, visando não apenas os indivíduos como particulares, mas também os tribunos. E essas leis, registradas no arquivo estatal, eles vos legaram, fazendo de vós seus guardiões". Cita-se, então, a seguinte lei (6): "Os mestres dos meninos não deverão abrir as escolas antes do nascer do sol, devendo fechá-las antes do ocaso[116]. Enquanto os meninos estiverem em seu interior, tampouco deve-se permitir a entrada ali daqueles de maior idade, à exceção do filho, do irmão ou do genro do mestre. Intrometendo-se, porém, alguém, esse deverá ser punido com a morte. Ademais, por ocasião das festas a Hermes, os inspetores de ginástica não deverão, de modo algum, permitir o acesso de homens mais velhos; permitindo-o e não os expulsando do ginásio, aplique-se sobre o inspetor a pena da lei relativa à corrupção de homens livres. Os condutores do coro empossados pelo povo deverão ter mais de quarenta anos de idade"[117]. Aisquines prossegue (7): "A seguir, ó atenienses, ele edita leis relativas a crimes que, embora grandes, foram, conforme penso, cometidos no interior do Estado; pois se alguém fazia algo inapropriado as Velhas Leis pronunciavam-se a respeito; ao menos, assim reza minuciosamente a lei: 'Se um pai, irmão, tio, tutor ou qualquer outro chefe de família entregar um dos seus à luxúria em aluguel, não se permite que esse menino seja acusado de fornicação, mas destina, é certo, as mesmas penas tanto para aquele que o entregou quanto para o que o tomou em aluguel (como ele diz). E, uma vez crescido o menino entregue à luxúria em aluguel, não estará ele obrigado a alimentar o pai ou prover-lhe moradia, devendo apenas, quando da morte deste último, enterrá-lo e cumprir os demais costumes'". Mais adiante (8), Aisquines cita ainda as seguintes leis: "Se um ateniense maltrata um menino livre, aquele a quem tal menino pertence deve denunciá-lo aos Tesmotetas requerendo a pena de morte. Uma vez condenado à morte pelo tribunal, ele deve, então, ser entregue aos Onze e executado no mesmo dia. Se, porém, for condenado a uma pena em dinheiro, deverá pagá-la onze dias após a sentença, caso não tenha condição de fazê-lo de imediato. Até efetuar o pagamento, deverá ficar preso. Essa acusação deverá pesar também sobre quem abusar das pessoas dos escravos". E (10): "Prestando-se um ateniense à luxúria, não mais lhe deverá ser permitido tornar-se um dos nove arcontes, exercer um sacerdócio, atuar como defensor público ou exercer qualquer magistratura, seja na cidade ou fora dela, por eleição ou sorteio. Tampouco deverá ser aproveitado na função de embaixador, proferir uma sentença, estar presente aos sacrifícios oferecidos pelo Estado, ser coroado nos cortejos públicos ou adentrar os domínios sagrados da assembleia popular. Se alguém sentenciado por ter-se prestado à luxúria o fizer, deverá ser punido com a morte"[118]. A mesma acusação aplicava-se também àqueles que davam ou tomavam em aluguel meninos menores de idade[119]. Não raro, acusações dessa natureza serviam também à luta contra adversários políticos[120]. Um exemplo clássico disso constitui o famoso discurso de Aisquines contra Tímarcos. Se a pederastia era punível apenas quando *comprável e profissional*, ela, não obstante, era tida por *moralmente condenável* qualquer que fosse o caso. Acontece que o juízo moral diante da propagação efetiva dessa modalidade do Eros entre as camadas superiores da sociedade não era homogêneo. Dois pontos de vista distintos encontravam-se claramente em disputa. Um sintoma nítido disso é a diferenciação, bastante cara à literatura, entre a pederastia nobre, não carnal, e a pederastia vulgar, carnal. O conflito no seio da opinião pública expressa-se num episódio transmitido por Plutarco, ligado às "tropas sagradas" de Pelópidas, compostas de pares de amantes. Ao divisar os trezentos mortos em Caironeia, Filipe da Macedônia teria exclamado: "Maldito seja todo aquele que pensa que tais homens fizeram ou toleraram algo de vil"[121]. Essa opinião, portanto, devia encontrar-se bastante difundida. Com muita propriedade, Bruns observa: "O problema da pederastia irritava a sociedade. Jamais deixou-se por completo de amaldiçoar semelhante união como antinatural". O mesmo autor acredita ainda ter havido uma luta entre "uma severa tradição familiar e uma defesa mais ou menos aberta dos relacionamentos sérios dessa natureza"[122]. E Bethe constata que sempre – mesmo à época de seu maior florescimento – deve ter havido pregadores da moral a "amaldiçoar como uma impudicícia antinatural a pederastia". "Nos Estados não dóricos, os únicos nos quais essa oposição surgiu e foi capaz de firmar-se, a pederastia, a despeito de gozar do reconhecimento público, era um vício (...).[123]" Symonds, por sua vez, enfatiza quão terrível para os gregos era aquela "aberração do sentimento" que, embora inerente a toda espécie mais profunda de simpatia pessoal, "só podia fazer-se ainda mais intensa graças à inevitável singularidade da pederastia". E faz ainda a observação assaz pertinente de que os poetas que cantavam abertamente a pederastia evidentemente "insurgiam-se e indignavam-se contra o poder de seus próprios sentimentos" – como Teógnis, por exemplo, que descreve seu próprio Eros como "agridoce e angustiado"[124].

V. Testemunhos dos escritos de Platão

Acima de tudo, é nos escritos do próprio Platão que se pode observar quão decididamente desaprovava-se a pederastia também no seio da boa sociedade ateniense. No *Banquete* lê-se que os pais designavam educadores para seus filhos principalmente para impedir "que estes conversassem com seus amantes, disso incumbindo-os acima de qualquer outra coisa", e que "os camaradas e companheiros [do rapaz] censuram [a ele] quando veem que isso está ocorrendo, sem que os mais velhos os impeçam de fazê-lo e os repreendam por não estarem com a razão (...)"[125]. Também do discurso que Pausânias ali profere em louvor de Eros depreende-se nitidamente o juízo negativo da sociedade acerca da pederastia. Obviamente para excluir seu próprio Eros da esfera dos ataques mais ásperos, Platão apressa-se em traçar uma clara linha divisória entre a verdadeira pederastia e o amor por meninos ainda infantes. Os verdadeiros pederastas "não amam crianças, mas rapazes nos quais já começa a desenvolver-se o espírito", aqueles nos quais começa já a brotar a barba. E chega mesmo a propor uma lei proibindo o amor com crianças. São os amantes de crianças "que trouxeram a vergonha, a ponto de muitos ousarem dizer que ceder ao amante seria ignominioso. E o dizem com o olhar voltado para aqueles nos quais veem impertinência e injustiça"[126]. É de se supor, pois, que se devia muito comumente falar em "vergonha", "impertinência" e "injustiça" com relação à pederastia[127]. *No discurso de Lísias lido por Fedro no diálogo homônimo, descrevendo a sedução de um belo rapaz (o que é descrito não por alguém que está apaixonado por ele, mas por alguém que não o está, uma vez que se defende ali a tese de que se deve antes sujeitar-se àquele que não está apaixonado do que àquele que ama), lê-se: "Se, ademais, temes a opinião pública, porque dela poderia advir-te a vergonha, caso as pessoas o descobrissem, então é natural que os apaixonados – que creem que as demais pessoas tenham deles o mesmo ciúme que eles sentem um pelo outro – vangloriem-se de contar a todos sobre si e que busquem a sua honra mostrando a todo mundo que seus esforços não foram em vão, ao passo que os não apaixonados, que têm poder sobre si mesmos, escolherão caminho melhor do que o da fama perante os homens"[128]. Conclui-se daí que a opinião pública condenava como vergonhoso esse tipo de relacionamento. De ambos os discursos que, a seguir, Sócrates profere a respeito desse assunto, o primeiro é uma descrição bastante exata e realista da relação homossexual, conforme ela de fato se configura entre um rapaz e um homem por ele apaixonado. Intencionalmente ou não, ele desnuda as faltas morais que o contato homossexual, na maioria das vezes, traz consigo. Diz o discurso: "falemos sobre os benefícios e danos que apaixonados e não apaixonados provavelmente proporcionarão àquele que a eles se entrega. Quem se deixa levar pelo desejo, rendendo-se a seus prazeres, esse certamente necessitará tornar o amado tão agradável quanto possível para si. Para um homem doente, porém, agradável é tudo que com ele seja incapaz de competir; o que lhe é superior ou está à sua altura é-lhe, pelo contrário, repugnante. Assim, ele evidentemente não admitirá de bom grado que seu amado lhe seja superior ou tão forte quanto ele, mas buscará sempre torná-lo mais fraco e dependente (...) Assim, ele será necessariamente invejoso e causará grande dano ao rapaz, mantê-lo-á afastado, de todas as formas, do proveitoso contato com outras pessoas que favoreceriam a sua transformação num homem. O maior desses danos ele o causará impedindo-lhe o desenvolvimento de um juízo refletido. A este conduziria a escola da divina filosofia. Desta, porém, tem o apaixonado de manter distante o seu amado, por temer seriamente tornar-se desprezível para ele (..)"[129]. E mais: "Gostaria de vê-lo órfão de pai e mãe, sem parentes ou amigos, pois em todos esses reconhece ele apenas perturbadores e censores de seu agradável relacionamento com o rapaz"[130]; "(...) para um jovem, à parte o dano que lhe causa, seu amante é também no convívio diário extremamente repugnante (...) Isso porque o homem de mais idade não se deixa afastar nem de dia nem de noite da proximidade do mais jovem, mas cede à pressão de um desejo feroz a constantemente oferecer-lhe e render-lhe delícias: para os olhos, para os ouvidos, para suas mãos tateantes e para cada órgão dos sentidos que entra em contato com o amado, de tal modo que, entusiasmado e como que soldado ao jovem, ele constitui seu séquito. Já para o amado, que consolo ou prazer advir-lhe-á daí? O que haveria de poupá-lo do mais alto grau de aversão, se tão longamente tem ele de estar junto do outro, divisando-lhe as marcas da idade num rosto já não mais florescente e em tudo o mais, o que já numa mera descrição não se afigura propriamente agradável, que dirá então na realidade, na qual, sempre que necessário, tem ele ainda que tocá-lo?"[131]. E, finalmente: "Como os lobos amam o cordeiro, assim também o apaixonado ama o rapaz"[132]. Contudo, Platão apenas permite a Sócrates essa crítica impiedosa do *Eros paiderastikos*, conforme este se apresenta na realidade da vida, a fim de refutá-la no segundo discurso do mesmo Sócrates, que principia com as seguintes palavras: "Terrível, meu caro Fedro, terrível o discurso (...) que me obrigaste a pronunciar (...), simplório e beirando a impiedade"[133]. Ao que, então, Sócrates põe-se a glorificar o Eros platônico como uma dádiva divina[134]. Entretanto, nos mesmos termos em que Sócrates a ele se refere em seu primeiro discurso, assim também terão provavelmente se referido os atenienses, de um modo geral. E é precisamente contra essa opinião pública que rejeitava o *Eros paiderastikos* que se dirige o seu segundo discurso. Que Platão faça de Sócrates, ainda que apenas aparentemente, o porta-voz também dessa opinião pública, levando-o, assim, a contradizer-se – incumbindo, pois, de defendê-la alguém que é, ele próprio, incapaz de sustentá-la –, é uma elegante manobra para desqualificar essa mesma opinião. Mas Platão não pode ocultar que existia esse ponto de vista contrário ao *Eros paiderastikos*[135].** No *Fedro*, descobre-se que, "em consideração à opinião pública", a relação amorosa entre um rapaz e um homem é, de preferência, mantida em segredo, uma vez que se teme "que dela poderia advir a vergonha, caso as pessoas o descobrissem"[136]; que, nos parentes e amigos de seu amado, o amante vê "apenas perturbadores e censores de seu agradável relacionamento com o rapaz"[137]; e que o apaixonado, em seu delírio, desejando servir ao objeto de seu anseio, estar tão próximo dele quanto possível e dormir a seu lado, estará desprezando "tudo quanto a moral e o decoro exigem, tudo quanto, antes, considerava ser a honra"[138]. Atestados por Platão, ele próprio um pederasta, esses fatos bastam para mostrar que em Atenas, a despeito de sua disseminação justamente em círculos abalizados – ou sobretudo, talvez, por causa disso –, o Eros homossexual era visto como um grave perigo para a juventude e, portanto, como prejudicial ao Estado, e que por isso devem ter reagido contra ele com uma condenação moral.

E não pode ser de outro modo numa comunidade que não caiu ainda inteiramente na desagregação interna, que ainda não renunciou por completo a si. O instinto primordial de autoconservação da sociedade tem de defender-se de uma modalidade do Eros que, uma vez generalizada, conduz à morte social, ao desaparecimento do grupo, pela ausência da reprodução. Em razão desse mesmo instinto, onde quer que a homossexualidade surja e ameace se propagar no seio de um povo ainda capacitado para a vida, ela é percebida como contrária à natureza e, por isso, estigmatizada como um vício.

"E como quer que se creia ser necessário observar essas coisas, seja brincando ou a sério, deve-se ter claro que, no tocante à união dos sexos feminino e masculino visando à procriação, o prazer daí resultante para ambas as partes parece em consonância com a natureza, ao passo que a comunhão de homens com homens ou de mulheres com mulheres é antinatural." "Mas, quanto às paixões antinaturais de rapazes por rapazes e de moças por moças, bem como aquelas de homens por homens e de mulheres por mulheres – essa fonte de indizível desgraça tanto para indivíduos quanto para Estados inteiros –, como evitá-las, e que meios podem ser encontrados para escapar a um tal perigo? Realmente isso não é nada fácil! Enquanto Creta e

Esparta são nossos bem-vindos e poderosos aliados em muitas outras questões nas quais nossa legislação contradiz a opinião geral, em matéria dos desejos amorosos elas são – cá entre nós – nossos adversários manifestos. Se alçássemos à condição de lei o costume reinante e natural no caso de Laio, e afirmássemos estar perfeitamente em ordem que homens e moços não se relacionem amorosamente entre si da mesma forma como com as mulheres – recorrendo ao exemplo do mundo animal e indicando que não ocorre neste qualquer relacionamento semelhante, exatamente por ser antinatural –, seria esse um procedimento absolutamente sensato, que haveria de contar com a anuência de todos." E assim é porque aquele que se entrega à pederastia "contribui deliberadamente para a extinção da espécie humana, semeando na rocha e na pedra, onde o germe da procriação jamais poderá fincar raízes sólidas e atingir seu desenvolvimento natural". *Por isso, é dever do homem casar-se. "Todo aquele que tem entre 30 e 35 anos deve casar-se; não o fazendo, deve ser punido em dinheiro e em sua dignidade de cidadão (...)" Isso "tendo em mente que o gênero humano, de certo modo, graças a uma espécie de lei natural, tem participação na imortalidade, como, de resto, todo homem carrega efetivamente consigo um impulso natural nesse sentido; pois o desejo de tornar-se famoso, de, após a morte, não jazer anônimo na cova, nada mais é senão esse mesmo impulso. Portanto, o gênero humano se confunde, por assim dizer, com o desenrolar do tempo, na medida em que se encontra e se encontrará eternamente vinculado a este; sua imortalidade se mostra nisto, no deixar filhos e netos, e desse modo, pela procriação, sempre ficar algo que lhe seja vinculado, e através do qual participa da eternidade. Privar-se espontaneamente disso é, pois, uma violação da ordem divina. E disso se priva deliberadamente quem não quer saber de mulher e filhos".**

Há um escritor ateniense que citamos, aqui, como testemunha de que, na Atenas de Platão, a homossexualidade era execrada como um perigo para o Estado: é o *próprio Platão*, de cujas *Leis* provêm essa impressionante denúncia contra a pederastia[139]. Mas é o velho Platão que assim fala, o idoso cujo Eros já morreu, sobrevivendo ainda na lembrança apenas como a "fonte de indizível desgraça". Pode-se sentir em suas palavras o quanto o jovem e o homem sofreram por sua causa; em que grande medida esse espírito voltado exclusivamente para o Estado e a sociedade reconheceu o caráter antissocial de sua disposição sexual; como, por sua posição política contrária à decadência moral e pelo restabelecimento de antigos costumes, ele deve ter encarado como um pecado o fato de se sentir incapaz de servir à pátria pela constituição de uma família e de uma descendência; e quão violenta foi a luta que ele travou contra sua natureza mais íntima ao impor-se heroicamente como ideal moral a renúncia à satisfação de seus impulsos.

Capítulo 11
O conflito de Platão com a sociedade

Essa predisposição de Platão determinou não apenas a sua alteridade em relação à grande massa das pessoas de sensibilidade normal, mas decerto compeliu-o também a uma posição singular no interior daqueles círculos entregues à pederastia usual. Tem-se, de fato, a impressão de que a maioria daqueles homens que se sentiam atraídos por belos rapazes eram igualmente capacitados para o amor pelo sexo oposto. Presumivelmente, eram homossexuais apenas ao longo de um certo período da vida – como jovens, quando ainda se relacionavam mais com rapazes do que com mulheres, e perdurava ainda o erotismo juvenil. Contudo, uma vez tendo se tornado homens, casavam-se com mulheres, tinham filhos e encaravam retrospectivamente o Eros pederasta como uma tolice da juventude. A maioria dos homens acerca dos quais relata-se que não eram avessos à beleza masculina – Sólon, Ésquilo, Sófocles, entre outros – eram casados e tiveram descendentes; tal é o caso, particularmente, do mestre e modelo de Platão, Sócrates[140], e de seu amado, Alcibíades; é o caso também de Díon, ao qual Platão esteve ligado por um amor apaixonado. Na forma como a pederastia habitualmente se manifestava, assentava-se ela claramente numa disposição bissexual e, portanto, não propriamente sobre uma inversão, mas sobre uma duplicação, um mais rico desdobramento do impulso sexual¹⁴¹. Isso se expressa sintomaticamente em que a amazona e o hermafrodita eram motivos caros à arte de representar¹⁴². É bastante significativo, por exemplo, que Xenofonte, em seu *Banquete*, apresente Critóbulos como um jovem marido apaixonado, ao mesmo tempo, por Clêinias. Tampouco hesita Xenofonte, ao final do diálogo, em fazê-lo apressar-se rumo ao leito nupcial, instigado pela cena de amor apresentada¹⁴³.

*É também característico o que nos relata Aristóteles acerca do motivo de uma revolução em Siracusa: "Ali, a desavença entre dois jovens ocupantes de cargos de autoridade, em razão de uma questão amorosa, conduziu a uma mudança da constituição. Tendo o primeiro viajado para fora da cidade, o segundo conquistou-lhe o amado, motivo pelo qual aquele, enraivecido, seduziu a esposa do primeiro. Nesse conflito, eles conseguiram envolver as famílias governantes, promovendo assim a discórdia generalizada"¹⁴⁴.**

Do ponto de vista social, essa bissexualidade é bem menos perigosa, e por isso não foi, em absoluto, encarada subjetivamente como inferioridade¹⁴⁵. Pois ela não afasta da sociedade, mas leva quase a uma dupla vinculação com esta por parte do indivíduo que, perante ela, cumpre também com o dever da reprodução. Parece que Platão não foi contemplado com essa modalidade mais afortunada do Eros, mas ficou à mercê – ele, que jamais pensou em constituir família – do trágico destino da exclusiva homossexualidade; e que precisamente por isso tinha de mergulhar num tão profundo e doloroso conflito consigo mesmo, com o mundo e, em particular, com a sociedade. Mais ainda do que o júbilo do Eros que se reconhece a si próprio, ressoa no *Fedro* – a canção suprema que Platão compôs para a pederastia – o tormento do Eros desgraçadamente amaldiçoado que se envergonha de si mesmo e submete-se a si próprio a julgamento. O quanto ele deve ter odiado esse Eros, como tirano de sua alma, denuncia-o o retrato do caráter tirânico, desenhado com veemente repugnância no livro IX da *República*, quando Platão revela ser o Eros o mais íntimo segredo desse caráter – justamente aquele Eros que ele louvara acima de todas as coisas no *Banquete*. O jovem se arruína porque, em má companhia, lhe é "implantada uma paixão amorosa (um Eros) que preside os corrompidos desejos dissipadores de suas posses, um verdadeiro parasita, enorme e alado"; e torna-se um tirano por "abarrotar" a totalidade de sua alma "daquela enfermidade delirante e invasora" que, no *Fedro*, Platão interpretou como um delírio "divino". "Não é por essa mesma razão que desde sempre chamou-se Eros de um tirano?", pergunta então Sócrates, nessa sua condenação do tirano em cujo íntimo "Eros impera, na condição de tirano, governando a totalidade do reino da alma". Trata-se aqui ainda do mesmo Eros que, no *Banquete*, é por ele exultantemente proclamado rei, e até "rei dos deuses"[146]? Quão diferentemente do que aí e no *Fedro* precisou Platão encarar o seu Eros ao estigmatizá-lo – ao Eros em si – como o sedutor do jovem para a tirania: "E, em meio a tudo isso, as concepções de virtude e vício que ele tinha desde criança e que eram justas serão sobrepujadas por outras recém-libertas da servidão, concepções estas aliadas a Eros, compondo a sua guarda de honra, e que, antes, só eram capazes de libertar-se no sonho, quando ele dormia e enquanto, ainda sob a pressão das leis e de seu pai, ele, em seu íntimo, permaneceu fiel à orientação democrática. Desde que sucumbiu, porém, à dominação tirânica do Eros, tendo se transformado agora verdadeiramente e para sempre naquilo que, antes, ele era apenas de vez em quando, no sonho, não mais o intimidarão o assassinato medonho, o alimento ou o feito pecaminoso. Pelo contrário: o Eros que, na condição de um tirânico soberano, nele reina com total liberdade, não sujeito a qualquer lei, conduzirá aquele que o carrega dentro de si – como faz o soberano com seu Estado a toda sorte de temeridades que o sustentem, a ele e ao enxame barulhento que o rodeia; enxame que, em parte, invadiu-o proveniente do exterior, em consequência da má companhia, e, em parte, foi, em seu interior, desagrilhoado e posto em liberdade por impulsos de natureza semelhante que nele preexistiam"[147]. É o impulso mau, terrível em sua libertação, em parte invasor, proveniente do exterior graças à má companhia, em parte plantado já em seu íntimo; são os "desejos furiosos", que "não toleram qualquer resistência, inacessíveis feito um animal a todo e qualquer conselho da razão", dos quais Platão nos fala no *Timeu*[148]; é o Eros, contra o qual Platão não consegue defender sua alma senão através do rigoroso ideal da castidade.

Capítulo 12
Sócrates: o ideal platônico da castidade

Foi esse ideal que o atrelou a Sócrates. Mesmo nesse homem demoníaco, Platão viu ativo o seu Eros; viu-o acossar incessantemente os jovens, atraí-los com os dotes resplandecentes de seu espírito raro. Sócrates, porém – que como ninguém conhecia o perigoso jogo amoroso e que, a despeito de sua feiura, como ninguém logrou conquistar o amor precisamente dos mais belos –, saiu-se puro e incólume de todas as suas aventuras amorosas, jamais vencido pelo Eros terreno. No *Banquete*, Platão erigiu o monumento imorredouro à castidade de Sócrates e, com ela, a toda castidade. Inebriado pelo vinho, Alcibíades denuncia o segredo do homem raro: de que forma, cativado primeiramente por seu espírito, ele se viu comovido e subjugado; de que forma, ao ouvi-lo falar, o coração bateu-lhe mais forte do que o dos dançarinos coribantes e as lágrimas escorreram-lhe pelo rosto; de que forma, tomado de amor por Sócrates, comportou-se amorosamente e, com humildade, lutou por seu amor; e de que forma, afinal, todas as tentativas do jovem sedutor revelaram-se vãs. Decerto conseguira fazer que Sócrates dormisse com ele sozinho em sua casa; por certo, deitara-se com ele sob um mesmo teto e o envolvera em seus braços durante uma noite inteira, mas, "pelos deuses e pelas deusas, após ter dormido com Sócrates, levantei-me como se tivesse dormido com meu pai ou meu irmão mais velho"[149]. Tal castidade pode ter se afigurado mais fácil a Sócrates – mais ponderado e, ademais, tendo em casa mulher e filho – do que ao apaixonado Platão, para quem, ao longo de sua vida, o casamento permaneceu algo estranho. Decerto, também Sócrates possuía uma natureza erótica, seu racionalismo constituindo apenas uma máscara a ocultar-lhe as paixões; nele, contudo, o Eros não se apresentava tão forte a ponto de poder competir seriamente com a razão. Quando o fisionomista sírio Zopiro deduziu dos traços no rosto de Sócrates sua sensualidade, esse – sob calorosos protestos de seus discípulos – teria declarado: "Zopiro está certo naquilo que viu; no entanto, eu me fiz senhor de tais desejos"[150]. Também Platão, seguindo o exemplo do mestre, invocou a razão em sua luta contra o Eros; no caminho rumo à virtude, porém, ela não lhe proporcionou apoio suficiente. Para além de todo o pseudorracionalismo socrático, Platão teve de ir buscar na mística a sua salvação; somente através dela teve esperança de dar o último passo em direção à visão daquilo que ansiosamente buscava: o eternamente Bom. E, embora na fase decisiva de sua vida e pensamento Platão houvesse já deixado bem para trás o método socrático do trabalho crítico do intelecto, ateve-se à figura do mestre até os diálogos da velhice; é fato que a reinterpretou, fazendo do velho e feio Sócrates um outro, "mais jovem e belo"[151], mas permaneceu fiel ao modelo de sua juventude na medida em que, até as derradeiras manifestações de seu Eros, venerou o ideal da castidade que ele próprio jamais alcançou.

Nas conversas com as quais, na atmosfera cheia de erotismo homossexual da boa sociedade ateniense, Sócrates fascinava as almas sedentas por cultura espiritual dos jovens aristocratas, o assunto era a virtude e, acima de tudo, a justiça. Objeto das especulações conceituais desse capturador de almas não eram as ciências naturais ou a sociologia, pois, mais do que todo o restante, importava-lhe a justificação moral da vida pessoal[152]. Após o sério abalo sofrido pela consciência moral em consequência do relativismo das ciências naturais e da doutrina sociológica dos sofistas, Sócrates, como o primeiro grande representante da reação religiosa e política, busca um sólido fundamento para o valor moral; e acredita tê-lo encontrado no intelecto humano. A virtude é um saber que fixa o comportamento humano segundo conceitos cognoscíveis, e esses são conceitos das virtudes ou da virtude, conceitos de valor, normas morais para a sociedade. O método racional de sua especulação conceitual ética – que, precisamente por ser racionalista, pode resultar apenas numa crítica de princípios morais, mas não numa moral positiva – revela-se sofístico de alto a baixo, ainda que sua meta, o valor absoluto, seja inteiramente antisofística. Foi em razão dessa meta que

Platão tornou-se discípulo de Sócrates. A apaixonada persistência com a qual este sempre buscou a justiça deve ter atraído fortemente o jovem Platão, ansiosamente à procura de justificação para si próprio e para a sociedade, embora não lhe tenha permanecido oculta a inutilidade dos esforços socráticos, a impossibilidade, pelo caminho do conhecimento racional, de chegar a uma definição satisfatória da justiça. Isso é o que nos mostram seus primeiros diálogos, nos quais ele delineia tão carinhosamente a figura do mestre e que terminam, todos, de modo tão infrutífero. Talvez, porém, não importasse tanto ao próprio Sócrates chegar a uma determinada conclusão objetiva, assim como, também no jogo amoroso, não lhe importava colher o fruto maduro; talvez sua meta, a meta de sua ocupação com os jovens, fosse outra, inteiramente diversa. O que o jovem Platão desejava ouvir dos muitos e, por vezes, verdadeiramente emaranhados discursos de seu mestre não era tanto a resposta para a pergunta acerca *do que*, afinal, seria o Bom e o Justo, mas sim *que* eles existem: que efetivamente existe algo tal como um valor moral na vida do indivíduo, assim como, para a sociedade, uma justiça. Isso, exatamente, foi o que Sócrates jamais cansou de afirmar e o que, melhor do que com suas argumentações lógicas, ele comprovou com sua vida. Se Sócrates não chegou a qualquer definição da virtude ou da justiça, Platão pôde ver na própria personalidade do mestre a concretização da virtude, a justiça viva.

Por isso a morte de Sócrates tinha de transformar-se para Platão no mais violento abalo de sua vida. Com refinada sensibilidade, o místico russo Soloviev[153] percebeu que Sócrates significou mais do que um mestre para Platão: para o jovem órfão, ele foi um segundo pai, o pai espiritual e moral. Na dura batalha que Platão teve de travar contra sua própria natureza, Sócrates foi seu mais forte apoio. Se, já por sua própria disposição, o filósofo sentia-se colocado em hostil contradição com a sociedade democrática na qual apenas a maioria, e a maioria da maioria, punha-se à vontade; se já por isso sentia-se compelido a uma fuga do mundo, em que havia pouca esperança da vitória do Bem, a execução de Sócrates ameaçou, então, cortar-lhe os derradeiros vínculos com esse mundo. Uma sociedade que condena à morte o único justo, um mundo no qual o único casto tem de morrer, só pode ser o reino do Mal. Com a morte de Sócrates, abre-se para Platão o "abismo do Mal"[154]. É o *khorismos* que, daí em diante, cinde a totalidade do seu pensamento; é o dualismo que domina o seu sistema e que, sob a pressão do abalo sofrido, assume um sentido profundamente pessimista.

Capítulo 13
O pessimismo platônico

Essa é a atmosfera expressa no *Górgias* e no *Fédon*. O verdadeiro filósofo afasta-se do Estado, desse Estado que abriga uma democracia abjeta. "Um profundo abismo jaz entre ele e o Estado" – assim caracteriza Apelt[155] a postura de Platão no *Górgias*. E, de fato, abre-se ali o *khorismos* platônico entre Estado e filosofia, e mesmo entre esta e a vida, de um modo geral. Vem à tona o pensamento de que, sendo verdade que os mais felizes são aqueles que não necessitam de coisa alguma, então felizes são, mais do que ninguém, os mortos. "Do jeito como a maioria entende, na verdade é com a vida que tudo vai mal." As sombrias palavras de Eurípides são citadas: "Quem sabe se não é a vida que é morte e a morte, vida?". E, complementando, Platão faz Sócrates acrescentar: "e se nós, na verdade, já não estamos, talvez, mortos?"[156]. A verdadeira vida não está no Aqui. E podemos esperar por uma plena realização da justiça no Além, onde a alma há de adentrar após a morte, para encontrar sua recompensa e sua punição. *Esse estado de espírito coincide inteiramente com a doutrina órfica exposta no *Fédon***, segundo a qual o corpo é apenas o cárcere da alma, do qual o verdadeiro filósofo tem de fugir tão logo quanto possível[157]. O φιλόσοφος, como amante da sabedoria, é colocado em crassa oposição com o φιλοσώματος, amante do corpo[158]. Um profundo anseio pela morte emana desse diálogo em cujo palco apresenta-se a morte de Sócrates.

"No fundo, todos aqueles que se ocupam corretamente da filosofia jamais almejaram outra coisa senão morrer e estar morto.[159]" Como no *Górgias*, também aqui o bom "filósofo" – que mortifica o corpo, reprime os sentidos e o sensível, vivendo apenas para a razão – e toda a "filosofia" encontram-se em oposição consciente com a vida má. Se deseja cumprir verdadeiramente seu ofício, o filósofo tem de apartar-se da vida e, em particular, do amor. "Todo o trabalho dos filósofos consiste, afinal, em nada mais do que em libertar e separar a alma do corpo.[160]" Pois a filosofia visa ao conhecimento do verdadeiro, do Ser verdadeiro, *que é, ao mesmo tempo, o absolutamente Bom** – e esse só se deixa apreender por intermédio do pensamento puro, jamais da percepção sensível. Pelos sentidos, a alma não é senão "desencaminhada"[161]. É bem claro "que a observação por intermédio dos olhos é cheia de ilusão, e em não menor grau a que se dá pelos ouvidos e pelos demais sentidos"; daí "não se há de tomar coisa alguma por verdadeira"[162]. Observar algo pelos sentidos é o mesmo que "observar algo por intermédio do corpo"[163]. "Quando, para a observação, nos valemos do pensamento puro, é como se, de certo modo, a deusa da morte nos levasse consigo; e isso porque, enquanto pesar sobre nós o corpo e nossa alma apresentar-se deformada por esse mal, jamais alcançaremos inteiramente o que ambicionamos.[164]" Isso é, acima de tudo, o conhecimento do Bom e do Justo, cujo Ser-em-si a percepção sensível não é capaz de captar, podendo, portanto – supondo-se como óbvia sua existência –, somente ser objeto do pensamento puro, liberto de todo o corpóreo e de todo o sensível. Ao acentuar seguida e enfaticamente que apenas o intelecto – mas não os sentidos – é capaz de apreender o Ser verdadeiro, Platão refere-se basicamente ao Ser do Bom, do Belo e do Justo. E, dentre as "milhares de inquietações" que o corpo nos causa e que impedem nossa "caça àquilo que é" – ou seja, impedem-nos de chegar ao Bem –, destaca o "desejo amoroso", acentua especialmente que "também as guerras, a revolta e as batalhas" decorrem exclusivamente do corpo e de seus desejos. "Para nós, portanto, é fato consumado que, caso desejemos alguma vez obter o puro conhecimento, teremos de nos libertar dele e observar as coisas unicamente com a alma. E, segundo parece, aquilo que ambicionamos e que é objeto de nosso amor, isto é, a racionalidade, não a obteremos até que tenhamos morrido; enquanto vivermos, não a teremos – isso se evidencia bastante nitidamente." Em seu profundo pessimismo com relação ao Aqui, ao qual corresponde um formidável otimismo relativamente ao Além, Platão chega mesmo a aventurar-se pela perspectiva de um completo agnosticismo; e vai tão longe a ponto de afirmar: "Ou é inteiramente impossível obter um saber, ou só é possível após nossa morte. Isso porque, então – e não antes disso –, a alma estará sozinha consigo mesma, apartada do corpo"[165]. Assim como não há justiça no Aqui, tampouco há nele conhecimento verdadeiro, que, afinal, visa única e exclusivamente à justiça. Coloca-se, então, a seguinte alternativa: agnosticismo, ou transcendência não apenas com relação ao objeto, mas também ao próprio processo do conhecimento. Esse conhecer liberto de todo o corpóreo e sensível já denuncia, nitidamente, a tendência à mística: ela é uma consequência do dualismo pessimista que, no *Fédon*, é intensificado ao extremo. Isso vem expresso na doutrina das ideias ali desenvolvida, pela primeira vez, na sua totalidade. A oposição entre as ideias, eternamente imutáveis e invisíveis, e as coisas, em constante transformação e perceptíveis pelos sentidos, é atada à oposição entre alma e corpo, apresentada bem aqui, visivelmente, como oposição entre o Bem e o Mal. O desligamento entre a alma e o corpo é descrito como uma "purificação", como "libertação de todo o Mal"[166]. Após a morte do corpo, a alma evade-se "para um lugar de natureza semelhante à sua". E esse lugar é apresentado como "nobre e puro" – trata-se do lugar "do Deus bom e sensato"[167].

"A alma assemelha-se, acima de tudo, ao divino, ao imortal (o que, para Platão, é sempre e apenas o Bem), ao suprassensível, ao único, ao indissolúvel e ao que permanece sempre idêntico a si mesmo; o corpo, por sua vez, assemelha-se ao humano, ao mortal, ao multiforme, ao sensível, àquilo que se dissolve e ao que jamais permanece idêntico a si próprio.[168]" A essência da alma racional é, portanto, o Bem. E uma vez que o corpo, com seus desejos, a ela se opõe, então *sua* essência só pode ser o Mal – o que, no entanto, não é dito expressamente. O corpo, em sua "natureza corpórea", é, "como se há de supor, algo deprimente, pesado, terreno e visível. Presa a ele, a alma que acabamos de descrever é, então, pressionada e arrastada de volta para o mundo visível"[169].

A força da gravidade simboliza aqui, evidentemente, o Mal. A alma invisível é aparentada às ideias invisíveis, enquanto o corpo pertence à categoria das coisas visíveis[170]. E a esfera das ideias há de ser o lugar que a alma alcança após a morte do corpo – a esfera do Deus bom. Tampouco isso é dito expressamente, mas decorre indiretamente de que, no *Fédon*, "o Justo em si" e, logo em seguida, o "Belo e o Bom em si" são descritos como a ideia primordial, a primeira "coisa em si", o primeiro objeto do conhecimento daquilo "que verdadeiramente é"[171]. O Bem ainda não é apontado como a ideia central, tal como ocorre na *República*, mas a "caça àquilo que é"[172], a filosofia como conhecimento da verdadeira realidade é, também no *Fédon*, sobretudo e primordialmente o conhecimento do Justo, do Bom e do Belo. Quando Platão fala aí das ideias como coisas em si, refere-se quase que exclusivamente ao Justo, ao Belo, ao Bom e ao Piedoso[173] – essencialmente, portanto, a valores. A oposição entre ideia e coisa aparece aí principalmente como oposição entre valor e realidade. De fato, atribuindo-se aos valores – isto é, exclusivamente ao valor absoluto – a realidade do Ser verdadeiro, nega-se esse Ser verdadeiro àquilo que comumente chamamos realidade, ou seja, às coisas. Por ser o mundo das ideias, no *Fédon*, um mundo dos valores, a visão de mundo ali objetivada por Platão é absolutamente normativa, um conhecimento axiológico que, em última instância, só pode ser um conhecimento do Bem e do Mal – que, na polêmica com Anaxágoras, ele contrapõe conscientemente a um entendimento do mundo fundado nas ciências naturais. Assim como a oposição entre corpo e alma é absolutizada pelo fato de o corpo representar integralmente o Mal e a alma – una – o Bem, assim também a oposição entre ideia e coisa configura um absoluto, na medida em que se atribui um Ser verdadeiro apenas ao mundo das ideias, aparentado à alma, mas não ao mundo das coisas, da experiência corpórea e sensível. A realidade apenas aparente, contraposta ao mundo das ideias, à esfera do Deus bom, é má e, por isso, negada – embora também isso não seja dito expressamente, mas decorra, de forma indireta, da oposição entre essa realidade e o mundo do Bem.

A própria tendência antissocial *dessa visão voltada contra o sensível – e, vale dizer, sobretudo contra o impulso sexual –** manifesta-se aqui nitidamente: "Quem não é, ele próprio, puro deve ser excluído do contato com o puro"[174]. Os que "filosofam corretamente", os que, "com firmeza, se abstêm de todos os desejos corpóreos", "aqueles que tratam sua alma com seriedade e que não se deixam absorver pelo terno cuidado com o corpo", estando, pois, "já na vida terrena, o mais próximo possível do saber do Bem, do Justo em si" – esses "apartam-se" dos demais, dos "ávidos pelo poder e pela honra" que são escravos de seu corpo, e "não trilham o mesmo caminho daqueles que não sabem para onde vão; eles próprios, convictos de que não devem agir contrariamente à filosofia e sua obra de libertação e purificação, voltam-se, seguindo-lhe a orientação, para o caminho que ela aponta"[175]. É um caminho da "libertação e purificação" pessoal, um caminho da *redenção* individual! O filósofo aparta-se da massa e cuida da salvação de sua alma[176]. Platão está aqui muito longe da ideia fundamental de sua *República*, de que o filósofo tem de realizar a justiça não apenas para si, mas também para todos os demais – ainda que contra a vontade desses e mediante coação; de que o filósofo, e somente ele, está qualificado para a regência do Estado.

Capítulo 14
A reviravolta otimista: a admissão do Eros

O pessimismo manifestado no tocante ao Aqui; essa tendência à absolutização da oposição entre si próprio e o mundo, e à absolutização do dualismo identificado nessa oposição; o apartar-se da sociedade; essa fuga da vida e sobretudo do Eros – nada disso é, em absoluto, a predisposição fundamental que domina vida e obra de Platão, em sua totalidade. Precisamente no ápice de ambas, triunfa uma tendência oposta: a vontade de viver e de amar. Para que Platão encontre o caminho de volta ao mundo e, acima de tudo, à sociedade; para que se feche o abismo que separa sua filosofia da existência terrena e particularmente do Estado; para que o filósofo possa transformar-se em soberano, precisa ser superado o abismo dentro de seu próprio Eu e o desespero antierótico, ascético e autodestrutivo que aprofundou. Platão tem de encontrar a coragem para admitir-se a si próprio, isto é, para admitir seu Eros. E essa coragem, ele a encontrou. Testemunho disso dá-nos uma de suas obras mais magníficas, um dos mais belos trabalhos literários jamais escritos: o *Banquete*.

I. Lísis

No curso algo sombrio dos pensamentos desenvolvidos nesse diálogo dedicado à essência da amizade, na música não muito harmônica do *Lísis*, já se depreende o motivo que, posteriormente, ressoa nos portentosos acordes do *Banquete:* a justificação do Eros platônico. Não é fácil identificar os verdadeiros pontos de vista de Platão a partir das especulações conceituais, em parte absolutamente vazias, contidas nesse diálogo aparentemente bastante infrutífero em suas conclusões, que Sócrates mantém com dois amigos seus – Menêxenos e Lísis –, na presença e tratando nitidamente de Hipotales, amante de Lísis. Porque, mal colocada uma tese, ela já é abandonada. Entretanto, vêm aí à tona duas opiniões professadas sem reserva por Platão em diálogos posteriores, em especial no *Banquete* e no *Fedro*. A comparação com ambos esses diálogos enseja assim a possibilidade de identificar, também a partir das figuras quase nebulosamente vacilantes do *Lísis*, o que Platão pretende. Ele procura uma saída para o labirinto da discussão – graças à qual "mergulhou-se no equívoco"[177] – quando quer manter a "observação na mão dos poetas". Afinal, "esses são para nós, por assim dizer, os pais e os mestres da sabedoria". A informação, pois, que eles nos dão acerca do nascimento das amizades não é nada má: "O próprio Deus", dizem, "é quem faz os amigos, conduzindo-os um ao encontro do outro"[178]. Também esses casamentos são, portanto, selados no céu! Invocando-se os poetas, apresenta-se, então, o postulado básico, frequentemente empregado por Platão também em outros contextos, de que "o Igual é sempre, e necessariamente, amigo do Igual" – um postulado que se presta mais do que qualquer outro à justificação do Eros platônico. *Pois a "igualdade" que Platão tem em mente aqui não é, decerto, aquela da democracia, ou seja, o princípio segundo o qual todos os homens são iguais. Como base da amizade, há de se entender a igualdade** no sentido de que "apenas os bons são iguais entre si e amigos uns dos outros; os maus, pelo contrário, e em consonância também com o juízo corrente a seu respeito, jamais são iguais, nem mesmo a si próprios, são volúveis e imprevisíveis"[179] e, portanto, inteiramente inadequados para a amizade. Como primeira conclusão pode-se supor, portanto – embora o diálogo não o estabeleça –, "que apenas e tão somente o Bom é amigo do Bom; o Mau, contudo, jamais alcança a verdadeira amizade, seja com o Bom ou com o Mau". Amigos – como Lísis e Menêxenos ou Lísis e Hipotales – somente podem ser pessoas que sejam boas.

A própria amizade, aliás – de que nos dá um exemplo o diálogo tanto na relação não sensual de Menêxenos com Lísis, como naquela inteiramente sensual de Hipotales com o mesmo Lísis –, é algo bom, mesmo aquela que tem por base o desejo. Afinal, ainda que o Mal desaparecesse da face da terra, sempre haveria amizade e amor, tanto quanto a fome, a sede e os demais desejos; e isso não poderia acontecer se a amizade ou o amor – mesmo a amizade e o amor assentados no desejo – fossem algo mau. É essa a ideia fundamental que, por certo, se depreende do seguinte trecho do diálogo: "Desaparecendo o ruim, prossegui, não mais haverá então, por Zeus, a fome, a sede e o que mais a essas se assemelha? Ou continuará existindo a fome enquanto houver homens e demais seres vivos, uma fome, entretanto, que não [mais] será nociva? E também a sede *é* os *demais desejos*, apenas não mais ligados à ruindade, uma vez que o pior já desapareceu? Ou é simplesmente ridículo perguntar o que será e o que não será então? Pois quem o sabe? Uma coisa, porém, sabemos com certeza: que já neste momento uma pessoa faminta obtém às vezes danos, mas às vezes vantagens dessa sua situação, não é mesmo? – Certamente. – E também com os sedentos e todos os que desejam alguma coisa é assim: às vezes seu desejo é proveitoso, às vezes prejudicial, e às vezes ainda nenhum dos dois. – É evidente. – Se, pois, o ruim desaparecer, merecerá então desaparecer com ele aquilo que não é ruim? – Não. – *Os desejos que não são nem ruins nem bons* continuarão existindo, portanto, mesmo tendo o ruim desaparecido. – Obviamente. – É possível, então, que alguém repleto de desejo e amor não seja amigo daquele a quem deseja e ama? – Na minha opinião, não. – Após o desaparecimento do ruim ainda haverá, portanto, ao que parece, amigos. – Sim. – Mas não seria assim se o ruim fosse a causa de alguém ser amigo (de outra pessoa). Ou seja, uma vez desaparecido o ruim, ninguém mais poderia ser amigo de alguém, pois, inexistindo o motivo, não seria possível que prosseguisse existindo aquilo que era a consequência dele. – Tens razão. – No entanto, estávamos de acordo em que aquele que é amigo o é de alguém, e, aliás, em razão de alguma coisa; e pelo menos acreditávamos antes ser por causa do ruim que o Bom é amigo daquele que não é nem bom nem ruim. Não é verdade? – Evidentemente. – Agora, porém, ao que parece, impõe-se-nos um outro motivo para o desejo e a fruição da amizade. – Ao que tudo indica. – É, pois, verdadeiramente o desejo, como afirmamos anteriormente, o motivo da amizade? E é o que deseja amigo daquele a quem deseja, e no momento em que o deseja?"[180]. No *Lísis*, o desejo, que é "o motivo da amizade" – ou seja, o corpo, que segundo as concepções expostas por Platão especialmente no *Fédon*, por certo será lícito equiparar aos desejos, como seu análogo –, não é o Mal, não mais se contrapõe inteiramente, como Mal, à alma, como Bem. Por certo, o corpo tampouco é o Bem: "é, porém, tomado puramente como corpo, algo nem bom nem ruim"[181].

Assim Platão caracterizará mais tarde, no *Banquete*, o impulso erótico. E, assim como se verificará com muito maior clareza no *Banquete*, já no *Lísis* a oposição entre Bem e Mal apresenta-se liberta da rigidez do caráter absoluto: ela é relativizada. Existe algo que não é nem bom nem mau, e esse algo é o corpo. Como algo que não é nem bom nem mau, ele é não o cárcere da alma – como no *Fédon* –, mas um elemento absolutamente legítimo da amizade, e justamente enquanto tal a raiz do anseio pelo Bem. Pois só se pode ambicionar e desejar aquilo que não se é ou não se tem. "Afirmo, pois, a título de suposição" – suposição que, no *Banquete*, transforma-se em certeza –, "que o que não é nem bom nem mau é amigo do Belo e do *Bom*.¹⁸²" É por isso, pois, que amigo do Bom tornar-se-á aquilo que não é nem bom nem mau¹⁸³. O desejo, que é o motivo da amizade, é designado οἰκεῖον, o que significa, literalmente, "parente", "ser aparentado a alguém" (ou seja, o amigo, o amado, é-nos aparentado). Esse οἰκεῖον é, fundamentalmente, o Bem. "Ao reconhecermos o Bem e aquilo que lhe é aparentado como uma única e mesma coisa, não será então somente o Bom amigo do Bom?", pergunta Sócrates, obtendo a concordância de seu interlocutor¹⁸⁴. Esse – o verdadeiramente Bom – é o sentido mais profundo da amizade, para o qual se volta o impulso vívido dos amigos, o seu anseio. "Todas as demais coisas que dizemos nos serem caras" – isto é, objeto do nosso amor – "são, por assim dizer, apenas cópias ilusórias daquela matriz que é, pelo contrário, o verdadeiro amor.¹⁸⁵" Platão não o diz expressamente, mas o que é amado por si próprio e por nenhuma outra razão só pode ser o absolutamente Bom¹⁸⁶. "Tudo que chamamos amigo, simplesmente para desfrutarmos esse amigo, evidentemente o chamamos de maneira inapropriada; o real e verdadeiramente amigo, contudo, é muito provavelmente aquilo para o qual apontam, como sua meta final, todas essas assim chamadas amizades.¹⁸⁷" Se, porém, essa meta final é a ideia do Bem, então tal interpretação do Eros é a sua mais alta justificação.

O *Lísis* é apenas a primeira e tateante tentativa de uma transfiguração filosófica do Eros, que surge aí como φιλία, preferindo ainda ser chamado de amizade. Mas já é a mesma proposição que, no *Banquete*, emergirá com tanta força¹⁸⁸.

II. Banquete

Essa obra literária imortal é uma apologia do peculiar Eros de Platão, uma defesa do amor homossexual contra as censuras habituais – não expressas, mas tacitamente pressupostas no diálogo – e, acima de tudo, uma defesa contra a acusação do caráter antissocial desse Eros. Ela não é – ao contrário do que, em geral, se supõe e do que possa parecer em razão das palavras de Fedro citadas em sua introdução – um panegírico do amor em si, do amor em todas as suas variadas formas de manifestação. "Não é algo inaudito, Erixímaco, que os poetas tenham composto hinos e canções de agradecimento a outros deuses, mas que nem um único deles, dos tantos que já tivemos, tenha jamais escrito um cântico de louvor a Eros, Deus tão grande e poderoso?[189]" E o Eros em louvor do qual cada um dos amigos reunidos para o banquete deverá – "da esquerda para a direita" proferir um discurso não é senão o Eros pederasta. Sobre isso já Fedro, o primeiro orador e autor da sugestão, não nos deixa qualquer dúvida. Com naturalidade, como se não houvesse outro amor que não o homossexual, começa ele a louvar esse Eros como o mais antigo dos deuses e, ao mesmo tempo, como o causador dos maiores bens. Recorre a Hesíodo, Parmênides e Acusilau, e prossegue: "Tanto quanto o mais antigo, é ele também, para nós, o causador dos maiores bens. Eu, pelo menos, não saberia apontar bem maior do que um verdadeiro amante para o rapaz ainda jovem, e, para o amante, um amado"[190]. Esse é o Eros que Fedro – e, com ele, todos os demais oradores – tem em mente. E, já nesse primeiro discurso, Platão cuida de destacar a função socialmente estimulante desse Eros: sem ele, nem o indivíduo nem, sobretudo, o Estado são capazes de produzir obras grandes e belas, posto que a relação entre amante e amado desperta e abriga a dignidade, a coragem, a disposição para o sacrifício pessoal – todas qualidades que garantem a existência da sociedade. É certo que, dos exemplos citados por Fedro – Alceste, pronta a morrer por seu esposo; Orfeu, que, pela esposa, penetra no Hades; Aquiles, que, vingando Pátroclo, morre –, depreende-se que tampouco o amor entre homem e mulher revela-se desprovido de valor moral[191], mas mostram, nitidamente, que Platão situava o amor homossexual muito acima deste último – e, aliás, precisamente no que concerne ao valor de ambos para a sociedade: mais do que Alceste, os deuses reverenciaram Aquiles, afastando-o para a ilha dos bem-aventurados[192].

Também o segundo panegírico, o de Pausânias, é dedicado exclusivamente à pederastia, alçando-a acima do amor entre homem e mulher com muito maior clareza do que o fez Fedro em seu canto[193]. Em seu discurso, ele enfatiza igualmente o caráter benéfico da homossexualidade em relação ao Estado. Muito claramente, Pausânias interpreta favoravelmente ao Eros homossexual a diferenciação – decerto já corrente à época – entre um amor mais elevado, espiritual e celestial, e outro inferior, meramente terreno; isto é, a distinção entre Eros Urânio e Eros Pândemos. O ideal homossexual da geração prescindindo da mãe anuncia-se já pelo fato de se dizer ali da Afrodite associada ao Eros celestial que ela, a filha de Urano, é *a "mais velha" e "não tem mãe", ao passo que a Afrodite associada ao Eros terreno e universal é filha de Zeus e Dione – produto, portanto, de uma relação heterossexual.** Precisamente daí conclui-se, então, que esse Eros Urânio, essa forma mais elevada do amor espiritual, é apenas e tão somente a pederastia, que somente o amor do homem pelo homem – o amor homossexual – poder-se-ia desenvolver rumo a essa forma superior. Esse Eros provém "da deusa celestial, a qual, em primeiro lugar, não participa do feminino, mas apenas do masculino – trata-se aqui do Eros amante dos jovens –, e a qual é, além disso, mais velha e livre de todo excesso. Daí voltar-se para o masculino aquele a quem esse Eros anima, uma vez que ele prefere o que é, por natureza, mais forte e mais rico em espírito"[194]. Nada é mais característico de Platão do que ver apenas na pederastia o Eros Urânio *e, para justificá-lo não se intimidar ante o paradoxo de apresentar como "masculina" a deusa grega do amor, Afrodite, essa síntese de toda feminilidade.** Nada evidencia mais nitidamente o abismo existente nesse ponto – mas apenas nesse – entre ele e o mundo do cristianismo, no qual o amor celestial cabe à Virgem-Mãe. E nada caracteriza melhor a tendência do diálogo como um todo do que ele declarar apenas o amor homossexual – e não o heterossexual – capaz de elevar-se das profundezas do meramente sensível, de espiritualizar-se. A formulação segundo a qual a pederastia seria, por sua natureza, um amor espiritual e mais elevado, que teria – contrariamente ao amor pelas mulheres – a tendência interior de enobrecer-se, assumindo forma celestial, presta-se essencialmente à comprovação de que esse Eros estaria em consonância com a moral ateniense. Essa, de acordo com o que é exposto no diálogo, parece desaprovar a homossexualidade, uma vez que proíbe aos moços o relacionamento com amantes[195]. *Platão agora faz Pausânias dizer: "Considerando-se, porém, que os pais daqueles que são amados designam-lhes educadores e não admitem que conversem com seus amantes, disso, acima de qualquer outra coisa, incumbindo o educador; que os camaradas e companheiros os censuram quando veem que isso está ocorrendo, sem que os mais velhos os impeçam de fazê-lo e os repreendam por não estarem com a razão – quem, pois, por sua vez, atentar para tudo isso, acreditará, por certo, que, entre nós, aquela [a pederastia] é tida por hedionda"[196].** Platão agora faz Pausânias interpretar essa moral (para, afinal, torná-la compatível com seu Eros) como se ela proibisse apenas o amor sensual, mas não o espiritual. Para tornar-se socialmente capaz, o Eros é *espiritualizado*. E Platão dá suporte a essa interpretação fazendo que também Pausânias coloque em primeiro plano o caráter socialmente estimulante desse amor. A pederastia – *espiritual* – teria por propósito educar o amado[197]. *"Estabelece a nossa moral que, desejando alguém servir a outra pessoa, porque crê que, através dela, tornar-se-á melhor em algum saber ou em qualquer outra virtude, essa disposição de servir não é tida por feia ou vil.[198]"** Poder-se-ia daí, em consonância também com a moral ateniense – embora esta proíba ao jovem qualquer relação com o amante –, chegar à conclusão de que "(...) é bonito o amado servir ao amante"; seria preciso apenas vincular a lei que proíbe a pederastia àquela que exige a virtude[199], "para que se conclua que é bonito que o amado sirva ao amante". "É, pois, sempre belo entregar-se pela virtude. Esse é o Eros da deusa celestial, ele próprio celestial e digno da mais alta consideração, tanto por parte do Estado quanto dos indivíduos, pois obriga o amante, por si próprio e pelo amado, a dedicar grande atenção à virtude.[200]"

Digno de consideração sobretudo por parte do Estado! Afinal, cumpre aqui, acima de tudo, tomar posição contra a ideia de que o Eros platônico seria um perigo para ele. Com efeito, Pausânias não se detém sequer ante a utilização de interesses político-partidários a favor da homossexualidade, na medida em que a recomenda – como democrática – ao *demos* ateniense. O Eros masculino seria hostil aos tiranos, explica, o que Aristogitão e

Harmódio comprovariam, uma vez que seu amor pôs fim à tirania. "Onde, portanto, se estabeleceu que é feio entregar-se ao amante, isso se deve à ruindade dos que assim determinaram: à cobiça dos governantes e à covardia dos governados[201]. Onde, porém, essa entrega é considerada simplesmente bela" – vale dizer: onde não se exige que o amado sirva ao amante "de modo belo (ou seja, espiritualmente) e em razão da virtude"[202] –, "isso se deve à indolência da alma dos que assim determinaram.[203]" É notável a brandura desse juízo acerca de Eros Pândemos, o Eros pederasta, comparada à enérgica tendência a justificá-lo através de sua espiritualização[204].

Essa mesma brandura manifesta-se ainda mais nitidamente no *Fedro*. Neste, inquire-se acerca do destino que, no Além, aguarda os amigos que, num momento de fraqueza, "escolham para si e realizem o que preza o vulgo". E eis o que se lê ali: "No final, é, de fato, sem as asas que deixam seu corpo, mas dotados do impulso para desenvolvê-las, de modo que não é pequena a recompensa que levam consigo pelo delírio do amor. Afinal, não estão mais destinados às trevas e a adentrar o caminho subterrâneo aqueles que já deram início à caminhada celeste: a estes, permite-se que levem uma vida iluminada e que sejam felizes percorrendo juntos um mesmo caminho, para, então, chegada a hora, juntos receberem asas em razão do seu amor"[205].

A predileção pelo Eros homossexual, em detrimento do heterossexual, é compreensivelmente menos perceptível no discurso do médico Erixímaco. Aqui, Platão contenta-se em incumbi-lo de justificar o Eros – e também nesse discurso há que se ter em mente o Eros pederasta – do ponto de vista da medicina, a partir do que se pode bem imaginar as restrições igualmente levantadas contra ele. *Também o médico distingue duas espécies de Eros. Procura, entretanto, ser justo em relação ao Eros terreno. Cumpre "estimulá-lo com cuidado, quando assim se faz para colher-lhe o prazer, a fim de que nenhum excesso daí resulte, precisamente do mesmo modo como é bastante difícil em nossa arte o servir-se corretamente dos apetites da arte culinária, de maneira que se colha o prazer sem a enfermidade".** Em síntese, o discurso do médico afirma que o Eros, quando não "devasso", não causa dano e – o que é particularmente significativo – nem comete injustiça. Isso porque, quando "reina o Eros nobre (...), traz fecundidade e saúde aos homens e a todos os animais e plantas, sem cometer qualquer injustiça. Quando, porém, é o Eros devasso que predomina nas estações do ano, arruina muita coisa e comete injustiça"[206]. Tampouco aqui, pois, o ponto de vista social é esquecido.

III. O mito de Eros de Aristófanes

Dos discursos que se pronunciam no banquete de Fédon, todos versando sobre a natureza do Eros, o mais elucidativo é, decerto, o de Aristófanes. Isso porque o mito que Platão reserva ao escritor de comédias deve não apenas assegurar a posição do amor homossexual masculino – e, aliás, inclusive em sua forma terrena[201] – em relação às demais modalidades do Eros, como também defendê-lo da acusação de ser *contrário à natureza*. A fantasia mais do que paradoxal desse mito não se deixa explicar de outra maneira. *Que figure aqui como defensor da pederastia precisamente o poeta que, em *As nuvens*, açoitou com particular sarcasmo a conduta dos pederastas e, na *Lisístrata*, louvou o amor às mulheres, caracteriza mais do que qualquer outra coisa o intento perseguido por Platão nesse diálogo. Ele faz Aristófanes dizer: "Nossa natureza não era, antes, idêntica ao que é agora: era de outra espécie. No princípio, eram três os gêneros da humanidade; não eram dois, como agora – masculino e feminino –, mas havia ainda um terceiro, que reunia esses dois. Seu nome conservou-se, mas o gênero desapareceu. Andrógino chamava--se outrora esse gênero uno, nome e forma compostos dos dois outros – masculino e feminino; agora, porém, tal nome transformou-se em insulto. Toda a figura humana era, antes, redonda, de modo que as costas e os flancos descreviam um círculo; ela tinha quatro mãos e a mesma quantidade de pernas, além de dois rostos apoiados sobre um pescoço arredondado, semelhantes em tudo. Aos dois rostos opostos somava-se uma única cabeça, e quatro orelhas, duas genitálias, tudo o mais podendo-se imaginar de acordo com isso. Ele caminhava ereto, como o faz agora, na direção que quisesse. Quando, porém, desejava caminhar rapidamente, movia-se como os que dão cambalhotas, lançando as pernas para cima e descrevendo um círculo, carregado velozmente adiante por seus oito membros, num movimento circular"[208].** O que, afinal, provavelmente almejava Platão com a ideia, já beirando o cômico-grotesco, das três espécies de homens-esfera, ostentando quatro pernas, quatro braços, um rosto duplo e, particularmente, um duplo órgão sexual? Em parte alguma ele expressa tão drasticamente sua convicção na superioridade da homossexualidade masculina em relação a todas as demais formas do erótico quanto aqui, onde faz derivar do sol o esférico homem duplo, da terra a dupla mulher, mas da lua o andrógino – este último, relacionando-o, decerto não inadvertidamente, ao hermafroditismo – quando, acerca do duplo ser humano, composto do masculino e do feminino, afirma: "agora, porém, tal nome transformou-se em insulto"[209]. Tendo Zeus, como punição por sua *hybris*[210], dividido em dois os homens-esfera, surgem, então, nascidos da espécie mais inferior – dos andróginos –, os homens e as mulheres, hoje considerados sexualmente normais e atraindo-se eroticamente um ao outro. Deles, Platão nada mais tem a dizer senão que os adúlteros "e as mulheres que amam o homem e são adúlteras provêm dessa espécie"[211]. Que também os homens amem as mulheres, não é sequer mencionado. Daqueles, porém, que nasceram de um homem duplo – e esses são os homens capazes de amar somente homens, já que amor, de acordo com esse mito, significa apenas ansiar pela outra metade e desejar reunir-se a ela –, diz-se: "Todos que são parte do masculino perseguem o masculino; quando jovens, amam os homens porque são, afinal, porções do masculino, e ficam contentes quando se deitam ao lado deles e os abraçam. São esses os melhores dentre os meninos e moços, pois são, por natureza, os mais viris. Dizem alguns que eles são desavergonhados, mas isso é mentira, pois não fazem o que fazem por falta de vergonha, mas sim porque têm coragem, hombridade e masculinidade, e gostam do que lhes é assemelhado. Disso, por certo, se tem provas, pois, quando homens maduros, são eles os únicos que se lançam aos negócios do Estado. Depois de crescidos, amam os rapazes, e não se voltam por natureza para o casamento e a procriação, mas porque assim os obriga a lei. Eles próprios ficariam satisfeitos em viver um com o outro, solteiros"²¹². Particularmente significativo nessa caracterização é que somente os homossexuais sejam predestinados aos negócios do Estado. Contudo, a formulação decisiva que revela o verdadeiro e mais profundo sentido desse mais estranho dentre todos os mitos platônicos encontra-se na passagem que segue imediatamente a que acabamos de citar: "Quando, pois, um amante dos jovens ou qualquer outro depara ele próprio com sua verdadeira metade, ambos são, então, maravilhosamente abalados pela amizade, pela familiaridade e pelo amor, não mais desejando apartar-se nem mesmo por um único momento. Esses são os que passam a vida inteira juntos, e nem sequer saberiam dizer o que querem um do outro. Não há de ser a comunhão no prazer amoroso a razão pela qual um se junta tão feliz e com tamanho fervor ao outro; mas a alma de ambos deseja outra coisa, e é incapaz de dizer que coisa é essa; por meio de sinais e enigmas, contudo, anuncia o seu desejo. Se, juntos deitados, lhes chegasse Hefesto e, tendo à mão sua ferramenta, perguntasse: o que é, homens, que desejais um do outro? E se, não sabendo responder-lhe, aquele novamente inquirisse: desejais, talvez, tanto quanto possível, transformar-vos em um, de tal sorte que, dia e noite, não vos separeis um do outro? Pois se é isso o que desejais, quero fundir-vos e soldar-vos numa única pessoa, de modo a transformar-vos os dois em um, para que, enquanto viverdes, vivais juntos em um, e, quando morrerdes, sejais no Hades um em vez de dois, juntos também na morte. Pois bem, vede se é essa a vossa aspiração e se tal feito vos satisfará! – Sabemos que, ouvindo isso, ninguém diria não ou expressaria um outro desejo, mas, pelo contrário, acreditaria ter ouvido precisamente aquilo que sempre desejou: unido e soldado a seu amado, fazer-se um em vez de dois. O motivo disso é que nossa natureza original assim era: éramos um todo. É, pois, o desejo e a busca da totalidade que carrega o nome de Eros"²¹³.

*O par ao qual Hefesto dirige sua pergunta compõe-se, se não exclusivamente, decerto também e primeiramente de um homem e de seu jovem amado.**

Aristófanes já havia dito que os homens amantes dos rapazes, os pederastas, não se voltam *por natureza* para o casamento e a procriação, mas a isso são apenas obrigados pela lei. Agora, ele expressa, também positivamente, que é a "natureza original" que impele o homem para o homem[214]. Conforme evidencia inequivocamente o contexto, a pergunta de Hefesto é dirigida unicamente aos homens amantes um do outro. Seu Eros é interpretado sobretudo como "busca da totalidade". É somente em sua sequência que o discurso de Aristófanes torna-se tão genérico a ponto de poder ser relacionado também às demais formas do Eros. *"Que não me creia Erixímaco, por zombaria, estar eu me referindo a Pausânias e Agaton – talvez pertençam eles a tal categoria [dos eleitos] e sejam ambos de natureza máscula.** Digo, porém, de todos, homens e mulheres, que o modo de nossa raça tornar-se feliz seria realizarmos plenamente o amor e cada um encontrar o seu próprio amado, retornando à sua antiga natureza." Aristófanes conclui seu discurso com as seguintes palavras: *"E se quisermos cantar o Deus que realiza tudo isso, é Eros que nos cumpre cantar, o Deus que mais nos auxilia no presente e nos conduz ao que nos é análogo, aquele que, se reverenciarmos os deuses, nos oferece as maiores esperanças para o futuro** – a esperança de que ele nos reconduza à nossa natureza primitiva e nos cure, fazendo-nos bem-aventurados e felizes"[215]. Isso só pode significar que Platão incumbe Aristófanes de defender, com particular ênfase, o ponto de vista segundo o qual o amor homossexual, tanto quanto o heterossexual, não é, em absoluto, contrário à natureza, conforme o acusam, e conforme novamente o fará, mais tarde, o próprio Platão, já mais idoso; e mais: de que ele é precisamente o oposto disso, porque somente ele conduz-nos de volta à natureza original. Foi sobretudo para mostrar isso que Platão concebeu esse mito; para purificar a pederastia da acusação de antinaturalidade, ele avançou até os limites do esteticamente possível, conduzindo sua exposição a um ponto no qual o trágico já quase beira o cômico e a seriedade não mais se distingue do chiste. Talvez não o tenha feito inadvertidamente; talvez estejamos aqui, na verdade, diante de uma manifestação daquela enigmática ironia platônica por intermédio da qual esse espírito singular costuma expressar justamente o que, para ele, é da maior seriedade. E talvez revele-se exatamente aqui a raiz mais profunda dessa ironia: a vergonha proveniente unicamente da esfera do erótico; a vergonha de desnudar sua intimidade, esse gesto quase comovente do constrangimento que oculta a seriedade com o chiste, faz-se de jocoso onde se tem vergonha de, a sério – ou seja, a si mesmo –, expor cruamente a própria intimidade. *E possivelmente uma manifestação dessa trágica ironia que Platão ponha justamente na boca de Aristófanes de defesa de seu *Eros paiderastikos* – o qual, em *As nuvens*, estigmatizou impiedosamente a pederastia e, na *Lisístrata*, louvou o amor às mulheres.**

IV. A doutrina amorosa de Diotima

Contudo, o mito irônico de Aristófanes não é a última palavra que Platão tem a dizer em defesa de seu Eros. É para o relato de Sócrates sobre a doutrina amorosa de Diotima que o discurso de Agaton deve prover o mote. Todavia, mesmo desempenhando esse papel relativamente modesto, Agaton diz coisas suficientemente importantes para a justificação da pederastia, sob o ponto de vista de Platão. E é mais uma vez contra a acusação de ser ela hostil ao Estado que se volta o discurso do belo e muito amado jovem. Apresentando o Eros homossexual masculino como expressão de uma lei suprema – a de que o semelhante anseia sempre pelo semelhante[216] –, quer mostrá-lo como uma força legisladora, ordenadora da sociedade e mantenedora do Estado. A amizade e, portanto, a paz reinam "desde que Eros é o rei dos deuses"[217]. O máximo que há para se dizer dele é que "Eros não comete nem sofre injustiça, seja ela contra os deuses ou deles advinda, contra os homens ou da parte destes, pois, quando sofre algo, não é pela violência, porque esta não o atinge. Nem ele dela se serve, uma vez que todos revelam-se solícitos em servi-lo no que quer que seja; e o que uma parte de bom grado reconhece à outra – declaram-no as leis, as rainhas do Estado – é justo"[218]. Eis o cerne do discurso de Agaton, o qual chega à conclusão de que Eros – o Eros do qual se fala nesse círculo – é bom e, consequentemente, belo também. "Assim, ó Fedro, Eros parece-me, primeiramente, ser ele próprio o mais belo e o melhor; e, depois, conferir também aos outros características idênticas" – "(...) o mais belo e o melhor dos guias que todo homem deve seguir (...)"[219]. Principia aqui, então, a argumentação por meio da qual Platão – como de costume, sob a máscara de Sócrates – consuma a apoteose de seu Eros, justificando-o perante si próprio e perante o mundo, na medida em que o transfigura.

É certo que a ponte pela qual Platão conduz o diálogo desde a posição de Agaton até a de Sócrates funda-se, do ponto de vista lógico, sobre pilares assaz frágeis. É uma falácia a tentativa de Sócrates de provar que Eros não poderia ser nem bom, nem belo, pois ele seria o desejo de alguém por alguma coisa – e, como não é possível que alguém deseje o que já posssui, Eros, na qualidade do desejo do Bom e do Belo, não poderia ser ele próprio bom e belo. Pois Eros é o desejo – não aquele que deseja –, e o desejo do Bom e do Belo poderia ser bom e belo se aquele que deseja não o fosse ele próprio. À parte esse deslocamento do sujeito, transferido do desejo para aquele que deseja (o que é facilitado pela personificação do desejo, representado pela figura de Eros), o amor por um ser humano – e não se falou de outra coisa até aqui – é algo distinto do desejo por uma coisa, mesmo que se identifique aquele amor com o "amor" por uma virtude, pelo Bom ou pelo Belo. O que vale para o desejo por uma coisa – isto é, que só se pode desejar o que não se tem – não vale para o amor de um ser humano por outro ou por uma virtude. Se não se atribui ao Eros bondade e beleza em razão de ser ele o desejo do Bom e do Belo, o que resulta daí não é uma conclusão lógica, mas, no máximo, uma analogia – e, aliás, uma analogia equivocada. É evidente, contudo, que Platão não está interessado aqui numa comprovação lógica[220]. O que almeja é a justificação moral de seu Eros. Colocado diante da terrível alternativa da oposição *absoluta* entre Bem e Mal, Platão percebeu em profundidade, esse Eros não podia sustentar-se. Que esse impulso contrário ao direito e à moral é absolutamente bom; que, em sua totalidade e em todas as suas manifestações, ele é puro; que de modo algum e em nenhum de seus estímulos ele se encontra preso aos poderes maléficos e sombrios – isso não pode ousar afirmar em sã consciência quem está sofrendo dessa paixão e continuamente procurando superá-la. Mas, de tudo o que é humano, de tudo quanto o ser humano apreende pela experiência neste mundo, o que, afinal, se sustenta ante a oposição absoluta entre Bem e Mal? Essa oposição precisa ser relativizada, se o ser humano, se todo o seu mundo não deseja ver-se moralmente perdido. A humanidade e a totalidade deste mundo da experiência têm de ser compreendidas não em termos de bom *ou* mau, mas sim, e apenas, de bom e mau ao mesmo tempo. Há que se renunciar à tentativa de tomar ambas as coisas por uma única, para não ser obrigado a reconhecer em cada uma delas a outra. Não se pode buscar o Ser, o Ser-Bom ou o Ser-Mau da humanidade ou do mundo, porque, nesse caso, ambos estariam perdidos. Pode-se apenas buscar um devir, que, indo do Mal para o Bem, pode levar em direção a este último. Nesse caso, estão ambos salvos. É certo que do Ser, da forma de existência do absolutamente Bom, ambos permanecem excluídos. Porém, o devir ao qual pertencem é movimento para o Bem, abriga a possibilidade da ascensão rumo ao sentido do absoluto. Eis a solução do terrível *khorismos* que cinde o mundo platônico e, ao mesmo tempo, uma redenção do conflito, no mesmo peito, entre o impulso percebido como pecado e compelindo ao distanciamento da sociedade e a exigência moral dessa mesma sociedade. O dualismo platônico experimenta uma reviravolta otimista, e a questão platônica, uma orientação que aponta novamente para o Aqui.

É Diotima quem traz essa solução. Ela é a consciência sociomoral que obriga Sócrates-Platão, prestando contas a si mesmo, à admissão de que seu Eros não é bom e belo. Contudo, à receosa pergunta: "Que queres dizer, Diotima? Eros é, pois, feio e ruim?", responde ela: "Não blasfeme! Porventura crês que o que não é belo é necessariamente feio? (...) Ou ainda que o que não é sábio é tolo? Não percebeste, então, que há algo intermediário entre a sabedoria e a tolice?" Ou seja, entre o Bem e o Mal, visto que, para Sócrates, o Bem e o saber do Bem são idênticos, e o Mal é tão somente ignorância do Bem, tolice apenas. Diotima ensina que há algo "intermediário entre o conhecimento e a tolice":

"o figurar corretamente". "Não exijas, pois, que seja feio o que não é belo e ruim o que não é bom. E não creia, portanto, que Eros, se tu mesmo admites que ele não é bom ou belo, terá, já por isso, de ser feio e ruim, em vez de algo intermediário entre uma coisa e outra.[221]"

Aí, precisamente aí, está a solução e a salvação! Agora o caminho para a justificação suprema do Eros está desimpedido. Exposto o pensamento – tão importante e libertador para Platão, de que seu Eros é de uma mescla de Bem e Mal, algo intermediário entre o terreno e o celestial, um meio-termo entre o humano e o divino, não um Deus ou um demônio – e exposto, aliás, de forma mitológica, na medida em que Eros é interpretado como sendo filho da Riqueza masculina e sábia com a Pobreza feminina e tola, o diálogo avança a passos velozes e resolutos rumo à mais grave objeção que é levantada contra o amor do homem pelo homem, objeção que, também ela, é levantada pelo próprio Platão, já velho, em suas *Leis*: a de que tal amor não seria um amor procriador, um amor gerador. E é precisamente aí que o *Banquete* trai o seu caráter de apologia: em seu clímax, o diálogo nada mais pretende senão mostrar, senão comprovar, com o máximo dispêndio em inteligência e gênio, que o Eros platônico, tanto quanto o amor entre homem e mulher, é um amor gerador – e mais ainda: é, num sentido mais elevado do que esse, um amor fecundador e criador. Para isso, primeiro, Platão tem de expandir o conceito do Eros, fazendo do amor sexual apenas um caso especial de um Eros que ele define como desejo do Bem e de ser feliz. Acredita, assim, estar reparando o erro que cometemos ao "tomarmos uma forma do amor" e darmos a ela "o nome do todo"[222]. A meta de todo amor é ser feliz. Como, porém, o ser feliz só é possível enquanto ser bom, "os homens nada mais amam do que o Bem (...)"[223]. Também aqui não se há de atentar para a lógica da conclusão, mas apenas para a meta da argumentação, já esboçada no *Lísis*: assim como de todo amor, o Bem é meta também do Eros platônico.

A expansão do conceito do Eros para além do sexual imediato, sua espiritualização – tentada já no discurso de Pausânias –, é a condição necessária para sua vinculação a uma geração que não a meramente física. Ao lado da "geração no corpo" Platão coloca – e esse é o passo decisivo para a comprovação aqui almejada – a "geração na alma"; ao lado da procriação corpórea, a procriação anímica; ao lado da imortalidade material, a espiritual. Essa reviravolta aparece no diálogo entre Diotima e Sócrates: "Pois bem, quero dizer-te: [o amor] é, na verdade, um parto no Belo, seja no corpo ou na alma. – Seriam necessárias as artes da profecia para compreender o sentido de tuas palavras, disse eu: não as entendo. – Então vou dizê-lo mais claramente. Na realidade, Sócrates, todos os seres humanos são impetuosos tanto no corpo quanto na alma, e, quando chega-lhes a idade, nossa natureza deseja procriar. No feio, contudo, ela não logra fazê-lo; somente no belo, pois a procriação é a comunhão de homem e mulher. Esse acontecimento é divino, e nele reside o caráter imortal do ente mortal: a fecundação e o nascimento. *É impossível que isso se dê em meio ao desarmônico. O feio não se harmoniza com o que é divino; o belo, sim. A beleza é, pois, Moira e Ilitia do nascimento. Por essa razão**, quando o já maduro aproxima-se do belo, ele se torna alegre e inunda-se de júbilo, gerando e parindo. Quando, porém, aproxima-se do feio, recolhe-se contrariado e triste em si mesmo, afasta-se, abate-se e não gera, mas retém e carrega penosamente consigo a sua carga. Por isso surge no que está maduro e prenhe tanto ardor pelo belo, porque esse liberta seu possuidor das grandes mágoas. O amor, Sócrates, não tem por alvo o belo, conforme acreditas. – Mas o que, então? – A procriação e o dar à luz no belo. – Que seja assim, pois, disse eu. – E ela: Certamente. – Mas por que apenas a procriação? – Porque ela é o eterno e imortal em meio ao mortal. É forçoso que, com o Bem, deseje-se a imortalidade, se, afinal, descobrimos que o amor almeja a posse eterna do Bem. Segundo essa doutrina, também o amor almeja, necessariamente, a imortalidade"[224]. Na medida em que se afirma ser a imortalidade o sentido da procriação, assegura-se já à procriação espiritual – meta de toda essa argumentação – a precedência sobre a corpórea. Porque, com relação a essa, só se pode falar em "imortalidade" num sentido bastante impróprio. É precisamente a procriação espiritual, porém, que se encontra vinculada ao Eros platônico – e somente a esse: não, portanto, à forma do amor pelo sexo oposto, já por isso inferior. Que a imortalidade espiritual produz-se por intermédio de um "gerar" e "parir", isso Platão acredita precisar acentuar com a maior ênfase, e constantemente. Para esse fim, o conceito da procriação que almeja a imortalidade é definido de maneira singular, assim como antes o fora o conceito do amor. Tudo quanto é mortal, afirma Diotima, conserva-se "não por permanecer sempre idêntico sob todos os aspectos, como o divino, mas na medida em que o que desaparece e envelhece deixa para trás um outro ser novo, tal e qual ele mesmo era. É graças a esse expediente, Sócrates, que o mortal participa da imortalidade, tanto o corpo quanto tudo o mais; algo diverso ocorre com o imortal"[225]. Tornamo-nos, pois, imortais na medida em que legamos algo de natureza idêntica à nossa. Tanto quanto a uma criança, isso se aplica também a uma obra intelectual. Assim é que Diotima cita como exemplo dessa procriação visando à imortalidade o "amor" dos homens "por tornarem-se famosos e conquistar para si, para sempre, um nome imortal. E estão prontos, para tanto, a correr todos os riscos, mais do que por suas crianças (...) Crês, então, que Alceste teria morrido por Admeto, ou que Aquiles teria acompanhado Pátroclo na morte, ou que vosso Codro teria morrido pelo reinado futuro dos filhos, se não acreditassem todos eles que seria imortal a memória de sua virtude, também por nós, agora, preservada? Não, longe disso; o que, creio antes, é que, pela virtude imortal e por um tal renome altissonante, todos fazem de tudo, tanto mais quanto mais nobres forem, pois amam o imortal. Aqueles, então, que se encontram fisicamente maduros, voltam-se mais para as mulheres e assim se enamoram; gerando filhos, conquistam para si a imortalidade, a memória e a bem-aventurança por todos os séculos seguintes, conforme acreditam. Aqueles, porém, que concebem em sua alma – pois existem aqueles que geram mais nas almas do que nos corpos o que é próprio da alma gerar e conceber; (...)"[226]. Esses que se tornam maduros em sua alma e, por isso, nela desejam procriar são os homens que não se voltam para as mulheres, mas para outros homens. Isso é antes claramente pressuposto do que explicitamente acentuado. "Quando isso amadurece na *alma*, já desde a juventude, sendo ele divino e, chegado o seu tempo, desejando então fecundar e procriar, ele vaga – não é mesmo? – em busca do Belo no qual poderia gerar, pois no feio jamais o fará. Estando prenhe, sente-se atraído mais pelos corpos belos do que pelos feios, e, encontrando uma alma bela, nobre e bem desenvolvida, sente-se violentamente atraído pela totalidade desse ser (...)²²⁷" Que tal homem, maduro em sua alma e desejoso de gerar não no corpo, mas na alma, sente-se atraído por corpo e alma de um *jovem*, depreende-se do que se lê em seguida: "(...) e, para ele, tem sempre, prontamente, discursos sobre a virtude, sobre o que é necessário para que um homem seja bom, sobre o que se deve almejar, empenhando-se, assim, em educá-lo. Ao apreender o Belo e relacionar-se com ele, assim creio eu, ele gera e dá à luz aquilo de que, já há tempos, está impregnado. E pensando nele, tanto em sua presença quanto em sua ausência, cria o que gerou conjuntamente com aquele Belo, de modo que se estabelece entre ambos uma comunhão muito mais estreita do que aquela que têm outros através dos filhos, além de uma amizade mais sólida, pois estão ligados por filhos mais belos e imortais. Contemplando Homero, Hesíodo e os demais grandes poetas, invejando-os por legarem rebentos que lhes proporcionam memória e glória imortal, posto serem eles próprios imortais, qualquer um preferiria ver nascer tais crianças do que as humanas *– ou, se preferires, filhos como os que Licurgo deixou na Lacedemônia, salvadores da própria Lacedemônia e, pode-se dizer, da Grécia"²²⁸.** Assim, na medida em que Platão traça um paralelo entre a produção intelectual e a geração corpórea, é-lhe possível interpretar tanto uma quanto outra como uma função do Eros. Somente por meio do amor pode-se gerar. E, assim como o amor entre homem e mulher conduz à geração e parturição de crianças de carne e osso, assim também o amor do homem pelo homem – cujo caráter sexual faz-se particularmente evidente nessa mesma passagem – resulta na geração e parturição de rebentos intelectuais, de obras imortais. O amor pelo jovem belo liberta, por assim dizer, a atividade criadora no amante, fá-lo parir "aquilo de que, já há tempos, está prenhe". Depreende-se nitidamente também da passagem acima citada que Platão não se satisfaz com um Eros que gera e pare tal como aquele entre homem e mulher, mas que está convencido – e disso pretende convencer também os outros – de que seu Eros, precisamente como amor que gera e pare, situa-se muito acima do relacionamento sexual normal. Obras intelectuais valem mais do que crianças de carne e osso, pois, em virtude de seus rebentos intelectuais, já se erigiram monumentos e até santuários aos grandes homens, mas, "até hoje, nenhum a crianças humanas"[229].

Precisamente nesse ponto, como em tantos outros de sua teoria sobre o Eros, Platão deu um passo adiante no *Fedro*. Nesse diálogo, Eros não é simplesmente *dáimon*, mas Deus, embora seja visto também aí como algo intermediário entre o Bem e o Mal. É visível, entretanto, a preponderância do Bem; o Mal, que traz em si a componente sensível, pesa ainda menos do que no *Banquete*, é julgado com ainda maior brandura, ao passo que a componente espiritual é alçada a altura ainda maior do que naquele diálogo. O estado amoroso é caracterizado como "delírio", e esse delírio não é, de modo algum, apresentado como algo absolutamente ruim, mas como algo relativamente bom, como um delírio divino. "Valesse simplesmente a afirmação de que o delírio é algo ruim, então estaria correto aquele preceito [de que se deve servir antes ao não apaixonado do que ao apaixonado]. Na realidade, porém, o delírio nos proporciona nossos mais valorosos bens – delírio esse que nos é conferido como uma dádiva divina."[230] O delírio amoroso é uma dádiva divina. A dádiva é o símbolo da intermediação entre a divindade e o ser humano; Eros – que coloca os homens nesse estado do delírio divino, aproximando-os assim da divindade – é, tal como no *Banquete*, algo intermediário entre o divino e o humano. Justificando-o, Platão interpreta no *Fedro* o delírio amoroso como reminiscência do eternamente Belo, do absolutamente Bom, que a alma divisou no Além, anteriormente à sua existência corpórea. Situa-o, pois, no mesmo nível do conhecimento verdadeiro, que, no *Mênon*, é considerado uma reminiscência da essência verdadeira das coisas, divisada pela alma em sua preexistência. A visão do ser humano belo, e por isso amado, lembra ao amante "a verdadeira beleza", da qual participava no Além, antes de nascer. "Toda alma humana, dada a sua própria natureza, já contemplou o Ser verdadeiro – do contrário, não teria adentrado essa forma de vida. No entanto, não é igualmente fácil a todas elas lembrar-se por si só das coisas lá de cima a partir daquelas aqui embaixo.[231]" Platão distingue duas espécies de amor, segundo o grau dessa reminiscência: "Quem não foi recentemente iniciado ou se corrompeu ao observar o que aqui carrega o mesmo nome não avança rapidamente daqui até lá, rumo à própria beleza. Nele, a visão não desperta a *veneração*, mas, devotado ao prazer sensual e *qual o gado*, busca *gerar filhos* por intermédio do corpo; acostumado ao excesso, não tem receio ou vergonha de, *contrariamente à natureza*, perseguir o prazer. O recém-iniciado, que muito já contemplou outrora, esse, pelo contrário, à visão de um semblante assemelhado ao dos deuses, o qual bem reproduz a beleza, ou de um corpo com formas de aspecto similar, é percorrido inicialmente por um tremor, e ecos das angústias temerosas de outrora surpreendem-lhe o espírito; a seguir, porém, venera como a um Deus aquele que vê diante de si, e, não temesse aparentar um alto grau de loucura, ofereceria sacrifícios a seu amado (...)"[232]. Esse amado, como se depreende inequivocamente do que segue, é um jovem. Somente a "visão da beleza do jovem" faz brotarem as penas no amante e crescerem-lhe as asas na alma. É ao Eros homossexual que Platão se refere aqui, cujo ardor sensual – como já vimos anteriormente – é por ele tanto apaixonadamente descrito quanto indulgentemente apreciado no *Fedro*. *Apenas a alma do pederasta é capaz de lembrar-se do absolutamente Belo – isto é, do absolutamente Bom – que divisou no Além; somente ele é capaz do verdadeiro conhecimento.** Não pode haver dúvida de que Platão opõe aqui ao amor homossexual – que é o amor daquele que se lembra melhor e com mais facilidade daquilo que contemplou no Além, o amor por um belo rapaz, que, do ponto de vista dessa teoria da reminiscência, é o amor mais elevado – ao amor sexual normal, como amor daquele que se lembra pouco e pior, que é incapaz de avançar rapidamente daqui até lá, rumo à própria beleza, para quem é mais difícil, a partir das coisas aqui embaixo, lembrar-se daquelas lá de cima. Com uma ousadia sem igual, Platão chega mesmo a inverter completamente o juízo corrente de valor em questões sexuais e deprecia como animal e contrário à natureza o amor heterossexual frente ao homossexual[233].

Que o "genuíno amor por rapazes"[234] seja um amor "gerador" e que "dá à luz", no sentido mais elevado dessas palavras, não é sequer sua mais alta justificação, segundo o *Banquete*. Pois somente após havê-lo revelado, põe-se Diotima ali a desvendar o segredo último do Eros, indicando as etapas do caminho que conduz à meta mais elevada de toda filosofia verdadeira, ao ápice do genuíno conhecimento, à contemplação do *absolutamente Bom*. E a primeira etapa desse caminho é a contemplação carinhosa do belo corpo do rapaz! "Pois quem persegue corretamente esse objetivo deve começar ainda jovem a buscar corpos belos e, em primeiro lugar, se corretamente conduzido, *amar um único belo corpo* e nele gerar belos pensamentos (...)[235]" Da contemplação carinhosa do belo corpo do rapaz, o caminho sobe para o amor pela forma bela em si, em seguida pelo conhecimento dos belos (ou seja, bons) ofícios, até o último estágio da contemplação: a contemplação do eternamente Belo, que é aqui equiparado – de um modo inteiramente característico da filosofia amorosa do *Banquete* – ao absolutamente *Bom*[236]. Contemplá-lo, porém, é permitido somente a quem tenta galgar o caminho do Eros pederasta. "Quando, então, um dos que assim vão subindo começa a divisar, por intermédio do genuíno amor por rapazes[237], aquele Belo primordial, terá quase atingido a meta. Eis, com efeito, em que consiste o caminhar ou ser conduzido corretamente rumo ao erótico: principiando-se por essas coisas belas, há que se seguir sempre subindo em razão daquele Belo, como que galgando degraus, partindo de um para dois e de dois para todos os corpos belos, e dos corpos belos para os belos ofícios, e dos belos ofícios rumo aos belos conhecimentos, até que, finalmente, chegue-se de tais conhecimentos àquele conhecimento que nada mais é do que o conhecimento daquele próprio Belo, quando, então, ao final da jornada, conhece-se aquele Eu que é belo.[238]"

Que mudança dos pontos de vista separa o *Górgias* e o *Fédon*, de um lado, do *Banquete* e do *Fedro*, de outro! O corpo, com sua sensualidade, não é mais o Mal terreno, o cárcere da alma celestial, o corpo que o filósofo deve mortificar e do qual deve fugir tão rapidamente quanto possível, a fim de alcançar a sua meta. Ele é, agora, a inevitável precondição para se alcançar tal meta; o amor por ele, já o primeiro e significativo passo no caminho para o Bem, um passo que, já na terra, dá início à "caminhada celeste"[239], porque com ele principia o melhor da vida terrena: o genuíno conhecimento, que é apenas a reminiscência, por parte da alma, da contemplação das entidades eternas no Além. Essa é, decerto, a maior transfiguração que jamais envolveu o amor: a altura ainda maior do que aquela à qual o cristianismo tardio alçou o amor do homem pela mulher, santificando-o na figura sublime da Virgem, mãe do Salvador, alçou Platão o amor do homem pelo homem: ao firmamento do conhecimento metafísico. Seu Eros, em razão do qual ele possivelmente sofreu mais do que o revelam os diálogos, ele o justificou moralmente perante si mesmo e perante o mundo, desse modo justificando o mundo perante si mesmo. Para essa justificação do mundo, o Eros foi sua ponte e caminho; Eros que Diotima desvenda-lhe como o demoníaco intermediário entre Deus e o mundo, entre o Bem e o Mal. À pergunta de Sócrates sobre o que seria, realmente, Eros, ela responde: "Um grande demônio, ó Sócrates, pois tudo quanto é demoníaco situa-se entre Deus e o mortal (...) Existindo no meio de ambos, ele preenche o espaço entre um e outro, a fim de que o universo se feche em si mesmo"[240]. O que o mundo platônico cindiu, ele mesmo torna a reunir. Eros gerou o *khorismos*, e ele próprio o supera.

Com isso, o dualismo platônico experimenta uma reviravolta otimista. Com sua tendência a relativizar a oposição entre Bem e Mal, a filosofia platônica toma uma direção que aponta novamente para o Aqui, apontando, então, para uma concepção una do mundo que compreende inclusive a realidade empírica, a natureza interpretada não mais eticamente, não como simplesmente má, mas como algo que é[241]; uma orientação que, acima de tudo, remete de volta ao Estado e à sociedade.

Segunda parte
KRATOS

Capítulo 15
A vontade de poder em Sócrates

É de grande importância que, também no discurso de Diotima, Platão destaque o caráter social de seus Eros, sobre o qual pesa a acusação de ser socialmente hostil. Pela boca da profetisa ele anuncia que os mais belos rebentos do Eros espiritual, que os gera na alma, não são propriamente obras literárias ou das artes plásticas, mas, antes, a ordem social, as constituições, as leis – obras, enfim, da justiça. *"Aqueles, então, que se encontram fisicamente maduros voltam-se mais para as mulheres e assim se enamoram (...) Aqueles, porém, que concebem em sua alma – pois existem aqueles que geram mais nas almas do que nos corpos –, esses deixam amadurecer dentro de si o conhecimento e as demais virtudes."** "O conhecimento que é de longe o maior e o mais belo" – e é conhecimento o que é próprio da alma gerar e conceber – "é o da ordem nas cidades e o de seu governo, e se chama temperança e justiça." E, dentre os "filhos imortais" que mais vale ter do que os mortais, de carne e osso, ele menciona as leis de Sólon e os filhos que "Licurgo deixou na Lacedemônia, salvadores da própria Lacedemônia e, pode-se dizer, da Grécia"²⁴². Trata-se aqui de um testemunho altamente pessoal de Platão, pois essas são as crianças cuja geração seu Eros desejava provocar nele: a correta educação dos jovens, as melhores leis, a ordem justa no Estado. Revela-se aqui com a máxima nitidez o vínculo interior existente entre o Eros platônico e seu desejo de poder sobre os homens, entre as suas paixões erótica e político-pedagógica²⁴³.

Já em Sócrates Platão identificou e retratou essa ligação entre Eros e Kratos – ou, melhor dizendo, assim viu-se e retratou a si próprio nele. Profundamente alojada na própria maneira de Sócrates amar os rapazes encontra-se a ânsia de dominá-los: "Aquele que sabe das coisas do amor" – e essa é a única matéria que Sócrates afirma conhecer – "não louva o seu amado até que esteja certo de seu amor", pois o que quer é torná-lo "dócil" e impedir que seja "seduzido pela altivez e pela vanglória", fazendo-se insubordinado. Assim Platão faz Sócrates dizer no *Lísis*[244]. E, após haver dado ao apaixonado Hipotales, na conversa com Lísis, um exemplo de como tratar o amado, ele diz: "Tem-se de humilhá-lo e rebaixá-lo, e não de inflá-lo e envaidecê-lo, como tu fazes"[245]. A mesmíssima impressão da técnica amorosa de Sócrates tem-se da descrição que dela nos dá Alcibíades no *Banquete*. Não é um louvor absolutamente puro e imaculado o que o jovem petulante e, em sua embriaguês, verdadeiramente indiscreto dedica ao "homem enigmático", "apaixonado pelos belos e sempre ao seu redor", embora com eles praticando apenas "sua ironia e seu jogo"[246], que ele engana "como se fosse ele o amante, mas, em vez disso, transformando-se ele próprio no amado"[247]. Alcibíades, que jamais se sentira envergonhado diante de quem quer que fosse, assim se sente diante de Sócrates[248]; acusa-o de "altivez"[249], a ele, que sempre se faz de modesto, e, finalmente, tem de admitir: "Desnorteado, fui, pois, *escravizado* por esse homem como ninguém jamais o foi por homem algum (...)"[250]. Rebaixar o amado é, verdadeiramente, o que deseja esse Eros, mostrando-lhe que ele nada sabe e de nada entende; seu desejo é quebrar-lhe o amor próprio, na medida em que o faz consciente de quão urgentemente necessita daquele que lhe mostrou sua própria insignificância (e, já unicamente por isso, demonstrou-se superior a ele). Humilhar os aristocratas que se amontoam ao seu redor é, de fato, o que quer Sócrates, o pequeno burguês; daí a sua louvação da humildade como virtude. E quando ele próprio ostenta essa virtude fá-lo apenas porque experimenta nessa humildade seu mais alto triunfo. Assim como sua humildade é apenas uma máscara, talvez seja também o seu Eros unicamente um instrumento de sedução destinado a conquistar dentre a dourada juventude ateniense um séquito obediente, admiradores cegos e incondicionalmente devotados.

Toda a postura intelectual de Sócrates, tanto quanto nos é possível reconstruí-la a partir dos escritos de Platão e Xenofonte, revela essa mesma ânsia de poder sobre os homens. É fato que, em se tratando de Sócrates, o assunto é sempre o conhecimento, e que é somente por intermédio de discussões assaz teóricas que ele busca exercer o seu fascínio; contudo, em última instância, nenhum interesse objetivo terá sido determinante em tais discussões, cujo caráter infrutífero – o que não é sequer acobertado por Platão –, além de deveras crítico e negativo, demonstra que os objetivos nelas em jogo são de natureza puramente pessoal. O que importa a Sócrates em seus muitos diálogos é simplesmente derrotar o adversário com a dialética formal de seu jogo virtuosisticamente construído de perguntas e respostas. Uma vez tendo demonstrado a seu oponente que este nada sabe, pouco lhe importa admitir – dá-lhe mesmo prazer, na verdade – que também ele nada sabe[251]. Se a paixão de Sócrates era fazer prosélitos – como já se disse, talvez com muita propriedade –[252], então seu desejo foi converter os homens à mais estranha das religiões: a da ignorância. Nisso, de fato, ele insistiu com "patológica teimosia"[253]. E é precisamente por saber muito bem subjugar intelectualmente tudo quanto lhe atravessa o caminho que ele consegue subjugar também os jovens que o admiram e compõem o seu público. Assim é que ele não parte para a batalha com o intuito de defrontar com uma qualquer doutrina em particular, mas, simplesmente, faz oposição a tudo. Em especial, por certo, à camada mais elevada da sociedade ateniense e à sua ideologia democrática. É mesmo possível que isso tenha contribuído também para conferir-lhe a audiência que para ele afluía justamente dos círculos aristocráticos e que tenha, por fim, selado o seu destino[254]. Quando Sócrates estende sua oposição também aos sofistas, tendo em mira particularmente a presunção racionalista destes, a razão pela qual isso se afigura tão paradoxal é que, por sua própria maneira de lutar, somente com dificuldade é possível distingui-lo de um sofista. Seu método é o do desmascaramento e seu prazer é arrancar a máscara do adversário, desiludi-lo, mas, acima de tudo, destruir a ilusão da democracia. No *Alcibíades Maior* (cuja autenticidade, embora contestada, voltou a ser defendida ultimamente com bons argumentos)[255], Platão, pela voz de Sócrates, diz ao ambicioso Alcibíades acerca da democracia ateniense, por cujas graças este último se empenha: "Encantadoramente bela é a máscara sob a qual se apresenta o povo do magnânimo Erecteus; tens, no entanto, de arrancá-la, se queres ver sua verdadeira face"[256]. E, todavia, esse cruel destruidor de ilusões não se revela ele próprio desprovido de ilusão. É isso, afinal, o que o aparta dos sofistas: que ele busque vincular ao método racionalista destes uma meta altamente irracional. O que os sofistas negam é precisamente aquilo em que ele acredita, *ou quer fazer que acreditem,** e constantemente sustenta com a maior das ênfases: o valor absoluto, o Bem, o Justo – ainda que não o comprove e nem possa fazê-lo com seu método racional, acabando, afinal, por admitir que não consegue (esse, aliás, é o verdadeiro motivo do seu não saber: aquilo que ele gostaria de saber não pode ser sabido, por situar-se para além da esfera racional à qual o limita o seu método da construção lógica dos conceitos). Pouco lhe importa, porém, fundamentar positivamente alguma doutrina objetiva. Afinal, nem sequer julgou valer a pena registrar por escrito tal doutrina e legá-la à posteridade. E assim como, no fundo, nada mais desejou senão conquistar seres humanos para si por intermédio do efeito imediato de seus discursos orais, assim também foi apenas como ser humano, e através da sua humanidade, que ele venceu.

Capítulo 16
A virtude é saber: uma ideologia da **paideia**

Que em Sócrates – ou já no jovem Platão, o que é a mesma coisa – o desejo de reinar sobre os homens era mais forte do que a necessidade de conhecer o mundo, mostra-o mais nitidamente do que qualquer outra coisa a estranha tese que o filósofo defende com tanta ênfase, e que constitui a essência de toda a ética socrática: a virtude é saber *e, consequentemente, ensinável – donde decorre que, aquele que sabe acerca do Bem, o deseja e pratica; e que, portanto, ninguém pratica o Mal consciente ou voluntariamente, o que, aqui, significa a mesma coisa. No *Protágoras*, Sócrates afirma "que não há nada mais poderoso do que o saber e que, onde quer que este esteja presente, será ele sempre soberano, tanto sobre o prazer quanto sobre tudo o mais"[257]. "Ninguém se volta voluntariamente para o ruim ou para aquilo que julga ruim, por não fazer parte absolutamente da natureza humana, ao que tudo indica, o desejo de voltar-se para aquilo que se tem por ruim em vez de para aquilo que se toma por Bom. Vendo-se, porém, obrigado a escolher entre dois males, ninguém escolherá o maior, se estiver livre para optar pelo menor." O mais estranho nessa identificação da virtude com o saber não é que, a partir do dado psicológico de que o homem realiza sempre aquilo que julga bom, e bom para si mesmo – aquilo, portanto, que é subjetivamente bom –, não se pode deduzir que ele realizará também o que é bom ética e objetivamente, se souber que não coincide com aquilo que ele julga "bom" para si mesmo. Nem que, se a virtude é saber, e nós nada sabemos – como assegura constantemente o Sócrates de Platão –, então não pode haver virtude.** E nem tampouco que essa doutrina, tão completamente sofística, seja defendida por um opositor dos sofistas[258], ou que seu desenvolvimento seja circular[259]. Se, porém, a virtude é para Sócrates o Bom e o Justo, e se há de ser um saber, isso certamente não pode ser admitido antes que se determine o objeto desse saber. Existem, afinal, muitos saberes que evidentemente nada têm a ver com a virtude, o Bom ou o Justo. No entanto, à pergunta acerca do objeto desse saber que deve ser o Justo e o Bom não se obtém qualquer outra resposta senão que esse objeto é o Bom, o Justo. A virtude é o saber acerca da virtude, o Bem, o saber do Bem, e justo é aquele que sabe acerca do Justo. Mas mais estranho ainda do que o fato de um pensador tão perspicaz quanto Sócrates dar-se por satisfeito com uma tal conclusão é a evidente contradição em que se encontra a equiparação de virtude e saber com a mais elementar experiência cotidiana, sempre a demonstrar a pouca utilidade de se saber o que se deve fazer, quando se é demasiado fraco para querê-lo. Não há de permanecer oculto ao conhecimento simples e desinteressado *– e, decerto, tampouco escapou a Platão –** que, embora o espírito seja forte, a carne pode ser fraca. No *Protágoras*, Sócrates menciona a "afirmação segundo a qual, seduzido e ofuscado pelos encantos do prazer, o homem, em seu agir, não raro decide-se pelo ruim, a despeito do conhecimento de que se trata de algo ruim, e mesmo dispondo do poder de não fazê-lo (...)"[260]. Ele repudia essa afirmação como "ridícula". Seus argumentos, porém, são tão pouco convincentes, que dificilmente se pode supor que Platão os tenha feito seus. Acima de tudo, no entanto, cumpre enfatizar que a tese de que a virtude é saber, e de que quem sabe acerca do Bem o deseja, é expressão de um racionalismo radical. Quem a defende tem não apenas de acreditar que a razão humana possui o domínio sobre a vontade dos homens, mas também que essa razão é capaz, por suas próprias forças, de responder às questões que ela própria levanta. Nesse sentido, a despeito de suas tentativas de definir o conceito do Bem, Sócrates foi tudo, menos um racionalista. Segundo Xenofonte[261], ele fazia uma distinção fundamental entre as coisas que "se situam na esfera da compreensão humana", "como aquelas que se pode deduzir contando, medindo ou pesando", e as coisas que se situam para além dessa esfera e, portanto, "dependem dos deuses". Essas seriam "as questões mais elevadas", que "os deuses reservam para si próprios". No tocante a tais questões, "Sócrates indicou aos homens o oráculo, para que se informem acerca do que devem fazer. Mesmo quem deseje saber como servir bem a particulares ou ao Estado não pode, conforme ele diz, prescindir da profecia". "As pessoas, entretanto, que negavam ser tais coisas dependentes dos deuses e afirmavam que tudo se situa dentro da esfera da compreensão humana, ele as declarava loucas. Pessoas que desejavam saber dos deuses coisas que se pode depreender do contar, do medir e do pesar, todas essas eram para ele blasfemos ímpios." "Sua palavra era: tudo que pelos deuses nos foi dado aprender e executar tem-se de aprender; aquilo, porém, que é inescrutável aos homens tem-se de procurar saber dos deuses com o auxílio da profecia, pois os deuses mandam sinais para aqueles com os quais são misericordiosos." Segundo o testemunho de Xenofonte, Sócrates afirmava ser ele próprio tal agraciado, sustentando que "a divindade mandava-lhe sinais acerca do que ele deveria fazer e admitir"[262]. Contudo, tampouco o Sócrates de Platão é, em absoluto, um racionalista. Na *Apologia*, Platão o faz dizer, com referência à sua reputação de sábio: "(...) meus ouvintes, de um modo geral, acreditam ser eu próprio possuidor da sabedoria, que busco pondo à prova e refutando os outros. Mas, na verdade, meus concidadãos, o que parece é que a sabedoria cabe apenas à divindade, e o que ela diz por meio do oráculo só pode significar que a sabedoria humana representa muito pouco, ou mesmo nada. Ao que parece, o dito do oráculo não se aplica propriamente a Sócrates, mas Deus serve-se do meu nome apenas como um exemplo, como se quisesse dizer: 'Mais sábio dentre vós, ó homens, é aquele que, como Sócrates, percebeu que sua sabedoria na verdade não vale um tostão'"[263]. Quando Sócrates explica como lhe foi possível – a ele, que continuamente afirma nada saber e distinguir-se dos outros apenas pelo fato de saber que nada sabe – fazer o Bem ou, pelo menos, evitar o Mal, não é à sua razão que ele recorre, mas a um elemento altamente irracional – a seu *daimônion*, esse misterioso gênio protetor que tem dentro de si: "É um certo sinal divino e demoníaco, o que, aliás, o próprio Méletos, em sua acusação, transformou em algo ridículo. Esse fenômeno me acompanha desde a infância: é uma voz que se deixa ouvir apenas e sempre como uma advertência a me dissuadir de um propósito, jamais intentando persuadir-me"[264]. Se o oráculo délfico declarou Sócrates o mais sábio dos homens, certamente não o fez por ter o filósofo, em seus atos, se deixado conduzir por sua própria razão humana, mas por se ter deixado guiar apenas pela divindade. "(...) foi a divindade", afirma Sócrates em sua defesa, "que me entregou a tais admoestadores como o sois vós." "Minha missão foi-me sinalizada pela divindade, através dos oráculos, dos sonhos e de todos os sinais possíveis por intermédio dos quais a vontade divina se anuncia aos homens.[265]" Isso pode ser tudo, menos a linguagem de um racionalista. Podemos supor, entretanto, que Platão reproduziu aqui as palavras do Sócrates histórico.

O próprio Platão, por sua vez, foi ainda muito menos um racionalista do que Sócrates. Foi antes um místico, como veremos adiante, especialmente em se tratando da essência do Bem, a qual – como admite o filósofo em sua *Carta VII* – não é uma função da razão, mas uma visão situada para além de toda razão, um visionário apreender da mais elevada ideia, que não se deixa descrever em palavras. A virtude que tal "saber" representa é acessível apenas a pouquíssimos eleitos e, em razão de sua essência, não ensinável, porque inexprimível. Não obstante, Platão não rejeitou diretamente a tese racionalista de que a virtude é saber e portanto ensinável, nem mesmo nos diálogos que já não se encontram mais sob a influência decisiva de Sócrates, mas da religião órfica. No *Górgias*, Platão declara que um "orador competente e versado na arte" deveria cuidar para que "a virtude adentre as almas de seus concidadãos"[266] e que a tarefa do verdadeiro estadista consistiria em "tornar melhores os seus concidadãos"[267], o que decerto significa conduzi-los à virtude. Isso pressupõe, no entanto, que esta seja ensinável, transferível. Partindo, então, desse pressuposto, o Sócrates de Platão chega à conclusão de que "não conhecemos ninguém que, neste nosso Estado, se tivesse demonstrado estadista mais competente"[268]. E, quando, mais adiante, Platão faz Sócrates – um Sócrates nada socrático – gabar-se nos seguintes termos: "Creio que somente eu, juntamente talvez com uns poucos atenienses mais, dedico-me à verdadeira arte política"[269] –, isso significa que esse Sócrates seria capaz "de educar os homens para a virtude"[270], e para uma virtude que há de ser ensinável, se o veredicto arrasador que Platão profere sobre os estadistas atenienses pretende reivindicar para si ao menos a aparência de legítimo. No *Mênon*, diálogo no qual a questão sobre se a virtude é saber e, portanto, ensinável é um tema capital, o Sócrates de Platão manifesta dúvidas: "Que a virtude, *sendo* ela saber, é ensinável, essa é uma proposição que não desdigo. Mas que ela seja saber, disso duvido (...)"[271]. O motivo de sua dúvida é que – até onde ele pode ver – parece não haver mestre algum da virtude. Ao final do diálogo, Sócrates afirma: "(...) é de supor que a virtude não seja nem uma dádiva da natureza, nem ensinável, mas, antes, que, pela providência divina (θεία μοίρα), seja inerente àqueles que dela participam". Mas acrescenta: "teria de haver um estadista capaz de transformar um outro homem também em estadista. Houvesse, porém, alguém assim, afigurar-se-ia ele a todos os olhos, no tocante à virtude, semelhante a um objeto real ladeado por meras cópias"²⁷². E, seguindo-se à exclamação de Mênon – "Palavras magníficas, ó Sócrates, parecem-me as tuas!" –, ele mais uma vez sintetiza a conclusão nas seguintes palavras: "Consequentemente a essa exposição, meu caro Mênon, aqueles que abrigam a virtude o fazem graças à providência divina"²⁷³. O que Platão parece admitir aqui da tese de que a virtude é saber e ensinável não é que esta seja saber no sentido usual, isto é, racional da palavra – ou seja, um produto do pensamento racional: a virtude é uma dádiva da misericórdia divina e, como tal, um "saber" mais elevado do que o racional, um saber divino, um saber do divinamente Bom. Platão insiste, no entanto, em que aquele ao qual coube a virtude por misericórdia divina é capaz de educar outros para essa mesma virtude. Pois certamente ele não quis colocar em questão a existência do estadista "capaz de transformar um outro homem também em estadista". No *Górgias*, Platão indica expressamente Sócrates como tal estadista, provavelmente pensando não nele, mas em si mesmo. Por isso se há de concordar com Werner Jaeger, quando interpreta a conclusão do *Mênon* no sentido de que "a *arete*, como a entende Sócrates, é tanto 'inata' quanto ensinável"²⁷⁴.

Quando Sócrates – em contradição com sua declaração de nada saber e de ter sido conduzido à virtude não pelo saber de sua razão, mas por um *dáimon* divino – ainda assim afirma que a virtude é saber e ensinável, ele o faz porque, dessa maneira, está preservando a ideologia de que tanto necessita para justificar sua própria vida, dedicada à educação. E quando Platão – em contradição com o que tem a dizer acerca da natureza da experiência mediante a qual o eleito divisa a ideia do Bem e, assim, passa a participar da "virtude" – insiste na tese socrática do caráter ensinável desta, ele o faz porque tampouco pode renunciar a uma ideologia que lhe legitima a pretensão de, na qualidade do único filósofo verdadeiro – mas precisamente na qualidade de "filósofo", daquele que sabe –, ser o soberano do Estado. No sentido que Platão dá à tese de que a virtude é saber e ensinável, esse princípio, sofisticamente racional e democrático em sua origem, faz-se antissofístico e aristocrático-irracional.

Em Sócrates, contudo, tanto seu Eros quanto sua vontade de poder desdobram-se apenas em *paideia*. Ele não almeja o amplo e o geral, mas limita-se a um círculo mais estreito; não pretende dobrar a vontade dos adultos, mas formá-la; não deseja governar – sua meta é educar. Assim como seu Eros, também a sua ânsia pelo *kratos* apresenta-se fundamentalmente atrofiada, de modo que sua paixão permanece, por assim dizer, fincada no pedagógico. Reiteradas vezes Sócrates afirma nada querer com o Estado, não possuir qualquer interesse pela política[275]. Não obstante, atuou politicamente e não titubeou em extrair de seu dogma fundamental de que a virtude é saber ensinável a conclusão política e, aliás, antidemocrática de que cada um deve exercer apenas o ofício que aprendeu, de que se há de aprender a governar tanto quanto se aprende a consertar sapatos e costurar roupas e que, portanto, sapateiros e alfaiates não estariam qualificados para governar. Mesmo em seu mergulho espiritualmente mais rico, no "Conhece-te a ti mesmo", esse dogma admite uma interpretação que se volta contra a democracia. Partindo também daí chega-se à conclusão de que a virtude, que é o saber acerca do próprio Eu, consiste em que cada um faça o seu, isto é, em que o sapateiro restrinja-se a seu ofício[276]. A despeito, porém, de sua atuação eminentemente política, Sócrates não é um estadista, mas somente um pedagogo. Foi assim que sua figura adentrou a história do pensamento. E é igualmente a orientação basicamente pedagógica do seu pensar que explica o caráter puramente ético da sua especulação. Se, negligenciando inteiramente a natureza e sua ciência, Sócrates empenha-se por uma fundamentação da ética – empenho vão, uma vez que tal fundamentação não é possível pela via racional –, isso se dá porque também a relação de poder que a *paideia* representa, bem como a autoridade pedagógica, não é possível sem uma justificação ética, e porque também a vontade do educador – se ela há de se sobrepor àquela de quem se vai educar – tem de afigurar-se boa e justa para firmar-se perante si mesma. Contudo, enquanto ideologia da *paideia*, a justiça permanece para Sócrates uma virtude pessoal. Quando ele a relaciona ao Estado – à *politeia* –, contenta-se em identificar o justo com o legal.

Capítulo 17
O **daimônion**

Tal como em toda relação de primazia e subordinação, também o pedagógico encontra seu embasamento último não na esfera ético-racional, mas na do religioso. Somente a vontade absolutamente boa tem direito à obediência incondicional, razão pela qual, em última instância, a dominação só se sente legitimada enquanto mediação da vontade divina. Assim é que também a pedagogia socrática exibe rudimentos de uma ideologia religiosa. Rudimentos apenas, pois, assim como seus impulsos erótico e político, também a religiosidade de Sócrates é, de algum modo, atrofiada. Tanto quanto aqueles permaneceram fincados no pedagógico, esta restringiu-se, por assim dizer, ao demoníaco. Assim como ele não acreditava realmente numa vida da alma após a morte, assim também os deuses transcendentes não constituíram para ele realidades de fato. O Δαιμόνιον, porém, esse seu Deus altamente particular, possuía nele grande poder, ainda que, significativamente, Sócrates atribuísse a essa voz interior apenas a função negativa de afastá-lo do Mal, a função da proibição, e não a função positiva de ordenar a prática de boas ações. A esse seu demônio ligava-o uma sólida crença, que não é menos irracional pelo fato de se poder explicá-la como uma superstição, tão comumente verificável justamente em meio aos racionalistas[277]. É possível, assim, que ambos tenham razão: tanto os que tomam Sócrates por um racionalista quanto os que o julgam, com suas paixões, vinculado ao irracional.

Capítulo 18
A ânsia pela paideia *e pela* politeia *em Platão*

Platão, por certo, sentiu-se atraído por Sócrates como para uma natureza análoga à sua. As dimensões platônicas eram, todavia, e em todos os sentidos, mais portentosas. Assim como seu Eros era mais apaixonado do que o de Sócrates, também sua religiosidade era ancorada mais profundamente, tendo desempenhado um papel muito maior tanto em sua vida quanto em sua doutrina. Não apenas porque provinha das trevas do sentimento de culpa resultante de seu Eros, mas também porque se desenvolvera sob a influência da tradição paterna e favorecida por uma época – trata-se do final do século V e princípio do IV – que trouxera consigo um poderoso renascimento do sentimento religioso recalcado pela filosofia da natureza e pela sofística, uma "onda de temor reacionário a Deus"[278]. Como religião de seu pai, ou de seus pais, a religião popular era-lhe sagrada. Com a mesma intensidade com a qual ignorou a vontade do povo, como um verdadeiro conservador e opositor da democracia, julgou determinante, ao longo de sua vida, a *crença* desse mesmo povo, sem levar em consideração a compatibilidade ou não dessa crença popular com sua filosofia. Essa religiosidade é a base de toda a metafísica platônica: em seu fogo o não saber socrático refunde-se, transformando-se na transcendência platônica de todo o conhecimento, na transcendência sobretudo do objeto de todo o saber – o Bem –, do qual não mais a especulação racional, mas apenas a visão mística é capaz de apoderar-se. É por intermédio de seu entusiástico elã que o *daimônion* socrático, esse Deus particular altamente subjetivo e misterioso, transforma-se no mistério do *agaton* platônico, e este, por sua vez, em uma ideia do Bem alçada à condição de uma divindade objetiva[279]. Sócrates colocara a pergunta acerca do que seria, verdadeiramente, a justiça, mas não conseguira dar uma resposta a essa pergunta: contentara-se, antes, em assegurar que a justiça era *algo* – e não *nada*. Havia, assim, uma justiça, mas dela, como de todas as demais coisas, nada se podia verdadeiramente saber. Ele era, por assim dizer, um cético heroico. Platão, porém, afirma saber o que é a justiça – ou, mais exatamente, afirma tê-la "divisado". Ele não a procura apenas como Sócrates o fez e, sobretudo, ele não busca mais o seu conceito, mas afirma tê-la encontrado na contemplação imediata, na ideia[280]. No entanto, recusa-se a dizer o que viu, pois tal seria, na condição de algo divino, inexprimível por sua própria essência.

Tanto quanto o Eros, também a ânsia pelo *kratos* é mais poderosa em Platão do que em Sócrates. Consciente de sua meta, ela o empurra desde o início para além da esfera estreita da *paideia*, rumo àquela mais ampla da *politeia*. Não lhe é possível encontrar satisfação apenas na educação de jovens, mas somente no governo dos homens. Contudo, o Estado é para Platão apenas uma grande instituição educacional; e uma vez que, não podendo alcançar a condução do Estado, ele funda uma escola, esta torna-se-lhe um sucedâneo daquele. *O Estado presente em sua filosofia, o Estado ideal descrito na *República*, é "apenas uma escola organizada em grandes proporções" – como Howald apropriadamente observa[281].** Certamente por isso, nada cativou tanto Platão em Sócrates quanto a persistente indagação deste acerca da justiça, essa legitimação de toda dominação. Para Platão, porém, a justiça já não pode ser uma virtude meramente pessoal. O que ele busca nela não é somente salvação subjetiva, mas também, e acima de tudo, a ordem objetiva do Estado. Não lhe basta, assim, como a Sócrates, simplesmente identificar a justiça com a legalidade; ele tem de alçá-la ao céu, a fim de conferir às leis do Estado e, com isso, à autoridade estatal um embasamento absoluto, fundando-as assim sob a forma do direito natural. O dogma socrático segundo o qual a virtude é saber e, como tal, ensinável faz-se-lhe, pois, muito mais do que uma mera justificação da pedagogia enquanto soberania do mestre sobre o discípulo: transforma-se no alicerce da principal proposição de sua filosofia inteiramente política – a de que o filósofo, e somente ele, deve governar o Estado – e, assim, na justificação da própria dominação política em si. Quem pretende governar sob o pretexto de ser um filósofo precisa – como Platão – defender a tese de que o mais elevado e mesmo o único objeto da verdadeira filosofia, do genuíno conhecimento, nada mais é do que o absolutamente Bom, que encerra em si a justiça; e de que esse conhecimento – se a dominação há de caber não a muitos, mas a alguns poucos e, possivelmente, a um só – é acessível apenas a um pequeno número de eleitos, talvez a um único sábio, agraciado por Deus. Como Platão, ele precisa afirmar que o verdadeiro saber e a vontade benéfica – a virtude – são uma só coisa, porque governar, tanto quanto educar, nada mais pode ser do que a transmissão da virtude do governante para o governado, e essa virtude, portanto – como condição de saber –, tem de ser transmissível, ou seja, ensinável, como já Sócrates o assegura; a relação de dominação é reinterpretada em termos de uma relação entre professor e aluno, e a *politeia* é legitimada como *paideia*. Se, no entanto, a vontade do governante é o verdadeiro saber – o que significa dizer um saber divino –, então quem a ela se opuser estará cometendo não apenas uma injustiça, como também um equívoco. Estar sob o governo de um Estado significa, assim, a sujeição ao social como a uma autoridade religiosa, não apenas do querer, mas também do conhecer. Esta é a tendência de toda especulação eticizante e política: toda a intransigência tão crassamente evidente nos escritos platônicos sobre o Estado – do primado do querer sobre o conhecer resulta o dogma de que a virtude é saber; e este revela-se a raiz última da vinculação – tão fatídica e característica o sistema platônico como um todo – entre noética e ética, entre ciência e política.

Capítulo 19
Platão como político

A pesquisa platônica mais recente destruiu integralmente a ideia de que Platão teria sido um filósofo teórico, e de que sua filosofia teria tido por meta a fundamentação de uma ciência rigorosa. Sabe-se hoje que, em consonância com a totalidade de sua natureza, Platão foi mais um político do que um teórico. Chamam-no agora um "homem dominador", uma "natureza imperativa"[282], nele vendo, acima de tudo, o educador e fundador[283]. Se ele realmente o foi, se de fato abrigava em si as qualidades de um homem de vontade férrea e as habilidades de um gênio da ação, disso pode-se, talvez, duvidar. Certo é somente que seu ideal particular voltava-se nessa direção; que ele queria ser o que externamente, por alguma razão, não lhe foi dado ser. De qualquer modo, toda a sua orientação intelectual consiste menos na visão do Ser empírico do que na consideração do Dever-ser transcendente, apontando para o querer, e não para o conhecer. E uma vez que seu querer ético-político apresentava-se inteiramente fundado em bases metafísicas, por isso mesmo expressando-se literariamente numa ideologia manifestamente religiosa, Platão transmite-nos em seus escritos menos a impressão de um erudito sistematizador das ciências da moral do que a de um profeta do Estado ideal, afigurando-se-nos não tanto como um psicólogo ou sociólogo da realidade, mas, antes, como um pregador da justiça.

Se há um documento do qual se possa depreender suas mais verdadeiras intenções, é sua autobiografia, a assim chamada *Carta VII*, na qual, já idoso, e num de seus momentos de maior gravidade, ele presta contas de sua vida a si próprio e ao mundo. Aí, e de um modo que exclui qualquer dúvida, se expressa o que ele próprio considera a meta de sua vida, que lhe deu conteúdo. Esse conteúdo é a *paideia*: "orientar os jovens para o Bem e para a justiça, e aproximá-los uns dos outros pelos laços da amizade fiel"[284]. A meta, porém, é a política: "Há muito tempo, quando eu ainda era jovem, deu-se comigo o que, na realidade, costuma acontecer a muitos outros: eu acreditava que, tão logo atingisse a maioridade, ingressaria na política". Mas aí houve uma revolução, pondo fim à democracia e instaurando o governo dos trinta tiranos. Após sua queda, a política ativa novamente o atraiu: "Mais uma vez, acometeu-me, ainda que com menor intensidade, o anseio de ocupar-me dos negócios do Estado". A situação real, entretanto, o teria feito perder o gosto de seguir tal impulso. "Obrigado a encarar esse fato e diante das pessoas que atuam na política, quanto mais, com o avançar da idade, eu observava as leis e a moral dominante, tanto mais difícil parecia-me conduzir corretamente um Estado. Sem amigos e colaboradores confiáveis, isso me parecia impossível; encontrá-los em meio aos velhos conhecidos não teria sido fácil, pois nossa cidade não vivia de acordo com a moral e os costumes de nossos pais; conquistar novos amigos tampouco seria possível sem enfrentar grandes dificuldades. Por outro lado, a corrupção na elaboração das leis e no tocante à moralidade em geral aumentava assustadoramente, de modo que eu, antes repleto do fervor de dedicar-me ao Estado, atentando agora para essa situação e vendo a balbúrdia generalizada, passei, enfim, a sentir vertigens. É certo que não parei de refletir acerca de como se poderia promover uma melhoria desse estado de coisas, especialmente da organização estatal, *mas, para agir, fiquei sempre à espera do momento correto* (...) Vi-me assim obrigado a abraçar somente a verdadeira filosofia e a constatar que apenas a partir dela é que se pode compreender inteiramente no que consiste a justiça, tanto no Estado quanto na vida privada, e que a raça humana não escapará verdadeiramente da infelicidade até que os verdadeiros e genuínos filósofos cheguem à administração do Estado (...)[285]" Caso se deva acreditar em alguma coisa do que Platão escreveu, há de ser no que ele diz não pela voz de outros ou sob a máscara de Sócrates, mas em sua própria voz; a vida inteira, ele sempre esperou pelo momento correto para agir, e somente escreveu e se dedicou à filosofia por nunca ter chegado esse momento.

Contudo, ainda que não dispuséssemos desse testemunho do próprio Platão, seus diálogos não manifestam menos claramente o primado de seu querer político sobre o conhecimento teórico. Já o fato de ser a justiça o ponto crucial de sua filosofia, ao qual todos os demais se subordinam, revela que lhe importava encontrar um embasamento moral para a ação. Se ele prova alguma coisa com seus diálogos socráticos, é não ser dado àquilo que eles buscam o puro conhecimento, pois este não é capaz de resolver, mas apenas de diluir a questão da justiça – ainda que não seja essa a sua intenção; e que o problema da justiça, junto com a crença nela, sobrevive graças unicamente à necessidade indestrutível do homem que quer e age. Somente alguém "sempre à espera do momento correto para agir" e que preenche o tempo dessa espera refletindo sobre em "que consiste a justiça, tanto no Estado quanto na vida pessoal" concederá tanto espaço na obra literária de toda uma vida a escritos sobre o Estado e a justiça, como o fez Platão, cuja obra principal – a *República* – é um diálogo que pretende investigar a essência da justiça e, ao fazê-lo, produz a constituição de um Estado ideal. Não se trata aí do sistema de uma teoria política, mas de um postulado político[286], da mesma forma como seu livro mais extenso e não menos elucidativo da tendência geral de seu espírito – as *Leis* – não tem qualquer caráter teórico, mas sim um caráter inteiramente político-estatal.

Capítulo 20
O "caráter tirânico" e a figura de Cálicles

De toda uma gama de detalhes presentes nos escritos platônicos, sente-se que a paixão política é a tonalidade básica no acorde dessa vida grandiosa e o Eros, sua raiz. Veja-se, sobretudo, a descrição do caráter tirânico no livro IX da *República*, em tantos aspectos elucidativa e aqui já referida várias vezes. Acreditou-se ver nessa caricatura um retrato de Dionísio de Siracusa. No entanto, dificilmente pode-se conciliar tal crença com o efetivo relacionamento mantido por Platão com esse soberano. Quanto à instituição em si, Platão – adversário da democracia – não a pode ter tido em boa conta. Permanecem inexplicados os poderosos afetos que essa condenação do caráter tirânico inspirou em Platão. É fato que, por princípio, ele repudiou a ditadura, *mas jamais revelou-se cego para o fato de que, sob determinadas circunstâncias, ela pode ser necessária e útil[287].** Chegou mesmo a ocasionalmente admitir que o verdadeiro Estado só poderia ser erigido com o emprego da violência – ou seja, pela via de uma ditadura. E ademais, na Constituição desse Estado, concentra tal gama de poder no governo, que este só pode ser o de um monarca, o que, no contexto efetivo da Grécia, só poderia ser o de um ditador, de um tirano[288]. O ressentimento que se manifesta permite concluir – conforme já o demonstramos – que questões altamente pessoais estão aí em jogo. Mais nitidamente do que qualquer outra coisa, ele revela que Platão sentia-se qualificado para o governo monárquico e nos mostra o que só pode ser o reverso dessa altivez monárquica: a profunda repugnância pelo mais completo adversário do sábio justo, que é o tirano, segundo sua descrição; e tirano que ainda não o é exteriormente, no âmbito do Estado, mas apenas em seu interior, que, desnudado com tão terrível nitidez por Platão até em seus mais íntimos recantos, só pode ser o do próprio filósofo. O julgamento dos tiranos que é aqui levado a cabo tem por réu o próprio Platão. A "inquietude e o arrependimento", descritos como o estado anímico dos tiranos sob o governo de Eros, são a consciência pesada advinda do Eros tirânico, a reação moral contra os "desejos eróticos e tirânicos" que Platão estigmatiza como "os mais distantes da razão"[289] e que, no entanto, compõem a camada mais profunda de seu próprio Eu. Esta revela-se ocasionalmente na dureza, já beirando a crueldade, das penalidades sugeridas na *República* e, particularmente, nas *Leis*[290]. É o Eu-ideal de Platão que se contrapõe a essas suas inclinações naturais, exigindo que, em seu próprio interior, reine a razão, do mesmo modo como a filosofia deve imperar no Estado. Assim, Platão transforma-se ele próprio naquele que verdadeiramente "possui disposição real e, à maneira dos reis, autodomínio", aguardando que soe a hora do destino que o convocará; sente-se, pois, no ápice de sua altivez monárquica, em cujas profundezas, no entanto, dormita o medo dessa hora, que se denuncia na opinião de que ainda mais infeliz do que o caráter tirânico é aquele que, "dotado de índole tirânica, não leva a vida como um indivíduo privado, mas tem a infelicidade de, por alguma peripécia do destino, ver-se na situação de tornar-se um tirano". É possível que seja *esse medo*, o medo de si próprio, que volta a impeli-lo para longe da política, pela qual ele se sente tão visceralmente atraído. Platão compara o caráter tirânico, que "intensifica ainda mais o seu infortúnio quando, em vez de permanecer um indivíduo privado, e cedendo a eventuais circunstâncias, torna-se um déspota e, incapaz de dominar-se a si próprio, passa a arrogar-se o direito de governar outros", com um homem que, frágil, nem sequer é capaz de dar conta do próprio corpo e "estivesse na situação de, ao longo de toda a sua vida, precisar medir-se com outros em provas de força e lutar com eles, *em vez de viver em recolhimento*"[291].

Esse recolhimento, porém, que se afigurava injurioso a todo verdadeiro grego, só podia parecer duplamente injurioso para Platão, que em sua paixão política era mais grego do que todos os gregos. Quão insípida devia, por vezes, parecer-lhe a filosofia – a ele, para quem o *filosofar* sobre o Estado era um débil sucedâneo para o *governar* o Estado; ao aristocrata, para quem a filosofia só podia ser ofício de pequenos burgueses. Quão farto ele deve ter ficado dela, indigna de sua posição social – ele, que contava Sólon entre seus antepassados e tinha tanto orgulho de seu parente Crítias que, embora também filósofo e poeta, era, acima de tudo, um estadista. No ócio involuntário de sua vida tão próxima da filosofia e tão distante do Estado, é possível que tenha constantemente se perguntado como seria "se finalmente desistisses da filosofia e te voltasses para coisas mais importantes"[292]. "Deixa afinal esse filosofar infrutífero, deixa esse eterno refutar e exercita a nobre arte dos negócios do Estado; exercita aquilo que te confere o prestígio da inteligência e deixa aos outros esse palavreado emaranhado, essas nulidades, ou como quer que se lhes chame, que não te rendem um único vintém; não queiras emular os homens que se ocupam da refutação de tais ninharias.[293]" "Entender de filosofia tanto quanto demanda a boa formação é, de fato, coisa louvável, e não é vergonha dela ocupar-se na juventude. Quando, porém, tornando-se já mais velho, o homem continua sempre filosofando, então, meu caro Sócrates, faz-se ele paulatinamente ridículo.[294]" "Há, pois, verdadeiramente de ser o meu destino "passar o restante de minha vida recolhido silente a um canto a sussurrar na companhia de três ou quatro rapazes?[295]" Todas essas são palavras que, no *Górgias*, Platão coloca na boca de Cálicles[296]. Também nessa figura, talvez a mais vívida de seus diálogos, Platão esboçou a imagem de um caráter tirânico, que também no *Górgias* ele condena. Na discussão com Sócrates, ele o faz ser finalmente derrotado. Mas, nessa mesma disputa, expressa por seu intermédio uma crítica tão espantosamente correta a Sócrates, desnudando tão inescrupulosamente o "artifício" dialético por meio do qual este joga "seu jogo traiçoeiro"[297], que seria difícil ver nela outra coisa que não uma polêmica dissimulada de Platão contra a rabulice de Sócrates (eis o argumento de Cálicles: "Se alguém, ao fazer uma afirmação, tem em vista o *nomos*, imperceptivelmente formulas tu a tua pergunta como se o assunto fosse a *physis*, e quando é a *physis* que ele tem em mente, fazes como se o *nomos* estivesse em discussão")[298]; tanto mais se se considerar a importância que tem o *Górgias* no desenvolvimento espiritual de Platão, que ali, ainda sob os efeitos de sua primeira viagem à Sicília, chega a uma concepção totalmente nova da questão da justiça, uma concepção metafísico-religiosa que diverge inteiramente do método racionalista de Sócrates. No grandioso mito que encerra o diálogo, Platão a expõe pela primeira vez. Encarregar Sócrates da exposição também desse mito – embora a resposta que é dada ali à questão da justiça torne supérfluo todo o vazio jogo conceitual que o próprio Sócrates desenvolvera anteriormente – é próprio de Platão, que se mantém fiel ao mestre mesmo no momento em que está abandonando a sua teoria, até porque não é em função de uma qualquer teoria que Sócrates compõe o seu ideal. Se é correta a suposição de que na figura de Cálicles, o grande antagonista de Sócrates, Platão retratou Crítias, o parente brilhante a quem ele tanto admirava e que desempenhou papel de destaque no governo dos trinta tiranos[299], então pode-se entender por que soa tão convincente o discurso no qual este último defende o direito da grande personalidade à dominação[300]. Ser como Crítias era também um desejo de Platão, ou, pelo menos, uma possibilidade que ele sentia em si. Mas ele luta contra essa pulsão de poder que traz dentro de si e que encarna na figura desse Crítias-Cálicles. "Como poderia alguém ser feliz", faz que diga, "tendo de obedecer outra pessoa?[301]" Em que grande medida Platão luta contra o Cálicles que abriga em si, pode-se depreender de que o faz portador de uma das teorias sofísticas que o filósofo mais odiava: a doutrina do direito do mais forte. Essa doutrina apresenta-se tão caricata na exposição que dela faz Cálicles, que Sócrates pode facilmente conduzi-lo – a ele, a quem Platão caracteriza visivelmente como um espírito superior – *ad absurdum*. O abismo da contradição abre-se, pois, nessa personalidade. É mais uma vez a contradição que Platão abriga em seu próprio peito. Por isso Platão faz Cálicles citar a *Antíope* de Eurípides[302], que contém o célebre debate entre Anfíon e Zeto, no qual combatem a βίος θεωρητικός e a βίος πρακτικός. Esse é, afinal, o conflito básico na vida de Platão: lutar em silente recolhimento pelo conhecimento ou em meio ao fragor da vida política pela dominação; é a contradição entre a solitária existência do erudito e o papel de fundador do Estado e reformador, entre a pessimista renúncia espiritual ao mundo e a dominação otimista desse mesmo mundo. No ápice do diálogo – ou seja, na cena de Cálicles –, esse conflito, bem como a questão da justiça, é decidido pela sua completa negação, pelo assim chamado direito do mais forte. No *Górgias*, tenta-se ainda solucionar esse conflito (assim como a questão da justiça *versus* o direito do mais forte) inteiramente no âmbito da primeira componente de ambos os pares antinômicos. No mito que encerra o diálogo, essa solução encontra sua expressão simbólica em que, dentre as almas frente a frente com o julgamento dos mortos, figuram como injustas quase exclusivamente aquelas dos déspotas políticos – e, como justa, "a alma de um homem privado ou de algum outro, e" – afirma Sócrates –, "acima de tudo, meu caro Cálicles, atenta bem, a de um filósofo"[303]. Nesse diálogo, contrariamente ao que lhe dita o coração, que brada pelo poder político, Platão decide-se pela filosofia contemplativa. Precisamente nesse mesmo diálogo, porém, e pela voz de Sócrates, proclama ser ele próprio o único político verdadeiro: "Creio que somente eu, juntamente talvez com uns poucos atenienses mais, dedico-me à verdadeira arte política, e creio igualmente ser o único dentre os vivos a verdadeiramente servir ao Estado"[304]. É somente à luz da *Carta VII* que se pode entender o *Górgias* em sua totalidade.

Capítulo 21
A pretensão platônica pelo poder na República

À luz dessas considerações, também muitas passagens da *República* revelam o seu sentido mais profundo e pessoal. Assim, a passagem do livro VI na qual Platão conta por que os verdadeiros filósofos, embora vocacionados para a condução do Estado – ante a triste situação reinante, e orgulhosos demais para rogar à massa que lhes confie a sua condução –, são obrigados a afastar-se dele[305]. *Platão aí compara a relação dos "verdadeiros filósofos" com os Estados onde não são respeitados, com a situação de um barco de cujo timão se apodera uma tripulação inteiramente ignorante da arte de pilotar, que, portanto, põe como mestre da navegação não o perito, mas somente aquele que possa auxiliá-la a tomar nas mãos o comando. Pela opinião corrente, segundo a qual os "verdadeiros filósofos" ou os "melhores dentre os filósofos" – e é certo que se fala aqui unicamente dos filósofos platônicos – são "gente inútil aos olhos da grande massa" (ou seja, imprestáveis para a condução do Estado), ter-se-ia de responsabilizar aqueles "que deles não sabem fazer uso, e não os próprios filósofos. Pois não é, afinal, uma situação natural que um timoneiro deva pedir à tripulação que se sujeite à sua condução". Percebe-se nitidamente a amargura que Platão sentiu não fazerem qualquer uso dele, que se sabe o único detentor da verdadeira arte de governar.** Sente-se que o filósofo está falando de si quando menciona "uma grande alma que, tendo crescido no seio de uma coletividade pequena, sente-se acima dessa pequenez e a fita com desdém". E pode-se igualmente ouvir a voz grandiosa da autoconfissão quando se lê de que forma o verdadeiro filósofo, dispondo da doce e bem-aventurada posse da sabedoria, renuncia à atividade política, porque "conheceu suficientemente o desvario da massa e sabe que, falando francamente, não há uma única pessoa capaz de produzir algo saudável nos assuntos do Estado, e tampouco qualquer aliado com o qual se pudesse encetar, sem sucumbir, a defesa das coisas justas; e porque o sábio retira-se da política para a filosofia como quem, diante de uma "tempestade", refugia-se num "abrigo", "satisfeito quando logra concluir a sua vida terrena não maculado – não importa como – pela injustiça e pelos feitos criminosos, dela se despedindo mais alegre e confiante, munido de boa esperança". Temos aqui, portanto, apenas salvação pessoal, sem qualquer concretização da justiça no Estado? "Decerto não terá sido pouco o que ele conseguiu despedindo-se assim?", objeta Platão com a pergunta que deve ter feito a si próprio centenas de vezes. A resposta soa: "Não tanto quanto podia, uma vez que não lhe coube uma coletividade correspondente às suas exigências, na qual ele ganharia mais e mais forças, promovendo então não apenas a sua salvação, mas a do Estado também"[306]. Essa é a solução para a qual se dirige a *República*, diferentemente do *Górgias*. Platão aparece aqui não como um "poeta" ou, como diríamos nós, um "erudito". Dá continuamente a entender que gostaria de ser visto como "fundador de um Estado", como "legislador"[307]. Não sendo isso possível na realidade, quer construir um Estado pelo menos "em pensamento".[308] O sentimento de amarga resignação se expressa nas palavras que poderiam servir de lema à sua obra da velhice – as *Leis* – e que, nesse mesmo diálogo, ele faz o ateniense dizer aos outros dois velhos, quando põem-se todos eles a esboçar as leis para a comunidade a ser fundada: "Lancemo-nos pois, nós, velhos, a imitar feito rapazes. Criemos com palavras [i. e., em pensamento, apenas] as leis para a cidade"[309] – qual rapazes que somente brincam de legisladores, sem, na realidade, o serem. Assim é que, um tanto zombeteiramente, Platão compara todo esse esforço legislativo de suas *Leis* a um "jogo de damas, no qual a um lance segue-se outro"[310]. E, no entanto, já velho, Platão não perdeu a esperança de atuar politicamente. Consciente da distância entre o Estado ideal da *República* e as propostas contidas nas *Leis*, ele diz neste diálogo que aquele Estado serviria somente para os "deuses e os filhos destes", mas que o Estado "cujas bases agora lançamos, adquirindo vida, estará talvez mais próximo do direito à imortalidade e será o segundo em hierarquia"; e, misteriosamente, acrescenta: "o terceiro, com a graça de Deus, nós o colocaremos em prática futuramente"[311]. No último capítulo das *Leis* – a última coisa que Platão escreveu –, irrompem com violência elementar o anseio pela ação política e a convicção da convocação divina para ela. "Em razão de minha rica experiência e investigação minuciosa desse terreno", diz o ateniense sob cuja máscara oculta-se o próprio Platão, "estou pronto a colaborar fervorosamente, e espero contar ainda com outros ajudantes." Ao que Cleinias responde: "Sim, meu amigo, cumpre-nos impreterivelmente trilhar esse caminho, para o qual o próprio Deus parece se nos oferecer como guia". Pouco depois, Platão faz Mégilos – o segundo dos velhos com os quais o ateniense discute a fundação do Estado – explicar: "Meu caro Cleinias, depois de tudo o que se tratou aqui, terás ou de renunciar inteiramente à fundação de teu Estado, ou então de não deixar em paz este nosso amigo, procurando por todos os meios, pela súplica e por artifícios de toda sorte, torná-lo teu colaborador na fundação de teu Estado". E Cleinias: "Não poderias ter dito algo mais apropriado, meu caro Mégilos: assim agirei (...)"[312]. Por esse convite Platão esperou a vida inteira. Somente após a sua morte – com a publicação póstuma das *Leis* – essas palavras adentraram os ouvidos do mundo, antes surdos para elas.

De maneira não tão direta e franca como o velho já impaciente, que não mais dispõe de tempo para esperar, Platão revelou, na *República*, no ápice de seu poder criador, o anseio de sua alma. Ainda assim, fê-lo de maneira suficientemente clara para quem quisesse ouvir. Todo o portentoso esboço de uma Constituição ideal para o Estado nada mais é do que uma oferta desse grande e apaixonado coração no sentido de servir à pátria; servi-la *governando-a*. Afinal, nas repetidas vezes em que proclama que o verdadeiro Estado tem de ser governado pelos filósofos e que o "poder político e a filosofia devem tornar-se uma única coisa"[313], a filosofia que Platão tem em mente é apenas a sua própria, e nenhuma outra. Os filósofos que devem conduzir o governo no Estado ideal são formados exclusivamente na filosofia platônica. A meta de sua formação é o conhecimento da ideia do Bem, somente possível através da doutrina platônica das ideias. Esta, o cerne de toda a sua filosofia, Platão a desenvolve precisamente ao expor os diversos estágios na formação dos eleitos, daqueles que estão qualificados para o governo[314]. Na filosofia platônica, a própria formação é, fundamentalmente, a tarefa principal do Estado platônico. Os filósofos que governam o Estado ideal só podem ser filósofos platônicos; neles reina o espírito de Platão e, através deles, reina o próprio filósofo, satisfazendo assim – no plano do espírito – o seu desejo de poder.

Pondo-se a fundamentar sua reivindicação ao governo pelos filósofos, Platão precisa, primeiramente, combater o preconceito generalizado segundo o qual estes seriam pessoas nada práticas e politicamente incapazes – preconceito que lhe deve ter sido mais penoso do que a qualquer outro filósofo. E, após haver mostrado "que a culpa pela hostilidade da grande massa em relação à filosofia é dos estranhos que sem autorização nela se intrometeram"[315] – e que, portanto, as censuras habituais não se aplicam ao verdadeiro filósofo –, Platão tenta caracterizá-lo provisoriamente: seria aquele que, "na verdade, mantém o seu espírito voltado para o *que é*", "mergulhado inteiramente na contemplação de um bem ordenado reino de essências que permanecem sempre inteiramente idênticas a si próprias e não cometem injustiça nem a sofrem umas das outras, mas comportam-se, sem exceção, em conformidade com a ordem e a razão"[316]. É evidentemente o conhecimento do Ser verdadeiro e racional das ideias eternamente imutáveis – e, acima de tudo, da ideia do Bem – que faz o verdadeiro filósofo, vocacionado para o governo. É sua doutrina das ideias que, já aqui, Platão indica como a filosofia que se há de tornar "a deusa reinante no Estado"[317]. O verdadeiro filósofo fará, pois, tudo que puder para "imitar" as essências por ele divisadas e, "tanto quanto possível, configurar sua própria essência à sua semelhança". "Assim, quando for obrigado por algum poder a empregar sua força não apenas para efetivar no tocante à sua própria formação aquilo que divisou, mas também para implantá-lo na vida pessoal e política dos homens", ele será necessariamente o melhor mestre da "justiça e de toda a gama de virtudes cidadãs"[318]. E agora Platão, sem qualquer motivo, dá ao diálogo um curso que indubitavelmente revela considerar-se, ele próprio, como o verdadeiro filósofo, ao qual unicamente compete a condução do Estado. Ele faz Sócrates dizer: "Se, porém, as pessoas perceberem que estamos falando a verdade sobre ele [o verdadeiro filósofo], ainda detestarão os filósofos, recusando-se a acreditar quando afirmamos [Sócrates e os demais participantes do diálogo] que um Estado *jamais alcançará a bem-aventurança a não ser que tenha sido projetado por esses pintores, seguidores do modelo divino?*"[319]. Agora, pois, se declara como condição essencial para que um Estado se torne feliz não apenas a necessidade de que o verdadeiro filósofo alcance o poder, mas de que este tenha feito previamente um projeto desse Estado feliz. E, à pergunta de Adimanto acerca de "que natureza deve ter esse projeto", Sócrates retruca: "Primeiramente, eles pegam o Estado e a vida humana em suas mãos, conforme as peculiaridades de ambos, como se se tratasse de um quadro, e limpam-nos, então, o que não é nada fácil. Porque os filósofos – como dirás a ti mesmo – encontram-se já de início em franca oposição com o restante dos estadistas, visto que jamais desejarão ocupar-se do indivíduo, do Estado ou da legislação, se esse Estado não lhes for entregue nas mãos previamente limpo, ou se eles próprios já não o tiverem feito"³²⁰. Consequentemente, os filósofos irão, em primeiro lugar, "delinear o plano básico da Constituição do Estado". Ora, trata-se aqui do próprio Platão, que não deseja ocupar-se da política antes que o Estado tenha sido limpo; trata-se precisamente daquilo que Platão – ele próprio, o "pintor seguidor do modelo divino"! – pretende com a *República*: com base na percepção do parentesco entre a alma individual e o Estado, "delinear o plano básico da Constituição do Estado". E é somente a si próprio que ele pode ter em mente ao fazer Sócrates chegar à seguinte conclusão: não é lícito, pois, termos esperança de convencer a massa "de que tal pintor de Constituições estatais deve ser considerado aquele cuja louvação fizemos e por isso ela nos guarda rancor, por termos *querido entregar nas mãos dele* o *destino do Estado?*"³²¹. A naturalidade com que Platão pressupõe que tenha de ser unicamente a sua própria filosofia a alcançar o governo do Estado ideal e, portanto, ele mesmo o seu verdadeiro fundador e condutor revela-se também no fato de que somente a partir dessa premissa resolve-se uma série de contradições aparentes. É o que ocorre quando, por um lado, ele explica que apenas o verdadeiro Estado garante a formação de verdadeiros filósofos, mas, por outro, declara que esse verdadeiro Estado só se torna possível com a chegada dos verdadeiros filósofos ao poder³²². Isso só não foi para Platão um círculo lógico porque ele percebia o milagre do surgimento da verdadeira filosofia ainda antes do nascimento do verdadeiro Estado e fora de sua esfera de influência, bem como – segundo sua experiência mais primordial e própria – o nascimento da doutrina das ideias no interior do Estado ruim. *Que Platão se imagina a si próprio como fundador do Estado ideal, depreende-se claramente do que diz ele pela voz de Sócrates: "A nós, fundadores do Estado, cabe a tarefa de transformar num dever para as melhores cabeças a ocupação com aquela ciência que anteriormente declaramos a mais importante"³²³. Ele refere-se à dialética. Ninguém mais, além do próprio Platão, é capaz de preparar para o seu ofício os primeiros convocados a governar. É unicamente de Platão que eles podem aprender a lidar com a dialética, pois o que ele (próprio) diz a respeito dela em seus escritos, e particularmente na *República*, são indicações das quais não se pode extrair nada de definitivo. E quando Platão, na sequência, afirma: "Uma vez tendo eles [os melhores], após uma bem-sucedida ascensão [rumo à contemplação do Bem supremo], se familiarizado suficientemente com este, não mais haveremos de permitir-lhes (...) que se detenham permanentemente nessa contemplação" – esse "nós" só pode significar o próprio Platão, como governante supremo, ordenando aos seus escolhidos que retornem aos negócios do Estado. É certo que o Estado ideal não é expressamente apresentado como uma monarquia. Contudo, no livro IX da *República*, Platão afirma ser "claro como o sol que não há Estado mais bem-aventurado do que o Estado monárquico"[324]. E quem, senão o próprio Platão, poderia ser o primeiro rei?**

O problema básico do Estado ideal platônico, bem como de todo Estado ideal, é: como é possível a superação do Estado ruim do presente? Como é possível ao melhor, ao verdadeiro filósofo, chegar ao poder? Qual o caminho para a concretização do primeiro bom governo? E, mesmo tendo-se obtido êxito nesse primeiro passo, como que por milagre, como assegurar a permanência no poder sempre do melhor, do verdadeiro filósofo? Platão parece não enxergar todas essas dificuldades. Da condição essencial para a concretização e a preservação do Estado ideal – o melhor, o verdadeiro filósofo –, dessa ele está tão certo quanto só podemos estar certos de nós mesmos. Absolutamente característica, nesse sentido, é a maneira pela qual o filósofo trata a questão da concretização de seu Estado ideal. Não é uma questão que o preocupe em demasia. Vejamos um exemplo da ligeireza quase brincalhona com a qual, em vez de discuti-la seriamente, ele apenas toca nessa questão. Ao final do livro VII, Sócrates enfatiza que "aquilo que dissemos acerca do Estado e da Constituição não são meros desejos vãos. É certo que sua execução é difícil, mas, ainda assim, possível, de alguma maneira. E, aliás, unicamente da maneira que indicamos aqui, ou seja: quando filósofos, realmente, alcançarem o poder em um Estado, sejam eles vários ou só *um* (...)"[325]. E, à pergunta assaz casualmente lançada por Gláucon, acerca de como os verdadeiros filósofos poderiam dar origem a seu Estado, Sócrates responde:

"Enviando para o campo todos os cidadãos com mais de dez anos de idade e assumindo a guarda dos filhos destes, os quais, inteiramente afastados das presentes concepções morais respeitadas também por seus pais, serão educados de acordo com os princípios e leis dos filósofos, princípios e leis cuja peculiaridade descrevemos anteriormente. Assim, haveis de admiti-lo, concretizar-se-á mais rápida e facilmente o Estado e a Constituição que almejamos em nossas discussões (...)"[326].

E isso é tudo. Caso se tivesse forçosamente de supor que Platão considerava seriamente a possibilidade de concretização de seu Estado ideal, poder-se-ia então, com razão, questionar se o afastamento dos adultos seria de fato o método "mais rápido e fácil". Gláucon, entretanto, concorda com Sócrates afirmando ter ele exposto corretamente o modo de surgimento do Estado ideal, "se é que ele jamais se concretizará". Mas, concretizando-se, então ninguém mais poderia compor seu primeiro governo senão Platão e seus discípulos: seus primeiros súditos seriam crianças e seu governo, educação. Essa é, obviamente – ainda que não expressa –, a ideia que está por trás da fantasia estatal de Platão. Como, porém, prover tal governo de sucessores? É sabido que Platão divide a população de seu Estado em duas classes: de um lado, a massa de trabalhadores no campo e na indústria, de outro, um montante bem menor de guerreiros denominados "guardiões". É dessa classe de guerreiros, e pela via de uma seleção cuidadosa, que devem surgir os verdadeiros regentes, versados em filosofia, aos quais é concedida uma plenitude quase ilimitada de poderes. É evidente que, do ponto de vista da política real, tudo depende dessa seleção e, sobretudo, de *quem* há de fazê-la. Platão, no entanto, passa ao largo justamente desse ponto. Após ter explicado que os regentes devem ser "os mais aptos dentre os guardiões"[327], Sócrates afirma: "*Tem-se*, pois, de escolher dentre os guardiões os que, ao *nosso* olhar examinador, demonstrarem ser aqueles que, ao longo de toda a sua vida, executarão com total fervor sobretudo o que lhes parecer mais proveitoso ao Estado, não fazendo, sob circunstância alguma, o que não lhe for proveitoso". E, após a confirmação de Gláucon, de que essas seriam "as pessoas certas", acrescenta: "Na minha opinião, tem-se, pois, de observá-los ao longo de todas as fases de sua vida, a fim de verificar se são guardiões fiéis desse princípio (...)"[328]. Tem-"se" de escolher, tem-"se" de observar, mas, afinal, quem é esse "se"? Quem é esse anônimo que desempenha um papel tão grande, o papel *decisivo* em todos os planos de aperfeiçoamento do mundo e sob cuja máscara oculta-se sempre aquele de cujos coração e cérebro nasceu o plano para o aperfeiçoamento do mundo? É de seu olhar certeiro que depende o destino do Estado. O próprio Sócrates o denuncia, ao dizer que é ao "nosso olhar examinador" – ou seja, ao olhar de Platão e de seus discípulos – que "as pessoas certas" demonstram-se como tais.

O governo do Estado ideal está nas mãos da plena sabedoria. Ela, e somente ela, sabe acerca da justiça que determina as medidas que toma. Mas ela não pode se equivocar? Será absolutamente impossível que o regente máximo – e, de acordo com o pensamento de Platão, ter-se-á por certo de supor ser esse soberano um único, um monarca – perca o dom divino? Não precisa a Constituição precaver-se quanto a essa possibilidade? Precisamente na Constituição platônica, entretanto, isso é impossível, uma vez que, apenas o regente tendo a posse do saber supremo, só ele próprio poderia julgar se um ato de governo ter-se-ia afastado ou não da linha da justiça suprema. É sempre o mesmo círculo mau, o círculo vicioso do absoluto, do qual somente aquele que se julga no poder crê-se capaz de encontrar por si próprio, e apenas por si, a saída. Platão efetivamente conta com a possibilidade de que o governo do seu Estado ideal possa alguma vez se equivocar e de que, desse modo, venha a degenerar. Decerto, "dificilmente deixar-se-á ele tirar dos trilhos; no entanto, como tudo quanto nasce está também à mercê da ruína, tampouco tal Constituição existirá por toda a eternidade, mas estará sujeita à dissolução"[329]. O perigo da decadência, porém, somente se apresenta quando o governo não cuida de sua adequada multiplicação no seio da classe dominante, quando comete erros na seleção dos pares apropriados para sua própria reprodução. E é isso o que se verifica quando ele desconhece ou não mais conhece o número místico decisivo para o êxito da cópula: o número dos noivos de Platão. Como é possível, contudo, que tal fórmula permaneça oculta, se o próprio Platão a descreve no mesmo livro VII da *República*? Não sendo o regente do Estado ideal – embora consiga, seriamente, imaginar-se assim –, sendo, na realidade, apenas um escritor, nada mais lhe resta a fazer senão revelar o seu segredo. Ao fazê-lo, porém, ele se vinga da realidade cruel, na medida em que fala nesse número da felicidade de forma tão obscura que ele, afinal, permanece sendo um segredo, de modo que essa chave para o reino segue sendo sua propriedade exclusiva e somente ele, Platão, o verdadeiro regente.

Como um meio adequado para a consecução de determinados fins, ensina Platão, é permitido ao governo do Estado ideal servir-se de certas "mentiras sadias". Ele próprio, entretanto, não pode, sob circunstância alguma, ser enganado por seus súditos. Contudo, há uma mentira na qual o filósofo julga ser necessário que não apenas os súditos, mas também o governo, acreditem. "Que possibilidade" – pergunta Sócrates – "haveria de tornar crível de preferência aos governantes, ou, se não a estes, ao menos aos demais cidadãos, uma inverdade daquele tipo indispensável de que falávamos há pouco, ou seja, uma única e absolutamente bem-intencionada mentira?[330]" A pergunta usual – quem vigia os guardiões? – é aqui, muito significativamente, transformada em: quem mente para os mentirosos? Ora, esse alguém é o próprio Platão, que, apenas um escritor, nada mais pode fazer do que permitir a Sócrates que, ante a insistência de Gláucon, revele essa mentira[331]; e nem sequer percebe que, ao fazê-lo, frustra seu propósito, ou seja, torna impossível a concepção que tem do governo de seu Estado ideal: este deve ser enganado e, no entanto – se conhece a *República* de Platão –, não mais pode sê-lo! Isso pressupondo-se, é claro, que esse governo não seja o próprio Platão. Ele próprio é, porém, o regente máximo, superior ainda ao governo do Estado ideal: é aquele que mente para esse governo, e o único que não pode ser enganado.

Capítulo 22
A pretensão platônica pelo poder no Político *e nas* Leis

Platão é, ele próprio, o "regente monárquico" cujo ideal constrói no *Político*; é ele próprio esse estadista guiado apenas pela razão. Precisamente por isso tem ele – que, na realidade, é apenas um filósofo – de defender a tese paradoxal de que "o governo monárquico pertence à esfera das ciências"[332]. Quem só consegue legitimar sua pretensão ao poder sendo um filósofo tem de identificar o governo com a ciência; precisa estar convicto de que quem possui o saber correto é, já por isso, o governante correto, "independentemente de, no plano exterior, ocupar ou não na sociedade a posição de governante". De acordo com o que foi afirmado anteriormente, somente se pode chamar governante monárquico àquele que tem a posse da ciência monárquica, *não importando se ele realmente governa ou não*[333]. De forma idêntica, aliás, Platão chamou também tirano ao caráter dominado pelo Eros tirânico – ou seja, a si próprio, seu Eu mau –, ainda que não tenha sido obrigado pelo destino a "tornar-se um tirano".

No *Político*, ainda com muito maior nitidez do que na *República*, Platão defende o ponto de vista segundo o qual o melhor é que o governante monárquico verdadeiramente sábio governe sem ter qualquer lei estatal a restringi-lo, mas apenas em conformidade com seu juízo livre, guiado pela razão[334]. Também nas *Leis* o filósofo afirma: "Não há lei ou ordem que esteja acima da compreensão, e não é correto que a razão seja súdita ou escrava do que quer que seja, mas sim que reine sobre todas as coisas (...)"[335]. É fato que, aqui, de forma pessimista, Platão tem em mente a inexistência de pessoas – ou sua existência apenas em número bastante reduzido – capazes da compreensão racional, sendo melhor, portanto, que, no Estado, se deixe o governo às leis. No Estado ideal da *República*, porém, o filósofo pressupõe que o governo esteja nas mãos de pessoas possuidoras da mais elevada sabedoria.

O Estado ideal, aliás, segundo sua própria concepção, é precisamente aquele no qual os sábios governam. Na verdade, em sua apresentação desse Estado, Platão teria se limitado à questão pessoal, restringindo-se, no mais, a destacar que o mais apto, tendo de alguma forma chegado ao poder, haveria de governar segundo o seu juízo livre, e, aliás, agindo individualmente, apenas mediante decisões concernentes aos casos concretos. Se, em franca contradição com isso, Platão restringiu o juízo livre dos futuros regentes por meio de toda uma gama de determinações versando sobre a organização do Estado ideal e, ao fazê-lo, nem sequer percebeu essa contradição (entre seu postulado do juízo inteiramente livre do governo, não limitado por quaisquer leis, e todo o conteúdo restante da *República*), isso ocorreu unicamente porque ele via-se a si próprio como o legislador-mor, não percebendo como "leis" os preceitos oriundos de sua fantasia política; estes, naturalmente, nada mais podem ser do que normas gerais – ainda que tampouco lhes caiba qualquer validade positiva –, uma vez que, afinal, Platão, o filósofo, não dispõe de outro modo de expressar seu querer político, de fazê-lo atuar, senão através de tais leis "platônicas".

Mais do que seu conhecimento filosófico, foi esse querer político que lhe serviu de ponte entre o Eu e o Tu. Platão viu os homens não tanto como objeto da ciência que busca entender, mas, antes, como objeto da dominação, tanto assim que tomou em consideração apenas o "homem-massa". Em duas passagens das *Leis* aparece uma comparação que é significativa – nesse sentido e em muitos outros –, lançando uma luz, qual um raio, sobre o posicionamento de Platão em relação a Deus e aos homens. O homem, diz ele, seria, no fundo, nada mais do que um "títere nas mãos de Deus" – se, talvez, apenas um "brinquedo", o filósofo não saberia dizer[336]. Nós, porém, vemos claramente que, assim como Deus pode brincar com seu boneco desprovido de vontade, puxando-lhe os invisíveis fios, assim também o filósofo e soberano próximo de Deus, repleto de sabedoria divina e possuidor único e exclusivo do saber acerca da justiça (o sábio real, segundo a concepção de Platão, que, no entanto, não a expressa diretamente), pode e deve conduzir os homens a ele sujeitos e incondicionalmente obedientes. Estes são para Platão apenas o material para seu impulso de criação pedagógica e política. Falta-lhe inteiramente a sensibilidade para algo como a personalidade livre, enquanto uma lei de validade universal. Não se pode contornar o fato de que, na *República*, Platão trate os homens feito escravos, tomar como um Estado ideal as galeras às quais ele os agrilhoa. E, precisamente nesse ponto, não há absolutamente diferença entre as *Leis* e a *República*. A ordem no "segundo melhor" Estado é, de fato, algo diversa, mas a pressão que ela exerce, a intensidade da dominação, é igualmente grande. Essa hipertrofia da vontade de dominação, esse excesso de autoridade fluindo de um sentimento exagerado da infalibilidade do Estado, essa impiedosa repressão de todo e qualquer movimento oposicionista manifesta-se da forma menos simpática justamente na obra que o filósofo escreveu na velhice. Não é apenas a crueldade em si das penas ali sugeridas que repugna, mas mais ainda o terror sem paralelo, particularmente na esfera religiosa. Vê-se aí claramente a manifestação daquele caráter tirânico que Platão, com cada vez maior intensidade, sentiu como o diabo alojado em seu próprio coração[337].

Capítulo 23
A aventura siracusana

Não é apenas a obra de Platão que nos revela sua paixão política, mas igualmente a sua vida. Esta mantém-se na sombra de uma empreitada política que durou desde quando Platão, com aproximadamente quarenta anos de idade, fez sua primeira viagem à Sicília, até quase sua morte em Atenas, e que lhe obscureceu a velhice. Trata-se da tentativa de Platão de conquistar para suas ideias o tirano de Siracusa, Dionísio II; uma tentativa que envolveu a Academia platônica, ou pelo menos alguns de seus membros mais proeminentes, numa sangrenta guerra civil cujo desenrolar destroçou o grande império siciliano fundado por Dionísio I (um dos mais vigorosos Estados que a civilização helenística produziu e, talvez, seu derradeiro bastião de poder no mundo antigo), sem, no entanto, cobrir propriamente de honras o nome da Academia.

Após a morte de Sócrates e uma passageira estadia em Mégara, Platão partira para uma viagem maior à qual provavelmente o estimularam antes interesses políticos e não científicos. É possível que essa viagem o tenha levado até o Egito; é certo, entretanto, que ela o conduziu à Baixa-Itália, onde travou contato mais íntimo com as organizações político-religiosas da liga pitagórica e, particularmente, com um de seus mais eminentes líderes: Arquitas de Tarento. As tendências antidemocráticas, manifestamente aristocráticas dos pitagóricos, correspondiam inteiramente às concepções políticas que, à época da restauração da democracia, haviam colocado Platão em oposição à sua cidade natal. Decerto te-lo-ão atraído vivamente também os elementos órfico-místicos da doutrina pitagórica. Da Baixa-Itália Platão partira para Siracusa – a capital do império siciliano e sede do tirano Dionísio –, supostamente motivado pelos pitagóricos, que tinham ali contatos políticos. Em Siracusa, ele tinha conhecido um jovem parente do soberano, Díon, por quem se apaixonou fervorosamente. Um poema de Platão que chegou até nós, sobre a morte de seu amado e escrito já na velhice, quando tinha mais de setenta anos, contém esta significativa passagem: "Díon, para quem amor tão delirante moveu meu coração". Foi Díon quem trouxe Platão à corte de Dionísio. E, em seu amor pelo belo jovem, Platão "gerou" – para empregarmos aqui a linguagem do *Banquete* – a tão fatídica ideia, para ele, de concretizar em Siracusa o seu ideal político: a ideia de fazer do tirano um governante monárquico. O tirano, porém, nem sequer permitiu que Platão dele se aproximasse, logo afastando de si o importuno filósofo, e, aliás, de forma nada branda. Conta-se mesmo que, através do embaixador espartano, Dionísio teria mandado vender Platão a Egina como escravo, do que ele só teria escapado por acaso: porque um certo Aniqueris de Cirene teria comprado a sua liberdade no mercado[338].

A despeito desse insucesso, o então já sexagenário Platão atendeu a um novo convite para ir a Siracusa, convite que Díon, após a morte de Dionísio I, conseguira junto ao filho e sucessor do tirano, Dionísio II. Tampouco dessa vez foi poupado de uma decepção. Entre o jovem soberano e seu cunhado Díon explodiu um conflito motivado pelo anseio deste último – real ou produto apenas da suspeita de Dionísio – de tomar o poder para si. Seja como for, os acontecimentos que se seguiram confirmaram a suspeita de Dionísio II. Mal completados três meses desde a chegada de Platão, seu amigo foi mandado para o exílio. Com isso, acabava aí o sonho de Platão. Sua intenção parece ter sido estimular Dionísio à implantação de uma espécie de monarquia constitucional e à restauração das cidades gregas em parte aniquiladas e em parte povoadas com mercenários – ou seja, bárbaros – demitidos por seu pai. É possível ainda que Platão tenha recebido a incumbência de elaborar Constituições para as comunidades a serem restauradas[339]. Esse trabalho, no entanto, não produziu qualquer resultado concreto, e Platão, o que é compreensível, não conseguiu exercer qualquer influência sobre o tirano. Isso ele próprio declara enfaticamente em sua *Carta III*. Díon partira para Atenas e lá viveu na mais estreita amizade com Platão e seus discípulos, no seio da Academia. Todavia, também as relações entre Platão e Dionísio conservaram-se, ainda que apenas muito superficialmente. O filósofo prestou pequenos serviços ao tirano. Baseado em certas declarações contidas na *Carta XIII*, Eduard Meyer acredita poder supor que "Dionísio colocou-lhe à disposição o seu amparo no tocante a impostos e outras despesas, empregando-o como homem de confiança nas negociações com Díon e em outros assuntos diplomáticos"[340]. Embora Platão não tenha conseguido levar Dionísio a uma revogação do banimento de Díon e à devolução dos bens que lhe haviam sido confiscados, o filósofo então, incompreensivelmente, aceitou um novo convite do tirano para ir a Siracusa, com o qual Dionísio evidentemente não almejava senão assegurar para si, na figura do famoso filósofo e amigo assaz íntimo do temido Díon, um refém capaz de manter este último afastado de empreitadas contra o cunhado. Se Platão, após muito hesitar, decidiu-se a dar esse passo com o intuito de empreender ainda uma última tentativa de convencer Dionísio a reconciliar-se com Díon e, assim, conquistá-lo para a verdadeira filosofia – conforme ele próprio afirma[341] –, o que isso revela é uma ingenuidade do grande filósofo, superior à habitual. Se é lícito tomar por autêntica a *Carta III* de Platão, tem-se aí um quadro quase comovente: de um lado, o jovem tirano, num ambiente feito de sangue e brutalidade, com ambos os pés fincados no terreno da vida concreta e impiedosa, agarrando-se avidamente a essa vida repleta de toda sorte de prazeres; de outro, a flutuar apenas em puro espírito, um velho pensador que, segundo um plano educacional doutrinário, gostaria de transformar o jovem libertino num rei nobre e sábio; e que – consciente da enorme responsabilidade e desejoso de proceder escrupulosamente – crê dever começar por ministrar-lhe aulas de geometria! No momento da despedida, descrito por Platão, isso rendeu-lhe não apenas o sarcasmo de Dionísio, como também, ainda por cima, a censura de que o próprio filósofo teria impedido o tirano de repovoar as cidades gregas destruídas. Somente com muito esforço Platão, já aos 66 anos de idade, escapou da hospitalidade do tirano, que era mal dissimulada prisão. Ainda assim, "separaram-se de forma aparentemente amigável"[342]. Tendo retornado Platão a Atenas, Díon tratava assaz abertamente dos preparativos para a derrubada de Dionísio II. Platão fala a respeito em sua *Carta VII*: "Ao saber disso, não o proibí de conquistar para sua empreitada os nossos amigos, caso estes desejassem dela participar". Ele próprio, porém, disse o filósofo a Díon, não poderia intentar algo contra seu antigo anfitrião. "Ademais, realmente já não estou mais na idade de auxiliar quem quer que seja numa empreitada bélica (...). Enquanto tramardes algo de ruim, eu disse, é melhor que procureis outras pessoas, porque bastavam-me já as minhas aventuras e insucessos na Sicília.[343]" Essa atitude de Platão, que não rompera formalmente com Dionísio II e deste aceitara por algum tempo apoio material, é bastante notável e, de fato, tampouco rendeu-lhe censuras injustificadas da parte daquele[344]. Deu-se, assim, a insurreição em Siracusa liderada por Díon, e, aliás – uma vez que Platão não o impediu –, com o franco apoio de proeminentes membros da Academia, em particular o de Spêusipo, sobrinho de Platão e seu sucessor na direção da escola. Foi quase uma campanha da própria Academia, que culminou com o assassinato de Díon (que conseguira desalojar Dionísio e alçar-se à condição de tirano) por seu amigo, o ateniense Calipos. Talvez o assassino não fosse – ao contrário do que afirma Atênaios[345] – membro mais íntimo da Academia, mas pertenceu, como discípulo de Platão, ao seu círculo mais amplo. Após um breve governo, Calipos sofreu das mãos de um companheiro de luta o mesmo destino que reservara a Díon.

A moderna descrição da história tende a atribuir à empreitada de Díon contra Dionísio II somente propósitos ideais[346]. E o faz antes confiando no julgamento de Platão do que com base nas circunstâncias externas, que revelam Díon, sobretudo após a conquista do poder, como o típico tirano. Ele mandou matar seu rival Heracleides e, no restante de seu governo, não recuou ante execuções e confiscos de bens. Até mesmo Eduard Meyer, em geral bastante benevolente no julgamento de Díon, é forçado a reconhecer: "Exteriormente, o rei ideal em nada mais se diferenciava do desprezível tirano"[347]. Em face dos fatos históricos, porém, será difícil simplesmente aceitar sem qualquer crítica a defesa de Díon feita por Platão na *Carta VII* – e esta, em seu segmento final, nada mais é do que uma apologia do amigo amado. Contradiz frontalmente os fatos a afirmativa de Platão de que aquele que é senhor de si mesmo somente terá em vista o poder almejando "uma Constituição efetiva e o estabelecimento de leis verdadeiramente boas e justas", "o que se realiza sem quaisquer *assassinatos ou mortes. E foi isso o que Díon fez*: a conduzir-se injustamente preferia ele próprio sofrer injustiça". Entretanto, nessa sua tentativa de apresentar Díon como a concretização de seu ideal moral, para não se contrapor em demasia aos fatos, teve de, assaz cabisbaixo, acrescentar: "Mas cuidou igualmente para que não tivesse de sofrer tal injustiça"[348]. Platão não é um juiz imparcial de seu amado, que o envolveu – a ele, o filósofo alheio ao mundo e, a despeito de todo seu anseio pelo poder e pela dominação, desamparado e ingênuo diante do poder e da dominação reais – numa aventura que mais se assemelha a um trágico quixotismo. Em seu Díon, o Eros de Platão fez-se-lhe também destino.

Segundo livro
A verdade platônica

Primeira parte
A CIÊNCIA

Capítulo 24
A Academia e seu caráter político

O papel que, com a tolerância tácita de Platão, a Academia desempenhou na sangrenta empreitada de Díon não é a única razão para que não se veja nela absolutamente aquela escola da sabedoria, aquele lugar calmo, distante do burburinho do mundo e dedicado ao cultivo da pura ciência, pelo qual tão longamente foi tomada. Essa Academia, que Platão fundara logo após seu retorno da primeira viagem à Sicília, e que se comprazia com a clientela especialmente dos círculos aristocráticos, não é – como demonstrou Howald num primoroso estudo[1] – uma escola de eruditos, mas um conventículo formado segundo os moldes das comunidades pitagóricas, uma coletividade baseada na religião e no Eros platônicos. O que hoje se vê com muito maior clareza é particularmente a função política da Academia, seu caráter de instituição preparatória para o ofício de estadista[2]; foram suas tendências decididamente antidemocráticas e aristocráticas que fizeram dela um centro de tentativas reacionárias. Ela não era apenas um centro de formação de políticos conservadores, mas também fonte de ações político-estatais[3]. Isso corresponde inteiramente à atitude espiritual basilar de Platão, segundo a qual a escola era um sucedâneo para a política e, ao mesmo tempo, o virtual embrião de seu Estado verdadeiro. "Assim como Platão aguardou sempre o 'momento propício para a ação'" – observa acertadamente Paul Friedländer –, "até que finalmente compreendeu que somente o governante filósofo ou o filósofo governante poderia trazer a salvação, assim também – há que se deduzir – sua Academia tinha em mente o Estado e, por assim dizer, aguardava o momento de poder tornar-se ela própria o centro de um Estado ideal concretizado.[4]" Com a meta política à qual, em última instância, servia a Academia, com o ideal platônico do valor absoluto por ela contraposto ao relativismo valorativo da democracia, está intimamente relacionado o caráter místico-religioso de seu espírito, em razão do qual descreveram-na categoricamente como uma "seita mística"[5] ou "metafísica"[6]. Cabe a Howald o mérito de haver ressaltado enfaticamente essa tendência, que se evidencia especialmente nos escritos da Academia posteriores à morte de Platão. Eles tinham pouco de ciência natural ou matemática; em compensação, sobravam-lhes raciocínios ético-políticos ligados à mística pitagórica dos números[7].

Capítulo 25
Platão e a "ciência rigorosa"

Seguramente, essa orientação espiritual da Academia admite conclusões que remetem de volta à atitude do próprio Platão, ao menos durante seus últimos anos de vida. Que por essa época, a época de sua aventura siracusana, ele tenha se afastado bastante da pura ciência, é já em si e por si provável, e a ideia de que sua meta fosse a fundação da "ciência rigorosa" é certamente uma fábula, ao menos no tocante ao Platão já idoso[8]. Mesmo no Platão mais jovem, porém, procurar-se-á em vão aquilo que hoje costumamos chamar ciência exata. Antes de mais nada, não se acha ali qualquer sinal de ciência natural, que justamente à sua época, na qual se desenvolveu a teoria atomística de Leucipo e Demócrito, atingiu um de seus pontos altos. Assim como já ocorrera com Sócrates, Platão não tinha qualquer inclinação pela natureza e, por isso, nenhum interesse mais profundo pela realidade. Por certo, caracteriza também o próprio Platão a resposta que Sócrates dá a Fedro no diálogo homônimo, quando este o convida para um passeio ao ar livre e faz um pequeno gracejo acerca do "estrangeiro excêntrico" que jamais ultrapassa os muros da cidade: "As árvores do campo nada têm a me ensinar; somente os homens da cidade", afirma Sócrates[9]. Mas tampouco a realidade nua e crua dos "homens da cidade" interessava a Platão: interessava-o sua virtude, o ideal moral. Ele era, afinal, discípulo de Sócrates e, por isso, seus interesses espirituais limitavam-se inteiramente à esfera do ético. Contudo, a especulação ética de Sócrates tinha ao menos um caráter racional, se não em função de suas metas transcendentais, decerto no tocante ao método. Como Sócrates apenas perguntava e investigava, sem jamais fornecer uma resposta definitiva, dele tomou-se em consideração única e exclusivamente o método. Este, no entanto, como uma dialética puramente lógica, era sofístico de alto a baixo. Platão, contudo, emancipou-se do pseudorracionalismo socrático logo após a morte do mestre. Os laços interiores que estabeleceu com os pitagóricos durante sua primeira viagem à Sicília empurraram-no cada vez mais profundamente para sua atmosfera místico-metafísica. Ela correspondia muito mais à sua natureza original do que o método socrático, que ameaçava desviá-lo de suas fontes primordiais de energia[10]. Um homem feito tão manifestamente de sentimento e de vontade, como Platão, não podia encontrar satisfação durável na esfera do racional. Os dois grandes diálogos que, presume-se, ele concluiu após seu retorno, o *Górgias* e o *Mênon*, testemunham a transformação que nele se processou. Particularmente a segunda dessas obras é uma aniquilação inequívoca do pseudorracionalismo socrático. Também contra a sofística Platão não se voltou desde o início. Foi somente após ter se libertado do encanto socrático e encontrado o caminho de volta para si mesmo que ele se transformou no apaixonado adversário dos iluministas, hostis à religião e à metafísica, que precisamente nessa oposição a Platão eram os representantes da ciência especializada[11]. Decerto também nessas áreas foi considerável a contribuição de Platão; mas os resultados obtidos aí são, por assim dizer, apenas subprodutos de um procedimento que servia a propósitos que não os do conhecimento científico-especializado. Quando, na educação dos membros da classe dominante de seu Estado ideal[12], Platão dá ênfase particular à matemática, certamente não o faz porque vê nessa disciplina a base da ciência exata. "Cumpre-nos, pois, tornar obrigatório por lei o ensino dessa disciplina e instigar aqueles que, futuramente, deverão ocupar altos postos de poder no Estado, dedicando-se ao cálculo e estudando-o, não simplesmente como fazem os leigos, mas até que, pelo puro trabalho da razão, alcancem a visão da verdadeira natureza dos números." O que, porém, Platão entende por "verdadeira natureza dos números" nada tem a ver com qualquer teoria científica. Isso se conclui claramente daquelas passagens nas quais ele próprio faz uso da "natureza dos números". No livro VIII da *República*[13], Platão fala da possibilidade de uma dissolução do Estado ideal, apresentando então, como causa dessa dissolução, que os regentes desconheçam ou não mais conheçam um determinado número. Este é um dos dois números que ele aí distingue. Um deles é o "número perfeito", correspondendo à revolução daquilo que foi "criado por Deus"; o outro corresponde ao que foi "criado pelo homem". Este é o assim chamado número platônico. Do "número perfeito", Platão nada mais diz nessa passsagem. Contudo, fornece instruções extremamente obscuras para o cálculo do segundo número, o número platônico[14]. Em seguida, lê-se: "É todo esse número geométrico que comanda os melhores e os piores nascimentos. Se os guardiões não o conhecem, juntarão os jovens às noivas na época errada, fazendo que seus filhos não sejam nem de boa índole, nem felizes". O resultado insuficiente da reprodução no interior da classe dominante conduz à dissolução do Estado. De que forma, porém, podem os regentes aplicar o número platônico na regulação da geração de crianças, ou qual o vínculo que esse número tem com a qualidade das crianças geradas sob a sua regência, isso é absolutamente incompreensível. A concepção sobre a qual se assenta esse número é claramente de natureza puramente mística, para não dizer mágica. A matemática, cujo estudo conduz "à visão da verdadeira natureza" desse número, é a mística pitagórica dos números. Somente com base nessa mística Platão pode intentar seriamente determinar "matematicamente" a distância que separa o homem justo do injusto. No livro IX da *República*[15], ele afirma que o homem justo – cujo representante, nesse contexto, apresenta como sendo o rei – "vive 729 vezes mais feliz" do que o homem injusto, cujo protótipo é, aqui, o tirano. Seria errôneo tomar por matemático, em qualquer dos sentidos da palavra, o cálculo aqui efetuado por Platão. De um ponto de vista matemático, suas explicações revelam-se inteiramente desprovidas de sentido. "Sócrates: Resulta, portanto, que o espectro do prazer do tirano seria, então, uma superfície formada segundo a medida do seu comprimento (...) Toma-se agora a raiz (dessa superfície) e eleva-se à terceira potência (multiplicação), e temos, evidentemente, o montante da distância (...) Quando, portanto, inversamente, deseja-se precisar o montante da distância que separa o rei do tirano, no tocante à autenticidade do prazer, obter-se-á, efetuando a multiplicação, que ele vive 729 vezes mais feliz, e o tirano, por sua vez, mais infeliz nessa mesma proporção." "Gláucon: Banhaste-nos como em uma torrente com tão maravilhoso cálculo da distância entre os dois homens, o justo e o injusto, no tocante ao prazer e à dor. – Sócrates: E trata-se de fato de um número verdadeiro e apropriado às suas vidas, se os dias, as noites, os meses e os anos guardam com ele proporção correta.[16]" Se tudo isso não é mistificação consciente, então os números e as figuras geométricas significariam para Platão algo diferente do que simples números e figuras geométricas: teriam um sentido secreto somente acessível ao místico pela via irracional[17]. Isso fica evidente pela maneira como, no *Timeu*, Platão emprega a geometria[18]. Ali, ele parte do princípio de que existem cinco poliedros regulares: o cubo, o tetraedro, o octaedro, o icosaedro e o dodecaedro. Essas cinco formas geométricas são, então, equiparadas aos elementos. Platão, porém, supõe existirem apenas quatro elementos: o fogo, a água, o ar e a terra. Ao cubo corresponde a terra; ao tetraedro, o fogo; ao octaedro, o ar; ao icosaedro, a água. O que, então, corresponde ao quinto poliedro? Este, Deus empregou-o "para o universo", "ao qual ele deveria servir de modelo"[19]. Se de fato possui algum sentido, essa relação entre as figuras geométricas e os elementos, bem como sua relação com o universo como um todo, só pode ter um caráter místico. Howald acredita que tudo isso não passaria de uma brincadeira[20]. Contudo, não é isso o que se depreende da exposição dessa geometria no *Timeu*. Platão a expõe pela voz de um verdadeiro erudito, Timeu, o qual, já de início, roga aos deuses para que seu discurso "esteja em perfeita consonância com o seu pensar"[21] e diz ainda a seu respeito tratar-se de uma contemplação que se "atém ao verossímil (εἰκότα λόγον), ligado ao necessário; quanto aos primórdios ainda mais longínquos, conhecem-nos apenas Deus e aqueles dentre os homens que lhe são particularmente caros"[22]. Em tal exposição não há lugar para o chiste. De acordo com Platão, os elementos podem transformar-se uns nos outros. Seu detalhamento dessa afirmação, visando, também nesse aspecto, conservar a relação entre os elementos e os poliedros, é "tão grotesco que soa incompreensível como se pôde alguma vez levar a sério tais coisas" – conforme observa Howald[23]. Tratar-se-ia, pois, apenas de um εἰκὼς λόγος, como diz Platão. Nesse contexto, porém, isso só pode significar que a exposição pretende-se apenas verossímil, uma vez que, afinal, está relacionada ao mundo da percepção sensível, e não ao Ser transcendente: trata-se, assim, de uma contemplação que deseja alcançar um esclarecimento, acerca da natureza, compatível com a verossimilhança (εἰκότι λόγῳ)[24]. Howald aproxima-se muito mais da questão central ao notar, bastante genericamente, que a fundamentação matemática das ciências naturais por Platão não é "ciência, mas misticismo"[25]. Platão, entretanto, leva muito a sério esse misticismo. Ele é o dom raro daqueles que "são particularmente caros a Deus".

Não é diferente o que ocorre com a geografia de Platão, conforme se apresenta no *Fédon* e no *Timeu*. Aí, a imagem da terra não é concebida segundo a ciência natural, sendo sua descrição apenas um meio de expor a ética platônica; os diversos espaços cósmicos que ele retrata compõem apenas o cenário para o seu grandioso drama sobre a paga, no qual a alma platônica faz as vezes de herói sofredor e triunfante. Em última instância, tampouco a psicologia de Platão – a despeito de toda a gama de observações acertadas e descobertas profundas que oferece – é uma ciência, mas, antes, uma religião da alma humana. Ela tem um caráter ético-político e, sobretudo, um caráter teológico, mas pouquíssimo de ciência natural. Mesmo os escritos platônicos sobre o Estado oferecem-nos tudo, menos uma ciência do Estado, ao contrário do que ocorre, por exemplo, na *Política* de Aristóteles, bastante próxima da concepção moderna de ciência. Isso se aplica sobretudo à *República*, mas não menos ao *Político* e às *Leis*. Em todos esses diálogos, o que importa a Platão não é, de forma alguma, apreender e explicar a realidade social, mas encontrar a norma de validade absoluta segundo a qual avaliá-la.

A obra de Platão que mais apresenta elementos da ciência natural é o *Timeu*. Visto mais de perto, porém, ele se evidencia um fantástico mito da criação, voltado antes para metas ético-religiosas do que para a realidade da natureza. Cumpre a Timeu – "como o mais bem formado astrônomo dentre nós, bem como o mais profundo conhecedor da natureza do universo" – descrever a criação do mundo e o surgimento dos homens. Ele principia – e nada caracteriza melhor o espírito dessa ciência natural – com a já mencionada invocação à divindade: "Prestes a falarmos sobre o universo, sobre como ele se fez ou não se fez, cumpre-nos impreterivelmente, se não nos falta todo o entendimento, rogar aos deuses e deusas que nos auxiliem nessa empreitada, a fim de que nossa exposição esteja, acima de tudo, em perfeita consonância com o seu pensar, além de em concordância consigo mesma"[26]. Na verdade, cumpre conhecer aqui não a realidade da natureza, mas a divindade – ou seja, o Bem –, visto que o único objeto digno, ou mesmo o único objeto possível do verdadeiro conhecimento, é o Ser eterno daquilo que é divinamente Bom. O que importa a essa exposição da criação do mundo presente no *Timeu* é a crença – e assim a formula o próprio Platão – de que o "escultor do mundo, o pai do universo" é bom, "repleto de bondade"; de que "Deus quis que tudo fosse o melhor possível e que nada fosse ruim", e de que, portanto, o mundo por ele configurado é "o mais belo de tudo quanto se fez"[27]. O próprio cosmos formado pelo demiurgo divino é um "Deus bem-aventurado"[28], assim como deuses são também a terra e todos os demais corpos celestes. Como, no entanto, um eticista religioso como Platão não pode ir tão longe a ponto de afirmar que também o homem, essa porção deveras essencial da criação, é bom e é um Deus – uma vez que nele se manifesta o Mal que há no mundo –, coloca-se, no âmbito dessa cosmologia, a questão da teodiceia. Nada é mais característico do que o modo pelo qual Platão tenta resolver essa questão no *Timeu*. Após ter formado as almas humanas, o "escultor e pai do universo", o mestre de infinita bondade, as transplanta em parte para a terra, em parte para outros corpos celestes. Por quê? "Para isentar-se a si próprio de qualquer culpa por sua futura ruindade." Todavia, a conformação do corpo pertinente a essas almas – que é, afinal, a sede do Mal – é tarefa que o Deus supremo delega aos "deuses mais jovens": "eles é que deveriam conformar os corpos mortais". É seu dever "preparar os caminhos para a criatura humana tão bem e tão acertadamente quanto possível, de modo que o demiurgo não fosse ele próprio culpado por sua infelicidade"[29]. Não é lícito atribuir à divindade suprema o Mal que há no mundo! A cosmologia do *Timeu* é, na verdade, uma teogonia que inclui a teodiceia. É, compreensível, portanto, que Platão enfatize não ser capaz essa ciência da natureza – i.e., a "observação do devir" – de alcançar a plena verdade, mas apenas o verossímil, sendo pois – comparada ao conhecimento do Ser absoluto – um mero e permissível passatempo, "propiciando o descanso do verdadeiro trabalho da mente em busca daquilo que eternamente é"[30].

Capítulo 26
A ciência natural em Platão

A posição assumida por Platão com respeito à ciência natural, isto é, àquela observação da natureza que é somente o que hoje tomamos por ciência, pode-se perceber pela ordenação hierárquica das ciências sugerida em uma das passagens mais significativas da *República*[31]. Ele afirma, aí, que as ciências naturais matemáticas, ainda vinculadas à experiência sensível, estão para a dialética – liberta de toda experiência e voltada para o conhecimento do Bem como Ser verdadeiro – tal qual a mera imagem especular das coisas está para as coisas em si. É um papel extremamente secundário que ele reserva à ciência natural, comparado ao da pura especulação conceitual da dialética, situada acima de todas as coisas, e que, como um pensar situado além da experiência, só é possível como especulação sobre o Bem e o Mal. Com razão constata Th. Gomperz: "A disposição espiritual que emana dessa primazia da dialética, predominante nessa e noutras passagens, é quase oposta àquela da ciência moderna. Tudo que é dado pela experiência constitui, para Platão, um obstáculo e uma barreira a ser rompida (...)"[32]. Por isso, não podemos nos deixar iludir pelo fato de Platão, na educação de seus filósofos, reservar um lugar de destaque a certas ciências naturais – particularmente à astronomia. Porque essa astronomia se pretende algo muito distinto da assim chamada ciência, tanto a da nossa como a da sua época. Não se trata, explica, de erguer os olhos físicos rumo ao céu: os astrônomos que assim procedem estão, na verdade, dirigindo para baixo o seu olhar; somente quem se ocupa "do que é e do invisível" está verdadeiramente olhando para cima. Pois como os astros "apresentam-se já formados no visível, é forçoso que se encontrem muito longe da verdade", pois não pode haver qualquer ciência verdadeira do visível, do sensível. Como se há, pois, "de configurar o ensino da astronomia de maneira oposta à que ele exibe no presente"? "Deve-se utilizar esse celestial tapete estelar apenas como um repositório de exemplos, a fim de adquirir-se, desse modo, a percepção daquela esfera mais elevada (...)" (A do Ser eterno da ideia ou do divinamente Bom.) "Nossa ocupação com a astronomia tem, portanto, a vantagem – como foi o caso também com a geometria – de nos proporcionar exercícios; não nos ocupemos mais do céu estrelado, se, com o verdadeiro estudo da astronomia, tencionamos tornar útil, em vez de inútil, a porção naturalmente racional da alma.[33]" O céu estrelado – isto é, os objetos perceptíveis pelos sentidos, o único objeto possível da ciência natural real – importa apenas como exemplo do imperecível, e tudo quanto perece, unicamente como metáfora desse mesmo imperecível. Na melhor das hipóteses, podemos nos servir desse céu apenas como uma muleta para alcançarmos o eterno, que é o Bem. Mas precisamos também nos esforçar para atingir a meta sem o auxílio dessa muleta. Na porção decisiva do caminho, ela é apenas um empecilho. Com aquilo que tomamos como objeto da ciência – o céu estrelado –, Platão "não mais deseja ocupar-se".

No *Timeu*[34] lê-se que Deus conferiu ao universo, como um ente provido de corpo e alma, uma forma esférica e um "movimento inteiramente uniforme": fê-lo "girar em círculos" sobre seu próprio eixo. Ao final da exposição sobre o devir do universo[35], Platão afirma pela voz de Timeu: "Cabe pois a todos, sem exceção, cuidar para que cada parte tenha o alimento e o movimento que lhe são próprios. Contudo, os movimentos que, em nós, são análogos ao divino mostram as atuações do pensamento e revoluções do universo. Assim, cada um de nós tem de segui-las e, pela investigação das harmonias e revoluções do universo, conferir às revoluções em nossa cabeça – que sofreram danos já quando do nascimento – a sua forma correta, ajustando assim, em conformidade com a natureza original, o que observa ao que é observado, para que, desse modo, sejamos coroados com aquela vida apresentada aos homens pelos deuses como a melhor, tanto para o presente quanto para o futuro". A doutrina das "revoluções do universo" culmina na proclamação de um dever dos homens: o dever de "seguir" tais revoluções e de, para esse fim, "investigá-las". O resultado, a meta dessa investigação que descortina o verdadeiro significado das "revoluções do universo", é o moralmente Bom. Como o conhecimento só é possível quando o sujeito do conhecimento é idêntico ao seu objeto, é preciso que "aquele que observa se ajuste ao que é observado". Somente o Bem pode conhecer o Bem. Ajustando-se as "revoluções" em nossa cabeça àquelas do universo, as primeiras adquirem sua "forma correta". Isso significa, no entanto, que a "investigação" das "revoluções do universo" conduz à vida moralmente boa, à vida que foi prescrita "aos homens pelos deuses como a melhor". As revoluções do universo nada têm a ver com aquele seu movimento que a ciência astronômica procura investigar. Essas revoluções platônicas do universo são os símbolos místicos de uma ética metafísica[36].

O espírito da astronomia platônica mostra-se claramente também nas *Leis*. Platão fala aí da necessidade de se conceber os astros como animados, ou seja, como deuses, contrapondo essa concepção a uma outra teoria, evidentemente sofística, que descreve da seguinte maneira: "Todo esse exército de estrelas que se move no céu, de forma visível a seus olhos, seria – assim pensam eles – apenas uma massa de pedras, terra e muitas outras substâncias inanimadas atuando determinantemente, e em todos os sentidos, sobre a totalidade do universo. Foi isso o que, outrora, gerou um tão forte impulso para a negação de Deus, e uma tão categórica aversão pelo estudo de coisas tão sutis"[37]. Uma ciência da natureza somente é cogitada por Platão enquanto ciência dos deuses, ou, do contrário, nem sequer o é. Quão estranho lhe era o conhecimento da natureza – a ele, que foi contemporâneo dos atomistas – revela-se claramente no fato de nada querer com o método fundamental destes últimos: a experimentação. Na *República*, declara ser simplesmente "ridículo" que os pesquisadores da acústica falem "sabe-se lá de que intervalos mínimos, como eles os chamam, literalmente colando os ouvidos aos instrumentos, como se quisessem, através da maior proximidade possível, apreender um som; ao que, então, uns afirmam ter ouvido mais um som intermediário, o qual seria o menor dos intervalos – cumprindo, pois, tomá-lo como medida –, enquanto outros negam haver qualquer diferença entre os sons em questão, todos, porém, de acordo em uma coisa: confiam mais em seus ouvidos do que na razão"[38]. A teoria das cores, desenvolvida no *Timeu*, apresenta, por sua vez, a seguinte passagem: "No tocante, porém, às demais cores, resulta com suficiente clareza do que já foi dito quais misturas se devem empregar para a sua obtenção, se não se deseja proceder contrariamente à verossimilhança. Contudo, desejasse alguém colocá-lo à prova na realidade, estaria com isso apenas revelando em que grande medida desconhece a diferença entre a natureza humana e a divina. E isso porque Deus tem suficiente compreensão e poder para mesclar o vário no uno e para, do uno, novamente dispersá-lo no vário, ao passo que não há nem jamais haverá homem capaz de realizar uma ou outra coisa"[39]. Eis aí o espírito da mais genuína teologia, hostil a toda ciência natural[40]. Platão não apenas não é o fundador da ciência rigorosa, mas também – como metafísico e teólogo – a rejeitava conscientemente. Sua resposta à questão kantiana acerca da possibilidade da ciência seria um categórico não. Para ele, inexiste conhecimento fundado no material da experiência. Esta é negada porque obstrui o caminho para o conhecimento da divindade. Ele sacrifica a realidade relativa em prol do valor absoluto e realiza esse sacrifício do intelecto mediante aquela portentosa inversão para a qual tende toda metafísica: o que o homem é capaz de conhecer através dos sentidos controlados pela razão – o único mundo que lhe é dado, o mundo do devir – é aparência enganadora, é, segundo Platão, objeto da *doxa*, que é absolutamente inferior e profundamente depreciada, como forma de conhecimento da ciência empírica. Contudo, precisamente aquilo que o homem é incapaz de conhecer com auxílio dos instrumentos específicos de seu espírito atado aos sentidos, o que está além de seu mundo da experiência, justamente isso é a "verdade" e a "realidade", o Ser eternamente imutável e, como tal, objeto único do conhecimento genuíno, da *episteme*. A meta transcendente do "saber" platônico, situado muito acima da mera "opinião", só pode ser, na verdade, objeto de um desejar e de um esperar subjetivos, pode tão somente ser, como o absolutamente Bom personificado na divindade, objeto da crença. Visto que não quer se apoiar senão no valor, ou em sua absolutização ideológica, a ciência de Platão é raciocínio ético-político, religião[41]. Sua filosofia está, portanto, em oposição consciente a uma explicação orientada pela ciência natural e pela causalidade: compõe uma interpretação manifestamente normativa do mundo. Platão exprimiu-o tão claramente quanto possível em uma de suas obras principais, o *Fédon*, no qual desenvolve sua doutrina das ideias em contradição direta com a filosofia natural de Anaxágoras – um ateu que, por causa de sua teoria segundo a qual o Sol era uma massa incandescente, foi acusado de impiedade e precisou fugir de Atenas.

Capítulo 27
A interpretação ético-normativa do mundo no Fédon

À objeção de que a alma talvez seja algo que persiste longamente, mas nem por isso necessariamente imortal; de que, tendo já vivido certo tempo antes do nascimento do homem, sua "entrada no corpo humano" possa ser já "o princípio de sua degradação, uma espécie de doença"[42] – a essa objeção, Sócrates replica: "Não é sem importância, Cebes, o que procuras, pois cumpre-nos examinar com máxima precisão a causa do nascer e do perecer"[43]. Note-se: a objeção de Cebes tem seu caráter fundado na ciência natural: trata biológica e psicologicamente o problema da alma, de forma alguma abordando-o de um ponto de vista ético-jurídico. E é precisamente essa problemática da admissibilidade do método da ciência natural que Platão passa, então, a abordar, na medida em que coloca em discussão o conceito de "causa". Assim é que, a seguir, ele explica: "Quando eu ainda era jovem, meu caro Cebes, tinha um indômito anseio por aquela sabedoria à qual se dá o nome de investigação da natureza. Pois ela tinha para mim algo de sublime, como fonte do conhecimento da causa de todas as coisas, do porquê elas nascem, morrem e são. Com frequência, eu literalmente zigue-zagueava de um lado para o outro, para responder a questões como as seguintes. Será que a putrefação do calor e do frio realmente dá origem a seres vivos, como afirmam alguns? Será o sangue o que nos faz pensar, ou o ar, ou o fogo, ou nada disso, mas sim o cérebro que produz as percepções do ouvir, do ver e do cheirar, percepções a partir das quais teriam origem a memória e o discernimento – destes, por sua vez, saídos do estado de ignorância e incerteza, construindo-se o saber?"[44]. Esse questionamento de natureza fisiológica, porém, Platão, pela voz de Sócrates, declara inútil; ou seja, declara-se primeiramente a si próprio como inepto para tal ciência: "Por outro lado, observei também o perecer de tais coisas, bem como os fenômenos do céu e da terra, para, por fim, constatar que era absolutamente inepto para todo esse modo de observação. Como prova do que digo, deve bastar o que agora vou te contar. O que antes eu sabia perfeitamente –

ao menos segundo parecia a mim e aos outros – fez-se-me obscuro, como se, em decorrência daquele modo de observação, uma cegueira houvesse me atingido, de maneira que desaprendi até mesmo o que antes acreditava saber – dentre muitas outras coisas, a resposta para a questão sobre a causa do crescimento do homem, por exemplo"[45]. E, após enumerar diversas questões ante as quais a investigação fundada na ciência natural haveria de fracassar, Sócrates diz não confiar que tal método seja capaz de conduzir a algum saber, sobretudo o saber acerca das razões pelas quais, "de acordo com essa metodologia, (...) algo nasce, morre ou *é*"; ele prefere tentar a sorte urdindo um novo método – com aquele, isto é, com o da ciência natural, "nada mais quero"[46]. Certa vez, ouviu falar das obras de Anaxágoras, o conhecido filósofo da natureza, o qual ensinava "que a razão seria a causa de tudo. Convenci-me, pois, de que, assim sendo, seria a própria razão a ordenar tudo e organizar todas as coisas da maneira mais adequada que se pode conceber. Portanto, desejando alguém encontrar a causa do que quer que seja, precisará averiguar a maneira mais adequada de essa mesma coisa ser, ou de sofrer, ou produzir qualquer ação. Segundo essa máxima, cabe, pois, ao homem, tanto no tocante a si próprio quanto a todas as demais coisas, dirigir sua atenção exclusivamente para o que é melhor e mais adequado. Necessariamente, deverá possuir também o conhecimento do pior, pois trata-se de uma única e mesma ciência que abrange ambas as coisas"[47]. Sócrates supõe identificar nesse ensinamento de Anaxágoras, que vê na razão a causa de todas as coisas, uma teoria *normativa*, e não causal, um conhecimento não da realidade, mas do valor, que responde não à questão acerca do que acontece ou tem de acontecer, mas acerca do que *deve* acontecer, e que encontra sua lei numa ordem que, na verdade, é *ordenamento*. Compreensivelmente, ele se decepciona. Acreditara ter descoberto em Anaxágoras um mestre que, uma vez tendo afirmado que tudo é ordenado pela razão, não se valeria de qualquer outro fundamento para a interpretação do mundo senão "o de que, para elas (as coisas), o mais adequado é ser como são. Em suma, acreditei que, tendo indicado a razão para cada coisa e para todas elas em conjunto, ele, então, esclareceria também, em maior detalhe, o que seria o mais adequado para cada coisa, bem como o Bom para o conjunto delas"[48]. Mas: "Que decepção, pois, quando ao prosseguir na leitura vi que esse homem não faz uso algum da razão, não lhe atribuindo a menor causalidade no ordenamento das coisas, mas apontando o ar, o éter, a água e muitas outras coisas absurdas como causas. Seu procedimento pareceu-me bem semelhante ao de alguém que afirmasse primeiramente que Sócrates faz tudo o que faz fundado na razão, para depois, tentando detalhar as causas de tudo o que faço, declarar que estou agora sentado aqui porque meu corpo compõe-se de ossos e nervos, e que os ossos são firmes, tendo cada um a sua articulação, ao passo que os nervos, que envolvem os ossos juntamente com a carne e a pele, podem ser tensionados e distendidos; assim, na medida em que os ossos pendem de suas articulações, os nervos, tensionando-se e distendendo-se, fazem que eu seja capaz de dobrar os membros, razão pela qual estou sentado aqui nesta posição encurvada. Do mesmo modo, ele poderia explicar esta minha conversa convosco apontando como causa os sons, o ar, impressões auditivas e milhares de outras coisas, sem se preocupar em mencionar as verdadeiras razões, ou seja, o fato de que, tendo os atenienses julgado melhor condenar-me, também a mim me pareceu melhor ficar sentado aqui, além de mais justo perseverar e suportar a punição estabelecida por eles. Afinal – pelo cão! –, tangidos pela concepção do que fosse o melhor, estes meus ossos e nervos de há muito estariam em Mégara ou na Beócia, não julgasse eu mais justo e mais belo suportar a punição que me foi imposta pelo Estado do que pôr-me a correr e fugir. Se, pelo contrário, alguém dissesse que, sem a posse de tais ossos, nervos e tudo o mais que trago em mim, eu não teria condições de levar a cabo meus eventuais propósitos, então, é possível que, ao afirmá-lo, esteja dizendo a verdade. Afirmar, entretanto, que faço o que faço em razão desses meios exteriores, que é *nessa medida* que procedo racionalmente, e não na medida em que escolho o melhor, seria por certo uma grande e notável irreflexão. Isso, afinal, significaria não ser capaz de distinguir entre a verdadeira causa e aquilo sem o que tal causa fica impossibilitada de produzir seu efeito. Parece-me que é isso o que, como se tateasse no escuro, a maioria designa como causa, empregando equivocadamente essa palavra. É por esse motivo que um, tendo envolvido a terra num turbilhão, pretende que seja o céu o que a mantém em equilíbrio, ao passo que outro destina-lhe o ar como apoio, como se se tratasse de uma grande gamela. Não investigam, porém, as causas atuantes graças às quais tudo isso adquiriu a sua presente condição – a mais adequada que se pode conceber –, nem tampouco creem numa força divina inerente a todas as coisas, mas acreditam ter encontrado um Atlas mais forte, imortal e sólido do que esse nosso, a manter o todo coeso; que seja, contudo, o Bom e o adequado o que une e mantém coeso o todo, isso lhes parece inteiramente desinteressante"[49]. Uma vez que o conhecimento correto não visa à realidade da natureza percebida pelos sentidos, mas sim um valor que é dado tão somente no espírito, Sócrates (Platão) adverte quanto ao destino daqueles "que contemplam e observam o sol por ocasião de um eclipse: alguns perdem a luz de seus olhos por não lhe contemplarem a imagem refletida na água ou em qualquer outra superfície refletora. Algo semelhante passou-me pela cabeça, e eu temi a possibilidade de ficar inteiramente cego de alma, observando as coisas com os olhos e buscando apreendê-las todas com os sentidos. Consequentemente, pareceu-me necessário buscar refúgio nos *conceitos*, e à luz destes investigar a verdadeira essência das coisas"[50]. Trata-se aqui da tentativa mais decidida que se pode conceber de substituir a explicação do mundo orientada pela lei da causalidade e pela ciência natural por uma interpretação fundada inteiramente numa *lei normativa do valor*. Trata-se, pois, de uma visão de mundo em cujo centro está não a natureza, mas a sociedade – isto é, o homem em sua relação com seus semelhantes e, portanto, a questão da *justiça*.

Capítulo 28
O método "científico" de Platão

Quem deseja apreender e explicar o mundo dado, não em função da realidade de seu devir enquanto tal – mas sim de acordo com o devir de um suposto absolutamente Bom e de seu contrário, o Mau, necessitando portanto, acima de tudo, afirmar a existência desse absolutamente Bom –, não pode, compreende-se, usar um procedimento idêntico ao da ciência empírica e exata, que busca relações causais e comprova sua tese pela via lógica e racional. É natural, portanto, que a maneira pela qual Platão expõe seu pensamento seja tudo, menos "científica". Resulta num entendimento absolutamente equivocado de suas verdadeiras metas o continuado empenho de uma certa tendência interpretativa em procurar explicar e justificar o raciocínio de Platão segundo os moldes da ciência moderna. Sua tese mais importante – concernente à existência do absolutamente Bom –, Platão a coloca de forma simplesmente dogmática. Parece-lhe inteiramente admissível, em se tratando da doutrina da imortalidade da alma, invocar a autoridade da antiga sabedoria sacerdotal, ou do relato de alguém que ressuscitou da morte. Essa doutrina da alma afirma numerosos fatos; na medida, porém, em que eles se passam no Além, não se pode verificá-los, nem tampouco comprovar as afirmações que lhes dizem respeito. Não obstante, é precisamente com "provas" que Platão procura apresentar-se. Mas essas provas são, evidentemente, falácias que nada provam. Caso se quisesse aplicar a Platão o padrão da ciência rigorosa, ficar-se-ia certamente espantado com a leviandade com que sustenta um ponto de vista teórico para, logo, abandoná-lo novamente, e seriamente indignado com a ambiguidade de suas exposições, tão excessiva que, por fim, não se sabe se ele realmente acredita ou não na imortalidade da alma, se está com os adeptos ou com os opositores da doutrina das ideias. Platão é justamente o contrário do erudito, pois seus pensamentos têm por meta uma esfera situada além de todo o lógico-racional. E quando, para expressá-la, vale-se da palavra – pois não é possível, afinal, fazê-lo de outra forma – e, portanto, de conceitos e juízos, ou seja, de meios lógico-racionais, só o que faz é cair numa contradição que nenhuma filosofia do transcendental, nenhum irracionalismo é capaz de evitar, na medida em que se manifesta discursivamente. Pois isso só é possível com formas e instrumentos da lógica que esse mesmo irracionalismo desaprova, como não pode deixar de fazer. Se deseja ir além das fronteiras da vivência subjetiva, se quer comunicar-se com o público em geral, busca uma forma universal de expressão, já com isso minando o terreno em que pisa. O próprio Platão, aliás, conheceu muito bem a impossibilidade de dar expressão ao inexprimível e o resultante desvalor de toda produção literária, reconhecendo-o sem qualquer reserva no *Fedro*[51], no qual expressa a "convicção" de que, "qualquer que seja o tema, o lúdico necessariamente possui forte presença na palavra escrita, jamais tendo-se escrito ou proferido, em prosa ou verso, um discurso verdadeiramente digno de ser levado a sério". Ele deixou penosamente embaraçado este mundo – pronto a admirá-lo de forma ilimitada e a declarar seus diálogos o ponto alto de toda a filosofia – ao declarar repetida e inequivocamente que, no fundo, não se deveria encará-lo como suas próprias obras. Na *Carta VII*, assegura que não há e certamente jamais poderá haver qualquer escrito versando sobre as coisas para as quais se volta o seu esforço, visto que o que nelas importa (isto é, o objeto do verdadeiro conhecimento) não se deixa "exprimir por meio de palavras", contrariamente ao que ocorre com outras ciências. "Acreditasse eu", diz, "que os frutos de tal conhecimento podem ser, por escrito ou oralmente, transmitidos de maneira satisfatória ao grande público, que poderia ter feito de mais belo em minha vida? O que poderia haver de mais belo do que escrever para a humanidade uma grandiosa doutrina da salvação e trazer à luz para todos a essência das coisas?" Se não o fez, isso se deveu à sua convicção de que "o registro de tais investigações não representaria bem algum para os homens, a não ser para uns poucos"[52]. Se é autêntica a *Carta VII*, é difícil concluir da afirmação que acabamos de citar outra coisa senão que Platão apresentou sua verdadeira doutrina, como uma espécie de doutrina secreta, apenas a um círculo de discípulos eleitos, e o fez oralmente. Decerto, ninguém há de crer tratar-se aqui de "ciência", e menos ainda de ciência natural.

Capítulo 29
As doutrinas esotérica e exotérica de Platão

A suposição de que, paralelamente à filosofia dada a público nos diálogos – cujo cerne é a doutrina das ideias, associada à doutrina da alma –, teria efetivamente existido também uma doutrina platônica transmitida oralmente pode apoiar-se no fato de que Aristóteles, em sua exposição e crítica da filosofia platônica, refere-se não apenas a postulados registrados nos diálogos, mas também a concepções platônicas que não encontram qualquer base nos diálogos publicados. Assim é, particularmente, com o ensinamento segundo o qual as ideias seriam números. De acordo com a teoria exposta nos diálogos, dentre as ideias há também ideias de números, mas as ideias em si não são números[53]. Que sejam, pode ser considerado um equívoco de Aristóteles, o que, aliás, entendem alguns intérpretes[54]. Mas como Aristóteles trata também os diálogos de Platão como testemunhos plenamente válidos de sua filosofia, é decerto inadmissível que não se reconheçam hoje esses diálogos como exposição de uma filosofia platônica. Caso se acredite necessário supor que Platão teria transmitido oralmente uma doutrina diversa, pouco resta a fazer senão considerar a existência de duas filosofias platônicas: uma exotérica e outra esotérica[55]. A exotérica, no entanto, não pode ser considerada menos platônica do que a esotérica. Em todo caso, foi a filosofia exotérica de Platão, com sua doutrina das ideias e da alma, que exerceu influência decisiva sobre o pensamento ocidental. Ainda assim, não é infundada a dúvida sobre se era essa, de fato, sua "verdadeira" filosofia. Afinal, a filosofia dada a público nos diálogos mostra doutrinas tão contraditórias que é quase impossível reconstruir a partir dela um sistema fechado. Se o que se tem é oposição entre uma doutrina esotérica e outra exotérica, ou uma contradição no interior desta última, a filosofia de Platão exibe uma cabeça de Jano.

Não contribui pouco para essa impressão o fato de que Platão, nas obras que trazem seu nome, jamais figura como representante das concepções expostas, que sempre desloca para Sócrates ou, posteriormente, para um outro estrangeiro: o ateniense. E, acima de tudo, o fato de ter escolhido para a apresentação de sua filosofia – ou daquilo que temos de tomar como tal – a forma do diálogo. É certo que essa forma de expressão, diferente do feitio monológico do ensaio científico – em que apenas uma opinião pode ser defendida e, portanto, apenas um lado da questão trazido à luz –, estava mais próxima de sua natureza profundamente dilacerada e dividida por um trágico conflito.

A quem, mais do que a Platão, poderia ser necessário dar a palavra não apenas a si mesmo mas também ao oponente, visto que, tanto quanto ele, ninguém mais abrigou no próprio peito tal oponente, dele não podendo libertar-se de outra forma? Mas, mais do que a necessidade de libertação, Platão encontrou no diálogo uma outra possibilidade: a de pura e simplesmente não precisar identificar-se incondicionalmente com qualquer "teoria", por mais fundamentada que fosse. Assim como num drama nenhuma das concepções veiculadas por qualquer das personagens em cena pode simplesmente ser tomada como a opinião do autor – nem mesmo as que, valendo-se de todos os meios da mais convincente retórica, ele incumbe seus heróis de expor e os atos destes de atestar –, assim também Platão, em última instância, não deseja assumir os dogmas que coloca na boca de seu Sócrates[56]. Tampouco pretende, com as palavras de Sócrates, ter dito o mais essencial, que, sendo irracional, é indizível. Nem mesmo o que diz seu herói é sua última palavra. Já se enfatizou repetidas vezes que Platão não foi apenas um filósofo, mas também – e mais ainda, aliás – um poeta, tendo-se visto em várias de suas obras antes belos dramas do que os resultados de investigações científicas. E, de fato, Platão é um dramaturgo, sobretudo no sentido de que não lhe parece tão importante o que falam suas personagens: se é mais ou menos correto o que dizem, não lhe parece o mais importante. Pelo contrário: o que lhe importa é sobretudo o efeito obtido com suas falas, com as idas e vindas destas, com a ascensão do diálogo até um clímax de tirar o fôlego e sua libertadora descida, a qual, de modo algum, tem de conduzir a uma solução "científica". Platão é um dramaturgo, mas o efeito que pretende não é estético, mas ético-religioso. Tanto quanto o dramaturgo em seu drama, Platão não luta, em seus diálogos, por alguma teoria caracterizada por um determinado conteúdo objetivo; não lhe interessa, no que se refere a seus diálogos, explicar a realidade, mas configurá-la criativamente. Platão é um ideólogo, a ideologia que constrói é a do querer senhorial, o que faz segundo dois estágios, por assim dizer. O primeiro é a justificação de si próprio – ou seja, de seu Eros; o segundo, a justificação da vontade de poder sobre os homens que brota desse Eros e, assim, a justificação pura e simples de toda dominação pela ideia da justiça.

Capítulo 30
Ciência e política

Para Platão, o "saber" não é um fim em si. A ciência para ele – assim como para os pitagóricos – é somente política, e a filosofia, apenas religião. O homem precisa do saber unicamente para agir de forma justa; por isso mesmo, importa ao filósofo conhecer somente o Bem, a divindade. Há todo um mundo a separar essa ciência platônica da ciência moderna, a cujos pressupostos fundamentais pertence buscar o saber unicamente pelo conhecimento, que o conhecimento não esteja voltado para um fim exterior a si próprio, e que seu produto não seja determinado pelas necessidades do querer e do agir – ou seja, pelas necessidades de dominar e de ser dominado. Daí ser a ciência, acima de tudo, ciência natural. Mesmo o saber acerca do próprio homem, de como deve ser e como age, assim como o das relações dos homens entre si, e a ciência moderna do Estado, do direito e da sociedade, estão sujeitos ao postulado inflexível de sua separação da política, bem como da religião. Conhecer o mundo – seja o da natureza ou o da sociedade – é um fim paralelo e de grandeza idêntica à meta de defini-lo a partir do querer, formá-lo ou reformá-lo, educá-lo ou governá-lo. Reza a lei máxima de todo puro conhecer que este deve ser buscado em função de si mesmo. Naturalmente, isso não exclui a possibilidade de que os frutos do conhecimento puro sejam empregados na escolha dos meios de que o homem necessita para a consecução dos fins que lhe determinam o agir. Contudo, a ciência voltada para o conhecimento não pode ser influenciada por esses fins que determinam o agir, e nem tampouco é lícito apresentar algo como verdade científica simplesmente porque se tem esse algo por moralmente bom ou politicamente útil. Isso se aplica sobretudo à ciência social moderna, uma vez que esta, como mero instrumento da moral ou da política, deixa de servir ao ideal da verdade objetiva, e torna-se forçosamente uma ideologia do poder. O quanto a filosofia platônica força nessa segunda direção, mostra-o a concepção platônica de verdade – a verdade platônica –, tão extraordinariamente característica que se pode colocá-la ao lado do amor platônico, como marca distintiva do espírito de Platão.

Segunda parte
A VERDADE

Capítulo 31
A verdade em Sócrates

Já para Sócrates, conforme ele se apresenta nos diálogos da juventude de Platão, a verdade não é um fim em si mesmo. Se ele se esforça pelo conhecimento é porque este lhe parece o meio mais apropriado para conquistar e educar as almas jovens – que é o que deseja. Seu discípulo, ele o ama em função de si próprio; a verdade, porém, ama-a em função do discípulo, como disse Landsberg[57]. "Os diálogos não procuram uma verdade indiscriminada ou de uma importância particularmente imperiosa e objetiva, tampouco uma novidade para a época, mas uma verdade que, precisamente pela singularidade e situação momentânea do interlocutor, é especialmente imperiosa para este e, ademais, bastante apropriada para prendê-lo a Sócrates.[58]" É a verdade a serviço da educação dos homens, que, por sua vez, está visivelmente a serviço do Eros – um Eros sobremaneira narcisista. Isso não se pode ignorar. E isto também não: a verdade a serviço de qualquer outra coisa que não a própria verdade já não é realmente verdade alguma. A verdade socrática é apenas uma verdade pedagógica e, como tal, não está em oposição absoluta com a mentira. Em suas memórias de Sócrates, Xenofonte conta de que forma esse exímio pescador de seres humanos apoderou-se do jovem Eutidemo. Este esquivara-se até então à influência de Sócrates e "diligentemente evitara transmitir a impressão de que o admirava em sua sabedoria"[59]. Isso não dá sossego a Sócrates, até que, após diversas tentativas, consegue enredar o jovem numa conversa. Após arrancar de Eutidemo a confissão de que anseia pela perfeição – ou seja, pela justiça –, Sócrates precisa posicionar-se quanto ao que verdadeiramente é justo ou injusto. "Coloquemos pois, se te apraz, de um lado um J e de outro um I, de modo a, então, alinharmos sob o J o que nos parecer uma manifestação da justiça e, contrariamente, sob o I, o que entendemos por injustiça.[60]" Na coluna da injustiça pomos agora sobretudo a "mentira" e o "engodo". Ressalva-se porém, de imediato, que é justo, na guerra, um comandante enganar o inimigo ou se apoderar pela astúcia de sua propriedade. E pergunta, em especial: "Quando um comandante, notando que falta coragem a seus soldados, engana-os dizendo que tropas de reserva estão para chegar, infundindo-lhes com essa mentira renovada coragem, de que lado haveremos de colocar esse tipo de engodo?". Em conformidade com o pensamento de Sócrates, Xenofonte põe na boca de Eutidemo a resposta: "Penso que na coluna da justiça". "Ou ainda" – prosseguiu Sócrates –, "quando uma pessoa, tendo um filho que precisa tomar um medicamento mas se recusa a fazê-lo, engana-o, dando-lhe o medicamento sob a forma de comida, dessa forma curando-o, a que lado pertence esse engodo?" "Creio que do lado da justiça", respondeu Eutidemo[61]. Não pode, pois, haver qualquer dúvida de que a máxima "os fins justificam os meios" – e, dentre esses meios, a mentira – era um componente bastante essencial da ética socrática, como, fundamentalmente, sói acontecer com toda ética consequente, que nada mais pode fazer senão situar a justiça acima da verdade. Isso se manifesta com particular nitidez na sequência dessa conversa entre Sócrates e Eutidemo. A seguir, o filósofo levanta a questão sobre quem age de maneira mais injusta: quem engana intencionalmente seus amigos ou aquele que, sem pretendê-lo, diz uma inverdade. Chega então à conclusão – sem dúvida paradoxal, mas coerente – de que age de forma mais injusta quem mente involuntariamente. E isso porque não sabe qual é a verdade, tampouco no que se refere à justiça, sendo, portanto, incapaz de agir de forma justa (a não ser por obra do acaso). Assim, age com justiça quem mente consciente e intencionalmente. "Quem, pois, entende melhor do que é justo: quem mente e engana intencionalmente ou quem o faz involuntariamente? É claro que o primeiro.[62]" Naturalmente, pressupõe-se aqui que o justo mente ou engana motivado unicamente por um bom propósito, e que verdadeiro é tudo quanto é justo. Nesse sistema, a verdade indubitavelmente não é o valor supremo.

Capítulo 32
Verdade e mentira no Hípias Menor

Isso é o que nos revela um dos diálogos da juventude de Platão, no qual a figura de Sócrates – tal como a via Platão – se apresenta com especial vivacidade. Nesse opúsculo, que tanta dor de cabeça causou a seus intérpretes – pois aí, tal como em Xenofonte, o Sócrates fanático pela moralidade parece assumir um ponto de vista moralmente assaz problemático –, Platão faz que seu mestre, contrariando o conhecido sofista Hípias e a opinião generalizada, defenda o ponto de vista paradoxal de que o astucioso e mentiroso Ulisses seria superior ao valente Aquiles, amante da verdade. O que interessa ao Sócrates platônico é a comprovação de que a opinião corrente, segundo a qual um homem amante da verdade seria incapaz de mentir, é equivocada. Pelo contrário: um único e mesmo homem pode, ao mesmo tempo, ser "mentiroso e verdadeiro"[63]. "Nesse terreno, falsidade e veracidade são uma única e mesma coisa, e a veracidade é em nada melhor do que a falsidade, pois ambas convivem na mesma pessoa, não se encontrando em flagrante oposição, como pensas.[64]" Verdade e mentira são, portanto, inteiramente conciliáveis uma com a outra, e é precisamente o bom e o sábio que, em especial, possuem a capacitação para ambas. É, "pois, o bom e sábio geômetra que se encontra mais bem capacitado para as duas coisas (a verdade e a mentira)"[65]. Enfaticamente, o Sócrates platônico acentua então nesse ponto concordando inteiramente com o xenofôntico que julga Ulisses melhor, porque este, ao contrário de Aquiles, não diz inverdades involuntariamente, por parvoíce ou incapacidade, mas o faz de forma totalmente consciente, ou seja, visando a um determinado fim. "Ulisses, no entanto, quer seja mentindo ou dizendo a verdade, o faz sempre com base em astucioso cálculo", afirma Hípias; Sócrates não o contradiz, mas, antes, conclui daí que "aqueles que mentem intencionalmente são melhores do que os que o fazem involuntariamente"[66]. Ulisses é, pois, "capaz" de mentir. E capaz é "todo aquele que faz o que quer quando quer"[67]. Por uma razão qualquer, o sábio pode ter a vontade de mentir, e, quando isso acontece, ele é indubitavelmente melhor do que o parvo, que diz inverdades sem pretendê-lo – isto é, sem com isso perseguir conscientemente um determinado propósito. Sócrates chama "um sábio" a Hípias, ao fazer-lhe a pergunta: "Não mentirias com toda a segurança, não dirias sempre e constantemente inverdades, se tivesses a vontade de mentir e de jamais dizer a verdade? Ou será que alguém ignorante da aritmética seria capaz de mentir com mais segurança do que tu, se quisesses? Não poderia o acaso fazer que o ignorante, a despeito da vontade de mentir, acabasse às vezes por, involuntariamente, dizer a verdade, precisamente por não dispor de um saber seguro a seu respeito, ao passo que tu, sábio, contanto que movido pela vontade de mentir, mentirias sempre com a mesma segurança?"[68]. A mentira que Sócrates defende aqui – e com ele, decerto, o próprio Platão – é a conscientemente empregada para a consecução de um determinado fim. Se, para espanto e desconforto dos intérpretes, ele não condena essas mentiras como absolutamente imorais, assim procede, evidentemente – embora não o afirme de modo explícito –, em função do propósito a que servem. A mentira em si não é nem boa, nem ruim; de um modo puramente técnico, seu valor ou desvalor depende do fim para o qual é empregada. É por isso que Sócrates cita principalmente exemplos técnicos, comparando o mentiroso consciente ao bom corredor que, propositadamente (e não por fraqueza), corre num ritmo mais lento, e ao médico que, conscientemente (e não por incapacidade), causa um mal. Toda a argumentação desse diálogo seria incompreensível se não se tomasse como ponto de partida do Sócrates platônico a ideia de que o valor ou desvalor moral da mentira define-se pelo valor ou desvalor do fim para o qual ela serve como meio. Somente partindo-se desse princípio a mentira consciente de seu fim é melhor do que a inconsciente e involuntária.

O que, portanto, se há de tomar aqui, como opinião do Sócrates platônico, que a verdade não é uma virtude absoluta, e a mentira, não necessariamente algo mau, isso resulta especialmente claro quando se crê divisar, na última tese levantada por Platão, via Sócrates, a chave para o verdadeiro significado desse diálogo: "Aquele, pois, que comete uma falta e pratica atos feios e injustos propositadamente – (...) se é que existe tal pessoa –, não será outro que não o Bom"[69]. Com razão, acredita-se estar aí pelo menos sugerido, ou mesmo visivelmente pressuposto, um dos principais fundamentos da ética socrática: o de que a virtude é saber e, portanto, nada de mau pode ser feito propositadamente[70]. Sócrates, nesse diálogo, não toma o mentir, em si, como algo mau, pois absolutamente não discute que alguém, embora sabedor da verdade, *possa* mentir, nem situa Ulisses acima de Aquiles porque o primeiro *não* mente, mas porque mente *conscientemente*. Se sua defesa de Ulisses se compatibiliza com o fundamento evidenciado ao final do diálogo, então não é possível que o Sócrates platônico tenha, como ruim, a mentira consciente de seu propósito. Exatamente sob esse aspecto parece particularmente significativo que, ao final do diálogo, emerja a questão da justiça. Como sábio – capacitado tanto para a verdade quanto para a mentira –, surge aí o Justo[71]. Não se pode fugir à impressão de que o verdadeiro significado desse diálogo – ainda que não se mostre à sua superfície – é o de que também o Justo, por um propósito justo, minta[72].

Com essa alusão a uma justiça situada acima da verdade, o *Hípias Menor*, para além da estreita esfera socrática da questão educacional, para além da verdade pedagógica, aponta para uma verdade a serviço do Estado, uma verdade política. E, de fato: na medida em que Platão avança para além de Sócrates, da *paideia* rumo à *politeia*, faz-se a verdade razão de Estado.

Capítulo 33
A "verdade" da teoria platônica do conhecimento no Mênon e no Fedro

O que significa "verdade" para Platão há de se evidenciar com a máxima nitidez em sua teoria do conhecimento, conforme desenvolvida no *Mênon* e no *Fedro*. Dois momentos caracterizam essa teoria do conhecimento: ela é, em sua essência, orientada eticamente e tem um pronunciado caráter metafísico-religioso.

É já significativo que, no *Mênon*, a exposição da teoria platônica do conhecimento tenha como ponto de partida a questão acerca do conceito de virtude. Aquilo para que se volta o conhecimento, cuja teoria é ali apresentada, é a virtude, ou seja, não tanto a realidade empírica, mas, antes, o valor moral. Declarando-se Sócrates, mais uma vez, "totalmente ignorante" "no que diz respeito à virtude"[73], Mênon pergunta: "De que forma pretendes, pois, meu caro Sócrates, proceder à investigação de um objeto que não sabes o que é? Desejas então imaginar uma coisa da qual nada sabes, a fim de investigá-la?"[74]. Sócrates interpreta essa pergunta como a tese dos erísticos, segundo a qual "não é possível ao homem investigar nem o que sabe, nem o que não sabe (...), pois não pesquisará o que sabe, uma vez que já o sabe, tampouco o que não sabe (...), visto que, nesse caso, não saberá sequer o que deverá pesquisar". E rejeita decididamente essa tese, que conduz ao agnosticismo. Ele estaria de posse de outra, melhor; de uma doutrina "verdadeira e bela", anunciada "por homens e mulheres versados nas coisas divinas". E, à pergunta de Mênon – "Quem são esses anunciadores?" –, responde: "São aqueles dentre os sacerdotes e sacerdotisas que valorizam o fato de poderem prestar contas sobre seu ofício. E, além desses, Píndaro também, bem como numerosos outros poetas, todos os que se acham impregnados de Deus. O que eles dizem, porém, é o seguinte – e presta atenção se parecem dizer-te a verdade: dizem que a alma humana é imortal e que parte periodicamente

– o que chamam morrer –, depois retornando à vida; perecer, porém, jamais perece. Por isso têm os homens de levar uma vida a mais adorável possível aos olhos de Deus". Ao que, então, Sócrates cita os versos de Píndaro:

> Pois quem a Perséfone paga penitência por antigos
> [pecados,
> Sua alma, ela lhe devolve após nove anos,
> Alçando-a à luz do sol.
> Lá, dessas almas fazem-se os príncipes soberbos,
> [os governantes poderosos e os homens cheios de sabedoria,
> Louvados para todo o sempre como sagrados heróis.

É a doutrina órfica da retribuição no Além – e a da transmigração da alma, a serviço desse mesmo princípio da retribuição – que compõe o núcleo da ética platônica. Somente em estreita relação com essa filosofia moral embasada na mística órfica é que se pode entender a doutrina que, agora, Platão incumbe Sócrates de expor: "Uma vez que a alma é imortal, tendo renascido diversas vezes e visto tudo quanto há na terra e no Hades – em suma, todas as coisas –, nada há que lhe seja desconhecido. Por conseguinte, não admira que seja capaz, também com relação à virtude e a outras coisas mais, de lembrar-se do que soube outrora. Como a totalidade da natureza tem vínculos íntimos, e dado que a alma tudo conheceu, nada impede que, lembrando-nos de uma coisa – o que chamam *aprender* –, reencontremos também todo o resto, bastando para tanto que não percamos a coragem e não nos poupemos do esforço investigativo. O buscar e o aprender nada mais são, afinal, que a reminiscência"[76]. O conhecimento para o qual aponta Sócrates-Platão não é um conhecimento racional, mas metafísico-religioso. Não é absolutamente conhecimento ativo, isto é, conhecimento no verdadeiro sentido da palavra, que designa uma função produtiva do espírito; é "recordação" – uma função por assim dizer passiva ou apenas reprodutiva da alma – de algo que existe numa esfera transcendente e que ali foi misticamente percebida, foi "vista" pela alma, anteriormente à sua encarnação em um novo ser humano. Que o conhecimento é possível dessa maneira – e somente dessa maneira –, e que o objeto desse conhecimento são as ideias, especialmente a ideia do Bem, é a conclusão fundamental dessa doutrina da Mnemosine exposta no *Mênon*. Com base na crença órfica na natureza sobre-humana e divina e na preexistência da alma, Platão conclui que "a verdade sobre o Ser das coisas, nós a carregamos todo o tempo em nossa alma"[77]. Essa verdade é, primordialmente, uma verdade moral. "Assim", diz Sócrates a Mênon, "uma vez que concordamos ser necessário investigar aquilo que não se sabe, estarias disposto a investigar junto comigo o que seja, verdadeiramente, a virtude.[78]" É o que importa acima de tudo. Para conhecer a essência da virtude, isto é, do bem, defenderá toda teoria racional do conhecimento, a doutrina segundo a qual o conhecimento é possível porque a alma do homem seria capaz de lembrar as ideias que divisou antes de seu nascimento. Platão parece estar consciente do quanto, com essa teoria, está exigindo de um público não mais completamente acrítico em questões religiosas. Pois, embora Sócrates afirme enfaticamente, de início, que é uma "verdadeira" doutrina[79] o que proclama, após ter exposto tal doutrina "verdadeira", declara: "De resto, eu não desejaria avalizar plenamente o que foi dito"[80]. O que defende, então, o Sócrates platônico? "Que, na crença na necessidade de investigar aquilo que não sabemos, sejamos mais hábeis e viris, menos indolentes do que na crença na impossibilidade de encontrar o que não sabemos e na inadmissibilidade de investigá-lo – eis aí o que defendo com todas as minhas forças, com palavras e ações." Se é verdadeira essa teoria do conhecimento, é incerto; certo é apenas que aquele que a adota torna-se "mais hábil e viril, menos indolente". É decisivo não o seu valor em termos de conhecimento, mas seu valor moral. E, já anteriormente, Sócrates dissera acerca da formulação erística de que não se pode investigar o que não se sabe: "Ela tão somente nos tornaria indolentes, soando sem dúvida sedutora para os fracos. A minha, pelo contrário, instiga ao trabalho e à investigação. Tomo-a, pois, por verdadeira e, confiando nisso, pretendo investigar contigo o que seja a virtude"[81]. Ela talvez não seja verdadeira no sentido estrito da palavra, mas decerto é no sentido – talvez infundado – de que a crença em sua verdade nos faz virtuosos e nos encoraja a investigar a essência da virtude. Essa verdade, a verdade platônica, é na realidade uma dupla verdade – uma verdade teórica e outra prática, ou pragmática. O que importa, porém, é somente esta última.

No *Fedro*, Platão amplia e aprofunda sua teoria do conhecimento, na medida em que não se limita a explicar apenas como é possível o conhecimento – através da reminiscência –, mas também como é possível que exista em variados graus. Ele esclarece aí[82] que as almas preexistentes chegam em diferentes medidas à visão do verdadeiro Ser, que se encontra além da abóbada celeste, em um "lugar acima dos céus"[83]. As almas são apresentadas como carros alados, puxados por dois cavalos e conduzidos por um cocheiro, que seguindo Zeus e os demais deuses participam de um passeio pela abóbada celeste. "Aquela que melhor segue um Deus e a ele se assemelha ergue-se, juntamente com a cabeça de seu cocheiro, até o espaço além dos céus, participando do passeio enquanto, perturbada por seus cavalos (um dos quais, o ruim, compele-a para o mundo sensível), contempla com dificuldade aquilo que é; outra ora se ergue, ora baixa novamente e, na medida em que os cavalos impõem a sua vontade, divisa algumas coisas, mas não outras. Por certo, as demais almas, todas desejando erguer-se, vão atrás do séquito, mas sua força é insuficiente, de modo que, nesse passeio, permanecem sob a superfície, pisando-se e empurrando-se, cada uma empenhando-se em passar à frente das demais. Disso resulta, em grande medida, confusão, competição e o suor da luta, de modo que, por culpa do cocheiro, muitas parelhas se enfraquecem, muitas têm suas asas gravemente danificadas. E todas elas retiram-se então com grande dificuldade, sem ter participado da visão do que é.[84]" Quando porém uma alma, "demasiado fraca para seguir as demais, nada divisa e, em decorrência do infortúnio, repleta do peso do esquecimento e da maldade, esmaga suas asas e cai no chão", essa, "em seu primeiro nascimento", não deixará ainda de transplantar-se para o germe de um homem; quando do seu renascimento, no entanto, será transplantada para o corpo de um animal e jamais poderá novamente adentrar o corpo de um homem[85]. Também as almas que, em sua preexistência, divisaram algo do verdadeiro Ser, ao nascer de novo podem adentrar o corpo de um animal, e a partir dessa "condição animal" pode aquele que "outrora foi homem alcançar novamente existência humana. Somente a alma que jamais divisou a verdade não adentrará a forma humana. Pois o homem precisa compreender o que, de forma conceitual e genérica, é indicado como a condensação, numa unidade racional, das variadas percepções sensíveis individuais. Essa compreensão consiste na reminiscência das coisas que nossa alma outrora divisou (...)"[86]. As almas que em sua preexistência nada divisaram do verdadeiro Ser são incapazes, após sua encarnação em corpos humanos, de qualquer reminiscência; e mesmo as demais, as que viram algo, somente são capazes de tal reminiscência em graus variados, de acordo com a medida segundo a qual, em sua preexistência no Além, divisaram o verdadeiro Ser. Nesse sentido, Platão distingue nove graus diversos e, por conseguinte, nove categorias de homens, segundo esse grau de capacidade de sua memória. A alma que viu mais coisas tornar-se-á a do verdadeiro filósofo; a seguinte, a de um bom rei, e assim por diante; no patamar mais baixo está a alma do tirano. Pelo que foi dito antes, *anteriormente*, tem--se de supor que essa é uma alma que vem para o Aqui "sem ter participado da visão do que é", uma alma que, "demasiado fraca para seguir as demais, nada divisou". Mais adiante, porém, e em contradição com o que dissera anteriormente, Platão diz: "Por natureza, toda alma humana divisou o que verdadeiramente é; do contrário, não teria adentrado a forma humana. No entanto, não é igualmente fácil a todas lembrar-se por si sós das coisas lá de cima a partir daquelas daqui embaixo: nem às que outrora as divisaram apenas brevemente, nem às que se acidentaram por ocasião de sua queda na terra e que, voltando-se para a injustiça, esqueceram-se do sagrado que outrora contemplaram. Restam assim poucas almas cuja capacidade de recordação é suficientemente forte"[87]. As diferenças graduais na capacidade de rememoração – o que significa dizer na capacidade de aproximar-se do conhecimento do verdadeiro Ser – expressam-se também em que, segundo Platão, aqueles cujas almas, em sua preexistência, pouco divisaram do Ser verdadeiro avançam apenas lentamente para a lembrança do que viram, enquanto os outros – cuja alma viu muita coisa em sua preexistência – experimentam de imediato, à percepção pelos sentidos de um belo corpo, a rememoração da ideia do absolutamente Belo divisado no Além[88].

É decisivo, nessa doutrina dos diversos graus da reminiscência e do indissociável conhecimento, que essa gradação tem um caráter inteiramente ético. É a "culpa" do cocheiro, a "ruindade" da alma que prejudica a visão do verdadeiro Ser durante sua preexistência e, em consequência, o conhecimento em sua pós-existência. Os variados graus nos quais o conhecimento é possível no Aqui são graus da moralidade. Note-se, a propósito, que Platão atribui ao sensível, no *Fedro*, um papel bastante distinto do que no *Fédon*. Aqui, o sensível é empecilho ao conhecimento do Ser verdadeiro. Somente a alma que se liberta da esfera sensível do corpo é capaz de tal conhecimento – ou, pelo menos, de aproximar-se deste – ao longo da vida humana. No *Fedro*, contudo – assim como no *Banquete* –, o sensível é condição para o conhecimento. É vendo as coisas perceptíveis pelos sentidos, cópias das ideias, que as almas – ainda que apenas umas poucas – recordam-se das ideias divisadas no Além, e com essa recordação, embora somente "com dificuldade", reconhecem aquelas ideias: o Ser e o Bem absolutos. É particularmente a visão da "beleza neste mundo" que desperta a lembrança da "verdadeira beleza", que a alma divisou no Além, antes do nascimento do corpo. Essa lembrança transforma-se em um encantamento, que os homens tomam por aquele delírio "em razão do qual dizemos de alguém que está 'apaixonado'"[89]. Justificar moralmente esse estar "apaixonado", o *Eros paiderastikos*, como um caminho para o conhecimento do absolutamente Bom é a verdadeira meta do *Fedro*, como também do *Banquete*.

O caráter profundamente irracional dessa teoria do conhecimento evidencia-se com particular nitidez naquilo que Platão tem a dizer sobre o sujeito e o objeto do conhecimento, e especialmente sobre a relação de um com o outro. Sujeito do conhecimento é a alma – é somente por meio dela que o homem conhece –[90], e a alma é um ente divino. Já se citou anteriormente aqui a seguinte passagem das *Leis*: "De tudo aquilo a que chamamos *nosso*, a alma é, depois dos deuses, o que há de mais divino"[91]. Imediatamente após essa afirmação, Platão faz a exigência de que se tribute à alma respeito divino: "Quando, portanto, no tocante ao respeito, digo que depois dos deuses nossos senhores, e dos seres a eles vinculados, tem-se de respeitar[92], em segundo lugar, a alma, esse mandamento justifica-se plenamente". A alma à qual, como a um Deus, o homem dedica respeito não pode ser um ente idêntico à sua personalidade humana, mas há de ser um ente diferente desta, que é mortal – uma espécie de espírito protetor ou demônio que, no homem, desempenha a função do conhecimento[93]. De fato, a alma tem, provisoriamente, sua sede no homem; contudo, enquanto permanece encerrada no corpo, não é capaz – ou não é plenamente – do verdadeiro conhecimento: o humano – o corpo – não a deixa ser. A alma, diz Platão no *Fédon*, só se apodera da verdade quando "nada de corpóreo a perturba"[94]. O ato do verdadeiro conhecimento realiza-se num espaço transcendente, não no mundo empírico em que vivem os homens. É a alma incorpórea – isto é, a alma antes do nascimento e após a morte do ser humano que apenas temporariamente a abriga – que realiza esse ato do verdadeiro conhecimento. Pois o único objeto real desse conhecimento não é a realidade empírica, em constante mutação, mas o Ser transcendente, eternamente imutável – o valor absoluto, a ideia e, acima de tudo, a ideia do Bem. Esse é precisamente o ponto que Platão sempre acentua enfaticamente. "Tudo quanto é real" – ou seja, o objeto do verdadeiro conhecimento – "não admite a menor mudança": fica "sempre num único e mesmo estado, sem jamais admitir qualquer alteração"[95]. "Nem mesmo a possibilidade do conhecimento pode-se, afinal, admitir (...), quando todas as coisas mudam e nada persiste.[96]" Qualquer conhecimento racional, ou seja, qualquer conhecimento da realidade empírica por intermédio de uma razão meramente humana é, pois – segundo essa teoria do conhecimento –, absolutamente impossível. Platão denomina expressamente o conhecimento da alma, voltado para o Ser transcendente (o "conhecimento racional"), "uma espécie de iniciação sagrada". E, logo a seguir, lê-se: "Ao que parece, os instituidores das nossas iniciações não eram gente desprezível, e na verdade há tempos nos dão a entender que quem adentra o Hades inexpiado e sem iniciação é destinado ao lodaçal do inferno, ao passo que o iniciado e expiado, lá chegando, encontra sua morada entre os deuses. Pois 'são muitos', dizem-nos os iniciados nos mistérios, 'os portadores de tirso, mas poucos os bacantes'. Em minha opinião, porém, estes últimos nada mais são do que os verdadeiros filósofos"[97]. Essa teoria mística do conhecimento é inseparável da religião órfica da paga no Além.

Somente a alma divina é capaz de conhecer o Ser supraterreno, a ideia, uma vez que o conhecimento só é possível entre assemelhados. A "iniciação" do conhecimento racional dá-se unicamente porque a alma, como sujeito do conhecimento, é idêntica ao objeto desse conhecimento (é "de natureza idêntica"[98] à deste), assim como o olho somente é capaz de ver o sol porque é, "de todos os órgãos, (...) o que mais se assemelha ao sol"[99]. Chama a atenção que no firmamento platônico das ideias não haja uma ideia da alma[100]. Isso provavelmente se explica pelo fato de a própria ideia ser "alma" e, precisamente por isso, poder ser conhecida por esta. Nessa teoria do conhecimento, anula-se a distinção entre sujeito e objeto, essencial para uma formulação racional do problema: o processo do conhecimento se apresenta como uma equiparação do sujeito ao objeto[101]. Levada às últimas consequências, essa teoria há de conduzir a uma identificação do sujeito com o objeto, traduzindo-se o ato do conhecimento numa união de ambos. Tem-se aí uma concepção típica de todo misticismo – a *unio mystica*[102]. Se o único e efetivo sujeito do conhecimento verdadeiro é a divindade, então o objeto desse conhecimento também só pode ser a divindade. Deus só conhece a si mesmo; nada mais, exceto a divindade – ou, na linguagem da doutrina das ideias, a ideia do absolutamente Bom –, é digno de tal conhecimento.

Tem-se de admitir que o problema do conhecimento não é inteiramente resolúvel a partir de uma teoria racional; que a questão de como o conhecimento é possível – de como o sujeito do conhecimento chega a seu objeto e este, àquele – permanece um mistério. A mística irracional busca solucionar o mistério fazendo que o sujeito inclua o objeto, ou este, aquele –

anulando, pois, a oposição entre um e outro. Com isso, porém, o problema não é resolvido, é dissolvido. Abandona-se o problema do conhecimento, enquanto conhecimento humano. Como vimos, porém, Platão não vai tão longe. Ou, melhor dizendo: após ter chegado ao ponto de, no *Fédon*, negar o conhecimento humano, declarando possível apenas o conhecimento divino (ou seja, o conhecimento da ideia divina pela alma, a ela aparentada e igualmente divina, liberta do corpo após a morte e evadida para a esfera transcendental, de natureza idêntica à sua), ele recua e admite a existência de duas espécies de conhecimento – o divino e perfeito, e o humano e imperfeito, este possível ao homem ainda em vida, em que o "fazer-se semelhante a Deus", necessário ao conhecimento, consiste apenas em "tornar-se justo e pio"[103]. A imperfeição do conhecimento humano e racional, porém, justifica sua empreitada de colocar uma verdade político-pedagógica ao lado e acima da verdade racional alcançada através desse conhecimento, dado que, afinal, a verdade absoluta e divina há de ficar em segredo.

Isso é o que Platão acentua enfaticamente em sua *Carta VII*, na qual, acerca do conhecimento do que "verdadeiramente é"[104], esclarece que "não se deixa exprimir através de palavras como outras ciências"[105]; que "nasce repentinamente do esforço conjunto e constante em torno do problema e do convívio na alma, qual uma luz que, acendendo-se com a chispa de uma faísca, daí em diante alimenta-se a si mesma". De tal experiência, porém, só é capaz quem é "aparentado" ao Justo e, sobretudo, a todo o Belo; em naturezas "estranhas" a esse conhecimento, ele não pode "deitar raízes". "A partir dessas, ninguém jamais poderá apreender a verdade sobre Bem e Mal, se é que isso é possível.[106]" Quem, entretanto, participa da experiência desse conhecimento, irá conservá-la "oculta em seu íntimo"[107] e nada escreverá a respeito, como aliás o próprio Platão nada revelou em qualquer dos seus escritos[108].

Segundo essa exposição, que o próprio Platão aí define como um "mito"[109], o conhecimento do Ser verdadeiro é um ato místico, e inexprimível é seu resultado. Na *República*, porém[110], Platão afirma que se pode atingir a verdadeira meta do concebível (isto é, "o Bem, segundo sua própria essência") "somente através da arte da dialética", o que significa aí análise conceitual racional, ou seja, "por meio da mera atividade racional". E nada, nessa passagem, sugere que o resultado desse conhecimento seja inexprimível e deva constituir um segredo.

Ao admitir dois caminhos distintos para o conhecimento do absolutamente Bom – o caminho racional-dialético da *República* e o místico-irracional da *Carta VII* –, Platão estava operando, também aí, com uma dupla verdade[111].

Já Aristóteles constatou[112] ter Platão entendido os conceitos éticos – que Sócrates se esforçara em vão por definir – como entidades reais existentes numa esfera transcendente, isto é, como substâncias, se não corpóreas, decerto espirituais. A concepção platônica da essência do conhecimento é de fato incompreensível, quando não se toma em consideração o realismo conceitual[113], decisivo para toda a sua filosofia. Esse realismo conceitual já se encontra na base da identificação parmenídica entre pensar e ser que influenciou substancialmente a teoria platônica do conhecimento. Sendo esta eticamente orientada, o conhecimento é conhecimento do Bem, e conhecer o Bem é ser bom. Tem-se aí a tese platônica de que a virtude é saber[114]. O conceito é a função específica do pensar; e, se pensar e ser são idênticos, o conceito há de ser algo real, com ele se alcança o Bem real. A incapacidade de apreender como tal o puramente ideal e, por conseguinte, a tendência a firmá-lo como real, a imaginá-lo como substância, são elementos típicos do pensamento primitivo, que é essencialmente um pensamento mítico. A melhor forma de caracterizar essa peculiaridade do pensamento primitivo é como uma tendência à substancialização. Ela se manifesta no fato de o homem primitivo, contrariamente ao civilizado, não distinguir entre o corpo e suas qualidades ou estados – ou seja, as forças que movem os corpos, as relações que guardam entre si –, mas conceber essas mesmas qualidades, estados, forças e relações como corpos ou, mais exatamente, como substâncias. Na medida em que teme ou busca alcançar certas qualidades, forças ou estados, ele toma por contagioso aquilo que teme ou deseja – isto é, o Mal ou o Bem; toma-o, pois, por uma substância emanante e sobretudo transmissível através do contato, da qual, portanto, o homem também pode libertar-se de alguma maneira mecânica. Assim, entre os esquimós, quando os pais desejam que seu filho se torne forte, costura-se uma pedrinha retirada de um velho fogão dentro da touca da criança, "pois o fogo é, de todas as coisas conhecidas, a mais forte; a velha pedra do fogão, porém, resistiu por várias gerações ao fogo e há de ser, portanto, ainda mais forte do que ele. O homem que carregar consigo esse amuleto terá uma vida longa e será forte em meio à desventura"[115]. É também bastante disseminado entre os povos primitivos o costume de curar doenças sugando-as ou por meio de sangria. Não apenas as qualidades e estados do corpo, mas também qualidades morais – e até mesmo os atos moralmente qualificados, como um pecado cometido –, são concebidos como substâncias ligadas ou inerentes ao corpo do malfeitor[116]. Nisso assentam-se as cerimônias de purificação tão características da religião primitiva, bem como o costume bastante disseminado de libertar-se de um pecado ou da injustiça que se cometeu através da perda de sangue, do cuspir e do escarrar. O mesmo sentido tem também a admissão dos pecados, a confissão, observada em muitos povos primitivos: a expulsão verbal do que se fez de injusto, acompanhado às vezes de um escarrar de fato. Cassirer[117] caracteriza o pensamento mítico, diferenciando-o do lógico-causal, porque neste "o caminho" conduz "da 'coisa' à 'condição', da concepção 'substancial' à 'funcional'", ao passo que, no primeiro, "também a concepção do vir a ser" permanece "ligada à da simples existência da coisa". Em outras palavras: enquanto o pensamento racional tende a diluir substância em função, o pensamento mítico detém-se no substancial. Fundamentalmente, a personificação das forças da natureza e, particularmente, dos valores morais do Bem e do Mal, tão característica de todos os mitos – sua apresentação como entidades pessoais, humanas e sobre-humanas, a concepção de almas, espíritos, demônios e deuses bons e maus –, é produto dessa tendência à substancialização. Pois "pessoa" é substância: é a substância do Tu vivenciado de forma imediata e, mais tarde, do Eu.

É a tendência à substancialização que conduz à doutrina das ideias e explica a predileção de Platão por mitos antigos e, em especial, pelos órficos, que utiliza ao expor o que há de mais importante para sua filosofia moral: a imortalidade da alma e seu destino no Além. Essencialmente, essa alma é a substância do Bem no homem; toda a doutrina platônica da alma é um típico mito, ainda que ele próprio não a declare oriunda da religião órfica. Também a própria doutrina das ideias é apenas um mito, embora em um nível mais elevado do que o primitivo mito órfico da alma. Assim como foi isso o que a alma personificou – ou seja, o Bem substancializado como pessoa no homem deste mundo –, assim também a ideia central é a substância do Bem no outro mundo, sendo, tanto quanto a alma, apresentada como pessoa. Assim, por exemplo, na já citada passagem da *República*[118], na qual a ideia do Bem figura como o pai invisível cujo filho é o Deus visível, o sol. Onde Platão fala do Deus supremo como uma pessoa, é absolutamente impossível distinguir essa pessoa da ideia do Bem. Não é portanto por acaso que – como ressalta Cassirer –, justamente no pensador que retransmitiu para o Renascimento a doutrina platônica, Giorgios Gemistos Plethon, a exposição da doutrina das ideias se misture de tal forma à sua própria doutrina mítica dos deuses, "que ambas se fundem num todo inseparável"[119]. Cassirer fala da "incapacidade do pensamento mítico de apreender o meramente significativo, o puramente ideal"[120] e aponta como exemplo que, nesse pensamento, a palavra ou o nome não apenas "designa" algo, mas "é" ou "produz" algo – uma coisa. O que o pensamento mítico toma por palavra e nome aplica-se aqui igualmente ao conceito. Para o primitivo, o nome de um homem é sua "alma", seu *alter ego*; trocar de nome significa para ele trocar de essência, pois é trocar de substância. Quem muda seu nome assume uma outra personalidade. E, assim como o nome, também a imagem e a sombra de um homem são seu *alter ego*[121]. Quando apresenta a relação entre ideia e coisa isolada como aquela entre "imagem primordial" e "cópia", entre objeto e "sombra", Platão está pensando em termos inteiramente míticos. Para expressar a noção da "capacidade de desligar-se e transmitir-se daquilo que é meramente qualidade e estado"[122], característica da tendência do pensamento mítico à substancialização, Karuz[123] sugeriu a palavra "emanismo". Segundo a doutrina das ideias, uma coisa é o que é graças à parusia da ideia dessa coisa na própria coisa isolada. Tal parusia da ideia é a emanação que a substância conceitual irradia para a coisa isolada, conferindo-lhe assim a sua essência, na medida em que solta algo de si e o transmite à coisa. Portanto, é peculiaridade do pensamento mítico-substancializador que nele a causa é verdadeiramente coisa-causante, uma coisa, uma substância. Por isso, no *Fédon*[124], Platão rejeita o conceito de causa na ciência natural conforme desenvolvido por Anaxágoras e declara serem as ideias – essas substâncias conceituais – as verdadeiras causas das coisas; afirma não haver "qualquer outro vir a ser de alguma coisa senão pela participação na essência particular daquilo a que pertence"[125]. A ideia do Bem é a coisa-causante do Ser-bom, o que, para Platão, significa do Ser: das coisas que somente "são" na medida em que participam da substância da ideia[126]. E, na *República*[127], explica que a ideia do Bem – isto é, a substância transcendida do Bem – "é a causa de tudo quanto é justo e bom, na medida em que, na esfera do visível, gera a luz, a fonte e o senhor dessa (o sol)". Quando, por fim, pretende ter compreendido as substâncias conceituais como números e fala de números que encerram em si misteriosas forças, também aí se evidencia o caráter inteiramente mítico do seu pensamento. "Nessa elevação do número a uma existência e força independentes", escreve Cassirer[128], "a forma básica da 'hipóstase' mítica está apenas se expressando num caso particular especialmente importante e característico." "Endeusamento e sacralização do número"[129] são elementos típicos do pensamento mítico-religioso.

Não é pois de admirar que alguns dos mitos de povos primitivos sejam surpreendentemente parecidos com a doutrina platônica das ideias[130]. A concepção religiosa de mundo dos primitivos frequentemente se caracteriza por um dualismo que – como oposição entre uma esfera real e outra ideal – lembra em muitos aspectos a metafísica platônica. Esse dualismo surge com particular nitidez nos mitos dos Marind-anim (sul da Nova

Guiné holandesa), por exemplo. O mundo das ideias é ali o dos ancestrais míticos, dos *dema*, que, embora precedendo temporalmente o mundo da realidade, de algum modo segue existindo concomitantemente, atrás ou acima dele. Wirtz[131] assim apresenta o mito de *dema:* "Os antepassados dos Marind, bem como dos demais homens e de todos os seres vivos, foram, num passado distante, os *dema* (...)." Estes são também chamados *amai*, ou seja, avós, antepassados. "Tudo quanto hoje existe teve sua origem nos *dema*. Uma parte deles metamorfoseou-se em animais, plantas e outros objetos; outra parte foi concebida e dada à luz pelo *dema* e criada por este de um outro modo, como hoje não mais ocorre (...) Assim, é compreensível inclusive que tudo possua uma alma, na medida em que se dotou cada objeto de certas forças anímicas, herdadas de seu criador. 'Tudo é *dema*', costuma dizer o Marind quando lhe perguntam acerca da alma." Uma vez que tudo quanto existe remonta aos antepassados míticos, aos invisíveis *dema*, há em todas as coisas algo de seus criadores. Wirtz expõe esse aspecto do mito de *dema* dizendo que não apenas os homens e os animais, mas "também outros objetos, são débeis cópias do *dema* (criador)". E não são somente os objetos da natureza que têm sua origem nos *dema* como seus verdadeiros criadores e modelos, mas também as coisas produzidas pelos próprios homens, pois "na base de todos os objetos está a imagem do *dema*, a partir da qual, por geração direta ou transformação, eles são produzidos". Esse é o caso do arco, por exemplo, que desempenha importante papel na vida dos Marind. O arco concreto, usado pelo Marind, parece-lhe uma cópia do arco primordial, do arco-ideal, do *arco-dema*, do qual – por transformação – se originou. "Embora tenha sido confeccionado pelas mãos do homem, o Marind sempre vê no arco a cópia daquilo que lhe deu origem: o arco-*dema*. Com a imitação do *dema*, uma substância ou força anímica passou, de certo modo, do *arco-dema* original para a arma (...) A elasticidade, a força do arco distendido para arremessar a flecha, para matar o inimigo ou o animal – todas essas são para o Marind expressões da alma do arco, qualidades e funções advindas do *arco-dema*. Estas, por sua natureza, podem ser reencontradas em todo arco produzido a partir do arco original, do *arco-dema* (...)[132]" "Além disso, todo objeto tem não apenas uma designação usual (...), mas, em geral, também um *nome* verdadeiro e real (...), o *nome-dema* (*demaigiz, dema-igiz*), visto que este corresponde ao nome do *dema* (o criador do qual se originou esse objeto), e esse *dema* existe ainda efetivamente em alguma parte." Segundo crê Wirtz, "poder-se-ia pois, por um momento, pensar na doutrina platônica das ideias, embora a comparação seja bem longínqua"[133]. A semelhança, entretanto, é bem maior do que Wirtz ousa admitir. As coisas reais são cópias mais ou menos débeis de seus *dema* – sua origem; as qualidades das coisas reais, a consequência de sua "participação" nos modelos, da presença (παρουσία) dos modelos nas coisas. Acertadamente, Lévy-Bruhl fala em uma "*participation entre l'objet et le 'dema'*"[134]. Essa "*participation*" corresponde inteiramente à μέθεξις platônica, à participação na ideia. O mito platônico da alma tem notáveis paralelos na mitologia primitiva, como na religião dos Batak, da Sumatra. Do *tondi*, a alma da vida – a alma morta e renascida de um antepassado –, afirma-se, segundo nos comunica Warneck[135], a partir de uma anotação de um nativo: "Todo *tondi*, antes de sua descida à terra, reclama e recebe de Mula dagdi (ou Bataru guru, segundo outros) o destino do homem que pretende animar. Somente então ele se faz homem no ventre materno. Sendo ele quem solicita para si próprio um determinado destino, Deus não tem culpa se o *tondi* não escolher o Bem, pois o destino que quer ter ele o escolhe a seu bel-prazer. Deus oferece-lhe todas as opções". Platão[136] incumbe Er – o panfílio ressuscitado que viu as almas no Além – de narrar o seguinte: "Um profeta (...) as posicionou [as almas] primeiramente uma ao lado da outra, a uma distância adequada; depois, tomou do colo de Láquesis os destinos e modelos de vida, subindo a um palco elevado e falando da seguinte forma: 'Eis o que vos anuncia a filha da Necessidade, a virgem Láquesis. Almas efêmeras! Este é o começo de uma nova revolução portadora da morte para vossa raça mortal. Vossa sorte não será determinada pelo demônio, mas sereis vós a escolher o demônio (...) A culpa cabe àquele que escolhe; Deus é inocente'"[137].

Capítulo 34
A *"verdade" dos mitos platônicos*

Uma vez que, na exposição de sua filosofia – e de porções especialmente importantes dela, como a doutrina da alma –, Platão usa certos mitos extraídos dos órficos, de outras fontes ou, em maior ou menor grau, de autoria do próprio filósofo, não é supérfluo para o conhecimento de sua concepção da essência da verdade averiguar de que maneira terá ele próprio entendido os mitos que apresenta. No *Górgias*, Platão incumbe Sócrates de expor o mito órfico da paga no Além qual uma "fábula", "uma estória muito bela, a qual tu (Cálicles, o racionalista) provavelmente tomarás por uma lenda, mas que eu tenho por um relato. Vou, pois, apresentar-te como verdadeiro o que tenciono contar--te"[138]. Após ter narrado o mito, Sócrates afirma: "Eis aí, Cálicles, o que ouvi contar e tomo por absolutamente verdadeiro"[139].

Mais adiante, Sócrates mais uma vez assegura: "Pois eu, Cálicles, estou convencido da verdade dessa estória (...)". Contudo, sugere não excluir ele próprio a possibilidade de considerar o mito da paga uma mera "fábula", ou seja, de tomá-lo por não verdadeiro. Diz: "Talvez creias ser isso uma fábula, sabedoria de velhotas, sem qualquer importância para ti. E, de fato, essa repulsa seria perfeitamente compreensível, caso nós, através de dedicada investigação, pudéssemos encontrar algo de melhor e mais verdadeiro do que isso. Vês, entretanto, que vós três – tu, Polo e Górgias, que sois hoje os mais sábios dentre todos os gregos – não sois capazes de provar que se há de preferir outra vida àquela que mostra-se proveitosa também para o Além"[140]. Porque é "melhor", o mito é "mais verdadeiro" do que qualquer outro ensinamento quanto à maneira de viver; e é "verdadeiro" porque, por seu intermédio, "pode-se provar" algo "proveitoso", e proveitoso para o Além – o que, nesse caso, significa "moral". Essa "verdade" do mito, porém, não exclui uma outra, uma verdade de um grau mais elevado: a verdade do conhecimento lógico-racional, visto a partir do qual o mito é uma mera "fábula", mas, ainda assim, uma "verdade" de um grau inferior. Os intérpretes que afirmam que Platão somente admite como verdade a verdade dialética – tomando ele próprio o mito por mera fábula na qual, por razões político-pedagógicas, deseja fazer crer a grande massa dos não filósofos – estão em flagrante oposição com a apresentação do mito no *Górgias*. Sócrates dirige sua reiterada afirmação de que o mito é "verdadeiro", e não mera estória da carochinha, a três pessoas que designa "os mais sábios dentre todos os gregos". É possível que isso seja irônico, mas não se pode negar que os três eram representantes da mais elevada camada da inteligência. O que diferencia a verdade platônica da verdade do pragmatismo é que, contrariamente aos pragmáticos, Platão não toma a verdade unicamente como sinônimo de utilidade, mas, paralelamente a essa verdade, admite também uma outra, cujo critério é outro que não o da utilidade – ou seja, opera com uma dupla verdade[141].

No *Mênon*, Sócrates expõe o mito da preexistência da alma como uma doutrina preconizada por "homens e mulheres versados nas coisas divinas (...), sacerdotes e sacerdotisas que valorizam o fato de poderem prestar contas sobre seu ofício" – referindo-se aqui, evidentemente, aos órficos – e por poetas como Píndaro, "impregnados de Deus". Essa pregação, ele a designa expressamente como "verdadeira, segundo me parece, e bela". E nessa doutrina, que contrapõe à concepção de que não se pode investigar o que não se sabe, Platão explicita: "A minha, pelo contrário, incita ao trabalho e à investigação. Tomo-a, pois, por verdadeira (...)"[142]. Mais adiante, porém, declara: "De resto, não desejaria avalizar plenamente o que foi dito. Que, no entanto, na crença na necessidade de investigar o que não sabemos, sejamos mais hábeis e viris, menos indolentes do que na crença na impossibilidade de encontrar o que não sabemos e na inadmissibilidade de investigá-lo – eis aí o que defendo com todas as minhas forças, com palavras e ações"[143]. O mito é "verdadeiro" porque a crença em sua verdade nos faz viris e ativos. De um ponto de vista não ético, porém, pode não ser verdadeiro. Também aqui evidencia-se a dupla verdade de Platão. Assim, não é por acaso que, precisamente no *Mênon*, ele desenvolva a teoria de que, embora o verdadeiro saber – a *episteme* – e a mera opinião – a *doxa* – sejam distintas, existe uma "opinião correta", a qual, "como guia de toda ação, não conduz à meta de forma menos apropriada do que o saber" e, portanto, "em valor, não fica atrás do saber nem é menos útil para a ação"[144]; e de que os estadistas de posse não do verdadeiro saber, mas da opinião correta, "no que concerne à sua relação com a efetiva compreensão, não são em nada melhores do que os adivinhos e os videntes tomados de fervor divino. Também estes, afinal, anunciam coisas verdadeiras e, aliás, em abundância, sem no entanto disporem da efetiva compreensão do que dizem"[145]. Temos absoluta consonância com isso quando, no *Critias* – sobre o relato dos sacerdotes quanto à partição da terra pelos deuses e à fantástica lenda da Atlântida –, Platão afirma que ambos conteriam estampados em si o selo da credibilidade e da verdade[146].

No *Fédon*, Sócrates afirma crer na verdade dos sonhos. Diz ter composto poemas na prisão porque os sonhos o teriam exortado à atividade poética, e ele considerava como um pecado a desobediência a essa determinação. Coloca a poesia e o mito num mesmo nível, dizendo: "Como eu não era um inventor de mitos, coloquei em versos, depois do hino a Deus, as fábulas de Esopo que tinha à mão e conhecia bem"[147]. Ao mesmo tempo, porém, afirma que um verdadeiro poeta "tem de compor coisas inventadas, e não reais". Nesse contexto, o mesmo há de valer para o mito. Assim, também este apresenta somente invenções, e nada de real. Por que, então, Sócrates acredita que deve seguir a determinação dos sonhos, de compor apenas coisas inventadas? Porque, ainda que o sonho – do ponto de vista da vida real – não seja uma realidade, contém alguma verdade. E assim é também com o mito. Com referência à doutrina da preexistência da alma – que é, em essência, um mito –, Platão faz Símias dizer: "Sem sombra de dúvida, meu caro Sócrates, a necessidade é a mesma em ambos os casos. Em muito boa hora conduziu-nos a nossa investigação ao conhecimento de que, antes do nascimento, o Ser de nossas almas está intimamente unido ao Ser dessa entidade sobre a qual estás falando (a ideia). Pois, para mim, nada é tão indubitavelmente certo quanto isso, que todas essas concepções – a do Belo, a do Bem e todas as demais que acabaste de mencionar – são dotadas do mais verdadeiro Ser. Essa comprovação me basta". E Símias acrescenta que até mesmo Cebes, que estaria "particularmente em dúvida quanto às razões apresentadas", teria igualmente "se convencido suficientemente (...) da existência de nossa alma antes do nascimento"[148]. O mito da preexistência da alma representa, pois, "sem sombra de dúvida", um sublime "conhecimento", uma "prova convincente". E, no tocante à doutrina da reminiscência – ligada substancialmente ao mito da preexistência da alma –, Platão assegura pela voz de Símias: "O discurso acerca da reminiscência repousa sobre um fundamento realmente digno de confiança. Pois dissemos que a existência de nossa alma antes de sua entrada no corpo nos é garantida com toda segurança porque ela está na posse da concepção da entidade a que chamamos 'o que realmente é'. Como estou convencido, eu aceitei isso plenamente"[149].

Tendo Símias admitido estar a preexistência da alma convincentemente comprovada, Sócrates explica que, se a alma existe antes do nascimento, deve existir também após a morte: "Se antes, pois, a alma já é, e se, adentrando o corpo e nascendo, não nasce de outra coisa que não da morte e do estar morto, então tem necessariamente de *ser* também depois da morte, uma vez que deve renascer. Portanto, como disse, já se tem aí a plena comprovação"[150]. Do mito da preexistência da alma decorre – através do mito do renascimento, isto é, do mito órfico da transmigração da alma – a verdade da pós-existência dessa mesma alma. Platão assegura pela voz de Sócrates que o mito órfico da alma apresenta a "plena comprovação" disso. A seguir, porém, diz que, aparentemente, Cebes e Símias desejariam discutir mais profundamente a questão da existência da alma após a morte, "como se nutrísseis o medo infantil de que o vento possa, à sua saída do corpo, soprar a alma para longe", o que seria um ensinamento bastante disseminado. Lê-se, então: "Cebes riu e disse: pois tenta corrigir-nos, Sócrates, como se tivéssemos medo. Talvez, porém, não se trate simplesmente de *termos* medo, mas de ainda abrigarmos realmente, dentro de nós, uma criança que teme isso. Busquemos pois levar essa criança a não temer a morte qual um bicho-papão. – Teríeis então, disse Sócrates, de procurar curá-la todo dia com fórmulas mágicas, até que a tenhais curado de fato. – Mas onde, perguntou Cebes, haveremos de encontrar um bom exorcista, uma vez que estais prestes a nos deixar? Sócrates: A Grécia é grande, Cebes, e nela há muitos homens excelentes, e grande é também o número dos povos bárbaros; tendes de examiná-los todos a fim de achar tal exorcista, e não poupai aí dinheiro ou empenho"[151]. Seguem-se, então, provas da existência da alma individual após a morte do corpo que provisoriamente a abriga – provas, no entanto, também da verdade de um mito que aqui é designado "fórmula mágica" para tranquilizar a "criança dentro de nós", para libertar-nos do medo infantil da morte. A verdade desse mito é embasada em seu efeito curativo. Na sequência do diálogo, e com referência à discussão da questão sobre se a alma seria harmonia e, portanto, se pereceria juntamente com o corpo, Sócrates diz: "Não me esforçarei para que meu ponto de vista [o da existência da alma após a morte] pareça verdadeiro aos presentes – para mim, ao menos, isso é inteiramente desimportante –, mas sim para que pareça absolutamente verdadeiro a mim mesmo. Isso porque, meu caro amigo, penso da seguinte maneira – e podes reconhecer aí minha disposição egoísta: se o que digo é verdadeiro [ou seja, que a alma continua vivendo após a morte do corpo], então é bom estar convencido disso; se, no entanto, o morto nada tem a esperar, então, pelo menos, não estarei importunando os presentes com lamúrias, nestas derradeiras horas que antecedem a minha morte. Minha ignorância, porém, não durará muito tempo – pois isso seria ruim –, mas desaparecerá em breve"[152]. Não se exclui aqui a dúvida sobre a veracidade do mito da imortalidade. Se, contudo, somente o próprio Sócrates acredita na imortalidade, isso ao menos resulta no benefício de não importunar os presentes com lamúrias. Exprimindo-o de forma genérica: ainda que não seja objetivamente verdadeiro que a alma é imortal, a crença subjetiva traz grandes vantagens. Mais adiante, entretanto, Sócrates diz: "Indubitavelmente, portanto, Cebes, a alma é imortal e indestrutível, e, na verdade, nossas almas deter-se-ão no Hades"[153]. E Cebes assegura: "De minha parte, Sócrates, nada teria a dizer em contrário, e estou plenamente convencido de tuas razões". Como, no entanto, Símias ainda não parece estar inteiramente convencido, Sócrates apresenta o seguinte argumento em favor da veracidade da doutrina da imortalidade: se a alma não continuasse existindo após a morte e se, portanto, não houvesse a retribuição no Além, "seria um bem-vindo presente para os maus, quando morrem, libertar-se não apenas do corpo, mas, juntamente com este, da maldade apegada à sua alma"[154]. O homem não teria motivo suficiente para, ao longo de sua vida, esforçar-se por ser bom. O mito é verdadeiro porque, se não fosse, não haveria justiça – o Mau seria recompensado e nada haveria neste mundo que o inibisse. Portanto, o mito é verdadeiro porque garante a justiça. Quando, porém, Sócrates põe-se a definir as regiões nas quais a paga no Além se concretiza, diz que "expor as razões sobre a veracidade desse ponto de vista [acerca dessas regiões] é tão difícil que me parece exceder até mesmo a arte de Gláucon [uma frase não inteiramente compreensível]. Dificilmente eu estaria em condições de fazê-lo e, mesmo que dispusesse do necessário saber para tanto, Símias, creio que não haveria tempo suficiente para essa discussão"[155]. Ainda assim, Sócrates começa a descrever essas regiões. Ao falar, porém, dos "esplendores" do "mundo superior", pede permissão para proceder a uma "descrição lendária": "vale a pena ouvi-la"[156]. E, após concluir essa "descrição lendária" com a exposição do julgamento dos mortos, diz: "O que acabei de expor, Símias, certamente há de nos estimular a empregar todos os meios para que, em vida, façamos nossas a virtude e a compreensão racional, pois magnífico é o prêmio e grande, a esperança. Em questões dessa natureza, decerto não ficará bem a um homem que pensa racionalmente querer afirmar a verdade absoluta do que expus. Que isso ou algo semelhante se dá com nossas almas e suas moradias – visto que a imortalidade da alma está acima de qualquer dúvida –, deveria ser uma crença legítima, à qual vale a pena ousar entregar-se. A ousadia é bela, e, para sua tranquilidade, o espírito reclama tais concepções, que funcionam como fórmulas mágicas; por isso demoro-me já tão longamente nessa descrição lendária"[157]. Para um homem que pensa racionalmente – isto é, do ponto de vista do conhecimento lógico-racional ou científico –, o mito da imortalidade da alma nada mais é do que uma "crença" com efeito curativo. Ainda assim, a imortalidade da alma, desprovida de sentido sem a paga no Além (pois é sustentada unicamente em função dessa paga no Além), está "acima de qualquer dúvida", ou seja, é uma verdade; não a única verdade possível, mas a verdade do mito, situada ao lado (ou mesmo acima) da verdade racional, científica. No *Fedro*, onde Platão expõe em cores vívidas e com grande força dramática o mito da preexistência da alma, fala-se logo de início de um mito da religião estatal tradicional: a lenda do rapto de Orítia por Bóreas. Perguntado se crê que "essa velha estória é verdadeira", em vez de responder categoricamente, diz Sócrates: "Suponha que, como os sábios, eu não acredite nela – o que decerto não seria desabonador para minha inteligência. Diria então, refletindo bem, que um sopro do vento norte derrubou a donzela das rochas próximas (...) e uma vez que, desse modo, ela encontrou a morte, foi dito que teria sido arrebatada por Bóreas"[158]. Essa é a interpretação que "os sábios" dão ao mito, ou seja, a interpretação racionalista. Mas Sócrates rejeita decididamente essa interpretação embora não fosse, como diz, desabonadora para sua "inteligência". Obviamente ele não preza essa inteligência, cuja função descreve como um mero "refletir bem". "Sinceramente, Fedro, acho explicações desse tipo verdadeiramente bonitas, mas exigem demasiada arte e esforço, e quem se propõe a dá-las não é propriamente digno de inveja, pelo menos na medida em que terá necessariamente de explicar também em conformidade com a razão, além dessa estória, as figuras dos hipocentauros e a da Quimera; e, para além destas, avizinha-se ainda toda uma torrente de fenômenos aparentados – Górgonas, Pégasos e outras criaturas maravilhosas e notáveis –, impressionantes tanto em quantidade quanto em singularidade. Quem reage com incredulidade a essas figuras, buscando explicar cada uma delas segundo as leis da verossimilhança, terá de empregar muitas horas livres no exercício de sua sabedoria vulgar. Eu, porém, não disponho de horas livres para tal empreitada. E a razão disso, meu caro amigo, é que ainda não sou capaz – seguindo o oráculo délfico – de conhecer a mim mesmo. E, enquanto permanecer ignorante de mim mesmo, parece-me ridículo investigar coisas que não me dizem respeito. Por isso, deixo estar essas estórias e, acompanhando a opinião tradicional a esse respeito, busco, como acabei de dizer, não investigar tais coisas, mas sim a mim mesmo (...).¹⁵⁹" Abdicando de interpretar racionalmente o mito, Sócrates admite – ou, ao menos, não nega – acreditar nele. Porque disse logo de início que, se nele não acreditasse, interpretá-lo-ia racionalmente, refletindo bem. Assim, deixa estar a estória, o que por certo significa que a aceita como ela é. Esse episódio, que nada tem a ver com o verdadeiro conteúdo do diálogo, talvez não tenha sido posto inadvertidamente em seu início. O cerne do *Fedro* é, afinal, o mito platônico da preexistência da alma. E deste, com referência ao "lugar acima dos céus" onde as almas imortais divisam "o que está além do firmamento" – ou seja, o Ser absoluto, que é, ao mesmo tempo, o absolutamente Bom e a verdade absoluta –, Platão diz: "No tocante ao lugar acima dos céus, porém, nenhum poeta o cantou dignamente aqui embaixo nem jamais o fará. Mas assim é. Tem-se ao menos de tentar dizer o que é verdadeiro, especialmente quando se pretende falar da verdade"¹⁶⁰. Quando, logo no início do *Fedro*, Platão enfatiza que não se deve interpretar racionalmente os mitos – nem mesmo os da religião estatal tradicional –, mas aceitá-los como se apresentam, talvez o faça porque não deseja ter seu mito da alma interpretado racionalmente. Porque, submetido a uma interpretação racional, pouco restaria dele. Esse mito, assim nos assegura o filósofo, é "verdadeiro". Mas essa verdade não é aquela da razão "que reflete bem", a qual, desde o início do diálogo, Platão esforça-se por desacreditar.

Na *República*, Platão faz um ataque violento aos mitos da religião estatal tradicional. O que tem a censurar neles é que são mentirosos. Mas não os define como mentirosos do ponto de vista da investigação racional da verdade – ou seja, não porque o que dizem sobre os deuses não coincide com a realidade, mas porque relatam coisas imorais a seu respeito. Diz, pois, significativamente: "Ainda que fossem verdadeiros, não deveriam ser contados diante de pessoas insensatas e jovens; seria preferível que se silenciasse a seu respeito (...)"¹⁶¹. Platão não nega, portanto, a possibilidade de que os deuses tenham efetivamente cometido os atos imorais relatados nos mitos. Ainda assim, afirma: "Como a divindade é na realidade, assim tem-se sempre de representá--la". E a divindade é, "na verdade, boa", razão pela qual se deveria atribuir-lhe somente o Bem: "para o Mal, ao contrário, deve-se procurar outras causas, jamais a divindade"[162]. Tudo isso Platão expõe naquele segmento da *República* que trata da educação da classe dominante. Somente quando os mitos apresentam a divindade como boa é que são "verdadeiros"; mas essa verdade, a verdade dos mitos, é evidentemente pensada apenas como verdade político-pedagógica. Precisamente nesse mesmo contexto, Platão desenvolve a doutrina das mentiras genuínas e inadmissíveis e daquelas "curativas", "úteis", "bem-intencionadas" e, portanto, admissíveis, indicando então os mitos que representam a divindade como boa – que acabou de declarar "verdadeiros" – como mentiras úteis. "E não é assim com as fábulas há pouco mencionadas? Como não conhecemos os fatos desses acontecimentos do passado remoto, moldamos a mentira de forma que se pareça o máximo possível com a verdade, assim tornando-a útil.[163]" O próprio Platão faz uso, na *República*, de dois mitos dessa natureza. O mito dos três metais empregados por Deus na criação do mundo – que, mais adiante, será analisado em maior detalhe –, ele o introduz com as seguintes palavras: "Sócrates: Que possibilidade haveria de tornar crível de preferência aos governantes, ou, se não a estes, ao menos aos demais cidadãos, uma inverdade daquele tipo indispensável de que falávamos há pouco, ou seja, uma única e absolutamente bem-intencionada mentira? Gláucon: Que espécie de mentira? Sócrates: Não algo que nos seja inteiramente desconhecido, mas uma estoriazinha fenícia, coisa já acontecida em muitos lugares no passado – como dizem os poetas, obtendo assim crédito para suas palavras –, mas que jamais ocorreu em nossa época e dificilmente poderá ter ocorrido. Torná-la crível exige, porém, grande capacidade de persuasão"[164]. E, após ter contado a estória, Sócrates pergunta: "Tornar-lhes crível essa estória – és capaz de encontrar uma possibilidade de fazê-lo? Gláucon: Não, ou, pelo menos, não no que se refere aos cidadãos de hoje; mas sim, provavelmente, a seus filhos e descendentes, bem como aos demais homens do futuro. Sócrates: Mas isso já produzirá um bom efeito, no sentido de cuidarem com maior zelo da cidade e uns dos outros. Sim, pois mais ou menos entendo o que queres dizer. E as coisas podem, então, tomar o rumo que a crença na nossa fábula pressupõe"[165]. Essa fábula precisa, pois, ser contada aos homens por causa de sua "boa influência".

O segundo mito utilizado por Platão também na *República* é a estória do panfílio Er, ressuscitado da morte, sobre a retribuição no Além[166]. Precede esse mito a afirmação de Sócrates de que, já nesta vida, justos e injustos serão recompensados e punidos pelos deuses. Em seguida, Sócrates diz: "E no entanto, em plenitude e grandeza, tais bens de natureza magnífica e duradoura nada significam, se comparados àqueles que aguardam justos e injustos após a morte. Tem-se contudo de ter conhecimento também *destes*, a fim de que ambos, o justo e o injusto, ouçam o que, por força da argumentação, lhes é devido, como pagamento por sua culpa"[167]. Segue-se a narração de Er. Para que os homens sejam incitados a levar uma vida justa, é necessário que "ouçam" o que os aguarda no Além. Por essa razão, tem-se de "ter conhecimento" dos acontecimentos no Além. E esse conhecimento provém de uma personalidade misteriosa, cuja narração, do ponto de vista do conhecimento racional, não pode reivindicar qualquer credibilidade. Platão, no entanto, relata-a como verdadeira. Terminada a narração, ele faz Sócrates dizer: "Foi assim, ó Gláucon, que essa história se salvou e não pereceu. E poderá salvar-nos também, se lhe dermos crédito; felizes atravessaremos, então, o rio do Letes sem macular nossa alma. Pelo contrário: se *meu* conselho for seguido, convencidos de que a alma é imortal e capaz de suportar tudo quanto é ruim e tudo quanto é bom, haveremos de percorrer sempre imperturbáveis o caminho para o alto e, embasados na correta compreensão, exerceremos a justiça de todas as maneiras, de modo a viver em paz e harmonia conosco e com os deuses, enquanto permanecermos aqui nesta terra; e, depois de termos ganhado os prêmios da justiça, como os vencedores dos jogos que andam em volta recolhendo as prendas da multidão, tanto aqui como na viagem de mil anos que descrevemos, haveremos de ser felizes"[168]. Essa história "salvou-se" e pode "salvar-nos" também, se acreditarmos em sua verdade; se – seguindo o conselho de Sócrates – estivermos "convencidos" de que a alma é imortal e conseguirá atravessar imaculada o rio do Letes, uma vez que, no Além, ela está sujeita à paga. Sem a paga no Além, o mito da permanência da alma após a morte não tem sentido.

No *Teeteto*, Platão não parece disposto a servir-se da verdade mítica. Ele interpreta de uma maneira inteiramente racionalista a "fuga" para o Além que, no *Fédon*, significa a morte, visto que somente libertando-se do corpo faz-se a alma tão semelhante ao Bem divino, que é capaz de divisá-lo. "A fuga, porém, consiste no fazer-se o mais semelhante possível a Deus; tornar-se semelhante a ele significa tornar-se justo e pio com base na correta compreensão.[169]" Aqui, deixa-se de lado o mito do *Fédon* da contemplação pela alma, no Além, do absolutamente Bom. Logo em seguida, porém, lê-se: "De fato, a grande massa afirma que devemos nos esforçar pela virtude e evitar a maldade, e por nenhuma outra razão senão para que, exteriormente, não pareçamos ruins, mas bons. Isso porém, na minha opinião, nada mais é do que tagarelice de velhotas, para usar uma expressão conhecida. A verdade, contrariamente a isso, reza o seguinte: Deus jamais e de forma alguma é injusto, mas tão justo quanto possível, e nada há entre nós que mais se assemelhe a ele do que aquele que se faz tão justo quanto possível"[170]. A "verdade" de uma afirmação acerca da essência de Deus não pode ser definida senão como uma verdade mítica. E prossegue: é preciso "dizer a verdade" à massa; e essa verdade não consiste, "como imaginam, nos castigos corporais e na pena de morte, dos quais são por vezes poupados a despeito de seus crimes, mas em algo de que é impossível escapar". De que malos malfeitores são incapazes de escapar? De início, Sócrates afirma: "Por isso pagam a pena de levar uma vida correspondente ao modelo ao qual se assemelham (a ideia do Mal, que é aqui aceita paralelamente à do Bem)". O ser mau encerra em si próprio, por assim dizer, a punição: ser mau é uma punição. Como, porém, os maus decerto não podem compreendê-lo, Sócrates prossegue: "Se, contudo, dizemos a eles" – e Sócrates enfatizou há pouco ser necessário "dizer-lhes a verdade" – "que, se não renunciarem à sua sabedoria mundana, tampouco os acolherá após a morte aquele sítio livre de todo o mal, e, ademais, que aqui embaixo terão de levar uma vida correspondente à sua conduta, ou seja, serão, como malfeitores, atormentados pelos males, isso lhes soará – a esses patifes mundanos – verdadeiramente como o palavrório de sabe-se lá que tipo de tolo"[171]. O mal do qual os malfeitores não podem escapar só pode ser o que os aguarda após a morte; pois que no Aqui conseguem escapar da paga por seus crimes, isso Sócrates acaba de reconhecer. Nessa passagem afirma-se, como "verdade", portanto, o mito da paga no Além, embora do ponto de vista da "sabedoria mundana" ele possa ser visto como tolice.

No *Político*, Platão chama inicialmente o mito ali exposto de "uma espécie de brincadeira", uma "lenda" de cujo "auxílio" necessita para chegar "à meta verdadeira da investigação" – a definição da essência dos estadistas – como uma história que se deve acompanhar com a mesma atenção com que as crianças ouvem um conto da carochinha[172]. No centro desse mito está Deus, como "timoneiro do universo". Tendo concluído a história, diz o estrangeiro: "Que ela encontre, pois, sua aplicação e nos mostre os grandes erros que cometemos na investigação anterior com nossos argumentos sobre o rei e o estadista"[173], na qual a arte do estadista foi apresentada como a de um pastor de homens. A seguir, o estrangeiro afirma: "Por isso, afinal, recorremos ao mito: quanto ao rebanho, deveria nos mostrar não apenas que o homem a quem agora procuramos (isto é, o estadista) terá essa função disputada por todos, mas também justamente nos permitir reconhecer com maior nitidez aquele que – segundo o modelo dos pastores e dos guardadores de gado – dedica-se à educação dos homens, sendo, por isso, o único a ter direito a esse título"[174]. Embora seja, ou pareça ser, apenas uma "brincadeira", o que o mito nos permite reconhecer com maior nitidez é "a figura do pastor divino", a qual "é ainda muito elevada até mesmo para um rei"[175]. Somente ele tem direito ao título de pastor de homens. Que esse pastor divino exista certamente não é concebido como uma brincadeira, pois para permitir que seja reconhecido "com maior nitidez" e evidenciar a diferença entre ele e um condutor humano do Estado recorreu-se ao mito, o qual, mesmo parecendo uma "brincadeira" para o conhecimento racional, tem uma aplicação importante, sendo, nesse sentido, verdadeiro.

No *Timeu*, Platão desenvolve uma teoria do mito que dificilmente se deixa compatibilizar com o emprego que faz dele em outros diálogos e, de resto, não se revela isenta de contradições sequer no que se refere ao próprio *Timeu*. Ele tenta justificar o mito como uma representação correspondente à natureza de seu objeto. Afirma, aí, que o objeto do mito é o que está em vias de vir a ser, do qual, por sua essência, nada se poderia dizer de absolutamente verdadeiro. Tal verdade somente poderia ser alcançada na representação do Ser absoluto e transcendente. A representação do vir a ser – que, como a realidade empírica, é apenas uma cópia do Ser absoluto como modelo primordial – admitiria somente a verossimilhança. Platão faz Timeu dizer: "Importa assim, a meu ver, primeiramente distinguir as seguintes concepções: o que é que sempre é e não admite qualquer devir, e o que é que está em permanente devir, jamais participando do Ser? O primeiro, graças à inteligência, é apreensível por meio do pensamento racional, pois permanece sempre idêntico a si próprio; o segundo, somente pela opinião (oscilante), precisamente sob essa forma imperfeita, e graças à percepção pelos sentidos, sem a participação da inteligência, pois está em constante vir a ser e perecer, sem jamais alcançar o Ser (...) este mundo (é) necessariamente uma cópia de alguma coisa. Ora, em qualquer dessas questões, é de grande importância dar ao começo um tratamento apropriado. Assim, no tocante à imagem e seu modelo, é preciso estabelecer uma diferença na representação de ambas, na medida em que esta (a representação) deve ter um íntimo parentesco com aquilo que representa. A representação para tudo quanto é permanente, fixo e cognoscível com o auxílio da razão tem, também ela, de possuir o caráter do que é permanente e inamovível; nisso ela não pode falhar, tanto quanto, tratando-se de palavras, se pode falar em irrefutabilidade e imutabilidade. De maneira inversa, a representação do que apenas imita o modelo – da mera cópia, portanto – terá o caráter do que é verossimilhante e análogo à singularidade desse objeto. Assim como o Ser está para o devir, assim também está a verdade para a crença (πίστις, verossimilhança)"[176]. Em sua tendência a contrapor a representação mítica do devir ao conhecimento do Ser absoluto, Platão vai tão longe a ponto de afirmar, no mesmo *Timeu*, que "o procedimento que segue a verossimilhança", "a observação do devir segundo a mera verossimilhança", seria um "gosto" que nos proporcionamos, "a fim de descansarmos da verdadeira labuta mental sobre o que eternamente *é*" – um gosto "que não se faz acompanhar do remorso"[177]. Contudo, no rol dos objetos que só podem ser representados através da verossimilhança, Platão inclui não apenas "o nascimento do universo", mas também os deuses. "Se nós agora, meu caro Sócrates, ante os numerosos debates acerca de Deus e do nascimento do universo de que já dispomos, não formos capazes de oferecer uma representação inteiramente coerente consigo mesma e de absoluta precisão, não te espantes: será já suficiente se nossa representação puder estar à altura das demais em termos de verossimilhança. Pois não se há de esquecer que todos nós – eu, que estou aqui a expor, e vós, os juízes – somos apenas seres humanos. Quando, pois, ouvimos sobre essas coisas um poema, com pretensão de verossimilhança, podemos nos dar por satisfeitos, sem precisar exigir nada além disso.[178]" No *Timeu*, fala-se de "deuses" em diversos sentidos. Um deles é o demiurgo, que dá forma ao cosmo a partir do caos; Deus é, ainda, o próprio cosmo, e deuses são chamados também tanto a terra quanto os demais corpos celestes. Contudo, também os deuses imortais da religião estatal tradicional figuram nesse mito. São eles, é claro, que Timeu tem em mente ao se referir aos "numerosos debates acerca de Deus e do nascimento do universo de que já dispomos". E Platão só pode ter em vista os deuses da religião popular tradicional ao fazer que Sócrates exorte Timeu a começar sua narrativa pela "obrigatória invocação aos deuses", fazendo que este responda: "Por certo, Sócrates, assim procedem todos os que abrigam em si ao menos uma centelha de prudência: ao começar qualquer empreitada, grande ou pequena, sempre invocam uma divindade. E assim devemos fazer, nós que estamos em vias de falar sobre o universo – até que ponto ele se fez ou não se fez –, se não carecemos de todo senso, devemos necessariamente rogar aos deuses e deusas por seu auxílio, a fim de que nossa explanação esteja, sobretudo, em conformidade com o seu pensar e, também, coerente consigo mesma"[179]. Acaso pertencem o demiurgo e os deuses da religião popular tradicional à esfera do devir, do nascer e perecer, que ao menos segundo a concepção original da doutrina das ideias é a da mera aparência? Dessa mesma esfera do que é apreensível pela percepção sensível, afirma-se no próprio *Timeu* que "encontra-se em constante vir a ser e perecer, sem jamais alcançar o Ser"[180]. Embora, na passagem acima citada, Timeu diga acerca dos deuses da religião popular tradicional que não se pode falar deles de forma absolutamente verdadeira, mas somente em termos de verossimilhança, mais adiante afirma a seu respeito: falar sobre eles "e explicar o seu nascimento seria uma empreitada temerária; tem-se, antes, de dar crédito àqueles que, no passado, se manifestaram a esse respeito; se, afinal, afirmam descender dos deuses, terão conhecido bem seus antepassados. Como poderíamos negar crédito aos descendentes dos deuses? Ainda que suas afirmações não tenham qualquer pretensão de verossimilhança ou a autoridade do que foi verdadeiramente comprovado, precisamos dar-lhes crédito, conforme o uso, visto se apoiarem em seu parentesco com os deuses. Em razão do que afirmaram, podemos pois tomar como válido, sobre o nascimento dos deuses, o seguinte. Gé (a terra) e Urano tiveram por filhos Oceano e Tétis; estes, por sua vez, Fórquis, Cronos, Rea e os demais que deles descendem; de Cronos e Reia nasceram Zeus e Hera, bem como todos que são tidos por irmãos ou descendentes destes"[181]. O mito da religião popular tradicional é incompatível com o de Timeu. Ainda assim, Platão não quer rejeitar o primeiro como falso; contenta-se pois em recusar-lhe a verossimilhança que defende para o mito de Timeu, mas insiste, "de acordo com o uso", em dar-lhe "crédito" (τῳ νόμῳ πιστευτέον), embora tenha anteriormente[182] contraposto a própria "crença" (πίστις) – como verossimilhança – à verdade (ἀλήθεια). Mais adiante, Timeu afirma também a respeito da alma que dela só se podem afirmar coisas verossímeis. "Esses seriam, pois, os nossos pontos de vista acerca da alma, de suas porções mortal e divina, e da questão sobre até que ponto, ligada a quê, e por que razão, cada uma dessas porções recebeu um lugar especial. Somente poderíamos afirmar com segurança que, assim, chegamos à verdade se Deus houvesse expressado sua concordância com o que dissemos. Que, no entanto, ao menos permanecemos fiéis à verossimilhança, é lícito que, esperançosos, o asseveremos de pronto, e mais ainda a um exame mais detalhado. Tenha-se, pois, a certeza disso.[183]" Aqui, entretanto, a mera verossimilhança da representação não parece decorrer da natureza do objeto, mas resultar de que Deus não permitiu a proclamação da verdade absoluta acerca da alma. Em todo caso, o que Platão tem a dizer a respeito da imortalidade da alma nos demais diálogos, ele não o expôs, aqui, como simplesmente verossímil. Também na *Carta VII*, que, por certo, pode ser considerada um testemunho altamente pessoal de Platão, ele enfatiza, no que diz respeito à alma: "tem-se realmente de dar crédito (πείθεσθαι) àqueles velhos e sagrados relatos que nos asseguram sermos possuidores de uma alma imortal, a qual teria de apresentar-se a um tribunal e sofrer as mais pesadas punições, uma vez tendo-se separado do corpo"[184].

Se no *Timeu*, em face da verdade absoluta do produto do conhecimento voltado para o Ser absoluto e transcendente, Platão reduz a verdade do mito à condição de mera verossimilhança, evidentemente o faz porque busca, de algum modo, manter a oposição entre os dois mundos – o do Ser transcendente e o do vir a ser da realidade empírica –, que no próprio *Timeu* ele relativiza, na medida em que procura compreender este mundo da realidade empírica através da divindade absolutamente boa, como um mundo tão bom quanto possível e, portanto, como algo que, de algum modo, é. Se a oposição entre esses mundos é absoluta, se apenas um deles é e é bom, e o outro é mera aparência – ou seja, não é e é mau –, então nada se pode afirmar a respeito deste último a não ser que não é. Isso com absoluta verdade, não mera verossimilhança. Mas como Platão, no *Timeu*, quer apresentar este mundo como formado pela divindade essencialmente boa e, portanto, como um mundo bom, precisa – em contradição com a afirmação de que tal mundo jamais alcança o Ser – pressupor que esse mesmo mundo é[185]. E, pondo-se a descrever o nascimento desse mundo, precisa reivindicar para suas afirmações algum tipo de verdade. Esta, porém, só pode ser uma verdade diferente daquela acerca do outro mundo. Também o mito é "verdadeiro", pois seu objeto – a realidade empírica – é igualmente bom. Mas a verdade mítica é diferente da verdade sobre o Ser transcendente[186]. Como Platão define aqui o conhecimento do Ser transcendente como "pensamento racional por meio da inteligência", pode-se afirmar que comparar o pensamento mítico àquele primeiro é uma diversão. Esta é uma observação inteiramente acertada, do ponto de vista psicológico. É essencial, aí, a ênfase de Platão em que esse gosto "não se faz acompanhar do remorso"; o remorso haveria de acompanhá-lo, caso o mito afirmasse inverdades. Indubitavelmente, porém, não é esse o caso na visão de Platão. Ernst Cassirer nota acertadamente que, para Platão, o mito é a única linguagem na qual – segundo a afirmação do próprio Platão no *Timeu* – o mundo do devir se deixa expressar. E, precisamente no *Timeu*, ele quer de alguma maneira ser justo para com esse mundo do devir – cujo Ser, a princípio, ele nega totalmente. "Assim, por mais vigorosamente que se separe a mera 'verossimilhança' (do mito da 'verdade') da ciência rigorosa, ainda assim, e por força dessa separação, continua existindo, por outro lado, o elo metodológico mais próximo entre o mundo do mito e o mundo a que costumamos chamar 'realidade' empírica dos fenômenos, a realidade da 'natureza'. Ele (o mito) é aí pensado como uma função definida e necessária – no lugar que ocupa – da compreensão do mundo.[187]" Isso significa, porém, que, assim como ao lado do mundo transcendente do Ser há um mundo empírico do devir, há também no *Timeu*, paralelamente à verdade racional – a qual, como verdade absoluta, Platão identifica com o absolutamente Bom –, uma verdade intermediária, designada como verossimilhança. Como no *Timeu*, entretanto, Platão está visivelmente empenhado em relativizar a oposição entre os dois mundos, em compreender o mundo do devir (ou seja, o objeto da verdade mítica) como algo que é e é bom, porque criado por Deus – a despeito de sua oposição ao mundo do

Ser –, tem-se de aceitar a assim chamada "verossimilhança" do pensamento mítico voltado para esse mundo como uma verdade relativa, comparada à "verdade" absoluta do conhecimento voltado para o outro mundo. Também no *Timeu* a verdade platônica mostra sua cabeça de Jano.

Capítulo 35
A dupla verdade na República

"Quando se julga uma doutrina científica como bela, verdadeira, vantajosa ao Estado e inteiramente do agrado da divindade, não resta outra possibilidade: tem-se impreterivelmente de expressá-la." Pela voz do ateniense, assim proclama Platão nas *Leis*[188]. Mas e se um conhecimento científico é apenas verdadeiro, mas não belo? E se ele é prejudicial ao Estado e não agrada aos deuses? Que isso é possível, uma ciência imparcial não pode contestar. No pensamento de Platão, ter-se-á novamente de negar a tal conhecimento o direito de ser manifestado. Sim, pois se uma doutrina não é verdadeira, mas, em compensação, é vantajosa ao Estado e do agrado dos deuses, então é lícito, é mesmo um dever – segundo Platão – expô-la e disseminá-la. Pois, sendo assim, ela será "verdadeira", ainda que num sentido diferente daquele habitual na ciência. É na *República* que Platão desenvolve essa doutrina tão fundamental para o conjunto de sua filosofia – a doutrina da dupla verdade ou, o que é o mesmo, da dupla mentira – e mostra sua aplicação prática.

Após ter lançado a questão: "De que tipo deve ser a educação (no Estado ideal)?"; após ter estabelecido que "também aquilo que se comunica por intermédio das palavras" é parte da formação musical, Sócrates diz: "Mas isso de dois modos: verdadeiro ou não verdadeiro (...) Ambos fazem parte da educação, mas, primeiramente, o não verdadeiro". Ou seja: Platão declara a mentira um instrumento da educação e remete, ao fazê-lo, às fábulas que se contam às crianças. "De um modo geral, elas não são verdadeiras, ainda que haja nelas algo de verdade.[189]" Mais adiante, faz uma distinção entre a mentira "verdadeira" e a "mentira pelas palavras"[190]. A mentira "verdadeira" – e Platão sente-se aqui obrigado a, desculpando-se, acrescentar: "se essa expressão não for um contrassenso" – é a que tem na alma a sua sede. "Enganar-se com a alma a respeito da verdade e persistir no engano, permanecer ignorante e abrigar e conservar ali a mentira (...) isso todos repelem com o máximo horror." A mentira moralmente rejeitada é a mentira ignorante de si mesma, não sendo, pois, uma mentira no verdadeiro sentido da palavra; não é "mentira", mas equívoco – "a ignorância da alma", "e, mais exatamente, da alma daquele que está equivocado". "A mentira pelas palavras é apenas uma imitação, nascida posteriormente, do que se passa na alma – uma cópia, pois, e não uma inverdade totalmente isenta de mistura." Essa mentira é a mentira daquele que sabe a verdade, mas afirma o contrário, a mentira consciente de si mesma que se costuma designar por mentira. E é essa que Platão justifica, como um instrumento permitido da educação e, mais tarde, também da política. Sócrates pergunta: "Mas a mentira pelas palavras – quando e a quem ela beneficia tanto, a ponto de simplesmente deixar de ser odiosa?". E, como primeiro exemplo de tal mentira moralmente admissível, aponta-nos aquela que é lícito usar com relação a um inimigo ou mesmo a amigos: "Quando estes, movidos pela loucura ou pela insensatez, tentam provocar uma desgraça, ela não atua como uma medida preventiva, tal e qual um remédio?". Como exemplo, Platão cita os mitos antiquíssimos, dizendo: "Como não conhecemos os fatos desses acontecimentos do passado remoto, moldamos a mentira de forma que se pareça o máximo possível com a verdade, assim tornando-a útil"[191]. Platão assume aqui um ponto de vista inteiramente pragmático: quando útil, a "mentira pelas palavras" é uma – relativa – verdade, ou, como a formula, "uma inverdade não totalmente isenta de mistura". Essa mentira, contudo, não se presta a ser empregada por qualquer um, e por isso tampouco é permitida a todos. Naturalmente, mentir para os deuses é completamente inútil. Como essa mentira "é, no entanto, útil aos homens, como uma espécie de remédio, é claro que um remédio dessa natureza deve ser colocado nas mãos dos médicos, mas longe do alcance dos leigos"[192]. E como Platão vê a relação entre educador e discípulo semelhante àquela entre o médico e seu paciente, o qual, pela arte médica, deve ter sua saúde restituída, proíbe com o máximo rigor que se minta para o governo, mas reserva a este o direito de empregar a mentira como um indispensável instrumento de governo. No interesse do Estado, o governo está dispensado de sua obrigação para com a verdade – isto é, da virtude da sinceridade. É lícito que, se assim houver por bem o governo, o povo seja enganado. "Se a alguém cabe dizer uma inverdade em benefício da cidade, esse alguém é seu governante.[193]" Isso é de certo modo surpreendente, pois no Estado ideal os governantes são os "filósofos", e Platão chama filósofos aos "que anseiam por contemplar a verdade"[194], deles afirmando que "são desprovidos de falsidade e, no que dependa de sua vontade, não se deixam imputar qualquer inverdade, mas odeiam-na, amando, antes, a verdade"[195]. Como governantes, porém, esses "amantes da verdade"[196] podem mentir, ao passo que justamente aos que não são filósofos – o povo – a mentira é rigorosamente proibida. Pois – assim afirma Platão – somente os governantes podem usar a inverdade, e, "se um leigo não diz a verdade a tais regentes, declararemos isso uma falta tão grande, ou maior ainda, do que quando um doente não diz a verdade ao médico, ou um ginasta a seu mestre". E: "Se, portanto, um governante flagrar mentindo qualquer outra pessoa (...), ele o castigará como ao introdutor de um comportamento tão subversivo e ruinoso para o Estado quanto um naufrágio para um navio"[197]. Das necessárias mentiras estatais Platão nos dá exemplos bastante significativos. Invocando mais uma vez a arte médica, que cura as doenças com remédios, explica que o governo do Estado ideal precisará empregar "variados logros e engodos" "para o bem dos governados". A necessidade dessa mentira governamental resulta da regulamentação estatal da geração de filhos. Conforme sugere Platão, "os melhores homens têm, tanto quanto possível, de viver com as melhores mulheres, e os piores, ao contrário, o mínimo possível com as piores. Os filhos dos primeiros devem ser criados, mas não os dos últimos, caso se deva manter o rebanho em alto nível". Para o governo, os governados não são mais do que um "rebanho". Por conseguinte, é necessário o engodo em relação aos pares especialmente apropriados para a geração de filhos, pares escolhidos pela direção do Estado, que são meros instrumentos nas mãos do governo. "De todas essas medidas ninguém deve saber, exceto os próprios governantes"; cumpre que os pares acreditem que a sorte os destinou um ao outro. "Tem-se portanto" – diz Platão – "de implantar algum tipo de sorteio astuciosamente engendrado"; somente assim poder-se-ia evitar a discórdia. Contudo, o engodo acontece também de modo que os inferiores, unidos apenas aos igualmente inferiores e cujos filhos não são criados, atribuam "a culpa ao acaso (...), jamais aos governantes"[198]. Se o engodo governamental prescrito por Platão é ou não possível – e se é, apenas pressupondo-se um nível intelectual do rebanho extraordinariamente baixo – não é tão digno de nota quanto que ele exclua de seu Estado ideal a pintura – porque provoca no homem uma ilusão, visa à "fraqueza da natureza humana" e "não dispensa expediente algum capaz de produzir a ilusão" –, bem como a poesia meramente imitativa[199], e que não exiba o menor escrúpulo em, servindo-se de tão monstruoso engodo, intervir na mais íntima esfera humana. Mas nessa esfera enraíza-se um importante interesse do Estado. E o interesse estatal, que no Estado ideal coincide com a justiça, está acima de tudo, inclusive da verdade.

Capítulo 36
A mentira necessária como razão de Estado

Por isso, segundo Platão, a mentira tem de ser empregada – especialmente para a manutenção da relação de dominação, ou seja, para fundamentar e solidificar a crença de que cabe a uns mandar e a outros obedecer, e de que isso é uma necessidade absoluta, ou seja, a vontade de Deus. É aquela mentira "imprescindível" de que já falamos anteriormente, a única mentira na qual seria necessário fazer crer não apenas os súditos, mas também, se possível, o próprio governo[200]. Para entender inteiramente o seu significado, observe-se que Platão a apresenta estreitamente ligada à solução do problema resultante da necessidade de uma hierarquização não apenas entre a classe superior dos guerreiros e a inferior dos trabalhadores, mas também dentro da própria classe dos guerreiros. Ele introduz esse segmento de sua investigação com a pergunta: "Deles, quem deve mandar e quem obedecer?"[201]. Trata-se aqui, portanto, da última e verdadeira oposição – entre governantes e governados em torno da formação do governo –, da qual resulta a tripartição sob cuja ótica costuma-se habitualmente ver o organismo social do Estado platônico. O sentido da pergunta colocada inicialmente é: como se pode fazer compreensível aos homens a necessidade de tal diferenciação entre governantes e governados? "Através de uma estoriazinha fenícia"[202], crê Platão: "Torná-la crível exige, porém, grande capacidade de persuasão". Ele faz Sócrates hesitar na exposição da questão. Este considera uma "audácia" a tentativa "de convencer disso os governantes, os guerreiros e, em seguida, os demais cidadãos"[203]. Trata-se da lenda de Cadmo, que semeava dentes de dragão, dos quais nasciam homens armados. Em Platão, no entanto, essa fábula surge reinterpretada de maneira bastante característica, mostrando claramente em que Platão quer fazer acreditar tanto governados quanto governantes de seu Estado ideal (a fim de que todos sujeitem-se ao fato de que uns têm de mandar e outros, de obedecer, e de que existe algo como uma separação de classes e castas), e por que ele entende ser essa empreitada tão difícil: "'Por certo, vós, cidadãos de nossa cidade, sois todos irmãos' – dir-lhes-emos nós, ao contar-lhes a fábula; o Deus, porém, que vos modelou acrescentou ouro àqueles dentre vós com vocação para governar, e por isso eles são os mais preciosos; aos auxiliares, contudo (os membros da classe dos guerreiros que não pertencem diretamente ao governo), adicionou prata e, aos lavradores e demais trabalhadores manuais, ferro e bronze. Como sois todos de uma única estirpe, pode ocorrer – embora, de um modo geral, vossos descendentes devam ser iguais a vós – que do ouro nasça um descendente de prata e da prata, um de ouro, e assim também com todos os demais casos. A divindade, pois, ordena aos governantes, em primeiro lugar e acima de tudo, que se revelem mais perspicazes e mais dedicados guardiões quanto àquilo que desse material venha a ser adicionado às almas de seus descendentes; e, se a um de seus descendentes for misturado bronze ou ferro, não se lhes permite demonstrar a menor compaixão, mas, ao contrário, têm de destiná-lo à categoria correspondente à sua natureza, remetendo-o à classe dos trabalhadores manuais ou dos lavradores; contrariamente, se desses nasce um descendente apresentando uma mistura de ouro ou prata, distingui-lo-ão os governantes elevando-o, conforme o caso, à categoria dos guardiões ou dos auxiliares, uma vez que, segundo reza um oráculo, a cidade perecerá se o ferro ou o bronze assumirem a sua defesa"[204]. O que importa a Platão, portanto, não é absolutamente que os melhores, e só estes, efetivamente governem, mas também, e acima de tudo, que os governados acreditem nisso. Afinal, a ideia que coloca em questão toda autoridade é: somos todos iguais; mesmo aqueles que desejam dar as ordens são apenas homens como nós, os que devemos obedecer; no que se baseia, então, o seu direito à dominação? O mito platônico destrói a crença na igualdade na medida em que, tão sagaz quanto contraditoriamente, conserva a noção da fraternidade de todos os cidadãos, mas a atrela a uma diversidade de valor que abrange a todos. Dessa diversidade quanto ao valor de cada um decorre a necessidade de obedecer aos governantes e que tenha de ser impelido para a classe dos desprovidos de direitos aquele que não obedece à classe privilegiada; também a justificativa para a possibilidade inversa: a da ascensão da classe inferior para a superior. O rebaixamento punitivo à classe inferior, no entanto, é claramente situado no primeiro plano, pois, à pergunta de Sócrates – "Tornar-lhes crível essa estória – és capaz de encontrar uma possibilidade de fazê-lo?" –, Gláucon responde: "Não, ou, pelo menos, não no que se refere aos cidadãos de hoje"[205]. Isso significa que, em razão da possibilidade de um rebaixamento de classe, a presente classe dominante provavelmente não quererá acreditar no mito. Gláucon, entretanto, prossegue: "mas sim, provavelmente, a seus filhos e descendentes, bem como aos demais homens do futuro". Tacitamente pressupõe-se aí, é claro, uma educação correspondente. Decerto, não seria tão difícil fazer a presente classe dominante acreditar que Deus teria adicionado ouro à sua composição, e que ela teria, assim, a vocação para o governo, mas sim que, em seu seio, encontrar-se-iam pessoas apresentando uma outra mistura, que haveriam, então, de ser excluídas. Naturalmente, aí também atua o pensamento de que, com a educação usual, os homens atuais seriam demasiado racionalistas para acreditar nesse mito. Contudo, o mais importante nele – e tem-se aí a razão pela qual Platão recorre a um mito – é que a hierarquização, a divisão que representa a relação estatal de dominação, corresponde à vontade da divindade. Pouco importa se é realmente verdadeiro ou não que a divindade adicionou ouro à alma de uns e metais de valor inferior à de outros; é útil e necessário acreditar nisso, se a ordem aristocrática da sociedade há de ser mantida. Evidencia-se aqui como uma máxima da teoria política de Platão aquilo que já conhecemos como componente essencial da ética socrática: o princípio de que os fins justificam os meios; uma máxima que é, afinal, apenas consequência do primado do querer sobre o conhecer, da práxis sobre a teoria, da justiça sobre a verdade; máxima que, com inevitável coerência, conduz à doutrina da dupla verdade ou da dupla mentira; à verdade e à mentira estatal; à razão de Estado.

Capítulo 37
O método ideológico de Platão

Que a concepção de que a vontade do Estado é a vontade de Deus, e este, o verdadeiro governante – visto não caber aos homens reinar sobre seus semelhantes –, seja apenas uma ideologia da realidade, segundo a qual os mais fortes reinam sobre os mais fracos, pode-se depreender sem grande esforço de uma passagem muito interessante das *Leis*, na qual esse pensamento é sugerido, embora com muita cautela e, antes, indiretamente. Debatendo os velhos qual Constituição dar ao Estado a ser fundado idealmente, o ateniense declara que o verdadeiro Estado só poderia ser uma teocracia. Logo em seguida, narra-se o mito da Idade do Ouro, de Cronos, quando Deus e os demônios por ele empregados reinavam sobre os homens. Um bom Estado, hoje, só seria possível como cópia de tal situação. "Estado algum tendo por governante não um Deus, mas qualquer mortal"[206] estaria apto à salvação. Platão menciona, então, uma teoria do Estado que se contrapõe frontalmente à doutrina de que, num Estado correto, reinaria única e exclusivamente Deus. Reza essa teoria que os mandamentos vigentes no Estado servem apenas à manutenção da correspondente relação de dominação, que encontrou na Constituição a sua expressão. É a doutrina sofística do direito do mais forte, isto é, da doutrina segundo a qual o direito – ou seja, a ordenação do poder no Estado – seria "privilégio do mais forte"[207]. Chama a atenção que Platão absolutamente não declara direta e inequivocamente como falsa essa teoria sofística, mas faz o ateniense – que nesse diálogo representa-lhe o pensamento – declarar expressamente: "Tal é a natureza do direito, e é sob essa forma que ele existe". Ter-se-ia aí "*uma* daquelas premissas para a dominação" já enumeradas anteriormente; e cita ainda Píndaro, segundo o qual "a violência maior (...) cabe ao governo"[208]. Segue-se então – sem que tenha havido qualquer transição visível – a afirmação de que o vencedor que não confere ao vencido qualquer participação no governo estaria procedendo erroneamente; suas leis não seriam leis verdadeiras; elas precisariam, antes, obedecer ao interesse comum e teriam ainda de independer do poder do governante. Como, porém, se há de conseguir isso? Platão não dá resposta. Contenta-se em indicar o que se deve "dizer" aos cidadãos, ou seja, que Deus é justo e que se deve obedecê-lo e reverenciá-lo. Assim, após haver previsto o fim do "Estado no qual a lei depende do poder do governante", o ateniense declara: "E então? Imaginemos, pois, que os novos cidadãos não chegaram, que não estão presentes, e dirijamo-lhes uma advertência?". Ao que Clínias responde: "Qual seria o problema?". E o ateniense prossegue: "'Homens' – diremos a eles –, 'Deus, que como proclama o velho e conhecido adágio tem nas mãos princípio, meio e fim de todas as coisas, percorre infalivelmente, e em consonância com a natureza, seu caminho eternamente idêntico; sua permanente acompanhante é a justiça, que julga severamente os que não se sujeitam à lei divina; fiel a ela é todo aquele que deseja a bem-aventurança (...)'". Aquele porém que não acredita em Deus, e altivo e orgulhoso supõe "não necessitar nem de um governante, nem de um guia, mas ser capaz ele mesmo de,

como guia, liderar outros", tem, por fim, "de sofrer a pena justa".
Enumeram-se então medidas com as quais o homem poderia
fazer-se agradável a Deus, especialmente sacrifícios, orações e
oferendas[209]. Platão não anuncia, portanto, qualquer meio real
capaz de impedir os fortes de reinar sobre os fracos e a ordem
jurídica de servir exclusivamente à manutenção dessa relação
de dominação. Parece mesmo nem sequer julgar falsa essa visão
realista do acontecer social. O que lhe importa não são medidas objetivas, quaisquer que sejam, mas a crença dos cidadãos
na divindade onipotente; a manutenção ou restabelecimento da
antiga concepção segundo a qual a justiça é a acompanhante permanente da divindade; a convicção de que esta pune toda injustiça, e de que aquele que deseja a bem-aventurança tem de se
submeter às leis divinas. Importa-lhe uma determinada ideologia, que julga necessária independentemente de corresponder à
verdade; mas sabe, talvez, que corresponderá à verdade se nela
se acreditar. De fato, em certa medida, a peculiaridade da realidade social, diferentemente daquela da natureza, consiste em que
a primeira – mas não a segunda – é determinada, ou ao menos
codeterminada, pela concepção que se tem dela; em que uma
situação social torna-se justa, ou mesmo só pode fundamentalmente tornar-se justa, quando é tida como justa. Se os homens
realmente acreditam que Deus governa, ele governará também
no sentido de que os governantes cuidarão para não satisfazer
de forma desmedida os seus interesses à custa dos governados.
Sendo uma ideologia eficaz, o que ela afirma far-se-á, de alguma
forma, realidade. E é justamente aí que tais mentiras úteis afirmam-se como verdade relativa.

Capítulo 38
O pragmatismo platônico

Essa atitude inteiramente político-pragmática de Platão ante a
questão da "verdade" sobressai particularmente nas suas principais obras: a *República* e as *Leis*. Uma das teses fundamentais da
teologia platônica é a de que Deus é bom – ou, mais exatamente,
de que o Bem é Deus e de que, portanto, não se pode atribuir-lhe

o Mal. "Sendo bom, Deus não é a causa de tudo, como afirma a maioria; no tocante às questões humanas, é apenas a causa de pouco, não tendo culpa da maior parte das coisas. E isso porque, nos homens, o Bem é largamente sobrepujado pelo Mal." Contudo, essa visão verdadeiramente pessimista da realidade dificilmente pode se conciliar com a concepção de uma divindade que é "começo, meio e fim de todas as coisas" e que tem por acompanhante a justiça. O decisivo para Platão, porém, não são os contextos reais, mas uma determinada visão deles, mais precisamente que, "quanto ao Bem, não se deve contemplar qualquer outro como causador (senão Deus); para o Mal, ao contrário, é preciso procurar outras causas, jamais a divindade"[210]. Mais uma vez, importa que, quaisquer que sejam as circunstâncias, o poder estatal tem de impedir a disseminação de toda opinião em contrário. "Que Deus, o eterno Bem, seja culpado do mal que se abateu sobre alguém, eis uma afirmação que se tem de combater com todas as forças, a fim de que, nesta cidade, ninguém a pronuncie, se não se há, por seu intermédio, de pôr em risco o bem-estar; e de que ninguém, nem o jovem, nem o velho, a ouça em verso ou prosa, pois não seria do agrado de Deus que alguém assim falasse, nem seria proveitoso para nós ou mesmo coerente consigo mesmo." Uma lei proibindo que se declare Deus outra coisa que não o causador do Bem "cumpriria inteiramente o seu propósito"[211]. Certamente não se deixa de apontar aí para o contrassenso que representaria, em si, a concepção segundo a qual Deus, sendo o Bem, produziria o Mal. Porém, não se trata absolutamente de comprovar essa tautologia, mas sim de que a opinião contrária colocaria "em risco o bem-estar", não seria "proveitosa".

Capítulo 39
A produção da ideologia pelo Estado

O que vale para as afirmações sobre a divindade de um modo geral se aplica também à concepção de cada um dos deuses, dos demônios do Hades e dos heróis em particular. O governo do Estado ideal só pode admitir – e os cidadãos, tomar por verdadeiras – as doutrinas que retratam os deuses, os acontecimentos no Hades e os heróis, em concordância com a exigência moral. Mas não é apenas a verdade acerca dos objetos transcendentes que deve ser determinada pelo governo: também deve sê-lo a verdade acerca dos homens no Aqui. Após haver declarado: "Já vimos, pois, como se há de falar dos deuses, dos demônios, dos heróis e do Hades", Sócrates acrescenta: "Não nos caberia agora, finalmente, tratar da maneira pela qual se deve falar dos homens?"[212]. Assim, Platão vê como coisa natural colocar não apenas a teologia, mas também a antropologia, sob o controle do governo. É este quem deve definir o que os cidadãos hão de tomar por verdadeiro no tocante à essência do homem; e, também nesse sentido, hão de tomar por verdadeiro o que o governo julga proveitoso ao Estado. Se os homens hão de obedecer às leis e levar uma vida justa, no sentido da ordem estatal, têm então de acreditar que a injustiça os fará infelizes e a justiça, felizes. Platão ordena, pois, que o governo de seu Estado ideal propague tal concepção e proíba a disseminação da concepção contrária. Afirmar que "muitos, embora injustos, são felizes, ao passo que muitos justos são infelizes, e que, portanto, cometer uma injustiça seria algo proveitoso, contanto que não se descubra; afirmar que a justiça seria um bem para os outros, mas nociva a nós mesmos (...), decerto haveremos de proibir que se digam coisas assim, fazendo que se defenda nas canções e narrativas o ponto de vista contrário"[213]. Quando, porém, Platão declara que no Estado ideal seria necessário reprimir a primeira dessas opiniões e, em função do próprio Estado, disseminar a segunda, não o faz tanto, ou não o faz somente, porque a segunda é verdadeira e a primeira, falsa, mas porque uma é vantajosa para o Estado e a outra, desvantajosa. Esse primado da razão de Estado explica também que Platão – no diálogo de Sócrates com Trasímaco no livro I da *República* – faça que este último insista em compreender mal o que diz o primeiro. Quando, nessa disputa sobre conceito de justiça, o opositor de Sócrates argumenta que haveria muitos justos infelizes e muitos injustos felizes, o que aí se afirma é, decerto, apenas um fato inegável: que, em muitos casos, a infração da norma está associada a um bem-estar subjetivo, e a obediência a ela, a um mal-estar subjetivo. Se Sócrates recusa-se a entendê-lo de forma absoluta, se claramente atribui às palavras "feliz" e "infeliz" um significado distinto daquele que seu opositor tem em mente, ele o faz movido pelo empenho em não permitir que a opinião contrária aflore nem sequer nas ocasiões nas quais seria verdadeira e compatível com sua própria concepção da "felicidade" do justo. Afinal, é do interesse do Estado – que necessita da obediência dos cidadãos – reprimir radicalmente a noção de que, de alguma forma, o justo poderia ser infeliz.

Não menos do que no Estado ideal, também no segundo melhor Estado, presente nas *Leis*, o governo está atento à produção de uma ideologia vantajosa ao Estado. O trabalho tem de começar já pelas crianças, pois a educação não deve ser outra coisa senão "despertar e direcionar a juventude para aquilo (...) que, como um fio de prumo, foi estabelecido pela lei, e também para o que os homens mais velhos e moralmente capazes, em conformidade com sua experiência, reconhecem como efetivamente correto". A educação é colocada francamente a serviço da política. A alma não deve, de maneira alguma, habituar-se "a se alegrar ou entristecer-se de um modo que esteja em contradição com a lei ou com a índole dos que a ela se submetem". É necessário, antes, que "harmonize inteiramente sua alegria e sua dor com o pensamento e o sentimento dos velhos"[214]. Não são as leis que devem servir aos homens e, particularmente, à juventude, mas esta é que deve ajustar-se – ou, melhor dizendo, ser remodelada de forma a colocar-se inteiramente a serviço das leis. Se, obrigada pelo Estado a fazer concordar seus sentimentos com os dos velhos, a criança é feliz ou não, isso é secundário, pois assim exige o interesse estatal. Como, no entanto, as próprias crianças não têm seriedade suficiente para compreender a necessidade dessa concordância, sugere-se um procedimento semelhante ao "aplicado aos doentes e aos fisicamente fracos: aqueles aos quais cabe o seu cuidado procuram administrar-lhes a alimentação que lhes é benéfica sob o envoltório de comidas e bebidas saborosas, enquanto o nocivo lhes é apresentado sob a forma de comidas de gosto ruim, a fim de que se sintam atraídos pelas primeiras e aprendam a detestar as últimas, como convém que aconteça"[215]. Exatamente da mesma forma como, na *República*,

Platão justifica o engodo governamental – ou seja, como uma espécie de remédio –, assim também justifica aqui a criação de uma mentalidade senil na juventude. O alimento espiritual benéfico ao Estado tem de ser administrado às crianças sob um "envoltório", isto é, envolvido numa apresentação saborosa. Nas explicações que seguem, Platão esboça o quadro de um aparato coercitivo sem par, abrangendo a totalidade do povo e voltado para a produção das ideologias atuando em prol do interesse público. Seu cerne é, também aqui, a opinião – já reconhecida na *República* como tão importante para o Estado – de que uma vida justa traz felicidade, ao passo que a injusta resulta em infelicidade. Como essa afirmação mostra-se em flagrante contradição com a experiência cotidiana – e dado que esta vida está sempre mostrando, aos que devem acreditar nessa discutível doutrina, o quanto o justo tem de sofrer em função dessa sua justiça –, é compreensível o emprego gigantesco de medidas estatais, que Platão julga indispensável à propagação do ponto de vista por ele identificado como necessário ao Estado. É certo que o ateniense assegura estar tão solidamente convencido da correção desse ponto de vista quanto de que Creta é uma ilha[216]. Mas parece confiar pouco na força que a verdade dessa doutrina contém, pois, como legislador, diz: "Obrigaria tanto os poetas quanto a totalidade dos cidadãos a professar esse ponto de vista, e imporia a mais alta pena a quem, nesta terra, se deixasse ouvir afirmando haver homens que, entregues ao vício, levam uma vida agradável, ou que o útil e proveitoso nada tem a ver com o que traz em si o mérito da justiça. Ademais, converteria meus concidadãos a muitos outros princípios os quais, ao que parece, estão em oposição com o que vige entre os cretenses, os lacedemônios e, decerto, entre outras gentes mais"[217]. Nesse contexto, Platão crê dever apresentar algo como prova da verdade da opinião estatal a ser imposta por meio da violência. O que nos oferece é o exemplo escolar de uma verdade pedagógica, ou seja, de uma verdade política. Supõe, inicialmente, que alguém perguntasse aos deuses "se a vida mais justa é a mais agradável" e que a resposta não fosse diretamente afirmativa: "Essa resposta só poderia ser recebida com um gesto de desaprovação. Em questão

tão melindrosa, prefiro, porém, deixar os deuses de fora, lidando apenas com nossos pais e legisladores. Dirijamos, pois, a estes a questão acima"[218]. Se, por sua vez, o legislador respondesse que mais feliz é o que leva uma vida agradável, não oferecendo pois a desejada confirmação da verdade estatal platônica, poder-se-ia revidar dizendo que está em contradição consigo próprio. Porque ele reclama, por um lado, que se leve uma vida justa, mas, por outro, deseja também que se leve uma vida feliz. De seu ponto de vista específico, portanto, o legislador – e este é o verdadeiro sentido dessa exposição – nada mais pode afirmar senão que a vida justa é também a mais feliz. A mudança decisiva contida nessa "comprovação" completa-se na conclusão: "Portanto, a doutrina que não separa o agradável do justo, do bom e do belo é boa, se não por outra razão, decerto porque estimula a uma vida pia e justa, motivo pelo qual não há, para um legislador, ponto de vista mais condenável e danoso do que o que rejeita essa afirmação. Ninguém, afinal, desejará de livre e espontânea vontade fazer o que não lhe traga mais alegria do que dor"[219]. Assim, não importa tanto se a doutrina é verdadeira; mas aquilo para que ela serve. É certo que o ponto de vista de que ela é verdadeira é igualmente defendido: a verdade encontrar-se-ia distante, e isso turvaria o olhar, cabendo ao legislador justamente "libertar-nos dessa turvação"[220]; mas essa ponderação acha-se visivelmente num plano secundário, pois a "verdade" aqui almejada por Platão é, na realidade, a moralidade, que para ele coincide, aqui, com o interesse do Estado. "Com relação à verdade, que juízo declararemos, pois, o mais legítimo?", pergunta o ateniense: "O das almas piores ou o das melhores?". Platão faz que se responda: "Necessariamente, a das melhores". A verdade só pode acompanhar a moralidade! Essa é a essência da verdade política. Ela se mostra sem qualquer disfarce nisto: que sua tese é mantida mesmo para o caso de não ser verdadeira em outro sentido que não o político. "Supondo-se, porém", prossegue o ateniense, "que as coisas não sejam conforme o raciocínio rigoroso acabou de demonstrar, um legislador de alguma valia que porventura se permitisse alguma vez dizer uma inverdade fá-lo-ia nesse caso; e que outra mentira haveria mais útil do que essa, capaz de fazer que se obedeça não por obrigação, mas de livre e espontânea vontade ao que exige a justiça?" E, quando Platão faz Clínias concordar com essa afirmação do ateniense – dizendo: "A verdade é bela, meu amigo, e inextinguível; contudo, parece não ser fácil introduzi-la na índole dos homens"[221] –, está assim louvando uma verdade que, de tão sublime, está acima da própria justiça; na luta entre essa verdade e a justiça, ele decidiu-se pela última e, desse modo, por uma verdade que somente pode valer como servidora da justiça e que, sem que isso viole a sua essência – contrariamente à outra –, não pode ser imposta pela mera razão, mas pela violência, isto é, pelo poder do Estado. Tem-se aí a verdade – ou a mentira – estatal, e é das dificuldades de impô-la que se fala a seguir.

Para mostrar que é possível ensinar os homens a acreditar até mesmo no inacreditável, Platão recorre – pela voz do ateniense – à história de Cadmo. "Tem-se aí, verdadeiramente, um forte testemunho de que é possível ao legislador ensinar às almas jovens tudo quanto deseja ensiná-las." Certamente, portanto, sem levar em consideração se isso é proveitoso ou não ao Estado, pois ele prossegue: "Ele tem de concentrar todos os seus esforços naquilo de que, para o máximo benefício do Estado, deseja persuadi-los, e tem ainda de buscar todos os meios possíveis e imagináveis capazes, de alguma forma, de conduzir a que, sem uma única exceção, tal comunidade de cidadãos deixe-se ouvir sempre, e ao longo de toda a vida, defendendo um único e mesmo ponto de vista acerca dessas questões, tanto em suas canções quanto em seus poemas e histórias"[222]. A partir desse ponto, Platão passa a explicitar o plano de dividir os cidadãos em três coros: o coro dos meninos, o dos jovens e o dos velhos. Através do canto que lhes foi prescrito pelo governo, esses coros devem proclamar as doutrinas vantajosas ao Estado – as concepções de Platão –, propagando assim a crença na sua verdade. E, "dentre elas, como princípio supremo, que, segundo a palavra dos deuses" – que, pouco antes, Platão não havia julgado aconselhável inquirir a esse respeito! –, "a vida mais agradável é a moralmente melhor". Detalhando-as, assim apresenta Platão a atividade dos três coros: "O mais correto será que o coro das musas dos meninos se apresente primeiro, a fim de proclamar tais doutrinas com todo fervor, ao conjunto dos cidadãos; depois, em segundo lugar, o coro dos jovens até trinta anos, invocando o testemunho de Paian para a verdade de suas proclamações e rogando pela misericórdia divina para os jovens e pela receptividade destes às doutrinas. Ainda um terceiro coro deve, então, apresentar-se cantando: o dos homens entre trinta e sessenta anos. Os cidadãos de idade superior a esta, não mais aptos a atender às exigências do canto, devem, por sua vez, fazer-se úteis como contadores de fábulas, que conferem a esses mesmos princípios morais a benção da palavra divina"[223]. Nas medidas que Platão, com toda seriedade, sugere para fazer que os homens mais velhos, os membros do terceiro coro – o "coro dionisíaco" –, superem a sua compreensível repugnância por se apresentarem cantando e dançando, esse método da produção estatal da ideologia é levado até as fronteiras do grotesco, e mesmo além destas. Platão tem plena consciência das dificuldades que aí se apresentam e incumbe o ateniense de apontá-las expressamente: "Qualquer pessoa sente, com o avanço dos anos, uma timidez crescente em relação a cantar, tendo cada vez menos vontade de fazê-lo; se, ainda assim, acaso é forçada a fazê-lo, tanto mais vergonha sentirá quanto mais velha e prudente for". "Apresentar-se num teatro, diante de uma multidão variada de pessoas, e cantar ser-lhe-ia, então, absolutamente insuportável. E se tais homens ainda precisassem, como os coros em luta pela vitória, cantar em jejum e famintos, sob a rigorosa condução do mestre, seu canto trair-lhes-ia então o desprazer e a vergonha – em suma, sua atuação seria o contrário de espontânea." Assim, coloca-se a seguir a pergunta: "De que forma haveremos, pois, de encorajá-los a superar sua antipatia pelo cantar?"[224]. E o espantoso meio sugerido por Platão consiste em que o governo embriague tais homens, fazendo que se embebedem num banquete. Isso é surpreendente sobretudo porque Platão percebe nitidamente os perigos do alcoolismo, por essa mesma razão limitando ao extremo o prazer do vinho em seu segundo melhor Estado[225]. Anteriormente, porém, já havia declarado o vinho e seu efeito sobre a alma humana como um instrumento de governo inteiramente confiável. Usara então a metáfora do homem como títere nas mãos da divindade, que apresenta precisamente ao falar pela primeira vez sobre a posição que o legislador deve tomar com relação ao prazer do vinho[226]. É nesse contexto que lança a pergunta: "Se embriagarmos esse títere, que estado tal embriaguês produzirá nele?"[227]. E a resposta afirma que, em decorrência disso, o homem é lançado "numa disposição psíquica idêntica à que lhe era própria quando ainda criança", época na qual é "em pouquíssima medida senhor de si mesmo". "Ao que parece", prossegue o texto, "não é apenas o velho" que se torna "novamente criança, mas o bêbado também.[228]" Trata-se portanto de um estado no qual também o homem adulto se deixa facilmente conduzir pelo governo – tal e qual a criança pelos pais – e, ademais, no qual os sentimentos de vergonha, medo e timidez são reduzidos[229]. Que, para seus propósitos, o governo embebede os cidadãos, é aqui justificado por Platão exatamente da mesma forma como o direito de enganá-los: o governo estaria agindo como um médico que, para curar um doente, ministra-lhe remédios[230]. Portanto, tem-se de proceder também com relação aos homens do terceiro coro segundo essa receita. Sob a direção do mestre, eles precisam "invocar Dioniso como companheiro para essa festa solene e agradável dos velhos, que os homens lhe agradecem como um remédio contra a tristeza da idade". O resultado será uma "pressão menor da vergonha"[231], "as almas dos companheiros de bebida, amaciadas qual o ferro aquecido pelo fogo", rejuvenescem de tal forma "que, para quem dispõe de força e inteligência para educá-las e esculpi-las, serão ainda mais fáceis de conduzir do que outrora, quando ainda eram jovens"[232]. Tal "escultor" é o legislador. Os homens do terceiro coro, em sua embriaguez produzida e rigorosamente controlada pelo Estado, não mais titubearão em "executar a magia do canto"[233], ou seja, em apresentar as concepções proveitosas ao Estado e em plantar a crença nelas em sua própria alma e nas dos outros. E Platão chega mesmo a incumbir o ateniense de exigir "que cada um, jovem ou velho, homem livre ou escravo, mulher ou homem, a totalidade do Estado, enfim, inculque incessantemente em todos, por meio do canto, as doutrinas aqui expostas, e de forma sempre nova e variada, de modo que os cantores tenham um prazer insaciável em suas canções"[234]. Como tarefa principal do Estado, e mesmo sua meta única, figura aqui a produção e manutenção da ideologia que lhe garante a existência. A razão de Estado – que não recua diante de consequência alguma, nem mesmo da dignidade humana – ameaça transformar-se aí em seu oposto. Pois a compreensão do significado fundamental da ideologia para a existência do Estado aproxima-se já da constatação de que esse mesmo Estado é apenas uma ideologia e de que, portanto, sua autogeração e autoconservação nada mais representam do que a sempre renovada produção e manutenção de sua própria ideologia.

Capítulo 40
A religião como ideologia estatal

Uma vez tendo-se reconhecido o significado fundamental da ideologia para o Estado, é apenas uma consequência reivindicar para esse mesmo Estado o monopólio da sua produção. Vistas da perspectiva do interesse estatal, a religião, a arte e a ciência somente são tomadas em consideração enquanto produtoras de ideologias, podendo ser decisivas para a conservação do Estado, mas também tornar-se altamente perigosas para sua autoridade. Da mais importante destas, a religião, o Estado grego apoderou-se desde sempre, de modo que, ao empregá-la como instrumento eficaz de política estatal – na *República* e, em não menor grau, nas *Leis* –, Platão está apenas seguindo a tradição de Atenas e de Esparta, bem como de todas as demais cidades gregas. Que não se canse de designar como divino o ofício do legislador[235]; que coloque a ideologia religiosa a serviço da ordem político-econômica por ele sugerida, a fim de conferir-lhe existência duradoura (na medida em que, por exemplo, no Estado referido nas *Leis*, faz proclamar que a vontade de Deus se manifesta na repartição das terras e recusa suas bênçãos à ignomínia da compra e venda); que declare a terra como consagrada a todos os deuses; que determine a preservação do cadastro das terras em tábuas de cipreste no interior do templo e coisas assim[236] – nada há de extravagante nisso, pois, na

Grécia, essas coisas eram hábito generalizado. Não são os costumes vigentes que Platão ultrapassa ao declarar necessária a proibição generalizada de santuários privados, desejando até mesmo submeter tal proibição à sanção da pena de morte. Ele tem em tão alta conta o significado político da religião, que a transforma em assunto exclusivo do Estado[237], sugerindo uma espécie de monopólio estatal da produção de ideologia religiosa. É particularmente notável em que grande medida percebe a função ideológica das concepções religiosas – e, ainda assim, as utiliza. Abordando a questão do tratamento legislativo a ser dispensado à pederastia, ele menciona o mito do rapto de Ganimedes, do qual declara "inventores" os cretenses. "Como acreditassem firmemente que suas leis advinham de Zeus, compuseram também – conforme supomos – essas histórias tão capciosas para Zeus, evidentemente com o intuito inclusive de, na fruição desse prazer, poderem apoiar-se em seu Deus.[238]" Nem mesmo um sofista seria capaz de aplicar com maior irreverência o método da desilusão. Platão, no entanto, destrói a ideologia religiosa apenas num ponto, para empregá-la inescrupulosamente em outro, no qual se mostre conveniente a seus propósitos. Não é para justificar a pederastia, mas para combatê-la – e a outros desvios sexuais tais como o incesto, por exemplo –, que ele, conscientemente, emprega a religião como um instrumento ideológico. O ateniense crê que "basta uma palavrinha para mortificar toda a ânsia por tais prazeres", ou seja, que "essas coisas são ímpias e abominadas pelos céus (...)". Essa seria a opinião generalizada, com grande poder sobre os homens. "Um legislador que deseje exterminar uma dessas paixões a que os homens estão sujeitos em extraordinária medida poderia facilmente encontrar um meio de fazer-se senhor delas: bastaria apenas conferir a bênção da divindade a esse juízo generalizado, fazendo-o valer igualmente para escravos e homens livres, crianças e mulheres, e para o conjunto dos cidadãos, para ter essa lei sob a mais segura proteção.[239]" O que Platão tem em mente é uma lei "admitindo a relação sexual somente para a geração de filhos". Que, para Platão, trata-se aqui de nada mais do que o emprego consciente de uma ideologia, revela-se com particular nitidez naquilo que ele faz o ateniense dizer: que, munido da ideia de emprestar à lei a bênção religiosa, estaria de posse de um "artifício", mas não de uma verdade eterna! "Afirmo que precisamos conferir a essa lei apenas a bênção religiosa necessária; feito isso, todas as almas submeter-se-ão a ela, curvando-se diante dela com uma obediência misturada ao medo.[240]" Não é a divindade que, com o intuito de gerar medo e obediência, dispõe do poder de prover uma lei da "bênção religiosa", mas o legislador. Com sobriedade e motivado por essa mesma lei, Platão pondera as chances que tem o legislador quando tenta lutar contra tais paixões veementes. E chega à conclusão de que, com o auxílio do sugerido artifício, deve ser possível fazê-lo, visto que, afinal, para manter-se em forma, os esportistas chegam mesmo a privar-se de todo prazer sexual. O que aí abre a perspectiva de vitória, honra, distinção, é feito, no caso da lei em questão – à parte a esperança de uma vida feliz, garantida pela vitória sobre os prazeres sexuais, louvada em fábulas, poemas e canções –, pelo "medo de que cada semelhante passo em falso seja uma falta para com a divindade"[241], cuja vontade particular o legislador há de declarar como sendo precisamente o conteúdo da lei. Tal legislador, que, para sua "proteção", provê a lei da bênção da divindade, é quase o "homem inteligente" que Crítias faz os deuses inventarem para a proteção das leis!

Essa doutrina sofística segundo a qual "os deuses (...) seriam criaturas da arte – não seres naturais, mas criados artificialmente a partir de certas leis", Platão decerto a rejeita decididamente[242], buscando, na luta contra o ateísmo sofístico, oferecer uma minuciosa comprovação da existência de Deus[243]. Justamente nesse contexto, porém, o caráter ideológico da religião platônica ressalta tão nitidamente que – contra a sua vontade – ele antes confirma do que contesta a opinião dos sofistas. Pois absolutamente não acredita ser lícito deixar tal comprovação a cargo dos deuses poderosos, mas julga ser uma necessidade premente atestar-lhes a existência mediante lei estatal e estabelecer crença nessa existência como dever legal. Platão justifica a discussão minuciosa de toda essa questão afirmando que, com sua prova da existência dos deuses, "cria-se o mais sólido embasamento para uma legislação racional". Por conseguinte, essa discussão teria lugar em meio àqueles preâmbulos que Platão julga oportuno precederem as leis, "visto que, uma vez escritos os prólogos relativos à legislação, ficam estabelecidos como documentos que conservarão para sempre sua força comprobatória; e ninguém precisa se assustar se, de início, eles se mostrarem de difícil compreensão, pois até a mente mais lenta é capaz, pela frequente e reiterada leitura, de obter clareza a seu respeito"[244]. Esses prólogos às leis são uma tentativa, pela via da legislação, de levar os súditos não apenas a uma determinada conduta, mas também a um pensamento proveitoso ao Estado, na medida em que são propagadas ali, de forma autoritária, as concepções desejadas pelo governo, que, aliás, não raro são precisamente os motivos mais atuantes no proceder legal. É bastante instrutivo e característico da função ideológica desses prólogos um exemplo de preâmbulo que Platão nos dá, no qual roubar o templo e outros delitos semelhantes contra os deuses são ameaçados de punição: "Quem, em conformidade com as leis, acredita nos deuses, jamais pratica um ato ímpio nem se permite pronunciar palavras que firam a lei. Quem, ao contrário, faz-se culpado de algo semelhante, a este certamente se aplica uma destas três acusações: ou não acredita absolutamente nos deuses, ou acredita em sua existência, mas não que eles se preocupem com os homens, ou crê poder facilmente fazê-los mudar de opinião com sacrifícios e orações, e, assim, fazer-se merecedor da sua misericórdia"[245]. Vê-se aqui, muito claramente, o que se pretende com tais preâmbulos à lei: propagar uma determinada concepção doutrinária sobre a essência de uma questão tida por relevante pelo legislador. Se em razão de suas desagradáveis consequências pretendeis evitar certos delitos – diz o Estado a seus cidadãos – é necessário que julgueis verdadeiro isto e falso aquilo. É a própria lei que decide o que é falso, e é a autoridade estatal quem ensina a sua própria verdade, a verdade estatal. E é como tal verdade estatal que Platão concebe toda a abrangente comprovação que desenvolve no livro X das *Leis* e que deverá constituir o preâmbulo geral para o conjunto de todas as leis. "Em nossas explicações, porém, não importa menos apresentar razões as mais convincentes possíveis para consolidar a afirmação de que os deuses existem, são bons e honram mais a justiça do que os homens. Eu não saberia dar introdução melhor e mais bela ao conjunto de nossas leis.[246]"

Capítulo 41
A arte como ideologia estatal

Ainda mais claramente do que o significado político da religião, Platão reconhece o da arte e, em particular, o da literatura. Pode-se mesmo afirmar que, na Antiguidade, o ninguém compreendeu mais profundamente sua função ideológica do que precisamente Platão. Ele crê até mesmo identificar uma relação imediata entre a configuração da música e da poesia, por um lado, e a forma e a prosperidade do Estado, por outro. O primeiro passo rumo à liberdade fatídica, rumo à democracia no sentido – ruim – de um governo efetivo do povo (diferente daquela na qual o povo não é senhor do que quer que seja, mas, "de certo modo, deixa-se espontaneamente governar pelas leis")[247], Platão o vê no fato de se dar liberdade à arte. Onde quer que o artista possa criar a seu bel-prazer, e não segundo leis sólidas, orientando-se unicamente pelo sucesso que seu produto poderá encontrar junto ao público; onde quer, portanto, que o povo seja reconhecido como juiz do valor da obra de arte – aí a oclocracia do público de teatro há de conduzir, no âmbito do Estado, ao governo do povo. "Com o correr do tempo, porém, foram os poetas que deram início à ilícita desfiguração da música, homens de talento poético, mas ignorantes daquilo que, para a música, há de valer como regra e lei. Entregues a seu exaltado delírio, (...) disseminaram a opinião de que a música carecia internamente de toda e qualquer indicação segura de sua correção e de que o mero prazer de quem se compraz com ela seria o seu melhor juiz, independentemente de seu valor moral. Compondo obras assim e, além disso, propagando opiniões desse calibre, educaram a grande massa para uma postura atrevida e contrária à lei, no que diz respeito à música. Assim, fez-se barulhento o público até então silente (...), e, no lugar do governo dos melhores, instalou-se então, nessa área, uma espécie de oclocracia ruinosa: a do público de teatro. Mesmo um governo do povo não teria sido nessa área tão ruim, um governo, mais precisamente, nas mãos de pensadores livres e nobres. Assim teve início entre nós o delírio de que todos são sábios e entendidos em tudo, o desrespeito à lei iniciou-se com a música, e como resultado instalou-se a liberdade." A liberdade da arte significa também liberdade política e democracia, sobretudo liberdade ideológica, isto é, liberdade da arte e da ciência. "Partindo dessa espécie de liberdade (a da oclocracia do público de teatro), desenvolve-se então, logicamente, aquela na qual as pessoas não desejam mais submeter-se às autoridades; segue-se a essa uma outra, na qual buscam livrar-se das ordens e do poder de punição do pai, da mãe e dos mais velhos, e na qual, ademais, os que foram mais longe não temem negar obediência à lei e, uma vez tendo atingido finalmente a sua meta mais extrema, não mais se preocupam com juramentos, promessas ou sequer com os deuses (...).[248]"

A anarquia na arte caminha paralelamente à anarquia na política. A partir dessa percepção se explica por que Platão, tanto na apresentação de seu Estado ideal quanto na descrição do segundo melhor Estado, volta sempre a falar na relação do governo com a arte, por que essa questão desempenha papel tão importante em seu sistema político e por que chega à sugestão, bastante inusitada e draconiana mesmo para o contexto de sua época, de se subtrair da arte toda liberdade, o que, num contexto moderno, se aplicaria igualmente à ciência. Uma vez que o Estado depende de sua ideologia, tem-se de estatizar os ramos produtivos mais importantes: o que antes se fez com a religião, faz-se agora com a arte. Tanto no Estado ideal quanto no segundo melhor Estado, só se pode compor música ou poesia segundo as leis estatais, obedecendo-se à regulamentação do governo; o artista só pode atuar como órgão do Estado. É apenas desse ponto de vista que se pode entender a crítica – do contrário incompreensível – que Platão faz a toda a literatura que o precedeu, que não poupa sequer as maiores e mais veneráveis obras das nações gregas. É facilmente compreensível que, com relação à posição meramente utilitária que deseja reservar-lhe em seu Estado, ele se empenhe em desqualificar a arte poética também teoricamente; e também que, no sistema de sua doutrina das ideias, não lhe seja difícil reduzi-la à mera imitação de coisas que são simples imitações das entidades absolutas – das ideias[249]. Platão, no entanto, não leva às últimas consequências esse julgamento da arte poética: do ponto de vista precisamente da doutrina das ideias, a inferioridade desta, a distância que a separa do bom e do verdadeiro, é tão grande, que só admitiria sua completa condenação e total exclusão do Estado ideal. Que Platão só tenha querido restringir a arte poética no âmbito do Estado, visto que lhe reconheceu grande significado enquanto instrumento de produção de ideologias mantenedoras desse mesmo Estado, não é consequência da doutrina das ideias, mas de sua teoria política.

Uma vez que, para que o Estado floresça, é necessário que seus cidadãos tenham certas opiniões vantajosas a esse mesmo Estado – e uma vez também que os poetas não terão determinado as opiniões dos homens da Antiguidade em menor grau do que hoje o fazem os jornais, os modernos formadores de opinião –, Platão, com o intuito, em sua *República*, de cortar o mal pela raiz, põe as estórias infantis sob o controle do Estado, e seus autores sob a vigilância do governo[250]. O que o leva à medida ali sugerida é, acima de tudo, a atitude desses poetas, segundo lhe parece hostil ou perigosa à religião. Ele expressa com suficiente clareza sua restrição aos poetas, sobretudo a Homero e Hesíodo: em sua representação mimética, eles enfeiam a essência dos deuses e dos heróis. Aqui, a censura de Platão aplica-se especialmente a Hesíodo, pelas histórias imorais que conta a respeito de Urano, Cronos e do filho deste. Significativamente, ele diz: seus feitos, "ainda que fossem verdadeiros, não deveriam ser contados assim, tão levianamente, diante de pessoas insensatas e jovens; seria preferível que se silenciasse a seu respeito. Havendo alguma vez necessidade de se falar sobre isso, que somente uns poucos possam ouvir em segredo, sendo preciso primeiro oferecer um sacrifício – não um porco, mas um animal grande e difícil de se conseguir – a fim de que o número de ouvintes seja o mais reduzido possível"[251]. De fato, Platão insinua aqui não ter como verdadeiros os mitos narrados por Hesíodo; ainda que fossem verdadeiros, porém, ter-se-ia, tanto quanto possível, de silenciar a seu respeito. Assim como, para determinados fins político-estatais, ele admite e até mesmo emprega o vinho – que, em geral, proíbe –, assim também vale-se aqui da técnica típica de um sistema autocrático-autoritário: encobrir o que é perigoso à autoridade. Precisamente aí revela-se um antagonismo em relação à democracia, a qual, com sua liberdade de pensamento, opera segundo o princípio do desvelamento. Mas a liberdade de pensamento não tem lugar no Estado ideal platônico. Nele, mesmo um Ésquilo seria "rechaçado com indignação; não se lhe concederia um coro nem se admitiria que os mestres fizessem uso dele na educação dos jovens, caso se desejasse que nossos guardiões se tornassem pios e divinos, tanto quanto isso é possível aos homens"[252]. Também no que se refere à arte poética o ponto de vista de Platão é inteiramente pragmático. Ele se pergunta: o que têm de ouvir os cidadãos sobre os deuses e o que é necessário que não ouçam, se, "desde a infância, hão de reverenciar deuses e pais e conferir o mais alto valor à amizade?". E mais: "Se hão de transformar-se em homens mais valentes, não haveremos de lhes ensinar ainda noções capazes de libertá-los do medo da morte?"[253]. Desse ponto de vista, Platão tem de censurar Homero. Não que fosse cego para seu valor poético, mas a ideia que Homero nos dá das sombras imateriais dos mortos no Hades, desprovidas de essência, Platão a considera política e pedagogicamente indesejável. Declara, pois: "Rogamos a Homero e aos demais poetas que não se agastem por desejarmos apagar tais palavras e outras assemelhadas; não porque não sejam poéticas ou agradáveis aos ouvidos da maioria, mas justamente porque, quanto mais poéticas, tanto menos admissível é que as ouçam crianças e homens que têm de ser afeiçoados à liberdade e temer a escravidão mais do que a morte". "Cumpre, pois, que censuremos também todos aqueles que despertam horror e medo (...), que causam arrepios a quem os ouve. É possível que, para um outro propósito, eles sejam bons; nós, porém, receamos que, em decorrência de tais arrepios, nossos guardiões possam exaltar-se com demasiada facilidade e tornar-se exageradamente brandos." Assim, seria preciso mantê-los longe disso e oferecer-lhes na poesia e na retórica "o modelo oposto"[254]. Não se há de entender aqui – como, por vezes, se crê – estar Platão repudiando o mito de uma vida da alma e da punição desta após a morte. Seria um grave equívoco. O que ele rejeita é somente a concepção homérica da existência espectral dos mortos no Hades, porque parece danosa, do ponto de vista político-pedagógico de seu ideal de justiça. Precisamente na *República*, ele próprio expõe de maneira enfática a doutrina da imortalidade da alma e da paga que a aguarda após a morte. A partir unicamente desse fato pode-se já concluir que considerava esse mito conveniente ao interesse da autoridade estatal. No interesse dessa autoridade, chega finalmente a não só colocar "sob vigilância" os poetas – obrigando-os a "fazer da imagem da boa índole a estrela-guia de seus poemas, se desejam compô-los em nosso meio" –, mas "estender essa vigilância também aos demais mestres, impedindo-os de trazer à luz o imoral, o indisciplinado, o vil e o deformado, seja em imagens de seres vivos, em edificações ou em quaisquer outros produtos da arte"[255]. Somente desse modo ele crê poder criar a atmosfera espiritual na qual a classe dominante – os guardiões – é capaz de florescer da maneira indispensável para o bem-estar do Estado. A política estatal para a arte culmina, na *República*, com a exigência de que, "no Estado, (...) nada mais poderá ter acolhida senão os cantos aos deuses e os hinos de louvor aos virtuosos"[256]. E nas *Leis*, diálogo no qual Platão assume a mesma atitude de regulamentação das artes[257], essa exigência é ainda mais intensificada pelo fato de os cantos prescritos pelo governo serem "elevados à condição de leis"[258]. Eis aí o símbolo mais perfeito da estatização da arte.

O fato de, tanto no melhor quanto no segundo melhor Estado, não haver liberdade artística – e, por certo, nem tampouco científica –, Platão o justifica em razão de só ser permitido à arte – e decerto também à ciência, caso se referisse a ela – representar ou expressar o Bom, o Belo e o Verdadeiro, e de não caber a ninguém, exceto ao governo, competência para decidir no que consiste o Bom, o Belo e o Verdadeiro. Platão está aí, pois, certamente pressupondo um governo de homens iluminados e divinos, cuja sabedoria e compreensão está muito acima daquela de todos os demais. Como não é possível aos súditos avaliar se seus governantes encontram-se ainda efetivamente de posse de tal luz, se não perderam sua sabedoria, vindo a equivocar-se nas decisões relativas à arte e à ciência – e Platão admite a possibilidade de tal equívoco, e mesmo de uma completa degeneração do governo –, o Bom, o Belo e o Verdadeiro ficam sendo sempre, para os governados, apenas o que o governo assim declara. Mais do que por qualquer outra coisa, o Estado platônico caracteriza-se pela obrigação dos súditos de tomar por belo, bom e verdadeiro o que o governo assim define; de não apenas fazer, mas de acreditar naquilo que o governo ordena. Submeter os homens não apenas em seu agir e querer, mas também em seu pensar, à autoridade de um governo é característica típica de uma Igreja. Assim o ideal comunitário platônico é antes uma Igreja do que um Estado – ou um Estado que é, ao mesmo tempo, uma Igreja e, portanto, uma ditadura totalitária estendendo seu poder sobre a esfera do espírito. Ter-se-ia de considerar utópica a crença na possibilidade de tal e tão extraordinária intensificação e ampliação do poder estatal sobre os súditos, não nos houvesse oferecido a nossa história contemporânea, mais de dois mil anos depois de Platão, exemplo de uma empreitada política que, com o propósito de estabelecer uma ordem social inteiramente nova, estatizou ou pelo menos colocou sob o controle do Estado não só a produção econômica, mas, acima de tudo (porque precondição para esta), a produção espiritual e a opinião pública – ou seja, erigiu conscientemente um monopólio estatal da produção de ideologia: a ditadura do proletariado da república soviética russa. Precisamente em suas medidas mais repugnantes para o sentimento europeu, ela se mostra em conformidade com o espírito platônico.

Capítulo 42
A doutrina das ideias e a teologia

Talvez não seja assim tão espantoso que, como político, Platão assuma um ponto de vista pragmático, ou seja, apresente algo como "verdadeiro" porque o julga "útil", defendendo o direito à mentira curativa. Mesmo onde se apresenta como teórico, mesmo nos pontos em que sua exposição volta-se para a essência do mundo e da sociedade, não se pode evitar a impressão de que – ainda que não o diga expressamente – Platão de algum modo nos fala munido de uma dupla verdade. Não se pode pôr em dúvida que sua doutrina das ideias, com sua ideia central do Bem, tem o caráter de uma religião filosófica sem deuses pessoais, e que essa religião era incompatível com a religião popular grega. Ainda assim, não se acha nos escritos de Platão qualquer palavra de repúdio. Platão critica apenas a maneira pela qual ela é apresentada miticamente pelos poetas, quando se trata de narrar algo imoral acerca dos deuses. Jamais, porém, põe em questão a existência desses deuses. No Estado ideal da *República*, o culto da religião popular tem de ser regulamentado por lei, segundo os preceitos do Apolo délfico, que são chamados ali "as mais importantes, mais belas e as primeiras dentre todas as disposições legais". "Ao fundarmos a cidade" – Platão faz Sócrates dizer –, "a ninguém mais obedeceremos, se tivermos senso, nem nos deixaremos aconselhar senão por aquele que era sagrado a nossos pais; pois esse é o Deus que, governando de seu trono no centro da terra, informa a todos os homens a respeito de todas essas coisas.[259]" Também no segundo melhor Estado, o das *Leis*, cuida-se com ênfase especial do culto aos deuses da religião popular. Encontram-se ali regiões sagradas, templos e os guardiões destes, sacerdotes e sacerdotisas: "os sacerdotes tradicionais da terra" têm de ser preservados. Quanto à nomeação desses sacerdotes, "tem-se de deixar a cargo da própria divindade escolher aquele que mais lhe agrada, ou seja, atender através de um sorteio à decisão da providência divina". "As leis relativas a tudo quanto concerne ao culto, no entanto, deve-se buscá-las em Delfo.[260]" O oráculo de Delfo era a autoridade da religião popular grega. "Com o auxílio das indicações do oráculo de Delfo" dever-se-iam "estabelecer as disposições e determinações legais acerca das festividades, ou seja, que sacrifícios oferecer a que deuses para a felicidade e bem-aventurança do Estado"[261]. As penas bem duras sugeridas para o crime da impiedade[262] devem garantir a preservação da religião popular talvez reformada –, que é aqui utilizada conscientemente como um meio para reforçar a vigência da ordem jurídica. Onde, nas *Leis*, fala-se da lei que proíbe a pederastia, o ateniense afirma que estaria "de posse de um artifício" capaz de "assegurar-lhe durabilidade". "Temos apenas de conferir a tal lei a bênção religiosa suficiente, e todas as almas submeter-se-ão e curvar-se-ão a ela.[263]" Para a massa do povo, a religião popular é "verdadeira"; para os filósofos, a doutrina das ideias[264].

Nos escritos de Platão, porém, encontra-se ainda, ao lado da doutrina das ideias, uma teologia filosófica que, embora se deixe compatibilizar sofrivelmente com a religião popular, é incompatível com a doutrina das ideias[265]. Segundo esta, a ideia essencialmente impessoal do Bem é o mais alto fundamento de validade de todos os valores, e, ao mesmo tempo, a causa primeira de todo Ser e devir – isto é, de toda realidade. Na teologia platônica, tais funções são transferidas para um Deus pessoal, que, embora nada mais seja do que a personificação da ideia do Bem, não é assim caracterizado por Platão, mas, em sua exposição, é apartado da ideia do Bem, separado dela.

Se Platão não questiona a verdade da religião popular, inteiramente incompatível com sua doutrina das ideias, explica-se por ter querido sabê-la preservada para a massa do povo inculto, incapaz do conhecimento. O mesmo não se pode supor, contudo, quanto à sua teologia filosófica, no centro da qual está um Deus pessoal cuja relação com a ideia impessoal do Bem é absolutamente incompreensível. Não é admissível que simplesmente nos esquivemos desse fato com palavras de admiração ou que, reconhecendo-o, constatemos ter o filósofo "deixado sabiamente indeterminada" a relação entre sua doutrina das ideias e sua teologia[266]. Se, de acordo com o pensamento de Platão, ambas devem ser tidas por verdadeiras, então o que nos apresenta aqui só pode ser uma dupla verdade.

Capítulo 43
A imortalidade da alma: uma verdade político-pedagógica?

É surpreendente que, em seu grande diálogo acerca da justiça, Platão permita a Sócrates, ante a insistência de Gláucon e

Adimanto, admitir que a essência da justiça independeria da noção da retribuição. E, no entanto, precisamente na *República* – e não apenas ali –, ele desenvolve a ideia da justiça no contexto de um grandioso sistema da retribuição abarcando a totalidade do cosmo; toda a sua metafísica, como ainda veremos, nada mais é do que um único mito da retribuição. Teria, pois, toda a doutrina da retribuição no Além um significado meramente político-pedagógico, destinado unicamente aos que ainda não são elevados a ponto de bastar-lhes o imperativo categórico de uma justiça que renuncia a toda e qualquer paga? Teríamos também aqui de tomar em consideração duas doutrinas platônicas? Em sua obra capital dedicada à doutrina das ideias (*Fédon*), o Sócrates platônico assegura ter já oferecido a "plena comprovação" da continuidade da vida da alma após a morte do corpo e ter convencido seus ouvintes de que a alma teria existido antes do nascimento do corpo que a envolve[267]. Ainda assim, porém, dá prosseguimento a essa comprovação. Diz parecer-lhe que Cebes e Símias gostariam de discutir mais aprofundadamente a questão, qual nutrissem "o medo infantil de que o vento possa, à sua saída do corpo, soprar a alma para longe, fazendo-a desaparecer", e Sócrates acrescenta, para tornar ridícula essa concepção: "quando se morre não exatamente num momento de calmaria, mas em meio a violenta tempestade. Ao que Cebes riu e disse: Pois tenta corrigir-nos, Sócrates, como se tivéssemos medo; talvez, porém, não se trate simplesmente de *termos* medo, mas de ainda abrigarmos realmente dentro de nós uma criança que teme isso. Busquemos pois levar essa criança a não temer a morte qual um bicho-papão. Teríeis, então, disse Sócrates, de procurar curá-la todo dia com fórmulas mágicas, até que a tenhais curado de fato. Mas onde, perguntou Cebes, haveremos de encontrar um bom exorcista, uma vez que estais prestes a nos deixar? Sócrates: A Grécia é grande, Cebes, e nela há muitos homens excelentes, e grande é também o número dos povos bárbaros; tendes de examiná-los todos a fim de achar tal exorcista, e não poupai aí dinheiro ou empenho"[268]. Exorcizar o medo da morte – eis aí, ainda que não o único, decerto um propósito fundamental da verdade acerca da imortalidade da alma, que é aqui designada como uma espécie de "fórmula mágica". Não é portanto de admirar que, embora Sócrates haja assegurado ter fornecido a "plena comprovação" dessa verdade que é uma fórmula mágica, declare por fim, em seguida a uma descrição do lugar para onde vão as almas após a morte: "Em questões dessa natureza, decerto não ficará bem a um homem que pensa racionalmente querer afirmar a verdade absoluta do que expus. Que isso ou algo semelhante se dá com nossas almas e suas moradias, visto que a imortalidade da alma está acima de qualquer dúvida, deveria ser uma crença legítima, à qual vale a pena ousar entregar-se. A ousadia é bela e, para sua tranquilidade, o espírito reclama tais concepções, que funcionam como fórmulas mágicas; por isso demoro-me já tão longamente nessa descrição lendária"[269]. O "homem que pensa racionalmente" é o representante da verdade racional, que Platão não nega inteiramente, mas ao lado e acima da qual coloca outra verdade: a verdade místico-religiosa, da qual o homem necessita para sua "tranquilidade".

Platão parece acreditar que pode atribuir também a um "homem que pensa racionalmente" a crença ao menos na imortalidade da alma, uma vez que a caracteriza como "acima de qualquer dúvida". Rasga-se então nessa doutrina uma contradição tão saliente, que não seria de todo impossível indagar se Platão desejou que se entenda o ponto de vista defendido no *Fédon* como algo mais do que uma verdade político-pedagógica. Mesmo admiradores incondicionais da doutrina platônica da alma tiveram de reconhecer que a imortalidade, como uma vida da alma após a morte – alma individual, de algum modo concebida como substância, e idêntica à personalidade do homem –, resulta, no *Fédon*, de uma evidente falácia, e que é bastante difícil supor que tenha Platão se iludido quanto ao abismo lógico por meio do qual atinge posição tão importante, talvez a mais importante de todas em sua metafísica. E contrapõe-se a esse fato que, em outra obra capital, em que trata do problema mais importante de sua vida e que pessoalmente mais lhe dizia respeito – o Eros –, tenha abordado a imortalidade da alma num sentido inteiramente diverso daquele que se apresenta no *Fédon* e nos demais diálogos. No diálogo sobre Eros, no qual, mais do que em qualquer outro, é lícito que se espere encontrar a verdadeira opinião de Platão, ele fala da imortalidade da alma unicamente num sentido metafórico. "Imortalidade" significa ali a sobrevivência da espécie por meio da reprodução: "A procriação é algo eterno e imortal, tanto quanto assim se pode dizer dos mortais", afirma Diotima[270]; ou a sobrevivência do nome junto à posteridade – e Diotima remete aqui à "glória imortal dos feitos" e aos "rebentos imortais" que nos legam os grandes poetas e estadistas[271] ou o êxtase ante a visão do absolutamente Bom – a cujo propósito Diotima afirma que, quando o filósofo alcança a visão da "verdadeira virtude", "está fadado a fazer-se amado por Deus e participar da imortalidade, se de alguma forma é dado a um homem dela participar"[272]. A imortalidade, no sentido literal de uma continuidade da vida individual da alma, Platão somente a sustenta quando, tal como no *Fédon*, no *Górgias* e na *República*, relaciona a alma imortal à paga no Além. Para ser objeto da paga transcendente, entretanto, a alma tem de possuir aquela imortalidade individual e ser dotada de substância da qual talvez não encontremos qualquer vestígio no *Banquete*, porque Platão não necessitou ali das concepções político-pedagógicas auxiliares da recompensa e da punição, do céu e do inferno[273]. Porque, no *Banquete*, ele encontra ainda recompensa e punição, céu e inferno, inteiramente em seu próprio peito.

Capítulo 44
O dualismo platônico e a dupla verdade

Se, para Platão, há não só uma verdade racional mas também uma verdade místico-religiosa, não só uma verdade teórica mas também uma prática, isto é, político-pedagógica, é porque esta, juntamente com a imortalidade da alma e a paga no Além, transformou-se numa segunda natureza desse caráter profundamente cindido, hesitante entre o conhecimento puro e a vontade política. Com certeza, Platão não teve plena consciência da fronteira entre essas duas verdades. Por fim, ele mesmo acreditou naquilo que, em função da justiça, quis fazer que os outros acreditassem; a ideologia que criou transformou-se para ele próprio em realidade. Por isso, talvez, escapou-lhe completamente a contradição existente entre a eternidade da alma individual e a doutrina das ideias, que apenas ao geral atribui o Ser eterno, mas nenhum ao particular. E, do ponto de vista pragmático de Platão, segundo o qual uma mentira útil apresenta-se como verdade, havendo, portanto, duas espécies de verdade, isso não é de modo algum uma contradição. De fato, o dualismo metafísico e epistemológico de Platão, com seus dois mundos e duas vias do conhecimento voltadas para eles – a *episteme* e a *doxa* –, tem inevitavelmente de conduzir a um dualismo das verdades. É certo que o dualismo do conhecimento verdadeiro e da mera opinião não é idêntico ao da verdade e da mentira útil, ou da verdade dialética e da verdade mítica; mas este não é possível sem aquele. Embora a metafísica platônica tente interpretar como realidade a ilusão do verdadeiro Ser, do valor absoluto, e como ilusão a realidade da experiência sensível, acaba assim por admitir afinal duas espécies de realidade e, portanto, de verdade. Que uma "verdade" absoluta somente exista na esfera da ideia – mas não na esfera intermediada pela realidade natural, consistente na experiência que a alma tem dessa realidade – significa que, como absoluto, há apenas um valor ético, e nenhum noético. É, pois, simplesmente consequente que se coloque a assim chamada "verdade" ética acima da "verdade" lógica –, ou seja, que se admita como "verdadeiro" o que é bom, o que serve ao Bem. O quanto o valor de verdade, em Platão, é somente um modo de aplicação do valor moral, mostra-nos sua distinção, no *Filebo*, entre o prazer verdadeiro e o não verdadeiro. Aí, ele tenta seriamente aplicar a distinção entre "verdadeiro" e "falso" não apenas ao pensar, à "opinião", mas também ao sentir, ao prazer e à dor. Assim, faz Sócrates afirmar que, tanto quanto "opiniões verdadeiras e falsas", há também "verdadeiros e falsos" estados de dor e prazer – isto é, prazeres verdadeiros e não verdadeiros. Platão parece aí ter estado consciente do caráter problemático de sua empreitada, pois, a respeito dessa mesma afirmação, incumbe Sócrates de dizer: "Não consigo livrar-me do espanto ante a estranheza do que acabamos de afirmar"[274]. Não obstante, mantém esse ponto de vista espantoso e singular. Afirma ser possível que alguém, "embora acreditando alegrar-se, não esteja, de fato, alegre", e que alguém, "acreditando estar sofrendo uma dor, não esteja efetivamente sofrendo dor alguma", do mesmo modo como uma pessoa subjetivamente crê estar de posse de uma opinião verdadeira quando, objetivamente, sua opinião é falsa. Em ambos os casos, apresenta-se subjetivamente uma opinião ou uma sensação de prazer ou dor. O que importa, porém, é a qualidade objetiva dessa opinião ou sensação. Por sentir "realmente" prazer ou dor, Platão entende a qualidade objetiva dessa sensação. Assim como "se atribui à opinião o caráter de falsa ou verdadeira, inexistindo, portanto, a opinião pura e simples, mas, antes, duas qualidades dela", assim também o prazer e a dor não são apenas aquilo que subjetivamente "são", mas mostram igualmente "diferenças qualitativas"[275]. Essas diferenças qualitativas, entretanto, são de natureza moral. "Se, pois, a uma delas" – isto é, à opinião ou à sensação – "associa-se a maldade, então haveremos de reconhecer que, como isso torna má a opinião, também torna o prazer." Mas o que significa "a maldade associar-se" a uma sensação? Significa que, tanto quanto ocorre com a opinião, "também a dor e o prazer, em certos casos, equivocam-se com relação àquilo em decorrência do que a dor ou prazer é sentida"[276]. Assim como tem uma opinião falsa quem toma subjetivamente por verdadeiro o que é objetivamente falso, assim também alguém que se alegra em função de algo que não lhe deveria trazer alegria, ou sente dor em decorrência de algo que não lhe deveria ser doloroso, tem um prazer não verdadeiro, ou uma falsa dor. O critério a partir do qual se julga objetivamente o que há de provocar prazer ou dor só pode ser o critério moral. É o que Platão admite expressamente, na medida em que faz Sócrates chegar à seguinte conclusão: "Na maioria dos casos, portanto, são os homens maus (anteriormente designados "injustos") que se alegram dos prazeres não verdadeiros, ao passo que os virtuosos comprazem-se dos verdadeiros"[277], e na medida em que também compele Protarco à admissão de que os sentimentos de dor e prazer são não verdadeiros "quando atrelados a grandes e múltiplas vilezas"[278]. Se "verdadeiro" é tudo o que é "bom", então não se afigura tão paradoxal quanto possa parecer o fato de Platão – que, com razão, é tido pelo mais perfeito representante do idealismo – [279] poder ser considerado também representante de um pragmatismo ético segundo o qual é verdadeiro o que, no sentido ético, é útil, ou seja, é bom o que satisfaz moralmente[280].

Em Platão, essa atitude pragmática resulta, necessariamente, do primado do querer sobre o conhecer, da práxis sobre a teoria. É a consequência inescapável do fato, fundado profundamente tanto em seu caráter quanto em seu destino interior e exterior, de – no inevitável conflito entre a justiça (como ideologia do querer) e a verdade (como ideal do conhecer) – ter ele decidido pela primeira contra a segunda, ou seja, por haver colocado a justiça acima da verdade. Na doutrina das ideias, esse primado do bom (contendo a justiça) sobre o verdadeiro expressa-se de forma inequívoca: "Aquilo, pois, que confere verdade às coisas que se conhece, e o poder de conhecê-las a quem as está conhecendo, é – e seja esta agora a tua máxima – a ideia do Bem, que hás de conceber como a causa do conhecimento e da verdade"[281].

Que seja a ideia do Bem que confere "verdade" às coisas, significa nada mais nada menos que algo é verdadeiro na medida em que é bom. A imagem habitual pela qual as coisas se apresentam à luz da verdade é modificada de uma maneira bastante significativa na doutrina das ideias. Pois a ideia central, da qual, como fonte suprema, irradia toda luz, não é a verdade, mas a ideia do Bem, da justiça. Portanto, as coisas não se apresentam à luz da verdade, mas à luz do Bem, da justiça, e é apenas porque se apresentam sob essa luz que são verdadeiras. Sua verdade é uma qualidade conferida pela ideia do Bem, é sua bondade ou justiça. Quando se distingue verdade e justiça (ou bondade), então, a rigor – e em conformidade com a doutrina da alma –, inexiste a verdade como um valor noético distinto do valor ético. Dado que Platão não ousa ir tão longe; uma vez que deseja, ainda assim, distinguir a verdade – como valor – da justiça, nada mais lhe resta senão pôr a justiça acima da verdade. Aqui, ele hesita visivelmente. Na imagem de que as coisas apresentam-se sob a luz da ideia do Bem e, por isso, são "verdadeiras", ele abre mão de uma ideia autônoma da verdade ao lado da ideia do Bem. Mas, como a reintroduz[282], tem de subordiná-la à ideia do Bem. "Conhecimento e verdade: tomá-los ambos como aparentados à ideia do Bem é correto, mas tomá-los – seja um ou outro – pelo próprio Bem não é correto; este, segundo sua própria condição, está num patamar ainda mais elevado.[283]" Ter-se-ia, portanto, de dizer "que o Bem proporcionou ao cognoscível não só a possibilidade de ser conhecido, mas também que é do Bem que advém o seu Ser e a sua essência". Isso significa que o verdadeiro "Ser" da ideia, sua "essência", nada mais é do que o seu ser bom; e que portanto inexiste – no âmbito da doutrina das ideias – Ser distinto do Dever-ser, não há conhecimento da realidade, mas somente do valor (do que, mais uma vez, decorre que inexiste realmente uma verdade distinta da bondade). Dado porém que Platão, como genuíno teólogo, não tem por meta apenas o Dever-ser, mas também o Ser, tem de situar o Dever-ser acima do Ser, tanto quanto a justiça acima da verdade, "de modo que o Bem não seja o Ser, mas erga-se acima dele em dignidade e poder"[284]. O Bem acima do Ser: é o primado do Dever-ser sobre o Ser, da justiça sobre a verdade. É somente por colocar a justiça acima da verdade, com a tese de que realmente Bom é apenas e tão somente a ideia, que Platão pode colocar a ideia no lugar da realidade, isto é, substituir o conhecimento da realidade por uma ideologia. Essa é, afinal, sua essência: que nela se ponha como real o que o interesse social exige que se tome por real – a justiça.

No pensamento de Platão, o primado da justiça sobre a verdade, da ética sobre o conhecimento da realidade, está essencialmente ligado à doutrina da dupla verdade. Se é o Bem que "confere a verdade", somente ele é verdadeiro: ele tem também de ser verdadeiro. Que Platão opere com duas espécies de verdade significa que distingue duas espécies de valor moral. No domínio da especulação normativa, porém, isso não é absolutamente impossível ou contraditório, como demonstra o dualismo entre justiça e direito positivo, bastante conhecido do eticista e do jurista. O legislador está sujeito à norma da justiça. Cumpre-lhe firmar unicamente o direito justo. Uma vez tendo-o firmado – como autoridade jurídica –, os sujeitos jurídicos submetem-se a esse direito por ele firmado: devem respeitá-lo como justo, mesmo que, segundo sua opinião não abalizada, não seja justo. Não só a justiça (que se volta para o legislador), mas também o direito positivo (que se volta para os súditos) é um Dever-ser, constitui um valor: é "bom" e justo. Contudo, esses dois valores não são necessariamente idênticos. Quando o valor ético sobrepõe-se ao valor noético e, portanto, "é" o que deve ser; quando verdadeiro é o que é bom, então a verdade divina relaciona-se com a verdade humana da mesma forma que a justiça com o direito positivo[285]. Quem, em seu íntimo, anseia unicamente pelo conhecimento, em nada encontrando satisfação senão no conhecimento puro, chegando a uma doutrina das ideias, encontrará na ideia da verdade a ideia suprema, da qual todas as outras recebem sua luz. Para Platão, essa ideia é a do Bem. Decerto, ele nos fala também, ocasionalmente, de uma ideia da verdade [286]. Mas quando dá nome à mais alta estrela do firmamento de suas ideias, não é da verdade que nos fala, mas do Bem, que, em sua relação com a sociedade, é precisamente a justiça.

Terceiro livro
A justiça platônica

Primeira parte
A JUSTIÇA COMO RETRIBUIÇÃO
O PITAGORISMO

Capítulo 45
O problema da justiça nos diálogos da juventude

A especulação sobre a justiça nas obras da juventude de Platão está visivelmente sob a influência da dialética socrática. Ela não vai além de tentativas formalistas de definição e, em seu resultado, não ultrapassa análises conceituais inteiramente insuficientes. Trata-se, em grande parte, de tautologias sem conteúdo, como, por exemplo, a convicção exposta na *Apologia de Sócrates* de que é ruim cometer injustiça e desobedecer a quem é melhor do que nós. Isso nada mais diz senão que o injusto é injusto; é apenas uma afirmação do valor moral, uma profissão de fé no Bem, mas não um conhecimento da sua essência[1]. Por isso, certamente é legítimo que Platão faça Sócrates proferir enfaticamente essas palavras, mas não que, com isso, o faça demarcar uma fronteira de sua ignorância: "Esse, meus concidadãos, é o ponto no qual, também no tocante a essa questão, eu me distingo, talvez, da maioria dos homens. Se me é lícito dizer que sou em algo mais sábio do que qualquer outro homem, seria precisamente em que, não estando suficientemente familiarizado com as coisas do Hades, tampouco me imagino possuidor de qualquer saber a seu respeito. O que sei, porém, é que agir contrariamente à lei e negar obediência ao melhor – seja ele Deus ou homem – é indigno e vergonhoso"[2]. Note-se aí que Platão afirma ainda nada saber acerca das "coisas do Hades" e, portanto, encontra-se evidentemente distante do pensamento em uma paga no Além[3].

À plena luz, o problema da justiça se apresenta paulatinamente, cristalizando-se apenas ao final do período socrático de Platão[4], a partir do conjunto de sua filosofia moral, como a questão capital. De início, Platão preocupa-se mais com a virtude em si e com a elaboração da tese esquemática segundo a qual a virtude seria saber – saber acerca do Bem e do Mal. No *Íon* e no *Hípias Maior*, a questão da justiça brilha momentaneamente apenas ao final do diálogo, e, no *Laques* e no *Cármides*, bem como no *Eutífron*, fala-se mais das virtudes da coragem, da temperança e da religiosidade, mais de sua relação com a justiça, do que sobre a própria justiça. Essencialmente, o *Laques* é uma tentativa frustrada de definir o conceito de coragem. Ele conclui com a constatação de Sócrates de que a coragem é uma virtude – o que fora pressuposto já de início –, e de que esta é o saber acerca do Bem e do Mal; entretanto, fica inteiramente indefinido o objeto desse saber e, desse modo, o próprio saber. Ainda assim, depreende-se desse diálogo haver *algo* que Sócrates-Platão não considera bom ou justo, visto tratar-se de uma instituição jurídica: a forma estatal da democracia, que em Atenas se considerava a essência da justiça política. Quando se discute a questão que constitui o ponto de partida do diálogo – ou seja, se os jovens devem aprender a arte de lutar trajando pesadas armaduras –, Lisímaco tenta promover uma espécie de votação dessa matéria entre os presentes. Sócrates objeta: "Como, meu caro Lisímaco? Desejas então apegar-te ao que a maioria de nós julga bom?". Questiona, assim, um dos fundamentos da democracia: o princípio da maioria. Lisímaco, por sua vez, em total consonância com a opinião dominante, responde: "E que outra coisa se haveria de fazer, meu caro Sócrates?"[5]. Ao que Sócrates replica que, em questões relativas à ginástica, seria deveras insensato dar ouvidos à maioria em vez de a um bom mestre, fazendo, a seguir, a afirmação inteiramente genérica: "O que deve ser decidido corretamente tem de sê-lo, penso eu, com base no conhecimento especializado, e não pelo voto da maioria". É a sentença de morte da democracia. É mais do que provável que essa tenha sido a opinião do Sócrates histórico, e a razão principal de sua própria condenação à morte. Também não há dúvida de que, nesse ponto, Platão estava inteiramente de acordo com seu mestre. No *Cármides*[6], a virtude da temperança (σωφροσύνη) é discutida e definida nos mesmos termos nos quais, mais tarde – na *República*[7] –, Platão tenta definir a virtude da justiça, ou seja, afirmando que cada um deve fazer a sua parte (ἑαυτοῦ πράττειν). Mas essa definição é abandonada, e o diálogo termina com Sócrates declarando a temperança um grande bem, mas confessando-se incapaz de definir o seu conceito. A definição "fazer a sua parte" é aí rejeitada com a justificação de que seria difícil precisar o que isso efetivamente significa. Sócrates pergunta: "Crês que serviria à prosperidade de um Estado uma lei exortando cada um a tecer e lavar sua própria túnica, produzir seus próprios sapatos, sua azeiteira, sua rascadeira, bem como tudo o mais, a não tocar no que é dos outros, mas produzir e fazer o que é seu?"[8]. O princípio de que cada um faça unicamente "a sua parte" é entendido aqui como precisamente o oposto do princípio da divisão do trabalho; e Cármides responde à pergunta de Sócrates: "Não, nisso eu não acredito". Considerando-se, porém – argumenta Sócrates –, que um Estado "administrado com temperança" é "também um Estado bem administrado", a temperança poderia consistir "nessa maneira de cada um fazer a sua parte"[9]. Também na *República* esse princípio é entendido como o da divisão do trabalho e, nesse sentido, identificado com a justiça.

No *Eutífron*, discute-se apenas a religiosidade, mas, sob essa rubrica, trata-se ali, na verdade, de um problema da justiça. O ponto de partida do diálogo é a pergunta sobre se o adivinho Eutífron age "religiosamente" ao denunciar o próprio pai pelo assassinato involuntário de um escravo. Essa questão fica irresolvida. Eutífron, porém, concorda inteiramente com Sócrates em que "aquele que matou alguém injustamente ou cometeu algum tipo de injustiça tem de pagar". Isso se coloca como princípio supremo, acima de qualquer dúvida, pois "decerto nenhum Deus ou homem" – diz Sócrates – "ousa afirmar que quem comete uma injustiça não precisa pagar por ela"[10]. Discutível, contudo, é o fato ligado à pena – ou seja, se um ato é injusto ou não. "Conforme penso, meu caro Eutífron, é sobre o ato que eles discutem, tanto os deuses quanto os homens, se é que os deuses discutem entre si; se, em seu veredicto, discordam quanto a um ato qualquer, uns dirão que ele foi cometido justamente, outros, injustamente.[11]"

No *Protágoras*, a questão da justiça desempenha um papel decisivo – se não nas explanações de Sócrates, decerto nas do sofista Protágoras. Na defesa que o sofista faz da tese rejeitada (evidentemente apenas na aparência) por Sócrates de que a virtude é ensinável, Platão atribui-lhe a posição que, mais tarde, ele próprio defenderá, por exemplo, nas *Leis*[12]: a de que, ao menos na esfera do direito penal, a essência da justiça não é a paga, mas a intimidação[13]. A rejeição da concepção inteiramente religiosa de que a justiça consiste na paga – desejada e, em última instância, concretizada pelos deuses – e a justificação absolutamente racionalista do direito penal positivo por intermédio da teoria da intimidação são doutrinas tipicamente sofísticas. No *Protágoras*, Platão não lhes confere sua aprovação nem sua desaprovação expressa, embora no *Eutífron*, como se observou acima, ele se situe no terreno da teoria religiosa da retribuição e a defenda enfaticamente sobretudo no *Górgias* e na *República* – em sua forma órfico-pitagórica, como retribuição no Além e transmigração da alma no Aqui. A posição do próprio Platão ante o problema da justiça no *Protágoras* – se é que tal posicionamento chega a ser ali expresso – consiste em fazer Sócrates assegurar que a justiça seria um Algo determinado[14], e não um Nada – ou seja, que a justiça existe, é dotada de realidade. No mais, ele se mostra pouco inclinado a distinguir essa virtude de outras, como a religiosidade e a coragem; não ultrapassa, pois, o lugar-comum de que a justiça é uma virtude. É significativo que, por fim, Platão faça Sócrates admitir a concepção, sempre defendida pelo primeiro em outros diálogos, de que a virtude é saber e, enquanto tal, ensinável. Como essa, no entanto, é na verdade uma concepção especificamente sofística, ele precisa, nesse diálogo dirigido contra os mais ilustres sofistas, levar Protágoras a contestar – de maneira não muito nobre – que a virtude seja saber[15], pondo-se em contradição com sua tese original de que a virtude não é ensinável. Platão procura, desse modo, proteger Sócrates da acusação de ser ele próprio um sofista, em face de sua tese de que a virtude é ensinável.

Também no *Protágoras,* Sócrates busca colocar em questão a justiça da democracia, na medida em que aponta para a contradição dos atenienses, que em todos os assuntos nos quais "importa a formação artística especializada" – assuntos arquitetônicos, por exemplo – aconselham-se com especialistas, não admitindo qualquer ingerência de um leigo. Em assuntos referentes ao Estado, porém, "qualquer um se lhes apresenta como conselheiro, seja pedreiro, ferreiro ou sapateiro, mercador ou armador, rico ou pobre, bem-nascido ou não, e, contrariamente ao que ocorre com os mencionados anteriormente, ninguém desfaz-se em injúrias contra ele por, sem qualquer conhecimento especializado e sem qualquer educação ministrada por um mestre qualificado, arrogar-se o direito de apresentar-se como conselheiro. E isso porque os atenienses evidentemente julgam não ser tal matéria ensinável"[16]. Platão deixa incondicionalmente ao sofista a defesa da democracia. Deixa-o expor um mito cuja falta de credibilidade é patente: Prometeu teria, de fato, sido o único possuidor das habilidades técnicas que ensinou aos homens, mas a virtude estatal – isto é, a justiça –, essa Zeus teria repartido entre os homens por meio de Hermes. Quando os homens "reúnem-se num conselho, para o qual o pré-requisito é tão somente a cidadania", diz Protágoras, "e onde o decisivo é precisamente a justiça e a temperança, então é justo que admitam a presença de qualquer um, pois todos hão de dispor daquele pré-requisito, se os Estados hão de existir. Essa, meu caro Sócrates, é a razão daquilo que está aqui em questão"[17]. E, nessa defesa da democracia, Platão não deixa que o sofista se contradiga.

O *Hípias Maior* é igualmente um diálogo antissofístico; seu objeto é a definição conceitual do Belo. Primeiramente, Sócrates propõe definir o Belo como o que é conveniente ou apropriado[18];

depois, como o que é útil a bons propósitos[19]. Por fim, declara que o Belo é "o que é útil" (ὠφέλιμον), e este, por sua vez, o que é capaz de "produzir coisas boas"[20]. Mas tampouco essa definição permanece. Se o Belo é a causa do Bem, e o Bem é o efeito do Belo, então o Belo não poderia ser o Bem, pois causa e efeito são coisas distintas[21]. Não obstante, muitos intérpretes acreditam poder divisar nessa terceira definição a verdadeira opinião de Platão[22]. Contudo, a fórmula aí apresentada como definição não é uma definição do Belo, mas sua identificação com o Bem, o qual não é definido. Dentre o que é moralmente Bom tem-se também, e logo de início, o Justo, ao qual se faz igualmente referência ocasional no *Hípias Maior*, sem que se discuta sua relação com o Bem. Sócrates apenas enfatiza que a justiça "é" algo e que os justos são justos por intermédio da justiça, assim como os sábios são sábios graças à sabedoria, e os bons são bons em virtude da bondade, o que são ocas tautologias se não se tem os conceitos de sabedoria, justiça e bondade como substâncias presentes nas coisas. Nesse mesmo diálogo encontra-se uma observação passageira sobre a relação entre o direito positivo e a justiça, que é tanto mais interessante porque em crassa contradição com uma concepção defendida por Platão no *Críton*. Sócrates, cuja postura moral Platão destaca no *Críton* precisamente porque sujeita-se mesmo a uma lei ruim e injusta, afirma no *Hípias Maior*: "Quando (...) aqueles que se ocupam de elaborar as leis cometem uma falta para com o Bem, então não mais se pode falar em legalidade propriamente dita, nem em lei"[23]. O "Bem" significa aqui, indubitavelmente, o "Justo". De resto, a identificação do Belo com o Bem encontra-se já no início da investigação, onde a palavra "belo" é reiteradamente empregada como sinônimo de moralmente bom, assim quando se fala, por exemplo, de uma "bela atividade"[24] ou de uma "bela meta na vida"[25]. No fim do diálogo, Sócrates reconhece que a questão sobre a essência da beleza não foi respondida e que o único resultado do diálogo teria sido uma constatação expressa já no provérbio "o belo é difícil"[26]. O verdadeiro propósito do diálogo não é, evidentemente, chegar a qualquer definição do Belo, mas ridicularizar o famoso sofista Hípias.

No *Primeiro Alcibíades*, o problema da justiça apresenta-se já em primeiro plano. Sócrates pergunta a Alcibíades – que em breve pretende apresentar-se como orador diante dos atenienses a fim de aconselhá-los – a que se refere o conselho que tem a dar[27]. Alcibíades responde: a "assuntos de Estado" e, particularmente, à questão da "guerra" e da "paz"[28]. Sócrates leva-o então a explicar que seu discurso enfocando esse tema teria de derivar do princípio da justiça[29]. À pergunta sobre como saberia o que é justo, Alcibíades responde que "pela grande massa", ao que Sócrates objeta: "Não se trata de um mestre confiável"[30], considerando-se que, precisamente acerca do que é justo ou injusto, ela, "mais do que ninguém, revela-se em desacordo consigo mesma"[31]. Tampouco de seu tutor, Péricles, e de outros estadistas atenienses, teria Alcibíades podido aprender alguma coisa a esse respeito[32]. A fim de aprender o que é justo, seria melhor que voltasse o olhar para os inimigos de Atenas – os lacedemônios e os persas[33]. Sócrates, entretanto, não revela em que consiste o saber destes acerca da justiça, e sua própria contribuição para a resposta à pergunta decisiva são vagas generalidades e ocas tautologias tais como: "Nada do que é belo (louvável) (...), na medida mesmo em que é belo, é mau; e nada do que é ignominioso, na medida em que é ignominioso, é bom"[34]. Ou: "O Bem é (...) útil"[35]. Ou ainda: quem age "com justiça e temperança" age "de forma a agradar a Deus"[36]. E: os homens agem de maneira justa quando "cada um faz a sua parte"[37], ficando irrespondida, naturalmente, a questão quanto ao que seja essa "sua parte". Quando Sócrates define melhor a exigência de que cada um faça a sua parte e se preocupe com sua alma[38], asseverando que, quando alguém dirige seu olhar para a porção divina da alma, "seguramente estará conhecendo também a si próprio"[39], isso não é resposta para a questão sobre a essência da justiça. Esse conhecimento asseguraria a felicidade do indivíduo e o bem-estar dos Estados[40]. E o diálogo termina com a promessa de Alcibíades: "De hoje em diante preocupar-me-ei em almejar a justiça"[41]. O que isso significa, porém, permanece obscuro.

Como tema central, a justiça figura naquele diálogo da juventude que Platão, talvez, como hoje se supõe, não tenha concluído

inteiramente – em todo caso, não o publicou separadamente
–, mas inseriu no primeiro livro da *República*⁴². Esse segmento
da *República*, que, juntamente com Dümmler e Arnim, podemos supor ser o diálogo *Trasímaco* (porque assim o teria provavelmente intitulado o próprio Platão, caso o tivesse publicado separadamente), conserva inteiramente o espírito dos diálogos socráticos. Decerto não nos equivocaremos ao datar o primeiro esboço desse diálogo sobre a justiça em época anterior à primeira viagem de Platão a Siracusa, ou, em todo caso, anterior ao *Górgias*. Ele apresenta todas as características de uma ainda vigorosa influência socrática, acima de tudo o método racionalista da definição formalista de conceitos. As mais diversas definições de justiça são ali expostas, como as antiquíssimas palavras de Simonides: "Justo é restituir a cada um o que lhe é devido"⁴³. Que é aperfeiçoada: justo seria dar a cada um o que lhe cabe, ou seja, beneficiar os amigos e prejudicar os inimigos⁴⁴, onde "amigo" é identificado com o bom e "inimigo", com o mau⁴⁵. Essa definição de justiça constitui, assim, apenas uma variante do princípio da paga – o Bem pelo bem, o Mal pelo mal –, que está na base da doutrina órfico-pitagórica da justiça, a qual Platão encampa inteiramente nos mitos do *Górgias* e da *República*. Aqui, no entanto, o princípio é rejeitado. E não porque seja um princípio vazio (visto que a questão decisiva – o que é bom e o que é mau – fica irrespondida), mas porque, como acentua Sócrates, em circunstância alguma é justo prejudicar alguém⁴⁶. Essa rejeição do princípio da paga repousa num notório erro de interpretação. A fórmula "fazer o mal a quem é mau" é entendida no sentido de que se deva causar danos àquele que é mau. De acordo, porém, com o princípio tradicional da paga, que aqui está em questão, o mal que se há de fazer ao mau significa punição – e punir o mau não significa causar-lhe "dano". É exatamente Platão quem enfatiza que a pena não prejudica aquele que é mau, mas o beneficia, pois visa à sua correção, além de dissuadir os outros da prática do mal, acarretando, portanto, benefícios também à sociedade. Após esse êxito altamente discutível da dialética socrática, Trasímaco adentra o diálogo, no curso do qual apresentará uma tese tipicamente sofística, veementemente combatida por Sócrates. Diz: "Sustento

que o justo nada mais é do que a conveniência do mais forte" – e especifica sua tese partindo do pressuposto de que o justo é o que é legal, sendo justiça e direito positivo a mesma coisa. "Todo governo elabora suas leis para sua própria conveniência – a democracia, leis democráticas; as tiranias, leis tirânicas, e assim por diante. Com esse tipo de legislação, anuncia que justo para os governados é o que lhes é vantajoso (aos governantes), e quem a transgredir será punido como infrator e criminoso. Isso pois, meu caro, é o que, segundo afirmo, é justo em todos os Estados: o que convém ao governo vigente. Este detém o poder, resultando daí a conclusão acertada de que, por toda parte, o justo é sempre o mesmo: o conveniente aos mais fortes.[47]" A concepção de que o direito positivo é, de alguma forma, justo, de que a justiça de algum modo coincide com o direito positivo e, particularmente, de que é justo obedecer aos governantes – ou seja, às leis postas por eles –, é reiteradamente defendida pelo próprio Platão, em especial no *Críton*. Aqui Platão rejeita essa concepção. E torna possível a rejeição fazendo, primeiramente, Trasímaco apresentar a doutrina dos sofistas – segundo a qual, para além do direito positivo, como justiça relativa, inexiste qualquer justiça absoluta – com a afirmação exagerada de que o direito positivo atenderia exclusivamente (em vez de predominantemente) ao interesse dos governantes – isto é, de um grupo ou classe dominante –, de modo que Trasímaco é levado à conclusão paradoxal de que ser justo é desvantajoso aos governados. A isso soma-se o fato de que a polêmica de Sócrates contra essa avaliação realista do efetivo estado das coisas repousa num equívoco – consciente ou inconsciente – de interpretação. Trasímaco fala do governo e do direito por ele declarado justo como ambos realmente *são*; Sócrates fala de um governo e um direito como eles *deveriam* ser. Na verdade, não falam um com o outro. Não parece totalmente excluída a possibilidade de que a intenção de Platão tenha sido antes fazer que Sócrates compreenda mal as palavras de Trasímaco do que admitir francamente a triste verdade de uma realidade que não pode negar. É somente porque Sócrates, ao contrário de Trasímaco, não tem em mente o governo real, mas ideal, que pode, contrariando o último, afirmar ser o governo uma arte como a medicina, e "a nenhuma arte cabe buscar o profícuo senão para aquilo que se encontra sob seu tratamento especializado". Considerando-se que os governados – como mais fracos – estão sob tutela do governo – como mais forte –, este precisa buscar o que é profícuo para aqueles. "Assim, nenhuma arte examina e prescreve o que é profícuo ao mais forte, mas sim ao mais fraco e por ela dominado.[48]" Isso, entretanto, não é uma refutação da teoria sofística que Platão, de forma desfigurada, põe na boca de Trasímaco.

Com o intuito de mostrar que ele está errado, Platão incumbe Trasímaco de fazer afirmações inteiramente abstrusas e contraditórias, de modo que a injustiça faz-se virtude, sabedoria e força, ao passo que a justiça revela-se vício, tolice e fraqueza, tornando feliz o injusto e infeliz o justo[49]. Trasímaco quer dizer com isso que os detentores do poder, no governo, estariam de posse da sabedoria e da força, sendo eles os felizes, ao passo que os governados, obedientes aos primeiros, seriam os parvos, fracos e infelizes. Contudo, ele se contradiz ao situar os detentores do poder do lado da injustiça, uma vez que, a princípio, afirmara ser o justo o que tais poderosos ordenassem. Torna-se pois fácil para Sócrates contra-argumentar que a justiça é virtude e sabedoria, ao passo que a injustiça é vício e tolice[50]; que a justiça é força e que a injustiça conduz à fraqueza interior; que o justo é, pois, feliz, e o injusto, infeliz[51]; ou ainda – como Gláucon formula a tese socrática contrária a Trasímaco – "que, em todos os aspectos, é melhor ser justo do que injusto"[52]. Todas essas são afirmações inteiramente vazias, conduzindo à tautologia de que a justiça é boa e a injustiça, ruim. Assim, é o próprio Sócrates quem, ao final do diálogo, declara-se "não muito satisfeito com o festim", confessando "que (...), para mim, a conclusão de toda essa conversa é que absolutamente nada sei". Afinal – e este é o ponto decisivo –, a verdadeira questão, acerca da essência da justiça, a questão sobre "o que seria a própria justiça", sequer teria sido discutida, e, "enquanto não souber o que é o justo, dificilmente alcançarei o saber sobre se é ou não uma virtude, e sobre se aquele que o abriga dentro de si é feliz ou não"[53].

Capítulo 46
A doutrina da justiça no Górgias

I. *A doutrina dos pitagóricos*

Se é correto, conforme supomos, que o *Trasímaco* é obra da juventude de Platão, apenas posteriormente transformada no primeiro livro da *República*, é forçoso supor que suas últimas palavras compõem a transição com a qual ele inseriu, em sua obra madura, pensamentos de um período já remoto de sua vida. Elas nos revelam por que o *Trasímaco* permaneceu inacabado: com toda a sua especulação conceitual, Sócrates não lograra conduzi-lo à essência da justiça. Que a dialética socrática não leva a qualquer *solução positiva* do problema ético, Platão enfatizou-o expressamente em um de seus diálogos posteriores – o *Teeteto*. Neste, ele compara o método de seu mestre à obstetrícia, fazendo-o dizer: "No mais, a minha arte obstétrica comporta-se semelhantemente à delas (à das parteiras). A diferença é que a minha parteja homens em vez de mulheres, voltando seu olhar para as *almas* dos homens, para as dores de seu parto, e não para seu corpo. A parte mais importante de minha arte, contudo, é a capacidade de verificar minuciosamente se o espírito do jovem trará à luz um rebento que é apenas aparência e mentira ou algo genuíno e verdadeiro. Isso porque, em um ponto, sou absolutamente idêntico às parteiras: eu próprio sou estéril no tocante à sabedoria, estando, pois, inteiramente correta a censura que muitos já me fizeram, afirmando que, embora interrogue os outros, eu mesmo não dou resposta alguma, porque não disponho de sabedoria. A razão para isso é a seguinte: se Deus me compele a partejar, negou-me, no entanto, a capacidade de parir. Consequentemente, careço de toda sabedoria, tampouco disponho de qualquer achado que possa apresentar como fruto de minha alma"[54]. A questão que, constantemente, Platão faz Sócrates levantar, e para a qual este, com sua dialética pseudorracionalista, não consegue dar qualquer resposta, é a questão da justiça. Quando Platão abandonou o *Trasímaco* sem tê-lo publicado, estava diante da grande reviravolta de sua vida

– diante da viagem que o levou à Baixa Itália, para os pitagóricos e sua metafísica político-religiosa. Essa metafísica tornou-se seu novo guia, ao qual permaneceu fiel por toda a vida. No pitagorismo ele acreditou poder encontrar a resposta para a questão mais candente: o enigma da justiça.

O cerne da doutrina pitagórica – ponto em que coincide com a sabedoria dos mistérios órficos – é a crença de que, após a morte do homem, seja no Além ou em sua reencarnação no Aqui, a alma é punida pelo mal e recompensada pelo bem que fez. O sentido dessa concepção ético-religiosa é aí – como em toda parte onde seja encontrada – uma justificativa do mundo dado e, particularmente, do acontecer social, pela convicção da vitória final do Bem sobre o Mal. Do ponto de vista político, essa metafísica de um Além da alma ou de sua transmigração significa uma doutrina da justiça. A essência dessa justiça é a retribuição, que, na medida mesmo em que não se concretiza no Aqui e ao longo da vida do próprio homem bom ou mau, é deslocada para um Além ou para uma segunda vida no Aqui.

II. A essência da retórica: o ponto de partida

Platão expôs essa doutrina no *Górgias*, diálogo que escreveu durante ou imediatamente após sua primeira grande viagem à Baixa Itália e à Sicília. Conforme já o afirmou Olympiodor em seu comentário, o tema central desse diálogo é a questão da justiça, e não, como muitos acreditam, a retórica[55]. Certamente discutem-se ali também a essência e o valor dessa arte; mas o diálogo que Sócrates mantém acerca desse tema com o sofista Górgias é, por assim dizer, tão somente o prólogo (assaz extenso, é certo) para o drama propriamente dito – se nos é permitido seguir utilizando a mesma imagem –, cujo primeiro ato é o diálogo de Sócrates com Polo; o segundo, a conversa com Cálicles; e o terceiro, o mito órfico, no qual Platão descreve o destino da alma no Além. O ponto decisivo do diálogo com Górgias reside no reconhecimento da retórica como uma arte política. "O que é isto que declaras ser o maior bem da humanidade e em que afirmas ser mestre?", Sócrates pergunta a Górgias. E este responde:

"Trata-se daquilo, meu caro Sócrates, que efetivamente é o bem maior, conferindo aos homens sua liberdade pessoal e, concomitantemente, a cada um em seu Estado a dominação sobre os outros". Exortado por Sócrates a explicar melhor sua afirmação, Górgias prossegue: "Trata-se da capacidade de, por meio de palavras eloquentes, convencer tanto os juízes num tribunal quanto os senadores no conselho, bem como a comunidade reunida em assembleia e, em qualquer que seja a modalidade de assembleia na qual se reúnam, os cidadãos"[56]. Trata-se, pois, do método específico de exercer influência sobre as pessoas, sobretudo na democracia. Sócrates, então, constata: "Agora, Górgias, segundo me parece, esclareceste com a máxima precisão que tipo de arte entendes de fato por retórica (...)"[57]. E, no curso do diálogo, coloca a pergunta: "Que tipo de convencimento a retórica produz no tribunal, bem como em outras grandes assembleias, *no tocante ao justo e ao injusto?*"[58]. Eis aí o ponto crítico. A crítica que Sócrates faz à retórica, tão essencialmente vinculada à democracia, culmina no seguinte: ela é falha na medida em que não é capaz de tornar os homens justos[59]. Ela seria apenas "um simulacro de um ramo da política"[60], e não a própria política, visto que está para aquele ramo da política que deseja concretizar a justiça – o exercício da jurisprudência (jurisdição) – assim como a culinária está para a medicina[61]. Tal como o cozinheiro, contrariamente ao médico, que não se ocupa da saúde, mas apenas do prazer, assim também o orador não atua em prol da justiça – como o "verdadeiro e melhor" –, mas contenta-se em dizer o que agrada a seus ouvintes, em lisonjeá-los[62]. Na base dessa crítica à retórica está a ideia de que a justiça é saúde e a injustiça, enfermidade da alma[63]. Isso, entretanto, não é resposta à pergunta acerca do que seja a justiça: é tão somente uma metáfora que nada mais exprime senão que a justiça é desejável, é um bem. Sócrates repreende Polo – o qual faz-se então, em lugar de Górgias, seu interlocutor – porque, à pergunta sobre o que seria efetivamente a retórica, não lhe deu resposta alguma, mas apenas a louvou: "Ninguém perguntou como é a arte de Górgias (a retórica), mas sim o que ela é"[64]. Mas precisamente isso é o que o próprio Sócrates faz, ao declarar a justiça como a saúde da alma:

louva-a como uma virtude, um valor, um bem, mas não diz o que ela é. Polo busca defender a retórica da crítica de Sócrates apontando para o poder de que dispõem os oradores no Estado. Sócrates, porém, afirma que nem estes, nem tampouco os próprios tiranos seriam detentores de algum poder: sua opinião é a de que eles "possuem um poder reduzidíssimo no Estado"[65]. Poderoso seria, sim, quem faz o que quer, ao passo que os supostos detentores do poder não o fazem. Pois "querer", só se pode querer o Bem, e, como eles não fazem o bem, não fazem, portanto, o que querem. Esse paradoxo só é possível porque Sócrates, à maneira característica dos eticistas e contrariamente a seu opositor, não olha para o Ser, mas para o Dever-ser, com o qual identifica o querer. Quando Polo afirma serem poderosos os oradores e os tiranos, pois fazem o que querem, entende por "querer" a função psicológica assim designada e, de um ponto de vista psicológico, não se pode seriamente negar que o façam. Se se entende por "querer" o ato psíquico que essa palavra designa, então a afirmação de que o homem só pode querer o Bem somente será verdadeira se por "Bem" entender-se o que é subjetivamente bom, o que o homem julga bom para si próprio – o que se lhe afigura bom. Assim sendo, a afirmação de que o homem só pode querer o "Bem" conduz à tautologia de que o homem pode querer o que quiser. Ao sustentar, entretanto, que os supostos detentores do poder no Estado não "querem" o que fazem – pois só se poderia querer o Bem –, fazendo eles, portanto, algo diferente do que "querem", Sócrates entende por "Bem" não o subjetivamente, mas o objetivamente bom – isto é, não o que "se afigura bom" a alguém, mas o que "é" bom, e constitui o que se deve querer. "Na minha opinião" – diz ele a Polo –, "oradores e tiranos têm um poder infinitamente pequeno no Estado, conforme afirmei há pouco. Afinal, não fazem, por assim dizer, nada do que (realmente) *querem* (quando roubam ou matam, ou quando levam outros a cometer tais crimes). Pelo contrário: fazem o que *lhes parece* o melhor.[66]" A afirmação "os oradores e tiranos não fazem o que querem" significa, pois, nada mais que: não fazem o que devem querer. Assim, também a tese de que o homem "quer" apenas o Bem – se aí se pensa no objetivamente bom – leva unicamente a uma tautologia: o homem deve fazer o que deve fazer. Essa identificação do querer com o dever é apenas uma aplicação particular da identificação geral do Ser com o Dever-ser, que está na base da doutrina das ideias, na qual a esfera das ideias é apresentada como a esfera do Bem, isto é, do Dever-ser – a esfera do Ser verdadeiro. Assim como o Ser verdadeiro é tão somente o Ser do Bem, também o verdadeiro "querer" é apenas o querer do Bem.

Essa tese, com a qual Sócrates deixa perplexo seu opositor, é uma variação de seu dogma de que a virtude é saber e de que quem conhece o Bem o deseja. Decorre daí que não se pode conscientemente – ou voluntariamente, o que aqui significa a mesma coisa – fazer o Mal. Também esse disparate repousa numa identificação inadmissível: a identificação do saber com o querer, do pensar com o agir. Quem se equivoca em seu pensamento crê estar pensando o que é correto. Não sabe que está se equivocando e equivoca-se apenas porque não sabe o que é correto: se soubesse, não cometeria um equívoco em seu pensar. Isso equivale à tautologia: quem sabe acerca do correto sabe o que é correto, e quem sabe o que é correto não erra. Quando se identifica o saber com o querer, e o que é correto no pensar com o Bem no querer, chega-se à tese: quem conhece o Bem o deseja. Portanto, a ninguém é possível falhar, consciente ou voluntariamente – isto é, de livre e espontânea vontade[67]; um ponto de vista que Platão defende no *Protágoras*[68] e ao qual ainda se apega em seu último diálogo: as *Leis*[69]. É bastante significativo que, precisamente no *Górgias*, Platão não acentue essa consequência última de sua doutrina de que a virtude é saber. Nesse diálogo, o primeiro plano é ocupado pelo princípio da paga, e esse princípio contém – na doutrina órfico-pitagórica retomada por Platão – a responsabilidade individual do homem pela injustiça que cometeu. Essa responsabilidade, no entanto, conforme acentua o próprio Platão em outro contexto[70] –, pressupõe a liberdade do querer, sendo impossível quando a injustiça só pode ser cometida involuntariamente.

Sócrates reafirma: "Eu estava certo, portanto, em minha afirmação de poder ocorrer que um homem, num determinado

Estado, aja inteiramente de acordo com o que entende ser melhor e não disponha de grande poder, não fazendo o que quer" (isto é: porque não faz o que quer). Ao que Polo replica: "Como se tu, Sócrates, não preferisses a liberdade em vez do contrário – de agir no Estado segundo o que entendes por melhor, e como se não contemplasses com inveja a possibilidade de alguém, segundo o que lhe parece melhor, matar, confiscar os bens ou prender outra pessoa"[71]. E como exemplo Polo cita a vida feliz de Arquelau, que, filho de uma escrava – e, portanto, do ponto de vista jurídico, ele próprio escravo –, conquistou para si, assassinando o pretendente legítimo ao trono, o governo da Macedônia.

III. O diálogo com Polo: a necessidade da punição

Tem-se aí a deixa para que Sócrates, na polêmica com Polo, desenvolva o princípio de que só o justo seria feliz, o injusto sendo, "qualquer que seja o caso, infeliz, mas mais infeliz ainda quando não é chamado a prestar contas por sua injustiça, e contrariamente menos infeliz quando é chamado a fazê-lo, sofrendo punição dos deuses e dos homens"; e também de que "cometer uma injustiça" seria "pior do que sofrer uma injustiça"[72]. Nessas afirmações, remete-se ao vínculo existente, indubitavelmente, entre justiça e felicidade. O anseio pela justiça é o indestrutível anseio do homem pela felicidade. É justa uma ordem social capaz de fazer felizes todos os que lhe são sujeitos. Se o homem, como ser social, não é capaz de encontrar a almejada felicidade como indivíduo isolado, ele a busca na sociedade. A justiça é a felicidade socializada. Platão, no entanto, inverte completamente essa relação. Para ele, não é a justiça que é felicidade, mas a felicidade que é justiça. A tese de que só o justo é feliz – e o injusto, infeliz – é claramente insustentável, se não se entende por "felicidade" e "infelicidade" precisamente aqueles estados de alma que ambas essas palavras designam – a saber: o prazer e o desprazer. E, de fato, Sócrates só pode manter sua paradoxal teoria diante de Polo tomando "felicidade" e "infelicidade" não por conceitos psicológicos, mas éticos; transportando-os do estado psíquico para o moral, do mesmo modo como, de maneira semelhante, reinterpreta o conceito do querer, ao afirmar que ninguém comete uma injustiça voluntariamente; e do mesmo modo como, aliás, o próprio conceito da alma, na filosofia platônica, é transformado de uma categoria psicológica em uma categoria ética. Que prazer e desprazer não são idênticos a bom e mau; que moralmente bom não é o que dá prazer – nem tampouco moralmente ruim o que provoca desprazer –, é isso que Platão, pela voz de Sócrates, acentua com a máxima ênfase no *Górgias*[73]. Para comprovar a afirmação de que Arquelau – contrariamente ao que sustenta Polo – não é feliz, mas infeliz, Sócrates nada mais argumenta senão que, "afinal, ele não tem o menor direito ao governo que ora exerce (...) tornou-se agora invulgarmente infeliz, visto que cometeu os maiores crimes (...) E todas essas crueldades, cometeu-as sem perceber que, graças a elas, fez-se altamente infeliz". Pode-se ser "infeliz" sem percebê-lo, uma vez que, na linguagem de Platão, ser infeliz não é um estado de alma – isto é, sentir desprazer. Decorre daí que se pode igualmente ser "feliz" sem percebê-lo, visto que tampouco ser feliz, nessa linguagem, é um estado de alma – ou seja, sentir prazer. E "infelicidade" e "felicidade" não significam desprazer e prazer porque Platão pretende aqui fazê-las significar mau e bom; por isso, aqui, ele aparta mau e bom de desprazer e prazer. Sócrates prossegue: "Pouco tempo depois", [Arquelau] deixou "novamente escapar a oportunidade de fazer-se feliz através da justa educação de seu irmão – filho legítimo de Perdicas (...), a quem, por direito, cabia o trono – e da restituição do governo a este, em vez disso lançando-o num poço (...) Sendo dentre todos os macedônios o que cometeu os maiores crimes, é também, consequentemente, o mais infeliz deles todos, e não o mais feliz"[74]. Porque alguém cometeu uma injustiça, esse alguém é, "consequentemente", infeliz. Na tese de Sócrates, "feliz" significa justo e "infeliz", injusto. Assim, também essa tese conduz à oca tautologia de que o justo é justo e o injusto, injusto[75].

Conforme explica o próprio Sócrates, a tese de que cometer uma injustiça seria pior do que sofrê-la – ou de que cometer uma injustiça seria um mal maior do que sofrê-la – significa que se deveria preferir sofrer a cometer uma injustiça. Tendo Sócrates afirmado que "cometer uma injustiça é o maior de todos os males", Polo pergunta: "Sofrer uma injustiça não é um mal ainda maior?". Sócrates responde: "De modo algum." Ao que Polo, então, replica: "Tu quererias, pois, antes sofrer do que cometer uma injustiça?". Mais uma vez, Polo entende por "mal" um valor subjetivo, ao passo que Sócrates tem em vista um valor objetivo ao responder-lhe: "Querer, não quero nem uma coisa nem outra. Se, entretanto, tivesse inevitavelmente de escolher entre cometer ou sofrer uma injustiça, decidir-me-ia antes pela última do que pela primeira"[76]. Isso significa apenas que cometer uma injustiça é algo moralmente pior, que deve ser evitado; o que, novamente, traduz-se numa oca tautologia. Com isso, nada se disse acerca de sofrer uma injustiça, e nada se pode dizer, pois as normas morais determinam o que se deve e o que não se deve fazer, mas não o que se deve ou não sofrer. Elas se dirigem a quem age, e não a quem sofre a ação. Proíbem que se faça alguém sofrer uma injustiça, mas ninguém pode sofrer uma injustiça sem que haja aquele que a pratica. A afirmação segundo a qual é preferível sofrer a cometer uma injustiça nada mais diz senão que não se deve cometer uma injustiça. E será vazia enquanto não se definir o que é injusto.

A tese de que um malfeitor e injusto é "mais infeliz ainda quando não é chamado a prestar contas por sua injustiça, e contrariamente menos infeliz quando é chamado a fazê-lo, sofrendo punição dos deuses e dos homens"[77] nada mais significa senão que a injustiça deve ser punida – se por "feliz" e "infeliz" somente se pode entender justo e injusto. E essa frase contém a afirmação de que a injustiça não deve permanecer impune. Que a injustiça deve ser punida e que a injustiça não deve permanecer impune não são, como Platão as apresenta, duas afirmações distintas, mas uma única e mesma afirmação. Não remetem a duas questões diferentes que pudessem ser comparadas uma à outra, mas a uma única e mesma situação que se manifesta através do princípio da retribuição punitiva. Contudo, como resposta à questão da justiça, também o princípio de que a injustiça deve ser punida será vazio enquanto não se determinar o que é injusto. No diálogo com Polo, o princípio da retribuição é pressuposto como bastante óbvio para então, no mito do

Górgias, ser solenemente proclamado em sua forma órfico-pitagórica. Sob um ponto de vista lógico, o diálogo com Polo é mais do que discutível. De fato, mal se pode evitar a impressão de que nele pouco ou nada importa a Platão apresentar o método dialético de Sócrates sob uma luz particularmente boa – sobretudo quando se atenta para que, através daquilo que o incumbe de expor no mito final, seu pensamento básico, Platão torna supérfluo todo o esforço lógico de Sócrates: a responsabilidade da alma pelo Mal de que o homem é culpado na terra acha-se em contradição frontal com a doutrina socrática, retomada por Platão, segundo a qual não pode haver de forma alguma uma vontade má.

IV. O diálogo com Cálicles

O mesmo vale para o diálogo com Cálicles. Este defende, contra Sócrates, a doutrina do assim chamado direito do mais forte – apoiado na distinção entre *nomose physis*, a norma humana e a lei da natureza, o Dever-ser e o Ser, o direito e a realidade. "A julgar pela aparência, não é o modo como efetivamente agimos", pergunta ele a Sócrates, "exatamente o contrário daquilo que (segundo a tua concepção) deveria acontecer?[78]" "Tu, Sócrates, a pretexto de perseguir a verdade, avanças rumo a afirmações capciosas concebidas para a grande massa, as quais não são belas por sua própria natureza, mas sim por efeito da norma. De um modo geral, porém, natureza e norma acham-se em contradição uma com a outra."[79] "A própria natureza", afirma Cálicles, "mostra claramente ser justo que o melhor prevaleça sobre o pior, e o mais capaz sobre o menos capaz." E Cálicles entende essa frase no sentido de que "o mais forte reine e prevaleça sobre os mais fracos"[80]. Ele louva a felicidade das naturezas dominadoras que gozam livremente a vida. "Essas pessoas agem de acordo coma natureza e, por Zeus!, segundo a lei dessa natureza, e não, decerto, segundo a lei arbitrariamente concebida por nós, razão pela qual apanhamos já desde jovens os melhores e mais fortes dentre nós, buscando domá-los e amansá-los qual leões, a fim de torná-los submissos, sob o pretexto de que há de reinar a igualdade e que esta seria o Belo e o Justo. Deixa, porém, que nasça o homem verdadeiro, uma natureza de fato vigorosa; ele sacudirá tudo isso, romperá as correntes, libertar-se-á, pisoteará todas as nossas leis, nossos instrumentos de domesticação e amansamento, e toda a torrente de leis contrárias à natureza, ascendendo de escravo a fulgurante soberano sobre nós: aí brilhará então, ofuscante, o direito da natureza.[81]"

Cálicles remete aqui ao fato inegável e bastante frequente na Grécia de que personalidades vigorosas, rompendo com a ordem jurídica e moral existente, tomam para si o poder no Estado, e de que nem sempre a realidade social coincide com os valores universalmente reconhecidos. Para uma possível oposição entre o Ser e o Dever-ser, contudo, não há lugar no sistema platônico, no qual se reconhece o "Ser" apenas como Dever-ser, no qual o Ser, no sentido usual da palavra, é negado como Não-ser. Em sua polêmica contra Cálicles, Sócrates nem sequer tenta negar o fato apresentado por seu interlocutor. Volta-se unicamente contra sua aprovação moral, contra uma concepção de vida que reconhece nesse fato um valor social. Tal polêmica só faz sentido contra um ponto de vista apoiado em argumentos efetivamente defendidos e que admitem discussão. A polêmica de Sócrates, no entanto, volta-se, em parte, contra um ponto de vista que nem sequer é defendido por Cálicles, e, em parte, contra manifestações que, no curso do diálogo, Platão põe na boca deste último e que, portanto, já não se mantêm dentro dos limites de afirmações que admitem discussão. Com elas, Sócrates não está refutando qualquer teoria do direito natural que se possa seriamente considerar.

Cálicles tenta enfraquecer a tese de Sócrates de que cometer uma injustiça seria pior do que sofrê-la, e afirma que isso estaria em conformidade apenas com a norma; de acordo com a natureza, porém, sofrer uma injustiça seria pior do que cometê-la. Por "norma" (νόμος), Cálicles entende o direito positivo de uma democracia, que, em razão do princípio da igualdade de todos os cidadãos, é fixado por esses mesmos cidadãos. Na visão de Cálicles, essa igualdade democrática é contrária à natureza. Da "grande massa que faz as leis", afirma desdenhoso: "é uma satisfação para eles (...) acharem-se iguais"[82], e elaboram as leis "sob o pretexto de que há de reinar a igualdade e que esta seria o

Belo e o Justo"⁸³. Cálicles é um opositor da democracia; suas simpatias voltam-se para a aristocracia, para as tiranias, nas quais uma personalidade forte reina sobre todas as demais. Também o Sócrates histórico, no entanto, e particularmente o próprio Platão não são propriamente amigos da democracia, tendo rejeitado precisamente aquele princípio da igualdade que é seu fundamento. Ainda assim, Platão faz Sócrates tomar posição contra a tese de Cálicles acerca de ser o princípio da igualdade contrário à natureza. Essa tomada de posição, porém, faz-se possível somente porque Sócrates, opondo-se a Cálicles, defende a assim chamada igualdade geométrica, em oposição à assim chamada igualdade aritmética. Afirma: "Não é meramente em conformidade com a lei que o justo (δίκαιον) é a igualdade, mas também por natureza". E acrescenta: portanto, "não tens (Cálicles) (...) razão em tua afirmação anterior"⁸⁴. Por igualdade, no entanto, Sócrates não entende a igualdade da democracia, rejeitada por Cálicles – bem como por Sócrates e Platão –, a igualdade aritmética que não reconhece diferença alguma no tocante à qualidade dos cidadãos; entende sim, por igualdade, a "geométrica", que "desempenha um importante papel no que se refere aos deuses e aos homens"⁸⁵. O princípio dessa assim chamada "igualdade geométrica" é precisamente o contrário do princípio da "igualdade aritmética", pois reconhece as diferenças qualitativas existentes e as considera na distribuição dos bens; e, contrariamente ao princípio aritmético de igualdade da democracia, não confere a todos os cidadãos os mesmos direitos sem diferenciar-lhes a qualidade, mas estabelece uma desigualdade dos direitos correspondente à desigualdade efetiva dos sujeitos. Essa "igualdade geométrica", Platão a caracterizou mais detalhadamente nas *Leis*. Ali, ele diz: "Há duas espécies de igualdade, as quais, embora carreguem o mesmo nome, opõem-se, na verdade, em muitos aspectos. Uma delas – a igualdade segundo a medida, o peso e o número –, todo Estado e todo legislador pode facilmente aplicar na distribuição de honrarias e distinções, deixando-a a cargo da sorte. A única igualdade verdadeira e a melhor, no entanto, não é tão facilmente cognoscível a todos os homens. E isso porque o juízo cabe aí a Zeus, e dela os homens participam sempre apenas em pequeno grau. Tudo, porém, que Estados ou indivíduos dela recebem não tem por consequência senão coisas boas. Ao maior, concede mais; ao menor, menos, garantindo assim a cada um o que lhe cabe, segundo sua condição natural: ao de maior virtude, portanto, honras sempre maiores; ao de menor virtude e educação, porém, apenas e exatamente o que lhe cabe – uma distribuição que lhes é proporcionalmente justa, pois é precisamente nisso que consiste nossa sabedoria de estadistas: na *justiça*"[86]. Evidencia-se aqui, claramente, que, se a expressão igualdade é aplicada corretamente ao princípio designado como igualdade "aritmética", a expressão "igualdade" geométrica traduz-se num logro, visto que, então, dois princípios inteiramente distintos e opostos são designados por uma mesma e única palavra. Nesse duplo sentido nada confiável repousa a polêmica de Sócrates contra Cálicles. Este rejeita a igualdade aritmética; Sócrates, entretanto, defende algo que Cálicles absolutamente não rejeita: a "igualdade" geométrica. Como Platão corretamente nos ensina nas *Leis*, esse princípio da assim chamada igualdade geométrica consiste em que seja conferido a cada um o que lhe "cabe". Trata-se, fundamentalmente, do princípio do *suum cuique*, e, tal como este, inteiramente vazio. Porque sua aplicação pressupõe a decisão acerca de quais diferenças qualitativas – na formulação de Platão – ou condições naturais, como diferenças de sexo ou raça, devem ser consideradas, e como se há de avaliá-las. Segundo o princípio da igualdade geométrica, contudo – que apenas a postula, mas não a possibilita ele próprio –, essa decisão não pode ser tomada. Por isso, Platão tem de admitir que esse princípio "não se apresenta tão facilmente cognoscível a todos os homens" e que o juízo "cabe a Zeus" – o que, decerto, significa dizer que não é acessível pela via do conhecimento racional humano.

A polêmica de Sócrates contra a filosofia de vida de Cálicles assenta-se em parte nesse erro de interpretação e, em parte, no fato de que Platão faz Cálicles, em sua rejeição da democracia (no que Sócrates-Platão não está absolutamente em oposição a ele), incorrer no descuido de, bastante genericamente, chamar o povo ou, nas palavras de Cálicles, "a grande massa" – que, na democracia, é o legislador –, "os mais fracos"[87], em vez de afirmar apenas – o que se conclui de suas manifestações já citadas – que ele mostra-se o mais fraco em relação aos tiranos, os quais, por meio da violência, tomam para si o governo e liquidam o Estado democrático. Assim sendo, fica fácil para Sócrates levar Cálicles à admissão de que a grande massa é, "por natureza, mais forte do que o indivíduo"[88] – ou seja, do que o indivíduo no interior da grande massa – e, portanto, de que, segundo a afirmação precedente do mesmo Cálicles, ela há de ser melhor também. Do princípio defendido por Cálicles decorreria, portanto, que não apenas de acordo com a lei, mas também de acordo com a natureza, cometer uma injustiça seria pior do que sofrê-la. Isso leva Cálicles a retificar sua afirmação, declarando entender por "força" não a força física, mas a compreensão, e, mais exatamente, a compreensão dos negócios de Estado. Aos que possuem essa compreensão "cabe reinar sobre os Estados, e o direito consiste em que prevaleçam sobre os demais – os governantes sobre os governados"[89]. Como Sócrates não pode refutar com êxito essa afirmação, desvia a conversa, perguntando: "E como ficam eles (os governantes) em relação a si próprios?". O que ele quer dizer é: "em que medida as pessoas têm o governo sobre si próprias? Ou não será necessário que tenham o domínio sobre si próprias, mas sim sobre as demais?". Por "domínio sobre si próprias", Sócrates entende aqui o domínio da razão sobre os desejos[90]. Platão deixa que Cálicles, nessa polêmica contra Sócrates, incorra no evidente exagero de afirmar: "Quem deseja viver corretamente tem de permitir que seus desejos se tornem tão vigorosos quanto possível, sem colocar-lhes um freio"[91]. Disso seria capaz apenas quem detém o poder no Estado. "Opulência, desregramento e liberdade, se para todas elas têm-se os recursos à disposição, isso é que é virtude e felicidade; quanto ao restante, essas vossas belas palavras e convenções humanas antinaturais são lérias sem nenhum valor." Naturalmente, Sócrates nem sequer precisa refutar a afirmação absurda de que o desregramento seria uma virtude. Limita-se, pois, a perguntar ironicamente: "Diz-se portanto, equivocadamente, que felizes são os que de nada precisam?". Ao que Cálicles responde: "Se assim fosse, mais felizes seriam decerto as pedras e os mortos". Sócrates agarra esse pensamento e cita as palavras de Eurípides já mencionadas num contexto anterior: "Quem sabe se não é a vida que é morte e a morte, vida?" e acrescenta: "E se nós, na verdade, já não estamos, talvez, mortos? De resto, já ouvi de algum sábio que estaríamos mortos agora e que nosso corpo seria nossa tumba"[92]. É a doutrina órfico-pitagórica. Surge nessa passagem, pela primeira vez, a referência à vida no Hades como uma vida num Além invisível, da qual, na *Apologia*, Sócrates afirma ainda nada saber.

Com a exigência defendida por Cálicles de que o homem precisaria dominar os prazeres e desejos que traz em si – isto é, que, em seu comportamento, deveria deixar-se guiar pela razão –, Sócrates evidentemente pressupõe que a razão conduz o homem ao Bem, o que significa que a pergunta sobre o que seja o justo é respondida pela razão humana, que as normas morais, de um modo geral, e o princípio da justiça, em particular, são imanentes à razão. Sócrates mostra a nítida tendência a identificar a oposição entre "racional" e "não racional" com aquela entre "bom" e "mau"[93], o que, de resto, é apenas consequência de sua tese sobre a virtude como "saber". "Os sensatos e os valentes", afirma, são "bons; os covardes e os insensatos, pelo contrário, são maus.[94]" E assegura que a alma "comedida" – isto é, a alma sensata – é boa, ao passo que a descomedida – a insensata – é má[95]. Contudo, quais sejam os princípios do Bem e do Justo imanentes à razão humana, isso Platão não diz e nem pode dizê-lo, pois a razão não é capaz de determinar os fins do agir humano, mas apenas os meios através dos quais tais fins podem ser alcançados. Normas morais deixam-se deduzir tão pouco da "razão" quanto da "natureza". Por isso as tentativas de tal dedução conduzem a resultados os mais contraditórios. Na verdade, também Cálicles recorre à razão, ao defender perante Sócrates sua filosofia de vida e a tese do direito do mais forte. Isso se evidencia mesmo na exposição de Platão, que desfigura essa filosofia a ponto de torná-la uma caricatura. Cálicles a expõe como sabedoria, como resultado da experiência de vida. Da visão oposta, a de Sócrates (que não foi capaz de preservá-lo da pena de morte), afirma sarcasticamente: "Então, chamam a isso sabedoria (σοφόν) (...), uma arte que apanha um homem bem-dotado e o míngua, de modo que ele não é capaz nem de ajudar a si mesmo, nem de salvar-se a si próprio ou a qualquer outro dos maiores perigos?"[96]. A tal homem poder-se-ia dar impunemente uma bofetada – o que, decerto, significa dizer que Cálicles toma Sócrates por um idiota[97]. E o exorta a converter-se à sua (de Cálicles) concepção de vida, dizendo: "Siga-me (...) e pratica aquilo que te confere a aparência de inteligência" (καὶ ἄσκει ὁπόθεν δόξεις φρονεῖν)[98]. Por fim, enfatiza que o "mais forte", o que tem direito ao governo do Estado, é o "mais perspicaz"[99] e o "de maior entendimento" (φρονιμώτερον)[100] – ou seja, o mais sensato. "Os realmente mais fortes", afirma, são "os mais sagazes (φρόνιμοι) no que tange aos assuntos estatais (...)"[101]. É possível que Cálicles tenha sido levado a essa formulação pelas objeções de Sócrates; de qualquer modo, ela absolutamente não se encontra em contradição com sua opinião inicial de que só um idiota não percebe que sofrer uma injustiça é pior do que cometê-la, e de que essa percepção representa a verdadeira sabedoria de vida. Sua admissão de que os mais sagazes são os mais fortes está em contradição apenas com a tese grotesca de que o desregramento seria uma virtude – uma tese jamais defendida por quem quer que seja. Associada à exigência de que o homem domine os prazeres e desejos que traz em si desenvolve-se, então, a tese negativa de que o Bem *não é* idêntico ao prazer, *nem tampouco* o Mal ao desprazer. Parece que Platão sentiu, aqui, não poder mais abster-se de dar uma resposta positiva a essa questão. Mas que resposta é essa? "Chamas bons aos bons", diz Sócrates a Cálicles, "em razão da presença do Bem, assim como chamas belos aos dotados de beleza.[102]" E: "Segundo a tua afirmação, porém, a presença do Mal faz maus os maus"[103]. "Ora, nós, no entanto, como tudo o mais, somos bons graças à presença de uma certa perfeição (virtude)? A mim, pelo menos, parece necessário que assim seja, Cálicles.[104]" Meras tautologias, mesmo supondo-se que Platão tem aqui em vista a parusia da ideia, o que, no entanto, significaria que, no *Górgias*, ele admite uma ideia do Mal[105]. Entretanto, a essa última definição do ser bom como presença do Bem citada acima, Platão acrescenta: "Mas a perfeição (virtude) de cada uma das coisas – seja um utensílio, um corpo, uma alma ou qualquer criatura – verdadeiramente não surge em toda a sua beleza como que por acaso, mas por meio da ordem, da regra e da arte apropriada a cada uma dessas coisa". O conceito do Bem é aí relacionado ao da ordem. Já antes, aliás, afirmara-se que somente "quando em ordem" a alma é apreciável, ou seja, virtuosa. Esse estado da ordem é a "saúde" da alma, e assim também é designada a justiça. "Para as medidas ordenadoras e modeladoras da alma, porém, aplicam-se as designações legal e lei, em decorrência das quais os homens fazem-se obedientes às leis e aos bons costumes. Nisso, justamente, consiste a justiça e a temperança.[106]" Contudo, a afirmação de que a justiça é a ordem ou a observância das leis significa tão pouco quanto dizer que a justiça é a saúde da alma ou que cometer uma injustiça é algo ruim. Mas a subsunção da justiça aos conceitos de ordem ou lei, inteiramente sem conteúdo, deixa intocado o princípio da retribuição. A ordem e a lei particulares que são apresentadas como a justiça traduzem-se, também no diálogo com Cálicles, na ordem ou na lei da retribuição, e, mais exatamente, da retribuição punitiva: o malfeitor tem de ser castigado. "De preferência, há de se fazer que absolutamente não tenhamos precisão do castigo; mas se dele necessitarmos, nós mesmos ou alguém próximo, indivíduo ou comunidade, cumpre lhe seja imposta punição e castigo, se é que deva ser feliz.[107]" A injustiça é, "para quem a pratica, (...) o maior dos males", mas "mal ainda maior do que o maior dos males é que o criminoso não sofra sua punição"[108]. De resto, Sócrates repete em sua polêmica com Cálicles as teses que já defendera no diálogo com Polo: que ninguém comete uma injustiça voluntária ou conscientemente[109], que só o justo é feliz[110] e que cometer uma injustiça é pior do que sofrê-la[111]. Bastante significativa é a maneira pela qual Sócrates formula positivamente sua própria concepção, em contraposição à de Cálicles[112]. Após haver declarado que "a alma prudente é boa", explica: "Assim, pois, afirmo: se a alma prudente é boa, a alma que se apresenta no estado oposto é má. Essa é a alma insensata e desregrada". Isso não quer dizer absolutamente nada, se não se mostra no que "consiste a temperança". A resposta para isso há de ser, evidentemente, a seguinte: "Quem é comedido agirá com correção, tanto em relação aos deuses quanto no que se refere aos homens. Afinal, agisse incorretamente, decerto não seria comedido". Quando, porém, age ele "com correção"? "Agindo, pois, com correção relativamente aos homens, estará agindo com justiça, e, sendo correto perante os deuses, estará agindo com devoção." Substituindo-se a palavra "correto" pelas palavras "justiça" e "devoção", não se está respondendo à questão acerca do que é "correto". "Todo aquele (...) que age justa e piamente será necessariamente justo e pio (...) E será, também necessariamente, valente." Ser "valente" não é algo que decorra necessariamente de ser justo e pio, a não ser que "valente" seja também apenas outra palavra para "comedido", "correto" e "pio". Esta é de fato a questão. Sócrates, afinal, fundamenta a afirmação de que o pio e justo é também valente da seguinte forma: "Um homem comedido jamais almejará ou evitará o que não deve, mas irá evitar e almejar o que deve – seja uma coisa, um homem, um prazer ou uma dor – e resistirá bravamente quando assim lhe ordenar o dever". Comedido, justo, pio e valente é quem faz o que deve, ou, o que significa a mesma coisa, o que é seu dever. Mas o que se deve fazer? O que é nosso dever? Eis a pergunta para a qual Sócrates não tem resposta. Mas ele prossegue: "Por conseguinte, Cálicles, é absolutamente necessário que o homem comedido, conforme se apresentou em nossa investigação, seja também um homem perfeitamente bom, e que esse homem bom faça bem e corretamente aquilo que faz". Fazer o que se deve fazer é algo não apenas comedido, correto, justo, pio e valente, mas bom também, o que tão somente reitera o que fora afirmado de início: que ser comedido significa ser bom. Por fim, Sócrates diz "que aquele que age corretamente é feliz e bem-aventurado; o mau, ao contrário, e aquele que age mal, é infeliz". Como "feliz" e "infeliz", conforme já vimos, são sinônimos de bom e mau na linguagem de Platão, não se diz aí absolutamente nada senão que o bom é bom e o mau, mau – ou que se deve fazer e deixar de fazer o que se deve fazer e deixar de fazer. Com essas tautologias, Platão pretende ter exposto algo decisivo e essencial, como se evidencia em fazer que Sócrates conclua sua fala com as seguintes palavras: "Esse é pois meu ponto de vista, cuja verdade defendo". É a verdade irrefutável, mas inteiramente vazia de uma tautologia. Não se tem aí a definição do valor moral, mas tão só a exigência de concretização de um valor moral cujo conteúdo fica inteiramente indefinido.

V. A retribuição no Além

Nos discursos não muito retilíneos que Sócrates profere contra a crítica de Cálicles, de que ele não atuaria politicamente, revela-se especialmente notável o juízo aniquilador que Platão faz dos mais importantes líderes da democracia ateniense e, acima de tudo, de Péricles. Este seria um péssimo estadista, pois não teria feito os atenienses melhores, mas piores. Esse veredicto fundamenta-se – de forma mais do que discutível – no fato de estes últimos, já ao final da vida de Péricles, o terem acusado de peculato, quase condenando-o à morte. Seria um péssimo pastor aquele que, com sua arte, conseguisse fazer que seu rebanho, dócil à época em que o assumiu, por fim embruteça a ponto de atacá-lo e golpeá-lo[113]. Que no princípio do governo de Péricles os atenienses eram "melhores" do que ao seu término, isso não é de forma alguma comprovado, e nem pode sê-lo. Em termos de fatos, o que é apresentado contra Péricles é que introduziu a remuneração dos juízes, medida da qual somente a cegueira político-partidária pode afirmar que "tornou os atenienses preguiçosos, covardes, palradores e ávidos por dinheiro"[114]. A surpreendente crítica de Platão aos estadistas atenienses, de um modo geral, e a Péricles, em particular, assenta-se na tese de que a tarefa do estadista seria "tornar os cidadãos (...) tão bons quanto possível"[115]. Está-se entretanto autorizado a fazer tal crítica se – como Platão – não se declara ao mesmo tempo o que seja o bom? É lícito fazer a um estadista do porte de Péricles a pesada acusação de que não cumpriu sua missão, sem que, sequer minimamente, se possa esclarecer de que forma tal missão poderia ter sido melhor cumprida, ou mesmo em que consiste essa missão? Platão, que jamais ocupou um cargo estatal, tem o direito de afirmar acerca de si próprio (e, pela voz de Sócrates, é indubitavelmente a respeito de si próprio que Platão fala aqui): "Creio que somente eu, juntamente talvez com uns poucos atenienses mais, dedico-me à verdadeira arte política, e creio igualmente ser o único dentre os vivos a verdadeiramente servir ao Estado?"[116]. Quando, dessa sua arte política, ele nada mais tem a revelar senão que ela teve em mente "sempre e apenas (...) o verdadeiramente melhor", sem, no entanto, dizer em que consiste de fato esse "verdadeiramente melhor"? Se o Sócrates platônico não deseja dedicar-se aos negócios de Estado, talvez seja por julgar vã, naquele momento, a tentativa de fazer melhores os atenienses; ele se recusa a adular o povo à maneira dos retores[117]. Apontando para os perigos de tal atitude passiva e – numa alusão ao destino efetivo do Sócrates histórico-fazendo menção à possibilidade de uma acusação injusta, e até mesmo da condenação à morte de um inocente, Cálicles oferece a Sócrates o mote para a heroica exigência de que o homem justo não tema a morte. "Afinal, ninguém teme a morte em si, e quem a temesse não teria em si qualquer vestígio de entendimento e virilidade, embora tema, sim, cometer uma injustiça, pois o maior de todos os males é que a alma chegue ao Hades repleta de crimes." Tem-se aí o ponto decisivo: a injustiça é um mal e deve ser evitada por causa das consequências que acarreta no Além, quando se comete "injustiça contra os homens ou contra os deuses"[118]. E se Platão continuamente caracteriza o comportamento correto como um "auxílio", como a melhor forma de "autoajuda", é porque só ele pode ajudar contra o perigo que, vindo do Além, ameaça o malfeitor. Pois justiça é retribuição. "Se queres", prossegue Sócrates, "conto-te uma estória para comprová-lo (que o maior dos males é a alma chegar ao Hades carregada de culpa)." Platão desenvolve, então, a doutrina órfico-pitagórica segundo a qual, após a morte, a alma do homem é posta diante de um tribunal[119]. Minos, Radamanto e Éaco, filho de Zeus, fazem as vezes de juízes – os dois primeiros, da Ásia, o último, da Europa. Todos exercem sua magistratura "no prado sagrado, junto à encruzilhada de onde partem dois caminhos: o primeiro, para a ilha dos Bem-aventurados, o segundo, para o Tártaro". As almas provindas da Ásia são julgadas por Radamanto; as da Europa, por Éaco. Minos decide "quando os outros dois ficam em dúvida acerca de um caso, a fim de que o veredicto referente ao destino da viagem seja tão justo quanto possível aos homens"[120]. A lei da justiça – vigente desde Cronos – consiste em que "aquele que viveu sua vida de modo justo e pio seja, após a morte, enviado à ilha dos Bem-aventurados, lá morando em plena felicidade, longe de todo sofrimento, enquanto o que levou uma vida injusta e ímpia vai para o calabouço da expiação e da pena, ao qual chamam Tártaro". A fim de que o veredicto seja proferido sem acepção de pessoa, os homens em julgamento têm de apresentar-se "nus" ante os juízes – ou seja, somente após a morte. "Muitos (...) dos que têm almas más são revestidos de belos corpos, nobreza e riqueza, de modo que, sucedendo-se o julgamento (de pessoas ainda vivas), muitas pessoas apresentam-se para testemunhar que viveram justamente. Estas confundem os juízes, além de que os juízes – 'se como tais funcionarem homens vivos' – apresentam-se revestidos ao julgar, uma vez que sua alma apresentará o revestimento dos olhos, dos ouvidos e de todo o corpo.[121]" Para que o corpo – o invólucro da alma – não seja empecilho, também os juízes devem estar nus – isto é, devem ser almas de pessoas mortas as almas dos três heróis mortos que Zeus estabeleceu como juízes. Posto ser "diretamente com a alma" que eles veem "a alma igualmente desnuda" daqueles a serem julgados, "o veredicto resulta justo"[122]. Evidencia-se aí a contradição na doutrina platônica da alma. A alma é boa, segundo sua essência; o corpo é que é mau e, assim, impede a alma de desenvolver sua verdadeira essência. Como acentua Platão também nessa passagem, a morte é "nada mais do que a separação (...) entre alma e corpo"[123]. Daí poderem ser justos os juízes, como almas apartadas do corpo. Com relação, porém, aos homens a serem julgados, essa concepção é abandonada, pois, em meio às almas incorpóreas, figuram também "almas más". Para tornar possível a maldade dessas almas sem corpo – em contradição com a concepção da alma como essencialmente boa –, Platão explica: após a separação entre alma e corpo, "ambos conservam quase inalterada a condição que tinham em vida. Sobretudo o corpo: sua constituição natural, seus hábitos, suas dores – tudo está nitidamente gravado nele (...) Se, em vida, alguém foi um inútil, vítima de muitas sovas, e traz no corpo cicatrizes, como vestígios dos golpes de chicote ou de outros castigos, pode-se reconhecer tudo isso também no corpo do morto"[124]. Mas como é que se pode reconhecer na alma essencialmente boa, após sua separação do corpo mau, o mal que um homem cometeu em vida? Os juízes, afinal, são bons – e somente o são – precisamente porque suas almas são libertas do corpo, ou seja, porque são unicamente almas. Platão afirma aqui – mas só com relação àqueles a serem julgados – que os crimes que um homem cometeu em vida deixam suas marcas na alma – tanto quanto as chicotadas no corpo –, a qual, em decorrência dos perjúrios e da injustiça, é cheia de cicatrizes, gravadas em correspondência com a maneira de agir da alma; em consequência da falsidade e da bazófia, tudo na alma se apresenta torto – e nada direito –, dado que ela jamais habituou-se à verdade. Ademais, a alma se apresenta (aos juízes) "repleta de desproporções e feiura, por causa da licenciosidade, da voluptuosidade, da insolência e do descomedimento dos atos"[125]. Dessa estranha maneira, a maldade do corpo é transferida para a alma, e tem de sê-lo, se há de haver uma paga a ser efetivada nas almas incorpóreas – isto é, uma paga após a morte, uma justiça no Além.

As penas infligidas às almas más consistem em "sofrimentos e dores", de modo que as piores almas têm de suportar "os mais pesados, dolorosos e terríveis sofrimentos"[126]. Como as dores e os sofrimentos são coisas dos sentidos, os quais, como afirma Platão no *Fédon*, estão unidos ao corpo – e como o libertar-se do corpo por parte da alma significa sua libertação do sensível –, fica o enigma de como podem as almas libertas do corpo no Hades do Além suportar dores e sofrimentos.

As teses éticas que Platão incumbe Sócrates de defender diante de Polo e Cálicles fundam-se na crença religiosa da paga no Além, e não na demonstração, muito discutível, levada a cabo pelo próprio Sócrates. É somente em íntima relação com o mito final que adquirem seu verdadeiro sentido. A afirmação de que o malfeitor é sempre infeliz, mas mais infeliz ainda quando não é chamado a prestar contas por sua injustiça, perde o aspecto paradoxal que lhe retira credibilidade se por "felicidade" se entende o estado de alma assim designado; e perde o caráter tautológico que possui – se por "felicidade" se entende um estado ético, ou seja, a justiça – somente quando se acredita que, tendo o malfeitor se esquivado da pena terrestre, aguarda-o no Além uma punição tanto mais dura. Que, no entanto, toda injustiça encontra já no Aqui a sua paga, fazendo infeliz o injusto ainda em vida – por meio, digamos, das autoacusações da má consciência –, isso se aplica, na melhor das hipóteses, unicamente a homens (ao menos por princípio) moralmente bem-dotados. Nada mais fácil do que desmentir a afirmada generalidade da autopunição do injusto com base na experiência da vida cotidiana. Assim, a invocação do usurpador Arquelau, por parte de Polo, e a referência de Cálicles à feliz natureza dominadora do tirano que sobe ao poder são refutadas por Platão colocando ambos, após sua morte, a sofrer no Tártaro. Ao falar dos sofrimentos que os piores criminosos têm de suportar no Hades, Platão acrescenta: "Se Polo nos relata a verdade, afirmo que Arquelau será um desses, e todos os tiranos semelhantes a ele". E, referindo-se à fala de Cálicles, prossegue: "Creio mesmo que a maioria desses exemplos provenha de tiranos, reis, potentados e dirigentes de Estados, pois estes, em razão de seu ilimitado poder, cometem os crimes mais graves e ímpios (...) Sim, Cálicles, os poderosos são também aqueles de cujo meio saem os homens mais perversos"[127]. No diálogo com Polo, Sócrates tentara provar que os assim chamados detentores do poder não são criminosos, porque não fazem o que querem, uma vez que não cometem seus crimes de livre e espontânea vontade. Agora, porém, embasa sua afirmação de que os poderosos são também os homens mais perversos sustentando ser difícil, "de posse de uma liberdade ilimitada para cometer crimes, levar até o fim uma vida justa"[128]. "Liberdade para cometer crimes", no entanto, é decerto inconcebível sem a suposição de que os poderosos os cometem de livre e espontânea vontade.

VI. A teoria penal dos sofistas: correção e intimidação

A metafísica órfico-pitagórica de uma retribuição no Além coloca Platão em uma conexão altamente notável com uma teoria penal inteiramente racionalista. Já no diálogo com Polo, ele faz Sócrates dizer: "Quem paga sua pena sofre algo de bom; beneficia-se, pois, disso", uma vez que "tem sua alma (...) melhorada, se castigado de modo justo"; assim, "quem sofre a pena é libertado (...) da maldade da alma"[129]. Como a medicina liberta da enfermidade, também a jurisprudência liberta o homem da injustiça[130]. O punir – onde a função do governo expressa-se da maneira mais evidente – é, pois, interpretado como uma cura, um aperfeiçoamento da alma, e seu propósito, como a correção do malfeitor, o que só é possível partindo-se da suposição de que a virtude pode ser transmitida, ou seja, de que ela é ensinável. Também em meio à exposição do mito da paga lê-se: "Para todo aquele que a sofre e é por outro merecidamente punido, o propósito da pena é que ele se torne melhor e dela se beneficie, ou que sirva a outros como exemplo admoestador, a fim de que estes, divisando-lhe os sofrimentos – sejam de que natureza forem – façam-se melhores pelo medo"[131]. Essa teoria penal, juntamente com a tese da ensinabilidade da virtude – exposta justamente em conexão com essa mesma teoria –, Platão tomou-a de Protágoras, em cuja boca, aliás, ele a coloca, no diálogo homônimo. Quando, porém, o sofista ensina que a pena não tem outro sentido senão o de, pela intimidação, impedir no malfeitor e em todas as demais pessoas a prática de novas injustiças, ele o faz porque rejeita a concepção de que se pune "o malfeitor tendo em vista e *em razão de* haver cometido um crime"[132]; isso não teria sentido, "pois o que já foi feito ele não pode desfazer". Pune-se, sim, apenas "pensando no futuro, para que nem o próprio malfeitor nem qualquer outro que tenha testemunhado o seu castigo volte a cometer injustiça"[133]. Protágoras não justifica a pena em função da injustiça cometida, em função de sua *causa*, mas sim de seu *propósito* social. Isso significa, contudo, que essa teoria sofística pretende pôr fim à concepção antiquíssima e essencialmente religiosa da retribuição (para a qual a injustiça é precisamente a causa da pena). Nesse aspecto – isto é, na total racionalização da relação entre injustiça e consequência da injustiça –, Platão não seguiu o sofista. Afinal, o mito irracional da retribuição no Além há de escapar a toda tentativa de reinterpretação racional, embora a tendência *subjacente* à disseminação das concepções desenvolvidas no mito seja inteiramente racionalista, possivelmente nada mais pretendendo-se com ela senão a intimidação; o que certamente significaria que a concepção das penas no Além é exposta apenas como instrumento ideológico, e não seriamente, como verdadeira afirmação a respeito de fatos, bem como, mais uma vez, que opera com uma dupla verdade.

Que esse é o caso em Platão, e que por detrás da metafísica pitagórica da paga no Além, por ele anunciada, encontra-se a doutrina sofístico-racionalista da intimidação e da correção – na medida em que, narrando o mito das penas celestiais, ele apenas persegue o propósito terreno da prevenção –, essa suposição, a despeito da reiterada afirmação de que se trata de uma história verdadeira, se basearia no fato de que, em suas *Leis*, Platão repete quase literalmente a doutrina de Protágoras, identificando-se inequivocamente com ela. Com referência ao tratamento dispensado ao furto e ao dever da indenização nele fundamentado, lê-se: "Além disso, porém, cada um deve, para cada crime, sofrer uma pena correspondente, visando à sua correção (...), e, aliás, há de suportá-la *não em razão do crime cometido*[134] – visto que o já feito jamais se deixa desfazer –, mas a fim de que, no futuro, ele próprio, bem como as testemunhas oculares de sua punição, renunciem completamente, repletos de ódio, a toda injustiça, ou, pelo menos, desistam de boa parte desses atos calamitosos"[135]. Se Platão, portanto, enxerga a função real do aparato coercitivo do Estado não menos claramente do que o sofista racionalista – ou seja, como motivação para um desejado comportamento social no *Aqui* –, e se, ademais, associa a essa visão racionalista o mito inteiramente irracionalista da retribuição no Além, só se pode compreender pela suposição de que não lhe importa tanto conhecer a função real do poder, mas sim assegurá-la, e de que ele crê poder atingir esse objetivo apenas através de uma ideologia metafísica[136].

Que a temática da paga e a teoria racionalista da correção não se harmonizam inteiramente sem atritos, percebe-se pelo fato de que, no sistema da paga celestial, a recompensa desempenha papel idêntico ao da punição. Aqui, pena e recompensa encontram-se necessariamente ligadas; contudo, do ponto de vista de uma teoria da correção, só de modo muito indireto se pode, de fato, cogitar uma premiação para os bons. Acima de tudo, porém, uma teoria consequente da correção fracassa em face dos malfeitores incorrigíveis. Mas são justamente estes o objeto preferido da metafísica da paga, a qual não se cansa de descrever a crueldade das penas cabíveis. E o próprio Platão faz que, em seu inferno, "os (...) que cometeram os piores crimes, tornando-se incuráveis em função deles, sofram (...), por causa de seus pecados" – em outro contexto, ele declara não ter sentido infligir a alguém "por causa" de seus pecados –, "os sofrimentos mais pesados, dolorosos e terríveis", e, aliás, "por toda a eternidade". Portanto, condenam-se os incorrigíveis até mesmo a penas perpétuas. Platão sente que, de alguma maneira, precisa justificar o tratamento cruel aos incuráveis e pondera que estes se encontram, por assim dizer, "pendurados qual placas de advertência na prisão do mundo subterrâneo, para que os contemplem e se intimidem todos os pecadores que vão chegando"[137]. Mas que sentido há em corrigir as almas em um mundo no qual, evidentemente, elas não podem mais pecar, mas apenas expiar seus pecados? No *Górgias*, ainda não se fala que as almas, retornam à existência terrena, de uma transmigração das almas. E, mesmo no bojo de uma teoria da transmigração das almas, pouco sentido faria essa concepção da correção de uma alma durante sua estadia intermediária no Além. O processo de purificação pelo qual, na concepção religiosa, a alma passa através das penas no Além ou da reencarnação nada tem a ver com as finalidades terrenas da teoria da correção. Tanto o Além da alma quanto a transmigração, já por sua origem, são puros mitos da paga e, portanto, pouco ou nada acessíveis a uma ulterior reinterpretação racionalista, no sentido de uma teoria da correção.

VII. O caráter ideológico da teoria penal platônica

Dado que, no *Górgias*, Sócrates-Platão afirma que as almas dos mortos são, no Além, recompensadas por juízes justos pelo bem que o homem fez em vida e punidas pelo mal, não pode propriamente esquivar-se da pergunta sobre o que tais juízes do Além entendem por bem e por mal. Ainda que se tome a "verdade" do mito apenas por uma verdade pragmática, apresentada com o propósito único de exercer um determinado efeito político-moral no Aqui, ainda assim – ou justamente nesse caso – Sócrates-Platão precisa manifestar algo sobre aquilo pelo que os vivos hão de esperar recompensa ou punição no Além. Mas o que Platão faz Sócrates dizer a esse respeito não é muito, e o pouco que é dito é deveras espantoso. Das parcas indicações que faz nesse sentido, ressalta apenas que, perante o tribunal do Além, bom e mau são exatamente o que a moral tradicional e o direito positivo de seu povo e de sua época assim consideram. Como crimes que são punidos pelos juízes citam-se apenas o perjúrio, a falsidade, a jactância, a opulência, a intemperança e a arrogância. O perjúrio, segundo o direito positivo, é um delito; os demais são vícios, e seus opostos – o amor pela verdade, a modéstia, a moderação –, virtudes da moral tradicional. Daquilo que Sócrates diz sobre o destino dos tiranos no Hades pode-se deduzir que também para a tomada violenta do poder, visando ao estabelecimento de uma autocracia, reserva-se a mais rigorosa pena no Além. Mas, também de acordo com o direito democrático, este é o maior dos delitos. Os juízes consideram especialmente bom um civil que "jamais se permitiu usurpar os direitos de outrem"[138], o que só pode ser entendido como um homem que viveu em completa harmonia com o direito vigente e a moral dominante. Não é portanto de admirar que, ante o fato de não ser possível achar na filosofia de Platão resposta específica para a questão sobre a essência do Bem, alguns intérpretes afirmem seriamente que ele não teria por meta qualquer conceito do moralmente bom distinto daquele da moral tradicional. Assim, Shorey[139], por exemplo – para defender Platão, a quem chama "o primeiro e o maior dos filósofos", da constatação de Grote de que nos teria ficado devendo a resposta à questão tão apaixonadamente posta por ele próprio acerca do Bem[140] –, escreve que Platão teria respondido a essa questão "pela intensidade moral e religiosa de sua afirmação de que a vida boa, afinal, é essencialmente o que o homem comum chamaria de vida virtuosa". Dificilmente poder-se-á compatibilizar essa afirmação com o fato de Platão continuar sempre colocando essa mesma questão em seus diálogos, sempre levando Sócrates à conclusão desesperada de que não foi respondida; tampouco poder-se-á compatibilizá-la com a minuciosa e rigorosa educação dos filósofos exigida por Platão em seu Estado ideal, que não visa a outra coisa senão capacitar uns poucos eleitos a encontrar a resposta para a questão sobre a essência do Bem. Essa compatibilidade é ainda menor com a referência que Platão, na *Carta VII*, faz a uma experiência místico-religiosa que deverá conduzir à contemplação do Bem e terá, ademais, de permanecer um segredo que não se pode comunicar ao "homem simples". Fosse a essência do Bem, de acordo com o pensamento de Platão, idêntica ao que o homem simples entende por virtude, para que teria ele publicado suas numerosas obras, em vez de, como o Sócrates histórico, simplesmente advertir seus amigos, sem escrever uma única linha, para que fossem virtuosos? E, no entanto – por mais paradoxal que possa parecer –, não se deve descartar inteiramente a concepção de Shorey. Ela está correta, quando se olha apenas um lado da cabeça de Jano da filosofia platônica, com sua dupla verdade. Precisamente o *Górgias* dá a impressão de que, de fato, Platão não se importa com a essência do Bem ou da justiça, de que não deseja responder, nesse diálogo, o que seja o bom ou o justo, mas sim como se pode concretizar o Bem no sentido da moral tradicional, e a justiça no sentido do direito positivo. Mais do que a solução de um problema filosófico, importa-lhe indicar um caminho pelo qual os homens possam ser levados a ser bons e justos, isto é, a agirem de acordo com a ordem social existente. E sua resposta é: através da crença numa paga no Além, crença que é a essência da religião órfica. Se expõe essa crença como "verdade", ele o faz porque, qual um dique, deseja contrapô-la à cética doutrina racionalista dos sofistas, da qual, justa ou injustamente, teme que advenha a desagregação da moral e, com esta, um abalo dos princípios sociais fundamentais de seu povo. Nesse sentido, é verdadeiro que a justiça seja a paga no Além. Paralelamente a esse, porém, Platão deixa aberto o caminho para outra verdade, uma verdade não para todos, mas só para uns poucos, eleitos: o caminho da dialética filosófica, que ele reclama na *República*, ou o da contemplação mística, que professa na *Carta VII*.

Capítulo 47
A doutrina da justiça na República

A verdade da crença órfica exposta no *Górgias*, segundo a qual a justiça seria paga e, aliás, essencialmente, paga no Além, dominará daí em diante, até a sua morte, toda a obra de Platão. Ela é sobretudo o motivo central do segundo grande diálogo dedicado ao problema da justiça – a *República*, sua obra capital, que está, por assim dizer, no centro de toda a sua produção.

I. O mito da retribuição, no início do diálogo

A *República* começa e termina com o mito da retribuição no Além, o qual se transforma, assim, numa moldura reunindo e determinando tudo o mais que é dito ali sobre a justiça. É já extremamente significativo o diálogo introdutório que Sócrates mantém com o velho Céfalo e no qual, por assim dizer, soa o acorde fundamental de toda a obra. "O que te parece ser o maior dos bens cuja fruição te proporcionou a posse de tua grande fortuna?", pergunta Sócrates. E, da resposta de Céfalo, conclui-se que se trata da virtude da justiça, e que sua lei objetiva é a paga no Além. Na opinião de Céfalo, a riqueza nos permite, em grande medida, não iludir ou enganar pessoa alguma, e assim chegar ao Além sem nada dever aos homens ou aos deuses; que, porém, o que importa é justamente como se chega no Além, disso as pessoas só tomam conhecimento na velhice[141]. "Quando se avizinha o tempo em que o homem se familiariza com a ideia da morte, surpreende-o então o medo e a preocupação com coisas que, antes, não o precupavam. As lendas habituais sobre nosso destino no mundo subterrâneo, afirmando que quem cometeu crimes na terra estará lá embaixo sujeito a punição – antes somente alvo de zombaria –, inspiram-lhe então na alma a aflição e o medo de que, afinal, possam ser verdadeiras.[142]" Que são verdadeiras essas lendas das quais se escarnece, Platão o sustenta não apenas fazendo Céfalo dizer que, justamente na velhice, tem-se "um olho mais aguçado para o que se passa lá (no Além)", porque se "está já, por assim dizer, mais próximo daquele mundo"[143] (como, de resto, também nas *Leis*, ele já aponta, como prova principal da existência dos deuses, que o homem, quando velho, costuma despir-se do ateísmo da juventude[144]), mas também, e sobretudo, fazendo culminar todo o extenso diálogo (que, melhor do que "A república", deveria chamar-se "A justiça") numa descrição visionária da paga no Além, bem à maneira como o havia feito no *Górgias*.

II. A separação entre justiça e retribuição

Decerto, poderia parecer que, precisamente na *República*, Platão mostra-se inclinado a apartar a ideia da justiça daquela da retribuição. Não tanto porque descreve ali a pena como um "auxílio" que Deus reserva aos maus, uma vez que, pela injustiça cometida, ter-se-iam tornado infelizes[145]; nem tampouco porque, como explica ainda mais claramente em outra passagem, a pena tem função corretiva, na medida em que, através dela, "o componente animal é reprimido e atenuado, ao passo que o elemento nobre é libertado, fazendo que a totalidade da alma seja conduzida à sua melhor condição, àquela condizente com sua natureza"[146]; pois, no *Górgias*, Platão já havia associado essa teoria da correção ao mito da paga. Eis por que, no segundo livro da *República*, ele tenta definir a essência da justiça sem levar em consideração a recompensa e a punição, como perspectivas que se abrem, respectivamente, ao justo e ao injusto. Gláucon diz a Sócrates: "Desejo aprender o que (...) seja o justo e o injusto, e que poder têm em si e por si, como inerentes à nossa alma, deixando porém inteiramente de lado a recompensa e as consequências daí decorrentes (de que alguém seja justo ou injusto)"[147]. Esse questionamento de Gláucon visa à tese de que a justiça, em si e por si – ou seja, não relativamente a uma recompensa, mas de forma absoluta –, é boa, e de que a injustiça, em si e por si – isto é, não relativamente a uma punição, mas de forma igualmente absoluta –, é má. Paradoxalmente, ele pretende alcançar essa tese defendendo aparentemente – como afirma – a tese contrária. Explica assim que, por natureza, cometer uma injustiça é algo bom e sofrê-la, algo ruim. Como, porém, o mal de sofrer uma injustiça pesa mais do que o bem de cometê-la, os homens teriam concordado em "não cometer nem sofrer injustiças". Esse acordo é representado pelo direito positivo, que seria idêntico à justiça, pois "o que a lei ordena" é "caracterizado como legal e justo. Essa seria, assim, a origem e a essência da justiça, que seria o meio-termo entre o melhor – isto é, cometer impunemente uma injustiça – e o pior, ou seja, a incapacidade de vingar-se, quando se sofre uma injustiça. Com o justo, porém, como meio-termo entre uma coisa e outra, o homem se dá por satisfeito não porque seja bom, mas por necessidade de respeitá-lo, em face da falta de força para cometer uma injustiça. Pois quem fosse capaz de cometê-la e sentir-se realmente um homem não quereria saber de entender-se com quem quer que seja, quanto a não cometer nem sofrer injustiça. Para tanto, haveria de ter perdido o juízo. Essa é, pois, Sócrates, a justiça, segundo sua essência, é assim sua natureza e sua origem"[148]. O que Gláucon expõe aqui – não como sua opinião pessoal, mas como uma concepção defendida por outros, provavelmente pelos sofistas – é uma teoria do direito positivo que vê como função essencial deste impedir que os homens se prejudiquem uns aos outros. Essa teoria do direito positivo nada tem a ver com o problema da justiça, enquanto diferente do direito positivo, enquanto ideal possivelmente em oposição com esse direito. E, sem que essa teoria do direito positivo seja aceita ou refutada por Sócrates – e poderia ser falsa ou verdadeira, independentemente do que se tome pela essência da justiça –, Adimanto introduz-se no diálogo. Ele reitera a exigência de Gláucon de uma forma um tanto modificada. Ao contrário deste, Sócrates não deve louvar a injustiça, mas a justiça, censurando não esta, mas a primeira. Mas deve fazê-lo como Gláucon sugeriu: sem levar em conta a retribuição. Apontando sempre e exclusivamente para a premiação dos bons e a punição dos maus, não se louva a justiça e censura a injustiça de forma correta. Sobretudo os poetas cometeriam uma injustiça ao afirmar que os justos poderiam, ainda em vida, estar supostamente certos da recompensa divina, e ao fabular acerca das "maravilhas ainda mais esplendorosas" que aguardam os pios no Hades, oferecendo-lhes ali um "banquete dos bem-aventurados", fazendo-os, "coroados de flores, passar toda a eternidade embriagados"; ao passo que, contrariamente, enterram "os ímpios e injustos (...) no lodo de algum ponto do Hades, obrigando-os (...) a transportar água numa peneira e, ainda em vida, imputando-lhes má fama"[149]. Trata-se aqui, em grande parte, do legado da crença órfica. E, de fato, Adimanto faz aqui uma crítica aparentemente bastante depreciativa daquela doutrina, a qual, como ele próprio diz, ensina "não só a indivíduos, mas a comunidades inteiras, a crença na existência de libertações e purificações dos crimes por meio de sacrifícios e folguedos aprazíveis, não apenas para os que ainda vivem, mas também para os já mortos; chamam a tudo isso 'iniciação', que nos liberta dos tormentos do Além; aquele, porém, que não oferece sacrifícios, deve preparar-se para coisas as mais terríveis"[150]. Essa crítica, entretanto, dirige-se apenas contra certas questões superficiais e abusos, e não contra o cerne do orfismo: a crença numa paga no Além. Adimanto, aliás, acentua expressamente que, em sua exposição, carregou "o mais possível nas cores", a fim de ouvir de Sócrates "o contrário" – isto é, o que a justiça, por um lado, e a injustiça, por outro, "fazem, em si e por si, daquele que as abriga, de modo a ser uma um mal e outra um bem"[151]. Além disso, Adimanto absolutamente não é da opinião de que as consequências exteriores de justiça e injustiça, às quais o órfico confere tanta importância, seriam insignificantes. Já desde o princípio, Sócrates declara pertencer a justiça "àquilo que, tanto por si próprio quanto pelas consequências que acarreta, é amado por todo aquele que deseja ser feliz"[152]. O mesmo diz também Adimanto: "Como reconheceste que a justiça inclui-se dentre os maiores bens, cuja posse vale a pena não apenas em função das consequências daí resultantes, mas, mais ainda, em razão desse mesmo bem (...), destaca, pois, o proveito que ela, em si e por si, traz àquele que a abriga, bem como, por outro lado, o dano que traz a injustiça"[153]. O que tem em mente é o proveito e o dano interior, não o exterior – ou seja, o efeito que justiça e injustiça produzem na alma humana. Trata-se da pergunta: como tem de ser a alma humana para que possa ser justa, e de que natureza é a alma humana injusta? Assim é, ao menos, que Sócrates compreende a solicitação de Adimanto – quando ele se põe a investigar de que natureza há de ser um Estado a fim de que seja justo – com o intuito de mostrar com base neste, e de uma forma geral, de que natureza tem de ser a alma de um homem – em particular –, a fim de que possa agir de modo justo.

Platão não deseja entender a exigência de Gláucon e Adimanto (a de que a essência da justiça seja definida sem se levar em consideração o princípio da paga) no sentido de que a justiça e a paga nada tenham a ver uma com a outra: isso se evidencia pelo fato de Sócrates – embora ouvindo "com grande alegria"[154] a maneira pela qual ambos colocam o problema da justiça e louvando-os sem qualquer reserva por isso – declarar logo em seguida que não se deve permitir aos poetas dizer "que (...) os punidos são infelizes e que Deus foi a causa disso", "mas sim que digam que os maus, porque infelizes, necessitavam da pena"[155]. E, perto do fim da obra, quando Sócrates prepara-se para dizer a palavra decisiva sobre a justiça, ele indaga, retornando à primeira exigência de Gláucon e Adimanto: "A partir de agora, Gláucon, decerto escrúpulo algum poderá nos impedir de restituir à justiça e às demais virtudes, além do que já lhes concedemos, também as múltiplas e variadas recompensas que ela, por parte dos homens e dos deuses, proporciona à alma, tanto ao longo da vida quanto após a morte do homem (...)?". Ao que, obtendo a concordância de Gláucon, acrescenta: "Restituí-me, pois, aquilo que vos emprestei na discussão?". E, à pergunta de Gláucon acerca do que quer dizer com isso, Sócrates explica que deseja agora poder voltar atrás na concessão que fizera no princípio do diálogo, ou seja, a de apresentar a "justiça, em si e por si", isto é, sem levar em conta a retribuição. Exige, pois, "de volta, em nome da justiça, o que a ela é devido: que sua real apreciação, conforme se verifica efetivamente em meio aos deuses e aos homens, seja também por nós reconhecida como válida (...)". Uma vez que nem a vida do justo nem a do injusto oculta-se aos olhos dos deuses, "os primeiros serão amados por eles, os últimos, detestados"[156], logo sendo segura a recompensa para os primeiros e a punição para os últimos.

Por certo, dos discursos que Platão atribui a Gláucon e Adimanto no segundo livro da *República* não resulta a concepção de que a justiça nada tenha a ver com a paga: resulta sim que, com o princípio da retribuição, ainda não se apreendeu a mais íntima essência da justiça. Como Platão incumbe de defender essa concepção a seus dois irmãos – com os quais usualmente se identifica –, cumpre tomá-la por sua própria opinião. Naquilo, porém, que ele faz Sócrates dizer sobre a essência da justiça, o princípio da retribuição situa-se indubitavelmente em primeiro plano. Mais uma vez, tem-se a impressão de que ele toma por verdadeiras duas doutrinas distintas: uma para uns poucos, para homens como Gláucon e Adimanto, outra para o restante dos homens, para os muitos, para a grande maioria. Fazer que estes acreditem no puramente inacreditável é uma meta capital da *República*, ou seja, fazê-los crer que o justo, tal como Céfalo, encontra sua recompensa ainda em vida, na riqueza e no reconhecimento exterior, e que o injusto, por sua vez, recebe sua punição ainda no Aqui, ambos, porém, somente encontrando verdadeiramente a sua paga total no Além.

III. A retomada da teoria da retribuição

Já num contexto anterior[157], apontou-se aqui para o fato de que, após haver tentado apresentar a essência da justiça por intermédio da alma tripartida e do Estado de três classes que lhe é análogo, Platão retoma sua concepção original da alma essencialmente una, limitando a doutrina das três partes da alma, que acabara de expor, a um estado no qual a alma não se apresenta em toda a sua pureza, mas "desfigurada pela comunhão com o corpo e por outros males"[158]. Se com a tripartição da alma não é apreendida sua verdadeira essência, então tampouco se sustenta, como resposta definitiva, o que Platão disse, com base nessa tripartição, sobre a essência da justiça: que esta consiste no domínio da porção racional da alma sobre as outras duas porções. Somente a contemplação da alma pura e indivisa – isto é, da alma apartada do corpo – pode proporcionar a percepção da essência da justiça. "Contudo, no que se refere à sua verdadeira natureza, não se deve contemplá-la num estado como este em que agora a divisamos, desfigurada pela comunhão com o corpo e por outros males, mas deve-se observá-la aguçadamente com o intelecto pensante, conforme se apresenta em total pureza; aí, então, haveremos de julgá-la muito mais bela e de obter uma visão bem mais clara da justiça e da injustiça em suas variadas formas, assim como de tudo quanto acabamos de tratar. Embora tudo o que até aqui dissemos em nossa discussão sobre a alma esteja correto, enquanto exposição de seu aspecto atual, nós a temos contemplado somente num único estado, que lembra o do Deus marinho Glauco. Quem o contempla não reconhece facilmente sua natureza original, e não só porque as porções antigas de seu corpo apresentam-se em parte quebradas, em parte arruinadas – e, de todo modo, desfiguradas pelas ondas do mar –, mas também porque toda sorte de coisas apegou-se firmemente a ele, conchas, algas e pedras, fazendo-o assemelhar-se mais a um monstro do que à sua natureza original. Assim, também nós contemplamos a alma em um estado que é a consequência de milhares de males. Não obstante, Gláucon, é para lá que temos de dirigir nosso olhar.[159]" O Deus marinho Glauco, mutilado e coberto de uma crosta de conchas e algas, é uma imagem da alma encerrada no corpo. A alma pura e una é aquela liberta do corpo, após a morte deste. É para ela que precisamos dirigir nosso olhar, a fim de apreender a verdadeira essência da justiça. "Para onde temos de dirigir nosso olhar?", pergunta Gláucon a Sócrates. Ao que este responde: "Para o seu amor pelo conhecimento científico; e temos ainda de prestar atenção àquilo que ela, aparentada ao divino, ao imortal e ao que eternamente é, busca apreender, que contatos procura e que natureza apresentaria, caso se entregasse inteiramente a esse seu ímpeto interior, por meio dele emergindo da escuridão do mar na qual presentemente se encontra, tendo afastadas de si todas as pedras e conchas, as numerosas e selvagens excrescências de terra e pedra que a ela se apegaram firmemente no presente, em decorrência dos 'bem-aventurados festins', como se costuma chamá-los, pois é da terra que ela se alimenta. Divisar-se-ia, então, sua verdadeira natureza, se ela é multiforme ou apresenta uma única forma, ou ainda que outra natureza pode ter"[160]. A alma emergindo da escuridão do mar por seu Ímpeto ansioso do que eternamente é; a alma que não mais se alimenta da "terra" só pode ser a alma liberta do corpo pela morte. O sentido da comparação com Glauco é: a fim de conhecermos a essência da justiça, precisamos ter em vista o destino da alma após a morte; veremos, então, que é a retribuição. Isso porque, imediatamente após a fala citada acima, Sócrates reclama poder voltar atrás em sua prévia concordância em tratar da justiça sem levar em consideração recompensa e punição. E, sendo-lhe isso permitido, ele afirma, então, que tanto o homem justo quanto o injusto encontrarão recompensa e punição não apenas em vida, mas também após a morte. Primeiramente, por meio de uma comparação, Sócrates busca tornar plausível a afirmação de uma paga atuante já no Aqui. A vida dos homens seria como uma corrida: os maus corredores, os que de imediato "põem-se (...) a correr (...) à toda", são os injustos – a princípio, parecem, de fato, estar em vantagem, "mas, no fim, são os que se fazem motivo de zombaria, partindo cabisbaixos e sem a coroa". Já os bons corredores, que de início se contêm, "os verdadeiros mestres da corrida", esses, "tendo chegado ao fim, recebem os prêmios da disputa e são coroados. Pois não é assim que geralmente acontece também com os justos? Ao final de cada uma de suas atividades, de cada uma de suas relações e, assim, ao cabo de sua vida, encontram o reconhecimento e carregam consigo os prêmios por parte dos homens". E, como essa comparação ainda não lhe parece suficientemente convincente, Platão faz Sócrates acrescentar: "Permitirás, pois, que eu diga destes (dos justos) o mesmo que tu (Gláucon, visto que, no início do diálogo, este assumira aparentemente o papel de um panegirista sofístico da injustiça) disseste dos injustos?". Ao que, então, Sócrates assegura: "Os justos, uma vez tendo se tornado mais velhos, podem assumir, assim o desejando, os mais altos postos no Estado, podem tomar por esposas as filhas de qualquer família e casar suas próprias filhas com quem mais lhes agradar. Assim, transfiro agora para os justos tudo quanto disseste a respeito dos injustos. E, por outro lado, digo também dos injustos que, ainda que suas artimanhas não sejam descobertas quando novos, no fim da corrida eles decerto são apanhados, fazendo-se então motivo de zombaria; afirmo ainda que depois, quando velhos, eles se veem miseravelmente entregues ao desprezo dos estrangeiros e de seus concidadãos, sofrem o castigo do chicote e tudo o mais que disseste de pavoroso"[161]. Gláucon afirmara em sua doutrina – a qual deveria ser refutada por Sócrates – que, na vida, o injusto seria mais feliz do que o justo, pois a índole deste o predestinaria "a ser açoitado, torturado, acorrentado, cegado de ambos os olhos e, por fim, depois de todos os martírios, pregado na cruz, sendo levado, assim, à compreensão de que o correto não é querer *ser* justo, mas querer *parecer* justo"[162]. Tudo isso, assegura Sócrates, seria não o destino dos justos, mas precisamente o contrário: "Todos esses horrores, têm de sofrê-los (...) os injustos"[163]. Platão fala aí da realidade do Aqui. Por certo, deve-se excluir totalmente a possibilidade de que ele – que, de fato, tende sempre a tomar o Dever-ser pelo Ser e crê encontrar o Ser verdadeiro somente na esfera transcendente – fosse tão cego para a realidade empírica a ponto de tomar por realidade a inversão do quadro pintado por Gláucon, no qual o próprio Gláucon admite ter "carregado o mais possível nas cores" (como, posteriormente, acentua também Adimanto)[164]. Tampouco o que Platão declara ser a recompensa terrena do justo – tomar por esposa uma mulher de boa família e poder casar bem suas filhas – coincide inteiramente com os demais pontos de vista que manifesta: a afirmação de que, assim desejando, os justos poderiam, sem mais, ocupar os mais altos postos no Estado está em tamanha contradição com o juízo habitual de Platão acerca das reais condições políticas, que não se pode senão supor tratar-se aí, para ele, de uma verdade pragmática, da produção consciente de uma ideologia. Nesse sentido apontam também as palavras com as quais Sócrates conclui sua descrição da felicidade terrena dos justos: "Assim hás de crer, é minha resposta a ti. Como disse, porém, vê bem se podes admiti-la"[165]. Isso soa quase como: quem tem ouvidos, que ouça. Gláucon, no entanto, aceita sem mais essa estranha resposta – sobretudo porque Sócrates declara agora que as pagas terrenas "nada significam, em plenitude e grandeza, se comparadas às que aguardam justos e injustos após a morte. Mas é preciso ter também conhecimento deles, a fim de que ambos, o justo e o injusto, ouçam o que, por força da argumentação, lhes é devido, como pagamento por sua culpa"[166]. É importante, pois, que os homens "ouçam" o que os aguarda no Além. E a essência do destino no Além traduz-se em "pagamento da culpa" – ou seja, retribuição. Não que se esteja autorizado a duvidar de que Platão acreditasse firmemente no Além, a respeito do qual fala aos outros. Essa crença tinha raízes demasiado profundas na camada religiosa basilar de seu caráter para que qualquer ponderação racional a pudesse abalar. Talvez, porém, precisamente porque acreditasse tão firmemente na existência de um Além, ele se tenha julgado no direito de descrever-lhe a organização de uma forma visivelmente adaptada à concretização da justiça entre os homens – homens cuja insuficiência Platão reconheceu claramente – e de recorrer, nessa descrição, a fontes adequadas antes à fantasia de uma multidão crente em milagres, fontes altamente questionáveis, aliás, inclusive do ponto de vista de uma filosofia metafísica.

IV. O mito final da retribuição no Além

Na *República*, Platão apresenta o mito da retribuição como uma estória narrada por um misterioso panfílio, Er – filho de Armênio –, tombado na guerra, que no 12º dia, quando seu cadáver em decomposição deveria ser sepultado e jazia já sobre a pira, retornou à vida e "narrou" "o que vira no Além". A descrição do Além na *República* difere não pouco daquela do *Górgias*, como, de resto, sói acontecer com Platão, que não revela grande rigor em suas muitas descrições da esfera transcendente, permitindo-se múltiplas variações – daí, aliás, podendo cada um tirar suas conclusões a respeito da espécie de "verdade" que ele atribui a essas imagens de sua fantasia mítica. De Minos, Radamanto e Éaco não se faz mais qualquer menção; o tribunal dos mortos figura logo à entrada do "lugar maravilhoso" no qual as almas chegam após a morte; e a sede desse tribunal fica entre a terra e o céu, os quais, nessa passagem, apresentam duas entradas cada um. De acordo com a sentença do tribunal, as almas dos justos, reconhecíveis por meio de um sinal "atado à sua frente", têm de percorrer "o caminho à direita, subindo pelo céu", atravessando uma de suas duas aberturas; já as almas dos injustos, carregando "atrás" o sinal da sentença, avançam para o caminho "à esquerda e para baixo", atravessando uma das duas aberturas na terra. A viagem tanto dos primeiros quanto dos últimos dura dez gerações, ou seja, mil anos. O caminho dos justos, que atravessa o céu, é um caminho de purificação e de alegrias indizíveis; o dos injustos, porém, passa pela sujeira, pela poeira e por sofrimentos inenarráveis. Ambos os caminhos – cada um através da outra abertura de céu e terra – conduzem de volta ao local do julgamento. Ali, então, uns contam, lamentando-se e chorando, os muitos sofrimentos que experimentaram no mundo subterrâneo; outros falam alegremente da prosperidade no céu e "das coisas indescritivelmente belas que lá divisaram. Contudo, reproduzir aqui a totalidade do que ele narrou" – interrompe Sócrates o relato do que lhe contou seu informante – "demandaria um tempo bastante longo. O principal, como ele disse, é que, a cada crime cometido, e para cada uma das vítimas, eles teriam de, sucessivamente, sofrer as penas, dez vezes para cada caso". Essa paga decuplicada – incidindo, aliás, sobre o mau – é, pois, o "principal". E, após ressaltar novamente os "tormentos decuplicados", Platão faz Er contar que, "para a maldade, contudo, e para o respeito por deuses e pais, bem como para aqueles maculados pelo assassinato, (...) a paga ou a recompensa é ainda maior". Conta-se ainda – num paralelo perfeito com o Arquelau do *Górgias* – da punição particularmente dura sofrida por um tirano, um certo Árdieu, que, após assassinar o pai e o irmão mais velho, tomara o poder para si: sobre este – bem como sobre a maioria dos tiranos e "patifes incuráveis" – recai a punição eterna. Na descrição da crueldade dessas penas, o mundo subterrâneo de Platão transforma-se quase inteiramente no inferno cristão – um mundo no qual, sob terrível martírio, "homens de fogo" arrastam de volta as almas amaldiçoadas, desejosas de fugir do sítio do tormento, "arranhando-lhes o corpo" em espinhos, e no qual os gritos e o bater de dentes enchem o ar. Contudo, o que diferencia fundamentalmente o mito da retribuição da *República* daquele do *Górgias* é que a estadia das almas no espaço transcendente não é definitiva: à exceção, talvez, dos incorrigíveis, condenados permanentemente ao inferno, essas almas retornam ainda ao Aqui. Nesse ponto, Platão acrescentou à sua escatologia a doutrina órfico-pitagórica da transmigração da alma. Após uma estadia envolvendo diversas atividades no lugar de onde entrada e saída conduzem ao céu e ao inferno, as almas chegam a um local onde, num facho de luz semelhante ao arco-íris, estão presas as extremidades dos arcos que sustentam o céu. Não importa a descrição assaz fantástica e, de resto, nada clara desse local. O essencial é que nele têm sua sede as três moiras – Láquesis, Cloto e Átropos, as "filhas da Necessidade" –, ante as quais as almas se apresentam para escolher o destino futuro de suas vidas. Um "profeta" anuncia-lhes que cada uma é responsável pela sorte que escolheu. "A culpa cabe àquele que escolhe; Deus é inocente." As almas, então, numa sequência definida por sorteio, decidem-se cada uma por um "modelo de vida", modelos estes que o profeta lhes expõe. Dentre estes encontram-se não apenas todas as profissões e posições sociais humanas, como também todos os modos de vida dos animais. O grau variado de compreensão adquirido pelas almas em suas vidas anteriores é que determina a escolha, por elas, de um modo de vida pior ou melhor. "Geralmente" fazem sua "escolha em conformidade com seus hábitos anteriores." Após haverem escolhido o curso de sua vida, as almas são conduzidas "para a planura do Letes" e bebem água do rio Ameies – algumas com moderação, outras "desmedidamente" –, de modo que algumas esquecem grande parte, outras, insensatas, tudo quanto vivenciaram no Além. Então, à meia-noite, começa a relampejar e a tremer a terra, e, de súbito, as almas partem, cada uma para o seu lado, rumo à nova vida, cintilando feito estrelas[167]. O decisivo nessa doutrina do renascimento é que o novo destino figura como paga pelo comportamento que a alma manifesta no momento decisivo da escolha e que essa escolha é determinada pelo comportamento da alma em sua existência terrena anterior, de modo que cada vida terrena – independentemente do entreato no céu ou no inferno – há de ser interpretada como uma paga pelo que passou. Na escolha da vida futura, afirma Sócrates, "reside (...) o verdadeiro perigo". Consequentemente, seria necessário que o homem almejasse adquirir para si o saber que o colocasse em condição de "distinguir tão nitidamente o modo de vida bom do ruim, a ponto de, havendo possibilidade, escolher sempre e em toda parte o melhor". No que consiste, porém, esse "saber" acerca de qual seria o modo de vida bom e qual o ruim? Sócrates não dá resposta a essa pergunta ao acrescentar: "Cumpre, pois, pela comparação recíproca e pela definição precisa, considerar tudo o que foi dito até aqui segundo o seu valor para uma vida virtuosa, e saber o que consegue a beleza ou a riqueza misturada, e a partir de que estado da alma ela produz coisas boas ou ruins; saber, ainda, o que a origem nobre e a modesta, o recolhimento e o serviço público, a força e a fraqueza física, a rapidez e a lentidão no entendimento e tudo o mais que se revela, por natureza, inerente à alma, bem como também o que foi por ela adquirido – saber, enfim, que tipo de efeito a mistura de tudo isso produz. Somente quando se é capaz de tirar as conclusões acertadas de tudo isso é que, com o olhar voltado para a constituição natural da alma, se consegue diferenciar, no momento da escolha, o modo de vida pior do melhor, designando-se então como o pior o que leva a alma a tornar-se injusta, e, como o melhor, o que a faz justa"[168]. Toda essa grande quantidade de palavras nada mais afirma senão que se deve escolher um modo de vida bom; que se deve viver como se deve viver e que, quando se vive como se deve, se é justo. O próprio Platão parece ter sentido que deveria, afinal, apresentar algo mais concreto do que formulações assim vagas. Logo em seguida, sustenta, pois, pela voz de Sócrates, que se deveria capacitar o espírito "para escolher sempre uma vida intermediária entre tais extremos, evitando-se o excesso numa ou noutra direção, tanto no tocante à vida presente, na medida do possível, quanto no que diz respeito a toda a duração da vida futura, pois assim é que o homem alcançará a máxima felicidade"[169]. Tem-se aí o lugar-comum do meio-termo, o qual só se aplica quando se tem a definição do que sejam os "extremos" e do que é entendido como "excesso". Isso, porém, é pressuposto como uma obviedade nesse lugar-comum, uma vez que é definido pela ordem social existente, pela moral tradicional e pelo direito positivo.

E, de fato, quando se examina o mito final da *República* para saber por que as almas dos mortos são punidas e recompensadas no Além, chega-se à mesma conclusão que se obtém examinando o mito do *Górgias*: como crimes puníveis tem-se a traição, a subjugação de cidades ou tirania, e o assassinato; como virtude merecedora de recompensa, o respeito pelos deuses e pelos pais. Eis aí a moral tradicional e o direito positivo. Mas é essa, de fato, a conclusão definitiva da sabedoria platônica? É necessário tão portentoso rodeio para se chegar ao lugar-comum do meio-termo e do reconhecimento da ordem social que ele contém: a doutrina das ideias, a difícil educação pela dialética de uns poucos eleitos no Estado ideal e, por fim, a visão mística de um absoluto transcendente? Se, como assegura Platão tanto na *República* quanto na *Carta VII*, tudo isso é necessário para chegar à *solução* do problema platônico, então a conclusão da *República* não pode ser a resposta definitiva ou única à questão sobre a essência da justiça. Se assim é, tampouco se pode afastar a possibilidade de que essa conclusão seja apenas a resposta para a grande massa dos não iniciados na mística platônica, e de que o mito final da *República* é uma mentira útil que se deve contar a essas crianças, a fim de que se submetam à autoridade paterna da ordem estabelecida.

Capítulo 48
A doutrina da justiça nas Leis

I. O princípio de talião

A concepção de que a essência da justiça é a retribuição, Platão a defende não apenas na forma dos mitos presentes no *Górgias* e na *República*, mas também, de um modo mais racional, nas *Leis*. Nessa obra derradeira, ele acentua com a máxima ênfase que a justiça retributiva concretiza-se, por obra da providência divina, tanto neste quanto no outro mundo. Aos cidadãos do Estado que é ali descrito deve-se dirigir a seguinte advertência: "(...) o Deus, o qual, como proclama o velho e conhecido ditado, tem em suas mãos o princípio, o meio e o fim de todas as coisas, percorre infalivelmente, e em conformidade com a natureza, seu caminho eternamente igual; sua companheira constante, porém, é a justiça, que julga severamente todos os que não se submetem à lei divina; a ela devota-se todo aquele que deseja tornar-se feliz, permanecendo-lhe humilde e modestamente fiel. Aquele porém que, enfatuado pela soberba ou orgulhoso da riqueza, das honrarias ou da beleza física, e graças à altivez juvenil e insensata, intensifica ainda mais o ardor em sua alma, como se não necessitasse nem de um soberano, nem de um guia, mas fosse até mesmo capaz, ele próprio, como guia, de postar-se à frente dos outros, põe a perder qualquer comunhão com Deus. Abandonado por este, entretanto, e aliado aos correligionários que conquistou para si, joga um jogo incansavelmente criminoso, pondo assim tudo em desordem. Alguns chegam mesmo a ver nele sabe-se lá que tipo de grandeza. Mas isso não dura muito tempo, e ele terá de sofrer a justa punição, de modo que prepara para si próprio, sua casa e seu Estado a completa ruína"[170]. Contudo, como legislador, Platão não se fia na justiça a concretizar-se no Aqui. Sugere, assim, que se acrescente ao preâmbulo das leis sobre assassinato as "palavras de advertência" que "muitos, crentes em seu coração, ouvem da boca dos que, dedicados aos mistérios, fizeram-se conhecedores dessas coisas. Refiro-me à máxima que afirma que tais feitos encontram sua vingança no

Hades e que, aos que de lá retornam para este mundo, reserva-se o destino imutável de sofrer como punição natural o mesmo que praticaram, isto é, de maneira idêntica, serem mortos por alguém"[171]. E, pouco adiante, tratando da lei referente ao parricídio, Platão volta a essas mesmas "palavras de advertência": "Essas veneráveis palavras, essa máxima ou como se queira chamá-la, proclamada pela boca dos antigos sacerdotes, afirma com suficiente clareza que a justiça, guardiã e vingadora do sangue derramado de um parente, segue essa mesma lei há pouco mencionada, tendo determinado que se abata, necessariamente, sobre o autor de tal crime o mesmo destino que proporcionou ao outro (...), pois para a desonra da consanguinidade inexiste outra purificação, e a mácula só se deixa apagar quando a alma culpada paga na mesma moeda pelo que fez, o assassinato com o assassinato, pondo um fim reconciliador na ira de toda a sua família"[172]. Eis o princípio puro e simples de talião, o "olho por olho, dente por dente", proclamado por Platão justamente na obra em que admite a teoria penal sofística da prevenção individual e geral. Não se pode ignorar, entretanto, que a sabedoria platônica dos mistérios, tão diametralmente oposta à doutrina sofística, é sugerida como o conteúdo de um daqueles preâmbulos à lei aos quais Platão atribui conscientemente – como é lícito supormos, por razões já anteriormente explicitadas – uma função produtora de ideologia e que, portanto, o que lhe importa aqui não é uma concepção teoricamente correta da pena, mas uma noção a mais eficaz possível, capaz de arrebatar as almas dos homens. Estes precisam conceber a justiça como uma deusa vingadora, precisam acreditar subjetivamente no talião, a fim de que, objetivamente, se alcance a intimidação e, com ela, a correção. O que ele espera da inserção das já citadas "palavras de advertência" no preâmbulo às leis é que "muitos se atemorizem diante de tais penas divinas, de modo a abster-se do crime". E, para o caso de tal advertência não surtir qualquer efeito, introduz ainda a atividade do "legislador mortal"[173]. A ênfase maior, no entanto, ele visivelmente não a coloca nessa função técnico-jurídica da lei propriamente dita, mas na função ideológica de seu preâmbulo, na ideia daqueles "espaços subterrâneos que, conhecidos pelo nome de Hades e por outros nomes pelos quais são designados, disseminam um poderoso medo até mesmo nos sonhos dos homens, não só ao longo de sua vida, como também após terem já se apartado do corpo"[174].

II. A ordem universal como ordem jurídica

Numa outra passagem das *Leis*, Platão caracteriza sua concepção do Além; mais exatamente, na passagem em que a emprega para a comprovação que busca para a teoria de que "os deuses existem e preocupam-se com os homens"[175]. A dúvida quanto à assistência dos deuses, ele a crê suscitada pela "prosperidade dos homens maus e injustos, tanto em seus assuntos pessoais quanto públicos", uma prosperidade porém que, "na verdade, não é felicidade alguma", ainda que "assim pareça às pessoas e como tal seja louvada, sendo ainda glorificada com a máxima ênfase em toda sorte de representações poéticas e prosaicas, embora sem qualquer justificativa"[176]; ou pelo fato de "homens ímpios, que atingiram idade avançada e deixaram filhos e netos, terem, até o fim, desfrutado grande respeito"[177]. Vê-se, pois, que Platão é também capaz de olhar nos olhos da realidade, chegando – ao menos no que diz respeito à constatação dos fatos, embora não no tocante à sua interpretação – a um veredicto que se revela exatamente o contrário daquele acerca da felicidade terrena dos justos e da infelicidade dos injustos que, na *República*, incumbe Sócrates de defender.

Nas *Leis*, diálogo no qual Platão identifica as causas da impiedade, ele faz referência também a homens que, por meio de "inúmeras e terríveis crueldades", alçaram-se de "condições opressivas" "rumo à tirania e ao grande poder", e o faz sem mencionar que a punição os alcançará ainda em vida. Aqui, ele vê como sua única tarefa combater a "doutrina equivocada e doentia" que considera "os deuses os causadores de tais monstruosidades"[178]. A comprovação de seu ponto de vista é especificamente teológica, na medida em que a afirmação da justa assistência divina é deduzida do próprio conceito de divindade – ou seja, do conceito do Bem e do Justo. De interessante, tem-se aí apenas um acréscimo que Platão crê precisar fazer, uma espécie de "consolo mágico" do qual, como ele próprio afirma, ainda necessita para convencer os ímpios – um consolo "com ecos de estórias lendárias"[179]. A ideia fundamental desse "consolo" é a de que Deus, como "diligente mantenedor do universo", organizou-o como uma unidade perfeita, na qual a parte existe em função do todo, e não o todo em função da parte. Assim sendo, o indivíduo, como uma pequena parte que não enxerga a unidade do todo, pode facilmente chegar a um juízo equivocado acerca da justiça ou injustiça do mundo. O que lhe parece injusto pode, na verdade, ser altamente justo. O importante é que, nesse ensaio de uma teodiceia, a ordem do mundo é apresentada sob a forma de um sistema da retribuição. Sobre o "condutor do todo", afirma-se que, "qual um jogador de damas", desloca "as almas que se vão aperfeiçoando para um lugar melhor, e para um lugar pior as que decaem para o lado do mal": "cada uma de acordo com o que merece, a fim de que receba assim a sorte que lhe cabe"[180]. O soberano real teria esboçado um plano nesse sentido, no qual cada parte haveria de ter o seu lugar, de modo a – tão eficaz, simples e inequivocamente quanto possível – auxiliar a virtude (isto é, o Bem) a obter a vitória no universo, e a impingir a derrota à maldade (ou seja, ao Mal). Esse é o ponto no qual Platão fala da retribuição no Além como uma noção geradora do medo, anunciando àquele que nega Deus que nem ele, nem qualquer outro jamais poderá gabar-se "de ter oferecido resistência vitoriosa a essa ordem jurídica divina, que foi elevada por seus promotores acima de todos os outros costumes jurídicos (melhor dizendo: instituições jurídicas) e que tem de ser respeitada com o mais reverente dos receios, pois jamais hás de julgá-la tão descuidada a ponto de ignorar-te". Mas no que consiste o cuidado que essa ordem divina dispensa a cada um, sem ignorar quem quer que seja? Qual sua função específica? "Ainda que fosses minúsculo e te enfiasses nas profundezas da terra, ou ainda que tivesses asas e te alçasses ao céu, terias de suportar a punição que te cabe por parte dos deuses, seja enquanto te deténs aqui sobre a terra, seja lá embaixo no Hades, quando lá chegares, ou mesmo que sejas enviado para um lugar ainda mais terrível.[181]" Essa ordem universal nada mais é do que uma ordem da retribuição, por isso mesmo apreendida em sua mais profunda essência quando caracterizada como ordem jurídica. A realidade e eficácia da divindade é, por fim, comprovada em função da validade inalterável de sua justiça. Isso é a retribuição, a qual, quando firmada como uma lei sem exceções, só pode ser encarada como paga no Além.

Segunda parte
**A CONCRETIZAÇÃO DA JUSTIÇA
A DOUTRINA PLATÔNICA DA ALMA**

Capítulo 49
A doutrina da alma e a ideia do direito

Na medida em que identifica a justiça com a paga – o que, conscientemente, Platão faz pela primeira vez no *Górgias* –, ele está retomando não apenas a doutrina órfico-pitagórica, mas situando-se também no terreno de uma antiga concepção do povo grego. Poderia parecer – e é possível que assim tenha parecido ao próprio Platão, quando escreveu o *Górgias* – que com a fórmula da paga ele estaria respondendo à questão sobre o que seja, verdadeiramente, a justiça. Essa resposta, porém, é apenas uma pseudorresposta: não oferece qualquer informação real sobre a essência da justiça. No fundo, apenas descreve a função efetiva do direito positivo, que ata o suporte fático definido como injusto pelo legislador a um ato compulsório – a consequência da injustiça – sentido como um mal pelo malfeitor. E, na verdade, como vimos pelos exemplos que Platão nos fornece para ilustrar o princípio da paga divina, as más ações que infalivelmente vêm a ser punidas são quase sempre delitos na acepção do direito positivo. O princípio da retribuição é apenas a técnica específica da ordem social estabelecida – que se traduz numa ordem obrigatória – e justifica essa ordem na medida em que representa sua mecânica de culpa e punição como caso particular de uma lei universal que é a vontade da divindade. A fórmula da paga mostra-se tão vazia de conteúdo quanto a da igualdade, sob a qual se costuma representar a justiça; na realidade, ela própria é uma fórmula da igualdade, na medida em que nada mais diz senão que ao bom deve caber o Bem e ao mau, o Mal: ou seja, ao igual o igual, ou – ao menos no sentido original da formulação – a cada um a sua parte. Contudo, o que é o bom, no que consiste o Bem – cuja negação há de ser considerada o Mal –, essa pergunta decisiva permanece irrespondida. A questão sobre a essência da justiça transforma-se na questão sobre a essência do Bem, tendo protelada a sua resposta. E, de fato, também para Platão o problema da justiça transforma-se no problema do Bem. É somente na *República*, entretanto, que ele coloca esse problema com todo vigor. De início, no *Górgias*, contenta-se em figurar como profeta, e não como teórico da justiça, garantindo a Sócrates que certamente existe uma justiça e revelando onde ela tem sua sede sem, contudo, esclarecer o que ela é de fato. Conhecimento, *Górgias* o propicia em tão pouca medida quanto a doutrina órfico-pitagórica; o que propicia é a tranquilidade de que o homem precisa para poder agir. Na medida em que Platão aposta tudo na confirmação da existência da justiça, na afirmação de sua existência real como lei divina da paga, ele é forçado, por necessidade imanente, a assumir a crença órfico-pitagórica num Além. Pois que a justiça – isto é, a paga – se concretiza, sem exceção, no Aqui (e somente a ausência de exceções garante o seu caráter divino), não se pode crer sem fechar os olhos à realidade. Se há de haver justiça, então há de existir também uma segunda realidade, um espaço supraterreno, transcendente, o qual, como palco da justiça, e em conformidade com a existência dupla da paga – que recompensa o bom e pune o mau –, cinde-se em dois outros espaços: no superior do céu e no inferior do inferno. No entanto, para que o homem, enquanto objeto da justiça retributiva, possa adentrar o espaço transcendente do Além, também ele tem de cindir-se em uma personalidade empírica-visível e outra transcendente-invisível – tem, pois, de ser dotado de um duplo, ou seja, de uma alma para seu corpo. Tem-se aí uma das duplicações características de toda metafísica ético-religiosa. Do mesmo modo como o par conceitual corpo-alma é também – como já vimos – a oposição Deus-mundo, bem como muitas outras oposições, resultantes, todas, da apreciação de um único e mesmo objeto, ora qualificado como bom, ora como mau.

Em que grande medida a alma imortal é produto de tal especulação ético-religiosa e, portanto, de orientação essencialmente social – e não primordialmente uma hipótese embasada na ciência natural, visando ao esclarecimento de processos vitais –, revela-se com a máxima nitidez no fato de ser atribuída exclusivamente aos homens, ao passo que, no tocante aos animais e às plantas, também eles seres vivos, não se verifica a tendência a atribuir-lhes uma alma e, assim, a imortalidade; e no fato de encontrar sua verdadeira função somente após a morte, quando ela (como ser humano supraterreno e transcendental) se aparta do corpo (como ser humano empírico e terreno) para alcançar sua esfera específica. Aí, a despeito de seu caráter incorpóreo e invisível, conserva todas as qualidades do ser humano corpóreo e visível que fazem dela um objeto apropriado da retribuição. Ou seja: a alma há de conservar a capacidade de sentir a recompensa como algo agradável e a punição como algo desagradável, bem como a capacidade de entender o sentido de recompensa e punição. Acima de tudo, há de conservar-se a identidade entre a personalidade do homem enquanto corpo animado e a alma apartada do corpo, isto é, a identidade entre o homem empírico e o supraempírico, pois, do contrário, uma retribuição no Além motivada por culpa ou mérito no Aqui perderia o seu sentido. O homem supraempírico, portanto, embora privado de um corpo, tem de ser capaz de sentir e pensar da mesma forma que o homem empírico, dotado de um corpo; isso significa que, após sua morte, este necessariamente, embora de outra forma, tem de seguir vivendo como o mesmo sujeito. Assim, a concepção de uma continuidade da vida do homem após a morte – ou da imortalidade da alma, o que significa a mesma coisa – atende primordialmente à necessidade de justiça. Essa concepção realiza também, ao mesmo tempo, o eterno desejo da humanidade de não morrer. Ela ameniza o medo da morte, negando-a. A alma imortal é o homem morto que, no entanto, vive. Tem-se aí um exemplo manifesto da superação da contradição no campo da metafísica irracional, que é domínio da religião, da fantasia que atende a um desejo, e não do conhecimento lógico. Nessa noção da imortalidade da alma unem-se duas fontes poderosas, formando uma torrente que, com violência elementar, arrasta todas as resistências lógico-racionais: a necessidade da retribuição e a vontade de viver. Essa vontade é tão grande, que se satisfaz até mesmo com a noção de uma alma imortal em que esta aparece não apenas como receptora das recompensas, mas também como sofredora das penas do Além. Não é tanto do medo da morte, mas, antes, do anseio pela justiça, que brota essa mais grandiosa e audaz das ilusões, que o espírito humano, desafiando a natureza, atrela qual um prolongamento à incerteza da vida demasiado breve do indivíduo a fim de, para além dos limites desta, possibilitar à justiça divina que lhe aponha o seu aceite.

Assim é que também Platão, a partir da ideia de uma paga no Além, vê-se forçosamente conduzido à noção de uma alma imortal. É do seio de sua doutrina da justiça que brota sua doutrina da alma. Partindo da justiça ele chega à alma, e a justiça o faz elevar-se da alma à ideia.

Capítulo 50
Os gregos e a crença na alma

I. A noção de alma

Sua doutrina da alma, Platão tomou-a essencialmente da religião órfico-pitagórica; e também nesta, como em todas as religiões, a crença na alma é em primeiro lugar uma ideologia da retribuição e, enquanto tal, um instrumento da justiça. No desenvolvimento da religião grega, evidencia-se a função especificamente social da noção, essencial a todas as religiões, de que o homem possui não apenas um corpo visível e mortal, mas também uma "alma" invisível, que após a morte continua existindo de alguma maneira em algum lugar. Podemos supor que a crença no poder das almas dos mortos desempenhou um papel decisivo na religião dos primeiros gregos, bem como na de muitos outros povos primitivos. Indica-o o culto aos mortos, do qual claros resquícios preservaram-se até épocas posteriores[182]. O culto aos mortos funda-se essencialmente no medo ante as almas dos mortos, e esse medo, por sua vez, na crença de que a alma do morto vinga-se nos sobreviventes pela injustiça que lhe foi imposta em vida ou após a morte, pelo não cumprimento dos costumes relativos aos mortos. Teme-se especialmente a vingança da alma de quem morreu assassinado, para com a qual os parentes do morto têm a obrigação da vingança de morte, a ser perpetrada contra o assassino e seus parentes[183]. Contudo, as almas dos mortos podem trazer aos vivos não apenas infelicidade, mas também felicidade, em particular atendendo a seu desejo de fertilidade da terra, do gado e das mulheres. A retribuição é a função essencial da alma, a qual, originalmente, é a alma do morto; a noção de uma alma da vida, como espírito protetor desempenhando as funções vitais do homem – um espírito invisível e nem sempre, ou não necessariamente, oculto no corpo humano –, é ao que tudo indica uma construção posterior. Originalmente, ademais, a alma da vida foi imaginada como um ente distinto da alma dos mortos[184]. A unificação de ambas, a noção de uma alma responsável pela vida humana e, ao mesmo tempo, tendo sua existência prolongada para além da morte, é a última fase do desenvolvimento da crença na alma, que mesmo nesse estágio não perde seu caráter ético.

II. A religião pré-homérica dos mortos

Tudo isso assenta-se na interpretação social da natureza, tão característica dos primitivos – uma interpretação segundo o princípio determinante da vida social: a retribuição. O primitivo tende a compreender como punição os acontecimentos que lhe são desfavoráveis e como recompensa, os favoráveis. A natureza reage para com ele da mesma forma que ele para com seus companheiros e seus companheiros para com ele: conforme o princípio de pagar o bem com o bem e o mal com o mal. A natureza, ele só pode entendê-la por analogia com a sociedade, isto é, como componente de sua sociedade. E, originalmente, os poderes de onde vem essa paga são, por certo, as almas dos mortos.

Enterrados os mortos, suas almas são reverenciadas como divindades da terra, e, por fim, a própria terra é reverenciada como divindade.

III. *A concepção homérica da alma*

Essa crença na alma era o cerne da religião ctônica dos primeiros gregos, quando foram subjugados pelas tribos provenientes do norte. A religião dos conquistadores não era, como a dos subjugados, uma religião de divindades da terra, mas sim dos deuses celestes – a religião do Zeus olímpico, conforme nos foi transmitida nos poemas de Homero. Como ocorre com tanta frequência, também nesse caso os vitoriosos impuseram sua religião aos vencidos. Do ponto de vista da função social da religião, isso significa que a justiça retributiva não mais emana de poderes da terra – das almas dos mortos –, mas dos deuses celestiais, e sobretudo de Zeus. Não é possível, entretanto, recalcar inteiramente a crença na existência das almas dos mortos; ela, de todo modo, está também presente na religião de Zeus tomada talvez da religião dos subjugados, mas, por assim dizer, desnaturada. Juntamente com sua função social fundamental, as almas dos mortos perdem seu caráter de entes divinos. Na religião homérica, os demônios, despidos de sua essência demoníaca, são fantasmas imateriais do mundo subterrâneo, "(...) onde, nulos e sem sentido, moram os mortos, as sombras de homens mortos!"[185].

Originalmente, a palavra ψυχή significava hálito, respiração. Em Homero, *psique* é a alma que, quando da morte do homem, liberta-se do corpo com seu derradeiro expirar, rumando então para o Hades. Sua existência, ou pseudoexistência, começa com a morte do homem. Inexiste em Homero qualquer outra palavra para uma alma da vida. As funções vitais – ou pelo menos algumas dessas funções – são atribuídas ao νοός e ao θυμός, onde νοός é o que produz a noção e "θυμός, o causador das emoções[186]. Mesmo na literatura ática do século V, ψυχή significa apenas alma dos mortos, fantasma[187], não designando ainda um ente encarregado da função vital do homem e, ao mesmo tempo, da continuação de sua vida após a morte.

IV. O renascimento da crença na alma na doutrina dos órficos e dos pitagóricos

Sob a camada da religião homérica – a religião da classe dominante – sobrevive, porém, a velha crença do povo dominado, como uma crença em entidades reais, que dão continuidade à vida do homem após a sua morte, crença que, nos séculos VII e VI, ao longo de um período de abalo social[188], volta à superfície no bojo do movimento religioso dos órficos. Essa renovada crença na alma faz-se mais uma vez instrumento da ideia da retribuição. A diferença é que, com a pressão exercida pela religião de Zeus, a alma não é mais o sujeito da paga – ou seja, não mais uma divindade que pune e recompensa –, mas objeto dela: o que se tem é o homem que, privado da justiça ainda em vida, acha punição e recompensa após a morte, seja enquanto alma, no mundo subterrâneo, seja numa segunda vida, por meio do renascimento. Na religião órfica, ψυχή não mais significa apenas alma dos mortos. O ente que dá prosseguimento à vida do homem após sua morte existe em seu interior também no curso desta vida, e, aliás, já existia antes. Tem-se aí, pois, uma alma da vida e uma alma dos mortos. Sobre a forma como chegou-se na Grécia à noção de uma alma da vida, só se podem formular conjecturas. É possível que, como em outros lugares, também na Grécia a crença na reencarnação – isto é, a crença de que o nascimento de uma criança é o renascimento de um morto, particularmente de um antepassado – tenha trazido consigo a noção da existência no homem, já desde o seu nascimento, de uma alma que o faz viver. A própria doutrina órfica da transmigração da alma pode remontar a essa crença na reencarnação, bastante difundida entre povos primitivos. É igualmente possível que se tenha chegado à noção de uma alma da vida por meio da pergunta sobre o paradeiro da alma dos mortos durante a vida do homem, e que se tenha então, inicialmente, respondido a essa pergunta afirmando-se que ela está presente no corpo do homem, mas de forma inativa[189]. Como o significado original da palavra ψυχή é respiração, hálito, e como o aspirar era tido por condição essencial para a vida, explica-se que, na filosofia natural jônica, ψυχή – como pneuma – transforma-se em alma da vida. Um fragmento de Anaxímenes afirma: "Assim como nossa alma (ψυχή), que é ar, soberanamente nos mantém coesos, assim também hálito e ar (πνεῦμα καί ἀήρ) compreendem a totalidade da ordem universal"[190]. Isso significa que a alma da vida do homem, como emanação de um princípio cósmico de vida, penetra-lhe o corpo a partir do exterior, por assim dizer[191]. Se, na doutrina dos órficos, a alma humana tem origem divina, se ela é o divino no homem, isso é apenas uma guinada teológico-religiosa. Dessa forma, a imortalidade – segundo a religião popular grega, um privilégio dos deuses (a *psique* homérica não é imortal) – faz-se, concomitantemente, uma qualidade essencial da alma humana[192], que é simultaneamente alma da vida e alma dos mortos. Essa alma una é precondição fundamental para a crença órfica na retribuição, que tem lugar tanto no Além quanto, pela via da transmigração da alma, no Aqui. Essa alma tem um caráter inteiramente ético: ela é a substância moral no homem. É precisamente isso que indica a sua origem na crença na alma dos mortos, onde ela é o sujeito da retribuição. Na religião órfica, ela se transforma em objeto dessa paga.

Com isso, a imortalidade da alma, que a crença original nas almas dos mortos não enfatiza – nas religiões primitivas, as almas dos mortos não vivem eternamente –, desloca-se para o primeiro plano, torna-se componente essencial da crença na alma. Essa doutrina da alma é o cerne da religião órfica, retomada em sua essência pelos pitagóricos. Platão, por sua vez, lança-se à empreitada de fundamentar filosoficamente essa religião das almas. É um empreendimento que, mais do que qualquer outra coisa, confere à sua doutrina um acentuado caráter teológico. A autoridade de Platão elevou o dogma da imortalidade da alma – antes, somente uma crença de grupos ou seitas relativamente pequenos – às alturas da filosofia e, assim, ao horizonte de camadas intelectuais, conquistando-lhe dessa forma um poder sobre círculos os mais amplos da humanidade. Foi assim que sua doutrina obteve significado histórico na própria história da religião. Mas exerceu também uma influência nada insignificante sobre o desenvolvimento religioso na Grécia.

Capítulo 51
A Metafísica da alma no Górgias

No *Górgias*, diálogo no qual Platão adere à crença órfico-pitagórica num Além, encontram-se também os primeiros ensaios de sua doutrina da alma, proveniente da mesma fonte. Procurando pela justiça no Além, ele descobre no interior do homem... a alma. É sobretudo a nítida distinção entre alma e corpo[193] que ali se acentua com vigor, e claramente conectada à oposição entre Bem e Mal. Propõe-se nesse diálogo que a alma reine sobre o corpo, e não este sobre aquela[194]. E essa exigência possui, já desde o princípio, um caráter ético – o sentido, ainda que não manifesto, de que o Bem deve vencer o Mal. Isso revela-se claramente quando Platão, recorrendo a "um certo sábio" – e é Pitágoras ou um pitagórico que ele tem em mente –, expõe a doutrina de que o corpo é o túmulo da alma, e de que a vida no corpo é, na realidade, uma morte – a verdadeira vida principiando somente após a morte do corpo[195]. O acentuado caráter ético-político do conceito de alma aqui introduzido por Platão evidencia-se em que, de forma correspondente à diferenciação entre corpo e alma, ele distingue também "duas artes": uma relacionada ao corpo, outra, à alma. A primeira compõe-se da ginástica e da medicina; a segunda, porém, é a política, subdividindo-se nas atividades legislativa e judiciária[196]. A alma é o substrato das normas jurídico-morais. Consequentemente, Platão declara que a ordem, no domínio do corpo, é a saúde, e que a ordem da alma traduz-se no "legal" e na "lei", "em decorrência das quais os homens fazem-se obedientes às leis e aos bons costumes. Nisso, justamente, consiste a justiça e a temperança"[197]. Tomando-se a própria alma como ordem (e não como substância), então a alma é a própria justiça.

No entanto, essa linha de pensamento é entrecruzada por uma outra: pela tendência a substancializar a alma, a tê-la não como uma qualidade – enquanto tal, ela só poderia ser o Bom e o Justo –, mas como a portadora tanto dessa mesma qualidade como da contrária. Assim, a alma surge em Platão não apenas como o sujeito da virtude – condição na qual somente ela teria pretensão à soberania sobre o corpo –, mas também como sujeito do vício. Ela é a referência não apenas para o Bem, mas também para o Mal, e, portanto, o próprio sujeito das qualidades morais (ou imorais), ela é, em suma, a sua hipostasiação. É por isso que, já no *Górgias*, encontram-se certas afirmações apontando claramente para a incerteza da concepção segundo a qual o corpo – como cárcere – representa o simplesmente Mal, e a alma, o Bem. Isso se manifesta na questão sobre onde se localizam os desejos inequivocamente qualificados como maus. Acerca das sensações de prazer e desprazer provocadas pela sede e por sua saciedade, Sócrates, no diálogo com Cálicles, deixa em suspenso "se hás de relacioná-las à alma ou ao corpo"[198]. Não muito antes, porém, ao introduzir a noção do corpo como túmulo da alma, o mesmo Sócrates falara de uma parte desta última "na qual os desejos se localizam", uma parte "acessível à persuasão e que oscila de um lado para o outro"[199]. Esta tendência – frontalmente oposta à teoria do cárcere – de deslocar de alguma forma o Mal da esfera do corpo para a da alma explica-se pelo fato de precisar ser a alma, em última instância, a fazer as vezes de objeto da recompensa e particularmente da punição, porque objeto da correção. Quando Sócrates defende a tese de que quem paga uma pena sofre algo de bom, o que quer dizer é que "é em sua alma que ele é corrigido, se castigado de forma justa" e "quem sofre punição é libertado da maldade da alma" – ou seja, da maldade da alma que é a injustiça[200]. Mas por que somente a alma, e não a totalidade do homem, é boa ou má, justa ou injusta? Porque o que importa é, acima de tudo, a paga no Além, no qual apenas a alma adentra. A palavra final do *Górgias*, ligando a doutrina da alma à da retribuição, afirma que não se deve temer a morte – a qual, logo em seguida, é interpretada como "nada mais do que a separação de duas coisas uma da outra, o corpo da alma"[201], sendo, assim, despojada de seu pavor –, mas unicamente a prática de injustiças; "pois que a alma adentre o Hades repleta de crimes é o maior de todos os males", diz Sócrates[202]. E é única e exclusivamente com o intuito de provar essa afirmação que ele narra o mito da retribuição no Além. Já na primeira e, por isso mesmo, deveras significativa exposição de sua doutrina da imortalidade da alma, esta revela-se essencialmente" vinculada – e, no fundo, idêntica – à retribuição no Além. Precisamente daí nasce para Platão aquela contradição singular na qual trabalhará até seu último diálogo: por um lado, ele pretende opor a alma ao corpo – o Bem ao Mal –, e somente assim pode justificar a soberania da primeira sobre o último; e, por outro lado, precisa admitir que essa mesma alma seja má, a fim de que, no Além, possa não apenas ser recompensada, mas também punida. As dificuldades que lhe causa a concepção do mal na alma predestinada a ser boa mostram-se no notável expediente ao qual recorre para permitir que os juízes dos mortos reconheçam as faltas morais das almas postadas à sua frente. O mal que o homem praticou ao longo de sua vida deixar-lhe-ia na alma as mesmas cicatrizes que lhe deixam no corpo os golpes, chicotadas e demais castigos. Não se deve, portanto, imaginar o Mal como inerente à alma, mas sim como algo que deixa nela somente vestígios exteriores. Não obstante, Platão crê – evidentemente por motivos ideológicos, conforme já se ressaltou anteriormente – que precisa incluir também almas incorrigivelmente más, sofrendo punição eterna, no quadro do Além esboçado no *Górgias*. Nas *Leis*, contudo, seu último grande diálogo, ele se desvencilha dessa contradição reconhecendo, em lugar da alma boa e má, duas almas do mundo – uma boa e uma má –, estas, no entanto, para além da esfera humana individual.

Capítulo 52
A teoria da anamnese do Mênon

A conclusão fundamental do *Górgias* é a concepção de que a justiça seguramente se realiza no Além, que – afirma-se ali – é sua própria e verdadeira sede. Disso resulta uma certa dificuldade. A justiça deve não apenas realizar-se, de um ponto de vista ético-político, mas também ser conhecida, de um ponto de vista teórico. Pois, para a vida no Aqui, importa acima de tudo esse saber acerca da justiça, ou a crença nela. Para agir de forma justa no Aqui, tem-se de algum modo de ser capaz de conhecer o que seja a justiça. Se ela tem sua sede num espaço transcendente inacessível ao homem terreno, não ficará inteiramente ignorada por esse homem, em sua vida no Aqui? Como se pode saber o que é a justiça, se ela, em sua forma verdadeira e essencial, dá-se no Além, enquanto o saber tem sua sede no Aqui? Essa questão acerca da cognoscibilidade do justo conduz Platão, junto à pós-existência da alma – necessária para a concretização da justiça –, a admitir também sua preexistência e, em conexão com isso, a própria doutrina órfico-pitagórica da transmigração da alma. Esse é o problema do *Mênon*. O ponto de partida desse diálogo é a pergunta sobre a ensinabilidade da virtude. Essa pergunta contém outra, sobre se a virtude – que é, acima de tudo, a justiça – seria ou não cognoscível; pois somente quem conheceu a virtude pode ensiná-la aos outros, e somente na medida em que lhes permite conhecer o que seja a virtude. Por isso, o diálogo logo se volta para essa mesma questão, ou seja: o que é a virtude? Na opinião de Sócrates, seria o Belo ou o Bom – o que resultaria no mesmo – e, assim sendo, inconcebível sem a justiça[203]. Revela-se então que primeiramente ter-se-ia de responder à pergunta acerca de como, afinal, é possível conhecer o que é a virtude – isto é, como é possível o conhecimento, que segundo Sócrates-Platão visa sobretudo ao Bem, ao Justo. No curso do diálogo, o método socrático da análise conceitual – que Platão permite desenvolver-se aqui – leva, como de hábito, a um beco sem saída. O conhecimento afigura-se absolutamente impossível, e, consequentemente, parece correta a tese sofística de que não se pode investigar nem o que se sabe, nem o que não se sabe[204]. Entra em cena, então – tal como no *Górgias* –, a guinada antirracionalista, especificamente platônica, rumo à metafísica, à doutrina órfico-pitagórica. Também no *Mênon* Platão incumbe Sócrates de expô-la, embora tenha acabado de fazê-lo fracassar com seu proceder analítico-conceitual. À pergunta de Mênon sobre se julga correto o agnosticismo sofístico, Sócrates responde negativamente e fundamenta sua negação afirmando ter ouvido "de homens e mulheres versados nas coisas divinas" uma doutrina verdadeira e bela. Essa doutrina – adotada também por Píndaro, bem como por "numerosos outros poetas, todos quantos se encontram impregnados de Deus"[205] – ele a teria ouvido de "sacerdotes e sacerdotisas". E, quanto ao conteúdo dessa antiga sabedoria sacerdotal, Sócrates informa: "Eles dizem (...) que a alma humana é imortal e que se evade alternadamente – o que chamam morrer –, depois voltando à vida; perecer, porém, jamais perece. Por isso os homens têm de levar uma vida a mais adorável possível aos olhos de Deus". A transmigração da alma é posta a serviço da ideia da retribuição. Platão cita, então, os versos:

> Pois quem a Perséfone paga penitência por antigos
> [pecados,
> Sua alma, ela lhe devolve após nove anos,
> Alçando-a à luz do sol.
> Lá, dessas almas fazem-se os príncipes majestosos, os
> [governantes poderosos e os homens cheios de sabedoria,
> Louvados para todo o sempre como sagrados heróis.

É extremamente significativo que, no ápice de sua doutrina segundo a qual todo conhecimento no Aqui é apenas lembrança do que a alma divisou antes de nascer, Platão coloque a ideia da retribuição. Somente isso já comprova o caráter secundário da teoria da anamnese; Platão pressupõe como algo conhecido a pós-existência da alma e a paga no Além. Pode-se concluir daí que o *Górgias* é anterior ao *Mênon*. Em seu esforço por solucionar o problema da justiça, e à luz da doutrina órfico-pitagórica, Platão chega primeiramente à suposição de uma paga no Além e, com isso, de uma pós-existência da alma. Só aí, graças à questão sobre o conhecimento da justiça, vê-se arrastado também à suposição órfico-pitagórica de uma preexistência e da transmigração da alma. "Como a alma é imortal, tendo renascido diversas vezes e visto tudo quanto há na terra e no Hades – em suma, todas as coisas –, nada há que lhe seja desconhecido. Por conseguinte, não admira que ela seja capaz, também com relação à virtude e a outras coisas mais, de lembrar-se do que soube outrora. Como a totalidade da natureza encerra vínculos íntimos, e dado que a alma tudo conheceu, nada impede que, lembrando-nos de uma coisa – que é o que chamam *aprender* –, reencontremos também todo o resto, bastando para isso que não percamos a coragem e não nos poupemos do esforço investigatório.

Perquirir e aprender, afinal, nada mais são do que reminiscência.²⁰⁶" Já na primeira exposição da teoria da anamnese, também essa parte da doutrina platônica da alma apresenta-se essencialmente vinculada à ideia da retribuição.

Capítulo 53
A síntese na doutrina da alma do Fédon

As verdades religiosas que Platão expusera no *Górgias*, relativamente à pós-existência da alma, e no *Mênon*, relativamente à sua preexistência, ele as reúne sistematicamente no *Fédon*, onde busca – mediante "provas" da imortalidade da alma – dar-lhes um fundamento teórico. Não importa que essas provas sejam meras falácias, visto que, no *Fédon* – e aí menos do que em qualquer outra parte! –, não se trata do conhecimento científico, mas do aprofundamento de concepções ético-religiosas. Por isso, também a distinção entre alma e corpo aparece bem mais categórica do que a oposição entre Bem e Mal do *Górgias*. E aí fica ainda mais claro que, para Platão, "alma" e "corpo" não servem como conceitos da ciência natural – ou seja, não se prestam à apreensão de uma realidade biológica e psicológica –, mas como símbolos da esfera moral, representantes do Bem e do Mal, significando os esforços da alma por libertar-se da influência do corpo que a macula (exatamente como no sistema do pitagorismo) e a luta do Bem contra o Mal.

I. O dualismo de alma e corpo

Logo após iniciado o diálogo entre Sócrates e Cebes, o primeiro põe-se a trilhar o terreno de antigas "doutrinas místicas", as quais afirmam que "nós, homens, vivemos numa espécie de cárcere" do qual, contra a vontade da divindade – à qual pertencemos –, não nos é permitido libertar, embora fosse muito melhor fugir dele²⁰⁷. Com essa metáfora rejeita-se o suicídio, embora este – e, com ele, a autoaniquilação da humanidade – pareça a consequência inevitável de uma doutrina que identifica no corpo o absolutamente mau, louvando a alma – liberta do corpo – como a única coisa boa. O suicídio, porém, significa a renúncia do homem ao conhecimento da justiça no Aqui. Logo, Platão não pode aceitar essa consequência. Não obstante, precisamente no *Fédon* ele identifica a alma com o "puro" pelo qual sempre se deve almejar – com o divino-imortal, o supraterreno – e o corpo com o sujo que deve ser evitado, com o mortal-humano[208]; o corpo com os sentidos à mercê do engano, as trevas do equívoco, e a alma com a razão que captura a verdade, com o conhecimento que apreende a essência das coisas e está voltado sobretudo e primordialmente para o Bem e, assim, para a justiça.

Aquilo de que o Sócrates condenado à morte deseja convencer seus discípulos é de que não se deve temer, mas saudar a morte, visto que esta destrói somente o corpo que representa um mal –, mas não a alma, que é um bem e imortal. A alma é imortal porque, segundo sua essência, aparentada ao Ser que é eterno e imutável; porque, de algum modo, está unida a ele, enquanto o corpo pertence ao mundo aparente da mudança, à esfera das coisas que nascem e perecem, sendo, portanto, mortal. Decerto, a alma não é, ela própria, uma ideia – há almas e ideias no Além –, tampouco havendo uma ideia da alma. Platão, contudo, faz Símias dizer que, "anteriormente ao nosso nascimento, o Ser de nossas almas acha-se intimamente ligado ao Ser da entidade sobre a qual estás [Sócrates] agora a falar"[209]. Símias refere-se aqui às ideias transcendentes do Belo e do Justo, acessíveis apenas ao pensamento, ou seja, àquelas entidades às quais, e somente às quais – em contraposição às coisas perceptíveis pelos sentidos do mundo da aparência enganadora – cabe o Ser verdadeiro. E, a Cebes, Platão incumbe de afirmar que "a alma, necessariamente, é mais semelhante àquilo que sempre permanece idêntico a si próprio do que a seu oposto"[210] – isto é, ao mundo mutável dos sentidos ao qual pertence o corpo. Um dos principais argumentos em favor da imortalidade da alma – ou seja, da afirmação de que, na morte do homem, a alma não se volatiliza – é o de que ela é uma entidade "não composta", "permanecendo sempre idêntica a si própria"[211]. Platão faz Sócrates dizer que o outro mundo, para o qual espera ir após a morte, é a esfera dos deuses, "cuja bondade paira acima de qualquer dúvida", o que é "tão certo" quanto "qualquer coisa dessa espécie"[212]. Isso significa que o Além que a alma do homem alcança após a morte é uma esfera do Bem; e que o lugar para o qual a alma escapa após a morte "tem uma essência semelhante à dela", e que esse é o lugar do "Deus bom e sensato"[213] – isto é, que a alma, em sua essência, é boa e sensata. Platão faz Cebes dizer ainda que a alma equivale "ao divino", daí resultando que é algo divino, enquanto o corpo é humano e, como na religião grega a oposição entre Deus e homem é idêntica à oposição absoluta entre imortal e mortal, que a alma é imortal e o corpo mortal.

Platão deduz a imortalidade da alma de seu parentesco ou vínculo com o verdadeiro Ser, isento de toda mudança, e a suposição da imutabilidade do verdadeiro Ser só é possível por ser este identificado com o Dever-ser absoluto, com o valor absoluto: o Bem. É somente porque o verdadeiro Ser é o Bem absoluto que ele não pode mudar, pois qualquer mudança significaria uma piora inconciliável com a ideia do Bem: uma típica falácia do realismo conceitual platônico. A imortalidade da alma é sua imutabilidade, e dado que uma mudança da alma só pode implicar uma piora sua imortalidade significa, ao mesmo tempo, incorruptibilidade. De fato, Platão afirma pela voz de Cebes que "a alma é, sob todas as circunstâncias, imortal e incorruptível"[214]; dito na linguagem das ideias, isso por certo significa que a alma – por sua natureza – não pode participar da maldade. É somente porque a alma é aparentada ao verdadeiro Ser, porque é essencialmente boa, que – liberta do corpo – pode conhecer o Ser verdadeiro, o Bem absoluto; pois, segundo Platão, o conhecimento só é possível entre coisas assemelhadas. A alma é "sempre inteiramente idêntica a si própria, pois está em contato com coisas de natureza semelhante à sua"[215]. Aparentada ao imutável, a alma enquanto tal – isto é, pelos meios que lhe são próprios – é absolutamente incapaz de contemplar coisas de natureza oscilante[216].

Essas coisas são observadas "por meio do corpo", ou seja, "pelos sentidos"[217]. Assim como o conhecimento do verdadeiro Ser, do Bem absoluto, não é possível (ou não o é inteiramente) ao homem empírico – isto é, à alma ainda presa no corpo –, assim também[218], Platão diz que a descrição "da essência real" da alma exige "capacidades absolutamente divinas", o que por certo significa que excede os poderes humanos. A alma surge como representante do absolutamente Bom não só na condição de sujeito, mas também na de objeto do conhecimento. Como, por sua essência, a alma é imutável, não estando sujeita a qualquer piora, ela tampouco apresenta gradações: uma alma não pode ser mais ou menos "alma". Seria completamente impossível – Platão faz Sócrates dizer[219] – "que (...) uma alma fosse mais e em maior grau, ou menos e em menor grau, do que uma outra o é – ou seja: alma". Como "ser alma" significa o mesmo que "ser bom" ou "participar do ser bom", o verdadeiro sentido dessa afirmação é que uma alma não pode ser mais ou menos "alma": não pode ser mais ou menos boa, mas apenas absolutamente boa. Platão, no entanto, abandona essa tese de que a alma não pode ser mais ou menos alma, passando a operar – em frontal contradição com a caracterização da alma como o Bem no homem – com a suposição da existência de almas boas e más.

A afirmação de que a alma não possui graus, de que uma alma não pode ser mais ou menos "alma", Platão a faz no curso de uma de suas pseudodemonstrações visando comprovar a imortalidade da alma; ele a faz, no entanto, apenas para, em pouco tempo, e no curso da mesma demonstração, abandoná-la. Contra a afirmação de que a alma continua vivendo após a destruição do corpo, Símias apresenta a concepção, bastante defendida à época, de que a alma estaria para o corpo assim como a harmonia para a lira. Uma vez destruída a lira, desaparece também a harmonia. "Se nossa alma é uma espécie de harmonia, então é claro que, sendo o corpo excessivamente afrouxado ou retesado por doenças e outros males, a alma, por mais divina que seja, logo terá necessariamente de perecer, tal como sói acontecer com a harmonia – seja no reino dos sons ou no de outras formas de arte –, ao passo que os restos do corpo duram ainda muito tempo, até que sejam queimados ou se decomponham.[220]" Sócrates procura inicialmente refutar essa teoria, afirmando que seria incompatível com a suposição por ele tida como absolutamente certa – de que "nossa alma teria, no passado, necessariamente existido em alguma outra parte, antes de ser encarcerada no corpo". Não se poderia, entretanto, sustentar que a harmonia teria existido já anteriormente à lira, composta de elementos corpóreos[221]. Posteriormente, declara que a alma não poderia ser harmonia alguma, uma vez que esta – mas não a primeira – pode apresentar variados graus. "Sócrates: Como assim? Toda harmonia não é naturalmente harmonia na medida em que se afina harmonicamente? Símias: Não compreendo. Sócrates: Não será ela, quando mais afinada e em maior grau – se é possível que seja assim –, mais e em maior grau harmonia, e quando menos e em menor grau afinada, menos e em menor grau harmonia? Símias: É evidente. Sócrates: Pode-se, então, ao menos cogitar de dizer também de uma alma que é mais e em maior grau ou menos e em menor grau do que precisamente alma? Símias: Isso é absolutamente impossível.[222]" Que a alma não possa ser mais ou menos "alma" pode apenas significar – como já foi observado – que uma alma não pode ser mais ou menos aparentada ao Ser verdadeiro, isto é, que não pode ser mais ou menos da natureza do absolutamente Bom. Isso implica que a alma, enquanto "alma", não pode ser mais ou menos boa e, portanto, tampouco mais ou menos má, mas apenas absolutamente boa; e implica também que, por conseguinte, todas as almas – as almas de todas as criaturas – têm de ser boas. Não pode, pois, de maneira alguma, haver almas más. Isso corresponde inteiramente à oposição absoluta entre Bem e Mal, que representa a oposição entre alma e corpo, de acordo com o exposto originalmente por Platão. Estranhamente, porém, a demonstração que se segue contra a equiparação de alma e harmonia parte do pressuposto contrário. Sócrates dá início a essa demonstração com as palavras: "E agora, por Zeus, presta atenção. Não se diz de uma alma que estaria de posse da razão e da virtude, sendo, portanto, boa, e da outra que seria vítima da insensatez e da maldade, sendo má? E isso é correto? Símias: Certamente sim"[223]. É significativo que, a princípio, Sócrates-Platão ainda não se identifique com esse ponto de vista. Apresenta-o apenas como algo que "se diz". Depois, equipara virtude a harmonia e maldade a desarmonia, argumentando da seguinte maneira: "Anteriormente, porém, concordamos que jamais uma alma pode ser mais ou menos alma do que outra, e nossa afirmação decerto significa (...) que jamais uma harmonia pode ser mais e em maior grau ou menos e em menor grau harmonia do que uma outra. Não é assim? Símias: Isso mesmo"[224]. Antes, contudo, ambos haviam concordado que a alma jamais poderia ser harmonia, precisamente porque a harmonia admite graus variados, enquanto a alma não é capaz de tal variação. E Sócrates prossegue: "Concordamos ainda que a harmonia, excluindo enquanto tal um mais ou um menos, tampouco se apresenta mais ou menos harmônica? Isso é correto? Símias: Sim. Sócrates: Se, porém, não se apresenta nem mais, nem menos afinada, terá ela participação maior, menor ou igual na harmonia? Símias: Igual. Sócrates: Como, pois, no que se refere à alma, nenhuma pode ser mais ou menos alma do que a outra, então também ela não se apresenta nem mais, nem menos afinada? Símias: Assim é. Sócrates: Se assim é, ela tampouco poderá participar em maior grau da desarmonia ou da harmonia? Símias: Não, não poderá. Sócrates: E, sendo esse o caso, pode então uma alma participar em maior grau do que outra da maldade ou da virtude, se a maldade é desarmonia e a virtude, harmonia? Símias: Não. Sócrates: Extraindo-se daí a conclusão correta, o que ocorre então, Símias, é, antes, que alma alguma jamais poderá participar da maldade, se ela é uma harmonia. Isso porque uma harmonia – que em todos os sentidos nada mais é do que precisamente isto: harmonia – jamais poderá participar da desarmonia. Símias: Não, isso lhe é impossível. Sócrates: E, portanto, também nenhuma alma, que é alma em todos os sentidos, da maldade. Símias: E como poderia, de acordo com nossas premissas? Sócrates: Essa demonstração conduz-nos, pois, ao princípio de que as almas de todas as criaturas têm de ser igualmente boas, visto que, naturalmente, todas elas nada mais são do que almas"[225]. Essa demonstração resulta, portanto, em que a alma – como harmonia – não pode ter maior ou menor participação na maldade – na desarmonia. Depois de tudo o que Platão afirmou anteriormente sobre a essência da alma, ter-se-ia de supor que é justamente isso que Sócrates deseja provar. O caso aqui, porém, é precisamente o contrário. De fato, a conclusão dessa demonstração constata que a alma não pode ser harmonia, pois não poderia participar da maldade, não sendo possível a existência de almas más, visto que todas as almas, enquanto "almas", seriam boas. "Parece-te, pois, correto esse princípio" – pergunta Sócrates a Símias – "e acreditas que essas mesmas conclusões resultariam, se fosse acertada a suposição de que a alma é harmonia? Símias: Não, de forma alguma.[226]" Essa resposta de Símias é incompreensível. Se ele toma por incorreto o princípio de que as almas de todas as criaturas são boas – e isso parece ser o essencial de sua resposta –, então não pode negar que o princípio por ele declarado incorreto resulta, como conclusão, da suposição de que a alma é harmonia – isso supondo-se que a harmonia, conforme agora o supõe Sócrates em contradição com o que afirmara de início, não possa apresentar graus diversos e, portanto, nem tampouco participar mais ou menos da desarmonia. Justamente porque o princípio de que todas as almas têm de ser boas resulta da suposição de que a alma é harmonia e, portanto, incapaz de apresentar graus, Sócrates conclui que a alma não pode ser harmonia[227]. Platão rejeita a noção de que a alma é harmonia porque ela é incompatível com a crença na imortalidade da alma. A fim de fazer ressaltar com particular nitidez a diferença entre alma e harmonia, ele admite que a última apresente variados graus, ao passo que a concepção de graus da alma é evidentemente absurda. Essa concepção, entretanto, conduz à suposição de que não pode haver almas más, o que é incompatível com um elemento fundamental da crença na imortalidade da alma: a crença na paga no Além. Assim, é necessário que a alma apresente diversos graus; contudo, não sendo harmonia – uma vez que, como tal, não pode a alma ser imortal –, então é a própria harmonia que não pode apresentar graus. Essa demonstração assenta-se numa óbvia contradição. No entanto, uma ideologia religiosa como a doutrina da imortalidade da alma é insensível a contradições lógicas[228].

Outra prova de que a alma não é para o corpo o que a harmonia é para a lira está em que a harmonia não ocupa qualquer posição de comando em sua relação com a lira, ao passo que à alma, de acordo com sua essência, cabe o comando do corpo. Sócrates destaca que a harmonia "jamais soa em desacordo com as tensões, os relaxamentos, as oscilações e demais estados das partes das quais ela se compõe, mas junta-se a elas, jamais assumindo o comando"[229], ao passo que a alma, em sua relação com o corpo, "faz (...) precisamente o contrário". "Não tem em suas mãos o comando de tudo aquilo de que se crê ter-se ela originado? Não está quase em todas as suas partes e durante toda a vida em conflito com tudo isso? Não comanda de todas as formas possíveis e imagináveis, exercendo a disciplina ora com maior dureza e de modo doloroso, segundo as regras da ginástica e da medicina, ora de forma mais branda – contrariando as agitações dos desejos, da ira e do medo –, ora com ameaças, ora com advertências, na medida em que mantém com eles um diálogo, qual se tratasse de algo inteiramente diverso dela própria? É mais ou menos como Homero o descreve na *Odisseia*, quando diz de Ulisses:

> *Batendo no peito, apostrofou rudemente seu coração:*
> *Suporta, coração! Infelicidades, já as suportaste bem*
> *[piores*[230]*!*

Acaso crês que ele compôs esses versos convicto de que a alma é harmonia e está disposta a se deixar comandar pelas sensações do corpo, em vez de, ao contrário, comandá-las e dominá-las ela própria, que, de resto, é algo por demais divino para que se lhe aplique a comparação com a harmonia?[231]" Tudo isso, porém, só se aplica à alma se ela, em sua essência – isto é, se cada alma –, for boa, não tendo qualquer participação na maldade. E, no entanto, Platão faz essa comprovação seguir-se imediatamente à constatação de Símias de que o princípio de que todas as almas seriam boas é incorreto, introduzindo-a com as seguintes palavras: "Não sabes que, dentre todas as coisas que há no homem, é a alma e nada além dela que detém o governo, especialmente a alma sensata?"[232]. Especialmente a alma sensata! Portanto, há também almas insensatas, ou seja, almas más, que não governam, mas são governadas pelo corpo. Faz-se, pois, inevitável a suposição de que as diversas almas participam em diversos graus da maldade – que, anteriormente, afirmou-se ser a essência do corpo – e não da alma. Se algo pode ser "alma" e ser, ao mesmo tempo, bom ou mau, então – contrariamente ao que Platão afirmara antes com a máxima ênfase – a alma não pode, de acordo com sua essência, ser da natureza do absolutamente bom; se algo pode ser bom ou mau em variados graus – como é aqui a alma –, a oposição entre alma e corpo, originalmente apresentada como oposição absoluta entre Bem e Mal, é reduzida a uma oposição meramente relativa.

A relativização dessa oposição permite a Platão pressupor a existência – absolutamente necessária para sua teoria da retribuição exposta no *Fédon* – de almas boas e más, e de variados graus do ser bom e do ser mau da alma.

O grau do ser bom e do ser mau da alma varia em função da medida em que a alma, ao longo da vida do homem que a abriga, efetua sua libertação do corpo. Em contradição com a afirmação, essencial para a comprovação da imortalidade, de que a alma é por natureza imutável e, portanto, incorruptível, Sócrates pressupõe a possibilidade de que a alma se valha "do corpo para a observação de qualquer objeto, seja dos olhos, dos ouvidos ou de qualquer outro dos sentidos" e de que ela seja, então, "arrastada pelo corpo na direção do que jamais permanece idêntico a si próprio", mergulhando "assim, ela própria, na hesitação e na confusão" e titubeando "como se estivesse embriagada". É a alma que se vale do corpo, e é ela também – e não o corpo – que, assim, "mergulha na hesitação"; e isso em contraposição a uma alma que, "limitando-se inteiramente a si mesma, empreende uma contemplação" (dos objetos do Ser verdadeiro), deixando "para trás (...) toda hesitação" e permanecendo "sempre idêntica a si própria", enquanto se ocupa deles (dos objetos do verdadeiro Ser)[233]. Nem sempre, pois, é a alma (e, portanto, todas as almas) algo que permanece sempre idêntico a si próprio; e se a alma, enquanto alma, nem sempre e sob todas as circunstâncias permanece idêntica a si própria, mas pode, em determinados casos, mergulhar na hesitação e embriagar-se, então ela não é, em sua essência, algo que permanece sempre idêntico a si próprio. Ficar "restrita tão somente a si própria" – ou seja, livre do corpo –, a alma só pode antes do nascimento e depois da morte do homem em cujo corpo se vê temporariamente encerrada. Isso significa, porém, que a alma, ao adentrar o corpo e ao deixá-lo, sujeita-se a uma mudança fundamental. A alma encerrada no corpo pode, em variada medida, estar em comunhão com ele e, assim, também em variada medida, ser corrompida.

II. A imortalidade da alma e a retribuição no Além

O orfismo ensina que o corpo corrompe a alma. Platão usa uma imagem para representar a corrupção da alma pelo corpo: a contaminação de algo puro. Nessa imagem ele oculta a contradição presente na noção de que o Bem – a alma – pode ser ou tornar-se mau. Segundo a doutrina órfica, a alma é corrompida pelo corpo e, nesse estado de corrupção, vai para o outro mundo para lá ser punida. É precisamente essa guinada da doutrina órfica da alma que Platão retoma, pois para sua filosofia moral importa acima de tudo exatamente a retribuição no Além. Imediatamente após a afirmação de que o homem pode, ainda em vida, aproximar-se do conhecimento do Ser verdadeiro, na medida em que sua alma se mantenha o mais distante possível de uma comunhão com o corpo, Sócrates diz: "Quem não é puro deve ser excluído do contato com o puro"[234]. Em conformidade com a crença na paga no Além, professada por Sócrates já no início de suas ponderações, isso, por certo, significa que quem não é puro não merece contemplar o verdadeiro Ser do absolutamente bom. Sócrates nutre "a feliz esperança de que algum Ser seja destinado aos mortos, e, aliás, bem em conformidade com a velha crença popular, um Ser bem melhor aos bons do que aos maus"[235]. De acordo com o que foi dito antes, dever-se-ia supor que todas as almas, após sua libertação do corpo – isto é, após a morte –, chegam puras ao Além, dado que a purificação, afinal, é expressamente descrita como a libertação da alma do corpo. "Sócrates: Como purificação, deve-se entender porém o anseio, já tantas vezes mencionado no curso deste diálogo, de tanto quanto possível separar a alma do corpo, acostumá-la a recolher-se e concentrar-se em si mesma, e, na medida do possível, restringir-se inteiramente a si mesma, tanto na existência presente quanto na futura, libertando-se do corpo qual se desvencilhasse de grilhões. Certamente, disse Símias. Sócrates: Pois tal libertação e separação do corpo não é o que chamam morte? Sem dúvida, respondeu Símias"[236]. Contudo, a frase "todo aquele que não é ele deve ser excluído do contato com o puro" evidentemente pressupõe que "mesmo quem não é puro" vai para o Além, sendo, então, excluído do "contato com o puro". E, de fato, na afirmação a seguir, Platão anuncia expressamente que somente os que no Aqui não descuidaram da purificação do espírito podem nutrir a esperança de contemplar o Ser verdadeiro. Sócrates diz: "Se isso é verdadeiro, caro amigo, então há fundadas esperanças de que, chegando lá, para onde agora parto, se participe em farta medida daquilo por cuja obtenção tanto nos empenhamos na vida passada. A viagem que ora me foi prescrita encerra, portanto, felizes esperanças também para outros que creem de nada ter descuidado na máxima purificação possível de seu espírito"[237]. A seguir, Sócrates declara, evocando expressamente a crença órfica na paga, que somente uns poucos participarão no Além daquilo pelo que o verdadeiro filósofo anseia no Aqui: "Ao que parece, aqueles a quem devemos a instituição das iniciações não deixam de ter o seu mérito; na verdade, há tempo eles nos dão a entender que quem adentra o Hades inexpiado e sem iniciação é destinado ao lodaçal do inferno, ao passo que o iniciado e expiado, lá chegando, encontra sua morada entre os deuses. Pois 'são muitos', dizem-nos os iniciados nos mistérios, 'os portadores de tirso, mas poucos os bacantes'. Em minha opinião, porém, estes nada mais são do que os verdadeiros filósofos"[238]. Uma vez que só podem ser almas os que adentram o Hades "inexpiados e desprovidos de tal iniciação", sendo destinados ao lodaçal do inferno, onde por certo não poderão ter a oportunidade de contemplar o verdadeiro Ser, há, pois, de existir no Além almas boas e más; do contrário, não seria possível uma paga no Além, que se deve cumprir nas almas incorpóreas. Em razão dessa crença, Platão tem de distinguir também dentre as almas libertas dos corpos almas boas e más; e, aliás, de acordo com o grau segundo o qual o anímico – nas almas incorpóreas (!) – apresenta-se "impregnado" ou "afetado" pelo corpóreo, ou seja, mesclado a ele. Segundo essa doutrina platônica exposta por Sócrates, há duas espécies de almas. Uma é a que se "aparta do corpo em estado puro, sem dele levar coisa alguma consigo, uma vez que, ao longo da vida, jamais se permitiu voluntariamente qualquer comunhão com o corpo, mas fugiu dele, recolhendo-se a si mesma, pois esse foi seu único empenho"[239]; a outra é a que "se separa do corpo maculada e impura, em razão de sua constante comunhão com ele, ao qual se entregou e obsequiou com seu amor, e o qual, com seus desejos e prazeres, a havia enfeitiçado"; a alma apresenta-se "inteiramente impregnada do corpóreo que a comunhão e o contato com o corpo, em decorrência do constante estar junto e da dedicação a ele, fez verdadeiramente crescer nela"[240]. Essa alma, apartada do corpo pela morte e, não obstante, contendo ainda, de algum modo, algo de corpóreo nem sequer chega ao Além. "Esse elemento corpóreo, meu amigo, é decerto, como se há de supor, algo opressivo, pesado, terreno e visível. Levando-o consigo, a alma que acabei de descrever, pelo medo do invisível e do Hades, é obstruída e arrastada de volta para o mundo visível; aí, como se diz, perambula entre as lápides e os túmulos, em cuja proximidade de fato divisaram-se certas aparições espectrais de almas, imagens que correspondem às almas que não se libertaram do corpo em estado de total pureza, mas, ao contrário, participam ainda do visível, razão pela qual são vistas.[241]" Por fim, Sócrates afirma que "não são as almas dos bons, mas as dos maus que são forçadas a perambular por tais lugares, pagando pela vida má que levaram anteriormente. E perambulam até que, por sua ânsia pelo corpóreo ainda a elas apegado, sejam novamente encerradas num corpo. Com toda certeza, assumem então a forma de um animal, correspondente à maneira como se comportaram em vida"[242]. Segundo o seu grau de corrupção, encarnam-se em animais diversos, para os quais, evidentemente, pressupõem-se valores também diversos. "Aqueles, por exemplo, que se entregaram à glutonaria, à grosseira leviandade e à bebedeira, e o fizeram de maneira desavergonhada, supostamente assumirão a forma de asnos e animais assemelhados. (...) Já os que praticaram sobretudo atos de injustiça, tirania e roubalheira assumirão a forma de lobos, gaviões e abutres. (...) É evidente que também os demais adquirirão formas correspondentes à concepção de vida por eles posta em prática. (...) Os relativamente mais bem-aventurados e mais bem acomodados de todos serão, decerto, os que se esmeraram na virtude cidadã e popular à qual se dá comumente o nome de temperança e justiça, nascida do hábito e da prática, sem o auxílio da filosofia e do conhecimento racional." Esses provavelmente "assumirão uma forma animal correspondente à sua índole cidadã e ordeira, uma forma como a das abelhas, das vespas, das formigas ou mesmo novamente a forma humana, caso em que se transformarão mais uma vez em homens honrados. (...) A nenhum, porém, que não se tenha iniciado na filosofia e partido daqui completamente puro será concedido alcançar a comunidade dos deuses apenas aos amantes da verdade"[243].

A suposição da existência de almas mais ou menos más ou mais ou menos boas, que não alcançarão o Além, permanecendo no Aqui, põe-se não apenas em contradição frontal com o que, visando comprovar-lhe a imortalidade, Platão expusera anteriormente sobre a essência da alma, mas também com o que, em outro contexto, ele relata sobre o destino da alma no Além. De acordo com esse relato, todas as almas – tanto as boas quanto as más – vão para o Além, a fim de lá serem julgadas. No próprio *Fédon* encontra-se a seguinte descrição de Sócrates: "Se a alma é imortal, necessita de diligentes cuidados não só no tocante a essa extensão de tempo a que chamamos 'vida', mas também no que se refere à totalidade do tempo, de modo que não deve afigurar-se pequeno o perigo para quem desdenha desse cuidado. Pois, se a morte fosse uma separação de tudo e de todos, seria um bem-vindo presente para os maus verem-se livres, ao morrer, não apenas do corpo, mas, com ele, também da maldade apegada à sua alma"[244]. Enquanto na primeira parte do diálogo o corpo representa o Mal e a alma, o Bem – e a morte, a "purificação", como libertação da alma em face do corpo –, agora, quando se apresenta a retribuição no Além, a alma separar-se do corpo absolutamente não significa purificação. Libertando-se do corpo, a alma não se liberta da "maldade" que a ela, enquanto alma, "se apega", e tem de se apegar, se há de haver no Além algo como uma punição das almas. E essa punição desempenha o papel principal no drama do Além, cuja descrição Platão retoma dos órficos. Ela começa – conforme Platão incumbe Sócrates de relatar – com "o demônio que tinha o ser vivo sob sua proteção" buscando "conduzir cada morto" – cada um deles, ou seja, tanto o bom quanto o mau – "a um determinado lugar no qual os ali reunidos têm de se deixar julgar para, então, rumarem para o Hades na companhia do guia cujo ofício é conduzir os mortos daqui para o Além"[245]. As almas boas vão de boa vontade. "A alma moralmente purificada e sensata segue solícita e não se sente estranha no novo ambiente. Mas a alma apaixonadamente apegada ao corpo paira ainda por muito tempo, conforme expus acima, ao redor da sepultura desse corpo e no mundo do visível; só com violência e esforço, e após muita resistência e sofrimento, é levada embora pelo demônio que a acompanha.[246]" "Quando, então, as almas dos mortos chegam ao lugar para o qual o demônio as conduz uma a uma, ouvem inicialmente o veredicto que lhes cabe, tanto as que levaram uma vida boa e pia, quanto as pecadoras. Aquelas cujas vidas se mantiveram, como é de supor entre uma coisa e outra, dirigem-se, então, para o Aqueronte, tomam a embarcação à sua espera e chegam, assim, ao lago. Ali, recebem sua morada e purificam-se. Quem cometeu crimes expia sua culpa e é salvo, bem como cada um é recompensado, de acordo com seu mérito, pelo bem que fez.[247]" O tribunal diferencia as almas "curáveis" das "incuráveis". "As julgadas incuráveis pelo tamanho de seus crimes (...), o destino justo precipita no Tártaro, de onde nunca mais emergirão.[248]" Das curáveis, as mais graves pecadoras são igualmente lançadas no Tártaro, onde são submetidas aos mais pesados sofrimentos; por fim, no entanto, é-lhes permitido deixar esse sítio da dor. "Aquelas, porém, cuja vida é considerada inteiramente do agrado de Deus são as que não entram em contato com tais lugares subterrâneos, deles permanecendo libertas como que de prisões, na medida em que alcançam aquele local puro, instalando-se nas alturas da terra. Dessas mesmas almas, contudo, as que se purificaram por intermédio da filosofia continuam vivendo incorpóreas para todo o sempre, em moradias ainda mais magníficas do que as já mencionadas.[249]" Essas são as moradias nas alturas da terra, ou as da "verdadeira terra" – da terra do Além, que Sócrates já descreveu anteriormente[250]. O espantoso nessa concepção do destino da alma no Além – que é componente essencial da filosofia moral de Platão e que não se pode, de modo algum, pôr de lado qual se tratasse de um ornamento meramente poético-mitológico – é que a alma, que através da morte é, na primeira parte do diálogo, libertada do corpo e, assim, de todo o sensível, de toda sensação e todo sentimento, fazendo-se nesse estado capaz do pensamento puro, pode, na segunda parte do mesmo diálogo, sentir como dor as punições que, no Além, lhe são infligidas, e como prazer a recompensa que lhe é ali concedida. É tão somente como causa de dor e de prazer que punição e recompensa têm sentido. Já agora, em contradição com sua natureza não composta, afirmada inicialmente, as almas que devem ser punidas contêm em si elementos corpóreos. As que devem ser recompensadas são precisamente as que chegam ao Além contendo em muito pouca medida tais elementos, ou não os contendo em absoluto; e, se continham em si elementos corpóreos, são destes purificadas. Platão descreve a vida na "verdadeira terra" do Além como uma vida de seres necessariamente dotados de sentidos. Afirma que "lá se vive totalmente livre de doenças e por muito mais tempo do que aqui, e, quanto à visão, à audição, ao entendimento e a todas as funções análogas, os que lá vivem estão à mesma distância de nós, no tocante à pureza, quanto o ar da água e o éter do ar". Os seres que vivem no Além não são, portanto, imortais: apenas vivem mais do que os deste mundo. Lê-se ainda que os que lá vivem contemplam o sol, a lua e as estrelas "em sua forma verdadeira", "a isso correspondendo a sua bem-aventurança"[251]. O mais espantoso, porém, é que somente as almas dos filósofos continuam vivendo incorpóreas para todo o sempre, que só elas são imortais. Não nos equivocaremos supondo que, para Platão, "filósofos" significa aqui exclusivamente os verdadeiros filósofos, aqueles que, na *República*, ele transforma nos soberanos do Estado ideal e cuja filosofia é a do próprio Platão. O diálogo dedicado exclusivamente à imortalidade da alma mostra-nos claramente que essa filosofia tão repleta de contradições, e na qual a doutrina da imortalidade da alma desempenha um papel capital, visa essencialmente a uma ideologia religiosa da justiça. Platão nos informa seu propósito ao fazer Sócrates, incitado por Cebes a falar sobre a admissibilidade do suicídio, começar a discussão com as seguintes palavras: "Também eu só posso falar a respeito pelo que ouvi dizer. O que ouvi dizer, porém, pretendo comunicar-vos sem reservas. E, com efeito, talvez quem esteja em vias de partir para o outro mundo esteja particularmente qualificado a expor, por meio de observações e imagens, que ideia haveremos de fazer desse outro mundo. O que de melhor se pode fazer no tempo que nos separa do ocaso?"[252]. Esboça-se aí o verdadeiro sentido do diálogo todo: ele deverá oferecer uma imagem do Além como a sede da justiça. A essa, faz-se referência contínua. Estando ainda Sócrates a falar contra o suicídio, diz que aquele que põe fim à própria vida não se priva de ser guiado pelos bons deuses, mas encontra outros deuses sábios e bons, além de "homens que já morreram e que valem mais do que os daqui". "É por essas razões", diz Sócrates, "que penso na morte com maior carinho do que a maioria das pessoas e nutro a feliz esperança de que algum Ser seja destinado aos mortos; e, aliás, bem em conformidade com a velha crença popular, um Ser bem melhor para os bons do que para os maus"[253]. Já ao afirmar pela primeira vez a imortalidade da alma, Platão a associa à retribuição no Além e confessa, logo no princípio do diálogo, que sua doutrina coincide, em essência, com uma velha crença popular. Essa é uma crença na retribuição. Poucas linhas adiante, a ideia da paga no Além surge novamente, quando Sócrates acena com as razões pelas quais "me parece que, chegada a hora de sua morte, um homem que verdadeiramente dedicou sua vida à filosofia tem toda razão em estar bem disposto e nutrir a feliz esperança de, após a morte, participar, no outro mundo, dos maiores bens"[254]. O que, para o justo, afasta o temor da morte, aquilo que gera "a feliz esperança", não é a "imortalidade da alma" enquanto tal, mas a paga que, no Além, aguarda a virtude! É em função dessa paga que a alma é imortal. Ela "é", aliás, unicamente em função da justiça.

Assim, também a doutrina da alma do *Fédon* é inteiramente impregnada com o pensamento da retribuição. Como Sócrates, antes ainda de apresentar a prova da imortalidade da alma, lança a tese, já exposta no *Górgias*, de que a morte "nada mais" é do que "a separação da alma e do corpo"[255] – e nisso fundamenta a exigência de que, já na vida terrena e tanto quanto possível, a alma se separe do corpo (que é um "mal"[256]) para se "purificar"[257], recorrendo à purificação pela via dos mistérios órficos, cujos instituidores ensinam que "quem adentra o Hades inexpiado e não iniciado destina-se ao lodaçal do inferno, ao passo que o iniciado e expiado, lá chegando, morará com os deuses"[258]. E, em meio às discussões sobre a preexistência da alma, numa passagem que se afigura imprópria quando se ignora a conexão essencial entre as almas e a doutrina da paga, esta última volta ao primeiro plano, na medida em que Sócrates conclui sua primeira prova da vida da alma antes do nascimento com as seguintes palavras: "Há, de fato, um renascimento e um devir dos vivos a partir dos mortos, bem como uma existência para as almas dos que se foram, e uma existência, aliás, melhor para os bons e pior para os maus"[259]. Dentre as provas da pós-existência da alma, Platão aponta o fato de que o corpo visível, sobretudo das pessoas jovens, mantém-se quase incólume por muito tempo após a morte, isso para não falar nas múmias dos egípcios. Deveria então a alma invisível "dissipar-se de imediato e perecer, como afirma a maioria? Um grande equívoco, meus caros Cebes e Símias. O que se passa é, muito pelo contrário, o seguinte: quando, em estado puro, a alma se separa do corpo sem nada levar dele consigo, visto que, em vida, jamais se permitiu voluntariamente qualquer comunhão com esse corpo, (...) foge para o reino daquilo que lhe é semelhante, o reino do invisível, do divino, do imortal e do racional, onde, uma vez chegando, encontra a bem-aventurada paz, liberta do erro e da insensatez, do medo, do delírio amoroso e dos demais males humanos'"[260]. A imortalidade da alma boa – isto é, daquela que permaneceu "alma'" que nada absorveu de corpóreo! – é sua recompensa, e esta consiste em sua salvação dos males da vida terrena, na paz que a alma do mau não encontra no Além. Quando Platão afirma sobre esta última que ela, por "medo" do que a aguarda no Hades, "perambula por entre as lápides e túmulos, em cuja proximidade de fato divisaram-se certas aparições espectrais de almas"[261], vale-se até mesmo dessa superstição porque julga poder empregá-la em sua doutrina da paga – embora, por certo, não sem reinterpretá-la em certa medida. Segundo a mais antiga e primitiva crença nas almas, as almas dos mortos não sepultados, ou daqueles que desejam vingar-se por alguma outra injustiça que lhes foi infligida, não encontram a paz. De acordo com Platão, porém, são as almas "dos maus que são obrigadas a perambular por tais lugares, pagando assim pela vida má que levaram anteriormente"[262]. Essas almas não são o sujeito, mas o objeto da paga. Desse modo, ele procura adaptar a superstição à sua doutrina da alma, no que, no entanto, não obtém pleno êxito, pois essas almas más experimentam um renascimento sem antes ter chegado ao tribunal dos mortos no Além, ou seja, sem antes ter cumprido uma pena específica do Além. Evidentemente confirmando algum medo bastante disseminado de cujo efeito curativo ele não quer abrir mão, Platão diz que tais almas "perambulam até que, por sua ânsia pelo corpóreo ainda a elas apegado, sejam novamente encerradas num corpo". Também essa reencarnação, porém, não tem qualquer outro sentido senão o da retribuição, pois se há de conceber como castigo que essas almas renasçam assumindo a forma animal[263].

A meta verdadeira e última do seu esforço em demonstrar a imortalidade da alma, a que é mesmo sua única meta, Platão a oculta, fazendo que Sócrates resuma o resultado de suas dissertações com as seguintes palavras: "Portanto, Cebes, a alma é indubitavelmente imortal e indestrutível, e nossas almas verdadeiramente hão de estar no Hades"[264]. E, como Cebes e Símias se declarem convencidos, Sócrates eleva-lhes essa crença à última potência: "Entretanto é bom, meus amigos, que se tenha sempre presente o que vou dizer. Se a alma é imortal, precisa de diligentes cuidados não apenas no tocante a essa extensão de tempo a que chamamos 'vida', mas também no que se refere à totalidade do tempo, de modo que não deve afigurar-se pequeno o perigo para quem desdenha desse cuidado. Pois, se a morte fosse uma separação de tudo e de todos, seria um bem-vindo presente para os maus, ao morrer, verem-se livres, não só do corpo, mas, com ele, também da maldade apegada à sua alma. Tendo esta se mostrado imortal, não haverá para ela qualquer proteção contra o mal nem qualquer outra salvação senão o esforço em tornar-se tão boa e sensata quanto possível. Porque, em sua viagem para o Hades, nada mais leva consigo além de sua formação e educação moral, a qual, conforme se diz, acarreta para o morto o maior benefício ou o maior prejuízo, já desde o início de sua viagem"[265]. Da imortalidade da alma decorre que se deve ser justo no Aqui, posto que somente assim seremos recompensados no Além; caso contrário, seremos punidos. O significado mais sintético do longo discurso sobre a imortalidade é a retribuição no Além.

III. O espaço do Além: o cenário do drama da retribuição

Assim, o diálogo sobre a imortalidade da alma desemboca – conforme se anuncia já de início – numa fantástica descrição desse Além, como cenário no qual se desenrola o drama da justiça e onde se apresentam cada um de seus atos. Apenas os espíritos muito ingênuos, iludidos por ter Platão empregado, em seu fantasioso quadro, determinadas conclusões da investigação geográfica de sua época, hão de crer que, com a descrição da terra no *Fédon*, ele tenha desejado tratar de algo como a geografia. Esse quadro presta-se apenas à representação simbólica da oposição fundamental de sua doutrina da justiça – a oposição entre Bem e Mal – que aqui, projetada no espaço transcendente, transforma-se em um espaço superior e um espaço inferior. Afinal, o cerne da geografia platônica da terra é a distinção entre a terra habitual e visível e a terra "propriamente dita" e "verdadeira", invisível aos terrenos, situada muito acima da atmosfera da terra em que nós, os terrenos, vivemos ou parecemos viver, que se afigura feia e degenerada em comparação com a magnífica beleza do mundo mais elevado, que se ergue para o puro éter. E, sob esse mundo terreno, a geografia platônica estabelece ainda uma terceira terra, o mundo subterrâneo, que é, em essência, o lugar para onde são banidos os maus a serem punidos, enquanto o mundo belo, puro e superior destina-se a abrigar as almas boas, recompensadas com a bem-aventurança. É, fundamentalmente, a costumeira construção do mundo em três patamares que figura em todas as especulações acerca de Bem e Mal, contendo céu, inferno e, entre ambos, o mundo terreno; a diferença é que a tripartição platônica é matizada pela doutrina das ideias, já desenvolvida no *Fédon*, com sua distinção entre o Ser verdadeiro e o Ser aparente do devir – o mundo "superior" apresentando-se aí, de alguma forma, como o mundo das ideias ou, ao menos, ligado a este. O caminho que a alma percorre por esses espaços após a morte do corpo – que, na exposição de Platão, é antes envolto numa névoa mística do que claramente iluminado – nada mais é do que o caminho da retribuição. Nele há pontos indispensáveis: o tribunal dos mortos e o renascimento. A transmigração da alma é aqui, como no mito da *República*, associada à paga no Além, ainda que de forma não muito clara. Como no *Górgias*, também no mito do *Fédon* inflige-se aos piores criminosos, incorrigíveis, castigos eternos. Essas almas, "o destino justo" as precipita "no Tártaro, de onde nunca mais emergirão"[266]. Isso contradiz a noção de que as almas, depois de submetidas à imperativa expiação no Além, são reencarnadas, voltando ao Aqui. Também nesse ponto, a exigência de uma lógica livre de contradições recua ante a necessidade da justiça retributiva. Esta, de resto, tem a palavra final na narrativa de Sócrates sobre o Além. "O que acabei de expor, Símias, certamente há de nos estimular a empregar todos os meios para que, em vida, façamos nossas a virtude e a compreensão racional, pois magnífico é o prêmio e grande é a esperança.[267]"

Capítulo 54
A doutrina ético-política da alma na República

I. A doutrina da tripartição da alma

O *Fédon* trata da alma e, ao fazê-lo, tem por meta uma apresentação da justiça. A *República* trata da justiça e contém uma exposição da doutrina platônica da alma – e, aliás, uma exposição particularmente significativa, pois precisamente nesse diálogo revela-se o caráter pronunciadamente político dessa espécie de psicologia. É na *República* que Platão quase identifica seu conceito da alma com o da justiça. E o faz não só apresentando a justiça como a "virtude peculiar" da alma, como seu estado específico, por assim dizer[268]; não só tratando a ordem justa do Estado como a imagem especular ampliada desse estado subjetivo da alma, como se essa fosse a objetivação social da primeira; mas sim declarando expressamente que apenas na alma e por meio dela é que se pode conhecer a essência da justiça. Quando se "contempla acuradamente" a alma "com o intelecto pensante" (que é a própria alma), e "conforme ela se apresenta em seu estado de total pureza" – diz Platão –, "acha-se que ela é muito mais bela (do que quando vinculada ao corpo), e obtém-se uma visão bem mais clara da justiça e da injustiça, em suas múltiplas formas (...)"[269]. Como será possível, porém, encontrar na alma do indivíduo a justiça, que é uma categoria especificamente social, um ordenamento das relações inter-humanas? Existem almas justas e almas injustas; mas o critério para distingui-las só pode consistir no fato de que as primeiras comportam-se em consonância com a ordem social que se pressupõe justa, enquanto as últimas levam o homem a um comportamento contrário a essa mesma ordem[270]. A justiça não pode ser um problema psicológico, a não ser que se misture a psicologia à ética.

A dificuldade com a qual já travamos conhecimento no *Górgias* e no *Fédon* mostra-se claramente também na *República*: trata-se, mais uma vez, de que se possa considerar como injusta, e objeto do castigo no Além, a alma que, por sua essência, é a substância do justo, e que unicamente por isso permite que, através dela, e segundo o princípio cognitivo platônico da afinidade, se conheça o justo. Na *República*, Platão busca solucionar essa dificuldade de uma forma que confere à teoria da alma por ele desenvolvida sua marca característica: faz que a alma – concebida no *Fédon* ainda inteiramente como uma – consista em três partes. Ele chega a isso deslocando para a alma o sensível, os desejos – tidos originalmente apenas como representantes do Mal e que, segundo o *Fédon*, têm sede no corpo, e não na alma[271] –, e distinguindo duas espécies de desejos, das quais só uma é má, e a outra, como porção "colérica"[272], situando-se convenientemente entre a razão, que representa o Bem, e os desejos maus.

A exposição dessa doutrina da alma tem como ponto de partida a afirmação de Sócrates de que, "no tocante ao verdadeiro conceito de justiça, o homem justo não difere do Estado justo, mas assemelha-se a ele". Também o Estado justo foi igualmente descrito como uma comunidade cujos membros incluem-se em três classes, cada uma com uma função específica. O Estado, diz Sócrates, é justo "quando cada uma das três classes de natureza diversa que abriga cumpre a tarefa que lhe cabe". Com relação ao indivíduo, ter-se-ia também de supor que possui "em sua alma essas mesmas três formas básicas", que correspondem às três classes do Estado: a que trabalha, a que protege e a que vigia. Ter-se-ia "necessariamente de admitir que cada um de nós abriga dentro de si as mesmas formas básicas e os mesmos modos de proceder que o Estado; de que outra parte, afinal, teriam se transferido para o Estado essas características?"[273]. Mais adiante[274], as três "partes" da alma são caracterizadas da maneira que se segue. "A parte com a qual ela (a alma) reflete", a parte "que pensa racionalmente"; com ela a alma apreende "a verdadeira essência das coisas", conhece "o que é" e revela-se "aparentada ao que verdadeiramente é"[275]. Por isso, tem-se de considerar essa porção da alma essencialmente diferente das outras duas partes; acima de tudo, da parte "com a qual ela anseia pelo amor, sente fome e sede, entregue à constante agitação de todos os demais desejos", ou seja, da parte "insensata e ávida, afeiçoada a certas satisfações e sensações de prazer"[276]. A terceira parte da alma é aquela "com a qual nós nos exaltamos", a faculdade anímica da "valentia"[277] ou da "cólera"[278]. Mas, psicologicamente, essa porção é quase indiscernível da porção ávida da alma, dos desejos. A diferença é de natureza ética. Os desejos localizados nessa terceira parte da alma jamais se voltam contra a razão e, portanto, nunca se aliam aos desejos da outra parte, aqueles sim voltados contra a razão. Com referência à porção colérica da alma, Sócrates diz a Gláucon: "Que a ira se tenha aliado aos desejos contra a razão, que proíbe se proceder contrariamente a seu juízo, isso, penso eu, não hás de afirmar tê-lo jamais observado em ti mesmo – se algo semelhante já se passou contigo ou em qualquer outra pessoa"[279]. Uma porção da alma, sua parte ávida, está por natureza em conflito com outra, a sensata; a terceira parte, por sua vez, a porção colérica, apoia a porção sensata em sua luta contra a ávida. No livro IX da *República*, Platão apresenta a alma tripartida sob a forma de um ser fabuloso ao qual se acrescem três outros seres, diversos um do outro, formando um único ser, que representa um homem[280]. O ser correspondente à parte ávida da alma é "um animal policéfalo", tendo à sua volta "cabeças de animais domésticos e selvagens"; o segundo ser, que corresponde à porção colérica da alma, é um leão; e o terceiro, representante da porção sensata da alma, é um homem, o "homem interior" – o homem no homem. Quando esse homem interior não é forte o suficiente, sendo, portanto, incapaz de fazer que o animal policéfalo e o leão "acostumem-se um ao outro e se tornem amigos", estes dois "irão se morder, lutar e devorar um ao outro". O "homem interior" deve fazer-se "senhor absoluto do todo", tornar-se "um verdadeiro guardião do monstro policéfalo", alimentando e cuidando de seus instintos domésticos e não deixando emergir os selvagens, para o que serve-se da força do leão, seu aliado. Como nota Grote, acertadamente[281], Platão apresenta as três partes da alma como três pessoas diferentes, em contato umas com as outras. Como, a despeito disso, a alma pode ser compreendida como uma unidade permanece um mistério. Essa trindade, porém, talvez seja da mesma natureza mística daquela do Pai, do Filho e do Espírito Santo da teologia cristã.

Em nenhuma outra parte é tão claro quanto precisamente na *República* que a doutrina platônica da alma tem muito pouco a ver com psicologia como análise dos fenômenos anímicos; e, por isso mesmo, tanto mais – se não exclusivamente – a ver com a ética; ou seja, que ela é essencialmente um instrumento de sua especulação acerca de Bem e Mal. Platão apresenta a Constituição do Estado ideal, com suas três classes, com base na tese de que o Estado é uma alma em macrocosmo. Na verdade, porém, sua alma tripartida é tão somente um Estado em microcosmo[282]. Para encontrar a justiça na alma, ele a procura primeiramente no Estado. "Da justiça, falamos tanto em relação aos indivíduos quanto no que respeita à totalidade do Estado (...)

Portanto, talvez se possa encontrá-la em maior medida, e sob uma forma mais facilmente reconhecível, no que é também mais amplo (...) Assim, examinemos primeiramente que natureza ela assume nos Estados, para, em seguida, observá-la também nos indivíduos, buscando reconhecer no fenômeno menor a semelhança com o maior.[283]" O que Platão procura na alma é a justiça, ou seja, a solução de um problema ético, e não psicológico. Todo o paralelo entre Estado e alma conduz ao lugar-comum de que a razão deve dominar os desejos, como justificativa para a exigência de que os filósofos – ou, mais exatamente, o filósofo platônico – governem o Estado. Contudo, o princípio de que a razão deve dominar as paixões não é um princípio psicológico, mas ético, pois o governo da razão nada mais significa que o governo do Bem, aí pressuposto como imanente à razão ou cognoscível por meio dela; e os desejos devem submeter-se à razão unicamente porque (e na medida em que) se voltam contra ela, ou seja, contra o Bem e, portanto, a favor do Mal. Também no Estado platônico os filósofos governam apenas porque eles – e somente eles – são capazes do conhecimento do Bem; e os sujeitos a seu governo – a classe dos que trabalham – só estão sujeitos a ele porque são incapazes de saber o que é o bom, não podendo, portanto, ser bons, mas tendo de ser, necessariamente, maus. Imediatamente antes de desenvolver sua doutrina das três partes da alma, Sócrates afirma que não se pode encontrar a virtude da justiça sem que se tenha antes tratado da virtude da temperança, que representaria "uma espécie de disciplina (...) a supremacia sobre certos prazeres e desejos". Isso é expresso quando se fala em ser "senhor de si" (κρείττω ἑαυτοῦ) ou dominar-se a si mesmo. Essa expressão, contudo, parece conter uma contradição, "pois quem é senhor de si é também, evidentemente, escravo de si mesmo, e o que é escravo é senhor"[284]. "Mas, se não estou equivocado, essa expressão significa que há no homem, no que se refere à sua alma, uma porção melhor e outra pior, e, quando é a porção por natureza melhor que é senhora da pior, isso é o que se chama 'ser senhor de si mesmo'. Trata-se, pois, de uma expressão de louvor. Quando, no entanto, em decorrência da má educação ou de sabe-se lá que companhias, a porção menor e melhor é subjugada pelo volume da pior, então aquela expressão serve ao repúdio, caracterizando como escravo de si mesmo e devasso quem possui essa natureza.[285]" O caráter puramente ético dessa psicologia é evidente. O que Platão procura e encontra na alma é a louvável vitória do Bem sobre o Mal, que se oculta sob o conceito apenas aparentemente psicológico do autodomínio. É bem característico que Platão descreva um suposto processo anímico afirmando que "a porção menor e melhor é subjugada pelo volume da pior"; o que ele realmente tem em vista é que o pequeno número dos melhores é subjugado pela massa dos piores – um processo político que ele reprova e condena. Assim, faz Sócrates dizer imediatamente "que também isso (o louvável autodomínio) verifica-se em nossa cidade: nela os desejos da massa e dos incultos são dominados pelos desejos e pela compreensão dos poucos e nobres"[286].

Que a tese fundamental do domínio da razão sobre os desejos – isto é, o princípio do autodomínio – não tem qualquer sentido psicológico, mas puramente ético, revela-se precisamente na fala de Sócrates citada acima, da qual resulta que não são absolutamente os desejos como tais que são dominados pela compreensão (ou seja, pela razão), mas tão somente certos desejos – "os desejos da massa e dos incultos" –, e que estes, por sua vez, não são dominados unicamente pela razão, mas também por desejos: "pelos desejos dos poucos e nobres". Isso decerto significa que os desejos bons devem dominar os maus, de modo que o que importa não é sua qualidade psicológica, enquanto "desejos", mas a qualidade ética do Bem e do Mal. E o mesmo vale também para a razão ou compreensão. Do ponto de vista puramente psicológico, pouco importa se a razão apresenta-se voltada para o Bem ou para o Mal: ela estará presente tanto nas boas quanto nas más ações. Quando, porém, como ocorre em Platão, a razão só pode estar voltada para o Bem, esse conceito perdeu todo o seu significado psicológico e assumiu um sentido puramente ético.

A maneira pela qual Platão trata os "desejos" nos mostra quão insustentável é a doutrina das três partes da alma, de um ponto de vista psicológico. Já se destacou acima que, psicologicamente, mal se pode distinguir a assim chamada porção "colérica" da porção "ávida" da alma, uma vez que, em ambos os casos, trata-se de funções emocionais – e não racionais – da alma. Na doutrina da tripartição, os desejos representam a terceira parte da alma, com a qual ela "anseia pelo amor, sente fome e sede, entregue à constante agitação de todos os demais desejos"[287]. Se as três partes da alma representassem três funções psicológicas, a função à qual se dá o nome de desejos haveria de ser tão diversa da função designada como razão – isto é, a função do pensamento –, que não se poderia misturar uma à outra, ou seja, a função emocional à racional. Platão, no entanto, diferencia os "desejos" "a serviço do puro prazer da alma" dos desejos voltados para o "prazer dos sentidos" (ou seja, o prazer físico, oposto ao prazer da alma)[288]. Depois, diferencia também "desejos necessários e não necessários" – desejos "cuja satisfação nos é útil" e desejos cuja satisfação nos prejudica. Somente os primeiros são desejos "necessários". Existem desejos "dos quais não conseguimos nos livrar" e cuja satisfação é "uma necessidade para a natureza humana"[289]. "Alguns desejos" (não todos) "são contrários à lei e à ordem"; também estes, contudo, são "inatos em toda a gente"[290]. Estes, Platão os chama aqui "animais", a porção da alma "entregue à ferocidade"; ela agita-se "no sono", "quando a outra parte da alma, sua porção sensata e decente", repousa[291]. Há, pois, bons e maus desejos. E dado que as partes da alma representam essencialmente o Bem e o Mal nela, não espanta afinal que, após haver inicialmente caracterizado os desejos como algo distinto da razão, como uma parte da alma oposta a esta, Platão, por fim, declare que às três partes da alma correspondem três espécies de desejo. Sócrates diz: "O tríptico das partes da alma aponta também, a meu ver, para três espécies de prazer, cada uma delas peculiar a uma parte, e, do mesmo modo, para três espécies de desejos e de governos da alma"[292]. Há o desejo do lucro e o desejo sexual, o desejo de glória e o desejo de saber. "Quando a totalidade da alma obedece à sua porção sensata, desta não discordando, é possível a cada parte não apenas cumprir o seu dever em relação às outras e ser justa, mas também desfrutar os prazeres que lhe são próprios, que são os melhores e, tanto quanto possível, os mais verdadeiros.²⁹³" Cada parte da alma tem os desejos que lhe são "próprios", ou seja, os desejos correspondentes à sua singularidade, e cada parte tem também de "cumprir o seu dever". Abdica-se assim de qualquer sentido psicológico que a tripartição da alma porventura tivesse. O que resta é o postulado ético segundo o qual o Bem deve vencer o Mal, ou, como afirma Platão, a melhor porção da alma deve reinar sobre a pior²⁹⁴. Importam pois, fundamentalmente, não três, mas apenas duas "partes" da alma: o que ela tem de bom e de mau. A consequência dessa especulação acerca de Bem e Mal apresentada em roupagem psicológica seria a suposição da existência de duas almas no homem – uma boa e outra má –, noção que frequentemente se encontra na crença na alma dos primitivos²⁹⁵. De fato, Platão por vezes aproxima-se bastante da ideia de duas almas encarnadas no corpo humano. No *Timeu*²⁹⁶, ele descreve a criação dos deuses imortais e dos homens mortais atribuindo ao demiurgo a criação dos seres divinos e deixando a cargo destes a criação dos mortais. Os seres divinos, graças ao demiurgo de posse "da substância anímica imortal, moldaram então, imitando-o, o corpo mortal ao redor da alma, dando ao homem por veículo todo o corpo. Além disso, lhe inseriram ainda uma outra espécie de alma, a mortal, morada de estímulos perigosos e inevitáveis (...)". Isso significa que o homem recebeu duas almas: uma mortal e outra "de outra espécie". Essa alma mortal é chamada, dentre outras coisas, de "sedutora a serviço do Mal" e de "mãe das ilusões". Trata-se, evidentemente, de uma alma má. Mais adiante, porém, Platão torna a falar de uma "parte" mortal e uma divina, imortal, da alma; e, posteriormente ainda²⁹⁷, de "três poderes anímicos distintos". Somente nas *Leis*, em sua doutrina da alma do mundo, ele extrai a conclusão e admite a existência de uma alma má paralelamente à alma boa do mundo. Ali, ele declara: "Tudo (...) de que uma alma participa está sujeito a mudança, e a causa da mudança está nela mesma", ou seja, na alma, da qual se afirma mais adiante que pode se fazer participante, "em maior (ou menor) medida, da maldade ou da virtude (isto é, do Bem e do Mal) (...), seja através da orientação de sua própria vontade ou da influência crescente do contato com outros"²⁹⁸. Nesse contexto, aliás, Platão parece renunciar até mesmo à identificação da oposição entre mortal e imortal com a oposição entre corpo e alma. Isso porque afirma, pela voz do ateniense, na boca do qual põe sua própria concepção, que o soberano real – ou seja, a divindade criadora – viu que "todas as nossas ações repousam em processos anímicos e contêm muita virtude mas também muita maldade, e que corpo e alma, embora imperecíveis como os deuses reconhecidos pelo Estado – pois, perecendo um deles, o nascimento de seres vivos seria absolutamente impossível –, não são imortais"²⁹⁹.

II. A relativização da oposição entre Bem e Mal na doutrina da alma da República

Assim como na alma humana importam fundamentalmente apenas duas e não três partes, assim também diferenciam-se essencialmente, no Estado ideal, somente duas classes: a classe dominante dos guardiões – dentro da qual os filósofos formam unicamente uma elite, e não uma classe autônoma – e o povo trabalhador, que representa a classe dominada. Na *República*, a oposição entre essas duas partes – seja na alma ou no Estado – é claramente reduzida de uma oposição absoluta para uma relativa, entre o melhor e o pior. Do mesmo modo como a razão humana só conhece de forma aproximada o absolutamente Bom, não podendo, portanto, ser absolutamente boa, também os desejos – e mesmo os maus –, como "inatos", têm, de algum modo, direito à existência. Isso mostra-se com especial clareza no julgamento da classe correspondente à parte ávida da alma: os trabalhadores. Sua inferioridade é, de fato, enfaticamente ressaltada. Na "fábula" que é contada aos cidadãos do Estado ideal, e na qual se permite ao governo fazê-los acreditar, lê-se: "Por certo, vós, cidadãos de nossa cidade, sois todos irmãos (...) o Deus, porém, que vos modelou, acrescentou ouro àqueles dentre vós com vocação para governar, razão pela qual são os mais preciosos; aos auxiliares, contudo, adicionou prata e, aos lavradores e demais trabalhadores manuais, ferro e bronze"³⁰⁰. O ferro e o bronze não são desprovidos de valor; o primeiro é um metal necessário, mas, comparado à prata e ao ouro, de menor valor. Platão recusa-se a regular por meio de leis a vida profissional da classe trabalhadora. Isso seria comparável a uma tentativa de "cortar a cabeça da Hidra"[301], ou a submeter a tratamento médico doentes cuja índole desenfreada não permite que renunciem a seu modo de vida condenável; uma tentativa cujo resultado não é senão que "suas enfermidades tornam-se cada vez mais variadas e maiores"[302]. Ainda assim, Platão não pode deixar de considerar essa classe um componente necessário de seu Estado ideal, sobretudo porque é ela, afinal, que mantém com seu trabalho a classe dominante viva, ou, ele diz, é dela que os guardiões recebem "seu sustento (...), como remuneração por seu ofício de vigilantes"[303]. Platão chega mesmo a ponto de exigir que, no Estado ideal, aqueles que, "por natureza, são maus e incuráveis em sua alma" devam ser mortos[304]. Assim, embora inferior, a classe dos trabalhadores como um todo não pode ser inteiramente composta de elementos ruins e incuravelmente maus.

Segundo a exposição feita na *República*, o Mal – como desejo mau – tem sua sede inequivocamente na alma, e não – como no *Fédon*[305] – no corpo. Platão distingue um "defeito da alma" de um "defeito do corpo" e indica o "exagerado prazer sensível" como um defeito da alma[306]. Ademais, designa a justiça como uma virtude da alma e a injustiça, como "maldade da alma"[307]. E designa a verdadeira mentira como "uma ignorância (...) da alma daquele (...) que se equivoca", enfatizando que "enganar-se na alma sobre a verdade, persistir nesse engano, ser ignorante e conservar aí (na alma) a mentira" é coisa que todo homem repudia "com a máxima aversão"[308]. Isso significa que a mentira, como moralmente ruim, algo mau, tem sua sede na alma. Numa passagem já (acima) citada, Platão fala de homens que "por natureza, são maus e incuráveis em sua alma".

Como o Mal tem sua sede na alma e não é incompatível com a natureza desta, é forçoso que haja também almas más, e não somente boas; e uma vez que também o Bem tem sua sede na alma – onde, por assim dizer, Bem e Mal estão mesclados –, é igualmente forçoso que haja almas mais ou menos boas e mais ou menos más. Platão afirma[309] que um médico só pode curar através de sua alma e que só através dela um juiz pode julgar outras pessoas. Assim sendo, a alma de um bom médico e a de um bom juiz hão de ser almas boas; contudo, existem também maus médicos e maus juízes, o que significa haver almas que, em graus variados, são más e boas. Platão fala de uma alma "bastarda" como aquela que, "de fato, detesta a mentira proposital, indignando-se não apenas consigo própria ante semelhante falta, mas revoltando-se também com as mentiras dos outros"; essa mesma alma, no entanto, "é bastante condescendente com relação à mentira involuntária e, flagrada em ignorância, não se agasta, mas, antes, revolve-se qual um porco na sujeira da ignorância"[310]. Isso pressupõe a existência também de almas legítimas, não condescendentes nem mesmo com as mentiras involuntárias, e de almas que não se indignam sequer com as mentiras propositais, não sendo, portanto, sequer "bastardas". Platão fala ainda de almas covardes e corajosas[311], afirmando que "a 'alma' mais corajosa e comedida é a que menos é destruída e modificada por influências exteriores"[312], o que implica a suposição de haver variados graus de coragem e temperança e, portanto, variados graus de mutabilidade da alma – ou seja, de almas corajosas, comedidas e mutáveis em variados graus e, portanto, de almas boas em variados graus. Tudo isso demonstra a relativização da oposição entre Bem e Mal.

Com a admissão de que o Mal tem sua sede na alma, Platão colocou-se numa posição a partir da qual mal pode sustentar a doutrina da imortalidade da alma. E isso porque, essencialmente, fundamentara essa imortalidade no fato de ser a alma boa, por natureza, e, portanto, divina, e de ser o bom e divino imutável e indestrutível. Nessa última tese ele ainda insiste, mesmo na *República*. Ali, afirma pela voz de Sócrates: "Tudo quanto se encontra em estado bom, seja um produto da natureza, da arte ou de ambas, está menos sujeito à modificação por outrem (...) É impossível, portanto, atribuir até mesmo a um Deus a vontade de modificar-se; pelo contrário: salvo engano, cada um deles, insuperavelmente belo e bom como é em si, persiste eternamente imutável em sua forma própria"[313]. Num contexto posterior[314], e em consequência da concepção de que também o Mal tem sua sede na alma, ele explica que há males inerentes à alma como tal, e não ao corpo. Assim como existem males que arruínam o corpo – ou seja, as doenças –, "também a alma possui (...) um mal que a arruína"[315]. Esse mal ou "maldade" da alma é a "injustiça". Apresenta-se assim para Platão o problema de como, a despeito da maldade que lhe é inerente, se pode sustentar a imortalidade da alma. Ele tenta solucioná--lo, mas só consegue alcançar sua meta com o auxílio de uma falácia. Diz que "o ruim é aquilo que tudo destrói e aniquila; o bom, ao contrário, o que tudo conserva e faz prosperar"[316]. "Em todas as coisas" tem-se de supor "algo de bom e de ruim." Cada uma delas tem "uma maldade e enfermidade que a natureza lhe conferiu e que a ela se uniu (...). Quando, pois, um mal assim se manifesta numa coisa qualquer, (...) 'isso' conduz, por fim, à sua total dissolução e aniquilação". Somente o ruim inerente à coisa pode aniquilá-la, "pois o bom não há de aniquilar coisa alguma, nem tampouco o que não é nem ruim, nem bom"[317]. Se, então, como Platão diz posteriormente, também a alma possui um mal que lhe é inerente, esse mal a aniquilará, e a alma não pode ser imortal. Mas Platão chega à conclusão contrária, substituindo inopinadamente por outra a premissa de que, manifestando-se um mal numa coisa, a levará à completa aniquilação: se o mal inerente a uma coisa não a aniquila, nada pode aniquilá-la. Ou seja, há males que aniquilam a coisa à qual são inerentes e males que não a aniquilam – o que põe-se em total contradição com a definição do ruim e do bom inicialmente postulada: a de que "o ruim é aquilo que tudo destrói e aniquila; o bom, ao contrário, o que tudo conserva e faz prosperar". Com base nessa modificação das premissas, Platão chega à conclusão de que, uma vez que "a ruindade e o mal que lhe são próprios não são capazes de matar e aniquilar a alma, (...) ela, evidentemente, tem de ser algo que eternamente é; e, se eternamente é, é também imortal"[318].

Platão parece ter consciência da contradição resultante de, no *Fédon*, ter definido a alma como algo uno, não composto e, por isso mesmo, indissolúvel e imortal, algo tão somente bom, aparentado ao Ser verdadeiro e imutável do absolutamente Bom e oposto ao corpo e seus desejos – estes como Mal –, ao passo que agora descreve a alma como composta de três partes, das quais pelo menos uma é má; e de admitir a existência de um mal inerente à alma como tal – e não ao corpo –, que teria de destruí-la, mas que não o faz porque, apesar de tudo isso, ela é imortal. Assim, ele faz uma tentativa de esclarecer essas contradições, deixando Sócrates dizer[319]: "não podemos (...) acreditar (...) que, segundo sua natureza mais íntima, a alma é de tal espécie que esteja repleta de variedade e de estados cambiantes e distintos um do outro" – ou seja, que a alma tenha uma constituição que é precisamente aquela descrita acima. "Dificilmente se pode conceber", Sócrates prossegue, "que algo eterno seja composto de diversas partes, tendo uma composição conforme a que resultou de nossa discussão até aqui acerca da alma, isto é, que não seja da melhor espécie." Com isso, Platão parece abandonar novamente toda a teoria da tripartição da alma, exposta por ele em seus mínimos detalhes. Mas não é esse o caso. Ele diz: "Na verdade, o que até agora dissemos a seu respeito (a respeito da alma) está correto, enquanto exposição de seu estado atual". Essa, porém, não é a "verdadeira constituição" da alma. "No que respeita à sua verdadeira constituição, não é lícito contemplá-la num estado como esse em que agora a vemos, desfigurada pela comunhão com o corpo e por outros males, mas sim como se apresenta em estado de total pureza." Anteriormente, no entanto, em contradição com a exposição levada a cabo no *Fédon*, Platão explicara que a alma é desfigurada não pela comunhão com o corpo, mas pelo mal que, enquanto alma, lhe é inerente; e, ao longo de toda a teoria da alma exposta na *República*, sempre tem-se a reiterada afirmação de que os maus desejos são um componente essencial da alma, e não do corpo. É correto que, também segundo a doutrina de Platão, a alma possui um outro aspecto que não o "atual"; ou seja, há um outro estado da alma que não aquele em que "agora a vemos" e que é o estado em que ela se encontra ao longo de sua estadia neste mundo, o mundo dos sentidos. Esse outro aspecto da alma é o estado em que ela se encontra no Além, antes do nascimento, e após a morte do homem cujo corpo a abriga. Contudo, precisamente esse aspecto anterior ao atual que a alma apresenta no Além, Platão o

A JUSTIÇA PLATÔNICA

descreve afirmando expressamente que "toda alma divide-se em três partes"[320]; e onde quer que descreva o destino que aguarda a alma no Além após a morte – onde quer, portanto, que trate da alma não em seu aspecto "atual", mas futuro –, afirma que ela chega ao Além com o mal que lhe é inerente, com a maldade que lhe cabe, segundo a sua natureza. Ele precisa fazer essa afirmação e aferrar-se a ela, pois, do contrário, não lhe é possível sustentar a parte mais essencial – e, para ele, a mais importante – de sua doutrina da alma: a crença na paga aplicável sobre a alma no Além. Se a "verdadeira constituição" da alma – a alma apresentada em sua "total pureza" – não é a alma composta de três partes, mas a alma una e tão somente boa, então inexiste tal alma, seja no Aqui ou no Além, e a maior parte do que Platão diz sobre a alma – o que ocupa uma grande parte de seus diálogos – não se refere de forma alguma à alma humana. Só poderemos ver, pois, como inteiramente malograda a tentativa de Platão de esclarecer a contradição fudamental em sua doutrina da alma[321].

III. Alma e justiça

O diálogo sobre a imortalidade da alma – o *Fédon* – culmina na apoteose da justiça; o diálogo sobre a justiça – a *República* –, na crença na imortalidade da alma. Sócrates conclui com as seguintes palavras a comprovação da imortalidade da alma, que acabamos de mencionar: "Com isso, portanto, apresentamos de maneira suficiente os estados e aspectos que ela (a alma) assume na vida terrena do homem"[322]. Passa-se então a tratar do destino da alma no Além, que, não podendo ser conhecido pelo homem com auxílio da alma encerrada no corpo, tem de ser desvendado por alguém cuja alma, tendo saído do corpo e contemplado o mistério do Além, retornou enigmaticamente a esse mesmo corpo. Trata-se do misterioso panfílio Er, com cujo relato maravilhoso sobre a justiça retributiva no Além Platão preenche o último capítulo de sua *República*. O relato termina com estas palavras: "Foi assim, ó Gláucon, que essa história se salvou e não pereceu. E poderá salvar-nos também, se lhe dermos crédito; felizes atravessaremos, então, o rio do Letes sem macular nossa alma.

Pelo contrário: se meu conselho for seguido, convencidos de que a alma é imortal e capaz de suportar tudo quanto é ruim e tudo quanto é bom, haveremos de percorrer sempre imperturbáveis o caminho para o alto e, embasados na correta compreensão, exerceremos a justiça de todas as maneiras, de modo a viver em paz e harmonia conosco e com os deuses, enquanto permanecermos aqui nesta terra; e, depois de termos ganhado os prêmios da justiça, como os vencedores dos jogos que andam em volta recolhendo as prendas da multidão, tanto aqui como na viagem de mil anos que descrevemos, haveremos de ser felizes"[323]. Essa conexão essencial entre imortalidade e paga, alma e justiça, encontra sua autêntica confimação no principal instrumento para a compreensão das verdadeiras intenções de Platão: a *Carta VII*. Nesta, lê-se: "(...) cumpre assim que realmente acreditemos naqueles sagrados e antigos relatos que nos asseguram que temos uma alma imortal, que ela há de apresentar-se ante um tribunal e sofrer as mais severas punições, após ter-se apartado do corpo"[324].

Capítulo 55
O problema da alma no Fedro

A concepção das três partes da alma domina também o *Fedro*, diálogo que é um dos documentos mais importantes no que se refere à doutrina platônica da alma. Ele começa diferenciando as almas divinas das humanas. "Primeiro, há que se obter a visão correta da natureza da alma, a divina e a humana, pela contemplação de seu sofrimento e de sua ação.[325]" Que a alma possa "sofrer" está em contradição com a doutrina exposta na primeira parte do *Fédon*, segundo a qual a natureza da alma é o pensamento puro, liberto de todo o sensível, de todo sentimento de dor e prazer. Se a alma pode não apenas sofrer, mas também "agir", então deve ter alguma relação com o movimento. E, de fato, à passagem que acabei de citar segue-se imediatamente a já mencionada definição da alma como movimento próprio, segundo a qual é "alma" e é "imortal" tudo quanto se movimenta por si só, não recebendo de fora o seu movimento, o que, por sua vez, está em frontal contradição com a tese igualmente desenvolvida na primeira parte do *Fédon* (que, aliás, oferece um dos argumentos principais em favor da imortalidade da alma) de que a alma é da natureza do Ser que permanece sempre idêntico a si mesmo, do Ser que é imutável e repousa imóvel. A distinção inicial entre as almas divina e humana é absolutamente incompatível com a concepção enfaticamente expressa também na primeira parte do *Fédon* – bem como em outros diálogos – de que a alma (a alma humana) é algo "divino", ou seja, de que é o divino (isto é, o Bem) no homem. No *Fedro*, contudo, a diferença entre as almas divinas e as humanas fundamenta-se em que as primeiras são tão somente boas, enquanto as últimas são boas e más – ou seja, contêm bons e maus elementos.

Embora com essa exposição da teoria da alma Platão prometa uma investigação mediante a qual se há de obter a visão da natureza da alma, ele logo acentua que a "descrição" de sua "essência real" exige "faculdades inteiramente divinas"[326] – o que significa, portanto, que ultrapasssa os poderes humanos. Isso está conforme ao princípio fundamental da teoria platônica do conhecimento, segundo o qual o conhecimento só é possível entre assemelhados; ele pressupõe, entretanto, que a alma é algo divino e que, portanto, não podem existir almas "humanas", mas somente divinas, também a alma do homem sendo, pois, divina. Mas Platão logo abandona a afirmação de que a descrição da essência real da alma exige qualidades divinas, na medida em que acrescenta que essa descrição "seria maçante; mas seria possível aos homens ilustrá-la visualmente com uma explicação mais breve". Portanto, mesmo com meras faculdades humanas, é possível dar uma descrição da essência real da alma. E a descrição visual da alma somente é possível quando se tem dela um saber não visual. Na realidade, Platão nos dá na *República* uma descrição inteiramente não visual da essência da alma, que, em linhas gerais, corresponde à apresentação visual dessa essência no *Fedro*.

I. *A alma como uma parelha de cavalos e como substância alada*

A imagem com a qual Platão descreve a essência da alma no *Fedro* é a de um carro alado, puxado por dois cavalos e conduzido por um cocheiro. "Há que se comparar a alma à força conjunta de um carro alado, puxado por uma parelha de cavalos, e de seu cocheiro.³²⁷" A alma é o todo: o carro alado, os dois cavalos e o cocheiro. Como há duas espécies de alma, também as parelhas são de duas espécies essencialmente distintas: em uma, o cocheiro é um ser divino; na outra, humano. As primeiras representam as almas dos deuses; as últimas, as dos homens. Os deuses são os da religião estatal ateniense, tendo Zeus como Deus supremo. "Zeus, o grande soberano do céu, vai na frente, conduzindo seu carro alado, tudo ordenando e de tudo cuidando; segue-o um exército de deuses e demônios, organizados em onze grupos. Somente Héstia fica na morada dos deuses. Todos os demais deuses, pertencentes aos doze, seguem na ordem que lhes cabe, como guias.³²⁸" Os "demônios" que acompanham o séquito dos deuses, como "guias", são evidentemente as almas humanas, e é significativo que todas as almas – tanto as divinas quanto as humanas – estejam em movimento constante. Em meio a esse movimento, elas – as diversas almas em diversos graus – divisam o Ser eternamente em repouso. Essa imagem certamente desconsidera o princípio fundamental segundo o qual o conhecimento só ocorre entre assemelhados.

A diferença fundamental entre as almas divinas e as humanas é exposta da seguinte maneira: "Assim como seu cocheiro, os cavalos dos deuses são todos nobres e de nobre estirpe; quanto aos demais, ao contrário, sua procedência é confusa. Para começar, são dois os cavalos que nosso guia tem de conduzir, e, desses dois, só um é belo, nobre e de boa criação, o outro sendo-lhe oposto em criação e natureza. Assim, no nosso caso, a condução é necessariamente difícil e fastidiosa"³²⁹. "Nosso" guia só pode significar um guia humano – o condutor de um carro que representa uma alma humana; "no nosso caso" há de significar no caso de nós, humanos. O condutor da parelha representa a razão, correspondendo claramente, na teoria da *República*, à porção superior, dominante, da alma. No caso das almas humanas, a condução é difícil porque somente um dos cavalos é belo e nobre; este corresponde à segunda parte da alma, pois Platão o caracteriza como "amante da honra"³³⁰. O segundo corcel representa a "maldade" da alma[331], correspondendo, na teoria exposta na *República*, à terceira parte da alma – com a diferença de que, no *Fedro*, tem-se em mente não a avidez por dinheiro, mas a avidez sexual, ou, conforme já o demonstramos em outro contexto, o prazer homossexual. "Se não foi devidamente educado por seu condutor, o cavalo ruim pressiona o todo vigorosamente para baixo, rumo à terra"[332], impedindo assim seu condutor da visão do verdadeiro Ser ou permitindo-lhe divisar somente muito pouco. Apenas as almas divinas conseguem divisar completamente o verdadeiro Ser, as ideias. Na luta contra a satisfação do prazer sexual que tem lugar na alma de um homem apaixonado por um rapaz – descrita por Platão com absoluta clareza –, é o cavalo carregado de maldade que compele o homem ao ato sexual, como algo "terrível e mau"[333]. Contudo, o cavalo ruim só vence se não foi bem educado por seu condutor. E, naturalmente, isso é possível em variados graus. É um traço essencial da teoria platônica da alma que essa luta do Bem contra o Mal tem lugar no interior da alma, que os desejos maus – o impulso sexual imoral do *Eros paiderastikos* – são um elemento anímico, justamente o elemento que diferencia a alma humana da divina, a qual não abriga em si qualquer elemento mau a pressioná-la para "terra" – a esfera do Mal. Pois, nas parelhas que representam as almas divinas, ambos os cavalos são bons[334].

Platão viu-se forçado a diferenciar as almas divinas absolutamente boas das almas humanas ao mesmo tempo boas e más, em variados graus – algo incompatível com a tese do *Fédon* de que a alma, enquanto alma, não pode apresentar gradações –, por considerar necessário compatibilizar sua doutrina da alma com a religião oficial e, portanto, estendê-la aos deuses dessa religião. Visto que, na concepção da religião grega, os deuses são fundamentalmente imortais, e a imortalidade, segundo Platão, é a qualidade específica da alma, ele precisa atribuir, também a eles, uma alma. É significativo que Platão refira-se aqui às almas dos deuses como as "assim chamadas almas imortais"[335] – ou seja, as almas de todos os deuses imortais, segundo a concepção religiosa, ao passo que, segundo a doutrina platônica, todas as almas são imortais, inclusive as dos homens mortais. A concepção de que também os deuses possuem uma alma – isto é, o Bem – era certamente incompatível com a religião dos gregos, não tolhida por qualquer dogma. Mas ainda restava uma dificuldade: na concepção dessa religião, os deuses têm um corpo – eles comem, bebem, realizam o ato sexual e, assim, geram filhos, tanto entre eles quanto com os homens. Sem essa noção, a religião não seria possível. Conservá-la, em princípio, tanto quanto possível, não colocá-la em choque com sua filosofia, é uma preocupação central de Platão. Segundo sua doutrina – exposta no *Fédon* –, apenas a alma é imortal; o corpo, ao contrário, é mortal, e também o homem somente porque (e na medida em que) tem um corpo. Como é possível conciliar isso com a noção de que os deuses dotados de corpo e alma são imortais, enquanto os homens, igualmente dotados de corpo e alma, são mortais? Esse é o sentido da pergunta que Platão incumbe Sócrates de fazer, após este ter diferenciado as anímicas parelhas divinas das humanas: "Por que se fala então em seres de vida mortal e de vida imortal?". E, a seguir, lê-se: "Busquemos uma explicação para isso. As almas, em sua totalidade, tomam para si os seres inanimados e atravessam todo o céu assumindo ora uma forma, ora outra. Se completas, com asas intactas, vão-se pelo caminho elevado, governando a totalidade do cosmo; aquela, porém, que quebrou suas asas segue até encontrar um local mais seguro. Ali, então, ela se fixa e assume um corpo terreno, o qual, graças à força da alma, parece mover-se por si próprio; o todo, pois – a alma, juntamente com o corpo que a ela se uniu –, é chamado um ser vivente, sendo ainda designado como mortal. Não possuímos a menor razão para falar de tais seres como imortais"[336]. Embora tenham uma alma, os homens são, portanto, mortais; essa alma, no entanto, é menos boa do que a dos deuses imortais. Como a diferença entre deuses e homens é um elemento deveras essencial da religião, a alma dos homens precisa ser diferente da pertencente aos deuses, se é que estes, de fato, possuem uma alma. E como, segundo a religião, a diferença entre deuses e homens é uma diferença de *valor*, a alma dos deuses tem, necessariamente, de ser melhor do que a dos homens. Platão (Sócrates), então, prossegue: "(...) somente graças à imaginação concebemos tais deuses como seres imortais dotados de corpo e alma, os quais cremos unidos um ao outro para toda a eternidade, sem que jamais tenhamos divisado ou, em pensamento, cogitado claramente na existência de algo semelhante. Seja, porém, como Deus quiser, e é apenas em consonância com o seu desejo que se deve tratar esse assunto". Ou seja: por certo, não se pode compreender racionalmente de que forma deuses corpóreos poderiam ser imortais não apenas em sua alma, mas em seu corpo também; como, porém, essa afirmação é parte de nossa religião, eu não a refuto: aceito-a; embora mantenha minha doutrina de que o homem é mortal porque e na medida em que tem um corpo, e de que o corpo é mortal, somente a alma sendo imortal, não refuto o ensinamento de nossa religião, segundo o qual os deuses são imortais não apenas em sua alma, mas em seu corpo também. Para uma filosofia voltada não para a explicação científica da realidade, mas para uma especulação metafísica acerca de Bem e Mal, tal contradição é irrelevante.

A distinção entre a alma divina e a humana, exigida pela religião, só é possível transferindo-se, para a alma, a oposição entre Bem e Mal. O Mal precisa ter sua sede na alma humana, para se diferenciar esta última – como inferior – da alma dos deuses. Também essa concepção, porém em contradição com a doutrina defendida na primeira parte do *Fédon* de que o Mal tem sua sede no corpo, e não na alma –, Platão não a sustenta no *Fedro* como tampouco no *Fédon*. Na comparação da alma humana a uma parelha de cavalos refreada por um condutor, este representa a razão; um dos cavalos, os impulsos a ela obedientes – ou seja, os impulsos morais; o outro, os desejos contrários à razão, imorais. O carro alado não corresponde a qualquer porção particular da alma tripartida. Mas Platão diz expressamente que a alma representada nessa imagem tem três partes. Antes de descrever a luta contra a satisfação do impulso sexual que tem lugar no interior da alma, ele diz: "No início deste mito, dividi todas as almas em três partes: duas delas com forma de cavalo e uma terceira assumindo a figura de um cocheiro. E essa divisão segue valendo"[337]. A rigor, apenas a alma humana – e não "todas as almas" – é tripartida, pois não há diferença entre os dois cavalos da divina parelha anímica e, portanto, nenhuma razão para supor que a alma divina tenha três partes. Por outro lado, a alma humana não consiste apenas nos dois diferentes cavalos, o bom e o mau, e no cocheiro representando a razão, mas também no carro alado – que constitui uma quarta parte da alma – representando o todo: o carro puxado por ambos os cavalos e mais o seu condutor. E, de fato, o carro alado corresponde a um elemento corpóreo que, por um lado, é apresentado como (primeiro) componente da alma e, por outro, como algo inteiramente diverso dela. Não só o cavalo mau, mas também o carro – que representa o "pesado" e deve ser algo corpóreo – puxa a alma para a terra. Por isso ele possui asas: para que, a despeito do elemento corpóreo, a alma possa subir, alcançando o Além, o domínio do Ser verdadeiro. "A força natural das asas ergue o pesado, elevando-o à morada dos deuses. De tudo quanto é corpóreo, são elas o que há de mais aparentado ao divino. Este é belo, sábio, bom e possuidor de todas as qualidades excepcionais. É principalmente por meio dessas qualidades que a plumagem da alma recebe seu alimento e sua força, enquanto o feio, o ruim e os demais defeitos apenas a enfraquecem e arruínam.[338]" Parece, pois, que não apenas o carro representando o "pesado", mas também as próprias asas – embora como algo "corpóreo" –, são o que há de "mais aparentado ao divino", com o qual, mais uma vez, o anímico é aqui identificado. Contudo, em outras passagens sobre a "alma emplumada", é a plumagem que constitui o especificamente anímico. Assim sendo, a alma somente toma para si um corpo terreno após haver quebrado suas asas[339]; e as que têm suas asas "gravemente danificadas" partem do Além para o Aqui "sem haver participado da visão do que é"[340]. O Bem é o "alimento" que fortalece as asas da alma; o Mal, o alimento que as enfraquece e arruína[341]. Tendo a alma chegado no Aqui e adentrado o processo da transmigração, somente passados três mil anos voltam a crescer-lhe as asas, para que ela, então, possa retornar "a seu local de origem" – o Além –, e isso se, ao longo de sua vida terrena, "aspirou sinceramente à sabedoria"; do contrário, tal só ocorrerá passados dez mil anos[342]. Assim, a exposição de Platão oscila no tocante à natureza corpórea ou anímica das asas. Quanto ao carro, porém, só se pode considerá-lo um elemento corpóreo, representando o pesado, aquilo que empurra para a terra, portanto, para o domínio que é oposto ao do Bem – o Além –, representando, portanto, o Mal. Semelhantemente ao que se verifica no *Fédon*, na apresentação da paga no Além, na qual as almas carregadas de elementos corpóreos são levadas a um tribunal a fim de serem punidas pela maldade que lhes é inerente, o corpóreo constitui aqui algo que, embora por natureza oposto ao anímico, ainda assim – e bastante contraditoriamente – é um componente da alma, da mesma forma como o carro pertence à parelha que, como um todo, representa a alma. A oposição entre Bem e Mal é, de uma parte, apresentada como a luta entre o condutor e o cavalo mau, ou seja, como um conflito que se desenrola inteiramente dentro de uma esfera puramente anímica; de outra, ilustrada pelo peso do carro, vencido pelas asas, sendo, pois, como ocorre na primeira parte do *Fédon*, interpretada como um conflito entre o corpóreo e o anímico.

Se a luta do Bem contra o Mal é transferida para a alma, o corpo não precisa mais desempenhar o papel que lhe é destinado no *Fédon:* o do opositor mau da alma boa. E, de fato, encontram-se na filosofia platônica dois juízos frontalmente opostos e contraditórios acerca do corpo e do caráter sensível que lhe é inerente ou essencialmente vinculado. No *Fédon*, é o corpo, o "corpóreo", que impede a alma de conhecer o verdadeiro Ser. Como estorvo dessa espécie, Platão indica em primeiro lugar a "audição" e a "visão". A alma "pensa melhor quando não é perturbada pelo corpóreo, seja pela audição, pela visão ou por um sentimento de dor ou prazer". Só assim ela é capaz de apreender o "Belo em si", o "Bom em si", o "Justo em si"[343]. No *Mênon*, contudo, Sócrates demonstra a teoria segundo a qual conhecer (aprender) é relembrar, e o faz mostrando um quadrado a um escravo inculto[344] e provocando neste, mediante essa impressão visual, a lembrança da verdadeira essência do quadrado, divisada pela alma do escravo em sua preexistência, em razão do que ele se torna capaz de perceber que o quadrado sobre a diagonal tem o dobro do perímetro do quadrado dado. Pouco importa que esse experimento não comprove a teoria da anamnese. O que importa é que, no processo de rememoração, o sentido corpóreo da visão desempenha um papel fundamental, não apenas deixando de ser um estorvo, mas também tornando-se condição essencial para o conhecimento voltado para o verdadeiro Ser. No *Fedro*[345], "de uma maneira conceitual e genérica", Platão caracteriza o processo do conhecimento como uma "condensação das variadas percepções sensíveis isoladas numa unidade racional", e essa condensação é possível mediante a "rememoração das coisas do Além que nossa alma divisou outrora". Platão interpreta como tal processo de rememoração da beleza em si divisada no Além, da beleza absoluta, ou seja, da ideia da beleza, o amor intensificado até o delírio no qual mergulha um homem à visão de um belo rapaz. A reminiscência é apresentada por meio de uma imagem na qual crescem asas na alma do homem: "Quando, pois, à visão da beleza aqui na terra, crescem asas no homem em razão da lembrança da verdadeira beleza e ele, agitando-as, anseia por alçar voo, mas, não o conseguindo, por não dispor de força para tanto, apenas olha para o alto qual um pássaro, desinteressado das coisas no chão, então recai sobre ele a acusação do delírio; mas precisamente esse arrebatamento mostra-se – a quem o abriga dentro de si e que pode dele comungar – como o que há de melhor, com a melhor das origens; e na participação nessa espécie de delírio é que consiste o amor pelo Belo, em razão do qual se diz de alguém que está 'apaixonado'"[346]. Depreende-se inequivocamente, do que se diz a seguir, que ao falar do "homem" "à visão da beleza aqui na terra" Platão tem em mente um homem que se apaixona por um belo rapaz. Lê-se, de fato, que "a alma daquele no qual as asas começam a crescer" percebe de forma dolorosa esse brotar da sua plumagem; mas "enquanto ela, ante a visão da beleza do rapaz, acolhe emanações que, partindo dele, afluem em sua direção – e que, por isso mesmo, são chamadas 'estímulos amorosos' –, umedecendo-a e aquecendo-a, seu sofrimento cessa, e ela se faz repleta de alegria"[347]. O belo rapaz é uma cópia no Aqui da beleza em si do Além. Quando um homem cuja alma divisou no Além a beleza em si "avista o semblante divino"[348] de um belo rapaz, "que reproduz bem a beleza, ou quando avista tal corpo, então percorre-o inicialmente um tremor, e ecos das angústias temerosas de outrora surpreendem-lhe o espírito; posteriormente, porém, venera aquele que tem diante de si qual a um Deus, e, não temesse aparentar a mais extremada loucura, ofereceria sacrifícios a seu amado qual a uma imagem sagrada ou a uma divindade. E, ao vê-lo, passado o tremor, acometem-no novamente calor e suor inabituais. As emanações da beleza que absorveu com seus olhos fizeram-no arder, e algo como uma chuva precipita-se sobre a plumagem ainda nascente"[349]. Assim, Platão justifica seu *Eros paiderastikos* como lembrança da ideia do Belo, que guarda relação essencial com a ideia do Bem. Na exposição contida no *Fedro*, a ideia do Belo distingue-se de outras ideias porque estas têm "cópias terrenas" que "não brilham", e daí que "poucos conseguem, a muito custo, contemplar o gênero da cópia (ou seja, a verdadeira essência das coisas terrenas que imitam essas ideias). A beleza, no entanto, banhou-nos outrora com raios da mais clara luz quando, partícipes do bem-aventurado séquito, (...) divisamos rostos prazerosos (...). (...) aqui chegados, apreendêmo-la com o mais cristalino de nossos órgãos (isto é, com os olhos, a visão) como a mais brilhante. A sensação visual é, pois, a mais aguda das impressões que a mediação do corpo nos reserva"[350]. A sensação visual corpórea, assim, é o fator fundamental no processo de rememoração da ideia do Belo. Somente com o auxílio do sentido corpóreo da visão, tendo por objeto o corpo de um belo rapaz, a alma é capaz de apreender o Belo em si. Isso é precisamente o contrário do que Platão afirma no *Fédon*. No *Banquete*, ele vai ainda mais longe na glorificação do sensível mediado pelo corpo. Ali, na fala de Diotima, o amor pelo corpo belo de um rapaz é indicado como o primeiro e imprescindível estágio no caminho que conduz ao conhecimento das próprias ideias, à apreensão da "plena verdade": "Quem persegue corretamente esse objetivo deve começar ainda jovem a buscar corpos belos e, em primeiro lugar, se corretamente conduzido, amar *um* único belo corpo (...)"[351]. Mas, "principiando-se pelo Belo dos sentidos aqui na terra, por amor ao Belo tem-se de seguir ascendendo passo a passo, como que galgando degraus, partindo de um para dois e de dois para todos os corpos belos, e dos corpos belos para os belos ofícios, e destes rumo às belas áreas do saber, e, partindo-se dessas belas áreas do saber, chega-se finalmente àquela área do saber que nada mais tem por objeto senão o próprio Belo, o qual, então, se conhecerá em sua pureza"[352]. Trata-se aí do conhecimento das ideias. Quem atinge essa meta conseguirá, "à visão do Belo com os olhos do espírito", gerar "a verdadeira virtude", pois "aquilo com o que está em contato nada mais é do que a plena verdade"[353]. No *Fédon* e particularmente na *República*, o caminho rumo às ideias é descrito como um processo espiritual que começa com o desligamento do pensamento de todo o sensível. Esse é o caminho da dialética. No *Banquete*, inversamente, é o sensível, o *Eros paiderastikos*, que conduz às ideias. Nesse diálogo, a verdadeira filosofia é o amor, e o amor, a mais vigorosa afirmação da vida. Se o caminho do amor como *Eros paiderastikos*, descrito por Diotima, é o caminho da verdadeira filosofia, que conduz ao conhecimento das ideias, então o verdadeiro filósofo tem de afirmar a vida, tem de querer amar para poder amar, e não, como o filósofo do *Fédon*, querer morrer[354]. E se o corpo, tanto na condição de sujeito quanto de objeto do sensível, é de importância tão decisiva para o conhecimento do Ser verdadeiro, do Bem e, portanto, do ser bom, então ele não pode ser unicamente mau; e, se de fato o é, há de ser bom também. Mas isso significa que, *enquanto corpo*, não é nem bom, nem mau. Na realidade, Platão defende também essa concepção. No *Lísis*, ele faz Sócrates dizer: "O corpo, porém, visto puramente como corpo, não é nem bom, nem mau"[355]. Abandonando-se a noção de que o "corpóreo" opõe-se ao anímico como o mau ao bom, não se pode sustentar a concepção de que a totalidade do mundo corpóreo, perceptível pelos sentidos, é mera aparência enganadora e, como tal, em oposição com o verdadeiro Ser das ideias. Assim como a oposição entre alma e corpo, também aquela entre a ideia tão somente concebível e a realidade perceptível pelos sentidos – e, com esta, a oposição entre Bem e Mal, que representa as duas outras – é reduzida de oposição absoluta para uma oposição relativa.

II. A doutrina da alma a serviço da especulação acerca de Bem e Mal

Na metáfora da parelha de cavalos que Platão utiliza no *Fedro*, a essência da alma deve ser expressada somente durante o seu estado antes da encarnação. E o sentido dessa existência pré-terrena da alma é exclusivamente divisar o eterno Ser, as ideias, que, nesse diálogo, são apenas muito vagamente parafraseadas com palavras como verdade, beleza, temperança, justiça. Somente as almas dos deuses chegam ao conhecimento total e completo dessas ideias caracterizadas como valores absolutos. As almas humanas, que seguem as dos deuses, dada sua natureza inferior, por causa do peso que lhes é inerente ou do cavalo mau que as empurra para a terra, somente a muito custo podem contemplar o que é, e muitas sequer conseguem levantar a cabeça até a esfera na qual as entidades eternas podem ser vistas. Contudo, todo conhecimento no plano terreno consiste "na rememoração das coisas do Além que nossa alma outrora divisou, quando, acompanhando o séquito de seu deus e elevando a vista para o Ser verdadeiro, contemplou o que agora designamos como aquilo que é"[356]. A preexistência da alma encontra sua razão de ser em nada mais do que na necessidade de uma teoria do conhecimento que para Platão, no entanto, é essencialmente – se não exclusivamente – conhecimento do valor, do Bem e da justiça. E essa concepção da preexistência da alma somente acolhe o elemento "peso" – ou seja, o Mal – porque a encarnação deve ser interpretada como "queda" da alma, como um verdadeiro pecado original. Platão fala da alma que, em seu voo celeste, "quebra suas asas"[357], "perde as asas"[358], "precipita-se rumo à terra"[359] e "assume um corpo terreno"[360]. Mas sempre acentua, enfaticamente, que essa queda é culpa da própria alma, da mesma forma, aliás, como, no mito final da *República*, a alma faz-se culpada, já antes de seu renascimento, pela escolha de seu destino. No *Fedro*, o Mal apegado à alma preexistente vem expresso pela imagem de que o peso que lhe é inerente a faz cair, tão logo suas asas lhe faltam. Além disso, porém, Platão declara ainda expressamente que, "por culpa dos condutores, muitas

(...) são danificadas" e que a alma, "repleta do peso do esquecimento e da maldade, esmaga suas asas"³⁶¹. A queda na vida terrena é punição por uma culpa assumida pela alma antes do nascimento, e o grau dessa punição é escalonado em função do tamanho dessa culpa. A alma que se esforçou mais e, portanto, viu mais recebe uma existência melhor; a que divisou menos do verdadeiro Ser, do eternamente Bom e do Belo, uma pior. Platão nos conta de uma lei de Adrasteia, segundo a qual "a alma que, acompanhando o séquito de um Deus, divisou algo da verdade, há de permanecer livre de sofrimento até o próximo cortejo, e, conseguindo fazê-lo sempre, há de ser para sempre poupada de danos". Quanto às demais almas, porém, o que se verifica é o seu nascimento no plano do terreno-corpóreo: "É lei, então, que ao primeiro nascimento elas não sejam ainda implantadas no corpo de um animal, mas no germe de um ser humano: a alma que viu mais, no germe de um futuro amigo da sabedoria, da beleza, ou de um servidor das Musas e de Eros; a segunda, no de um rei fiel à lei ou competente na guerra e no governo; a terceira, no de um bom estadista (...)"³⁶². Platão oferece aqui toda uma hierarquia dos ofícios. O fundamental é que já a primeira existência terrena é interpretada como retribuição. Só agora revela-se inteiramente porque, contrariamente à sua concepção inicial da alma como idêntica ao Bem, Platão vê-se obrigado a excluir o Mal da esfera do corpo e – ao lado do Bem – alojá-lo na própria alma: não é o corpo que inicialmente conduz a alma para o Mal, para o pecado; também a alma ainda incorpórea há de ser capaz do pecado, se já a primeira existência terrena tiver de ser recompensa ou punição relativas; o que será, se o sistema da retribuição for coerente, se for justificado o mal que cada ser representa neste mundo, até mesmo aquele que está, talvez – quem pode sabê-lo? –, em sua primeira encarnação.

Também a existência pós-terrena da alma está, assim, exclusivamente a serviço da justiça retributiva. Nesse aspecto, a doutrina da alma do *Fedro* nada acrescenta de essencialmente novo em relação aos mitos da paga do *Górgias*, do *Fédon* e da *República*. Vale o princípio segundo o qual "quem leva sua vida de maneira justa até o fim consegue melhor sorte, quem a leva injustamente, uma pior"³⁶³. Todas as almas, "exceto a de quem se empenhou verdadeiramente pela sabedoria ou que, nesse empenho pela sabedoria, experimentou o amor pela juventude" (isto é, por um rapaz!), "submetem-se, terminada a sua primeira vida, a um julgamento" que, segundo o seu mérito, determina-lhes a expiação "nos locais subterrâneos de punição" ou, como recompensa, a vida "em alguma parte do céu". Passados mil anos, dá-se a escolha da segunda vida terrena, "e cada uma escolhe segundo a sua vontade. Agora, uma alma humana pode assumir também uma forma de vida animal, ou desta sair, quem já foi homem, para uma nova existência humana. Somente a alma que jamais divisou a verdade não assumirá a forma humana"³⁶⁴. Após dez mil anos, as almas retornam "ao seu lugar de origem". Só as almas dos verdadeiros amantes da sabedoria retornam antes, após três mil anos, e, aliás, sem passar pelo tribunal dos mortos e sem percorrer o caminho que atravessa inferno e céu³⁶⁵.

O firmamento das ideias, estendendo-se sobre o mito da alma do *Fedro*, gira, similarmente ao da *República*, em torno da ideia do Bem, tendo a ideia da justiça como seu verdadeiro centro. É certo que, no *Fedro*, isso não é destacado expressamente: decorre de forma indireta, e nem por isso menos clara, de que a grande revolução da alma que o mito descreve nada mais é do que a roda da justiça retributiva girando eternamente.

Capítulo 56
A *"psicologia" do* Filebo

O rumo que a doutrina platônica da alma toma nos diálogos da velhice, na *República* e no *Fedro* – mais claramente ainda do que no *Fédon* –, é determinado pela especulação acerca de Bem e Mal.

I. O sentido puramente ético da doutrina platônica do prazer

O *Filebo* apresenta-nos essa doutrina – ao menos no que respeita ao principal objeto do diálogo. Seu cerne parece ser uma psicologia dos prazeres, logo, um importante componente da doutrina platônica da alma. Também aqui, no entanto, um exame mais aprofundado mostra que essa psicologia é, na verdade, uma ética – ou que, pelo menos, se coloca inteiramente a serviço da ética. Logo na introdução, toda a investigação é caracterizada, e com toda a nitidez desejável, como um "questionamento investigativo acerca da essência do Bem"[366], e o tema do diálogo assim definido: como encaixar o dualismo real da compreensão racional (φρόνησις) e do prazer (ἡδονή) no dualismo ético do Bem e do Mal. Trata-se de refutar a tese defendida por *Filebo*, de que o prazer é bom para todas as criaturas[367]. Fundamentalmente, essa refutação se dá, primeiramente, a partir da investigação de como se poderia subsumir compreensão e prazer sob outros pares de oposição que, embora pareçam ter também um sentido real, na verdade figuram apenas – ou preponderantemente – como representantes do dualismo de Bem e Mal, isto é, sob o signo da oposição entre *peras* (aquilo que limita) e *apeiron* (o ilimitado) ou entre Ser e devir. Na medida em que se afirma ser o prazer pertinente ao *apeiron* e ao devir, mas se contempla a essência de ambas essas categorias em sua oposição ao *peras* e ao Ser, representantes do Bem, o prazer – contrariamente à tese de *Filebo* – afigura-se como oposto ao Bem, sem que, no entanto, seja designado (tampouco, de resto, a categoria do *apeiron* e do devir que o determina) como o Mal. Somente em seus últimos anos Platão superou o receio de chamar o Mal pelo nome, de acolhê-lo em seu sistema como elemento positivo. Não há como ignorar que particularmente a oposição entre *peras* e *apeiron*, que desempenha um papel especial no *Filebo*, efetivamente representa a oposição entre Bem e Mal. De fato, Platão parece trabalhar aí não com duas, mas com quatro categorias, visto que, paralelamente ao que limita e ao ilimitado, diferencia também "o Ser que se fez dessa mistura" e a "causa dessa mistura e do devir"[368]. Tem-se igualmente a impressão de que a oposição principal entre *apeiron* e *peras* teria um significado físico, considerando-se que, como exemplos do ilimitado, se apresentam inicialmente o "mais quente" e o "mais frio", uma vez que, com relação a ambos, não se "identifica qualquer fronteira"[369]. Citam-se, então, "o mais seco e o mais úmido", "o mais rápido e o mais lento", "o maior e o menor, bem como tudo quanto anteriormente incluímos na unidade do gênero natural que contém o mais ou o menos."[370] Contudo, a maneira pela qual Platão caracteriza a "mistura" do ilimitado com o limitado mostra que não se trata de modo algum de uma categoria física, da categoria do quantitativo. Mais uma vez, é num mito que ele revela seu verdadeiro e último desígnio. Ele chama essa "mistura" de uma "deusa", contrapondo-a à deusa Afrodite louvada por *Filebo*, ou seja, ao prazer. "Pois quando essa deusa, meu belo Filebo, viu que a intemperança e toda a maldade não contêm qualquer limite, seja do prazer ou da saciedade, fez que a lei e a ordem interviessem, como poderes moderadores." Essa deusa, Sócrates a declara salvadora da humanidade. Ela realiza "um desenvolvimento rumo ao Ser, em consequência da medida que se estabelece com o limite"[371]. Tem-se aí a passagem decisiva no tocante ao significado de *peras* e *apeiron*! A "mistura" do ilimitado com o que limita é visivelmente uma expressão da luta do Bem contra o Mal: o Mal (o devir) é transformado em Bem (o Ser), na medida em que o ilimitado – isto é, o informe, o caótico-desordenado – é compelido rumo ao limite, à norma e à forma fixa. A quarta categoria – a causa da mistura – é mais uma vez apenas uma manifestação do princípio do Bem enquanto força ordenadora. Não basta àquele que quer o Bem, que anseia apaixonadamente por ele, contrapor ao ilimitado – o Mal – o que limita, a categoria do Bem. A este, como o que limita, tem de juntar-se a mistura – elevada à condição de deusa – composta do que limita e do Mal, este como ilimitado (em decorrência do que o Mal é transformado em Bem e, graças a este, superado), e ainda a causa dessa mistura, que por fim revela-se o Deus supremo. É característico de toda especulação acerca de Bem e Mal que as divisões ou multiplicações da categoria básica vicejem com tanto maior exuberância quanto mais vazia de conteúdo, feito as camadas de uma cebola, que não ocultam caroço algum.

Assim, a maneira pela qual Platão qualifica o prazer como *apeiron* e como devir mostra-se inteiramente desprovida de valor, do ponto de vista do conhecimento psicológico ou de qualquer outro conhecimento da realidade. Veja-se, por exemplo, esta argumentação: "Sócrates: O prazer e a dor têm um limite ou pertencem ao que contém o mais e o menos? Filebo: Pertencem ao que contém o mais, Sócrates, pois o prazer não seria o Bem pleno se não fosse, por natureza, ilimitado, segundo sua quantidade e seu mais. Sócrates: Mas tampouco a dor, Filebo, seria então o Mal pleno. É necessário, portanto, que consideremos algo diverso da natureza do ilimitado como aquilo através do que se concede ao prazer uma parcela do Bem (...) Mas em qual dos gêneros citados (ele se refere aqui às categorias do ilimitado, do limitado etc.), Plutarco e Filebo, haveremos de situar a compreensão, o saber e a razão, se não desejamos pecar contra Deus?". Com a pergunta, está dada também a resposta, qual seja: que "a razão é o rei do céu e da terra"; que não é "o poder cego do irracional e o mero acaso" que "reinam sobre o conjunto das coisas e sobre o assim chamado universo", mas sim o contrário: "ordenam-no e conduzem-no a razão e uma compreensão admirável". Plutarco reforça essa afirmação de Sócrates declarando "blasfema" qualquer concepção contrária. "Dizer, porém, que a razão ordena tudo isso é digno do espetáculo do mundo, do sol, da lua, das estrelas e de toda a revolução celestial. Eu jamais desejaria falar ou pensar a esse respeito de outra maneira.[372]" Tudo isso nada mais significa senão que Platão equipara a razão ao Bem, dado que a equipara à divindade ordenadora do mundo. Daí afirmar também – aparentemente como resultado de forçosas conclusões – que "o corpo do universo é animado" e que, "sem alma", não pode "haver sabedoria e razão". "Dirás pois que uma alma e uma razão reais habitam a natureza de Zeus, graças ao poder da causa (...).[373]" A última das quatro categorias, a "causa" da "mistura" (antes qualificada como uma deusa) do "ilimitado" com "o que limita", é a força causadora da razão divina de Zeus, ou seja, o Deus supremo, o Bem, em sua validade absoluta. E, no curso dessa demonstração, Platão chega finalmente à conclusão – na verdade, já pressuposta – de que "a razão é aparentada à causa e pertence a esse mesmo gênero, ao passo que o prazer é, em si e por si, ilimitado, pertencendo ao gênero que não tem nem jamais terá princípio, meio e fim"[374]. O que aí está dito não é senão que a razão pertence à esfera do Bem e o prazer, à do Mal[375].

II. A desqualificação do prazer sexual

É importante, aí, que o prazer, para cuja desqualificação moral o diálogo se orienta, é sobretudo o prazer sexual. Não se pode ignorar que a tese de Filebo, aqui combatida, afirmou claramente ser Afrodite a deusa suprema. "Em nossa investigação, precisamos (...) partir precisamente da deusa que, segundo sua afirmação, chama-se Afrodite, mas cujo nome mais correto seria, na realidade, o do prazer (...).[376]" Graças a certas alusões[377], é evidente que também aqui se trata do prazer sensual do Eros pederasta, que Platão, com evidente emoção, diz que parece ter "ruído", "como que destroçado"[378], ante os argumentos de Sócrates. Perto do final do diálogo lê-se: "O prazer é o maior dos fanfarrões, e, como se costuma dizer, tratando-se dos prazeres do amor, que parecem os mais fortes, até mesmo o perjúrio pode contar com o perdão dos deuses, pois tais prazeres são como crianças, não tendo sequer vestígio da razão". E: "No tocante aos prazeres, porém, e justamente aos mais fortes, nós mesmos nos envergonhamos ao ver alguém entregue a eles, seja por causa do ridículo ou do absolutamente repulsivo que se apega a essa pessoa, e procuramos, tanto quanto possível, mantê-lo em segredo, ocultá-lo, atribuindo à noite as coisas dessa natureza, como se não fosse admissível que a luz do dia as presenciasse"[379]. Quem conhece o posicionamento ético de Platão com relação ao problema sexual não poderá, por um instante sequer, ficar em dúvida quanto ao verdadeiro sentido do *Filebo*, cuja argumentação por vezes deveras confusa evidencia a clara tendência a destinar ao "prazer" um lugar na esfera obscura do *apeiron* e a exigir a vitória da razão sobre o prazer mau.

III. A relativização da oposição ética

Contudo, a condenação do "prazer" não mais ocorre aí com o elã apaixonado que atua na absolutização da oposição entre Bem e Mal, originalmente pretendida pela doutrina das ideias. No *Filebo*, essa oposição aparece relativizada. Isso se verifica sobretudo na psicologia do prazer. Sua conclusão fundamental é que os desejos, em cuja satisfação consiste o prazer, embora podendo ser provocados pelo corpo, pertencem sempre à esfera da alma, e não à do corpo. Platão, aqui, incumbe Sócrates de provar – de uma maneira bem estranha – "que inexiste um desejo do corpo", mas que se deve, antes, "considerar o impulso, o desejo e o princípio determinante de todo ser vivo como pertencente à alma"[380]. Essa tese significa que o prazer não pode ser absolutamente mau e que deve, portanto, haver também prazeres bons – porque o prazer é anímico, e a alma, em relação ao corpo, representa para Platão o Bem. Consequentemente, uma parte considerável do *Filebo* dedica-se à diferenciação entre os prazeres "verdadeiros" e os "falsos"[381]. Essa transposição das categorias do "verdadeiro" e do "falso" aplicáveis apenas a atos do intelecto, e sobretudo a juízos para fatos da vida sentimental, é mais do que problemática. Nessa questionável diferenciação, porém, o que importa não é – como poderia parecer – um valor lógico, mas, ainda uma vez, um valor ético. Tem-se aí a máscara intelectualista sob a qual a especulação acerca de Bem e Mal tanto aprecia ocultar-se, quando identifica o Bem com a "verdade" e o Mal com o "erro". Assim, a exposição platônica da diferença entre os prazeres "verdadeiros" e os "falsos" logo conduz à seguinte conclusão: "Dos prazeres não verdadeiros comprazem-se, na maioria dos casos, os homens ruins, e, dos verdadeiros, os virtuosos"[382]. Os prazeres "verdadeiros" revelam-se, por fim, os "comedidos", que não aparecem misturados a sentimentos de desprazer e são ainda designados como os "puros". Trata-se do prazer das belas cores, sons, odores, formas, mas, particularmente, o "prazer do saber" – isto é, o prazer ligado ao conhecimento. Já como prazeres "falsos" e "impuros", reconhecem-se os descomedidos, mesclados a sentimentos de desprazer. Como Platão declara, por um lado, serem os "prazeres impetuosos" os que apresentam esse "caráter do descomedimento", pertencendo ao "gênero do ilimitado" – ou seja, à esfera do Mal –[383], e que "os maiores prazeres e as maiores dores não têm sua origem na virtude, mas numa certa depravação da alma e do corpo"[384]; e, por outro lado, constata expressamente que "os prazeres do amor" "parecem ser os mais fortes"[385], toda essa doutrina do prazer visa evidentemente qualificar a razão como boa e o amor sexual como mau. Quão pouco tudo isso tem a ver com a verdadeira psicologia, quão pouco importa aí investigar a realidade da vida psíquica, mostra-o o fato de que Platão, a fim de salvaguardar o valor moral da atividade cognitiva ante o desvalor do amor sexual, defende a espantosa tese de que aquela, contrariamente a este, seria um prazer "sem mistura", ou seja, um prazer não vinculado a sentimentos de desprazer, ao contrário do que ocorre com o Eros vinculado aos tormentos da má consciência. Impelido a amaldiçoar o Eros, o filósofo, em evidente contradição com toda a experiência, nega que, em conexão com a atividade cognitiva da alma, possa existir algo como desprazer. Assim, afirma expressamente, por exemplo, que, "na esfera do saber, o esquecimento sempre se dá em nós sem qualquer dor" (embora não possa negar que as pessoas se afligem com a perda de conhecimentos)[386]. E silencia quanto aos tormentos que o vão esforço dedicado a um problema do conhecimento acarreta para a alma. A suposição de que ele não teria vivenciado tais tormentos é mais descabida com relação a Platão do que com relação a qualquer outro pensador. A tendência ética, no entanto, o faz cego para a realidade psicológica[387]. Como o prazer é, pois, "capaz, em certos casos", de "vincular-se à natureza do Bem"[388], ele não é de modo algum o Bem, como afirma Filebo; mas tampouco é – inclusive como prazer sexual – absolutamente mau. Por certo, uma razão inteiramente livre do prazer e, portanto, também do desprazer seria encarada como o que há de moralmente mais elevado. "Aquele, pois, que escolheu a vida da compreensão vive nesse estado desprovido de alegria e sofrimento. E talvez se tenha razão em afirmar que, de todos os modos de vida, esse seria o mais divino." Tal estado seria, afinal, o dos deuses, que nem se alegram, nem estão sujeitos ao sentimento contrário[389]. Mas esse estado, evidentemente, está fora de questão no que respeita aos homens. Para estes, há certos estágios intermediários entre a razão pura e o prazer irracional. Sócrates lança a questão: "seria possível a um de nós escolher uma vida tal de modo a, embora dispondo da compreensão, da razão, do saber e de uma memória abrangente, não possuir a menor sensibilidade para o prazer e, por outro lado, tampouco para a dor, mas ser inteiramente insensível a coisas dessa natureza?"[390]. A resposta é não, e a preferência é dada à mistura de razão e prazer – e não, portanto, à razão pura. Sócrates, contudo, acentua aqui expressamente que isso só vale para a sua razão – ou seja, para a razão humana –, "não para a razão verdadeira e divina, com a qual se dá certamente algo diferente"[391]. Daí precisarem ser mescladas as porções mais verdadeiras, as partes mais valorosas da compreensão (do saber) e do prazer, a fim de que se "produza (para os homens) a mais desejável das vidas"[392]. Tão logo, porém, o valor relativo do prazer (ao menos do prazer "verdadeiro") parece estar a salvo – na medida em que, associado à compreensão, ele resulta numa mistura que se revela acima até mesmo da razão –, tem início uma nova tentativa de desqualificar o prazer; e, aliás, não apenas o "falso", mas o prazer em si, embora seja claro que aí se está pensando, primeiramente, no prazer sexual. A "mistura" é "boa", "correta", "irrepreensível", porque nela há verdade, harmonia e beleza. Mas a compreensão está mais próxima dessas três coisas do que o prazer, pois este é um "fanfarrão" – principalmente o prazer amoroso – que justifica até mesmo o perjúrio, embora, segundo Platão, também existam, afinal, prazeres "verdadeiros"! O prazer afirma-se de um modo bem genérico – seria, por natureza, o que há de mais imoderado, em que pese Platão ter também declarado os prazeres "verdadeiros" os "mais comedidos". E os prazeres, particularmente os "mais fortes", seriam "feios"[393], embora não se possa negar aos prazeres verdadeiros e comedidos – conforme os vê Platão – a qualidade da beleza. As tendências a desqualificar o prazer como absolutamente mau e, de forma relativa, a novamente justificá-lo, visivelmente lutam uma com a outra. Por fim, no entanto, vence uma pronunciada tendência conciliatória relativista. Por isso, é significativo o que Sócrates faz que digam os prazeres, que aqui se apresentam de viva voz: "Como já foi explicado antes, não é nem possível, nem proveitoso que, paralelamente a um gênero inteiramente puro, inexistam quaisquer outros"[394].

Capítulo 57
A teoria da alma no Timeu

I. *As duas almas do homem*

No *Timeu* – diálogo no qual, no contexto de sua exposição da criação do mundo, Platão descreve o nascimento da alma –, também a doutrina da alma está a serviço da especulação acerca de Bem e Mal. A alma figura aí em sua forma mais pura, não mais como alma humana, mas como alma do mundo. Na medida em que Platão pretende interpretar o mundo como obra da divindade e, por isso mesmo, como bom e sensato, tem de caracterizá-lo como um ser animado – visto que, para ele, a alma é a substância do Bem atuante na terra –, como uma imagem do criador, "um Deus perceptível pelos sentidos"[395]. Na alma do mundo, Deus – isto é, o Bem – torna-se imanente ao mundo. Que a divindade, caracterizada como "mestre de obras", "pai", "gerador", dê início à criação do mundo com a criação de sua própria imagem – a alma do mundo –, é a típica cisão teológica, ou duplicação do conceito de Deus, com a qual repetidas vezes nos deparamos no sistema platônico. Voltando-se do homem para a natureza, ele passa a buscar o Bem não mais exclusivamente naquele, mas nesta também, e crê tê-lo encontrado aí menos turvado do que no homem, no qual a experiência própria revelou-lhe também o Mal. É certo que o criador prepara a substância anímica destinada ao homem na mesma "cratera" em que produz a alma humana, "mas não com a mesma pureza, e sim numa relação de segundo ou terceiro grau"[396]. De algum modo, essa alma já contém o germe do Mal; sua criação dá-se, desde o princípio, tendo em vista a transmigração da alma, que está sob o signo da retribuição. É por isso que Platão atribui a criação dos homens como tais não diretamente à instância suprema – ao criador do mundo, que personifica o valor absoluto –, mas tão somente aos deuses, eles próprios criados por aquele criador e subordinados a ele. A tarefa dos deuses é moldar os corpos em torno da substância anímica preparada pelo criador. Afinal, fossem os homens criados pelo demiurgo supremo, "tais criaturas igualar-se-iam aos deuses". A fim de que sejam imortais, o criador do mundo incumbe os deuses da conformação dos seres vivos, instruindo-os para que, ao fazê-lo, "atenham-se ao modelo" que lhes forneceu ao criá-los. "E, no que respeita ao que neles tem direito ao mesmo nome que os imortais, de tal modo que é chamado 'divino'" – a alma – "aquilo que conduz os que estão sempre prontos a seguir a justiça e a vós, disso desejo oferecer-vos a semente e os princípios da conformação" – afirma o demiurgo, relacionando assim, desde o início, a criação da alma humana à justiça. "No mais, porém, juntando ao imortal o mortal, teríeis de dar existência aos seres vivos, gerá-los, prover-lhes alimento, assim fazê-los crescer e, perecendo eles, novamente acolhê-los.[397]" Ainda não parece, a Platão, fundamento suficiente para sustentar a construção da doutrina da transmigração da alma, ou seja, da retribuição, que, comparadas à alma do mundo, sejam de uma qualidade inferior às substâncias anímicas humanas deixadas pelo demiurgo aos deuses, para que as envolvam num corpo. Os deuses, então, criaram os homens não apenas envolvendo num corpo a alma divina e imortal que lhes foi legada pelo demiurgo, mas inserindo ainda uma segunda alma, mortal e humana, nesse mesmo corpo. Os deuses, porém – lê-se –, "graças a ele (ao demiurgo), de posse da substância anímica imortal, moldaram então, imitando-o, o corpo mortal ao redor da alma, dando ao homem todo o corpo como veículo. Além disso, inseriram-lhe ainda uma outra espécie de alma, a mortal, morada de estímulos perigosos e inevitáveis, abrigando primeiramente o prazer – o grande sedutor a serviço do Mal –, depois a dor – que afugenta o Bem –, a ousadia e o medo – dois conselheiros imprudentes –, a ira – essa promotora da intranquilidade difícil de acalmar – e a esperança – a mãe das ilusões; a tudo isso juntaram-se ainda, em indissolúvel aliança, a percepção irracional e a paixão do amor que tudo ousa, constituindo assim o gênero dos mortais"[398]. O significado dessa segunda alma é claro: ela é a sede do Mal, ou seja, de todas as emoções anímicas de seus representantes. A oposição fundamental da ética platônica conduz necessariamente à dissolução da alma una, que por isso mesmo mostra ser nada mais do que a substancialização do valor ético. Sendo ela o Bem, não pode, ao mesmo tempo, ser o Mal; o homem, portanto, deve ter duas almas – uma boa, outra má. E, como somente o Bem é eterno, apenas a primeira – e não a segunda – pode ser imortal. Platão vai tão longe em sua noção das duas almas do homem a ponto de separar até mesmo espacialmente a alma divina e imortal da humana e mortal: "Por receio de macular de algum modo, além do estritamente necessário, a porção divina da alma, destinaram à porção mortal uma morada apartada da primeira, em outra parte do corpo, criando, para levar a cabo essa separação, uma estreita passagem, como linha divisória entre a cabeça e o peito, pela interposição do pescoço. Desse modo, encerraram no peito, no assim chamado tórax, a porção mortal da alma"[399]. A alma imortal e divina tem "sua sede na parte mais elevada de nosso corpo" – ou seja, na cabeça –, "pois ali, onde a alma teve sua verdadeira origem, quis Deus que se erguesse a cabeça, a raiz do homem, dando assim à totalidade do corpo sua postura ereta"[400].

Está claro que apenas a alma da cabeça é a alma propriamente dita, à qual Platão se refere como um ser imortal e semelhante a Deus. Ou seja, no *Timeu*, ele procura retornar à sua concepção inicial, segundo a qual a oposição entre Bem e Mal tem paralelo na oposição entre alma e corpo, e que ele não manteve por não ser compatível com a punição da alma no Além. Contudo, também a concepção de uma alma humana e mortal, representando o Mal, está em evidente contradição com as penas infernais eternas que, segundo Platão, certamente aguardam a alma má no Além. Por isso, o céu e o inferno do mito da paga recuam inteiramente no *Timeu*. Nesse diálogo, a noção de retribuição expressa-se tão somente na transmigração da alma, que tem por palco o Aqui. Não obstante, Platão não ousou sustentar no *Timeu* a noção das duas almas do homem – obviamente porque não foi capaz de decidir-se por abandonar o mito da paga no Além e restringir-se à transmigração da alma. Por isso, não fala em duas almas, mas em "partes da alma", ou seja, pressupõe novamente – por mais contraditório que possa parecer – algum tipo de fusão das almas mortal e imortal numa unidade. O que mantém unidas as "partes da alma por natureza desiguais e ansiando por apartar-se" – isto é, suas porções mortal e imortal – é "um vínculo divino", como afirma Platão no *Político*[401]. E, ao falar em "partes da alma", coloca inopinadamente no lugar da oposição fundamental entre uma alma imortal e outra mortal – chamadas simplesmente almas – a teoria da tripartição da alma da *República:* a alma mortal encerrada no tórax decompõe-se também, crê Platão, "em uma porção melhor e outra pior", e, assim, "eles (os deuses) dividiram também a cavidade do peito em dois espaços separados, como se em um aposento das mulheres e outro dos homens, interpondo uma parede divisória – o diafragma. A porção da alma, pois, que é a portadora da coragem e da ira, alojaram-na, como porção guerreira e amante da honra, mais próxima da cabeça, entre o diafragma e o pescoço". Pode-se reconhecer claramente aí a segunda parte da alma, conforme a define a teoria exposta na *República*; o espaço destinado para ela no corpo é comparado ao "aposento dos homens". A terceira parte da alma, no entanto, é aquela "cujo desejo volta-se para a comida, a bebida e para tudo aquilo cuja imprescindibilidade funda-se na natureza do corpo". Sua sede é "a região entre o diafragma e a linha fronteiriça traçada pelo umbigo"[402]. "Nesse espaço" – que é significativamente comparado ao "aposento das mulheres" –, "eles (os deuses) acorrentaram essa parte do corpo qual um animal selvagem, ao qual, entretanto, em função de sua inseparabilidade do todo, tem-se de conceder alimento para que um gênero mortal possa surgir." Trata-se de uma alma sexual, que é contraposta à alma racional. Platão caracteriza essa porção da alma que contém os desejos sensíveis do homem como um ser animal (cuja sede é o aposento das mulheres), expressando assim, com a máxima nitidez, a oposição essencial que enxerga entre essa "alma" do abdômen e a alma divina e imortal da cabeça – uma oposição tão grande que se iguala àquela entre alma e corpo.

II. A transmigração da alma como instrumento de uma simbologia universal da natureza

Somente porque o homem possui, além de uma alma divina e imortal, também uma alma humana-animal e mortal – ou seja, somente porque ele não é tão exclusivamente bom quanto o universo, mas também mau –, pode o processo da criação avançar para além dele, rumo aos demais seres vivos. Já num contexto anterior percorremos o caminho peculiar que, no *Timeu*, Platão faz a criação trilhar: o demiurgo distribui as almas humanas primeiramente pelas estrelas, a partir das quais dá-se o seu primeiro nascimento, mediante o qual todas, sem exceção, tornam-se homens. Os que não se fazem senhores de seus sentidos, levando, portanto, uma vida injusta, criminosa, são, quando de seu segundo nascimento, transformados em mulheres. Os que, "embora inofensivos, foram levianos; os que se ocuparam dos fenômenos celestes, mas foram simplórios o suficiente para acreditar que a visão oferece as explicações mais seguras para as coisas" – esses homens tornam-se pássaros em sua segunda vida. "Quanto ao gênero dos animais terrestres, desenvolveu-se a partir dos desprovidos de todo amor à sabedoria e que se (...) entregaram completamente à condução das porções da alma que têm sede em torno do peito. Por causa desse tipo de vida, seus membros anteriores e suas cabeças foram, em função de seu parentesco com ela, atraídos para a terra, nela encontrando seu apoio." Quanto mais insensatos, mais "pontos de apoio" – ou seja, pernas – receberam. "Os mais insensatos dentre os homens, porém – aqueles cujo corpo estendia-se por inteiro sobre a terra –, foram, por não mais serem necessários os pés, transformados em criaturas ápodes, serpenteando pela superfície. O quarto gênero, por fim, os animais aquáticos, originou-se dos mais absolutamente irracionais e ignorantes, aos quais o causador de sua transformação não agraciou sequer com uma respiração pura, posto que sua alma estava desfigurada por toda sorte de perversão; em vez, portanto, de deixá-los respirar o ar rarefeito e puro, lançou-os nas profundezas das águas, a fim de que aspirassem sua turva umidade. Daí nasceu o gênero dos peixes, das conchas e todas as demais criaturas aquáticas, que, como punição por seu mais profundo grau de ignorância, receberam igualmente as moradas mais profundas.[403]" Assim, a existência dos animais, bem como a das mulheres, nada mais é do que a punição pelos pecados humanos – ou, mais exatamente, dos homens. E esses pecados só são possíveis graças à sua segunda alma, a alma má, ou a porção ruim da alma. Todo esse processo das almas é um processo no sentido técnico-jurídico do termo: trata-se do curso eterno da retribuição – com a diferença de que o veículo desse processo da justiça é a alma. "E, desse modo, todos os seres vivos continuam sendo, hoje como outrora, transformados uns nos outros, na medida em que vão alternando sua forma de acordo com a perda ou o ganho de racionalidade ou irracionalidade" – isto é, de justiça, pois a justiça é virtude, e a virtude, saber[404]. Está claro que essa visão da natureza não tem absolutamente nada a ver com a ciência natural. O que Platão deseja é nada mais do que uma simbologia universal de sentido puramente ético.

Capítulo 58
O papel da alma nas Leis

I. A alma humana

Dois momentos caracterizam a doutrina da alma do *Timeu*: a introdução da alma do mundo e – surgindo claramente, mas ainda não sustentada –, em vez do conceito de alma una, a tendência de considerar a existência de duas almas. Essa tendência – como vimos – provém da especulação acerca de Bem e Mal na ética platônica, a serviço da qual está toda a doutrina da alma, e que por isso mesmo é tão profundamente arraigada que, por fim, acaba por impor-se no último diálogo de Platão: as *Leis*. Não, porém, no domínio da alma humana, onde, precisamente nas *Leis*, parece ter desaparecido sem deixar vestígios. Ali, nem sequer fala-se da diferença entre uma porção mortal e outra imortal da alma humana. Nas *Leis*, a alma humana figura como um todo uno, uma mescla do intelecto com o sensível, de Bem e Mal. Assim é que, vez por outra, Platão afirma ser a alma humana "em parte escrava, em parte livre"[405]; fala da "vileza da alma"[406], de uma "alma inteiramente à mercê do domínio dos desejos amorosos"[407], de uma alma "ruim" e de outra de "melhor natureza"[408]. Assim também, enfatiza ser a alma "o mais divino de tudo quanto chamamos nosso" e, todavia, acrescenta:

"O que é nosso, porém, apresenta para todos, sem exceção, uma dupla natureza: é por um lado elevado e nobre, por outro, baixo e ignóbil, a esta faceta cabendo o servir"[409]. Consequentemente, chama a atenção para que nem tudo que provém da alma é bom e que é um "delírio da alma" julgar que "nada há no mundo subterrâneo que não seja ruim"[410]. Quando Platão compara o ser humano a um títere, ressalta ser este "de origem divina"[411], mas diz também que os homens, "de acordo com a porção preponderante de sua alma, são meros títeres, tendo pouquíssima participação na verdadeira essência das coisas"[412]. Por um lado, ele explica que o homem nada possui que "se empenhe, mais do que a alma, por evitar o Mal e perseguir e alcançar o incomparavelmente melhor"; por outro lado, demonstra de que modo justamente a alma pode ser "altiva e atrevida", "baixa e rastejante" – ou seja, ruim[413]. Em suma, expressa de diversas maneiras que a alma humana é tanto a sede do Bem quanto do Mal. Que o Bem possa se aliar ao Mal na alma humana, que uma mescla de ambos seja possível, significa a relativização da oposição que domina a ética social platônica, ao menos no tocante à esfera humana. Por força de sua alma, o homem participa de ambos os domínios, tanto o do Bem quanto o do Mal, e é – enquanto alma – um estágio intermediário entre o mundo da ideia e um outro mundo, que só ganha expressão mais nítida nos derradeiros diálogos de Platão: no *Timeu* e nas *Leis*. Essa tendência à relativização da oposição entre Bem e Mal é sintoma bem característico de uma disposição bastante otimista e inclinada ao compromisso; é expressão de uma certa confiança em poder melhorar a realidade social e da esperança em uma atividade política ativa. Somente em épocas de um desesperado afastamento seu dessa atividade, quando Platão dá as costas ao Estado, é que a oposição entre Bem e Mal lhe parece absoluta como aquela entre alma e corpo, ou entre uma alma humana imortal e outra mortal – ou seja, absoluta também no plano humano-social –, e isso porque apenas quando munido dessa disposição ele tende à conclusão pessimista de que nada de melhor se pode fazer do que fugir tão rapidamente quanto possível do corpo e da sociedade. Assim é no *Górgias* e no *Fédon*, diálogo no qual surge também a doutrina da alma una. A noção da alma humana tripartida ou bipartida – isto é, da alma boa-má – domina seus escritos sobre o Estado, sobretudo a *República* e as *Leis*, onde sua vontade de um trabalho positivo no Estado, sua crença na possibilidade e necessidade da reforma social, apresenta-se vívida. Àquele para quem o corpo é realmente apenas um cárcere da alma, a realidade terrena vivenciada por meio dos sentidos do corpo haveria de afigurar-se infernal o bastante. E para quem remete essa realidade para o Além, ou dá maior ênfase à paga no Além, o Aqui não há de parecer inteiramente mau, nem é admissível que a alma humana lhe pareça totalmente boa, pois, do contrário, nada mais teria a temer com relação ao Além. Uma ideologia que pretende atuar no Aqui tem de operar com uma alma humana composta do Bem e do Mal. E a segunda das duas teorias da alma de Platão, a doutrina da alma *tripartida*, está indubitável e intimamente ligada ao mito da retribuição no Além, que Platão, conforme já sugerimos, talvez tenha conscientemente concebido apenas como uma ideologia. Essa ligação, aliás, mostra-se claramente nas *Leis*. Assim, a afirmação de que "o mau não tem uma alma pura como tem o bom" está vinculada diretamente à advertência dirigida aos cidadãos do Estado a ser fundado, segundo a qual a justiça divina julga com severidade os que não se sujeitam à lei divina[414]. Quando Platão distingue "uma alma a melhorar" de outra "decaindo para o lado do mal", ele o faz porque deseja dizer que a divindade suprema, o "condutor do todo", está decidida, qual um jogador de damas, a deslocar a primeira "para uma posição melhor" e a última, "ao contrário, para uma posição pior" – "cada uma de acordo com o seu merecimento, a fim de que assim lhe caiba a sorte que lhe é devida"[415]. A "alma fez-se partícipe em maior medida da ruindade ou da virtude": assim Platão caracteriza a relação da alma com o Bem e o Mal quando tem em vista o destino dessa alma no Além, quando aponta para a "região repleta da bênção divina", para a qual a alma virtuosa é conduzida, e para aquele outro lugar destinado a abrigar a alma ruim[416]. E quando constata que o sensível – isto é, "a dor e o prazer" – "compõe a massa principal da alma" em relação ao intelecto, ele o faz por causa da analogia com o Estado, onde "a grande massa" tem de obedecer às "autoridades e às leis", da mesma forma como a "massa principal" da alma ao intelecto[417]; similarmente, aliás, ele caracteriza como a essência da injustiça que "os desejos reinem na alma", mas, como justiça, o governo do intelecto, o qual – na passagem citada – Platão substitui pela "consideração pelo que é melhor", enquanto "noção dominante na alma"[418]. Também aqui, mais uma vez, a psicologia mostra-se como ética. Platão revela a síntese, o sentido último de sua doutrina da alma, quando explica nas *Leis:* "Não se pode, de forma alguma, deixar de crer no legislador, tampouco no que ele assevera – ou seja, que a alma é algo inteiramente diverso do corpo e que, mesmo em vida, é tão somente a alma que faz de nós o que verdadeiramente somos; o corpo, ao contrário, acompanha cada um de nós apenas como uma espécie de sombra, razão pela qual, aliás, chamam acertadamente de espectros aos corpos dos mortos. Já o homem verdadeiro, como ser imortal ao qual se dá o nome de alma, parte rumo a outros deuses para, junto deles, prestar contas conforme reza a lei natural, uma prestação de contas que o virtuoso pode encarar com o espírito reconfortado, mas que enche de medo e pavor o malfeitor, que, de fato, não mais pode esperar por grande auxílio após a morte"[419].

II. A alma como personalidade moral

A "alma do homem" é o homem "verdadeiro", sua essência moral, aquilo que "faz de nós o que verdadeiramente somos". É, pois, aquilo que somos em termos da valoração moral, ou seja, o sujeito correspondente aos predicados "bom" e "mau", o alvo comum da responsabilidade tanto pelo comportamento humano avaliado como bom quanto por aquele avaliado como mau. O conceito platônico de alma é um conceito inteiramente formal. Em essência, ele se traduz no que a moderna teoria ético-jurídica entende pelo conceito de pessoa: a unidade de um sistema de normas que prescreve (o Bem) e proíbe (o Mal); a unidade de uma ordem que, conforme se relaciona com a camada geral ou individual do sistema de normas, figura nessa representação antropomórfico-personificadora como pessoa jurídica (moral) ou física. Do ponto de vista da história do conceito, é isso o que é tão importante na teoria platônica da alma, porque demonstra evidentemente a unidade do conceito cindindo-se em pessoa jurídica (moral) e pessoa física, inexistindo para ela, portanto, a dificuldade que o conceito de pessoa jurídica (moral) – que é como se deve compreender acima de tudo o Estado – causa para a teoria moderna. Para Platão, a "alma", tanto quanto homem, é também, sobretudo, o Estado[420]. É o Estado que se tem de contemplar quando se deseja conhecer a alma humana – que é virtude, ou seja, justiça; essa é, aliás, uma ideia central da *República*. E, se é lícito tomar por autêntico o *Alcibíades Maior*[421], pode-se buscar nesse diálogo uma enfática confirmação desse pensamento. Aí Sócrates prova a Alcibíades que este, embora almejando o governo do Estado, não sabe o que é justo, e o aconselha – obviamente a fim de que obtenha o saber que lhe falta – a seguir a máxima délfica: conhece-te a ti mesmo. Somente quem conhece a si mesmo pode ser um bom estadista[422]. Conhecer-se a si mesmo significa, porém, conhecer a própria alma, pois esta – e não o corpo – é "o homem"[423]. E, decidindo-se a seguir o conselho de Sócrates, Alcibíades promete "almejar a justiça"[424]. A alma é a justiça ou, mais exatamente, aquilo que tem a capacidade de ser justo, aquilo que deve ser justo, mas também pode ser injusto: é o espaço ideal para a justiça e a injustiça. No *Críton*, Platão define o conceito de alma como o que "traz vergonha e dano à injustiça, mas proveito à justiça", e como "a porção de nosso íntimo que, seja qual for seu nome, é a morada da justiça e da injustiça"[425]. E, precisamente porque a alma é a justiça e sua negação – a injustiça –, ela é tanto o Estado quanto o indivíduo; é uma ordem, é a unidade, objetiva ou subjetiva, dessa ordem: é a personificação que duplica essa ordem, a personalidade jurídico-moral do Estado ou do homem; e é também, como "pessoa física", conforme assegura a teoria moderna, algo inteiramente diverso do homem biológico. Esse "homem", afirma o próprio Sócrates a Alcibíades, é algo diferente de seu "corpo"[426]. É um sujeito ideal. E esse sujeito ideal, em sua dupla condição de bom e mau, tem de ser hipostasiado numa substância transcendente, se tiver de ser objeto da paga no Além. Contudo, é precisamente a paga no Além que novamente se destaca nas *Leis*, ao passo que nada se diz ali sobre a transmigração da alma[427].

III. As duas almas do mundo

A alma como expressão apenas do divinamente bom não pode ser a alma humana. Como, porém, não apenas o homem mas também a totalidade do universo é animada, o conceito de alma do mundo pode realizar o que já se encontrava no de alma humana (o primeiro, o conceito platônico original de alma), mas que não podia se desenvolver, por causa da paga. Mas personificando-se a alma do mundo, isto é, tornando-se ponto de referência ou – voltando-se para o plano ôntico – causadora do Bem no mundo, então o Mal – não como algo que não é, mas como existente – há de ser relacionado a uma outra instância, ou seja, tem-se de buscar para ele um outro causador; faz-se necessário, pois, contrapor à alma boa uma alma má do mundo, assim como ao céu o inferno, no espaço da paga (e ao *aion* bom o *aion* mau, no tempo da paga). Esse é o caminho que a doutrina platônica da alma toma em sua última obra, em função de uma necessidade imanente, enquanto parte integrante de sua especulação acerca de Bem e Mal. A alma má do mundo de Platão não é, como geralmente se pensa, um deslize de sua idade e, de preferência, ignorado na interpretação: é, ao contrário, a consequência última a partir da qual, e somente então, se descortina o sentido mais profundo da filosofia platônica[428].

A doutrina dessa segunda alma, a alma má do mundo, resulta do curso da demonstração da existência e da justiça dos deuses, que Platão empreende contra os sofistas ateus. Essa existência é comprovada pela existência de uma alma primeira, causadora de todo acontecer: o "Ser fluindo eternamente"[429]. Os conceitos de Deus e de alma são aí claramente identificados um com o outro. Ao mesmo tempo, porém, pressupõe-se como Ser o devir, o qual, na concepção original da doutrina das ideias, fora frontalmente contraposto ao Ser em repouso – este como Ser do Bem –

e, assim, subordinado ao Mal; pressupõe-se, pois, o movimento, paralelamente ao repouso, como um estado da realidade: "O universo das coisas" – assim introduz Platão a prova da existência da divindade graças à existência de uma alma primeira – "está parte em movimento, parte em repouso"[430]. Tendo-se de admitir uma alma como causa de tudo, tem-se de admitir a existência da divindade. Uma alma, no entanto, ter-se-ia de admitir, pois todo movimento remontaria a um movimento primeiro, primordial, que, não provocado por qualquer outro, haveria de ser um movimento próprio, e o movimento próprio é a essência da alma. Esta precederia, assim, todos os corpos, uma vez que é dela, afinal, que provém o impulso para toda mudança e transformação dos corpos: "As razões que conduziram ao conceito de alma usual entre os ateus põem a verdade de ponta-cabeça: o que é princípio e causa de todo devir e perecer, eles não têm como primeira de todas as coisas mas por algo posterior, e o que é posterior tomam-no pelo anterior, o que os levou ao equívoco sobre a verdadeira essência dos deuses"[431]. A visão da verdadeira essência da alma fundamenta a visão da verdadeira essência dos deuses, pois, para Platão, o anímico e o divino são aqui uma única e mesma coisa. Quando, como conclusão de sua demonstração, constata que "a alma é anterior ao corpo, a este cabendo apenas o segundo lugar e o nascimento posterior, na medida em que a alma é o que domina e o corpo, segundo a ordem da natureza, o dominado" e destaca que, por isso, "também os estados e as atividades da alma hão de ser anteriores aos do corpo", ele está falando da alma ainda num sentido bastante genérico. Ele opera aí com um conceito de alma que abrange também o da alma humana. A seguir, entretanto, dá um passo adiante, o passo decisivo, que conduz à alma boa e, desse modo, também à alma má do mundo: "A consequência imediata, pois, de tomarmos a alma como causa de tudo é certamente a de que temos de contemplá-la não apenas como causadora do Bem, do Belo, do Justo e de tudo quanto a estes se revela aparentado, mas também do ruim, do feio, do injusto e das coisas afins"[432]. Agora, Platão não está se referindo à alma de um modo geral, mas a uma alma específica, a alma do mundo: "Se, consequentemente, a alma reina como poder ordenador sobre tudo quanto, de alguma forma, se move", então ela é "também, necessariamente, o poder ordenador na abóboda celeste". Lança-se, então, a pergunta: devemos admitir uma única ou várias almas no universo? E a resposta diz: "Temos de admitir no mínimo duas: uma que produz coisas boas e outra com a força necessária para exercer o efeito contrário". Contudo, a exposição que se segue transmite a impressão de que se fala novamente em uma única alma produzindo ora coisas boas, ora coisas más, e de que, ao se falar dela, está-se pensando também na alma humana. Assim, lê-se: "A alma rege, então, todas as coisas no céu e na terra, em terra e no mar, graças a seus movimentos característicos, ou seja, graças àquilo para que se dá o nome de 'desejos', 'ponderação', 'cuidado', 'deliberação' (...) Se, pois, ao fazer uso de todas as suas forças, a alma aconselha-se sempre com a razão divina, estando assim, ela própria, numa disposição correta, conduz tudo para a correção e para a bem-aventurança; se, ao contrário, alia-se à insensatez, faz que, por meio dela, tudo se transforme em seu contrário"[433]. Com relação, porém, à questão que é levantada a seguir, Platão pressupõe novamente a existência de duas almas – uma boa e outra má –, e essa questão refere-se ainda uma vez exclusivamente à alma do mundo: "Qual das duas espécies de alma haveremos de declarar a condutora do céu, da terra e de todo o universo? Aquela entregue inteiramente à razão e à virtude ou a que nada quer com uma ou com outra?". A resposta afirma: quando "todo o curso e o transcorrer do movimento celeste, bem como o movimento de todos os corpos celestes, é de natureza semelhante ao movimento, à revolução e ao cálculo da razão, mantendo-se em caminhos afins, então, evidentemente, temos de afirmar que é a alma melhor que governa o universo e a ela se deve tal curso ordenado (...) Quando, porém, esse curso é confuso e contrário à ordem, deve-se à alma má". E a decisão quanto a essas alternativas dá-se no sentido de que não se trata absolutamente de uma ou outra, "mas, segundo a demonstração levada a cabo, seria simplesmente um pecado afirmar outra coisa senão que é uma alma de um primor irrepreensível – ou várias dessa mesma espécie – que realiza a revolução"[434]. Decerto, há de se entender a possibilidade da existência de "várias" almas boas do mundo apenas como uma concessão ao politeísmo da religião popular. Assim como toda a argumentação de Platão tem por meta apenas uma única divindade suprema como a personificação do Bem (na figura do criador do mundo), tem por meta também uma única alma boa do mundo, a qual, por sua vez, nada mais é do que uma cisão, uma hipóstase da ideia do Bem. Como reverso lógico e necessário desta, figura a segunda alma: a alma má do mundo. Essa alma má não é mortal como a que, de passagem, Platão procurou alojar no homem. "Há sempre de haver algo contrário ao Bem", lê-se no *Teeteto*[435]. O Mal personificado na segunda alma do mundo é tão eterno quanto o Bem e, por isso mesmo, igualmente real.

Terceira parte
O CONHECIMENTO DA JUSTIÇA: A DOUTRINA PLATÔNICA DAS IDEIAS

Capítulo 59
A justiça e a doutrina das ideias

I. *Alma e ideia*

A convicção da existência de uma justiça e de sua concretização como paga conduzira Platão, já no *Górgias*, à crença numa alma imortal, que, após a morte do homem, continua vivendo no Além. No *Mênon*, para fundamentar um conhecimento dessa justiça real na esfera supraempírica, ele associara à noção de uma alma pós-existente a de sua preexistência, cujo propósito principal constatamos ser a visão da justiça. A "virtude" – ou seja, a justiça – só pode ser aprendida e conhecida no Aqui porque a alma recorda-se de ter visto esse objeto no Além. Por certo, a teoria da reminiscência é postulada no *Mênon* para todo aprendizado e todo conhecimento; ali, no entanto, ela é claramente considerada sobretudo no que se refere ao aprendizado e ao conhecimento da virtude. Somente a alma é capaz de chegar àquele espaço transcendente no qual a virtude existe não mais como qualidade subjetiva, mas como substância objetiva. Enquanto tal – isto é, enquanto objeto de um conhecimento transcendente –, a justiça transforma-se em ideia. Assim como a pergunta sobre a concretização da justiça conduz à doutrina da alma, também a pergunta sobre o conhecimento da justiça conduz à doutrina das ideias; tanto quanto a alma, também a ideia é apenas uma hipóstase da justiça. Conforme o princípio que é para Platão o decisivo da teoria do conhecimento, o princípio da afinidade[436], segundo o qual o conhecimento só ocorre entre assemelhados – de um modo misterioso, sujeito e objeto do conhecimento têm de ser aparentados um ao outro, têm de estar ligados e ser, talvez, até mesmo idênticos um ao outro –, o único objeto verdadeiro (a ideia) só é cognoscível pela alma por ser ele próprio anímico: a ideia só pode ser conhecida pela alma na medida em que esta lhe seja a mais próxima de todas as coisas, ou seja, na medida em que a alma é da natureza da ideia. Assim como o olho tem de ser solar para ver o sol – ou, por meio deste, as coisas –[437], também o objetivamente justo (ou bom) somente é apreensível pelo subjetivamente justo (ou bom); em outras palavras: a ideia só é apreensível por meio da alma. Eis a ponte que conduz da doutrina da alma à das ideias, com a qual a primeira parece não combinar muito bem. Pois não há uma ideia da alma, a qual existe como coisa concreta neste mundo; e, segundo a doutrina das ideias, todas as coisas concretas somente existem na medida em que participem de uma ideia; a alma, porém, enquanto coisa concreta, existe também no outro mundo, o mundo das ideias, que, por sua essência, é a esfera do genérico, e não, como o mundo dos sentidos, a esfera do concreto.

II. Ideia e conceito

O problema fundamental da doutrina das ideias é a relação entre o pensamento e a percepção, entre o conceito abstrato e a coisa isolada, apreensível pelos sentidos. É um problema especificamente socrático; para Sócrates, a verdade existia somente no pensamento conceitual, e não na percepção sensível; sendo a virtude saber, a função essencial do conceito era ser o fio de prumo do correto agir. Para Sócrates, o conhecimento não tem senão um sentido ético, e por isso ele fica alheio a toda ciência natural. É decisivo para a doutrina platônica das ideias que o problema fundamental do conceito de justiça se tenha transferido para Platão, como discípulo de Sócrates. A coisa isolada para a qual ele busca o conceito – o Justo concreto – inexiste enquanto tal: existe apenas enquanto qualidade de um indivíduo, enquanto homem justo, ação justa. Daí que ele trata como uma coisa o indivíduo e sua qualidade, ou virtude, de ser justo[438]. Essa coisa isolada tampouco existe "real" e "verdadeiramente"; no máximo, parece existir. Quem, afinal, seria real, verdadeira e absolutamente justo neste mundo? O que se tem, no máximo, são certas aproximações do Justo, do Bom. Mas a justiça em si existe, tem de existir; tem-se de acreditar nisso, tem-se de querê--lo, se não se deseja o desespero. Se inexiste no Aqui, há de existir no Além. Assim é que, para Platão, cujo conhecer está sob o primado do querer, o conceito torna-se norma. Aquilo para que ele procura um conceito é, afinal, um valor, e, aliás, um valor absoluto, que a realidade jamais pode alcançar e em relação ao qual ela só pode ser interpretada como uma tentativa de aproximação, se não se ignorá-la ou simplesmente negá-la. O conceito desempenha o papel do ideal. Por isso, os conceitos ideais da matemática e da geometria são aqueles aos quais Platão recorre como exemplos. Os objetos matemáticos e geométricos são uma prova de que o "bom" e o "justo" existem, embora não se possa percebê-los através dos sentidos, constatá-los na experiência. Assim como o círculo "verdadeiro" e o quadrado "real" não são as figuras visíveis por meio do desenho; assim como existe uma igualdade embora inexistam duas coisas perceptíveis pelos sentidos que possam ser perfeitamente iguais – também o Ser verdadeiro da justiça está além da esfera da experiência ligada aos sentidos. A questão é que os conceitos matemáticos e geométricos definem-se inequivocamente, enquanto Platão esforça--se em vão por encontrar uma definição do Bem ou da justiça. Dado, porém, que lhe importa sobretudo afirmar a existência de ambos, não é apenas o conceito que, para ele, transforma-se no ideal, mas o próprio ideal faz-se real, o valor transforma-se em realidade. Fixando o ideal como real, Platão o hipostasia em ideia. O Ser da ideia é o Ser do Dever-ser, é a realidade do valor, do espírito, não a da natureza[439]. Estando em contradição frontal com a realidade empírica, o conceito estabelecido como real tem de ser transcendido, transferido para uma outra realidade além da empírica, e, para que essa outra realidade negue a dos sentidos, o devir – forma sob a qual a natureza se apresenta a nossos sentidos – precisa ser reduzido a mera aparência: na verdade, ser reduzido a um "Não-ser".

III. O realismo conceitual platônico

Essa é a consequência inevitável de todo realismo conceitual[440]. Pode-se ver nitidamente de que forma, em Platão, o predicado – buscado inutilmente como coisa concreta – ameaça arrastar para o abismo do Não-ser o sujeito ao qual se liga, o homem físico, e, com este, a totalidade do mundo terreno, do qual, para essa visão de mundo orientada unicamente para o ser humano, o homem terreno figura como representante[441]. O justo pode permanecer irreal, contanto que a justiça seja real. A coisa concreta, cujo conceito a ideia representa, realmente inexiste neste mundo da nossa experiência. Não se tem aí os verdadeiramente bons, mas, em compensação, abundam neste mundo o mau e as coisas más. Do Mal, porém, não pode haver um conceito, uma ideia, pois ele não pode "ser" no mesmo sentido que o Bem "é". Ele não pode "ser" porque deve não ser. E se "é", então é um não ser, e seu conhecimento, mera opinião (δόξα), ao passo que o verdadeiro saber cabe exclusivamente à ideia, ao Ser. E isso porque conhecer e Ser correlacionam-se, se é que não são idênticos. Essa tendência a identificar o pensar com o Ser, a função com o objeto do conhecimento, esse princípio da teoria platônica do conhecimento decerto remonta a Parmênides, mas é também imanente à tese socrática de que a virtude é saber, o que significa que conhecer o Bem é ser bom; na especulação ética de Platão, conhecer e conhecer o Bem, Ser e ser bom são sinônimos. Se, no entanto, o conceito é hipostasiado em ideia, e esta constitui uma substância que realmente é, então a oposição entre conceito abstrato e coisa concreta – situação inicial da especulação platônica – é novamente superada, pois o conceito, como ideia, fez-se também coisa concreta[442]: fez-se como a alma que deve conhecê-lo[443]. A luta de Platão pelo conceito de justiça não difere de sua batalha ética pela própria justiça. Na medida em que tenta dar uma solução ética ao problema, ele, na verdade, resolve o conceito através da coisa, substituindo a lógica pela ética metafísica. Essa é a essência de todo realismo conceitual de origem ético-metafísica e sempre voltado contra a ciência[444], porque contra a experiência enquanto princípio do conhecimento. São conceitos de valor que conduzem a esse realismo, porque a eles – contrariamente aos conceitos das coisas da natureza – não corresponde a realidade do concreto. A realidade do valor absoluto só pode ser a do próprio conceito, o qual, justamente por isso, precisa ser transcendido, pois não está no Aqui como coisa real. O realismo conceitual platônico é a teoria do conhecimento típica da ética metafísica. É "acientífico"[445] no sentido de que não pode – e nem sequer deseja – fundamentar qualquer conhecimento das coisas dadas pela experiência. Importa-lhe, essencialmente, estabelecer como real o Bem, ou a personificação deste – a divindade –, embora à custa de colocar em questão a realidade do mundo.

Capítulo 60
A doutrina das ideias do Fédon, *do* Banquete *e do* Fedro

I. A relação entre a doutrina da alma e a doutrina das ideias

Sendo a "ideia" a alma objetivada, e esta, a ideia subjetivada, a doutrina da alma e a doutrina das ideias são apenas dois lados de uma única e mesma metafísica do Bem e do Mal. A relação entre alma e corpo, Além e Aqui, repete-se – abordando-se a questão do ponto de vista da teoria do conhecimento – na relação entre ideia e realidade empírica. Assim, o germe da doutrina das ideias encontra-se já no *Górgias*, onde Platão desenvolve sua doutrina da justiça (e, aliás, seu componente principal: a doutrina da retribuição após a morte) como doutrina da alma. Desse germe, o primeiro botão, por assim dizer, brota no *Mênon* – que contém a doutrina da vida da alma antes do nascimento e, com ela, a hipótese da visão do justo transcendente –, desdobrando-se até o pleno florescimento no *Fédon*, onde as conclusões dos dois diálogos são condensadas e a doutrina da justiça, como doutrina do Além da alma, desenvolvida até a metafísica particular que, conhecida pelo nome de doutrina das ideias, é considerada a obra específica da filosofia platônica. Precisamente no *Fédon*, a doutrina das ideias, ali exposta, coloca-se expressamente a serviço da doutrina da alma. Já a preexistência da alma é colocada em uma relação fundamental com a existência das ideias, pois Platão conclui: "Se (...) ao Belo, ao Bom e a todas essas entidades cabe um Ser real, e se a elas relacionamos todos os fenômenos sensíveis, na medida em que as reconhecemos como tendo sido nossas numa vida anterior, (...) então a conclusão imperiosa é a de que, tão certo quanto tudo isso, cabe também à nossa alma uma existência anterior ao nosso nascimento; do contrário, toda a nossa investigação até aqui teria sido um furo n'água". E Símias aprova essas palavras de Sócrates com a constatação de que "o Ser de nossa alma antes do nascimento está intimamente ligado ao Ser da entidade sobre a qual estás falando"[446]. Também a pós-existência da alma é igualmente baseada na doutrina das ideias. Após haver rejeitado a concepção fundamental de Anaxágoras, apoiada na ciência natural e orientada pela lei de causa e efeito, Platão introduz a exposição articulada de sua doutrina das ideias e sua lei específica com as seguintes palavras: "Vou agora explicar-te o conceito de causa, conforme o concebi". Ele refere-se aqui à normatividade, diversa da causalidade, como a lei específica da doutrina das ideias. "Retorno pois a esse tema já bastante discutido e começo afirmando que existe um Belo em si, tal como um Bom, um Grande em si e assim por diante." São as ideias. "Se concordas comigo e admites a existência dessas entidades, espero poder explicar-te, a partir daí, a causa mencionada (a lei específica das ideias) e a imortalidade da alma.[447]" Eis a meta da doutrina das ideias: oferecer um fundamento teórico para o dogma religioso da imortalidade da alma, o qual, por sua vez, é o pré-requisito necessário para a crença na existência da justiça. A doutrina das ideias é uma ideologia da alma; a doutrina da alma, uma ideologia da justiça; e a doutrina da justiça, uma ideologia do direito positivo de uma determinada ordem social! Assim, coincide inteiramente com a meta da doutrina das ideias, declarada pelo próprio Platão, que um de seus princípios centrais nada mais afirme senão o mesmo que o princípio central da doutrina da alma, isto é, que a alma é imortal. É a tese segundo a qual nenhuma ideia admite ligação com o que lhe é oposto. Na verdade, é insuficiente afirmar que esse princípio, notoriamente e de antemão, ajusta-se ao postulado da imortalidade; o que ocorre, antes, é que nesse princípio a ideia nada mais significa senão a alma. E isso porque, de que nenhuma ideia admite ligação com o que lhe é oposto, conclui-se: "Ou foge e escapa, quando dela se aproxima o que lhe é oposto (...), ou, então, perece com a aproximação deste"[448]. Platão refere-se constantemente a esse "fugir" e "escapar", da ideia, ao que lhe é oposto. Ao fazê-lo, evidentemente tem em vista desde o princípio a concepção usual da alma fugindo e escapando do corpo, evadindo-se do Aqui, após a morte do homem. É a isso, e a nada mais, que se ajusta a tese da impossibilidade da ligação de uma ideia ao que lhe é oposto. O que importa é apresentar o "escapar" da alma quando da morte do homem (ou seja, quando a morte dela se "aproxima") e, portanto, sua inatingibilidade pela "morte" (isto é, sua imortalidade) como um caso particular de um princípio geral dessa lógica mística da doutrina das ideias. E, de fato, todo esse capítulo da doutrina das ideias termina com o seguinte argumento: a alma é vida; a morte é, portanto, o que a ela se opõe. Se, pois, a morte se aproxima da alma, ela – porque indestrutível como a ideia – também como esta tem de "escapar" ao que lhe é oposto. Assim, "é impossível que a alma pereça, quando a morte dela se aproxima, pois, segundo as ponderações feitas anteriormente, ela não admitirá qualquer ligação com a morte (...)"[449]. "Quando, portanto, a morte se aproxima do homem, tudo indica que morre o que há nele de mortal; o imortal, porém, escapa da morte e, incólume e imperecível, parte daqui." Isso é o que Platão faz Sócrates dizer, para, após a concordância de Cebes, fazê-lo ainda concluir: "Logo, Cebes, a alma é indubitavelmente imortal e indestrutível, e, na verdade, nossas almas deter-se-ão no Hades"[450]. No Hades significa: lá, onde a justiça retributiva cumpre-se na alma. Seria mais do que infantil examinar a lógica dessa conclusão, pois a verdade é em tão pouca medida a meta da doutrina da alma quanto o é da doutrina das ideias: sua meta é a justiça.

II. A ideia como valor

E a justiça, ou o Bem – que, nesse sentido, significa a mesma coisa –, nada mais é do que pagar o bem com o bem e, portanto, o mal com o mal; em suma: o valor sociomoral é o conteúdo essencial das ideias – é, no fundo, "a" ideia. Resumindo-se tudo o que Platão afirmou acerca das ideias – e é espantosamente pouco – durante o período em que permanece no terreno da doutrina das ideias, comportando-se com relação a ela acriticamente e ainda sem quaisquer reservas, não se pode evitar a impressão de que, seriamente, ele considera apenas as ideias do Justo, do Belo e do Bem, que, por não diferenciá-las em seu conteúdo, pondo ocasionalmente uma no lugar da outra, são, no fundo, apenas uma única e mesma ideia: a do valor moral, do Dever--ser. A primeira ideia por ele mencionada no *Fédon* é a do "Justo em si" e, depois, a de um "Belo em si e um Bom em si"[451]. Elas não seriam perceptíveis pelos sentidos. Platão, então, acrescenta: "Mas digo isso bem genericamente; assim, refiro-me, por exemplo, também à grandeza, à saúde, à força – em suma: à verdadeira essência de todas as coisas"[452], sugerindo, assim, a existência de ideias de todas as coisas e ideias no sentido de "coisas em si". Mas, sempre, apenas as ideias do Belo, do Bom e do Justo desempenham um papel efetivo nessa exposição. A igualdade e os números (unidade, dualidade, triplicidade), a grandeza e a pequenez – em resumo: conceitos matemático-geométricos – também se destacam, com alguma nitidez, como ideias. Isso porque, como conceitos ideais, possuem uma certa semelhança com valores normativos, podendo, portanto, ser lógica e facilmente confundidos com estes. Platão claramente os emprega para ilustrar a relação bastante problemática de suas ideias com os fatos reais. Em Platão, além disso, também as ideias matemático-geométricas têm secundariamente um significado moral, como é o caso, particularmente, da ideia da igualdade. No *Fédon*, ela é apontada como um dos objetos que a alma conheceu no Além, antes do nascimento do homem. Se, neste mundo, reconhecemos duas coisas como iguais – diz Sócrates –, é forçoso que tenhamos tido, antes, um conceito da igualdade; e, como não podemos perceber a igualdade com os sentidos, nossa alma, livre de todos os sentidos, deve ter divisado no Além a ideia da igualdade. Mas o que Platão entende aí por "igualdade" é equivalência. Ele faz Sócrates dizer[453]: "Quando ocorre a alguém, ao ver alguma coisa, que o que está vendo é semelhante a um outro ser, mas fica-lhe atrás e não consegue igualá-lo inteiramente, sendo-lhe inferior, então é necessário que aquele a quem isso ocorreu tenha tido conhecimento anterior do ser ao qual – segundo sua afirmação – a coisa vista se assemelha, sem alcançá-lo por completo". Platão pressupõe que uma determinada coisa anseia por igualar-se a uma outra, que é seu ideal; não conseguindo igualá-la inteiramente, é "menos" do que ela, é "inferior". Sócrates prossegue: "Não é assim também que se passa conosco com relação às muitas coisas iguais e ao Igual em si? (...) É preciso, pois, que tenhamos conhecido o Igual em época anterior àquela em que, pela primeira vez, vimos com nossos olhos as coisas iguais e ocorreu-nos que, embora tudo anseie por ser como o Igual em si, nada chega a sê-lo"[454]. Se duas coisas se assemelham mas não são totalmente iguais – e, na realidade do mundo dos sentidos, efetivamente inexistem duas coisas que sejam totalmente iguais –, isso ocorre (segundo a explicação de Platão) porque, ainda que anseiem por igualar-se a um mesmo modelo e, portanto, uma à outra, ambas não atingem essa meta, porque não são exatamente como deveriam ser. O "anseio" significa apenas o Dever-ser transferido para as coisas, e "ser igual", nada mais do que corresponder à norma, concretizar o valor. Essa norma, esse valor, é o que a ideia representa. Se, porém, "ser igual" significa o mesmo que "corresponder à ideia", não há lugar para uma ideia autônoma da igualdade.

Ainda assim, Platão menciona a ideia da igualdade ao lado de outras ideias de caráter inteiramente normativo. E justamente estas são contínua e expressamente mencionadas. "Nossa presente investigação", diz Platão no *Fédon*, "não visa meramente ao Igual, mas, tanto quanto ele, também ao Belo em si, ao Bom em si, ao Justo em si, ao Pio em si – em suma, como disse, a tudo a que, nessas discussões movendo-se à base de perguntas e respostas, podemos apor o selo do 'em si'"[455]. Contudo, essas outras coisas – e trata-se nada mais, nada menos do que a totalidade do mundo das coisas – só são abordadas acessoriamente. Assim, lê-se: "Se a tudo isso de que sempre falamos, ao Belo, ao Bom e a cada uma dessas entidades, cabe um Ser real e a elas todas relacionamos fenômenos sensíveis (...)"[456] e, imediatamente a seguir: "Para mim, nada é tão indubitavelmente certo quanto o fato de que a todas essa noções – a do Belo, a do Bom e de todas as outras que acabaste de mencionar – cabe o mais verdadeiro Ser"[457]. Ou: "E quanto à própria entidade que, em nossos diálogos científicos, declaramos ser o verdadeiro Ser? (...) O Igual em si, o Belo em si, tudo quanto é verdadeiramente real, em suma, tudo quanto é (...)"[458]. No *Banquete*, figura tão somente a ideia do Belo[459]. No *Fedro*, que nos conduz diretamente ao "lugar acima do céu" onde as ideias têm sua sede e são divisadas pelas almas, a individualidade dos entes transcendentes apresenta-se apenas de forma bastante indistinta. Fala-se aí de uma "contemplação da verdade" e de uma visão da "justiça", mas fala-se também que a alma divisa "o comedimento e o saber" – "o saber real, que tem por objeto o Ser real" –, de modo que, como ideia, aparece não apenas o objeto do saber, mas também o próprio saber, o que se explica pelo fato de ser tomado o saber por virtude e o sentido dessa metafísica estar precisamente em elevar a virtude à condição de ideia. Lê-se também aí: "Da mesma forma, a alma contempla ainda as demais entidades reais"[460], sem que se especifique com maior precisão que entidades são essas. A seguir, fala-se da "rememoração das coisas do Além", que "nossa alma outrora divisou"[461], sem que se diga de que coisas se trata; e, pouco mais adiante, afirma-se que, "à visão da beleza aqui na terra, e graças à lembrança da verdadeira beleza, crescem asas no homem"[462], sem que, quando da precedente descrição do firmamento das ideias, a beleza tenha sido mencionada como ideia autônoma. No restante do diálogo, ela se destaca com particular nitidez das demais ideias: "A justiça, a temperança e tudo o mais que é valioso para as almas possuem cópias terrenas que não brilham (...); a beleza, porém, irradiou-nos outrora sua luz clara (...)"[463]. As ideias, assim, são coisas "valiosas para as almas" – valores, portanto. Esse é o ponto decisivo. Consequentemente, o objeto do conhecimento transcendente é caracterizado como "o sagrado" que a alma "outrora divisou"[464]. O "sagrado" é o divinamente bom, a substância divinizada do valor moral. É característica peculiar do pensamento mítico-primitivo conceber os valores como substâncias, a valia de um objeto como participante na substância do valor, como presença dessa substância no objeto.

III. O caráter absoluto do valor

O valor ou os valores aos quais Platão, em sua doutrina das ideias, busca conferir um fundamento teórico são valores objetivos e, nesse sentido, absolutos. O juízo que afirma que algo é bom ou belo, que um comportamento é justo, não expressa uma sensação subjetiva ou um desejo daquele que julga, tampouco se pretende válido somente para ele, mas designa uma qualidade objetiva e vale para todos. Quando algo é bom ou belo, no verdadeiro sentido da palavra; quando um comportamento é realmente justo, ele não é meramente bom, belo ou justo em relação a um determinado sujeito, mas é bom, belo ou justo em si e por si. No *Cármides*, entretanto, Platão ainda expressa sérias dúvidas quanto à possibilidade dessa existência objetivamente absoluta; a discussão da essência da σωφροσύνη levou a uma definição em consequência da qual essa virtude é o autoconhecimento, e o autoconhecimento nada mais é do que "o saber acerca do que se sabe e do que não se sabe"[465]. Isso, porém, significaria um saber do saber – não um saber em relação a um determinado objeto, mas um saber em si. E esse saber em si – explica Sócrates – dificilmente seria possível. Em tão pouca medida quanto poderia existir um ver da visão, um ouvir da audição, isto é, um ver e um ouvir em si, assim também não poderia haver – ao que parece – um saber do saber: um saber em si. E essa percepção conduz Sócrates à afirmação bem genérica de que absolutamente nada existe em si, mas somente, e sempre, em relação a alguma outra coisa. "Vês, portanto" – diz Sócrates a Crítias –, "que, de tudo quanto examinamos, em parte revela-se inteiramente impossível, em parte altamente duvidoso que cada coisa possa ter uma relação necessária consigo mesma, pois, no tocante às grandezas e quantidades, isso é totalmente impossível.[466]" Uma "relação consigo mesma" significa, por certo, um "em si". Diz, então: "É necessário portanto, meu caro, um homem de talento absolutamente extraordinário, que possa dar uma definição abrangente e suficientemente precisa sobre se – com a única exceção do saber – nada do que é possui uma relação natural consigo mesmo, mas apenas e sempre com alguma outra coisa (...) Eu (...) não me atribuo o poder de decidi-lo"[467]. Isso certamente significa declarar no mínimo duvidoso que haja uma existência em si, uma existência absoluta e, portanto, um valor em si, um valor absoluto. No *Crátilo*, porém, Platão dá o passo decisivo rumo à suposição da existência de coisas que existem de forma absoluta. Nesse diálogo, ele rejeita expressamente o princípio básico do relativismo – o homem é a medida de todas as coisas, na formulação de Protágoras –[468], ou seja, a doutrina de que as coisas são conforme parecem e, portanto, diferentes para diferentes sujeitos, e afirma pela voz de Sócrates: "Se as coisas não são semelhantes em tudo e sempre, tampouco cada pessoa tem por si sua verdade particular acerca de cada uma delas, e é claro que as coisas têm seu Ser próprio e definido, não em relação a nós, nem segundo a nossa imaginação – distorcida ora para um lado, ora para outro –, mas comportam-se em si e por si, em conformidade com sua própria essência, segundo sua constituição natural"[469]. Platão inclui atividades nessa existência absoluta e o faz de forma expressa. Sócrates pergunta a Hermógenes: "Então elas (as coisas em si) se apresentam assim constituídas, mas suas atividades não? Não configurariam também as atividades uma determinada modalidade una do que é?". E a resposta diz: "Assim, também as suas atividades realizam-se segundo sua própria natureza, e não em conformidade com o que julgamos melhor"[470]. O que Platão quer dizer ao afirmar que as atividades se realizam "segundo sua própria natureza", e não de acordo com o que julgamos melhor, é que as ações humanas são corretas ou boas em si, e não em relação a quem as julga. Isso é o que se depreende da seguinte passagem: "Quando, por exemplo, nos pomos a cortar um determinado objeto, podemos fazer o corte inteiramente a nosso bel-prazer e valendo-nos da ferramenta que quisermos? O que acontece não é antes que, sabendo fazer o corte conforme a natureza e o efeito do cortar, e com o auxílio da ferramenta apropriada para tanto, obteremos êxito e proveito dessa operação, tendo procedido corretamente, ao passo que, realizando-a contrariamente à natureza, falharemos, sem conseguir coisa alguma?"[471]. Ao dar esse exemplo do cortar, supõe-se que Platão tem em mente uma operação cirúrgica. Se cumpriu seu objetivo, ela foi realizada "corretamente"; isso significa que ela é correta apenas em relação a seu objetivo – e, portanto, indubitavelmente, não correta em si. Não é, contudo, a propriedade de um determinado meio que Platão tem em vista quando fala em um proceder "correto" (ele não foi muito feliz na escolha de seu exemplo). "Correto" é aí identificado como "em conformidade com a natureza" (κατὰ τὴν φύσιν) e "falho", como "contrariamente à natureza" (παρὰ φύσιν). Isso significa que ele almeja um valor absoluto; e a "natureza" (φύσις) representa, em sua oposição habitual ao νόμος, a autoridade absoluta, a portadora dos valores absolutos – contrariamente aos valores meramente relativos que a lei humana estabelece[472]. O desfecho do diálogo, exigindo o reconhecimento da "existência do Belo e do Bom em si", mostra que o que importa a Platão são valores, e, aliás, valores absolutos, valores em si. "Contemplemos, pois, aquele mesmo belo, não a fim de saber se um rosto qualquer é belo ou coisa que o valha – pois isso tudo parece estar em fluxo constante –, mas sim se o próprio belo (em si) não conserva eternamente a sua essência.[473]" O que está em questão não é o juízo subjetivo de valor, no qual se expressa o componente emocional da consciência humana e que, portanto, oscila conforme aquele que julga e suas circunstâncias; o que está em jogo é o juízo que tem por objeto um valor objetivo, independente do desejo e da vontade do homem – um valor, portanto, que não varia, mas permanece sempre idêntico a si mesmo. Se tudo está em fluxo – isto é, em mudança – constante, não pode haver conhecimento algum. "Aquilo que muda continuamente nem sequer pode ser conhecido." "Se, ao contrário, sempre há um conhecimento e um objeto desse conhecimento", este não poderá "assemelhar-se à corrente ou ao movimento", isto é, não poderá estar sujeito à mudança. Mas quais são os objetos do conhecimento mencionados aqui por Platão? "Um Belo, um Bom.[474]" É certo que ele acrescenta: "e assim por diante, para cada classe de coisas". Expressamente, no entanto, menciona apenas os dois valores, que, no fundo, são apenas um único valor: o valor absoluto.

Capítulo 61
A doutrina das ideias da República

O desenvolvimento da doutrina das ideias atinge o seu ápice na *República* – o diálogo acerca da justiça. Isso é bastante significativo quanto à importância que o próprio Platão atribui a esse componente de sua filosofia que, para ele, nunca é o fim último ou um fim em si mesmo, mas sempre tão somente um meio – e nem sequer demasiado essencial – para a exposição e fundamentação de sua ética metafísica, de sua teologia moral. Também na *República* mencionam-se primeiramente como ideias apenas "o próprio Belo"[475] e "o próprio Justo"[476]; fala-se ainda do "verdadeiramente justo, belo, comedido" e de "virtudes congêneres"[477] – ou seja, de outras ideias de valores –, mas, de maneira característica, apenas acessoriamente. É o que se verifica no seguinte trecho de um diálogo entre Sócrates e Gláucon: "Sócrates: Afirmamos que há uma multiplicidade de coisas belas, boas e de todas as espécies de coisas, conforme, aliás, as diferenciamos ao falar. Gláucon: Sim. Sócrates: E também que existe um Belo em si e um Bom em si, o mesmo acontecendo com todas as coisas que acabamos de designar por multiplicidade. Subordinando agora, inversamente, as múltiplas manifestações isoladas a uma ideia, como unidade correspondente a cada classe dessa multiplicidade, nós a designaremos, em conformidade com sua essência real, como a coisa em si. Gláucon: Assim é. Sócrates: Das primeiras, dizemos que são vistas, mas não concebidas; das ideias, porém, que são concebidas, mas não vistas"[478].

I. O sentido normativo da ideia

As ideias aparecem aqui, de modo bem geral, como conceitos de gêneros fixados como coisas reais, mas chamadas pelo nome; elas são, de novo, apenas conceitos de valor. Também no restante do diálogo é sugerido – embora não se tenha mais do que uma sugestão – que "a verdadeira essência de todas as coisas" pode ser apreendida através do "conhecimento do que é"[479]. Justamente na *República*, porém – e em conformidade com o objeto desse diálogo acerca da justiça –, o caráter ético-normativo da ideia está claramente em primeiro plano. Pois, aí, a ideia funciona essencialmente como "modelo divino" do verdadeiro Estado e de sua correta Constituição[480]. Por isso "aquilo que é", o reino da ideia, para o qual se volta o espírito do filósofo, é descrito como um "bem-ordenado reino de seres que sempre permanecem inteiramente idênticos a si próprios e não cometem nem sofrem injustiça, mas comportam-se em absoluta conformidade com a ordem e com a razão"[481]. Esse mundo das ideias não é uma reunião dos modelos primordiais de todas as coisas; não se trata absolutamente de uma ordem das coisas, mas de seres racionais e morais; é um sistema de valores concebido visivelmente como uma ordem jurídica[482], como a ordem da justiça absoluta. Que sentido teria, sobre as ideias das coisas – sejam ideias de coisas naturais ou artificiais – falar que elas não cometem nem sofrem injustiça? O que importa na contemplação dessas ideias é obter um modelo para o agir com justiça. Afinal, que proveito tira daí o espírito do filósofo, voltado para "aquilo que é"? Que ele "empregará toda a sua força" para "imitá-las" – ou seja, imitar as ideias – e "fazer valer o que lá divisou não apenas para sua própria formação, mas para transplantá-lo à vida pessoal e pública dos homens"[483]. Os modelos de animais, plantas e minerais?

II. O verdadeiro sentido da alegoria da caverna

Na *República*, Platão compara os que dependem da percepção das coisas terrenas pelos sentidos a homens que jazem acorrentados à entrada de uma caverna, vendo apenas as sombras que os acontecimentos em curso às suas costas lançam na parede oposta. Quem, após portentoso esforço, consegue libertar-se das correntes e virar a cabeça para a entrada da caverna mais acima verá as coisas reais, e não mais meramente suas sombras: verá, sobretudo, a fonte de luz da qual são consequências as sombras que ele, antes de virar-se, tomava pelas coisas verdadeiras. Esse virar-se é a guinada da percepção sensível rumo ao pensamento puro, à visão das ideias. Qual é, pois, o uso que Platão faz de sua alegoria da caverna? Qual a ideia cuja visão é aqui tudo quanto lhe importa? Platão faz Sócrates dizer a Gláucon: "Tens de aproximar essa alegoria, em todo o seu alcance, à discussão anterior, que equipara o mundo que percebemos pela visão à morada dos acorrentados, e a luz do fogo que ali brilha à força do sol; deves comparar a ascensão e a contemplação do mundo mais acima à elevação da alma até o reino do unicamente concebível, se queres ter uma noção correta da minha opinião, uma vez que, afinal, desejas ouvi-la. Se ela é correta, somente Deus há de saber. O que, portanto, me parece correto é o seguinte: Na esfera do concebível a ideia do Bem só se mostra como cognoscível no fim, e a muito custo; uma vez tendo-se mostrado, resulta necessariamente de qualquer reflexão que, para tudo quanto há, ela é a causadora de todo o justo e de todo o bom, na medida em que, na esfera do visível, gerou a luz (o sol) da qual é senhora, e, na do concebível, onde reina soberana, auxilia-nos rumo à verdade e à razão; de modo que é preciso, portanto, que aquele que deseja agir de modo sensato – seja nos assuntos privados ou públicos – tenha conhecido essa ideia"[484]. É certo que, em sua alegoria, Platão insere homens indo e vindo entre a fonte de luz e os acorrentados, transportando toda sorte de objetos[485], e, sendo suas sombras coisas terrenas, têm eles próprios de corresponder às diversas ideias. Todos eles, porém, não desempenham aí papel algum. A Platão importa única e exclusivamente a fonte de luz, com a qual representa a ideia do Bem. A alegoria visa apenas ao conhecimento dessa ideia, pois pretende apontar para onde o homem tem de dirigir seu espírito, a fim de que aja corretamente em "assuntos privados ou públicos". Depois, Platão descreve o comportamento de alguém que "desce das contemplações divinas para o vale de lágrimas humano". Descreve, porém, como esse alguém – que, afinal, divisou a verdadeira essência das coisas, os segredos da natureza – se encaminha para os eruditos, empenhando-se em vão na investigação da verdade, a fim de transmitir-lhes essa única verdade? De forma alguma! Não é da verdade ou da ciência que se fala então, mas da justiça e dos tribunais! Fala-se, sim, de quão disparatada e ridiculamente comportar-se-á quem vislumbrou a luz do mundo das ideias, quando "se vê forçado a combater nos tribunais ou onde quer que seja pelas sombras da justiça ou pelas imagens de sua sombra, metendo-se numa disputa, com o modo de conceber tais coisas, de gente que jamais divisou a justiça em si"[486]. Que o direito terreno, positivo, é uma sombra da justiça supraterrena e absoluta, essa é a primeira coisa que Platão faz verem os olhos ainda ofuscados pelo brilho celestial, quando voltam-se novamente para o Aqui. O lugar da doutrina das ideias é no diálogo sobre a justiça, que é o verdadeiro sentido, o conteúdo essencial da ideia, o que unicamente, de fato, importa a Platão. Justiça, e não verdade.

III. A verdade e a justiça

Se Platão não fala de uma única, mas de várias ideias, isso só pode ser entendido – dada a posição que ele reserva à ideia central do Bem – no sentido de que as demais ideias são apenas ramificações, vertentes dessa ideia central que abrange todas as outras e da qual todas recebem sua luz e, portanto, seu sentido; da mesma forma como as diversas virtudes são apenas variações de uma única e mesma qualidade básica: a qualidade do que é moral. Para outras ideias que não as éticas, a doutrina platônica das ideias, segundo o seu desenho original, não tem lugar[487]. Se a ideia há de ser mais do que um conceito, e se ela só pode ser apreendida com a razão pura, liberta de todo o sensível, então não pode haver ideias das coisas perceptíveis pelos sentidos, como um cavalo ou uma mesa. O conceito de tais coisas só pode ser obtido com o auxílio da percepção sensível e pela via da abstração. No âmbito da doutrina platônica das ideias, a ideia das coisas perceptíveis pelos sentidos é uma contradição em si mesma. Essas ideias são totalmente incompatíveis especialmente com a posição central pretendida para a ideia do Bem na *República*. O que pode a ideia do Bem ter a ver com um cavalo ou uma mesa? É por essa razão que foge tão completamente do âmbito dessa doutrina das ideias falar-se de uma ideia de mesa e uma ideia de cama, como faz Platão no décimo livro da *República*, quando parece imprimir seriedade a suas sugestões ocasionais da existência de ideias outras que não as éticas. Já em um diálogo de seu primeiro período – o *Crátilo* –, quando inexistia ainda a doutrina das ideias em sua forma específica e a palavra "ideia" (ιδέα) ainda não significava, para Platão, uma realidade transcendente, ele mencionara a "ideia" de uma lançadeira, a partir da qual – como forma primeira ou modelo original – o torneiro cuja lançadeira se quebrou produz uma nova[488]. É antes nesse sentido inteiramente ametafísico que se deve provavelmente entender também as "ideias" de mesa e cama, pois precisamente nesse exemplo sente-se quão difícil torna-se para Platão a elevação do conceito à condição de ideia. O propósito de sua argumentação, aí, é rebaixar a arte poética à condição de imitadora das coisas, que são, elas próprias, meras imitações das coisas em si. Sócrates sugere "escolher o ponto de partida para o nosso exame segundo o procedimento usual (...) Nosso procedimento habitual é definir um conceito unitário para cada grupo de coisas isoladas às quais damos o mesmo nome". Cita, então, o exemplo das mesas e camas, não sem fazê-lo acompanhar de uma desculpa: "Definamos pois, também agora, um grupo qualquer de coisas. Assim é que – se me permites – existem, por exemplo, muitas camas e muitas mesas". E após haver constatado que "ideias, existem apenas duas para esses produtos da marcenaria – uma para a cama e outra para a mesa", quer expressar que as mesas e camas perceptíveis pelos sentidos são, cada uma, imitações de uma ideia. E o faz assim: "É comum dizermos que o artífice desses objetos olha para a ideia ao produzir, um as camas, outro as mesas (...)"[489]. Note-se: Platão não afirma que o marceneiro olha para a ideia da mesa ou para a ideia da cama; diz apenas que nos é comum afirmá-lo. Pois não pode ter esquecido o que, na exposição da alegoria da caverna, disse acerca da guinada radical da alma, necessária para que o olhar da visão interior ganhe a direção do mundo das ideias. Haveria então de pertencer ao cotidiano do trabalho de um simples artífice o que somente o emprego concentrado da mais rigorosa filosofia torna possível? Será pois a ideia da mesa que não comete qualquer injustiça contra a ideia da cama, desta tampouco sofrendo injustiça alguma? É somente da ideia do Bem que essas "ideias" recebem seu Ser e sua essência? Simplesmente tudo o que Platão afirmou acerca de suas ideias fica sem sentido se admitimos também a mesa e a cama como ideias. O próprio Platão não põe aí todo o seu empenho e, posteriormente, voltou a abandonar sua tentativa – bem incidental, aliás – de expandir as ideias além da esfera ética. É precisamente nesse ponto que incide a crítica aniquiladora que ele próprio faz, no *Parmênides*, à ampliação da doutrina das ideias, de uma metafísica da justiça para uma ontologia geral. Parmênides questiona, e Sócrates defende, a "separação entre certas ideias autônomas, por um lado, e as coisas delas participantes, por outro". Mas somente à primeira pergunta – se existiria uma "ideia do Justo, do Belo, do Bom e de tudo o mais do mesmo gênero" – é que Sócrates responde com um "sim" irrestrito. Como, porém, Parmênides continua perguntando (existiria "também um conceito do homem, apartado de nós e de todos os que pertencem à nossa espécie, uma ideia do homem ou do fogo, ou ainda da água?"), Sócrates torna-se inseguro: "Frequentemente (...), Parmênides, estive em dúvida sobre se teríamos de responder aí como no caso anterior ou diferentemente". E Parmênides prossegue: "Também com relação a coisas que poderiam parecer quase ridículas, Sócrates, como por exemplo os cabelos, a lama, a sujeira e coisas assim, desprezíveis e baixas, tens dúvida sobre se devemos postular para cada uma delas uma ideia em particular, diversa daquilo que sentimos com as próprias mãos, ou esse caso é diferente?". A essa pergunta, Sócrates reage com uma negação direta: "De modo algum (...), o Ser dessas coisas limita-se ao que vemos; admitir uma ideia em particular para elas seria demasiado estranho. Não obstante, por diversas vezes inquietou-me já a dúvida sobre se essa mesma conclusão não seria válida para todas as coisas. Se, porém, assumo esse ponto de vista, logo algo me compele a novamente abandoná-lo, pois assalta-me o medo de mergulhar num abismo sem fim de parvoíce. Assim, retorno às coisas para as quais, segundo a nossa explanação, existem ideias, e restrinjo-me a tratar delas"[490]. A doutrina das ideias, pois, é afastada não só das coisas artificiais, mas também de objetos da natureza e, especialmente, das "coisas desprezíveis e baixas". As coisas de que há ideias e para cuja contemplação Sócrates deseja retornar são o Justo, o Belo e o Bom – o valor moral. A doutrina das ideias torna-se novamente o que originalmente era: a metafísica da justiça.

Capítulo 62
A relação entre ideia e realidade

Somente tomando-se a doutrina das ideias por nada mais do que isso é que se pode compreender a maneira pela qual Platão define a relação entre ideia e realidade empírica. Apenas então compreende-se, sobretudo, que ele não obtenha o conceito da ideia a partir das coisas e segundo um procedimento analítico--abstrato, mas que somente em função das próprias coisas, por assim dizer, tome consciência de sua ideia, como pré-requisito; que fale, pois, em uma "presença" da ideia, em uma "imitação" dela, e, sobretudo, na maioria das vezes, de uma "participação" das coisas na ideia. Nada disso faria sentido caso se pensasse nas coisas em sua existência natural e definível por meio do conhecimento baseado nas ciências naturais. A "coisa" concreta, aquela que se trata de definir genericamente, é a concretização de um valor – é o homem justo ou a ação justa. O que luta por expressar-se nas mutáveis comparações de Platão é a relação de correspondência em que se encontra o fato "real" com a norma que o estatui, o Ser com o Dever-ser. O problema que ele se coloca não é o da simples realidade, mas o da realidade repleta de valores: um problema com o qual a filosofia luta até hoje, a despeito do considerável refinamento que o aparato lógico experimentou desde Platão. Se distinguimos entre realidade e valor, se separamos o Ser desprovido de valor e determinado pela causalidade, por um lado, e o Dever-ser desprovido de Ser e normativo, por outro, então a noção de uma "realidade repleta de valor" parece tão irrealizável quanto a de um "valor real"; nesse caso, tem-se de admitir que "algo" só é valioso na medida em que é concebido como conteúdo de um Dever-ser – ou seja, como devido, estatuído por uma norma –, mas não como conteúdo de um Ser, definido pela causalidade. Uma ação é boa não na medida em que esteja ao cabo do acontecer natural, como efeito de uma causa e causa de um novo efeito; aí, ela não é nem boa, nem má, é "desprovida de valor"; ela será boa na medida em que esteja estabelecida numa norma como ação devida, em que se situe no sistema de uma ordem normativa tida por válida. A "ação" enquanto tal – ou seja, sem se considerar se é concebida como algo que é ou como algo devido – afigura-se um substrato indiferente; insere-se assim – dependendo do ponto de vista a partir do qual é observada – no mundo do Ser ou do Dever-ser. Participa do mundo do Ser quando se busca sua causa e o efeito, abstraindo-se, portanto, de seu valor; e tem participação no mundo do Dever-ser quando, inversamente, busca-se precisamente seu valor, ignorando-se a sua dependência do nexo causal. É justamente esse segundo caso que Platão tem em mente ao dizer que as "coisas" "participam" da ideia. Somente quando se liberta o mundo das ideias da hipostasiação – que, afinal, expressa tão somente o caráter absoluto de sua validade –, dele tomando-se conhecimento como esfera do Dever-ser, oposta à do Ser empírico, é que a definição platônica da relação entre ideia e realidade deixa de significar a duplicação sem sentido do mundo, pela qual o criticaram. Dizer que uma coisa é "bela" na medida em que participa da "beleza" só é uma tautologia quando se crê estar a "beleza" na mesma esfera lógica em que se encontra a coisa bela. Essa aparência se desvanece quando se contrapõe a primeira à segunda não como o Ser da coisa ao Ser da ideia, mas como o Ser ao Dever-ser – isto é, quando se toma conhecimento da "realidade" da ideia como valor "hipostasiado". Se Platão emprega a formulação menos precisa ao dizer que a ideia está, de alguma forma, "presente" nas coisas, no fundo está empregando a mesma imagem que nós ao falarmos de maneira bem imprecisa em uma realidade "repleta", carregada de valor; da mesma forma, quando afirmamos que um fato se aproxima mais ou menos de um valor, "corresponde" mais ou menos a uma norma, nada mais queremos dizer do que Platão ao caraterizar as coisas como "imitações" da ideia. E, se é forçoso admitir como consequência do dualismo lógico do Ser e do Dever-ser, da realidade e do valor, que, a rigor, "algo" (aquele substrato indiferente), como valioso, somente "é" dentro da esfera do Dever-ser, do sistema das normas – que estabelecem esse algo como conteúdo –, mas não na esfera do Ser, da realidade causal (onde, na condição de algo valioso, ele absolutamente não "é"), o que se exprime é apenas o fato lógico que Platão transporta para o plano metafísico ao ensinar que o verdadeiro "Ser" das coisas está no reino das ideias. Isso porque, na ideia, ele hipostasia o estatuto do devido, ou seja, transforma o próprio Dever-ser em Ser, o valor em realidade absoluta – "realidade" esta que não é a da natureza, mas sim, como diríamos hoje, a realidade do espírito. A lei deste, que é a lei do valor, ele busca alcançá-la no reino das ideias.

Capítulo 63
A ideia como fundamento supremo de validade

Isso se manifesta claramente na passagem do *Fédon* em que Platão coloca sua doutrina das ideias em oposição frontal ao método de Anaxágoras, baseado nas ciências naturais[491].

O conceito de "causa" que Platão busca aí não é a causa no sentido de Anaxágoras, no reino da realidade empírica; é a causa específica no reino do valor: o fundamento de validade. As próprias ideias, Platão não as chama aí simplesmente causas, mas as designa "uma espécie de causa". O exemplo dado por ele mostra claramente que se trata de normas enquanto fundamentos de validade: "Se, fora do Belo em si, alguma outra coisa é bela, não é, na minha opinião, senão por participar daquele Belo. E assim é também em todos os demais casos. Estás de acordo com essa espécie de causa?"[492]. Apartando-se esse pensamento da exposição substancializadora, hipostasiadora – ou seja, metafísica – de Platão, o que fica é: algo é belo e bom porque, e na medida em que, corresponde à norma; porque, e na medida em que, copia o conteúdo da norma; porque, e na medida em que, nele a norma se cumpre, e nesse sentido é concretizada. Nada há que faça bela alguma coisa, crê Platão, além da "presença ou comunhão – ou como quer que se queira designar essa relação de união (ou seja, de correspondência) – com o Belo primordial. Sobre a natureza dessa união, não pretendo oferecer outras garantias; limito-me a afirmar que tudo quanto é belo assim se torna em virtude do Belo"[493]. Essa afirmação seria uma tautologia que nada diz, não fosse pela necessidade de, por um lado, entender-se por "belo" a coisa bela ou a ação boa – ou seja, o fato em conformidade com a norma – e, por outro, a norma do Belo ou do Bom – isto é, a norma que estatui o fato, o Dever-ser que o contém, e em razão do qual ele é caracterizado como belo ou bom. Também o procedimento dialético, que é como Platão caracteriza aqui a ascensão do fato concreto à ideia abstrata – esse avançar de uma hipótese (ὑπόθεσις), que se confirma por intermédio de suas consequências, para outra mais elevada, e desta para outra ainda, máxima e derradeira, para um "suficiente em si" (τὸ ἱκανόν), que, evidentemente, só pode ser a própria ideia do Bem –, oferece-nos o quadro de uma fundamentação normativa. "Mas, se resultasse necessário prestar contas desse próprio fundamento, tu o farias da mesma forma, mediante a colocação de um outro fundamento mais elevado, apresentando-se este como o melhor de todos, até que chegasses a um fundamento satisfatório (melhor dizendo, 'suficiente em si') (...).[494]" Esse "prestar contas" (λόγον διδόναι) nada mais é do que um justificar por intermédio de normas sobrepondo-se gradualmente e fazendo-se cada vez mais genéricas, que conduz a uma hipótese derradeira, como suprema norma básica e original. Esse Dever-ser da norma máxima é, então, na doutrina das ideias, hipostasiado no Ser máximo e "verdadeiro" – é, pois, absolutizado. Isso, porém, só não é uma duplicação sem sentido da realidade empírica se entendermos a ideia como norma. O idealismo da doutrina das ideias é um normativismo. E precisamente o fato de as ideias serem normas mostra que toda a filosofia platônica – que, do ponto de vista sistemático, culmina na doutrina das ideias, com suas raízes no problema da justiça – é uma doutrina da justiça, uma teoria do *nomos*. Essa é a razão última e mais profunda pela qual Platão, no âmbito de sua doutrina das ideias, não pode reconhecer uma *physis* distinta do *nomos* – a razão pela qual tem de permitir que a *physis* se faça *nomos*; a realidade, valor; a natureza, espírito. Somente no que se refere à justiça é que o espírito oposto a toda natureza virou para ele um problema. Essa é a razão última pela qual ele terá por fim de identificar – como fez com Ser e Dever-ser – o direito positivo (o direito do que é) com a justiça (o direito do que deve ser).

Capítulo 64
A ideia como causa última: ideia e Deus

I. A guinada da doutrina das ideias rumo à ontologia

A ideia não conseguiu manter por muito tempo seu caráter exclusivamente normativo. Embora isso não se verifique ainda no *Fédon*, já na *República* manifesta-se a tendência a considerar a ideia – e especialmente a ideia do Bem – não apenas como fundamento de validade, mas também como causa, e o "Ser" da ideia não só como o Ser do Dever-ser – do espírito –, mas como o "Ser" do Ser, em seu sentido original – ou seja, como Ser da natureza; a tendência a transferir para a doutrina das ideias não apenas a função de uma justificativa, isto é, de uma ética, mas também de uma explicação do mundo, de uma ontologia. Para isso, contudo, as ideias têm de perder sua qualidade – originalmente essencial – da invariabilidade. Não podem mais ser tomadas por entidades incólumes a toda mudança e a todo movimento, em oposição absoluta à realidade da percepção sensível, sujeita a mudança e movimento constantes. De potências estáticas, as ideias transformam-se em potências dinâmicas. Intimamente ligado a isso encontra-se o notável fortalecimento – visível igualmente na *República* – da tendência de Platão a admitir também outras ideias como ideias de valor.

É a torrente teológico-religiosa que leva Platão a apresentar a ideia do Bem não só como o fundamento último de validade de todos os valores, mas também como a causa primeira de todo Ser e devir, atribuindo-lhe o mesmo papel duplo desempenhado por Deus numa religião monoteísta – o papel de autoridade moral suprema e, ao mesmo tempo, de criador do universo –, Deus este que cai em contradição consigo mesmo quando não se consegue fazer que não seja o causador de um Ser contrário ao valor.

Mas junto a essa ideia do Bem surge também na filosofia platônica um Deus com as mesmas funções. É significativo que Platão faça a ideia do Bem figurar como causa no mesmo ponto em que parece identificá-la com Deus. Esse já é o caso no segundo livro da *República*, onde ele fala da representação da divindade por parte dos poetas, defendendo a tese de que Deus é, "na verdade, bom, e assim deve ser representado"[495]. Nessa mesma passagem lê-se que "o Bem" é "útil" e, portanto, "causa do bem-estar (...) Assim, o Bem não é causa de tudo, mas somente do que floresce; do Mal[496], não se pode culpá-lo". "O" Bem só pode ser a ideia impessoal do Bem, que Platão declara, aqui, como causa dos bons acontecimentos. A seguir, porém, ele volta a falar de "Deus" como um ser pessoal. E prossegue: "Assim, no que se refere aos assuntos humanos, Deus, sendo afinal bom, não é causa de tudo, como afirma a maioria, mas apenas de pouca coisa; da maior parte ele não é culpado. Isso porque em nós, seres humanos, o Bem é largamente sobrepujado pelo Mal. Quanto ao Bem, não se deve considerar qualquer outro como causador senão ele [Deus]; para o Mal, ao contrário, há que procurar outras causas"[497]. Deus, portanto, sendo ele próprio bom, é causa apenas dos bons acontecimentos no que tange aos assuntos humanos e, decerto, também de todo acontecer natural, contanto que esse acontecer não tenha de ser considerado mau. No entanto, Deus não é aqui designado como "ideia". "O Bem", a ideia essencialmente impessoal do Bem, não pode ser idêntico a um Deus fundamentalmente pessoal. No pensamento de Platão, também "o" Bem e "Deus" são apartados um do outro[498] inclusive no ponto em que ele introduz a ideia do Bem como a que paira sobre todas as outras, atribuindo-lhe – com palavras obscuras – uma atuação deveras importante. Instado por Gláucon a finalmente expor seus "pensamentos sobre o Bem", ao menos "de forma provisória", Sócrates responde: "Deixemos de lado, por enquanto, a verdadeira essência do Bem". Fala-se, pois, da essência "do Bem" – enquanto essência da ideia do Bem –, e não de um Deus pessoal. Sócrates, então, prossegue: "Contudo, um rebento do Bem, sua imagem plena, conforme me parece, é o que desejo apresentar-vos com minhas palavras"[499]. É a ideia do Bem que Platão afirma aqui possuir um "rebento" (ἔκγονος) – algo que "o próprio Bem gera como sua imagem". E, da relação entre a ideia do Bem e seu produto, ele diz: "O que ela própria (a ideia do Bem) é no domínio do concebível, em relação à razão e ao concebido, isso é o sol no domínio do visível, em relação à visão e ao acontecer"[500]. O rebento da ideia do Bem é o sol, e Platão o designa aqui expressamente como "Deus". Mas, da ideia do Bem, não diz aí que seria um "Deus". Já no *Fédon*[501] Platão diz serem as ideias a "causa de todas as coisas: a razão pela qual nascem, perecem e são". Na *República*, porém, explica: "Aquilo, pois, que confere verdade às coisas que são objeto do conhecimento e dá ao sujeito desse conhecimento a força para conhecê-las é (...) a ideia do Bem, e esta, tens agora de imaginá-la como a causa do conhecimento e da verdade"[502]. Uma vez que o sol, como Deus, "confere a todo acontecer não apenas o poder de ser visto, mas também vir a ser, crescimento e alimento"[503], e considerando-se ainda ser ele gerado pela ideia do Bem, esta – ou seja, a ideia impessoal do Bem, e não um Deus pessoal – há de ser a causa última de todo devir. Mais adiante, lê-se: "Na esfera do concebível, a ideia do Bem só se mostra como cognoscível no fim, e a muito custo; tendo-se mostrado, resulta necessariamente de qualquer reflexão que, para tudo quanto há, ela é a causadora de todo o justo e de todo o bom, na medida em que, na esfera do visível, gerou a luz (o sol) da qual é senhora, e, na do concebível, onde reina soberana, auxilia-nos rumo à verdade e à razão;

é preciso, portanto, que aquele que deseja agir de modo sensato – seja nos assuntos privados ou públicos – tenha conhecido essa ideia."[504] A ideia do Bem, e não um Deus pessoal, é a autoridade moral suprema e, ao mesmo tempo, causa última de todo Ser e de todo devir. Se dotarmos de causalidade essa ideia do Bem, se lhe atribuirmos legalidade não apenas normativa, mas também causal, mal se poderá então distingui-la de um Deus pessoal; ainda assim, ao conferir-lhe a qualidade típica de Deus – a transcendência –, Platão continua se apegando à impessoalidade da ideia do Bem: "Portanto, tens de dizer também que, ao cognoscível, o Bem proporciona não apenas a possibilidade de ser conhecido, mas também seu Ser e essência, de modo que o Bem não é o Ser, mas ultrapassa-o em dignidade e poder"[505]. "O" Bem, e não "o" Deus bom. Mas como – segundo Platão –, este também existe, e sendo também ele a autoridade moral suprema e a causa última de todas as coisas – ou, pelo menos, de todas as coisas boas –, Deus há de tornar-se, necessariamente, o criador das próprias ideias. Já anteriormente, na *República*, Platão se referira a Deus como o "escultor dos sentidos"[506], o "escultor do universo", que "deu forma magnífica" ao céu e a tudo que lhe é ligado[507]. Quando, então, introduz as ideias das coisas corpóreas, como a ideia de uma cama, e distingue entre a cama produzida pelo marceneiro, a que um pintor reproduz num quadro e a ideia da cama – esta como única cama "real" –, explicitando, ademais, o pensamento de que há apenas uma única ideia da cama, mas muitas camas, ele faz Sócrates dizer: "O pintor, o marceneiro e Deus são, portanto, três mestres de três espécies distintas de cama (...) Deus, porém – ou porque tenha sido a sua vontade produzir não mais do que uma única cama realmente existente, ou porque a pressão da necessidade o tenha levado a isso –, fez apenas aquela única cama: a cama em si. Deus não criou duas camas assim, nem jamais serão duas delas criadas (...)". Deus quis "ser o criador da cama existente de forma plenamente real; não quis ser o criador de uma cama qualquer, tampouco ser um marceneiro qualquer"; "assim, criou justamente essa única cama real". Ou seja: Deus criou a ideia da cama. E Platão prossegue: "Podemos agora chamá-lo (a Deus) o escultor primordial da cama, ou coisa semelhante, (...) uma vez que foi ele quem criou seu verdadeiro modelo primordial, como também os modelos primordiais de tudo o mais"[508]. Os "modelos primordiais de tudo o mais" nada mais significa do que todas as demais ideias – inclusive a ideia do Bem. Que as ideias sejam criadas por Deus é uma contradição que atinge os fundamentos da doutrina das ideias, e que nenhuma interpretação é capaz de resolver. Não apenas porque, segundo sua essência, as ideias são eternas, independentes de qualquer transformação, alheias a todo nascer, perecer e a todo vir a ser, sendo entidades que representam o Ser verdadeiro; mas também porque, havendo um Deus e deuses, há de haver também – segundo a própria doutrina das ideias uma ideia de Deus. Na doutrina platônica das ideias, contudo, inexiste tal ideia e, decerto, nem sequer pode haver. Ademais, não faz o menor sentido que um Deus-criador precise das ideias para poder cumprir sua função de criador: a criação do mundo. É aliás como criador do mundo que esse Deus figura no *Timeu*.

II. A ideia como o criador do mundo

Junto com a velha distinção entre o apreensível "pelo pensamento racional, graças ao intelecto" – o "que sempre é" e "não admite qualquer devir" – e o "permanente devir", que "jamais participa do Ser", sendo acessível somente "pela percepção sensível" da mera "opinião", Platão constata que todo devir há de ter, "necessariamente, alguma causa por pressuposto", "pois, sem uma causa, é impossível que algo nasça"[509]. Como, no entanto, o universo é algo que veio a ser, há de ter um criador. O Deus eterno é quem, como "demiurgo", mestre de obras, cria o universo e o faz "considerando sempre o que permanece sempre idêntico a si mesmo e que lhe serve de modelo nessa empreitada"[510]. Aqui, ao contrário do que ocorre na *República*, Platão não faz de Deus o criador das ideias, mas o faz criar o mundo segundo o modelo das ideias, as quais, como Deus, supõe-se serem eternas e, portanto, não algo que veio a ser. No *Timeu*, Platão talvez tenha abandonado a doutrina exposta na *República* – segundo a qual Deus criou as ideias – a fim de enfrentar a objeção óbvia de que um Deus criador das ideias estaria em contradição com tudo quanto ele dissera antes sobre estas. Contudo, um Deus existente paralelamente às ideias é tão inconciliável com a doutrina original das ideias quanto um Deus que as tenha criado. E isso porque, na filosofia platônica, as ideias – e particularmente a ideia do Bem – cumprem as funções específicas que, em sua teologia, cabem à divindade. A admissão de Deus no firmamento das ideias significa uma inexplicável duplicação da metafísica platônica. Essa duplicação mostra-se claramente nisto, que Platão atribui também a Deus a qualidade da invariabilidade, essencial às ideias, que as coloca em sua oposição específica à realidade empírica. Na *República*[511], ele faz Sócrates afirmar: "Tudo quanto se encontra em estado bom, seja um produto da natureza, da arte ou de ambas, está menos sujeito à modificação por outrem (...) Deus, porém, e tudo quanto é de Deus, é em todos os aspectos perfeito (...) É impossível, pois, atribuir a um deus a vontade de modificar-se; ao contrário: salvo engano, cada um deles, insuperavelmente belo e bom como é em si, persiste eternamente imutável em sua forma própria". Isso diz respeito a uma divindade pessoal, pois só uma divindade assim pode ter uma vontade. A duplicidade dessa metafísica mostra-se ainda mais claramente no fato de Platão fazer com que o mundo nasça – tanto quanto segundo o modelo das ideias – também à imagem e semelhança de seu criador: a divindade. "Discutamos, pois, o motivo que levou o mestre de obras a compor o mundo, esse sítio do devir, conforme se apresenta. Ele era repleto de bondade, e quem é bom jamais e em parte alguma acha motivo para a inveja. Absolutamente intocado por esta, ele quis que tudo lhe fosse o mais possível semelhante."[512] Deus cria o mundo como algo que lhe é semelhante, "pois a vontade de Deus era fazer o mundo o mais semelhante possível ao mais belo e, em todos os aspectos, perfeito dentre tudo quanto a razão é capaz de conceber" (e o que mais poderia ser isso senão a própria divindade?); "e, assim, ele o construiu como um único ser vivente e visível, contendo tudo quanto, por natureza, lhe é aparentado"[513]. Trata-se aqui da criação de um "deus" que, por meio "do Deus que é desde a eternidade", "haveria de, primeiramente, adquirir existência". A partir desse Deus supremo, o cosmo visível e animado faz-se "um deus bem-aventurado", subordinado ao Deus supremo[514]. Ao final do *Timeu*, atingido "o termo da discussão acerca do universo", lê-se: "Provido de seres mortais e imortais, e totalmente preenchido, este mundo tornou-se um ser vivo e visível que abrange todo o visível, uma imagem do criador, um deus perceptível pelos sentidos, o mais poderoso e o mais belo de todos – este mundo único e unigênito"[515]. Assim, na teologia platônica (bem como na cristã), Deus é deus não apenas além dos limites do mundo, transcendente em relação a este: o mundo está em Deus, e Deus no mundo, sendo pois também imanente em relação a ele, exatamente da mesma forma como as ideias são tanto transcendentes quanto – graças à metexis e à parusia – imanentes em relação à realidade empírica[516]. Também nesse aspecto a teologia platônica de uma divindade pessoal é uma duplicação da metafísica inconciliável com sua doutrina das ideias impessoais[517]. Mostra-se ainda mais claramente nessa teologia a contradição, perceptível já na doutrina das ideias, de uma realidade empírica ao mesmo tempo participante do Ser verdadeiro e representando apenas uma aparência enganadora. Se, afinal, o mundo é criado à sua imagem e semelhança por um Deus pessoal, dotado de bondade e poder absolutos, não pode ser um mundo da aparência enganadora. Esse Deus pessoal não pode ser um embusteiro.

A teologia platônica não opera apenas com o Deus-criador designado como demiurgo, mas com toda uma hierarquia de deuses. O demiurgo – o Deus "que é desde a eternidade", o Deus invisível – cria à sua imagem e semelhança o cosmo, que é ele próprio um deus e contém muitos deuses[518]. No *Timeu*, Platão refere-se à terra e aos astros como deuses – os "deuses estelares"[519]; ali, paralelamente ao Deus supremo, criador do universo, ele distingue "deuses jovens", a cargo dos quais deixa-se a criação dos corpos[520]. A teologia de Platão é marcadamente politeísta, embora – tal como ocorre com a doutrina das ideias e sua ideia central do Bem – apresente uma configuração indubitavelmente monoteísta. É lícito supor que esse caráter politeísta da teologia platônica seja uma concessão à religião popular grega. Em seguida à passagem acerca dos deuses estelares, lê-se: "Falar sobre os demais seres de natureza divina (os demônios) e sua aparição seria empreitada temerária; tem-se, antes, de dar crédito aos que, no passado, se manifestaram a esse respeito; se, afinal, afirmam descender dos deuses, terão conhecido bem seus antepassados. Como poderíamos negar crédito aos descendentes dos deuses? Ainda que suas afirmações não possam pretender para si qualquer verossimilhança ou a autoridade do que foi verdadeiramente comprovado, temos de dar-lhes crédito, em vista de se apoiarem em seu parentesco com os deuses. Segundo o que afirmaram, podemos, pois, tomar por válido acerca do nascimento dos deuses o que se segue. Gé (a terra) e Urano tiveram por filhos Oceano e Tétis; estes, por sua vez, Fórquis, Cronos, Reia e os demais que deles descendem; de Cronos e Reia nasceram Zeus e Hera, bem como todos que são tidos por irmãos ou descendentes destes"[521].

A doutrina platônica das ideias tem visivelmente por meta uma religião sem deuses pessoais. Mas para manter a crença em deuses pessoais – a essência da religião popular grega –, Platão não se intimida diante de qualquer contradição: defende pois, sem se preocupar com sua doutrina das ideias, uma teologia que possa encerrar em si essa religião, ao menos no que se refere a seu conteúdo essencial.

Não só na teologia de Platão, mas também em sua doutrina da alma, repete-se o problema da doutrina das ideias: a contradição entre transcendência e imanência. O que Deus é em relação ao mundo, e a ideia em relação à realidade empírica, o mesmo é a alma em relação ao corpo – originalmente, apenas o corpo humano e, posteriormente, o do universo. Assim como Deus e a ideia, também a alma é tanto transcendente quanto imanente. Partindo de sua peculiar esfera transcendente, que compartilha com a ideia e com Deus, a alma – que, como Deus e a ideia, é, por natureza, imutável e eterna, ou seja, imortal – adentra o corpo mortal, à mercê do nascimento e da morte; e o faz, porém, apenas para, tão logo quanto possível, abandonar novamente o corpo e, com ele, a esfera empírica do mundo do devir, retornando à sua pátria celestial do Ser transcendente. Mas assim como a ideia torna-se a causa do devir, e Deus, o criador da realidade empírica, também a alma faz-se o início de todo movimento, o princípio do movimento próprio; desse modo, de alma individual ela se torna alma universal – a alma do universo em relação ao qual, como alma do mundo, ela é imanente e transcendente ao mesmo tempo. E isso porque Deus é alma, e, assim como a alma individual, inerente ao corpo, representa o divino no homem, também a alma do mundo, inerente ao universo, é o divino no cosmo. Contudo, precisamente como alma, Deus necessita – por força da especulação acerca de Bem e Mal – de um Antideus.

Se a realidade empírica, a despeito de ter por causa última a ideia do Bem – ou, em outras palavras, se o mundo da percepção sensível, em que pese ter sido criado pelo Deus bondoso, não é inteiramente bom, há de ter uma outra causa além da ideia do Bem: uma outra força além da divindade boa deve ter participado de sua criação.

Capítulo 65
A ruptura da especulação acerca de Bem e Mal

I. A especulação acerca de Bem e Mal no Político

A especulação acerca de Bem e Mal manifesta-se claramente no *Político*. Platão narra aí o mito da inversão do curso do mundo, conectando e reinterpretando de modo singular os motivos de diferentes fábulas antigas – primeiramente, a da inversão de nascer e pôr do sol e dos demais astros, o milagre acontecido por ocasião do conflito entre Atreus e Tiestes; depois, a fábula da Idade de Ouro, sob o governo de Cronos; e, por fim, a de Cadmo. Ao contrário do que ocorre nas doutrinas da alma e das ideias, a oposição entre Bem e Mal não é transferida para o espaço, mas situada no tempo; não se apresenta no quadro de um espaço superior e outro inferior, mas no de um antes e de um agora, representando passado e presente. Bem e Mal contrapõem-se não em dois espaços distintos – um transcendente e outro empírico –, mas em duas épocas, em um *aion* empírico e outro transcendente, por assim dizer. Ambos são representados sob a forma de dois poderes distintos: o Bem, como um poder divino, transcendente ao mundo; o Mal, imanente ao mundo, como sua força própria[522]. O mundo está ora sob o governo do princípio bom, ora recebe seu movimento apenas de sua própria força má, facilmente reconhecível como a lei causal da necessidade, enquanto a força divina e transcendente é claramente a lei da razão. Sob a condução dessas duas forças opostas, o mundo se move ora numa, ora noutra direção. Com particular nitidez, o Mal, tanto quanto o Bem, é aí pensado como realmente existente no tempo, ambos simbolizados pelas duas direções opostas em que o mundo se move. Numa delas, na direção do Bem, o universo se move quando é a própria divindade quem, qual um timoneiro, está ao leme; para a outra, oposta – isto é, na direção do Mal –, o mundo é compelido quando o timoneiro larga o timão, recolhendo-se a seu próprio posto de observação, de modo que o universo, girando ao contrário, obedece a seu próprio impulso e ao poder do destino. O primeiro período é uma espécie de Idade de Ouro, tal como usualmente associada ao governo de Cronos. Tudo se coloca por si só à disposição da satisfação das necessidades humanas. Os homens dispõem de frutos em abundância, produzidos não pelo trabalho do lavrador, mas oferecidos espontaneamente pela terra. Vivem nus e ao ar livre, pois, qualquer que seja a estação do ano, ventos suaves sopram uniformemente, e a grama crescendo em abundância oferece leitos macios; portanto, é desnecessário qualquer trabalho. As diferentes partes do mundo estão sob o governo imediato de deuses especiais que, qual pastores, cuidam dos rebanhos humanos. Inexistem animais ferozes e, particularmente, a guerra, bem como a discórdia[523]. Quando, porém, a divindade suprema abandona o governo do mundo, e o universo, entregue a si mesmo, lança-se na direção oposta à divina – uma inversão que se dá sob portentosas catástrofes nas quais perece uma grande parte da humanidade –, todos os demais governantes divinos abandonam igualmente o mundo, que após um período provisório de ordem – consequência ainda da condução divina – mergulha em desordem crescente. Ela alcança por fim tamanha intensidade, "que o Bem" – que prevalecia no período do governo divino – "quase desaparece, e o mundo, pelo continuado acúmulo de males, corre o risco de aniquilar-se, juntamente com tudo o que há nele" – ou seja, de "mergulhar no abismo sem fim do ser outro"[524], o que nada mais pode significar do que o abismo do Mal. A fim de evitá-lo, porém, Deus retoma seu posto ao leme, tudo reconduzindo na direção contrária, isto é, rumo ao Bem.

Já se mencionou aqui, em outro contexto[525], que a reprodução sexuada pertence ao período do Mal, ao passo que, sob o governo do Bem – e em conformidade com a inversão a que se sujeitam todas as coisas –, os homens, assim como não se alimentam por seu próprio trabalho, tampouco se reproduzem por sua própria ação, mas crescem da terra já velhos, para, tornando-se paulatinamente mais jovens, retornar à terra como sementes; que, portanto, também os mortos jazendo na terra (estes, ainda da época do governo do Mal) ressuscitam para a vida, é coisa que igualmente já se disse aqui. Cabe porém relembrá-lo, uma vez que precisamente esses elementos evidenciam a extraordinária semelhança existente entre esse reino da justiça, destacando-se do pano de fundo da especulação platônica acerca do Bem e do Mal, e aquele outro reino que, na doutrina de Jesus, é anunciado como o futuro reino de Deus. Platão, no entanto, ao contrário de Jesus, não designa ainda o *aion* do Mal como o reino de Satã. No *Político*, ele se recusa a contrapor a Deus, como o Mal, um Antideus. Não se poderia dizer que é o próprio Deus que faz girar o mundo tanto numa quanto noutra direção; nem que "o fazem girar (...) dois deuses em oposição um ao outro"[526]. É bastante significativo, contudo, que surja aqui o problema de um Antideus.

II. A ideia do Mal

Em seu último diálogo, como vimos, Platão não mais se esquivou de tirar de sua teologia a conclusão que, no *Político*, hesita ainda em afirmar. Trata-se da "alma má do mundo", que, postulada já na *República* – quando ele constata ser necessário procurar para o Mal uma causa outra que não Deus –, é solenemente introduzida nas *Leis*. Nessa alma má do mundo Clemente de Alexandria, o patriarca da igreja, reconheceu com razão, e absolutamente em consonância com o espírito da filosofia platônica, o diabo[527].

Em seus últimos diálogos, nos quais reconhece com intensidade crescente a realidade do Mal e o mundo da percepção sensível que o circunda, Platão afastou-se de sua doutrina das ideias, trazendo cada vez mais para o primeiro plano a doutrina da alma, porque esta revelou-se uma ferramenta mais útil para a exposição de sua especulação acerca de Bem e Mal. E o fez, não em pouca medida, porque uma "ideia" do Mal estava em forte contradição com a doutrina das ideias original, que deveria ser um sistema do Bem excludente do Mal. É extremamente significativo – e bem compreensível para quem segue atentamente a transformação do sistema conceitual platônico – que, para a exposição do dualismo do Bem e do Mal que domina toda a sua especulação, ele utilize não mais a doutrina das ideias (esgarçada, afinal, em todos os seus pontos essenciais), mas a doutrina da alma e que, ao final, não mais sua "ideia", mas sim sua "alma" torne-se o substrato no qual hipostasia ambas as categorias básicas de sua ética. Na alma – já naquela do *Górgias* e do *Fédon* –, não apenas o Bem, mas também o Mal fez-se real desde o princípio; nela, ele vivenciou ambos, Bem e Mal, em sua forma primordialíssima, como coisas que são. Projetado no universo, apresentado como oposição de dois princípios cósmicos opostos, o dualismo surge na forma das almas boa e má do mundo.

Capítulo 66
*A luta do Bem contra o Mal e a liberdade
da personalidade moral*

É próprio da dialética de toda especulação acerca de Bem e Mal que, posta em movimento a partir da necessidade social da responsabilização do indivíduo, ameace por fim superar-se a si mesma, na medida em que põe em questão seu ponto de partida – qual seja, o de que o homem deve ser recompensado pelo Bem e punido pelo Mal. Pois, se todo Bem no mundo é relacionado a Deus, e todo Mal, ao Antideus (e se essa relação é interpretada não só como um retorno ao fundamento de validade, mas também à causa, desde que Deus é visto como criador do Bom, e o Antideus, como demiurgo do Mal no mundo, de modo que, mesmo no comportamento humano, se busca a causa de Bem e de Mal fora do homem), então a responsabilidade do homem e, portanto, a admissão de recompensa e punição – o sentido da paga –, tornam-se problemáticas. Essa situação só se resolve quando se consegue superar novamente a coordenação dos princípios bom e mau, que, imposta pela via lógica, ameaça explodir o sistema ético. Uma saída típica para essa dificuldade se oferece quando se transforma a rigidez da concepção estática da relação entre Bem e Mal da interpretação normativa do mundo na teoria dinâmica de uma luta entre ambos que culmina ou na sempre renovada vitória do Bem sobre o Mal, ou no deslocamento dessa vitória para a infinitude do tempo ou do espaço. Somos levados à admissão de uma luta entre o Bem e o Mal por imaginar esses dois princípios não apenas como valores transcendentes, mas também como forças imanentes à realidade empírica ou atuantes sobre ela; ou seja, por imaginar o mundo como uma mistura de ambos, e assim, forçosamente, como o palco de sua luta. Aplicando-se então essa noção ao microcosmo, ao homem, salvam-se a sua liberdade e, com esta, a lei da retribuição.

É natural, assim, que Platão, a quem importa sobretudo a responsabilidade social do homem – esse fundamento de toda retribuição – e que, por isso, sempre acentua com a máxima ênfase a liberdade humana, não se deixe levar ao extremo pela lógica imanente de sua especulação acerca de Bem e Mal. De fato, em Platão, a concepção da responsabilidade da personalidade livre não se impõe sem entraves. A velha doutrina socrática segundo a qual o homem não seria capaz de agir mal conscientemente – que repousa na identificação inadmissível do saber com o querer, do erro com a injustiça – ameaça tornar ilusória qualquer imputação de injustiça[528]. No *Timeu*, podem-se ver nitidamente as dificuldades que resultam dessa concepção. Fala-se aí em defeitos do corpo, em ordem social ruim, como "duas causas inteiramente independentes do nosso querer, que, sendo nós maus, nos tornam maus a todos". Platão, entretanto, não tira daí qualquer conclusão, mas prossegue: "Culpado disso são antes os que geram do que aqueles por eles gerados" – uma afirmação muito perigosa, considerando-se que todos os homens, na forma como se apresentam, são gerados –, "e mais os educadores do que os por eles educados. Cada um, no entanto, pela educação, pelos princípios e pela formação científica, tem de esforçar-se por escapar do vício e honrar a virtude"[529]. Predomina assim em Platão – a despeito de certos pressupostos apontando para direção bastante diversa – a concepção expressa nas palavras que, no mito final da *República*, o "profeta" dirige às almas que escolhem seu destino: "Vossa sorte não é determinada pelo demônio, mas sois vós que escolheis o demônio (...) A virtude, porém, não tem dono; cada um é por ela acolhido em maior ou menor grau em função de seu respeito ou desprezo por ela. A culpa é dos que escolhem; Deus é inocente"[530]. Essas palavras, contudo, o profeta as pronuncia como uma mensagem provinda de Láquesis, a "filha da necessidade" (uma divindade feminina), em cuja presença e sob cujo comando dá-se a escolha dos destinos. Conclui-se ademais, do que segue, que a escolha efetuada pelas almas é fundamentalmente determinada pela aquisição ou não, em sua vida passada, da capacidade de, "em sua escolha, distinguir o modo de vida pior do melhor"[531], de modo que, também por essa razão, sua escolha absolutamente não é livre, o que novamente coloca em questão sua responsabilidade moral[532]. Essa é, de resto, a consequência de se admitir um princípio bom causador de todo o Bem e um princípio mau causador de todo o Mal, como quer que se apresentem. Enquanto a alma, como alma individual, é a causa de seu próprio movimento para o Bem ou para o Mal, pode-se ainda afirmar-lhe a liberdade. Tão logo, porém, ela se torna alma universal, tão logo cinde-se em uma alma boa e uma alma má do mundo – tendo-se a primeira como causa de todo movimento para o Bem e a última, de todo movimento para o Mal –, a liberdade do indivíduo está irremediavelmente perdida. Mas a intenção de Platão não é, em absoluto, chegar a esse resultado. Se, a despeito de Deus e do diabo, ele tem de afirmar a liberdade humana, é natural que recorra à noção da luta e da vitória do Bem sobre o Mal, e que eleve um Bem que abrange tudo, uma divindade suprema, acima da oposição entre as almas boa e má do mundo, entre o princípio universal divino e o diabólico. Já na *República* Platão dissera que "em nós, homens, (...) o Bem é amplamente sobrepujado pelo Mal"[533]. E, nas *Leis*, ensina "que o mundo oferece uma plenitude do Bem, mas também uma plenitude do ruim (do Mal), e que o último predomina em quantidade, daí resultando, conforme nos cumpre afirmar, uma luta infindável entre esses poderes inimigos, que exige vigilância quase sobre-humana. Nossos aliados nessa luta são os deuses e demônios, posto que somos propriedade deles. O que nos aniquila é a injustiça e a petulância, aliadas à insensatez; o que nos salva é a justiça e a temperança, aliadas à compreensão racional, todas as três possuindo sua (verdadeira) morada nas forças anímicas dos deuses, mas uma minúscula porção sua divisa-se nitidamente também aqui na terra, inerente a *nós*"[534]. Se o mundo terreno é o palco da luta entre ambos os princípios básicos inimigos, então, tanto quanto o homem, também ele é um estágio intermediário entre os dois reinos do Além – o do absolutamente Bom e o do absolutamente Mau –, que somente sob o ponto de vista da paga parecem o do céu e o do inferno. Se essa luta do Bem contra o Mal no universo termina com a vitória do primeiro sobre o último, isso é obra da "divindade" suprema, que "governa e cuida do todo". "Quando o soberano real viu que todas as nossas ações assentam-se em processos anímicos, contendo muita virtude (coisas boas), mas também muita ruindade (coisas más) (...); quando viu que tudo quanto é bom na alma produz benefícios, por sua disposição natural, e o ruim, ao contrário, produz danos – tendo em vista tudo isso, esboçou um plano preciso, no qual cada parte haveria de ter o seu lugar, a fim de, tão eficaz, fácil e inequivocamente quanto possível, auxiliar a virtude (o Bem) no universo a obter a vitória e impingir a derrota à ruindade (ao Mal) (...) No que se refere, porém, à formação do caráter, deixou-a o soberano a cargo da autodeterminação livre de cada um, segundo suas inclinações.[535]" Como uma divindade suprema conduz a luta do Bem contra o Mal a uma vitória do Bem, este necessariamente tem de cindir-se, por um lado, em uma das partes em combate e, por outro, em uma instância situada acima da luta, capaz de decidi-la; portanto, duplicando-se, tem de elevar-se acima de si mesmo. Contudo, como divindade máxima, somente no macrocosmo é que o Bem decide a luta a seu favor. No microcosmo, deixa-se ao homem a saída da autodeterminação de cada um. O Bem vence apenas no âmbito do todo. Mas vence. E isso porque o Mal – que originalmente é simplesmente negado, e cuja situação extrassistema expressa-se no fato de ser declarado algo que não é –, após ter sido conhecido como algo que é, após ter sido situado dentro do sistema, precisa ao menos ser vencido para, então, enfim e por fim, novamente não ser.

Quarta parte
A ESSÊNCIA DA JUSTIÇA
A MÍSTICA PLATÔNICA

Capítulo 67
O Bem e a justiça

Então, o que é verdadeiramente o Bem, que, em algum sentido, contém também a justiça? Esta é a pergunta capital, que, irrespondida, faz de quase todos os diálogos de Platão fragmentos incompletos, e, de seus esforços, meros questionamentos sem solução, tão somente pontos de partida sem qualquer conclusão. O que é pois esse Bem, que significa a felicidade tanto do indivíduo quanto do todo, visto que a felicidade não é um sentimento subjetivo, mas um estado objetivo: a ordem da justiça? Esse Bem que constitui o objeto, o único e verdadeiro objeto do conhecimento genuíno[536]? Trata-se da meta direta ou indireta da maioria dos diálogos de Platão, inclusive dos que antecedem a *República*. Tal é o caso do *Laques*, que tem por objeto a coragem, a qual, no entanto, é ali definida como um saber acerca do Bem; do *Protágoras*, a cujo problema central pertence a pergunta sobre o sentido do Bem; do *Cármides*, esse diálogo acerca da *sofrosine*, da qual se afirma ser o conhecimento do Bem seu componente mais essencial; do *Hípias*

Maior, que trata da essência do Belo, entendendo-o claramente como o Bem. Até sua grande obra sobre o Estado, os esforços de Platão não foram além de tautologias inteiramente desprovidas de sentido. O *Trasímaco* – primeiro livro da *República* – mostra bem a situação em que se encontrava a investigação platônica ao final desse período de sua produção. O conteúdo objetivo do que se busca sob o nome de "Bem" ou "justiça" ainda não está definido. Tampouco a percepção, adquirida junto aos pitagóricos, de que a retribuição é a essência da justiça e de que a certeza de sua existência estaria assegurada pela crença no Além traz qualquer outra contribuição no que se refere ao conteúdo da justiça. "Paga", afinal, significa apenas que se há de ligar o Bem ao Bem – isto é, à recompensa – e, portanto, o Mal ao Mal, ou seja, à punição, mas não é o verdadeiramente decisivo: no que consiste o Bem, quando se deve considerar bom um comportamento humano, e mau o comportamento oposto. A definição da justiça como retribuição é de caráter puramente formal; tanto quanto a igualdade ou a harmonia, são todas idênticas no fundo, na medida em que postulam que coisas iguais se contrabalançam, se equilibram; trata-se, pois, de um conceito formal da ordem, na medida em que a paga aponta apenas para um procedimento no qual o Bem se concretiza e o Mal é aniquilado. De qualquer modo, se desejamos aplicar esse procedimento, é preciso saber primeiro o que é o bom (e o que é o mau). Como retribuição, a justiça é, por assim dizer, apenas a forma a partir da qual o Bem recebe seu conteúdo. De maneira bastante significativa, Platão caracteriza a relação do Bem com o Justo afirmando que "a ideia do Bem representa o saber supremo (...) ela que, com sua cooperação, torna proveitosas e úteis as ações justas, bem como todas as demais ações dessa natureza"[537]. Somente através do Bem assim se poderia interpretar essa passagem – é que o Justo se torna exequível, adquire seu conteúdo concreto, da mesma forma como a ideia do Bem empresta "Ser e essência" – ou seja, conteúdo – a tudo o mais[538]. E, num outro contexto, Platão diz que a ideia do Bem é a "causadora de todo o justo e de todo o bom" (πάντων αυτή ὀρθῶν τε καὶ καλῶν αἰτία)[539], o que por certo significa que é a causadora da justiça. O Bem é, assim, o cerne da justiça, e por isso, aliás, Platão frequentemente identifica esta com aquele[540]. Mas apartando-se um do outro, a justiça (como paga) é apenas uma técnica para a realização do Bem: é – na medida em que cabe tomá-la em consideração no plano terreno – o Estado, com a paga funcionando como seu aparato coercitivo. Cabe ao Estado garantir a vitória do Bem sobre o Mal no Aqui[541]. E, sendo o Bem uma categoria social, somente no Estado o homem pode agir bem: é como órgão do Estado que lhe é possível conhecer o Bem. Por isso, o diálogo sobre o Estado parece destinado a nos dar resposta à questão sobre o conteúdo da justiça; é por isso que a discussão sobre o problema do Bem constitui o ápice da *República*; é por isso também que esse escrito sobre o Estado culmina na doutrina das ideias; e é por isso, finalmente, que ali figura, como suprema e central, a ideia do Bem.

Capítulo 68
O Estado ideal: sem solução para o problema da justiça

I. *O problema da justiça na* República

O que seja o Bem é coisa que não se descobre mesmo na *República*, diálogo que se limita a afirmar a existência de um Bem. Todo o grandioso firmamento das ideias, erigido acima do mundo terreno, nada mais é do que expressão poético-filosófica dessa afirmação. Por isso, tampouco o quadro do Estado ideal traçado por Platão representa solução para o problema material da justiça. É um equívoco afirmar que Platão, com seu detalhamento do verdadeiro Estado, tenha nos oferecido o esboço de uma ordem estatal justa. Não é isso que lhe importa, ao menos em princípio; o Estado ideal nem sequer é o objetivo principal da *República*, que apenas em reduzidíssima medida é dedicado a esse assunto. Se, "em pensamento", Platão faz "surgir ante nossos olhos" um Estado, ele o faz porque o toma por análogo ao homem, e, na maior amplitude do primeiro, pode-se mais facilmente perceber o que Platão busca neste último: a justiça. "– Sócrates: (...) Falamos de justiça tanto em relação ao indivíduo quanto no que se refere à totalidade do Estado? – Adimanto: É claro. – Sócrates: Mas o Estado é maior do que o indivíduo? –

Adimanto: Perfeitamente. – Sócrates: Então, talvez a justiça possa ser encontrada em maior medida no que é maior, e sob forma mais facilmente cognoscível. Se estás de acordo com isso, examinemos então, primeiramente, de que natureza ela é nos Estados, para depois a observarmos também no indivíduo, buscando perceber no fenômeno menor a semelhança com o maior.[542]" A investigação, assim, é inicialmente dirigida para o Estado real, para "os Estados"; em sua *República*, portanto, Platão absolutamente não se lança desde o início à construção de um Estado ideal. E, de fato, tem-se ali primeiramente uma teoria inteiramente realista do nascimento do Estado. Pouco a pouco, porém, e imperceptivelmente, a exposição passa de uma descrição do desenvolvimento do Estado real ao esboço de um Estado ideal[543]. Também com este, o que Platão deseja é apenas demonstrar o que lhe importa no homem: a correta constituição anímica, a correspondente relação entre cada uma das partes da alma, o que – conforme se verifica posteriormente – ainda não é verdadeiramente a justiça propriamente dita, mas o pré-requisito para que o homem aja de forma justa. E o que Platão apresenta do Estado é, na verdade, em primeiro lugar, a sua Constituição, sua organização, e não uma ordem completa, regulando materialmente as relações humanas. Também no macroantropos, ele mostra apenas as condições organizacionais sob as quais a vida pode configurar-se de maneira justa, mas não a própria vida configurada de maneira justa; ou seja, não nos apresenta as normas que regulam a multiplicidade das relações humanas e que constituem o conteúdo da justiça.

II. O significado da Constituição para a justiça

Se desejamos compreender o significado do assim chamado Estado ideal em Platão, precisamos ter consciência da essência da Constituição, enquanto mera parte da ordem geral do Estado. A Constituição é apenas a regra básica segundo a qual é gerada a verdadeira ordem estatal, no sentido mais estrito e material da palavra. Estabelecendo os órgãos do Estado, sua função e relação recíproca, ela apresenta apenas o método, o procedimento a partir do qual são geradas as normas que configuram contenutisticamente as relações entre os homens. É preciso distinguir a ordem segundo a qual os órgãos do Estado são instituídos daquela que esses mesmos órgãos estabelecem – de forma geral ou individual – para determinar o modo de vida dos súditos. Sendo a Constituição apenas a primeira dessas ordens e, portanto, uma ordem parcial, ela jamais pode ser a justiça, mas apenas e sempre o caminho pelo qual se chega a esta, isto é, à correta configuração da vida humana e de suas relações. Essencialmente, a *República* contém apenas a Constituição do Estado, e não o direito material, nem tampouco, portanto, a justiça. E isso porque seu pensamento fundamental – a divisão do povo por classes, ou, mais exatamente, a separação de uma casta guerreira da grande massa da população trabalhadora, e a escolha dos governantes no interior dessa casta de guerreiros – tem um caráter exclusivamente organizacional. No mais, os atos que isso envolve são descritos de forma bastante passageira, de modo que não é possível obter um quadro claro de como, verdadeiramente, essa classe dirigente é constituída e, particularmente, de como se forma o governo. São, obviamente, as crianças geradas na comunidade de mulheres pelos pertencentes à casta de guerreiros e criadas pelos órgãos do Estado que são novamente inseridas na classe dos que as geraram. Admite-se, contudo, tanto a ascensão da classe dos trabalhadores para a dos guerreiros, quanto a expulsão desta para aquela[544]. Como é que, do ponto de vista da Constituição, podem ocorrer esses deslocamentos tão importantes, sobre isso o esboço de Platão nada informa. Permanecem inteiramente obscuras sobretudo a criação e especialmente a composição do governo. Este compõe-se dos filósofos que, possuidores de uma formação especial, são selecionados no interior da classe dirigente. Como, porém, a essa classe cabe dedicar-se predominantemente à filosofia, e apenas passageiramente aos negócios do Estado, é necessário um processo especial para, a partir do reservatório dos filósofos disponíveis, compor o governo e ocupar os cargos necessários. Também a esse respeito, porém, nada é dito. Do mesmo modo, tampouco se encontra explicação ao menos razoável para a maneira como o governo se desimcumbe de suas tarefas propriamente estatais – a jurisdição e a administração –, se utiliza órgãos auxiliares (e quais)[545] e, particularmente, para a maneira como se organiza o exército e a quem é transferido o poder de comando. Do ponto de vista técnico-jurídico, a Constituição do Estado ideal platônico é inteiramente fragmentária.

III. O ideal estatal: uma ideologia teocrática

A *República* detalha a educação dos guerreiros e, particularmente, a formação dos filósofos destinados a governar. Nesses dois casos, Platão aprofunda-se nos pormenores. Tem-se aí, evidentemente, o cerne de sua Constituição, cujo verdadeiro sentido é assegurar a melhor organização possível visando ao conhecimento do verdadeiro Ser, ou seja, ao saber acerca do absolutamente bom. Assim como, de um modo geral, uma Constituição não representa, ela própria, a ordem jurídica, mas apenas um método de produzi--la, também a Constituição platônica produz não o Bem ou a justiça em si, mas tão somente, na concepção de Platão, o melhor caminho para isso. É por essa mesma razão que a Constituição platônica tem um caráter não tanto político, mas antes pedagógico. Visto que postula o governo do Estado para os "filósofos", seu conteúdo principal será apontar um método segundo o qual tais "filósofos" possam ser gerados e descrever um procedimento que conduza à visão do absolutamente bom, pois o saber sobre o Bem é a única fundamentação jurídica para o governo. O que a Constituição platônica pode oferecer é uma legitimação específica do governo estatal, mas não a configuração conteudística das condições desse governo; uma certa justificativa para a autoridade estatal, mas não o seu conteúdo material. Assim, todos os aspectos decisivos relativos à concretização do Estado permanecem intocados. O Estado ideal platônico é a ideologia de um Estado dividido em classes (a ideologia do Estado governado pelos filósofos com o auxílio dos guerreiros), e não o quadro de um Estado, a exposição do conteúdo de uma ordem estatal.

Um elemento característico dessa ideologia consiste em que a justiça – ou o Bem, cujo conhecimento fundamenta o direito dos filósofos ao governo do Estado – é transferida para o Além, sendo, portanto, absolutizada em uma divindade, de modo que a ciência – de cuja posse tudo depende tanto do ponto de vista pedagógico quanto político – faz-se teologia, e os filósofos têm antes o caráter de sacerdotes do que de eruditos: por seu intermédio, quem reina é o próprio Deus (cf. *Leis*, 712 e *s.*: o verdadeiro Estado é aquele no qual reina Deus, uma teocracia). Fosse a teocracia uma forma assumida pelo Estado – ou seja, a forma de um Estado real, e não apenas uma determinada ideologia estatal –, ter-se-ia de denominar o Estado platônico uma teocracia. Precisamente por ter como meta uma teocracia, a Constituição do Estado platônico evidencia seu caráter ideológico.

Isso se manifesta ainda mais claramente nas *Leis* do que na *República*. Em seu conteúdo político, o primeiro desses diálogos absolutamente não representa um abandono do ponto de vista defendido na *República*; em muitos aspectos, tem-se aí antes uma exacerbação do que um abrandamento. Renunciando-se à comunhão dos bens, das mulheres e das crianças, abandona-se, é certo, um elemento muito notável (ou que se fixa facilmente na memória, como, um tanto sarcasticamente, o próprio Platão afirma no *Timeu*[546]), mas não um fator demasiado essencial[547]. Em compensação, o caráter sacerdotal do governo e a natureza religiosa da autoridade estatal são acentuados com ainda maior vigor nas *Leis*, e, com isso, a exclusão de toda liberdade espiritual é levada a cabo de forma ainda mais radical do que na *República*. O que neste último diálogo pode-se apenas supor é expressamente estatuído no primeiro: para a camada dominante, o saber acerca de Deus e de sua justiça; para a massa do povo, a crença nos deuses da religião tradicional, como base sólida para a crença no saber dos governantes. Conservar essa crença – mas não lhe revelar o objeto (ou seja, explicitá-la mediante uma indicação racional de seu conteúdo e de uma análise de seu objeto) – é a meta de ambos os escritos platônicos versando sobre o Estado.

IV. A justiça econômica no Estado ideal

Os escritos platônicos sobre o Estado em nada contribuem para a solução de todos os problemas políticos e sociais que, tanto quanto os homens da Antiguidade, esperamos ver resolvidos por uma ordem justa. Em especial, não contêm qualquer regulamentação da economia. Esta é, no Estado ideal platônico da *República*, deixada a cargo da terceira classe, à qual pertence grande parte do povo. Com seu trabalho, essa classe tem de sustentar os guerreiros e filósofos, sem que se diga de que forma, verdadeiramente, dá-se a transferência dos bens produzidos por essa camada para as duas outras. Como algo secundário, a exposição de Platão deixa completamente às escuras a classe trabalhadora, o povo – que constitui o objeto do governo – e, consequentemente, todas as relações econômicas. Ele chega mesmo a repudiar expressamente a sua regulamentação por lei. "E ademais – em nome dos deuses! –, os negócios que as pessoas fazem no mercado umas com as outras e – permita-me – também os contratos de mão de obra, as injúrias, os insultos, as instaurações de processos, a nomeação de juízes, a porventura necessária elevação ou imposição de taxas portuárias, ou as determinações, de um modo geral, relativas ao mercado, à cidade, ao porto ou coisa do gênero – dedicar-nos-emos, então, a regulamentar com leis questões desse tipo?", pergunta Sócrates, ao que Adimanto responde com um convicto "não"[548]. Dos legisladores que se ocupam de tais assuntos Platão apenas zomba. Essas pessoas seriam "as mais divertidas, sempre ocupadas com a criação e o aperfeiçoamento de leis da espécie das que acabamos de descrever, e sempre acreditando que conseguirão, de alguma forma, acabar com as falcatruas nos negócios e com tudo o mais a que já me referi anteriormente, sem sequer desconfiar de que, na realidade, nada mais fazem do que os que se põem a cortar a cabeça da Hidra (...) Na minha opinião, portanto, o correto seria que nenhum estadista de fato se dedicasse a esse gênero de legislação e administração estatal, seja num Estado mal ou bem ordenado – no primeiro, porque ser-lhe-ia inútil e não traria qualquer proveito; no segundo, porque algumas coisas os homens são capazes de descobrir por si, e o restante resulta espontaneamente das normas já existentes"[549]. Seria um terrível equívoco identificar nessa atitude de repúdio algo como liberalismo[550]. O desprezo de Platão pela economia, enquanto função da classe trabalhadora, tem tão pouco a ver com liberalismo quanto, no tocante à classe dominante, a comunhão de bens, mulheres e crianças, resultante do desdém pelo casamento e pela família, tem a ver com socialismo. Tampouco pode-se afirmar que Platão era simplesmente cego para os assuntos econômicos. Tratando do nascimento do Estado, ele tem plena consciência de seu significado; a necessidade da satisfação social de carências econômicas é, para ele, a razão primária do aparecimento da organização autoritária[551]. A preocupação com a alimentação, a moradia e o vestuário é que impulsiona os homens para o Estado; fundam-no e constroem-no os camponeses e os artífices, e é somente para protegê-los que se juntam a eles os guerreiros[552]. Assim, a despeito de seu desdém pelo fator econômico, não é possível que Platão tenha acreditado que a economia, imprescindível para o conjunto do Estado, que a vida da porção amplamente majoritária do povo, fosse uma esfera excluída do governo da justiça, da validade do Bem e da condução divina. Ele pode ter julgado supérfluas as leis regulando a economia, mas não se terá fechado à compreensão de que, inevitavelmente, se há de contar ao menos com conflitos de interesses no interior da grande massa do povo, entregue a seus próprios negócios privados, e de que nessa camada, de cuja educação moral o Estado ideal não se ocupa, hão de ocorrer delitos contra a propriedade, além de outras infrações. A quem, e segundo que princípios, cabe julgá-las? Ao governo, decerto, ou sob a supervisão, comando e instruções deste. Contudo, Platão silencia no que se refere ao conteúdo e à forma desses atos de governo, os únicos a propiciar – ao menos para o povo, para os governados – a verdadeira justiça. Tudo isso já será sabido pelos governantes-filósofos, tão logo tenham divisado a ideia do Bem. Cabe, pois, tão somente fundamentar a legitimação destes e não lhes fornecer quaisquer parâmetros de conteúdo definido para o governo. Não o próprio Platão, mas sim o governo formado segundo ele sugere é que irá mostrar no que consiste verdadeiramente a justiça, sob que forma ela se apresenta na vida do povo. Que o Estado ideal platônico, conforme o apresenta o próprio Platão, ainda não é a justiça, mas aquilo que deverá produzi-la –

e, aliás, sobretudo porque a organização sugerida permite inicialmente a alguns escolhidos o conhecimento do Bem ou da justiça, possível apenas no Estado ideal, e não nos Estados existentes –, isso é o que se tem necessariamente de supor em decorrência de não poder a Constituição platônica ser tomada por uma situação definitivamente satisfatória, inclusive do ponto de vista moral que o próprio filósofo assume, e não por causa da ausência de direitos políticos da classe trabalhadora! Isso significaria aplicar um critério democrático que, de todo modo, não corresponde à justiça platônica. A justiça só pode ser conhecida por intermédio da filosofia; esta, no entanto, afirma Platão na *República*[553], "é uma impossibilidade para a grande massa". Por isso mesmo, a grande massa é totalmente incapaz de governar a si própria, e a democracia está fora de questão. Como, porém, em tudo quanto carrega o semblante humano Platão supõe a existência de uma alma divina e imortal, uma ordem que permite apenas a muito poucos o acesso à divindade e, assim, à salvação da alma, à redenção, só pode ser uma ordem provisória. E não se há de pensar aí apenas nos membros da classe desditosa, presa à economia, mas em todos os outros que ficam à margem do Estado "ideal", concebido como relativamente pequeno e não abrangendo sequer a totalidade dos gregos. A ideia platônica do Bem é indubitavelmente universal, não vinculada sequer às fronteiras da humanidade. Seu assim chamado Estado "ideal", porém, é uma casa de saúde exclusiva, voltada apenas para uma insignificante minoria. Em vista dessa circunstância, é de importância secundária que a Constituição do Estado ideal e, sobretudo, a do segundo melhor Estado, tenha uma inconfundível coloração político-partidária, na medida em que leva em conta exigências altamente concretas do partido conservador ateniense e principalmente na medida em que contacta com as instituições espartanas e do passado ateniense. Que isso já constitua a plena justiça, Platão certamente não acreditava. A sua própria atitude quanto à questão dos escravos[554] indica que não lhe importava uma solução dos problemas materiais da justiça. Ou haveremos nós de supor que, por não a ter colocado em discussão nem em seu Estado ideal, nem no segundo melhor Estado,

Platão terá considerado a escravidão, já tão vigorosamente combatida à sua época, em harmonia com a ideia do absolutamente bom? Esta era para ele uma expressão da mais elevada harmonia. Resulta daí que a ordem social, que deve ser uma cópia dessa ideia, tem de concretizar uma harmonia dos interesses. Não se tem, entretanto, a impressão de que a Constituição do assim chamado Estado ideal ao menos pretende algo semelhante. Do contrário, como se poderia entender a brusca divisão em classes? Como entender a classe dos guerreiros, cuja função inequivocamente traduz-se não apenas na defesa voltada para o exterior, mas particularmente na manutenção da ordem interna, e na manutenção dessa ordem contra a classe dominada[555]? Por fim, tampouco se pode ignorar que o Estado ideal platônico – na medida em que se pode concebê-lo como realidade terrena – decerto não se exclui do sistema da justiça platônica, abrangendo também o mundo supraterreno; deve-se considerar, pois, que esse Estado ideal não torna supérflua a paga no Além e, particularmente, a paga assegurada pela transmigração da alma. A situação da classe trabalhadora, a escravidão e males semelhantes reconhecidos também no Estado ideal e mesmo mantidos por esse Estado, que não podem ser tomados (não para a grande massa dos atingidos) como punição por uma injustiça cometida nesta vida, todos esses fatores, enfim, admitem – também no que diz respeito ao Estado ideal – a interpretação justificadora pretendida pela doutrina platônica do Além e da alma. Como, nesse aspecto, o verdadeiro Estado da *República* supostamente não se diferencia do Estado real, reencontramos ainda mais intensificadas no primeiro as diferenças de classe que, de forma não exatamente vantajosa, se aguçam neste último.

V. O ideal estatal: a pretensão platônica
quanto ao poder para sua filosofia

Platão estava tão distante da crença de, com sua Constituição estatal, ter já apresentado um quadro completo da justiça material – um quadro que não necessitasse de qualquer complementação –, que nem sequer lhe ocorre responder a objeções tão facilmente encontráveis com a costumeira sugestão de que seu Estado ideal seria apenas uma situação de transição, cujo contínuo aperfeiçoamento estaria já garantido pelo fato de nele governarem os que possuem o saber acerca da justiça. Que os filósofos governem é tudo quanto almeja a Constituição do Estado ideal – é somente para aí que convergem todas as suas disposições. Eis a meta da *República*, para a qual o diálogo caminha a princípio em suaves ondas, depois, em íngremes curvas ascendentes. "Sócrates: Pretendo, pois, aventurar-me naquela que, comparativamente, chamamos a mais alta vaga. A palavra tem de ser dita, ainda que, qual uma vaga, inunde de ridículo e vergonha quem a pronunciou. Presta atenção ao que vou dizer. Gláucon: Pois diga. Sócrates: Se os filósofos não se tornarem reis nos Estados e se os hoje assim chamados reis e detentores do poder não se dedicarem com seriedade e profundidade à filosofia; se ambas essas coisas, o poder político e a filosofia, não se reunirem numa só; e se – dentre aqueles que hoje, separados um do outro, perseguem cada um uma meta – os que, por sua natureza não são mais do que políticos, não forem forçados à total renúncia, então, meu caro Gláucon, não haverá fim para a desgraça dos Estados, e, se vejo corretamente, tampouco para a do gênero humano (...).[556]"

Nesse ponto, em que Platão diz o que é que essencialmente lhe importa, não se fala mais tão somente de um pequeno Estado ideal, mas de "Estados", e mesmo da humanidade inteira. A exigência positiva reduz-se à fórmula abstrata: todo poder aos filósofos; político-concreta revela-se apenas a negativa – não à democracia! –, a convicção "de que cabe a uns, por natureza, dedicar-se à filosofia e assumir a posição de comando no Estado, e a outros, pelo contrário, manter-se afastados dela e obedecer ao governante". Se ousamos afirmar que o governo cabe aos filósofos, faz-se necessário "dar uma definição precisa do que, verdadeiramente, entendemos por filósofos"[557]. Esse conceito do filósofo que, então, Platão formula resulta inteiramente determinado pelo saber acerca do Bem. Caso se veja aí a solução do problema material da justiça, o que se tem na mão é uma tautologia inútil, enquanto nada mais se souber do Bem senão que é aquilo que é ou que deve acontecer – ou seja, enquanto não se descobrir o que é verdadeiramente o Bem, qual o seu conteúdo. Isso é precisamente o que Platão não nos revela. Mas ele indica um procedimento através do qual se pode – segundo sua convicção – chegar à posse desse saber. Esse procedimento que consiste na seleção e na educação – é a Constituição do Estado ideal. Ela pretende fornecer a legitimação à reivindicação do poder para a filosofia – e, aliás, não para toda filosofia, mas apenas para aquela que conduz à visão das ideias, isto é, para a filosofia platônica. Quando Platão fala do verdadeiro Estado, o que tem em mente é, no fundo, a verdadeira filosofia, e esta é, naturalmente, a filosofia platônica. Ela é a Constituição do Estado ideal, e é nela que o filósofo anuncia sua pretensão ao poder.

VI. A realização do ideal estatal

O objeto do anseio de Platão apresenta apenas um parentesco bem distante com aquilo a que chamamos um ideal estatal. Seu conteúdo substancial é demasiado pequeno. O modo pelo qual Platão apresenta esse ideal faz-nos pensar se ele não o procura antes no passado do que no futuro. Assim, no oitavo livro da *República*, ele nos dá uma descrição das diversas formas estatais não ideais – a timocracia, a oligarquia, a democracia e a tirania –, e, aliás, de modo a apresentá-las como etapas de um gradual descenso, partindo do melhor Estado: a aristocracia ou monarquia de seu Estado ideal. Tem-se aí, de fato, a impressão de que ele imagina o Estado ideal no passado remoto ou entende que a configuração historicamente mais antiga do Estado é a que mais se aproxima de seu ideal. A suposição, coerente com o pensamento conservador de Platão, de que o ideal político está no passado mostra-se ainda mais nitidamente no *Timeu* e no *Crítias*[558]. A *República*, em todo caso, não oferece qualquer base para que se veja o Estado ideal cujos contornos destacam-se ali apenas muito indistintamente da névoa da especulação filosófica – como uma tarefa futura realizável nos moldes do pensamento platônico. A questão da concretização não é aí sequer seriamente discutida. Abstraindo-se do paradoxo de erigir o verdadeiro Estado apenas com crianças de menos de dez anos de idade, o que se encontra além de qualquer possibilidade política real, o que resta é a explicação que Sócrates – somente por insistência de Gláucon – nos oferece: "buscamos a essência da própria justiça e o homem perfeitamente justo, se é que seria possível existir tal homem", apenas para "obtermos um modelo (...), e não para comprovar a possibilidade da sua realização". Sócrates afirma ainda que "nossa exposição" não "nos parece menos bem-sucedida pelo fato de não podermos demonstrar que seja possível uma comunidade conforme as disposições contidas nesta exposição"[559]; e, por fim, confessa que o Estado ideal descrito "tem existência somente no reino dos pensamentos, pois na terra não é encontrado (...) em parte alguma. No céu, porém, ele talvez se apresente como modelo para quem deseja contemplá-lo e conformar seu próprio interior segundo o que viu. Pouco importa se ele efetivamente existe em algum lugar"[560]. É necessário não tanto que o ideal de Platão alcance o governo como um Estado, mas sim enquanto filosofia. Isso porque, no fundo, o Estado platônico e a filosofia platônica são a mesma coisa: não o Bem em si, mas um caminho para o Bem; apenas uma Constituição, e não uma ordem já pronta no pensamento, concluída em seu conteúdo – não, portanto, a justiça que se busca e que cabe, antes, tornar realidade.

Capítulo 69
O método das substituições: não a solução, mas o adiamento do problema

I. A justiça como princípio da divisão do trabalho

O próprio Platão nos diz que, com a descrição da tripartição do organismo social, como Constituição do verdadeiro Estado, ainda não se pode dar por resolvido o problema da justiça. Evidencia-se aí a singularidade de seu método, sempre adiando a solução do problema. Logo no início da *República*, Platão incumbe Sócrates – a quem cabe propor a solução – de fazer uma afirmação que, de antemão, retira de tudo quanto virá a dizer o caráter de definitivo e certo. "E como poderia responder-te, meu caro, alguém que, primeiramente, não está de posse do saber e tampouco afirma possuí-lo, e que, ademais, se tem uma opinião a respeito, encontra-se, pela proibição expressa de um homem a quem não cabe desdenhar, impedido de dizer o que julga correto?[561]" Não se trata de mera manifestação de modéstia. A misteriosa sugestão da obrigatoriedade do silêncio significa que o que Platão consiga dizer sobre justiça não poderá ser – salvo no que concerne à refutação de opiniões equivocadas – uma verdade definitiva; significa, pois, que, com sua exposição, ele não poderá avançar até o essencial; e significa, por fim, que a verdadeira solução terá de ficar em segredo. Esse prognóstico é confirmado pelo resultado do diálogo, que experimenta sua guinada decisiva no início do segundo livro: a fim de obter resposta para a questão sobre a essência da justiça – o que não é "uma brincadeira de criança, mas exige, ao que me parece, um olho aguçado" –, volta-se o olhar para o Estado, esse homem em escala ampliada, na esperança de ver aí, mais nitidamente do que na reduzida escala humana, aquilo que se busca[562]. Apresentam-se em seguida as três partes do Estado, suas três classes e as qualidades específicas destas. Surge então a pergunta: onde está a justiça? "Agora, portanto, Gláucon, qual caçadores, precisamos cercar a mata e prestar muita atenção, para que a justiça não nos escape, desaparecendo de nossas vistas." Porque o local onde a justiça se oculta parece "encoberto e de difícil acesso; ao menos é escuro e difícil de investigar. Seja como for, temos de nos lançar à investigação"[563]. Contrariamente ao que talvez se tenha acreditado de início, não se pode, portanto, falar que a Constituição do Estado ideal representa a justiça; esta não se encontra, de forma alguma, na superfície. Talvez, porém, o princípio geral expresso nessa Constituição – que "cada um só pode cuidar de apenas um dos negócios relativos ao Estado, ou seja, daquele para o qual, por natureza, se encontre mais habilitado" – seja, em outras palavras, o princípio segundo o qual cada um deve "fazer a sua parte e não imiscuir-se em todas as coisas possíveis (...) isso é o que ouvimos de muitas outras pessoas e o que temos dito com frequência"[564]. Sócrates, entretanto, somente o admite com reservas, e com muito cuidado: "(...) isso, ou algo semelhante, é o que me parece ser a justiça"; ou: "isso, portanto, se ocorre de uma determinada maneira, parece ser a justiça, ou seja, que cada um faça a sua parte". E, como se tem de transferir ao governo do Estado a "jurisdição", este nada mais terá por meta do que "que ninguém se aproprie de um bem pertencente a outrem nem seja roubado do que lhe pertence". Assim, pois, "se reconheceria consistir a justiça, de certo modo, em que cada um tenha e faça o que lhe cabe"[565]. A fim de descobrir a essência da justiça numa ligeira ampliação da fórmula de Simonides, presente já no início do diálogo[566] – fórmula antiquíssima, sem conteúdo, e nada mais expressando em sua modificação do que a noção de ordem –, não teria sido necessário todo o longo excurso, passando pelo Estado ideal. O que parece, no entanto, é que agora o *suum cuique* significa a justiça apenas num certo sentido, isto é, como expressão do princípio da divisão do trabalho: nenhuma das três classes deve interferir na função das demais. Platão faz Sócrates dizer: "Se ocorre a um carpinteiro fazer o trabalho de um sapateiro, ou a um sapateiro o do carpinteiro, trocando suas ferramentas e seu ofício; ou, ainda, se um deles faz ambas as coisas", "tal troca envolvendo coisas que não dizem respeito ao ofício de governante" não causará grande dano ao Estado. "Quando, no entanto, alguém por natureza destinado a ser artífice ou a qualquer outro trabalho, exaltando-se com o passar do tempo – seja em razão da riqueza, da multidão, da força ou de qualquer coisa assim –, tenta penetrar na classe dos guerreiros; ou quando um guerreiro tenta passar para a classe dos conselheiros e guardiões, sem dela ser digno; quando, pois, estes trocam suas ferramentas e seu ofício, ou quando uma única e mesma pessoa atreve-se a fazer tudo isso ao mesmo tempo", "tal troca e tal acúmulo de afazeres" será "ruinosa para o Estado". "Poder-se-ia, portanto, designar o acúmulo de afazeres das três classes distintas e sua interferência uma na outra como o maior dos danos à cidade e, com total razão, o pior delito (...) Contrariamente, porém, (...) quando as classes trabalhadora, dos auxiliares e dos guardiões fazem cada uma o que lhe cabe no Estado, essa fidelidade ao próprio ofício seria fenômeno oposto ao anterior, ou seja, seria a justiça, tornando, pois, justa a cidade.[567]" Está claro que o princípio geral da divisão do trabalho não guarda qualquer relação especial com a tripartição específica do Estado ideal platônico e que esse princípio aplica-se a toda Constituição que atribua competências distintas a órgãos distintos. Ademais, Platão emprega o princípio da divisão do trabalho apenas em uma escala bastante limitada, não lhe conferindo qualquer importância na vida econômica que se desenrola no interior da classe trabalhadora. Seu mestre, Sócrates – que, com suas perguntas dirigidas a todos, imiscui-se em todos os assuntos possíveis –[568], está longe de respeitar esse princípio. O que importa é conservar as fronteiras entre as três classes que compõem o Estado. E, mesmo aí, o objetivo da Constituição do Estado ideal não é tanto separar os guerreiros dos filósofos governantes – estes, afinal, provêm daqueles –, mas excluir os membros da classe trabalhadora, inculta e desarmada, do governo (reservado à casta dos filósofos) e da produção de armas (reservada aos guerreiros). Mas o princípio da divisão do trabalho, como princípio da não interferência de uma das três classes na função da outra, revela-se inteiramente falho, tão logo se aplica às partes da alma correspondentes às classes que compõem o Estado. Platão, é certo, tenta fazê-lo e é forçado a tentá--lo, pois a investigação da qual resulta ser a divisão do trabalho a justiça no Estado tem por propósito conhecer o que seja a justiça na alma humana. Ele faz Sócrates dizer: "Na verdade, porém, como agora ficou patente, a justiça era algo dessa natureza ('que aquele nascido para ser sapateiro faça apenas sapatos e nada mais, e o nascido para ser carpinteiro pratique somente o seu ofício e assim por diante'), mas não no que se refere à atividade externa do homem, e sim à interna, que é seu verdadeiro Eu e, verdadeiramente, o que é seu. Alguém assim não tolerará que uma parte qualquer de seu interior se dedique a coisas que lhe são estranhas, nem que os poderes da alma se imiscuam uns nos assuntos dos outros; ao contrário: ele tem sua casa verdadeiramente bem arrumada, adquiriu o domínio sobre si próprio, estabeleceu a ordem em seu interior, fez-se intimamente amigo de si mesmo e pôs em harmonia os três poderes da alma (...)"[569].

A justiça interior é o autodomínio. Este, entretanto, consiste precisamente no oposto do princípio segundo o qual nenhuma porção da alma pode imiscuir-se nos assuntos da outra. E isso porque o autodomínio é o governo da razão sobre as duas outras partes da alma – a da coragem e a dos desejos –, e a razão só pode exercer esse governo orientando as duas outras partes e, portanto, imiscuindo-se fundamentalmente em seus assuntos, exatamente da mesma forma como o governo do Estado ideal está autorizado a interferir em todos os assuntos dos cidadãos. A razão deve reinar sobre a coragem e os desejos, mas estes não devem reinar sobre aquela. É esse o sentido da afirmação: "Assim, (...) a ação da justiça revela-se no fato de se colocar os componentes da alma em condição de, em conformidade com a natureza, dominarem ou serem dominados uns pelos outros, e a da injustiça no de governarem ou serem governados contrariamente à natureza"[570]. De tudo isso, depreende-se que o princípio da divisão do trabalho exprime não tanto, e de forma positiva, a essência da justiça, mas antes, e de forma negativa, que se deve desconsiderar uma determinada Constituição – a democrática –, na medida em que o principal caso em que se dá uma interferência inadmissível é claramente a tentativa, por parte da terceira classe, de participar das funções reservadas às duas classes dominantes. Não se há de supor que estas sintam uma particular vontade de arrogar-se o trabalho da classe dominada. Nada ressalta mais clara e inequivocamente da filosofia especial de Platão do que o repúdio à democracia e a seus princípios: a igualdade e a liberdade. É com ironia mordaz que ele se refere às "magníficas vantagens" de uma "encantadora Constituição estatal" que, "descontrolada e variegada, distribui uniformemente algo como a igualdade ao que é igual e ao que é desigual"[571]. "Escravos e senhores", assegura Platão, "dificilmente tornar-se-ão amigos algum dia, assim como tampouco os virtuosos e os não virtuosos, se, trilhando caminhos tão diferentes, não se diferenciam uns dos outros no tocante às honrarias e distinções. Entre homens de natureza desigual a igualdade faz-se desigualdade, se não se mantém entre eles a relação correta.[572]" "Os esfomeados e os ávidos por bens hão", aí, "de dedicar-se à administração estatal, na suposição de que a partir desta, à maneira dos ladrões, obterão a posse dos bens que desejam.[573]" "Uma democracia (...) nasce quando os pobres, uma vez vitoriosos, executam uma parte dos adversários, banem a outra e repartem com os demais, em absoluta igualdade, a administração do Estado e as magistraturas, definindo as autoridades, em sua maior parte, por intermédio de sorteio.[574]" Esse método insensato é a consequência do princípio da igualdade. E, além disso, tem-se ainda a liberdade! Que Estado é esse que "transborda de liberdade e descompostura no uso da palavra", onde "todos podem fazer sempre e livremente o que bem entendem"[575]? A "fome insaciável" de liberdade, supostamente o "bem mais belo" da democracia, só pode conduzir necessariamente à sua própria dissolução, à tirania[576]. "Aqueles (...) que obedecem às autoridades são insultados como homens servis que de nada valem, enquanto os governantes que se comportam como governados e os governados que se comportam qual governantes são evidentemente louvados e exaltados." O ímpeto de liberdade há de comunicar-se a todos, há de "introduzir-se nas casas dos indivíduos, de modo que essa aversão a toda ordem instala-se, por fim, até mesmo nos animais". Os pais temem seus filhos, os mestres, a seus discípulos[577]. "Mas o que de mais extremo produz essa abundância de liberdade que se verifica num tal Estado é quando os escravos e escravas comprados revelam-se tão livres quanto aqueles que os compraram. E quase ia me esquecendo de mencionar quão longe vai essa igualdade e essa liberdade na relação das mulheres com os homens e destes com as mulheres.[578]" Que Platão, que não era um amante das mulheres, não possa estar de acordo com essa igualdade de direitos – embora sugira algo semelhante com relação à classe dominante de seu Estado ideal – é, afinal, compreensível. Não o é, entretanto, que em seu ódio à democracia se permita a seguinte e absurda afirmação: "No que se refere aos animais mantidos pelos homens, ninguém que não o tenha vivenciado acreditará quão mais livres e insolentes são eles aí do que em qualquer outra parte. Conforme diz o provérbio, as cadelas, de fato, são como as donas, e vê-se ainda como até os cavalos e burros estão habituados, conscientes de sua liberdade e dignidade, a avançar a passos largos e embater contra todos que encontram na rua, caso não se desviem. E todo o restante encontra-se igualmente repleto da cara liberdade"[579]. De acordo com Platão, o ímpeto de liberdade nada mais é do que "indisciplinada obstinação" e "precisa ser rigorosamente extirpado da vida não só de todos os homens, mas também de todos os animais que os servem"[580]. É altamente significativo que, dentre os sujeitos ao governo estatal, Platão não distinga os homens dos animais. Afinal, é o animal no homem que, para ele, faz necessário o governo estatal. Na *República*[581], Platão apresenta seu tão louvado autodomínio como o governo do homem no homem – isto é, do "homem interior", a razão – sobre os animais no homem, aos quais compara as demais partes da alma. Como defensor da utilidade da justiça, ter-se-ia de "trabalhar para fazer do homem interior o senhor absoluto da totalidade do homem e o guarda apropriado do monstro policéfalo" – "do animal policéfalo que tem à sua volta cabeças de animais domesticados e selvagens, e que é capaz de transformar-se em todos eles"[582]; trabalhar, pois, para tornar--se "uma espécie de agricultor que alimenta e cuida das espécies domésticas, mas não deixa que brotem as selvagens"[583]. Do homem injusto, Platão diz ser alguém "cuja parte mais nobre da alma é, por natureza, tão fraca, que ele não consegue reinar sobre os animais que abriga em si, mas tem de servi-los, aprendendo apenas os meios e modos de lisonjeá-los", assim como os governantes numa democracia lisonjeiam o povo[584]. Por isso, quem não consegue dominar-se a si próprio tem de ser "súdito de alguém melhor, alguém que possui em si o divino como força dominante (...), pois é melhor para todos deixar-se dominar pelo divino e pelo racional, de preferência tendo-o como parte de sua alma, ou, do contrário" – e esse é precisamente o caso da grande massa do povo –, "de modo que o divino e o racional o governem a partir do exterior". E Platão, aí, acrescenta: "a fim de que, tanto quanto possível, nos façamos todos iguais e amigos, na medida em que nos encontramos sob o mesmo comando". Ele chega assim, finalmente, a um reconhecimento do princípio da igualdade. Contudo, a igualdade que reconhece não é a da democracia – que consiste em serem todos tratados de forma igual pela lei –, mas a igualdade diante da lei: a igualdade que consiste em estarem todos igualmente sujeitos ao governante dotado da razão divina, e todos privados de qualquer liberdade individual. Também a negação da liberdade conduz à igualdade. Trata-se da igualdade dos homens perante Deus, e da igualdade dos animais num rebanho perante o homem, seu pastor. No *Político*[585], com toda a seriedade, Platão de fato descreve a relação do governante com seus governados como a que um pastor guarda com o rebanho que lhe foi confiado, caracterizando, ademais, a arte do estadista como a arte de cuidar de um "rebanho bípede"[586]. Os súditos do Estado não são iguais porque são todos homens, todos dispondo, portanto, de uma alma divina; sua igualdade é apenas o reverso da desigualdade fundamental existente entre eles – os animais bípedes de um rebanho – e o "pastor divino".

II. Estado e indivíduo: um paralelo?

Platão apresenta o princípio básico da Constituição de seu Estado ideal, a divisão do trabalho, como uma espécie de direito natural. Cada um deve fazer somente aquilo que, "por natureza", está habilitado a fazer. Daí afirmar também que a grande massa dos homens está "naturalmente" destinada a trabalhar, e não a governar, e que, portanto, a democracia é uma forma estatal contrária à natureza. Examinando-se a questão mais de perto, observa-se que não é a natureza, mas o governo que determina o que cabe a cada um fazer. Na *República*, é Platão, o escritor, quem distribui as funções para as três classes[587]. Na realidade política só pode ser governo aquele que decide para o que cada indivíduo, conforme a sua natureza, está capacitado[588]. O que importa é o dogma segundo o qual se tem de nascer governante, mas só poucos nascem para sê-lo, isto é, são governantes, por natureza e segundo o direito desta. Tem-se aí a postura típica de uma ideologia conservadora (em oposição a uma revolucionária, progressista) do direito natural, que considera a democracia como um desvio da ordem natural original, sua degeneração. Manter essa ordem natural, ou a ela retomar, é sua meta política. Esse conservadorismo expressa-se num dos princípios capitais da doutrina platônica das ideias: o ser absolutamente bom das ideias não admite qualquer mudança. O que é perfeitamente bom só pode fazer-se pior pela mudança. "Tudo quanto se encontra em estado bom" – Platão faz Sócrates dizer na *República* –, "seja um produto da natureza, da arte ou de ambas, está menos sujeito à modificação por outrem.[589]" Assim sendo, Platão chega ao ponto de exigir que, em seu Estado ideal, o governo cuide para que, "com relação à ginástica e à música, nenhuma inovação indevida se imiscua, mas que tudo permaneça como está (...) É preciso precaver-se quanto à introdução de uma nova espécie de música, pois é o todo que aí estará em jogo"[590]. O princípio da ausência de "inovações" relaciona-se ao "todo" da ordem estatal. Poder-se-ia tender a supor que foi a doutrina das ideias de Platão – o dogma da imutabilidade do Ser absoluto – que o levou à postura política conservadora e antidemocrática. É mais provável, entretanto, que tenha ocorrido o contrário: que sua inclinação política conservadora e antidemocrática o tenha conduzido a essa configuração particular de sua doutrina das ideias[591]. O princípio da divisão do trabalho, que Platão caracteriza como a essência de seu Estado ideal, não é absolutamente – como supõem vários intérpretes – a resposta definitiva à questão sobre a essência da justiça. Após haver afirmado que, fazendo cada classe "o que lhe cabe", o Estado tornar-se-á justo[592], Sócrates diz: "Não o afirmemos com toda a segurança, mas somente quando essa concepção for por nós reconhecida também como justiça em sua aplicação a cada indivíduo em particular é que nos declararemos de acordo com ela – e como poderíamos agir de outra forma? Do contrário, trilhemos um outro caminho com nossa investigação". Vê-se que Platão está evidentemente empenhado em complicar o problema. Já de antemão ele crê que a tentativa de conhecer a essência da justiça na Constituição estatal funcionando de acordo com a divisão do trabalho não conduzirá à meta desejada! "Agora, porém, levemos a cabo a investigação segundo a qual supomos que, se tentássemos examinar a justiça primeiramente num objeto onde aparece em escala ampliada, seria mais fácil conhecer-lhe a essência em cada indivíduo em particular (...) A forma que assume naquele, apliquemo-la agora ao indivíduo, e se essa forma revelar-se acertada, muito bem; mas se, no indivíduo, a justiça revelar-se algo distinto, teremos de nos voltar novamente para o Estado e proceder a uma nova investigação. Então, observando ambas e friccionando-as qual dois pedaços de pau, talvez possamos fazer aparecer a justiça, e, revelando-se ela a nós, dela nos apropriar com firmeza.[593]" Se Platão de fato nada mais pretendesse do que a simples afirmação de que assim como, no Estado, a justiça consiste em que cada classe fique dentro dos limites de sua competência, e, no homem, em que cada uma das três partes da alma (cada uma delas correspondente a uma classe) limite-se à função que lhe é própria – pretendesse ele apenas isso, seria incompreensível sua inusitada prolixidade ao traçar esse paralelo, bem como a ansiedade e a ostensiva desconfiança com que encara seu eventual resultado. Na realidade, após a constatação de que o homem "possui em sua alma as mesmas três formas básicas" que o Estado em suas três classes – que expressa a suposição de que o problema, na verdade, já está resolvido (porque cai-se aí "numa questão facilmente resolvível acerca da alma") –, a esperança de ter à mão a resposta que se busca é, de imediato, novamente destruída. Assim, Gláucon expressa sua dúvida: "A questão não é absolutamente fácil, segundo me parece. Quem sabe, afinal, se não é verdadeiro o provérbio que afirma que o belo é difícil?". Ao que Sócrates responde: "É bem possível. E creia-me, Gláucon: na minha opinião, jamais apreenderemos a coisa com exatidão com base nos procedimentos que ora empregamos, pois o caminho que conduz a esse fim é outro, mais longo e demorado"[594].

III. A justiça como razão

É certamente espantosa a técnica que Platão utiliza para investigar a essência da justiça. Ele se mostra visivelmente empenhado em desacreditar seu provável resultado: "Não creiais que, no caminho que tomamos, encontraremos realmente o que buscamos". Não é inteiramente inteligível o que quer dizer quando acrescenta: "Mas talvez alcancemos um [método] digno do que antes se disse e examinou". Tem-se aí apenas a transição para a afirmação de Gláucon de que é preciso "dar-se por satisfeito" com o método qualificado de insuficiente (trata-se, é claro, do paralelo entre o Estado e o indivíduo), "pois, por enquanto, (...) julgo-o satisfatório"[595]. Apenas "por enquanto", portanto, e a fim de "talvez" vislumbrar-se a justiça mediante um procedimento através do qual "jamais" se apreenderá a coisa com exatidão! Esse procedimento, cuja propriedade no que se refere à determinação da essência da justiça é de antemão posta em dúvida, conduz à seguinte conclusão: assim como, no Estado ideal, os sábios (os filósofos), com auxílio dos corajosos (os guerreiros), reinam sobre a massa ignara do povo que vive unicamente seus desejos, assim também, na alma, a porção racional, aliada à colérica – obediente a ela –, há de reinar sobre a porção ávida. Um homem cuja alma seja formada assim – isto é, um homem no qual a razão reina sobre os desejos – será justo. Como prova da correção dessa afirmação altamente trivial serve uma outra: esse homem não cometerá delitos como a malversação, o roubo, o furto, o perjúrio, o adultério e o desrespeito aos pais e aos deuses[596]. A justiça, "a força que cria homens e Estados assim"[597], é, portanto, o governo da razão. É neste que deságua o princípio da divisão do trabalho aplicado à alma. Desconsiderando-se a inocorrência de delitos por parte do homem justo – mencionado, aliás, apenas a título de exemplo –, e se não se há de supor que a justiça platônica coincide com a ordem positiva do direito penal, o resultado da analogia entre Estado e indivíduo é que o problema da justiça remonta ao problema da razão: age de forma justa quem age guiado pela razão. O conteúdo da justiça, objeto da investigação, é o conteúdo da razão. Mas o que é racional? Essa pergunta não é respondida: supõe-se que seja uma obviedade.

IV. O procedimento analógico

É bem característica a maneira pela qual Platão resume seu procedimento analógico: confirmou-se pois, inteiramente, a hipótese de que, "logo que começássemos a fundar a cidade poderíamos, pelas graças de algum Deus, ser conduzidos ao princípio e, por assim dizer, ao modelo da justiça". Ele se refere ao princípio da divisão do trabalho, à banalidade desprovida de sentido do *suum cuique*, aqui caracterizado também como "uma espécie de imagem da justiça"[598]. "Princípio" apenas, "modelo", nada mais do que "uma espécie de imagem" – ou seja, nem ao menos uma imagem, quanto mais a própria justiça! Têm-se aí claras tentativas no sentido de debilitar a analogia. Essa tentativa mostra-se ainda mais clara nas seguintes palavras de Sócrates: "Na verdade, porém, a justiça era, como agora ficou patente, algo dessa natureza, mas não no que se refere à atividade externa do homem, e sim à interna, que é seu verdadeiro Eu e, verdadeiramente, o que é seu". A Constituição do Estado ideal, com sua distribuição das funções para as três classes, não é a justiça, mas apenas uma imagem, uma espécie de imagem dela, visto que diz respeito unicamente à atividade externa. O que importa, contudo, é algo interior: é a concordância das três partes da alma, sua harmonia, sua "ordem", que consiste em que cada um faça o que lhe cabe, e ninguém faça o que lhe é estranho; o que importa, pois, acima de tudo, é o governo da razão. "Se pretende alguma coisa, ele (o homem) somente passa à ação – quer se trate da aquisição de riquezas, do cuidado com o corpo, de um assunto de Estado ou de negócios particulares – julgando e declarando justa e bela apenas a ação que permanece fiel a essa atitude e colabora com ela, e julgando e declarando sabedoria tão somente o saber que aponta para essa ação, mas tomando por injusta a ação que a ela se opõe continuamente, perturbando-a, e por tolice a opinião que, por sua vez, aponta para a ação injusta.[599]" Não se poderá afirmar que, com isso, já estaria dito no que consiste, verdadeiramente, a justiça ou injustiça dessas ações. Apenas está dito que uma constituição anímica análoga à Constituição do Estado é precondição para que o homem tenha um comportamento justo. Como a Constituição do Estado não é a justiça – porque não é a ordem jurídica material, mas apenas um procedimento visando produzi-la –, o resultado da comparação dessa mesma Constituição com a alma não pode ser a própria justiça que se busca, mas apenas a percepção de uma determinada disposição psíquica, que é a condição para a justiça que qualifica as ações humanas. Essa justiça é uma ordem social, e apenas nos aproximamos de sua essência – sem ainda apreendê-la – quando inquirimos sobre a constituição anímica que é o pré-requisito para um comportamento segundo a ordem.

A esse respeito, a terminologia platônica revela-se enganosa, designando por justiça – do ponto de vista da virtude – também o estado psíquico correspondente. Sócrates compara a virtude da justiça à saúde, uma vez que a ação justa produz a justiça da mesma forma como o saudável produz a saúde – a produção da justiça sendo, porém, no que diz respeito aos componentes da alma, aquilo que consiste a produção da saúde no tocante às partes do corpo, ou seja: "que se coloquem as partes do corpo em condição de governar em conformidade com a natureza, dominar ou serem dominadas umas pelas outras"[600]. Também a "saúde", no entanto, é apenas um conceito formal, constitucional, nada mais significando do que a correta constituição do corpo. Através dessa analogia entre as constituições de corpo e alma, a investigação não se faz mais próxima do cerne do problema do que mediante a analogia entre as constituições do Estado e da alma. Continua-se sempre desconhecendo no que, verdadeiramente, consiste a justiça. O que fica novamente claro nesse ponto da discussão é apenas a tendência negativa, contrária à democracia. De tudo quanto foi dito, depreende-se inequivocamente que ela representa a injustiça. "Não é forçoso que ela, por sua vez, seja um desacordo entre aqueles três elementos? Uma mania de ocupar-se de tudo quanto é possível, imiscuindo-se nos assuntos de outrem? Uma revolta de uma das partes contra o todo da alma, a fim de obter nesta a soberania, quando, por sua constituição natural, ela não se destina a isso, mas a servir ao que pertence ao gênero soberano?" É a porção da alma correspondente ao povo trabalhador, e a tentativa deste de participar do governo, que Platão tem em mente ao prosseguir: "Declararemos a injustiça como algo dessa natureza, penso eu; diremos que é uma perturbação e uma confusão dos elementos, tanto quanto a libertinagem, a covardia, a ignorância e toda a maldade"[601]. A imagem da constituição anímica saudável admite, por certo, a conclusão de que a democracia seria uma forma estatal injusta.

Assim como da exigência de que a razão reine sobre os desejos não se pode depreender como um homem com essa constituição anímica se comportará nas diversas situações de sua vida – porque não se sabe no que consiste o comportamento justo, quando se sabe apenas que seria o comportamento racional –, tampouco se sabe que aspecto tem a ordem justa estatuída por um governo do qual se sabe apenas que não é democrático.

V. *A invalidação das conclusões tiradas*

Quanto ao resultado da investigação sobre a constituição da alma que leva ao comportamento justo, Platão faz Sócrates dizer: "Se, pois, afirmássemos ter encontrado o homem e o Estado justo, bem como o real significado da justiça nestes, não creio que haveríamos de parecer mentirosos"[602]. No entanto, a esse anúncio de vitória segue-se um recuo. Primeiramente, a discussão sobre a justiça não se encerra nesse ponto, onde parece haver atingido sua meta, mas é apenas interrompida por dissertações sobre a questão da mulher e será retomada quando da exigência do governo para os filósofos – e, aliás, ligada à questão da formação dos destinados a governar. Estes devem mostrar-se "à altura das ciências mais elevadas", com o que se lança a pergunta sobre o que se deve entender por "ciências mais elevadas". A essa pergunta de Adimanto, Sócrates responde: "Lembras-te, decerto, de que distinguimos três poderes da alma, daí extraindo nossas conclusões para a definição da verdadeira essência da justiça, da temperança, da coragem e da sabedoria"[603]. Trata-se, pois, do conhecimento da justiça, o qual, antes, foi apresentado não como uma virtude ao lado das demais, mas como o suprassumo de todas as virtudes, como a correspondente atuação conjunta de todas as três partes da alma. Sócrates, porém, lembra agora o que já dissera no início de sua tentativa de conhecer a essência da justiça pela diferenciação dos três poderes da alma, analogamente às três classes no Estado – ou seja, "que, para conhecer-se a coisa com a maior exatidão concebível, há outro caminho, mais longo e demorado, em cujo fim ter-se-á (somente então) alcançado a plena clareza". É certo que, antes, se considerou satisfatória e tida como "adequada" uma explicação que, "no entanto, carecia da verdadeira exatidão". "Contudo" – afirma Sócrates agora –, "uma medida para tais coisas que fique, embora minimamente, aquém da verdade não pode de forma alguma ser 'adequada', pois uma medida imperfeita absolutamente não se aplica a esse caso. É certo, porém, haver pessoas que se dão por satisfeitas com isso, julgando desnecessária uma investigação mais detalhada." E, à observação de Adimanto de que seria bem grande o número dos que, "por indolência, pensam assim", Sócrates declara: "Tal maneira de pensar não serve para um guardião do Estado e das leis"[604]. Assim é que – também *a posteriori* – é negado todo o conhecimento adquirido até esse ponto sobre a essência da justiça. Surge bem clara, aí, a peculiaridade do método que Platão usa nessa abordagem do problema da justiça: quando se acredita estar já de posse da resposta, a posição alcançada é novamente abandonada, invalidada a compreensão obtida – porque equivocada ou imprecisa – e empurrada a meta para mais adiante. Nesse ponto da discussão, Platão aplica sua técnica substituindo o conceito de justiça pelo do Bem – da mesma forma como, antes, o substituíra pelo da razão. Em lugar da questão sobre a essência da justiça, impõe-se a questão sobre a essência do Bem.

VI. A substituição da justiça pelo Bem

Sócrates exige do filósofo destinado a governar que, a fim de conhecer a essência da justiça, "tome o caminho mais longo e demorado", que já declarara ser o único conduzindo à meta[605]; do contrário, jamais atingirá "o ápice da mais elevada e indispensável ciência"[606]. Adimanto, então, pergunta: "Mas não são justamente as mais elevadas essas coisas que discutimos, ou existirá algo ainda mais elevado do que a justiça e as demais virtudes?". Ao que Sócrates replica: "Sim, há algo ainda mais elevado, e tampouco no tocante a elas (as virtudes) é lícito que, em sua contemplação, nos limitemos a um mero esboço, como acabamos de fazer: não podemos nos furtar, em sua discussão, a avançar até a máxima plenitude". Se, entretanto, na investigação sobre a justiça, não nos limitamos a um mero esboço, mas avançamos em sua discussão até a "máxima plenitude", chegamos à "ideia do Bem" como objeto da "mais elevada ciência". Ela distingue-se do conceito de justiça não pela diferença de conteúdo – ambas almejam o mesmo –, mas por um teor de verdade mais elevado, pela maior exatidão e intensidade do conhecimento que nela resulta. Nesse ponto Sócrates define a relação que o Bom guarda com o Justo da maneira já mencionada anteriormente: é somente mediante a "cooperação" da ideia do Bem que a ação justa se torna "proveitosa e útil". Sócrates acentua que não conhecemos a ideia do Bem "com plena exatidão". Se, contudo, não a conhecemos plenamente, isso não nos traz "proveito algum, ainda que, à exceção dela, conheçamos com exatidão tudo o mais (...), assim como nada do que possuímos nos é de alguma valia sem o Bem"[607].

Por conseguinte, é óbvio que, no Estado ideal, somente os homens que possuem total compreensão do Bem chegam ao governo. É nesse momento que Adimanto aborda Sócrates com a pergunta: "O que declaras, então, ser o Bem?"[608]. E ele repete a cena que já representara no princípio do diálogo, quando pela primeira vez lhe foi dirigida a pergunta sobre a essência da justiça. Mais uma vez, declara não estar de posse do saber, buscando esquivar-se da resposta, de modo que Gláucon exclama: "Por Zeus, Sócrates, não pretendes recuar agora, como se já houvesses alcançado a meta? De modo algum! Ficaremos satisfeitos se externares teus pensamentos sobre o Bem, ainda que de forma apenas provisória, como fizeste com a justiça, a temperança e as demais virtudes"[609]. Novamente, o resultado esperado é desacreditado como não definitivo. Isso é tanto mais notável considerando-se que é o próprio Sócrates quem sugere ser o caminho rumo à ideia do Bem a obtenção de um conhecimento definitivo e pleno, em contraposição às discussões até então apenas provisórias e passageiras sobre a justiça. Uma vez que, com a investigação acerca da justiça, se teria atingido apenas um "esboço" desprovido "da verdadeira exatidão", declarou-se necessário trilhar "o caminho mais longo e demorado", do qual se pode esperar um conhecimento do objeto que lhe permita exibir-se "em sua mais completa exatidão e pureza". Assim, a meta desse novo caminho deve ser agora apresentada da mesma maneira insuficiente como, até o momento, ocorreu com a justiça? A rigor, a discussão – na medida em que gira em torno da essência da justiça – retornou a seu ponto de partida.

Sócrates concorda com a sugestão de Adimanto. Acrescenta ainda que teme não estar à altura do assunto – a despeito da concessão que lhe é feita com respeito à sua exposição – e fazer-se ridículo em seu embaraço. Aliás, vale-se tão largamente da concessão de utilizar uma definição inexata do Bem que declara: "Deixemos de lado, por enquanto, a verdadeira essência do Bem. Para o nosso ímpeto presente já é, creio, demasiada exigência atingirmos até mesmo o que tão provisoriamente penso acerca do assunto"[610]. Contudo, "a verdadeira essência do Bem", Platão não a deixou de lado apenas "por enquanto", mas para sempre, e não somente na *República*, mas também em todos os seus demais diálogos. Ele jamais respondeu à pergunta de Adimanto.

VII. A substituição do Bem pelo "filho do Bem"

Em vez do Bem, é do "rebento do Bem" que Sócrates quer falar, do filho que é sua "imagem e semelhança"[611]. Este se impõe no lugar do pai, como a razão no lugar da justiça, e como, no lugar desta, o Bem se impusera. Esse método das substituições tem como objetivo intensificar o objeto original da investigação – enquanto valor e em sua categoria – até o divino, afastando a questão sobre o seu conteúdo. Veja-se, sobretudo, o caso da introdução do mistério do Deus-pai e do Deus-filho! O que verdadeiramente buscamos é o Deus máximo e invisível, o que por si só faz proibitiva a pergunta sobre sua essência. Pode-se, no máximo, falar de seu filho visível, afirmando-se, talvez, que nos transmite uma ideia do pai. O filho do Bem – conforme já se apontou aqui em outros contextos – é o sol, enquanto tal é, ele próprio, um Deus. Platão, no entanto, nada mais é capaz de dizer a seu respeito senão que esse Deus, no mundo do visível, é o mesmo que a ideia do Bem na esfera do concebível. Mais uma vez, com isso nada se diz sobre a essência ou conteúdo do Bem, mas tão somente acerca de sua posição como instância máxima. O Bem é, e é o que há de mais elevado. Mas o que é, no que consiste, qual o seu critério, a partir do que se pode reconhecê-lo nas ações humanas e nas ordens sociais, essas questões decisivas para a teoria e a práxis social ficam irrespondidas. O filósofo que governa o Estado ideal divisará o Bem, e isso é quanto basta[612].

Capítulo 70
O caminho rumo ao conhecimento do Bem

I. A dialética

Platão nos mostra, todavia, de que maneira esse filósofo há de ser educado e em quais disciplinas (a ginástica, a música, a aritmética, a geometria, a astronomia e a harmonia) ele precisa formar-se para atingir a meta suprema do conhecimento, obtendo legitimação para o governo. Todas aquelas disciplinas, porém, são estágios introdutórios à ciência voltada para a verdadeira essência das coisas: a dialética. É ela que, antes de mais nada, abre o caminho para o conhecimento das ideias e, particularmente, permite ao filósofo definir a ideia do Bem "apartando-a de tudo o mais e, qual numa batalha, vencer todas as resistências, animado sempre pelo fervor de demonstrá-la (a ideia do Bem) não segundo a sua aparência, mas segundo o seu Ser"[613]. Mas Platão não dá essa definição do Bem, ele próprio: ele a espera e promete tão somente da ciência da dialética, a qual, por isso mesmo, considera o "fecho" que há de "coroar todo o edifício da ciência" e com o qual "se atinge a fronteira de tudo que chamamos saber"[614]. O método da dialética é aí caracterizado por ele apenas de um modo bem genérico; seus resultados – bem como das demais disciplinas de seu programa educacional –, ele, compreensivelmente, nem sequer apresenta. O que nos dá é apenas um plano, e não uma doutrina; ele indica o caminho que, acredita, conduzirá ao conhecimento do Bem, sem dar a menor garantia de que sua crença não o esteja iludindo. Pois ele não trilha esse caminho aos olhos dos leitores de seu diálogo, tampouco propiciando-lhes o conhecimento a que, não obstante, o diálogo afirma visar. Na mesma *República*, porém, Sócrates faz como se estivesse conduzindo seus próprios interlocutores diretamente à ideia do Bem, embora lhes dê apenas um programa de estudos, somente após cuja conclusão pode-se esperar, talvez, chegar à meta. "Diga, pois, qual a essência da arte dialética, em que espécies se divide e de que caminhos dispõe, pois estes seriam, então, os que, com toda certeza, conduzem ao ponto no qual o caminhante encontra repouso, tendo chegado ao fim de sua caminhada." A esse pedido de Gláucon, Sócrates responde: "Dificilmente serias capaz de continuar me acompanhando, meu caro Gláucon, embora de minha parte, podes crer, não falte o empenho –, pois divisarias então não uma mera imagem daquilo que acreditamos, mas a própria verdade, tal como se apresenta a mim, pelo menos. Se realmente a encontraremos ou não, é melhor nos abstermos de determinar; mas que se há de divisar algo assemelhado à verdade, isso podemos seguramente afirmar"[615]. Sócrates, portanto, abre a Gláucon a perspectiva de, nas exposições seguintes, divisar a própria verdade; é certo que faz as reservas e restrições de praxe, mas, ainda assim, o faz ter esperança de conhecer o que só poderia conhecer quem trilhou o caminho da dialética, e não quem meramente veio a saber que tipo de ciência a dialética verdadeiramente é. É como se alguém, obrigando-se a mostrar a terra prometida, explicasse então que só se pode vê-la do alto de uma montanha e se contentasse em descrever, de forma bastante genérica, o caminho que conduz a essa montanha, despertando em seu interlocutor a esperança de, ao final da descrição, divisar o paraíso prometido. O que Platão arrojadamente se propôs, na *República*, foi mostrar a própria justiça ou o Bem. Mas, inopinadamente, transfere essa tarefa à dialética, na qual deve instruir-se o filósofo destinado a governar o Estado ideal. E contenta-se com uma caracterização muito vaga do seu método, como sucedâneo da esperada resposta à pergunta sobre a essência da justiça ou do Bem.

II. A transcendência do Bem

Se a dialética, louvada por Platão como a ciência suprema, efetivamente nos oferece a possibilidade de nos aproximarmos da ideia do Bem, é coisa mais do que discutível. A maneira pela qual ele descreve a essência da dialética é absolutamente vaga. Ele não nos dá uma noção desse procedimento dialético que pudesse capacitar qualquer leitor a aplicá-lo. Platão assegura que a dialética é "um procedimento científico que busca apreender metodicamente, caso a caso, a verdadeira essência de todas as coisas"[616], mas não nos revela como isso ocorre. Assevera, ademais, que "somente a dialética tem condição" de mostrar "a verdade" àquele que a domina, mas acrescenta pela voz de Sócrates: a verdade "tal como se apresenta a mim, pelo menos. Se realmente a encontraremos ou não, é melhor nos abstermos de determinar". Em seguida, volta a acentuar que "inexiste outro caminho rumo ao conhecimento"[617], mas está longe de realmente nos mostrar esse caminho. Declara que, qual um "fecho", a dialética coroa "todo o edifício da ciência, de modo que não se lhe pode antepor qualquer outra disciplina, mas atinge-se com ela a fronteira de tudo a que chamamos saber"[618]; isso por certo significa que a dialética conduz à meta de todo conhecimento, ao Bem absoluto. E, de fato, Platão afirma também que "somente por meio da arte da dialética" é que se pode chegar "à verdadeira essência de todas as coisas", tendo-se então, finalmente, "apreendido (...) o Bem segundo sua própria essência"[619]. Entretanto, pode-se seriamente duvidar de que Platão tenha sido ele próprio possuidor dessa arte, uma vez que, através de Sócrates, declara constantemente em seus diálogos não ser capaz de definir a essência do Bem[620], como, de fato, seus diálogos não contêm essa definição.

A julgar por diversas afirmações de Platão, a dialética platônica parece nada mais ser do que o método socrático da análise conceitual. Um dialético, afirma, é um homem "capaz de discutir e replicar". Esta seria "a verdadeira melodia principal cuja execução é obra da dialética"[621]. Trata-se da arte do debate, tão magistralmente manipulada por Sócrates: a capacidade de conduzir o opositor *ad absurdum*, fazendo-o embaraçar-se em suas próprias contradições. Esse procedimento – como procedimento dos que creem que "a ignorância é involuntária" – é apresentado da seguinte maneira no *Sofista*[622]: "Eles dirigem suas penetrantes perguntas àquele que se imagina capaz de julgar corretamente as coisas. Uma vez que o inquirido se manifesta, então, ora de uma forma, ora de outra, não lhes é difícil perceber o caráter hesitante dessas opiniões, que, em seguida, aproximam ao máximo umas das outras, contrapondo-as diretamente. Assim, conseguem demonstrar que essas opiniões – todas elas relativas simultaneamente ao mesmo objeto e apresentando relação idêntica com outras coisas, além de um mesmo significado – contradizem-se mutuamente". Aqueles, pois, submetidos à inquirição dialética são assim "libertados dos grandes e vigorosos delírios de sua imaginação, uma libertação tão bela, que não há outra mais encantadora". Platão caracteriza essa libertação como uma "purificação" e assegura que "a refutação é a mais importante e nobre de todas as purificações". Ele a designa aí como "a sofística originária de sangue genuinamente nobre", diferentemente da sofística usual, com a qual, não obstante, a primeira teria uma certa e inegável semelhança[623]. Também na *República*[624] admite-se a semelhança entre a dialética e a erística sofista, enfatizando-se o perigo de que a dialética genuína, enquanto arte da refutação, degenere na condenável erística. "Quando a alguém" que se atém aos bons costumes e aos ensinamentos paternos quanto ao justo e ao bom, "apresenta-se uma pergunta como 'o que é o Belo?', e esse alguém responde em conformidade com o que ouviu do legislador, ao que, então, a réplica dialética o refuta mediante numerosos e múltiplos contra-argumentos, convertendo-o à opinião de que esse seu Belo não é em nada mais belo do que o feio – o mesmo ocorrendo com relação ao justo, ao bom e a tudo o que esse alguém reverenciava" –, então essa pessoa "cederá em sua reverência e obediência, contrariando a lei", trasformando-se de um aliado em um desdenhador das leis. Por isso, é preciso "empregar todo o cuidado na iniciação à dialética". Platão crê que se pode impedir o mau uso da dialética – aqui designada a arte do debate – não permitindo que aqueles a serem iniciados nessa arte a "desfrutem quando demasiado jovens": "deve-se permitir que se ocupem da dialética apenas as naturezas moralmente virtuosas e firmes". É difícil entender em que a nobre dialética se diferencia da erística vulgar. De acordo com o que Platão afirma aqui, cumpre supor que a arte do debate será a dialética quando empregada por pessoas moralmente virtuosas, mas será a erística quando dela se vale o imoral. Se, contudo, é precisamente a dialética – e somente ela – que conduz ao saber acerca do moralmente Bom, e se moralmente Bom é apenas aquele que sabe o que é o bom, a exigência de que apenas pessoas moralmente boas devam fazer uso da dialética é um círculo vicioso.

Segundo a exposição de Platão, a dialética é um procedimento rigorosamente racionalista, um método do puro pensar. Ele diz que a dialética "pertence inteiramente ao reino do apenas concebível"[625]; que apreende seu objeto "através da mera atividade racional"[626]; que se encontra voltada para o Ser[627], e não para o devir, e isso "sem qualquer cooperação dos sentidos"[628]. Afirma que o "intelecto pensante", "pelo poder da dialética", "apreende ele próprio e de forma imediata" seu objeto, "sem empregar também a percepção pelos sentidos, mas tão somente os próprios conceitos, segundo a sua coerência interna", e que é "também com os conceitos" que esse intelecto "conclui"[629]. A dialética será, portanto, uma especulação conceitual que abstrai de toda experiência sensível: uma lógica dos conceitos que talvez inclua também a arte da divisão, da classificação e da associação dos conceitos. Fica indefinido aí como é possível tal coisa, de onde os conceitos com os quais a dialética opera receberiam seu conteúdo, se não lhes é permitido tomá-los à experiência da percepção sensível[630]. É certo que tal doutrina não pode chegar a quaisquer resultados materiais, e menos ainda à definição de valores morais. A tentativa de resolver problemas éticos através da lógica não é menos absurda do que tentar obter leis da física através de investigações lógicas. Platão, no entanto, afirma expressamente que a dialética apreende o "conceito" essencial de todas as coisas e que sua meta é definir a ideia do Bem de forma a apartá-la conceitualmente de tudo o mais, alcançando assim "o conhecimento do verdadeiramente Bom"[631]. Ele apresenta como certo que a ideia do Bem pode ser conhecida por via da dialética. Tendo a alma, por essa via, ascendido "ao reino do apenas concebível" – Platão fala em uma "elevação" da alma –, "a ideia do Bem, afinal, mostra-se cognoscível somente a muito custo (...); uma vez tendo se mostrado, resulta necessariamente (...) que, para tudo quanto há, ela é a causadora de todo o justo e de todo o bom, (...) de modo que é preciso, portanto, que aquele que deseja agir de modo sensato tenha conhecido essa ideia"[632]. Como os governantes do Estado ideal agem indubitavelmente de modo sensato, devem ter conhecido a ideia do Bem por via da dialética. É apenas para levá-los a esse conhecimento que se tem de iniciá-los na dialética.

Por outro lado, Platão afirma que a ideia do Bem está além da esfera no interior da qual a dialética se move – a esfera do concebível, do puro saber, que é a esfera do Ser. Isso porque, diz, o Bem "sobrepuja até mesmo o Ser, em dignidade e força"[633], enquanto a dialética é uma ciência que conduz tão somente até a "fronteira de tudo a que chamamos saber"[634]. Portanto, a ideia do Bem não pode ser objeto de um conhecimento científico, ou seja, de um conhecimento racional puro, não sendo, pois, acessível por via da dialética. E, de fato, Platão explica em sua *Carta VII* que a ideia do Bem não pode ser definida conceitualmente, nem sequer expressa em palavras[635]. A alegoria da caverna é importante para se compreender de que maneira Platão deseja ver entendido o "conhecimento" da ideia do Bem. Assim como os acorrentados, libertos dos grilhões, voltam-se para a luz do dia e contemplam o sol, assim também a alma, após a sua total libertação de todo o sensível e sua elevação ao puro pensar, alcança um estado onde é capaz de divisar a ideia do Bem. Essa visão há de situar-se além do puro pensar, do mesmo modo como a ideia do Bem situa-se para além do Ser. "A libertação dos grilhões, o voltar-se das sombras (...) para a luz, a ascensão desde a caverna até a luz do sol (...) e a (...) incapacidade (...) de contemplar a luz do sol (...) – são os efeitos produzidos pela formação nas disciplinas por nós discutidas (particularmente a dialética), na medida em que essa formação conduz à visão do melhor dentre tudo que é (que, no entanto, afirmou-se estar além do Ser), tanto quanto, há pouco, o órgão mais sensível à luz foi elevado à contemplação do que há de mais brilhante no domínio do corpóreo e do visível.[636]" Já a exigência, aqui presente, de uma completa reviravolta da alma permite-nos supor que a ideia do Bem é apreendida não com as forças habituais da alma e, particularmente, não através da razão pensante. Ela é "divisada" com um olho interior da alma, por assim dizer, e não compreendida pelo intelecto – do mesmo modo como também a alma preexistente no Além "divisa" as ideias, e a alma existente no Aqui só se lembra daquilo que viu no Além[637]. Os destinados ao governo do Estado ideal, diz Platão, precisam receber durante vinte anos os ensinamentos da ciência da dialética, e, aos cinquenta anos, tendo concluído com êxito esse estudo, cumpre "fazer-lhes obrigatório dirigir o raio de luz de sua alma para cima e contemplar diretamente a fonte primordial de luz. Tendo divisado o Bem (ἰδόντας τὸ ἀγαθὸν αὐτό) e seguindo esse modelo qual estrela-guia, é forçoso que, pelo resto de suas vidas, dediquem sua atenção que tudo ordena alternadamente ao Estado, a cada um de seus concidadãos e a si próprios"[638]. A dialética pode ser uma preparação para a visão do Bem, mas não pode, ela própria, que é puro pensar, ser essa visão. A fim de eliminar essa contradição, intérpretes apologéticos de Platão falam em uma "visão intelectual", ou seja, um pensar que, embora liberto de toda contemplação, é afinal uma espécie de contemplação. Mas isso é misticismo[639] e, como tal, incompreensível. Platão tem consciência disso. Seguidamente, faz seu irmão Gláucon – mais do que ninguém disposto a isso e capaz de entendê-lo – dizer a Sócrates, quando este fala da visão do Bem, que não é capaz de compreender o que ele disse. Quando Sócrates afirma que a ideia do Bem sobrepuja o Ser, Gláucon replica: "Por Apolo! Um verdadeiro milagre de transcendência!"[640]. E quando Sócrates caracteriza o procedimento dialético dizendo que ele, "partindo da hipótese, busca chegar ao que não admite hipóteses – o princípio de tudo – sem usar imagens, (...) mas apoiando-se única e exclusivamente na coerência interna dos conceitos puros", Gláucon observa: "Não entendi bem essa explicação"[641]. Tampouco a nova explicação de Sócrates, que então se segue, obtém maior êxito. Mais uma vez, Gláucon diz: "Compreendo, mas não inteiramente"[642]. Finalmente, quando Sócrates compara a visão da ideia do Bem à do sol, Gláucon afirma: "Que seja assim, embora me seja difícil admiti-lo". E a seguir desafia Sócrates: "Diga, pois, qual a essência da arte dialética, em que espécies se divide e de que caminhos dispõe." Evidentemente,

Gláucon julga insuficiente o que Sócrates havia dito até então sobre a dialética. Sócrates replica: "Dificilmente seria capaz de continuar me acompanhando, meu caro Gláucon"[643]. Platão abre mão, pois, de tornar compreensível a sua doutrina[644]. É bastante significativo, nesse aspecto, que após sugerir uma distinção altamente obscura entre ciência, conhecimento intelectual, crença e representação por imagens, Sócrates declare: "Não nos aprofundemos (...) em detalhes, Gláucon, para não nos embaraçarmos em explicações ainda muito mais extensas do que as apresentadas até aqui"[645]. Ou seja: o que se tem são apenas generalidades, das quais nada de palpável se pode extrair; nada de detalhes!

III. A visão do Bem no Banquete *e no* Fedro

Da ascensão rumo à ideia suprema Platão nos fala também no *Banquete*, e o caminho que descreve corresponde plenamente à singularidade da meta a ser atingida: o valor absoluto, situado além de todo conhecimento racional. Somente a partir do "servir secretamente a Eros", em que Diotima inicia Sócrates, é que se pode entender por que Platão caracteriza como "visão" o conhecimento da ideia suprema. Aí, onde o ponto de vista ético coincide com o estético, o Bem revela-se como o perfeita e eternamente Belo. Já o primeiro dos três estágios que conduzem à "derradeira visão" é a visão amorosa do belo corpo de um rapaz. Eros, e não o conhecimento científico, é o guia nesse caminho, que conduz a um arrebatamento de alma, a um sentimento muito forte, e não a uma intensificação do pensar. "Quem, como aprendiz da doutrina amorosa, chegou até esse ponto divisará, subitamente – a partir da correta e bem-ordenada contemplação do Belo variegado, e tendo afinal chegado ao fim do caminho que conduz ao que é digno de ser amado –, um Belo de natureza maravilhosa: justamente o que buscavam todos os esforços anteriores." Trata-se do que "eternamente é", aqui identificado com o absolutamente Belo – precisamente o Belo que não pode ser concebido, mas apenas divisado. Desse absolutamente Belo diz-se que não se "apresenta a quem o contempla como um rosto ou sob a forma de mãos ou de algo corpóreo, nem como uma espécie de discurso ou conhecimento científico". Dificilmente poder-se-ia dizer com maior clareza que a visão do "Belo primordial" nada tem a ver com o conhecimento científico. "Mas quando alguém, ascendendo pelo caminho do correto amor aos jovens, a partir dessas aparições terrenas" – e não pelo caminho do conhecimento racional –, "vê surgir pela primeira vez o Belo primordial, é porque está muito próximo de sua meta, pois esse é o caminho correto para chegar, por conta própria ou conduzido por outrem, à meta do amor." "Finalmente" ele atinge sua meta, isto é, conhece "o próprio Belo em sua pureza". "É nesse estágio que a vida do homem faz-se digna de ser vivida, quando divisa o Belo primordial (...), o próprio Belo divino, em sua forma sempre idêntica a si mesma.[646]" Expressa-se aí inequivocamente que a ideia suprema é apreendida num êxtase alimentado pelas fontes do Eros. É como um estado de delírio divinal, de "arrebatamento divino", que, no *Fedro*, se descreve o momento no qual o amante, à visão do jovem amado, apodera-se do que de mais elevado pode o homem participar nesta vida: a verdade absoluta que se traduz tanto no Belo quanto no Bom e que se conhece pela rememoração – ou seja, reproduzindo-se a bem-aventurada visão que foi concedida à alma antes do nascimento[647]. É o "delírio", e não a razão que, como "presente divino", nos propicia "os bens mais valiosos"[648] e, dentre estes, o mais valioso de todos: o acesso terreno à ideia suprema. O que de súbito nos surpreende aí, evidentemente, é uma experiência mística, uma espécie de iluminação interior, e não propriamente um "conhecimento" do Bem, no sentido racional da palavra. Que não possa haver um conhecimento racional do Bem é apenas consequência da teoria platônica do conhecimento, que já de início reveste-se de um caráter místico-metafísico. O conhecimento não é função da razão do homem empírico, mas – já no *Mênon* – uma visão da alma preexistente, um processo que se dá numa esfera transcendente. A razão do homem vivendo no Aqui limita-se a lembrar aquilo que a alma – enquanto ser divino que apenas passageiramente detém-se no interior do homem – divisou no Além. Se o objeto do conhecimento é transcendente, também seu sujeito tem de sê-lo, pois o conhecimento só ocorre entre assemelhados.

O conhecimento repousa na igualdade – inteiramente irracional – entre sujeito e objeto, não sendo possível, portanto, diferenciá--lo da união tipicamente mística de ambos.

IV. A experiência mística do Bem segundo a Carta VII

O caráter místico-irracional do conhecimento do Bem ressalta com particular nitidez na *Carta VII*, a qual, como faz com várias questões pessoais, ilumina também essa questão. Nela, Platão descreve o nascimento do conhecimento decisivo, da percepção da meta última e mais elevada de sua filosofia (trata-se, como não poderia deixar de ser, da "verdade sobre Bem e Mal"[649], conforme se depreende do contexto), não como resultado final e lógico de um procedimento dialético-racional, mas como um apreender intuitivo, como o súbito cintilar de algo não exprimível de outra forma. E o faz com as seguintes palavras: "Do estar às voltas com o problema, do empenho constante e da convivência com ele, nasce subitamente de uma centelha uma luz na alma, que depois segue alimentando-se sozinha"[650]. Diante dessa confissão, não pode mais haver dúvida de que o assim chamado conhecimento do Bem "não se encontra no mesmo plano da dialética", como acertadamente observa Howald. E, juntamente com Howald, não se pode admitir outro papel para a dialética racional, nessa união mística com o Bem elevado à condição de divindade, que o de um "exercício preparatório capaz de colocar-nos na disposição ou excitação necessária para a experiência religiosa"[651]. Sua função é semelhante à da oração, sendo "comparável, por mais dura que possa soar a comparação, à dança dos daroeses e a procedimentos semelhantes"[652]. É óbvio o caráter inteiramente subjetivo da experiência divina, que é como Platão, por fim, apresenta o conhecimento do Bem. Foi dessa mesma maneira que Moisés divisou seu Jeová, Maomé, seu Alá e Jesus, o Deus-pai. Uma vez que, no tocante à apreensão da ideia suprema do Bem, rejeita toda experiência mediada pelos sentidos exteriores – e como um conhecimento pleno de conteúdo não é possível sem a experiência –, Platão precisa recorrer, por fim, a uma outra experiência que não a sensível, à experiência de algum sentido interior mediando o acontecimento especificamente religioso ou místico. Também na *Carta VII*, Platão enfatiza que o conhecimento só é possível através da igualdade de sujeito e objeto, que o Bem só pode ser conhecido pelo Bem. "Quem, portanto, não se apresenta interiormente unido e aparentado ao Justo e ao moralmente Belo (...), jamais alcançará – jamais, sem exceções – o mais alto grau concebível do conhecimento do Bem e do Mal.⁶⁵³" Visto de um ponto de vista racional, isso é absurdo, pois como é que se pode saber quem é bom antes que se saiba o que é o bom? Mas não se trata aqui absolutamente de algo como o conhecimento racional, e sim de uma situação mística onde inexiste qualquer fronteira entre sujeito e objeto do conhecimento, onde o Bem como sujeito e o Bem como objeto encontram-se unidos⁶⁵⁴.

Essa experiência interior, mística, distingue-se da exterior sobretudo pelo fato de, ao contrário do que ocorre com esta última, nem todos serem capazes dela: só uns poucos escolhidos podem vivenciá-la, e talvez só o possa uma única pessoa, agraciada por Deus, a qual, graças a essa experiência – que a aproxima da bondade –, é elevada acima de todas as demais. Por isso mesmo, essa experiência mística de um sentido interior raro não se concebe como a experiência dos sentidos exteriores – ou seja, de forma racional, por meio de conceitos –, razão pela qual tampouco se deixa exprimir em palavras ou transferir a outrem. Assim, é natural que Platão não ofereça resposta alguma à questão sobre o conteúdo do absolutamente Bom e que a essência de seu Deus fique irrevelada. A transcendência radical desse ser situado além de todo o concebível o faz permanecer inexprimível. Assim se há de entender também o fato de, na *Carta VII*, ele declarar inexistir de sua parte qualquer escrito sobre tal assunto, o que seguramente jamais chegará a existir, "pois, ao contrário do que ocorre com as demais ciências, isso não se apreende com palavras"⁶⁵⁵. Platão está aí visivelmente empenhado em conferir ao saber sobre o que há de mais elevado a aparência de um segredo que ele jamais revelou à massa. "Se eu acreditasse que isso pudesse, por escrito ou oralmente, ser transmitido de maneira satisfatória ao grande público, que poderia eu ter feito de mais belo em minha vida?

O que poderia haver de mais belo do que escrever para a humanidade uma grandiosa doutrina da salvação e trazer à luz para todos a essência das coisas? Creio, contudo, que o registro dessas investigações não representaria bem algum para os homens, a não ser para uns poucos (...).[656]" Platão chega mesmo a invocar um "(...) argumento irrefutável interpondo-se no caminho de quem ousa escrever um mínimo que seja sobre essas coisas (...)"[657]. Se o Bem, em sua subjetivação no indivíduo, significa a virtude, então essa virtude é tudo, menos o que Sócrates declarou ser: um saber. E se o Bem há de permanecer um segredo dos sábios, inexiste algo que seja menos ensinável do que a virtude. No ponto culminante de sua filosofia, Platão despiu-se do último resquício da doutrina socrática.

V. A justiça como segredo divino

No âmbito de uma filosofia esotérica, pode não haver nada de mais em que o filósofo guarde em segredo, como algo inexprimível, seu saber místico sobre o absolutamente Bom. O que dizer disso, porém, quando se convoca o filósofo a governar o Estado, quando ele se faz legislador – um desejo que Platão professa expressamente na mesma *Carta VII*[658]? Também nesse ponto Platão não se intimida ante as consequências. Do fato de que "todo homem sério seguramente jamais escreverá algo sobre coisas sérias, expondo-as à inveja e à incompreensão humanas" pode-se depreender que "quando vemos os pensamentos de alguém registrados por escrito – as leis de um legislador ou outro escrito qualquer de quem quer que seja –, ainda que ele seja um homem sério, esses pensamentos não serão o que ele abriga de mais sério e que jaz oculto em alguma parte da mais bela porção de seu interior"[659]. Tampouco nas leis do melhor legislador pode o segredo da justiça ser revelado, pois essa é a conclusão derradeira da sabedoria platônica, a resposta à questão constantemente colocada, presente na totalidade de seus diálogos, sobre a essência da justiça: a justiça é o derradeiro segredo.

Assim, uma vez que não há resposta para essa pergunta, a própria pergunta tem de ser rechaçada como inadmissível. Se é lícito tomar por autêntica a *Carta VII*, nela, respondendo à pergunta sobre a natureza do Bem ou da divindade, Platão escreveu: "A alma busca sempre a qualidade, pois volta seu olhar para o que lhe é aparentado, não encontrando aí coisas perfeitas". Contudo, não há qualidades no Bem supremo (no rei ou no Primeiro). "Em seguida, a alma pergunta: mas qual é a sua natureza (isto é, a natureza do Primeiro, do Bem ou de Deus)? Essa pergunta, filho de Dionísio e Dóride, é a culpada de todo o infortúnio, ou, mais exatamente, é o que provoca na alma as dores do parto." "Disso [ou seja, dessa pergunta, dessas dores do parto] os homens têm de se libertar, se desejam realmente participar da verdade.[660]" Eis a consequência última da transcendência do Bem, de sua elevação à condição de divindade: até mesmo a pergunta sobre o seu conteúdo fica sem sentido. Contorna-se a impossibilidade da resposta eliminando-se a pergunta. Mas a "verdade" que se obtém quando se abre mão da pergunta é uma "verdade" inteiramente irracional.

Os sofistas ceticamente negavam a existência de uma justiça absoluta; Sócrates sustentava apaixonada e dogmaticamente a sua existência, mas, por fim, teve de confessar não saber o que ela verdadeiramente era. Platão assegura que se pode conseguir esse saber por intermédio de sua filosofia, mas declara inexprimível esse saber, irrespondível a pergunta, não se podendo nem mesmo colocá-la. Assim culmina o caminho que conduz do relativismo racionalista ao absolutismo metafísico: termina, por fim, na mística religiosa.

VI. Platão, o místico

Discute-se se Platão seria um místico. Trata-se de uma disputa semântica[661]. A fronteira que separa a metafísica religiosa da especulação mística não é precisa. Que, no mínimo, Platão aproximou-se bastante dela, decerto ninguém poderá negar – nem mesmo invocando a dialética[662]; pois, independentemente do fato de ele próprio, na *Carta VII*, avaliar com ceticismo o valor da dialética na consecução do objetivo derradeiro[663], uma crítica objetiva do procedimento dialético postulado por Platão não pode furtar-se à percepção de que o caminho do conhecimento científico para o qual esse procedimento aponta é interrompido antes do último estágio; e nem poderia ser diferente, pois, segundo nos informa o próprio Platão, esse último passo conduz a uma esfera que transcende por completo todo conhecimento racionalista. Não é incomum que se alegue ter por base o pensamento racional quando, na verdade, se busca um resultado irracional. Nos sistemas da metafísica religiosa cabe afinal a uma ciência – a teologia – prover, de forma racional, a fundamentação da crença em Deus, situada além de toda razão; contudo, apenas aparentemente, pois essa crença assenta-se numa experiência religiosa, não se podendo fundamentá-la numa "ciência" de Deus que a tenha por premissa, e não por resultado. A dialética não é capaz de demonstrar nem a existência, nem a essência de seu misterioso objeto – o absolutamente Bom; ela pode, como purificação de todo o sensível, fazer a alma receptiva para a experiência mística na qual divisa o Deus-Bem.

Se, ainda assim, hesitamos em situar Platão entre os místicos, isso acontece porque sua filosofia tem um caráter marcadamente social e porque sua doutrina das ideias, culminando na ideia da justiça, tem uma orientação visivelmente política. A verdadeira mística, porém, é associal, e mesmo antissocial. A experiência mística isola o indivíduo dos demais[664]. Na medida em que Deus e o mundo são absorvidos na vivência subjetiva de um indivíduo, perde-se a condição básica para toda sociedade – a oposição entre Eu e Tu –, restando apenas o Eu que tudo abarca, elevado à condição de divindade. Encontra-se aí a salvação individual que o místico busca; ele não quer corrigir ou dominar o mundo – e, particularmente, o mundo social –, mas sim libertar-se dele. Se puder acolher em si a divindade, extinguir-se-á nela toda vontade, e especialmente toda vontade de poder. A experiência que o místico busca – a fusão do Eu com Deus – é seu objetivo último, e não um meio para a consecução de qualquer meta social. De fato, precisamente em seu ponto decisivo, a doutrina platônica é uma autêntica mística, pois a visão do que há de mais elevado é inexprimível, ou seja, algo intransferível, uma experiência intransmissível pela via racional. Ela isola aquele que divisou o Bem – o eleito, o agraciado – dos muitos que não o divisaram e nem podem fazê-lo. Nada lhe subtrai de seu caráter místico e associal que a visão do Bem somente seja possível na mais íntima união com o amigo. Que Platão só se una a Deus na figura do amado empresta à sua mística uma coloração erótica. Precisamente no ponto em que se espera de sua filosofia a solução objetiva, ela parece não oferecer senão salvação individual. O que, porém, absolutamente não combina com uma especulação mística, apontando muito além de uma salvação meramente pessoal, é que a meta da experiência mística seja a verdade sobre Bem e Mal, que o objeto dessa visão que penetra no segredo seja a justiça e que essa visão, que faz daquele que vê um "filósofo", seja a legitimação deste último para um governo do Estado que exclui todos os demais. Afinal, justamente em sua *Carta VII*, onde acentua enfaticamente o caráter esotérico de sua doutrina e a natureza mística do seu segredo, Platão mantém sua velha e obstinada exigência de que o filósofo, e só ele, estaria habilitado a governar.

Isso parece uma total contradição. Como podem a pretensão de poder e o anseio pela salvação individual ter lugar num mesmo sistema? Esse sistema não é um sistema teórico, mas político-prático. A salvação do eleito, do agraciado – a visão do Bem –, tornando-se um segredo do governante, faz-se também a salvação de todos os demais: dos governados. Estes não podem seguir aquele em seu caminho redentor rumo à visão do Bem, pois somente "uns poucos" – e, aliás, apenas aqueles em condições de, "com indicações sumárias, descobrir sozinhos a verdade" – podem, sem prejuízo para si mesmos, ser iniciados no segredo da justiça[665]. Porque excluídos desse segredo, os muitos encontram-se também inteiramente excluídos do governo. Eles só podem encontrar sua salvação na absoluta submissão à autoridade do governante, o único que sabe sobre o Bem e, por isso mesmo, também o único que o deseja. Como só o filósofo governante sabe acerca do Deus-Bem – saber que, graças à posse do segredo, o faz absolutamente singular e diferente do povo –, resta a este, como massa politicamente sem direitos, apenas a crença não propriamente em Deus, que não lhe é dado divisar, mas no saber do governante. Essa crença é a base da obediência incondicional dos submissos, na qual se assenta a autoridade do Estado platônico. A mística de Platão, essa mais completa expressão do irracionalismo, é uma justificação de sua política antidemocrática, a ideologia de uma autocracia. E, justamente por ser apenas ideologia – pois é assim, inequivocamente, que se apresenta, ou seja, como instrumento da política –, é que Platão parece a muitos um racionalista convicto[666]. Também essa contradição entre mística irracional e racionalismo político explica-se em função do caráter ideológico de seu sistema, particularmente de sua doutrina do Bem. Esta, como meio para um fim político, é, de fato, racionalista. De acordo, porém, com seu sentido imanente – isto é, abstraindo-se da meta a serviço da qual é empregada: o poder –, ela é precisamente o contrário e, por isso mesmo, altamente problemática[667].

Capítulo 71
A ausência de conteúdo do conceito de justiça

Se o Bem – ou a justiça – é um segredo inexprimível, não pode haver nada mais discutível do que aquilo que Platão busca em seus diálogos mais importantes: uma teoria ético-política. E tal busca, nada mais significando do que a tentativa de exprimir o inexprimível, pode apenas conduzir às definições inteiramente vazias de conteúdo nas quais viceja todo tipo de irracionalismo, especialmente o político.

I. A definição do Bem no Filebo

Esse irracionalismo, mostram-no especialmente as investigações sobre a essência do Bem, a que Platão se lança no *Filebo*, e das quais já se disse terem definido plena e definitivamente o conceito de Bem[668]. O pretexto para essa investigação é a tentativa – já exposta em outro contexto[669] – de decidir se o Bem seria a compreensão ou o prazer. A primeira definição do Bem afirma que ele é "mais perfeito (...) do que qualquer outra coisa", que "se basta a si mesmo" e que "todo ser cognoscente o persegue e por ele anseia" – em resumo, que o Bem é algo desejável[670]. Com isso, é claro, nada se disse sobre a essência do Bem. Essas qualidades da perfeição, da autossuficiência e da desejabilidade evidentemente são aí mencionadas apenas porque Platão deseja chegar à conclusão de que nem o prazer, nem a compreensão, por si sós, são perfeitos, autossuficientes e desejáveis, pois seu objetivo é postular uma mescla de compreensão e prazer. Por essa razão, o problema da essência do Bem é deslocado para a questão sobre qual seria a "boa" mistura. "Por certo, é maior a esperança de que se encontre o que buscamos antes na mistura boa do que na má.[671]" No que consiste, portanto, o "Bem" da mistura? Essa passa a ser, então, a questão decisiva. A receita ética que Platão nos oferece é simples e, ao mesmo tempo, nada esclarecedora: não se deve "misturar a totalidade do prazer com a totalidade da compreensão", mas sim "misturar as porções mais verdadeiras de ambos e experimentar: misturadas umas com as outras, bastam para produzir e garantir-nos a mais desejável das vidas (...)?"[672]. Embora Platão reconhecidamente distinga diversos graus de compreensão – isto é, ciências de diferentes conteúdos de verdade –, ele permite que confluam para essa mistura "todos os ramos do saber"[673]. Mas, dos prazeres, somente os "verdadeiros" – ou, pelo menos, fundamentalmente estes, à parte certas exceções. A conclusão essencial é que os prazeres não verdadeiros – que são, acima de tudo, os prazeres sexuais – não são acolhidos nessa mistura. Sócrates pergunta à razão e à compreensão: "Necessitais vós, além dos prazeres verdadeiros, também dos prazeres mais fortes e violentos (ou seja, os sexuais)?". Ao que ambas respondem: "De forma alguma, Sócrates". "Mas os prazeres que designas como verdadeiros e puros, estes podes considerar aparentados a nós e, além deles, também os que têm a ver com a saúde e a temperança, e todos os que, como acompanhantes da virtude, seguem-na qual uma deusa por toda parte: mistura, pois, todos esses. Entretanto, misturar à razão os prazeres que sempre se encontram na companhia da insensatez ou de maldade semelhante seria uma inacreditável tolice para quem, diante da mescla a mais bela e harmoniosa possível, tenta aprender o que, no homem e no universo, é verdadeiramente bom segundo a sua natureza, e a forma sob a qual se oferece à nossa compreensão.[674]" O "Bem" consiste, portanto, numa mistura da razão – que Platão carateriza como estando, em seu estágio mais elevado, voltada para o Bem – com prazeres que acompanham a virtude, isto é, o Bem. Fundamentalmente, pois, para se obter o Bem tem-se de misturar o Bem com o Bem. Nessa mistura, contudo, deverá ser possível conhecer o Bem. Mas não se há de tratar aí, verdadeiramente, de um conhecimento pleno. O que se pode conseguir é apenas uma "noção". Embora se tenha considerado até aqui apenas a mistura de dois elementos – a razão e o prazer –, Platão deseja introduzir ainda um terceiro nessa mistura: a "verdade", pois "aquilo a que não misturamos a verdade jamais poderá, na realidade, *vir a ser*, ou, se veio a ser, *ser*". Com isso ainda não se chega à solução definitiva do problema, mas tão somente "à antessala do Bem e de sua morada"[675]. E, logo após essa constatação, lança-se a pergunta: "O que parece, pois, ser o mais valioso nessa mistura?". E, então, afirma-se que, como em toda mistura, a razão de ser boa essa mescla composta da razão, dos prazeres verdadeiros e da verdade, de "se dar de modo irrepreensível", é ter a "proporção natural e adequada"; o que nada mais significa senão que ela é a mistura correta. Em seguida lê-se: "Sócrates: Agora, portanto, a essência do Bem" – e é desta que se trata o tempo todo – "achou refúgio na natureza do Belo. Pois a medida correta e a proporção adequada têm sempre por consequência a beleza e a virtude. Plutarco: Certamente. Sócrates: E também a verdade, conforme afirmamos, está incluída na mistura. Plutarco: Com certeza. Sócrates: Se, pois, não podemos apanhar o Bem por meio de uma *única* forma do pensamento (ideia), recorramos a três – à beleza, à proporção e à verdade – e declaremos que as reconhecemos verdadeiramente como uma única, como a causa das proporções da mistura, que desse modo, por meio do Bem, adquiriu a sua natureza"[676]. Mesmo com a melhor das vontades, dessa argumentação carente de qualquer nexo lógico não se extrai qualquer esclarecimento. O que se tem aqui nada mais é do que o método das substituições, que já conhecemos da *República*. Como não é possível definir materialmente o Bem, impõe-se em seu lugar a beleza, a proporção e a verdade, fórmulas tão vazias de conteúdo quanto o Bem, e cuja junção não nos aproxima um milímetro sequer da solução do verdadeiro problema.

Ao final do diálogo, porém, surge como resultado da investigação uma hierarquia dos valores que não guarda qualquer relação com a teoria da mistura apresentada anteriormente. O Bem supremo não é – como seria lícito esperar – a "boa" mistura de compreensão e prazeres "verdadeiros", vindo a compreensão em segundo lugar e os prazeres verdadeiros em terceiro; o que Platão apresenta é, ao contrário, um quadro bastante diverso dos bens. O primeiro lugar está "no terreno da medida, do comedido, do adequado e de tudo aquilo que (...), conforme se há de supor, participa da natureza do eterno". O segundo cabe ao "terreno do simétrico, do pleno, do suficiente e de tudo quanto pertence a essa classe". Em terceiro lugar tem-se "a razão e a compreensão". Em quarto, "as ciências, as artes e as assim chamadas opiniões corretas", que "são mais aparentadas ao Bem do que o prazer". "Em quinto vêm, então, os prazeres aos quais, numa definição mais precisa, chamamos (...) os puros." "Na sexta linhagem, como diz Orfeu, calai a beleza do canto! E assim, também na sexta instância, parece ter chegado ao fim a nossa investigação.[677]" Nem uma palavra sobre os problemas na estrutura lógica dessa sequência. Que ela nos permita uma compreensão da essência do Bem, na medida em que o apresenta como o "adequado" ou o "pleno"[678]; que nos diga mais do que já se sabia desde o princípio, e que nem sequer se comprovou posteriormente (ou seja, que se deve colocar a razão acima do prazer) nada disso pode nos assegurar um exame imparcial. Contudo, digno de se ressaltar como particularmente característico é que Platão interrompe sua escala de valores precisamente no ponto em que ela atinge o grau zero da ética, onde começa a esfera do Mal. Aí silencia o cantor. O Mal ainda não tem lugar no sistema.

II. As tautologias do Político

Tampouco no *Político*, diálogo igualmente dedicado a seu Estado ideal, Platão foi além das tautologias desprovidas de sentido. O melhor Estado é aquele no qual o governante mostra-se um "perito"[679]. Isso é apenas uma variante do princípio de que deve governar o melhor – uma tautologia que, no entanto, Platão não se cansa de repetir inúmeras vezes em múltiplas variações e imaginosas metáforas. O tema desenvolvido no *Político* é o de que o governante tem de ser comandado pela razão, acessível em sua plenitude somente a uns poucos espíritos privilegiados, enquanto a massa dos homens permanece à mercê do sensível, podendo ser apenas objeto, e não sujeito, da dominação! Apenas o dotado da arte régia está habilitado a ser o soberano real. Busca-se o conceito dessa "arte régia" ou "arte de estadista" de forma muito complicada, como a ciência do "cuidar" do Estado[680], o "saber acerca do reinar sobre os homens"[681]; e define-se de modo semelhante a sua posição, acima de todas as demais ciências. Ela seria a ciência que comanda a arte militar, a jurisdição e a oratória, que "cuida das leis e de todos os assuntos do Estado, unindo tudo num tecido primoroso". Toda a discussão sobre a essência da política culmina numa comparação com a arte da tecelagem. Platão diz: "Cumpre agora portanto, ao que parece, informar sobre o tecido régio, definir sua natureza e apontar a modalidade do entrelaçamento mediante o qual ele nos oferece um tecido particular"[682]. Mas que tipo de "informação" Platão nos dá? Absolutamente nenhuma de conteúdo definido. Da intrincada comparação da ciência do estadista – que é o objeto do diálogo – com a arte da tecelagem, nada mais se pode depreender senão que o verdadeiro estadista é capaz de produzir uma ligação correta dos diversos elementos; e, nessa comparação, Platão opera com categorias bastante genéricas, como a "velocidade, a violência e a vivacidade" ou a "tranquilidade" e a "temperança", enfatizando que o verdadeiro estadista, seguindo o exemplo do tecelão, elimina os fios ruins, mas entrelaça diagonalmente os bons, que são de espécies distintas, formando um bom tecido. Em suma, a arte régia consiste em estimular o Bem e eliminar o Mal. O que se tem aí são generalidades que de nada valeriam a um estadista prático. O que o diálogo pretende com sua metáfora poética e particularmente com seu mito religioso é, no fundo, nada mais do que louvar o Bem e repudiar o Mal;

sua teoria não vai além da tese irrefutável de que o Bem é bom e o Mal, mau – de que o primeiro deve ser, enquanto o último não deve ser. Típico dessa espécie de teoria política é o raciocínio segundo o qual não importa, absolutamente, se o governante perito vai governar conforme as leis ou sem elas, com o emprego da força ou sem o seu auxílio, na pobreza ou na riqueza: enquanto ele governar "com base na compreensão efetiva e na justiça rigorosa", a fim de fazer de um Estado "pior um melhor – enquanto for esse o caso, temos, com base no mesmo critério, de caracterizar esse Estado como o único de Constituição correta"[683]. Isso significa que o melhor Estado é o que é mais bem governado, e que governa melhor quem tiver o melhor saber e, portanto, a melhor vontade. No que consiste, porém, esse mais bem saber, não é ou não pode ser dito. "Façam o que quiserem, os governantes sensatos estarão protegidos de qualquer ação equivocada enquanto se ativerem ao cumprimento da exigência maior, que consiste em serem capazes de proporcionar sempre a seus concidadãos uma justiça incondicional, assentada na compreensão e na ciência, mantendo-os assim sob sua benfazeja proteção e, tanto quanto possível, transformando-os de homens piores em melhores.[684]" Ou seja: conta.nto que aja com correção e justiça, o governante não governa de forma incorreta ou injusta.

III. A justiça como igualdade nas Leis

Nesse mesmo contexto encontra-se ainda uma tentativa de definir o conceito de justiça que Platão faz em sua última obra. Ele é identificado, aí, ao da igualdade, da qual se distinguem duas espécies: a igualdade mecânica, aritmética – isto é, "a igualdade segundo a medida, o peso e o número", onde a decisão cabe à sorte – e a igualdade proporcional, na qual nem todos recebem o mesmo, mas somente ao igual concede-se o igual, cada um sendo tratado, portanto, segundo o que merece e o que lhe é devido. "Ao maior, ela concede mais; ao menor, menos, garantindo a cada um o que lhe cabe, segundo sua condição natural; ao de maior virtude, portanto, honras sempre maiores; ao de menor virtude e educação, porém, apenas e exatamente o lhe cabe – uma distribuição que lhes é proporcionalmente justa, pois é precisamente nisso que consiste nossa sabedoria de estadista: na justiça." Naturalmente, e ao contrário do que parece, isso não é uma solução, mas, de novo, tão somente a colocação do problema da justiça. O que, afinal, é "maior" e o que é "menor"? Qual o critério para aquela virtude e educação de que o Estado necessita? Como essas questões decisivas ficam irrespondidas, o próprio Platão é forçado a condescender e confessar: "No entanto, a única igualdade verdadeira – e a melhor – não se apresenta tão facilmente cognoscível a todos. Isso porque o juízo cabe aí a Zeus, e aos homens ela sempre se comunica em pequena medida"[685]. Já no final de sua vida, após haver se empenhado em vão, em numerosas obras, por definir o conceito de justiça e sabendo já que sua essência é inexprimível, ele ainda anseia – pois, em seu íntimo, terá decerto repudiado o insatisfatório – por apanhar num conceito, qual um raio de sol numa garrafa, aquilo que eternamente lhe escapa. E, no entanto, apenas para mais uma vez ter de admitir que, no fundo, isso é impossível: que a justiça, em última análise, permanece um segredo da divindade, do qual o conhecimento humano só pode participar em pequena medida; e que a seu respeito o que se pode dizer resume-se à fórmula vazia de conteúdo do *suum cuique*.

Capítulo 72
Democracia ou autocracia

*I. A função negativa do conceito de justiça:
a exclusão da democracia*

Assim como, por um lado, é (supostamente) impossível saber, a partir dos três últimos diálogos platônicos mencionados anteriormente, no que, positivamente, consiste a justiça tão apaixonadamente reclamada, pode-se, por outro, identificar com certeza no que ela, na opinião de Platão, não consiste: ou seja, na democracia. A tese negativa do *Político* é a de que "jamais uma grande massa de pessoas, sejam de que natureza forem, seria capaz de apoderar-se de tal conhecimento (o conhecimento que o soberano real possui) e administrar um Estado de maneira racional"[686]. Embora, de um modo geral, Platão declare que os Estados não regidos pelo sábio real são meras imitações do Estado ideal – "os dotados de melhores leis, imitações do melhor; os demais, imitações do pior" –[687], ele afirma o contrário em relação à democracia: "O governo da massa, porém, segundo nossa convicção, é fraco em todos os aspectos, não dispondo de grande poder nem para o Bem, nem para o Mal, porque nele a autoridade está fragmentada e dividida entre muitas pessoas. Por isso, ele é a pior de todas as formas estatais reguladas por leis, mas a melhor das formas para contrariá-las. Estando todos mergulhados no desregramento, aí é que se vive melhor ainda na democracia; se, porém, há ordem, a vida nela torna-se muito pouco suportável (...)"[688]. Platão desdenha tão profundamente a democracia, que nem sequer admite que, tal como em outros Estados não ideais, seu governo possa, mediante uma ordem legal, aproximar-se em certa medida do ideal.

II. O ideal do autocrata absoluto e o irracionalismo político

Esse ideal é o governo do autocrata absoluto, não constrangido sequer por leis, que é como, do ponto de vista político, o sábio real se apresenta a Platão. Decerto, a feitura das leis "faz parte, em certa medida, da arte de governar", "mas o melhor é quando o poder não está nas leis, mas sim nas mãos de um rei dotado de compreensão"[689]. Onde quem governa é quem está de posse do saber real, as leis são supérfluas e até danosas. Uma doutrina do direito natural realmente consequente, partindo da existência de uma justiça absoluta, há de concluir pelo caráter supérfluo e danoso do direito positivo. Contudo, a argumentação de Platão segue outros caminhos, "pois a lei jamais pode abarcar com exatidão todos os casos concebíveis, prescrevendo, assim, o melhor para todos. E isso porque as desigualdades dos homens e de suas ações, bem como a inconstância permanente e sem exceção das coisas humanas, não permitem que uma arte qualquer, em qualquer que seja a área, apresente uma regra simples (que permaneça sempre idêntica a si própria), aplicável a todos os casos e em todos os tempos (...) A lei, entretanto, evidentemente almeja tal regra, qual um homem teimoso e inculto, que não admite qualquer outra vontade paralelamente à sua e não permite pergunta alguma, nem mesmo em presença de uma situação nova, que escapa às suas prescrições e para a qual este ou aquele caso seria melhor". É, de fato, "impossível que aquilo que permanece sempre idêntico a si mesmo (a lei) se relacione de forma suportável com o que jamais permanece idêntico a si próprio (as relações humanas)"[690]. O sentido dessa argumentação é a irracionalidade do objeto a ser regulado pela lei, isto é, por normas gerais: a matéria social, caracterizada como o "que jamais permanece idêntico a si próprio", como "a inconstância permanente e sem exceção das coisas humanas". Ela não pode ser abarcada normativamente de uma maneira abstrata e universalmente válida. Uma ordem justa das relações humanas não pode resultar de um princípio universalmente válido. Se a questão sobre a essência da justiça é a questão em torno de tal princípio universal – ou seja, de uma norma geral –, a resposta é que não existe uma justiça nesse sentido. A definição da essência da justiça por meio de um princípio universalmente válido, de uma norma geral, é a tentativa de uma definição racional dessa essência. É da essência da razão humana expressar-se através de princípios universalmente válidos[691]. A decisão ou disposição correta no caso particular – ou seja, a norma individual – não pode, se perfeita, ser predeterminada por uma decisão ou disposição de caráter geral e, portanto, nem tampouco ser fundada nela ou justificada por ela. Ao mesmo tempo, isso significa, porém, que os atos do governante tampouco podem ser determinados pela via racional, pois a matéria à qual se referem não é racionalizável. Uma legislação de caráter geral é, na verdade, nada mais do que uma tentativa de racionalizar a dominação política. Na norma geral, a norma individual encontra sua *ratio*, assim como a sentença concreta do juiz e o ato de governo a encontram na lei. Embora Platão reiteradamente apresente a questão da justiça como um problema da razão e embora assegure que a resposta para ela possa ser encontrada nessa mesma razão – pois a justiça consistiria no governo dessa razão –, ele declara no *Político* ser impossível a racionalização da dominação política (isto é, a racionalização da justiça), em virtude da irracionalidade do objeto que lhe cabe regular. Resulta daí, entretanto, que a arte de governar, caracterizada por Platão como um saber ou uma ciência visto que ele declara ser a razão o seu fundamento –, na verdade não é saber ou ciência alguma, nem tem coisa alguma a ver com a razão, em seu sentido racional. Isso significa que a justiça é um ideal irracional. Um governo correto, justo, existe onde "o homem sábio e virtuoso", "com ou sem a aprovação de seus concidadãos", "em consonância com leis escritas ou em desacordo com elas, faz o que é benéfico", regulando assim "os negócios dos cidadãos". No exercício da arte de governar, o "governante sensato" demonstra "uma força" que é "superior às leis. Façam o que quiserem, os governantes sensatos estarão protegidos de qualquer ação equivocada enquanto se ativerem ao cumprimento da exigência maior, que consiste em serem capazes de proporcionar sempre a seus concidadãos uma justiça incondicional, assentada na compreensão e na ciência (...)"[692]. Mas no que consiste essa justiça? Essa pergunta, Platão não a responde nem no *Político*, nem em qualquer outra parte, e, segundo o que ele diz aí sobre a impossibilidade de se regular satisfatoriamente as relações humanas por meio de normas gerais, inexiste qualquer resposta racional para essa pergunta. Se a justiça pode ser encontrada na razão, e se essa razão não é a humana, só pode ser a divina, que permanece vedada ao homem. A justiça é um segredo divino, e nem mesmo nas leis dos melhores legisladores esse segredo da justiça pode ser revelado. Assim é que, em sua *Carta VII*, Platão enuncia o motivo último e verdadeiro pelo qual repudia toda legislação. E aí revela também que a "ciência" do sábio real não é saber racional, porque absolutamente não é um modo racionalmente compreensível de estar de posse do Bom ou o do Justo. Também para os súditos, porém, a base da dominação não está em qualquer saber racional. Se, como exige Platão, o poder estatal não há de estar na lei, mas nas mãos de um sábio que governa de forma absoluta, a fonte última de cada ato de governo não há de ser a razão, mas a vontade do governante. A decisão ou

A JUSTIÇA PLATÔNICA

disposição concreta é imprevisível; à pergunta acerca de seu embasamento, não se pode responder ao destinatário da norma com um princípio geral, com uma regra geral de conteúdo definido. Ela é boa ou justa não porque nela se cumpre um princípio geral reconhecível como bom ou justo, ou seja, uma lei (a possibilidade de tal princípio é negada por Platão), mas porque nela se expressa a vontade do rei, que, por razões que não são nem podem ser perceptíveis ao súdito, é, de antemão, tomada por boa e justa. *Stat pro ratione voluntas*. O irracionalismo traduz-se – conforme já apontamos em outro contexto – na autocracia à qual têm de sujeitar-se não apenas o pensamento, mas também a vontade dos súditos. Pois, como não podem saber por que os atos do governo são bons ou justos, têm de acreditar que são; e se todos assim creem, eles, de fato, passam a sê-lo. Tudo depende, portanto, de se fazer que os súditos acreditem que o governo é bom e justo, e de os cidadãos sentirem-se felizes em obedecer às suas ordens – daí todo o conjunto de medidas draconianas, aniquiladoras de toda e qualquer liberdade de pensamento, sugeridas por Platão tanto na *República* quanto nas *Leis*, a fim de produzir e conservar nos súditos essa crença.

III. O critério do regente "verdadeiro"

Em nenhum outro de seus diálogos Platão tomou tamanha consciência da dificuldade fundamental de seu Estado ideal quanto no *Político*, onde o caráter autocrático desse Estado torna-se especialmente nítido. Se a justiça, que deve fundamentar o carisma do governante, há de ser um segredo para a massa dos governados, de que forma poderão estes – os não sábios e não justos – saber que aquele que reivindica para si o governo é o justo, o "melhor", ao qual, e somente ao qual, cabe governar? Tem-se aí a dificuldade fundamental de todo autocratismo baseado no irracionalismo, com sua exigência de que apenas o melhor deve governar. Enquanto o critério da justiça não estiver objetivamente estabelecido e seu conhecimento não for bem comum dos homens, somente o poder – e não o direito – poderá decidir a quem cabe comandar e a quem cabe obedecer.

É a resignação ante essa percepção que conduz, por fim, à democracia. Se tudo se desse como com as abelhas, quando "a própria natureza" é quem faz o rei, prontamente reconhecível em seu "corpo e sua alma" como o único, certamente tudo seria mais fácil: se o sábio real se destacasse tão claramente quanto a abelha-rainha em meio a seu enxame, "seria saudado calorosamente e teria uma existência feliz como condutor único do único Estado verdadeiro". Esse, porém, não é o caso, de modo que, em vez de *um* Estado ideal, temos toda a variedade de formas estatais altamente falhas, "pois os homens repudiam aquele único, o governante absoluto, e nem querem saber da possibilidade de, alguma vez, surgir um homem que seja digno de tal poder e possuidor da vontade e da capacidade de governar munido da virtude e da compreensão, fazendo que caiba a cada um, de maneira correta, o que lhe é devido segundo o direito humano e o divino. O que veem neste, ao contrário, é um monstro que a seu bel-prazer nos maltrata, mata e prejudica a todos em todas as ocasiões". Aparentemente, pois, nada mais resta senão "nos reunirmos e elaborarmos leis escritas, seguindo as pistas da única forma estatal verdadeira"[693]. Se o sábio real não pode governar, que governem as leis. Delineia-se assim, já no *Político*, o caminho que conduz da *República* às *Leis*, do Estado ideal ao segundo melhor Estado. Também nas *Leis* Platão afirma[694]: "Se alguma vez, por determinação divina, viesse realmente ao mundo um homem dotado da capacidade natural de atender às exigências mencionadas (isto é, de servir ao bem comum como interesse supremo absoluto), não necessitaria de leis prescrevendo-lhe o que fazer. Isso porque não há lei ou ordem acima do saber e da compreensão, nem é concebível que a razão seja súdita ou dependente do que quer que seja; ao contrário, ela tem de reinar sobre todas as coisas, se, de acordo com sua essência, for realmente verdadeira e livre". Aqui, porém, Platão acrescenta: "Mas chega desse sonho! Não existem – ou praticamente inexistem – homens assim. Por isso, temos de nos decidir pela segunda alternativa, pela ordem e pela lei, que, se não podem contemplar e considerar tudo e todos, podem ao menos tomar em conta aquilo que ocorre com certa regularidade". Mas por que não poderia a "razão" determinar o conteúdo das leis? Evidentemente porque a razão que Platão tem aí em mente não é a humana, que formula as leis dos homens, mas a razão divina, que não cabe a homem algum – ou, como significativamente acrescenta, abrandando sua afirmativa, a "praticamente" nenhum. O sonho de estar ele próprio de posse do segredo evidentemente não o abandonou por completo.

Mas para o Estado das leis – isto é, o Estado da realidade social –, Platão reclama absoluta obediência. Porque as leis, "esses apontamentos advindos da consciência de homens versados", embora não sejam a justiça em si ou a verdade divina, são "imitações da verdade". Quem, portanto, ousar "agir contrariamente às leis – que, afinal, surgiram baseadas numa rica experiência e com a colaboração dos conselhos de homens bem-intencionados que obtiveram sua aceitação pela massa –, estaria elevando ao incomensurável o erro anterior, arruinando ainda mais a vida das pessoas do que o fariam os preceitos escritos (...) Por isso, cabe a todos que elaboram leis ou regulamentos escritos sobre o que quer que seja proceder de modo a não permitir nem a um indivíduo, nem à grande massa sequer a mais ínfima transgressão"[695]. E, mais adiante, lê-se: "Assim, Estados dessa espécie, se desejam imitar com a maior correção possível aquele Estado verdadeiro do regente *único* que governa em conformidade com a arte política, não podem jamais, uma vez concluído o trabalho da elaboração das leis, agir contrariamente às leis escritas e às estabelecidas pelos costumes locais"[696].

Quinta parte
A JUSTIÇA E O DIREITO: A DOUTRINA PLATÔNICA DO DIREITO NATURAL

Capítulo 73
A harmonia entre a justiça e o direito positivo na ética de Sócrates

Nas *Leis*, Platão reconhece a obrigatoriedade do direito positivo, embora acredite na existência de uma justiça absoluta e, assim, na vigência de um direito natural. A despeito da vertiginosa altura à qual ele ergue seu ideal do Estado e do direito – e talvez por isso mesmo –, não chega a haver um conflito entre esse ideal e a realidade da ordem estatal e jurídica dada. Se o absolutamente Bom, juntamente com a justiça que nele se contém ou que dele flui, permanece um segredo inexprimível, então o Estado ideal não pode pôr em perigo a existência do Estado real. E, se o que se pode dizer sobre a essência da justiça não leva senão à fórmula vazia de conteúdo do "a cada um o seu", pode-se conciliar o direito natural com o direito positivo, tendo-se até mesmo de pressupor a vigência deste. Afinal, somente pressupondo-se a vigência desse direito positivo, definindo o que cabe a cada um – e, portanto, o que é para cada um "o seu" –, é que adquire sentido uma norma que exige única e exclusivamente que a cada um caiba o seu. Para a esfera terrestre, apenas o direito positivo pode ser a concretização de uma justiça cuja expressão – ainda que insuficiente – é o *suum cuique*, sobretudo no seu significado de retribuição, pois também a realização desta na terra é o Estado empírico. Assim, no nível mais profundo, a justiça faz-se legalidade; o δίκαιον torna-se idêntico ao νόμιμον. Essa é a doutrina de Sócrates, e somente nesse ponto Platão permaneceu fiel até o fim a seu mestre. Em suas *Memorabilia*, Xenofonte relata a respeito de Sócrates: "Em sua vida particular, ele sempre se comportou em conformidade com as leis e de forma a ser útil aos outros; na vida pública, prestou obediência às autoridades em todos os preceitos legais e foi, em casa como na guerra, tão amante da ordem, que nisso se distinguiu de todos os outros"[697]. Após dar outros exemplos da fidelidade particular de Sócrates às leis, Xenofonte reproduz um diálogo do filósofo com o sofista Hípias, que tem por único propósito demonstrar que "justo" significa o mesmo que "legal" ou "em conformidade com o direito" – ou seja, que "justo" e "legal" significam uma única e mesma coisa, definindo-se o "legal" expressamente como em consonância com "as leis do Estado"[698]. Contrariando Hípias, que questiona essa tese apontando para a mutabilidade do direito positivo e para sua mudança constante, Sócrates explica: "Crês, então, que menosprezando os que obedecem às leis, porque podem ser revogadas, estás fazendo algo distinto do que se censurasses a disciplina na guerra simplesmente porque a paz pode voltar a reinar?"[699]. Sócrates – com quem Platão está inteiramente de acordo nesse ponto – fala sério ao afirmar que o direito positivo é a própria justiça. "Não sabes" – prossegue ele, segundo Xenofonte – "que Licurgo, o lacedemônio, não teria erguido Esparta acima dos demais Estados, se não lhe tivesse inculcado com especial cuidado a obediência às leis? Não sabes que, dentre os governantes de um Estado, os melhores são os que sabem ensinar aos cidadãos a obediência às leis e que o Estado onde os cidadãos obedecem com alegria às leis é o mais feliz em tempos de paz e invencível na guerra?[700]" E Sócrates conclui: "Eu, portanto, Hípias, declaro que o legal e o justo são uma única e mesma coisa"[701]. E a discussão que vem a seguir sobre as "leis não escritas" – aí entendidas não como um direito natural diverso do positivo, mas apenas como certas normas do direito e da moral positiva geradas pelo costume – termina com Sócrates, que remete essa parte do direito e da moral positiva diretamente aos deuses, declarando: "Até mesmo os deuses, portanto, têm o justo e o legal por uma única e mesma coisa"[702]. O que se tem aí é uma legitimação do direito positivo a partir do direito natural; de forma alguma uma teoria revolucionária do direito natural, mas uma teoria altamente conservadora, tendo por função essencial assegurar a vigência do direito positivo reconhecendo-o, de alguma maneira, como justo.

Capítulo 74
Justiça e direito positivo no Górgias

Já em outro contexto apontou-se o fato de que, quando Platão cita exemplos concretos de comportamento injusto, trata-se sempre de violações da moral tradicional. Pressupõe-se então, tacitamente, que essa moral está de alguma forma em consonância com a justiça absoluta, cuja existência ele sustenta, sem definir-lhe o conteúdo. Assim, a filosofia platônica dos valores absolutos torna-se uma justificativa dos valores bastante relativos de uma dada ordem social. Esse é o posicionamento de Platão com relação ao direito positivo: fica implícito de antemão que se há de tomá-lo por obrigatório. Por isso é forçoso que, de algum modo, o direito positivo seja reconhecido como justo. No *Górgias*, evidencia-se esse ponto de vista: ele fundamenta, aí, a discussão sobre a justiça. Somente partindo dessa premissa é que Platão chega à tese de que sofrer uma injustiça é melhor do que cometê-la – entendendo-se aí por "injustiça" uma violação do direito positivo. O usurpador Arquelau é caracterizado como "injusto" – ἄδικος – porque obteve o poder na Macedônia contrariando o direito, ou seja, violando o direito positivo. Desejasse agir de forma "justa", estaria servindo a Álcetes, de quem era escravo[703]. A palavra δίκαιος é constantemente empregada com o duplo significado de "justo" e "em consonância com o direito positivo". Essa identificação de "justo" com "justiça" está inteiramente de acordo com o modo como se falava à época. A ideia fundamental da tese defendida por Sócrates contra Cálicles é indubitavelmente a de que violar o direito positivo é pior que suportar tal violação e que, portanto, é melhor para todos sofrer a punição legal do que safar-se da pena. Ele intensifica essa tese até a exigência de que as pessoas sujeitem-se alegremente inclusive aos veredictos contrários ao direito, mas impostos pelos juízes com competência legal para pronunciá-los. Não há dúvida de que, ao falar em "sofrer injustiça" – o que Platão propõe com tanta ênfase que se prefira a "cometer injustiças" –, ele tinha em mente também o caso de um veredicto injusto: o destino de Sócrates, ao qual o diálogo alude repetidas vezes. Antecipando o raciocínio de Críton e ante a observação de Cálicles de que Sócrates não parece absolutamente julgar possível que venha alguma vez a ser acusado injustamente, Platão faz Sócrates declarar categoricamente que está preparado para isso: "Se eu encontrasse o meu fim por não possuir uma oratória aduladora, tenho certeza de que me verias suportar a morte com serenidade"[704]. É principalmente a ampliação exagerada do princípio da legalidade, somente compreensível a partir da identificação (com base no direito natural) do direito positivo com a justiça, que leva Cálicles à oposição que conhecemos. E mesmo diante dessa oposição, Platão mantém sua afirmação original – assim como Sócrates o faz, segundo

Xenofonte, diante de Hípias. E, também no *Górgias*, procede-se à identificação expressa do direito positivo com o natural, com o "justo por natureza". Sócrates diz a Cálicles: "Portanto, não é apenas de acordo com a lei que cometer uma injustiça é mais feio do que sofrê-la, nem é somente segundo a lei que o direito consiste na igualdade, mas assim é também de acordo com a natureza. Ao que parece, pois, não tens razão em tua afirmação anterior e acusas-me sem motivo, asseverando que a lei e a natureza estariam em contradição uma com a outra"[705]. É isto que, acima de tudo, importa a Platão: que inexista qualquer oposição entre lei e natureza, entre realidade e ideia.

Não pode haver expressão mais clara do caráter básico inteiramente idealizante da filosofia platônica do que o fato de, no *Górgias*, Sócrates comparar a jurisdição pelos tribunais – isto é, a aplicação das leis positivas ao caso concreto – e particularmente a imputação da pena à medicina: assim como os doentes são levados ao médico, os que cometem injustiças (τοὺς ἀδικοῦντας) são conduzidos aos juízes (ταρὰ τοὺς δικαστάς), a fim de que sejam punidos e, através da pena, curados, por assim dizer, do mal da injustiça. Também aqui é o direito positivo que Platão tem em mente; assim, ele faz Sócrates dizer expressamente que os juízes, quando punem em consonância com o direito (οἱ ὀρθῶς κολάζοντες) – ou seja, quando julgam em conformidade com o direito positivo –, aplicam uma certa justiça (δικαιοσύνη τινὶ χρώμενοι). A palavra "δικαιοσύνη" é aí evidentemente empregada no sentido de "justiça". Sócrates, pois, ensina: quem cometeu alguma violação do direito ou sofreu-a da parte de algum parente tem, ele mesmo, de atuar como acusador e tudo fazer para conseguir a punição legal. Não poderia "acovardar-se, mas teria de, com virilidade, entregar-se de olhos fechados, como que a um médico que o lancetasse e cauterizasse, perseguindo o Bem e o Belo sem importar-se com a dor. Se cometeu uma injustiça que mereça castigo corporal, teria de castigar-se a si próprio; se merece o grilhão, teria de fazer--se agrilhoar; se merece uma multa, teria de pagá-la; se merece o banimento, teria de partir para o desterro; se merece a morte, teria de morrer"[706].

Capítulo 75
Justiça e direito positivo na República

Desnecessário dizer que uma justificativa tão irrestrita do direito positivo não pode prescindir da admissão de uma justiça supraterrena que complementa e aperfeiçoa a terrena[707]. Assim, também sob esse ponto de vista – para o qual já apontamos anteriormente –, evidencia-se quão fundamentalmente enlaçadas estão as teses éticas do *Górgias* com a da paga no Além, apresentada no mito final do diálogo. A ligação com esta permite a Platão – mesmo onde seu dualismo reveste-se visivelmente das cores do pessimismo, como no *Górgias* – não só deixar de negar como simplesmente injusta a realidade do direito – que consiste na vigência e aplicação do direito positivo –, mas até mesmo reconhecê-la como justa, embora não como perfeitamente justa. Precisamente em função desse reconhecimento do direito positivo, aliás, Platão é levado à relativização da oposição entre Bem e Mal, com a qual já nos deparamos em outro contexto. Tem-se aí uma dificuldade bastante típica de toda doutrina do direito natural: se ela admite a existência de uma justiça absoluta, tem, então, ou de negar o direito positivo – na medida em que não coincide com o ideal daquela justiça – ou, se o deseja fazer valer, justificá-lo como ao menos em certa medida equivalente a esse ideal; com isso, porém, tem também de introduzir patamares intermediários entre o absolutamente justo e o absolutamente injusto. O direito positivo, na medida em que é justo também e, portanto, direito natural, é um direito natural de segunda ordem – o único possível entre os homens deficientes da esfera terrena (após o pecado original, como afirmam os jusnaturalistas cristãos). Esse, entretanto, é um pensamento não manifestamente expresso por Platão. Cumpre, contudo, pressupô-lo como ao menos tacitamente considerado, se não se deseja admitir uma contradição frontal entre o posicionamento que afirma ser a justiça um segredo inexprimível e aquele que, não obstante, admite a existência na realidade social de algo como uma ordem justa, tomando aliás o direito natural por essa ordem justa, o νόμιμον pelo δίκαιον; e também entre a afirmação de que, no Estado ideal, as leis seriam prejudiciais e supérfluas, e o fato de que Platão está visivelmente empenhado em ter como especialmente honroso, e mesmo como a mais alta função social, o cargo do legislador. Embora a doutrina do direito natural duplo – ou seja, de um direito natural absoluto e outro relativo – não se apresente em Platão sob esse nome, ela está contida objetivamente em sua doutrina do melhor Estado – no qual inexistem leis – e do segundo melhor Estado – no qual elas prevalecem. Trata-se tão somente de mais um caso no qual se aplica a doutrina da dupla verdade.

Assim, no primeiro livro da *República*, Platão faz que Sócrates, contrariando Trasímaco, defenda a opinião de que a justiça não é apenas melhor, mas também mais forte do que a injustiça, e não – como crê Trasímaco, ou como Sócrates supõe que creia – o contrário: ou seja, que a injustiça é mais forte e poderosa do que a justiça[708]. Precisamente essa questão é de grande importância, pois expressa a convicção de Platão de que a justiça tem necessariamente de realizar-se e de que, portanto, não pode realizar-se senão no direito positivo. Platão comprova sua afirmação demonstrando a impossibilidade de uma comunidade social sem justiça; ela sucumbe à desagregação, donde se conclui incontestavelmente que, se uma comunidade tem existência duradoura – como a do Estado constituído pela ordem jurídica positiva –, ela precisará ser justa, em certa medida. "Crês, então" – pergunta Sócrates a Trasímaco –, "que um Estado ou um exército, piratas, ladrões ou qualquer outro grupo semelhante de pessoas voltadas para a prática da injustiça seria capaz de realizar alguma coisa, se são injustos uns com os outros? – Claro que não, respondeu ele. – Mas, se não são, então sim? – Com certeza. – Sim, pois a injustiça fomenta a revolta, o ódio e a luta entre eles, enquanto a justiça estimula a concórdia e a amizade, não é mesmo? Que seja assim, pois não desejo contrariar-te. – E fazes bem em não contrariar-me, meu caro. Mas diga-me: se a injustiça, onde existe, costuma estimular o ódio, não fará que também homens livres e escravos se odeiem mutuamente, com que se revoltem e sejam incapazes de agir em conjunto? – Certamente.[709]" "Não parece ela (a injustiça), pois, ter o poder, em qualquer comunidade na qual se manifeste – seja num Estado, numa nação, num exército ou em qualquer outra parte –, de primeiramente tornar impossível a ação conjunta, em razão da revolta e da discórdia, e, depois, de fazer essa comunidade inimiga de si mesma, além de inimiga de seus opositores justos? Não é assim? – Com certeza.[710]" E, após ter feito Trasímaco admitir ainda que os deuses são justos e que, portanto, o injusto faz-se inimigo deles, Sócrates chega à conclusão de que "os justos parecem agir melhor, com mais sabedoria e capacidade, ao passo que os injustos são incapazes até mesmo de agir em conjunto. De fato, não se estará falando toda a verdade, se dos injustos se disser que alguma vez uniram forças numa empreitada conjunta. Se, afinal, são real e absolutamente injustos, um não terá poupado o outro. Se agiram em conjunto, será evidentemente porque abrigavam já em si algo da justiça, a qual fez que, contrariamente a seu comportamento para com sua vítima, não praticassem injustiças uns contra os outros. O que fizeram, conseguiram, pois, fazê-lo tão somente graças a ela (isto é, a esse mínimo de justiça que abrigavam em si), e, apenas parcialmente corrompidos pela injustiça, mergulharam, então, na prática de atos injustos, pois os que são inteiramente ruins e totalmente injustos são também incapazes de agir"[711]. Aqui, como em qualquer outra parte, deve-se entender "justo" e "injusto" – δίκαιος e ἄδικος – por consoante ou contrariamente ao direito, no sentido do que está em acordo ou em desacordo com uma ordem jurídica positiva.

Capítulo 76
A teoria do direito natural na alegoria da caverna

Se a ordem social que se efetiva é uma ordem jurídica, sendo, enquanto tal, de algum modo justa, essa justiça só pode ser relativa – isto é, apenas uma sombra da justiça absoluta, que tem sede no mundo das ideias. Isso é o que, de fato, se deve concluir da alegoria da caverna, na qual Platão apresenta sua metafísica do direito. São as "sombras da justiça" o que vê quem afasta o olhar da ideia para a realidade social, e são as "sombras da justiça" aquilo pelo que se luta nos tribunais[712]. Apenas sombras, é verdade, mas sombras da ideia suprema! O que Platão quer dizer com essas sombras não pode ser senão o direito natural, ao qual se atribui dignidade e validade precisamente por essa relação com seu modelo primordial, e ao qual, por isso mesmo, se deve obediência absoluta. Na metáfora da "sombra" enfatiza-se mais o elemento positivo do que o negativo; o que lhe cabe expressar é, antes, que ela é um efeito do sol – ou seja, da ideia central do Bem – do que o fato de ser distinta da realidade que projeta as sombras. Apenas assim se explica a definição puramente formal da justiça através do conceito da ordem, da regra "a cada um o seu". É possível que existam ordens jurídicas bastante diversas, assim como é igualmente possível que sejam ora melhores, ora piores; cada uma delas, porém, é "ordem" e, como tal, justa. Também as sombras das ideias podem ser bastante diversas de seus modelos primordiais, mas nem por isso deixam de ser cópias das ideias. Justamente porque Platão, em quaisquer circunstâncias, sempre reconhece a ideia no que é dado, não parece absolutamente incompatível com sua doutrina das ideias a ingênua crença popular de que as leis seriam um presente dos deuses. Porque, quer seja o direito positivo reconhecido como efeito das ideias ou dos deuses, nada muda, contanto que nos aferremos à suposição de que esses deuses são bons. E é precisamente isso que Platão constantemente enfatiza.

Capítulo 77
A teoria do direito natural nas Leis

É especialmente nas *Leis* que a doutrina jurídica platônica apresenta-se, inclusive em sua terminologia, como uma doutrina do direito natural; surge claramente, aí, o antagonismo de Platão com os sofistas.

No início do livro X, discute-se a importância da religião para a eficácia das leis. Platão parte da hipótese fundamental de que "quem, em conformidade com as leis, acredita em Deus"[713] não infringirá essas leis. Ele supõe ser a convicção religiosa, a crença na divindade – que, afinal, é quem nos presenteia com as leis –, o motivo decisivo e o único eficaz para um comportamento em consonância com o direito positivo. Isso lhe dá a oportunidade do embate com aquela a que nega a existência dos deuses, ou, se não a nega por completo, ao menos rejeita toda e qualquer influência dos deuses sobre os assuntos humanos. É óbvio que a teoria ateísta que Platão tem em mente é a doutrina dos sofistas e que ele a combate primeiramente, se não exclusivamente, por suas consequências para o direito positivo. Platão tem plena consciência de estar lidando com um opositor que deve ser levado muito a sério. O ateniense diz ao cretense Clínias: "No tocante a esses blasfemos, (...) tenho um certo receio – pois Deus me proteja de demonstrar-lhes algum *respeito* – de que eles nos dediquem apenas desprezo" (a nós, que afirmamos "que os deuses existem, que são bons e que honram a justiça mais do que os homens", como diz Clínias mais adiante[714]), "pois vós não conheceis o verdadeiro motivo de seu singular modo de pensar, mas estais convencidos de que apenas a fraqueza e a condescendência para com os poderosos encantos do prazer e dos desejos é que os faz sentirem-se atraídos com a totalidade de sua alma para a vida ímpia"[715]. É deveras significativo que Platão declare essa convicção um equívoco, e mais significativa ainda é a razão que dá: "uma ignorância bem danosa, que é tida por suprema sabedoria"[716]. Isso não poderia, entretanto, ser do conhecimento dos cretenses e lacedemônios, pois entre eles a literatura sofística nem sequer é tolerada – o que Platão aprova. Do mais genuíno espírito do iluminismo sofístico nascem as objeções à religião que, segundo Platão, são de esperar. "Se eu e tu, a fim de comprovarmos que os deuses existem, alegamos o que acabamos de mencionar [isto é, o que Clínias acabara de sugerir como prova da existência de Deus]; se apontamos para o sol, a lua, as estrelas e a terra como deuses, declarando-os de origem divina – se o fizermos, portanto, alguém, persuadido por aqueles sábios supremos, poderia revidar-nos: todos eles compõem-se de terra e pedra e são incapazes de se preocupar com os assuntos humanos. E esse alguém poderia afirmá-lo com uma beleza oratória que tornaria plausível sua afirmação.[717]" Eis aí a desenganadora filosofia natural dos sofistas, que Platão evidentemente considera a raiz de todo mal. Não importa aqui a prova que, nessa passagem, Platão tenta dar da existência de Deus. É significativo, antes, que na mais íntima conexão com a questão da existência de Deus ele se ponha a falar da oposição entre natureza e direito – ou primeiramente, para ser mais preciso, entre natureza e arte. Assim ele apresenta essa oposição empregada pelos sofistas: "O mais grandioso e o mais belo – dizem eles –, produzem-no, ao que parece, a natureza e o acaso; o mais ínfimo é produto da arte"[718]. Imediatamente a seguir, Platão reproduz da seguinte maneira a doutrina sofística: "Os deuses nasceram – afirmam inicialmente esses homens – não por meio da natureza, mas da arte; e aliás, segundo certas leis que, em locais diferentes, têm conteúdo diferente (...), e, mesmo no que toca à moral, existiria uma diferença entre o que é louvável por natureza e aquilo que o é pela lei"[719]. Pode-se ouvir ecoar aqui com bastante clareza a doutrina de Crítias, Trasímaco e Cálicles. Tanto mais significativas afiguram-se, pois, as palavras com que, prosseguindo, Platão caracteriza a teoria jurídica sofista: "e, no que tange ao direito, ele não existe naturalmente; os homens encontrar-se-iam numa disputa eterna a seu respeito, definindo-o ora de uma maneira, ora de outra, cada definição sendo provisoriamente válida como uma criação da arte e das leis, e não por qualquer influência da natureza"[720]. Os sofistas negam um direito natural, pois negam a existência dos deuses[721]. Para Platão, porém, Deus e a natureza são aqui uma única e mesma coisa. Para ele, inexiste a oposição sofística entre natureza e arte, natureza e direito, φύσις e νόμος. Segundo sua convicção, o direito positivo é justo por natureza; se é direito natural, tanto a lei positiva quanto a arte provêm da natureza. Ele faz Clínias dizer que o legislador tem de "apoiar a lei (...) e a arte, quando estas pretendem advir da natureza, ou quando, em seu Ser, pretendem não ter menor existência do que aquela, se ambas são realmente produtos da razão"[722]. Eis o motivo pelo qual Platão se opõe aos sofistas: sua convicção de que o ponto de vista destes abala o fundamento de toda obediência ao direito, atentando contra a raiz mais profunda da eficácia das leis estatais. É esse o efeito da doutrina sofística, contra o qual ele adverte: "Tudo isso, caros amigos, é o que dizem, aos jovens, homens altamente sábios, escritores dotados de maior ou menor habilidade que declaram ser o justo aquilo que é imposto pela força"[723]. É a doutrina do direito do mais forte, que Platão rejeita decididamente na *República*. Nas *Leis*[724], no entanto, o ateniense – o que significa o próprio Platão – declara que no princípio segundo o qual "o mais forte governa e o mais fraco deixa-se governar" expressa-se uma "forma inteiramente inevitável de governo", qual seja "a que desfruta maior aceitação entre todos os seres vivos e que está em conformidade com a natureza, como Píndaro já dizia". Mas acrescenta que se tem igualmente de reconhecer o princípio segundo o qual "o ignorante deve obedecer, ao passo que o perspicaz (o sapiente) deve comandar e governar. E isso (...), a meu juízo, não está em contradição com a natureza; consoante com esta é, antes, o governo da lei, na medida em que repouse sobre uma obediência voluntária, e não aquele que se assenta na força". Sendo o mais forte o "sapiente" e o mais fraco o "ignorante", nada há a objetar contra o princípio de que o mais forte deve governar e o mais fraco, ser governado. A quem, no entanto, cabe decidir quem é o sapiente? Aos deuses. E sob que forma estes anunciam sua decisão? A espantosa resposta de Platão diz: pela sorte. "Como sétima forma de governo (ou melhor: como o sétimo princípio segundo o qual se deve definir o governo no Estado), mencionemos agora uma forma que repousa na graça dos deuses e na sorte, ou seja, aquela cuja decisão deixamos ao sorteio, declarando ser mais justo que governe quem for feliz no sorteio e quem não for se resigne e se deixe governar." Na *República*, Platão repudiara como altamente insensata a ocupação dos cargos mediante sorteio; nas *Leis*, declara-a justa. Isso porque o direito positivo a prescreve, e neste se expressa a vontade dos deuses. Num contexto posterior, Platão volta a falar do direito do mais forte, do princípio defendido por *Píndaro* de que "a violência maior (...) cabe ao governo". Tampouco aí ele o rejeita expressamente. Mas diz: "Não consideremos verdadeiros esses Estados, nem tomemos por leis em conformidade com o direito as que não foram feitas para o Estado como um todo e em função do bem comum; denominemos, ao contrário, um assunto partidário – e não estatal –, uma legislação que serve apenas aos interesses de um partido, e neguemos ao assim chamado direito por ela definido qualquer pretensão ao nome de direito". Tem-se aí uma fórmula da qual não se pode esquivar nem mesmo a mais conservadora doutrina do direito natural; previne-se, contudo, sua periculosidade para o direito positivo na medida em que a decisão sobre se este serve apenas a interesses partidários ou ao bem comum não é confiada ao cidadão sujeito à lei, mas reservada à autoridade legisladora. A fórmula segundo a qual somente o direito que serve ao bem comum é direito, no verdadeiro sentido da palavra, não pode, no âmbito de uma doutrina conservadora do direito riatural, causar dano algum ao princípio da legalidade. Isso se evidencia no fato de, imediatamente após fazer a afirmação acima, Platão acrescentar: "Afirmemos, porém, que se há de confiar também a quem se mostra o mais obediente às leis existentes, e que nisso se mostra vitorioso (ou seja, demonstra ser o 'mais forte'), a vigilância sobre tais leis". Também a autoridade teria de submeter-se à lei, "pois o Estado onde a lei não governa, mas depende do poder do governante, desse eu prevejo o fim; daquele, entretanto, onde a lei faz-se senhora de seus governantes e a autoridade submete-se às leis, diviso-lhe o espírito destinado à salvação e a tudo de bom que os deuses reservam para os Estados"[725].

Capítulo 78
A apoteose do direito positivo no Críton

No *Críton*, ao contrário do que parece, a questão decisiva não é se as leis existentes servem ao bem comum, se são justas, mas se o cidadão a elas sujeito tem o direito de decidir sobre essa questão. Que ele não o tem e que, portanto, as leis do direito positivo podem exigir obediência em quaisquer circunstâncias, é a ideia central do diálogo, que se há de colocar entre as últimas obras de Platão[726].

Na situação da mais profunda gravidade em que se encontra seu amado mestre – na prisão, após a condenação à morte tida como injusta por ele e por seus amigos –, cumpre decidir se Platão acredita seriamente na afirmação de que o direito positivo é relativamente justo e, portanto, pode exigir obediência em quaisquer circunstâncias. E, de fato, tudo quanto se pode dizer a favor de um direito positivo – desconsiderando-se inteiramente seu conteúdo variável, absoluta e infinitamente variável –, Platão disse nesse diálogo. Nele encontra-se sobretudo a célebre passagem na qual Sócrates rejeita a sugestão de seu velho amigo Críton para que fuja. "Pondere o assunto da seguinte maneira. Se, fugindo nós daqui, ou como se queira chamar a esse ato, as leis e o governo dessa cidade barrassem-nos o caminho e nos perguntassem: 'Dize-nos, Sócrates, o que pretendes fazer? Não é verdade que, por meio desse ato que estás praticando, pretendes provocar a nossa ruína, a ruína das leis e, portanto, de todo o Estado? Ou parece-te possível que subsista sem destroçar-se um Estado no qual as sentenças judiciais não têm qualquer força, podendo ser anuladas e revogadas por indivíduos?' – O que responderíamos a essas perguntas e a outras desse gênero, Críton? Afinal, muito se poderia dizer, sobretudo um orador, em favor dessa lei que determina que sejam respeitadas as sentenças proferidas pelos juízes. Ou será que devemos dizer-lhes: 'o Estado cometeu uma injustiça para conosco e não nos julgou de forma justa'?[727]" Isso significa que as leis, a ordem jurídica positiva, é o Estado; e a obrigatoriedade dessa ordem – isto é, a autoridade do Estado – não pode ser questionada pela atitude de um indivíduo que, sujeito a ela, ponha em dúvida a justiça dessa ordem em sua totalidade ou que conteste uma norma em particular. Aqui fica claro que a exigência do direito natural de que o direito positivo seja justo é paralisada por outra exigência, mandando que o súdito se submeta ao direito, ainda que o tome por injusto. Esse é o método característico de que se vale toda doutrina conservadora do direito natural para manter o direito positivo, a despeito da admissão de um direito natural que não lhe é idêntico. No *Críton*, porém, Platão vai ainda mais longe. As leis obrigam Sócrates a reconhecê-las como materialmente boas. "'Não fomos nós'" – Platão-Sócrates faz dizerem – "'que, antes de mais nada, te trouxemos ao mundo? Não foi por nossa força que teu pai casou-se com tua mãe e te gerou? Diz, pois: tens algo que não seja bom a censurar nas leis do casamento?' – Eu nada tenho a censurar, lhes diria então. – 'E quanto às leis sobre a educação e a instrução das crianças, segundo as quais também tu foste instruído? Ou não será bom o que prescrevem as leis educacionais, impondo a teu pai que te instrua nos exercícios do espírito e nas artes do corpo?' – São excelentes, eu responderia. – 'Pois bem. Agora que já nasceste, foste criado e instruído, serás capaz de negar que foste rebento e escravo nosso – tu e teus ancestrais? E, se assim é, crês que tens o mesmo direito que nós, ou que tens o direito de fazer-nos o que nos é lícito fazer-te?'[728]" Tem-se aí, mais uma vez, o argumento segundo o qual um indivíduo não pode julgar o direito. É interessante observar, então, como o "Estado" – que, de início, nada mais é do que a personificação da ordem jurídica positiva – transforma-se pouco a pouco na "pátria", uma autoridade envolta em fulgor divino. Só nesse momento é que se completa a metamorfose do direito positivo em justiça divina. "Ou será que, embora não tenhas o mesmo direito de teu pai ou de teu senhor, se algum tivesses – o que te permitiria também fazer-lhe o que te acontece, contradizendo-o se ele te calunia, golpeando-o se te golpeia, e assim por diante –, ser-te-á permitido esse direito em relação ao Estado e às leis, de modo que, decidindo nós condenar-te à morte, por julgá-lo justo, poderás também tu condenar-nos à ruína, a nós, a nossas leis e à nossa pátria, e dizer, então, que agiste de forma justa – tu, que na verdade te empenhas pela virtude? Ou és tão sábio que não sabes quão mais valorosa do que pai, mãe e demais ancestrais é a pátria? Quão venerável e santa junto aos deuses e a todos os homens que dispõem da razão? Não sabes como se tem de venerar uma pátria irada, ceder a ela e acalmá-la ainda mais do que a um pai, convencendo-a ou fazendo o que ela ordena, sofrendo sem opor resistência ao que ela determina que sofras, ainda que ela te mande castigar ou acorrentar, ou ainda que ela te mande para a guerra, onde podes ser ferido e morto, tendo tu de fazer tudo isso e sendo tão somente isso o que é justo? Não sabes, ademais, que não podes esquivar-te, fugir ou abandonar teu posto, mas tens de fazer na guerra, diante do tribunal e em toda parte o que o Estado ordena e a pátria deseja? Que tens de convencê-la do que é verdadeiramente justo, mas que não podes, sem praticar um crime, usar da violência contra teu pai, tua mãe e menos ainda do que contra estes, contra a pátria?⁷²⁹" A pátria "santa" como a portadora das leis divinas! E precisamente das leis com base nas quais Sócrates foi condenado injustamente, mas pela força do direito! E a conclusão do diálogo segue essa mesma linha: se nos infringes – as leis advertem Sócrates –, quando morreres, "tampouco nossas irmãs, as leis do Hades, acolher-te-ão amistosamente"⁷³⁰. Também as leis divinas vigentes no Além, leis da mais perfeita justiça, são iguais às terrenas, como um irmão é igual ao outro, porque ambas são leis, ordens "acima das quais nada há para os homens"⁷³¹, e porque provêm da divindade. E é à divindade que Sócrates está convencido de obedecer, quando se submete às leis positivas. "Pois bem, Críton: ajamos dessa maneira, pois também nisso é Deus quem nos conduz." Com essas palavras termina o diálogo. O *Críton* é, pois, uma apologia do direito positivo e, assim, ao mesmo tempo, a mais verdadeira – porque a mais pessoal – apologia de Sócrates escrita por Platão.

Apêndice

Introdução: O dualismo platônico

1. Hans Leisegang, *Der heilige Geist, Das Wesen und Werden der mytisch--intuitiven Erkenntnis in der Philosophie und Religion der Griechen*, vol. I, parte I, 1919, p. 188: "A filosofia de Platão é o primeiro sistema de um dualismo nitidamente marcado que se apresenta na história da filosofia ocidental". Friedrich Brunstäd, "Logik", *Handbuch der Philosophie*, org, por A. Baeumler e M. Schroter, parte I A, 1933, p. 13: "Na doutrina platônica das ideias renova-se, condensada, toda a metafísica pré-socrática. Ela é a mais genuína doutrina metafísica acerca de dois mundos (...)". CL Ernst Hoffmann, Platonismus und Mittelalter, 1926 (O); Simone Pétrement, *Le Dualisme chez Platon*, les Gnostiques et les Manichéens, 1947; mais recentemente, v. Ernst Hoffmann, *Platon, 1950*.

2. G. C. Field, *The Philosophy of Plato*, 1951, p. 150: "We have already seen reasons to believe that this material element [out of which the physical world is made] must be regarded as responsible for the evil in the world. Indeed, we find unmistakable statements in several passages in the latest dialogues to the effect that the cause of anything going wrong in the physical universe, or any part of it, is to be found in its bodily or material nature. And there are indications that this was the accepted interpretation of Plato's teaching among the writers of the generation that followed him".

6. Simone Pétrement, *Le Dualisme chez Platon, les Gnostiques et les Manichéens*, 1947, p. 44 e s.: "Le dualisme de dieu et de la matiere se trouve indiscutablement chez Platon, comme chez la plupart des philosophes grecs apres lui. En dehors des stoïciens, presque tous les penseurs grecs, apres Platon, distinguent nettement Dieu de la matiere et ne font pas de l'un la cause de l'autre. La création a *nibilo*, c'est une idée chrétienne, c'est aussi une idée juive, mais aussi peu que possible une idée grecque".

10. Ainda mais claramente em *Leis*, 959, onde, na mesma linha da doutrina desenvolvida no *Fédon*, se lê que não se pode deixar de crer naquilo que nos afiança o legislador, ou seja: que "a alma é algo inteiramente diverso do corpo e que, mesmo em vida, é tão somente a alma que faz de nós o que verdadeiramente *somos*; o corpo, ao contrário, acompanha cada um de nós apenas como uma espécie de sombra, razão pela qual, aliás, chamam acertadamente espectros aos corpos dos mortos. Já o homem verdadeiro, como ser imortal ao qual se dá o nome de alma, parte rumo a outros deuses (...)". Ou seja: a alma representa a essência, o verdadeiro Ser do homem; o corpo, apenas uma aparência. Em *Epínomis*, 883, lê-se "que todas as coisas dividem-se em duas classes, alma e corpo; que há muitas espécies de cada uma delas e que essas duas classes, bem como suas espécies, são fundamentalmente diferentes uma da outra, não havendo absolutamente coisa alguma que seja comum a duas delas. A diferença principal, contudo, é a que separa ambas as classes". Em *Leis*, 726, Platão afirma: "De tudo aquilo a que chamamos nosso, a alma é, depois dos deuses, o que há de mais divino". A origem divina da alma é uma doutrina órfica. Cf. Werner Jaeger, Die *Theologie der frühen griechischen Denker*, Stuttgart, 1953, p. 88 e ss., e John Adam, "The Doctrine of the Celestial Origin of the Soul from Pindar to Plato", *Praeleclions delivered before lhe Senale of the University of Cambridge*, janeiro de 1906 (906) (O).

18. W. K. C. Guthrie, *Orpheus and Greek Religion, A Sludy of lhe Orphic Movement*, 1935, p. 156: "The Orphic was an ascetic, that is to say, he believed that the source of evil lay in the body with its appetites and passions, which must therefore be subdued if we are to rise to the heights which it is in us to attain. This is precept, but like all Orphic precept it is based on dogma. The belief behind it is that this present life is for the soul a punishment for previous sin, and the punishment consists precisely in this, that it is fettered to a body. This is for it a calamity, and is compared sometimes to being shut up in a prison, sometimes to being buried in a tomb. This doctrine is mentioned by Plato (...)". Guthrie refere-se ao dualismo corpo--alma (p. 157) como o "unnatural dualism of the Orphics"; "(...) this unnatural dualism of the Orphics, which divides the two so sharply and makes the body nothing but an encumbrance, the source of evil, from which the soul must long to be purified, penneates the *Phaedo*, together with a great deal of language borrowed from 'the initiators'. I would go so far as to name the Orphics as at least one of the influences which went to form the most characteristic part of Platonism, the sharp separation of the lower world of *sensa* from the heavenly world of the Ideas. It is often puzzling to see how this doctrine, which in itself leads naturally to a lack of interest in the sensible world and a concentration on the higher, seems to be at war with Plato's inborn longing to interfere effectively in practical matters. I believe in fact that it was the teaching of the *hieroi logoi* that set the feet of the philosopher

on the upward path from the Cave into the Sunlight, whereas it was the voice of Plato's own heart that sternly bade him return and help his fellow-prisoners still fettered in the darkness of the Cave". E. R. Dodds, em *The Greeks and lhe Irralional*, 1951, p. 212, caracteriza a doutrina platônica da alma no *Fédon* como uma "magico-religious view of the psyche". "When Plato took over with the magico-religious view of the psyche, he at first took over with it the puritan dualism which attributed all the sins and sufferings of the psyche to the pollution arising from contact with a mortal body."

20. No *Crátilo* (400), Platão remete expressamente essa doutrina aos "partidários de Orfeu", os quais teriam a opinião de que "o corpo (...) seria uma circunvalação detendo a alma, uma prisão, por assim dizer, com o intuito de guardá-la (...) até a expiação dos pecados (...)". Cf. tb. *Górgias*, 493. Aí, Platão faz Sócrates dizer: "Ouvi já de algum sábio que, atualmente, estaríamos mortos e que nosso corpo seria nossa sepultura (...)". Entretanto, não se sustenta de forma coerente nos diálogos platônicos essa identificação da alma com o Bem e do corpo com o Mal.

21. No *Fédon*, a apresentação da doutrina das ideias tem seu ponto de partida nesta questão (65): "Sócrates: Símias, o que, então, me dizes do seguinte: devemos ou não supor a existência de um Justo em si? Símias: Por Zeus, isso é o que categoricamente afirmamos! Sócrates: E também de um Belo em si e um Bom em si? Símias: Certamente. Sócrates: Alguma vez já divisaste algo assim com teus olhos? Nunca, respondeu Símias. Sócrates: Ou já o apreendeste por meio de qualquer outro dos sentidos?".

27. Sócrates contrapõe a igualdade das coisas sensíveis à "igualdade em si", isto é, à ideia da igualdade. Acentua, contudo, que a ideia da igualdade é obtida a partir da percepção da igualdade das coisas sensíveis. "Estamos pois de acordo", diz, "em que não podemos deduzir e desenvolver em nós aquele pensamento (de que as coisas são iguais porque anseiam por aproximar-se o máximo possível da ideia da igualdade) por nenhuma outra via senão a da visão, do tato ou de qualquer outra percepção dos, sentidos." Evidencia-se aí que, para Platão, a "igualdade" representa um *valor*. Pela voz de Sócrates, ele diz (*Fédon*, 74 e s.): "Decerto concordamos em que, quando ocorre a alguém, ao ver alguma coisa, ser essa coisa que está vendo semelhante a um outro ser, mas menos que este, não conseguindo igualá-lo inteiramente, mas sendo-lhe inferior, então é necessário que aquele a quem isso ocorreu tenha tido conhecimento anterior desse ser ao qual, segundo sua afirmação, a coisa vista se assemelha, sem, no entanto, conseguir sê-la por completo (...) É necessário, pois, que tenhamos conhecido o Igual em época anterior àquela em que, pela primeira vez, vimos com nossos olhos as coisas iguais (isto é, antes do nosso nascimento – uma referência à visão das ideias por parte da alma preexistente e incorpórea) e ocorreu-nos que, embora tudo anseie por ser como o Igual em si, nada chega a sê-lo" – sendo, portanto, conforme se há de concluir pelo que foi dito, "inferior". Decorre

dessa apresentação da doutrina das ideias que as coisas contêm a tendência a ser como devem ser, segundo as ideias a elas correspondentes, uma tendência, pois, ao Ser-bom, ao Ser-correto, ao Ser em conformidade com as ideias.

29. Sobre esse patamar intermediário, da *metaxy*, Platão afirma que "participa de ambos (μετέχον), do Ser e do Não-ser, sem representar qualquer deles em sua total pureza, de modo que o pudéssemos denominar inequivocamente como tal (isto é, caracterizá-lo como Ser ou Não-ser)" (*República*, 478). Platão enfatiza que a opinião (δόξα) não se dirige para o que não é, pois "será impossível apreender o que não é através da opinião? (...) Quem forma uma opinião não a forma sobre *alguma coisa?* (...) Quem opina opina afinal sobre uma coisa qualquer" (*República*, 478). O objeto da opinião não é o "nada", e a opinião não é ignorância, embora tampouco seja um saber pleno. Esse patamar intermediário entre o Ser pleno e o pleno Não-ser é o devir, o mundo da percepção pelos sentidos, o qual – contrariamente às ideias – está em constante nascer e perecer.

Quando a alma "se volta decididamente para aquilo sobre o que incide a luz da verdade e do Ser, apreende-o e conhece, e parece estar de posse da razão. Quando, porém, volta-se para o que se apresenta mesclado às trevas (o Não-ser), para o que nasce e perece, a alma fica à mercê da mera opinião, fazendo-se aparvalhada (...)" (*República*, 508). Das coisas situadas a meio caminho entre o Ser e o Não-ser diz-se: "Nesse caso, elas não parecerão mais escuras do que aquilo que não é, representando um patamar ainda mais elevado do Não-ser (que é, ele próprio, o patamar mais elevado: as trevas), nem tampouco parecerão mais claras do que o que é, representando um patamar mais elevado do Ser (que é o patamar supremo: a luz)" (*República*, 479).

30. Somente o valor e o desvalor, o bom e o mau num sentido *subjetivo* – e não num sentido *objetivo* – é que podem apresentar graus variados. Isso porque, num sentido subjetivo, valioso e bom é o que efetivamente se deseja e almeja, ao passo que sem valor e mau é o que efetivamente se teme e repudia, podendo a intensidade dessas reações emocionais apresentar graus diversos. Pode-se desejar ou temer algo com maior ou menor intensidade, e, por conseguinte, é possível que uma coisa seja mais ou menos valiosa e boa, ou mais ou menos desprovida de valor e má. Esse valor subjetivo, capaz de apresentar gradações, é aquilo que é. Num sentido objetivo, valioso e bom é o que corresponde a uma norma que se pressupõe válida, aquilo, pois, que – segundo essa norma – é como deve ser; sem valor e mau será, então, aquilo que não corresponde à norma, que não é – de acordo com a norma – como deve ser. Uma coisa, e particularmente um comportamento humano, pode somente corresponder ou não corresponder a uma norma; não lhe é possível corresponder ou não corresponder mais ou menos a ela. Nesse sentido objetivo, não pode haver diferentes

graus do Ser-bom ou do Ser-mau. O valor objetivo é algo *devido*. Quando Platão admite variados graus do Ser (como Ser-bom) e do Não-ser (como Ser-mau), obviamente parte do valor num sentido subjetivo. Assim é que, no *Filebo*, 20, define o ἀγαθόν afirmando que "todo ser capaz do conhecimento" persegue o Bem e o "almeja", "desejando obtê-lo e dele apropriar--se". E em *Alcibíades* I, 115, lê-se que, a fim de se responder à pergunta sobre se a coragem seria boa ou ruim, ter-se-ia de perguntar: "O que desejas para ti, coisas boas ou más?". A resposta diz: "Coisas boas", "e, aliás, tanto mais quanto maiores forem essas coisas, assim como o que menos desejarias seria ver-te privado delas". "Vida e coragem" "é o que, mais do que qualquer outra coisa, desejas para ti"; "morte e covardia", "o que menos desejas". Viver é "bom", melhor do que tudo o mais, porque se deseja viver, e, aliás, mais do que qualquer outra coisa. O Ser-bom da coragem é da mesma natureza do Ser-bom do viver: é aquilo que se deseja. Também o valor moral é aí um valor subjetivo. Em *República*, 608, Platão define o "Mal" (κακόν) como o que "tudo destrói e aniquila", e o "Bem" (ἀγαθόν) como "o que tudo preserva e faz prosperar". Depois, distingue o bom e o mau do corpo – a saúde e a doença – e bom e mau da alma – a justiça e a injustiça. A saúde é "boa" porque desejada, e a doença, "má" porque indesejada. Saúde e doença são aí valor e desvalor no sentido subjetivo. Conceitualmente, pelo que aí é exposto, o valor e o desvalor moral estão no mesmo nível do valor e do desvalor moralmente indiferentes: a justiça é boa no mesmo sentido em que a saúde o é, e a injustiça é má tanto quanto a doença – ou seja: justiça e saúde, injustiça e doença são boas ou más no sentido subjetivo do desejado e do indesejado. No *Górgias*, 468, lê-se: "Uma vez que aspiramos ao Bem, nós caminhamos, quando o fazemos, convencidos de que o caminhar serve a esse propósito e, inversamente, permanecemos parados, quando o fazemos, pela mesma razão – isto é, em razão do Bem (...) E mesmo quando matamos alguém, quando o banimos e o privamos de suas posses, fazêmo--lo na convicção de que é melhor *para nós* fazê-lo do que não fazê-lo (...) Quando fazemos tudo isso, o fazemos em razão do Bem (...)". Mais adiante, porém (*Górgias*, 499), Sócrates diz: "Tudo tem de (ou melhor: *deve*) ser feito em função do Bem". Bom não é aquilo que *eletivamente* desejamos, mas o que devemos desejar, ainda que, na realidade, não o desejemos. Para Platão, o valor moral é um valor geral. Contudo, ele funde o valor subjetivo ao objetivo, da mesma forma como funde o Ser ao Dever-ser.

A objetividade dos valores é particularmente enfatizada na doutrina das ideias. É, afinal, a objetividade do moralmente Bom, sua independência dos reais desejos e temores dos homens, que se expressa na hipostasiação da norma em uma realidade transcendente – em "Ser", em ideia. Quando Platão faz a realidade empírica corresponder, em variados graus, às ideias, como valores transcendentes; quando a faz participar das ideias em variados graus, ele o faz porque funde o valor no sentido subjetivo ao valor no sentido objetivo, o Ser ao Dever-ser. G. C. Field, *The Philosophy 01 Plato*, 1951, p. 18, observa acertadamente: "For the word which we translate 'good' (ἀγαθός), which is the chief Greek moral category, in itself would suggest to any Greek some connection with what is wanted or desired or aimed at (...) But it is not too much to say that it would have seemed to him [Platão] a contradiction in terms to call anything good if it had no connection with what, in some sense or under some conditions, would be desired by or would satisfy people". E, mais adiante (p. 60): "In the passage in which it is first introduced the Good is several times spoken of as that which we aim at before everything else, that without which we can never be satisfied, and that for the sake of which we do everything we do. As we have already seen, something like this is implied in the ordinary Greek use of the word. Yet Plato certainly did not think that the essential nature of the Good consisted in our subjective feelings. Possibly a clue to his meaning may be found if we recall the phrase previously quoted in which the general relation of the particular objects to the Forms is metaphorically described as 'trying to be like them'. So far as we take that phrase seriously, we can see that, from the point of view of the particular sensible object, the one essential fact about all the Forms was that they were what their particulars were ultimately striving to become". Isso por certo significa que o Bem das ideias, que os *valores* que elas representam, estão numa relação fundamental com o esforço, de algum modo imanente às coisas, por serem iguais às ideias. Dessa visão da relação entre ideia e realidade empírica decorre que os valores que as ideias representam são valores subjetivos. Mas é correta a afirmação de Fields de que Platão não seria da opinião de que a essência do Bem consiste em nossos sentimentos subjetivos – ou seja, de que os valores morais possuem caráter subjetivo. Essa contradição na metafísica platônica dos valores repousa precisamente em que Platão funde o valor subjetivo ao objetivo, identifica o Dever-ser com o Ser. Platão acredita estar assegurando a objetividade do valor moral ao apresentá-lo como um "Ser", uma realidade (transcendente). Nesse caso, um juízo moral de valor faz-se um juízo de fatos, podendo ser tão objetivo quanto este, independentemente dos desejos e temores daquele que julga. Inexiste, então, qualquer diferença fundamental entre juízos de valor e juízos de fato. Os juízos morais de valores são juízos relacionados a um Ser (transcendente). O Dever-ser é um Ser (transcendente), uma realidade supranatural. Na forma radical do dualismo platônico entre ideia e realidade empírica, a realidade natural, o Ser empírico, é negado, desqualificado como Não-ser. A resultado semelhante conduz o positivismo lógico, que tenta reduzir juízos de valor a juízos de fato, na medida em que apresenta todo juízo com base no Dever-ser como juízo com base no Ser. Que algo deva ser significaria apenas que esse algo é o que se quer, o que se deseja. Um Dever-ser diverso do Querer teria caráter metafísico, sendo, portanto, sem sentido. Platão nega o Ser empírico; o positivismo lógico nega o Dever-ser (supostamente metafísico). Na doutrina platônica das ideias, o valor moral afirma seu primado sobre a realidade empírica; na teoria do positivismo lógico, a realidade empírica afirma seu primado sobre o valor moral. Expus minhas objeções à rejeição do conceito do Dever-ser em minha *Teoria Pura do Direito*, 1960, p. 170 e ss.

32. David Ross, *Plato's Theory of Ideas*, 1951, p. 24: "When Plato wishes to refer to typical Ideas, he refers either to moral or aesthetic values or to mathematical qualities or relations such as size or equality. Values and mathematical entities, these remain his dominant interest – values throughout his life and mathematical entities with increasing emphasis as he gets older, until in the end (as Aristotle, at least, says) the theory of Ideas became a theory of numbers".

33. G. C. Field, *The philosophy of Plato*, 1951, p. 61: "(...), the supreme position assigned to the Good is not difficult to understand when we are considering the Forms of moral qualities and ideals. But that it should also be taken as the ultimate fast principle of the mathematical and scientific Forms is a very hard notion indeed. So difficult has it seemed to some scholars that they have tried to raise doubts as to whether Plato really meant that at all. But there is no getting away from it. The statements in the dialogue are quite unequivocal, that the Good is the supreme principle of the whole of the world of Forms, and that it is the final stage of knowledge that we reach when we go behind the assumptions of the particular sciences. But how Plato conceived it we really cannot tell (...)".

34. Segundo Ernst Hoffmann, *Platonismus und Mittelalter*, 1926, p. 24 (O), o *khorismos* platônico não é o dualismo ético-religioso de um poder bom e outro mau, mas uma separação puramente metodológica "entre o que é conceito e o que subjaz ao conceito". Contudo, a própria exposição de Hoffmann mostra – até mesmo contrariamente à sua intenção – o caráter basicamente ético desse dualismo. "Quem desfruta o saber sobre a espécie mais elevada de Ser dispõe igualmente do conhecimento de que esse Ser mais elevado deve ser; o Ser-assim do conceito (εἶναι) contém o Ser como deve ser (δέον), a aptidão (ἀρετή), a valia (ὠφέλεια), o caráter imperativo do conceito." E Hoffmann afirma ser ensinamento platônico que os fins que dominam o mundo da forma (diferentemente das causas obrigatórias, da ananke, na esfera da substância) "têm o caráter do devido (δεόν), do Ser-bom para alguma coisa (ἀρετή), do que visa a uma meta (ὀκόπος)" (p. 38). Segundo Platão, porém, apenas os fins são inteligíveis. Isso significa que o conhecimento do verdadeiro saber dirige-se para o Dever-ser, o valor, o Bem. No sentido platônico, "entender" o mundo significa interpretá-lo como bom ou mau. O saber é idêntico ao saber do Bem, assim como o verdadeiro Ser é idêntico ao Ser-bom – isto é, ao Dever-Ser do Ser. Aquilo sobre o que não pode haver qualquer saber verdadeiro, aquilo que não se pode saber, é o devir, o qual – na forma radical do dualismo do Ser e do

devir – é o Mal, oposto, como Não-ser, ao verdadeiro Ser, ao Bem. Isso é o que Hoffmann nos confirma quando apresenta a doutrina platônica com as seguintes palavras: "Se a meta do homem é o conhecimento, e se este é o conhecimento de conceitos, o próprio conhecimento pertence àquela região superior; quem, pois, deseja chegar ao conhecimento não pode deixar de apartar-se da região inferior. Em algum sentido, essa região inferior tem de revelar-se a de um não devido, da qual se deve fugir. Se o próprio conceito é algo bom, uma lei, uma ordem, uma unidade e uma verdade, os conteúdos da região inferior se deixarão mostrar como algo estranho ou indiferente a esses valores" (p. 24). Como, entretanto, essa região "inferior", essa esfera da percepção sensível (como a entende Platão) não é a esfera de uma realidade indiferente ao valor, o Ser de um conhecimento sem valores (e essa possibilidade, Platão a exclui energicamente, na medida em que nega inteiramente a essa esfera realidade e Ser ou, situando-a entre o Ser absoluto e o Não-ser absoluto, atribui-lhe apenas um grau reduzido e relativo de Ser e de Não-ser), ela só pode ser a região do absolutamente mau oposto ao absolutamente bom, ou então uma esfera intermediária – ou seja, uma esfera do apenas relativamente bom e do apenas relativamente mau. Na concepção de Platão, como afirma Hoffmann, o desenvolvimento do homem, de um ser que percebe para um ser que conhece, é na realidade "inconcebível sem uma ruptura". Mas essa concepção paradoxal só adquire sentido sob a condição de que tal desenvolvimento signifique, sobretudo, uma transformação do mau para o bom.

40. Cf. James George Frazer, *The Growth of Plato's Ideal Theory*, 1930, p. 50 e s. Fraser observa – o que, no entanto, só se aplica à concepção original da doutrina das ideias: "for where the contraries were not (like justice and injustice, courage and cowardice) opposed as good and evil, he [Platão] had no hesitation in making ideas of both contraries, e.g. of greatness and smallness, heat and cold. But of qualities distinctly bad, Plato never really constructed Ideas (...) We must conclude then, against Zeller (1) the originally Plato did not suppose 'an Idea corresponding to every general, concept without exception'; and (2) that among the concepts 50 excluded from the Ideal world are to be numbered certainly (a) the concepts of evil, without exception, and probably (b) all concepts of material substances". Com razão, Frazer acentua que, quando a ideia do Bem é apresentada como a ideia suprema, pairando acima de todas as outras – como na *República* –, não pode haver uma ideia do Mal, a qual, assim como a ideia da pequenez à da grandeza, teria igualmente de ser equiparada à ideia do Bem. O princípio do Mal causou à doutrina das ideias as mesmas dificuldades que causou à teologia cristã, que, situando Deus – o princípio do Bem – num patamar demasiado elevado, vê-se obrigada a personificar o princípio do Mal no diabo e, assim, contrapor ao Deus bom um deus mau. A alma má do mundo de Platão é o diabo da teologia cristã. Platão, no entanto, decidiu-se

somente tardiamente por acolher em sua doutrina das ideias original essa contradição que lhe impõe o caráter pan-ético de sua filosofia.

43. Que, no *Teeteto*, a doutrina das ideias é pressuposta por Platão, embora não se refira expressamente a ela, é o que se pode concluir de ler ali (173 e s.) sobre o filósofo que se dedica ao verdadeiro pensar, que ele "permanece (...) bem distante dessas coisas (do mundo terreno); na verdade, apenas seu corpo detém-se e caminha pela cidade, ao passo que seu espírito, convencido da pequenez e mesmo da nulidade dessas coisas, e, por isso, cheio de desprezo por elas (...), sonda a natureza de cada gênero do que é, sem se deixar levar por tudo quanto imediatamente o circunda". Isso significa, por certo, que seu espírito volta-se para as ideias. Posteriormente, tem-se também, nesse mesmo diálogo (175), uma investigação acerca "da justiça e da injustiça em si, isto é, da questão sobre a essência de ambas", o que significa tratar-se de uma investigação voltada para a ideia da justiça, e que – como, ao lado da "justiça em si" menciona-se a "injustiça em si", e ao lado da "essência da justiça", uma "essência da injustiça" – existe também uma ideia da injustiça, que deve ser aparentada a uma ideia do Mal, assim como a ideia da justiça é à do Bem. A contemplação dessas justiça e injustiça conduz a uma "altura" da qual se "olha para baixo", e o não filósofo não é capaz de suportar essa situação: ele é tomado "pela vertigem", "faz-se perplexo e balbucia sons bárbaros, provocando, por isso, (...) risadas (...)". Essa é, por certo, a completa reviravolta necessária para se chegar da percepção pelos sentidos ao pensamento puro e à visão das ideias.

45. Platão aqui define a alma como movimento próprio, para então – pela via de uma transparente falácia – deduzir sua imortalidade. "Tudo quanto é alma é imortal, pois o que se move a si próprio é imortal (...) Somente o que se move a si próprio jamais cessa de mover-se, porque jamais abandona a si mesmo, e faz-se também para tudo o mais a fonte e o princípio do movimento. O que é princípio não foi gerado (...) Como não o foi, há de ser também, necessariamente, imperecível (...) Assim, princípio do movimento é o que se move a si próprio. Este, porém, não pode perecer ou nascer, pois, do contrário, todo o firmamento e todo o desenvolvimento do mundo haveria de ruir e cessar." Cf. Z. Diesendruck, *Struktur und Charakter des platonischen Phaidros*, 1927, p. 41 e ss. Se a alma é movimento, e o movimento, devir, este não pode mais estar em oposição com o verdadeiro Ser, pois, do contrário, não caberia à alma imortal qualquer Ser verdadeiro.

50. Como Platão nega qualquer Ser ao mundo da percepção sensível – isto é, à realidade empírica –, atribuindo-o apenas ao mundo inteligível das ideias, poder-se-ia dizer que, do seu próprio ponto de vista – ou seja, do ponto de vista da doutrina das ideias original –, ele não é um dualista. Assim é que F. C. S. Schiller, *Studies in Humanism*, 2. ed., 1912, Essay II: "From Plato to Protagoras", p. 61, pondera: "What, then, of the charge that Plato has wantonly and vainly duplicated the real world by his Ideal world?

It is simply not true that he has asserted only *one* real world, viz. the Ideal world, just as he has asserted the existence of *two* real worlds, of which the one is superfluous. He has asserted only *one* real world, viz. the Ideal world, just as he has asserted only one form of true 'knowledge', viz. that of concepts. He has had to admit, indeed, that besides the real world there appears to exist also a world of sense, which is a world of illusion, and can be perceived, but is not to be rendered fully intelligible even by the Ideas which pervade it. But his metaphysic is no more really dualistic than that of the Eleatics". Na verdade, porém, Platão de alguma forma admitiu a realidade empírica como existente. Seu "Não-ser" é, afinal, um "Ser": um Ser inferior, em relação ao Ser superior e "verdadeiro". Assim é que Schiller fala também de um dualismo metafísico em Platão, notando corretamente que esse dualismo metafísico está implícito no dualismo da teoria do conhecimento platônica: "The question which naturally arises at this point is as to why any one should look any further for the source of the Platonic χωρισμός [khorismos], the 'transcendence' or 'hypostasisation' of the Platonic Ideas. The metaphysical dualism of the Ideal Theory is plainly implicit in its epistemological dualism. The dualistic chasm between the Real and the Phenomenal is merely the translation into ontological language, the application to the metaphysical problem, of the dualistic antithesis between 'thought' and 'sensation', 'knowledge' and 'opinion', merely a consequence of a formulation of an ideal of knowledge which had abstracted from personality and ignored individuality, and so had constitutionally incapacitated itself from understanding actual knowing".

51. A identificação do Dever-ser com o Ser expressa-se muito claramente no conceito platônico do φρόνησις. Cf. a respeito Werner Jaeger, *Aristoteles*, Berlim, 1923, p. 84 e s.: "Para Sócrates, φρόνησις significava a capacidade racional moral, conforme o termo era usado na linguagem comum e reutilizado na *Ética a Nicômaco*. Analisando com maior exatidão a natureza dessa compreensão moral e fazendo-a derivar da θεωρία das normas eternas – e, em última instância, do ἀγαθόν –, Platão, de fato, transformou-a num conhecer científico, como objetos pensados objetivamente; mas tinha alguma razão em continuar concedendo a esse saber teórico o nome de φρόνησις, na medida em que o conhecimento do Ser verdadeiro era precisamente um conhecimento das normas puras com base nas quais se devia viver. Na visão das ideias, Ser e valor, saber e agir coincidem". Em Platão – conforme diz Jaeger –, a ética e a metafísica não se separam. "Aristóteles as separa. Ele descobre as raízes psicológicas da ação e da valoração moral no ἦθος, cuja investigação avança para o primeiro plano do, a partir de então, assim chamado pensamento ético, desalojando a φρόνησις transcendente. Realiza-se assim a separação, rica em consequências, das razões teórica e prática, as quais, na φρόνησις, ainda se encontravam unidas." Na medida, porém, em que a

metafísica é um meio bastante específico de se apresentar a ética, uma não se aparta da outra. Não é o conhecimento do Ser, mas sim a especulação acerca do Dever-ser que impulsiona para a esfera do transcendente. Por isso Aristóteles jamais levou a cabo a separação entre Ser e Dever-ser, entre realidade e valor. Seu conceito de Deus – de orientação inteiramente ética – conserva a identidade entre ambas as coisas. "Em seu conceito de Deus" – constata Jaeger (p. 85) – "coincidem também para Aristóteles – que, nesse aspecto, permaneceu platônico a vida inteira – o Ser e o valor, no sentido absoluto do termo: o Ser supremo é, ao mesmo tempo, o Bem supremo." Não que "nesse ponto distante ao máximo da esfera humana" a metafísica eleve-se ainda à ética, ou a ética à metafísica; a especulação intensifica-se até essa posição metafísica de um Ser inteiramente transcendente apenas porque deseja afirmar a validade de um Dever-ser absoluto. Aristóteles permaneceu platônico a vida inteira na medida em que jamais desejou deixar de ser um eticista. Por isso mesmo, jamais se libertou completamente da metafísica platônica e – por razões ideológicas – jamais quis se libertar. De resto, a identificação entre o Dever-ser e o Ser na esfera do absoluto, do transcendente, não é algo especificamente platônico. Essa é a atitude de toda metafísica justificadora da realidade, como ideologia conservadora.

52. Friedrich Nietzsche, *Götzen-Dämmerung*, *Friedrich Nietzsches Werke*, vol. X, 1918, p. 344: "Minha desconfiança em relação a Platão é profunda. Julgo-o tão distante de todos os instintos básicos dos gregos, tão moralizado, tão preexistentemente cristão – para ele, o conceito do 'bom' é já o conceito supremo –, que desejaria qualificar duramente a totalidade do fenômeno Platão antes como 'embuste supremo', ou, se se preferir, idealismo, do que lhe dar qualquer outro nome". Em *Der Wille zur Macht*, *Friedrich Nietzsches Werke*, vol. IX, 1906, p. 426, Nietzsche afirma: "Ele [Platão] inverteu o conceito de 'realidade' e disse: 'O que tomais por real é um equívoco; quanto mais nos aproximamos da 'ideia', tanto mais nos fazemos próximos da 'verdade'.' – Pode-se entendê-lo? *Tem-se aí a maior das redefinições* – e, porque foi tomada do cristianismo, não percebemos seu caráter espantoso. Fundamentalmente, Platão, artista que era, *preferiu* a *aparência* à essência! – ou seja, a mentira e a invenção da verdade! Preferiu o irreal ao existente! Mas estava tão convencido do valor da aparência, que lhe após o atributo do 'Ser', da 'causalidade', da 'bondade', da 'verdade' – em suma, de tudo o mais a que se atribui valor".

53. Werner Jaeger, *Aristoteles*, Berlim, 1923, p. 133 e ss., foi o primeiro a afirmá-la e a mostrá-la como no mínimo bastante provável. O ponto de vista de Jaeger foi, então, consideravelmente fortalecido por Richard Reitzenstein, "Plato und Zarathustra", *Vorträge der Bibliothek Warburg*, 1924-1925, 1927, p. 20 e ss. (O). As ponderações contrárias a *Reitzenstein* da parte de Hans Leisegang, em sua resenha de *Vorträge der Bibliothek Warburg*, org. por

Fritz Saxl, *Philologische Wochenschrijt*, ano 48, 1928, n. 46/47, p. 1412 e ss., não são convincentes. Mais recentemente, também Simone Pétrement, *Le Dualisme chez Platon, les Gnostiques et les Manichéens*, 1947, p. 22 e ss., defende o ponto de vista de que o masdeísmo influenciou o dualismo platônico. A autora chama a atenção para que Pierre Bayle, em seu *Dictionnaire historique et critique*, 5. ed., 1738, tomo IV, p. 539, caracteriza o platonismo como "une branche du manichéisme", ou seja, da especulação religiosa que une o dualismo de Zaratustra ao cristianismo.

64. Werner Jaeger, *Aristoteles*, Berlim, 1923, p. 83: "Em Zas e Ctônia tem-se a oposição filosófica de dois princípios gerais que somente em sua união produzem o restante do mundo". Se a oposição entre Zas e Ctônia representa aquela entre o claro e o escuro – e se ao nome Zas associa-se a noção do Bem (Jaeger, p, 87) –, então é de supor que Ctônia, o escuro, é também o representante do Mal. Jaeger identifica o marco distintivo da doutrina de Ferecides no fato de ele "supor um dualismo original para o qual a concepção teogônica da união entre uma divindade masculina e outra feminina oferece-lhe expressão simbólica apropriada".

85. Sobre o dualismo dos pitagóricos, Simone Pétrement, *Le Dualisme chez Platon, les Gnostiques et les Manichéens*, 1947, p. 121, observa: "D'une part, ils composaient toutes choses, comme on sait, de principes contra ires: Limité et Illimité, Impair et Pair (entendons: Indivisible, Divisible). Un et Multiple, Droite et Gauche, Mâle et Femelle, En Repos et M+, Rectiligne et Courbe, Lumiére et Obscurité, Bien et Mal, Carré et Oblong (entendons: Egal, Inégal). Il est certain que les premiers termes de ces oppositions sont parents entre cux, et de même les seconds, de sorte que les premiers fonnent la bonne série, le bon principe, et les seconds, la mauvaise série, le mauvais principe".

87. Werner Jaeger, *Die Theologie der frühen griechischen Denker*, Stuttgart, 1953, p. 159: "A cosmologia de Empédocles tem com as cosmologias de Anaximandro e Heráclito um traço em comum que é característico de todo o pensamento cosmológico dos gregos: a interpretação dos acontecimentos na natureza por analogias extraídas da vida política e social". Empédocles dá grande ênfase a que "os deuses primordiais de sua cosmogonia [Zeus, Hera, Aidoneus e Nesus, personificando os quatro elementos: água, fogo, ar e terra) são todos iguais (ζῶα) e de mesma idade (ἡλικα γένναν) (...)". Nessa noção da igualdade, Jaeger (p. 160) crê vislumbrar um princípio democrático. "A ordem aristocrática do pensamento teogônico mais antigo – construída inteiramente sobre as diferenças de posição, idade e genealogia – é então substituída pela igualdade democrática de todas as forças divinas (elementares e móveis) que compõem o cosmo de Empédocles." Esse ponto de vista adapta-se perfeitamente ao ideal social de Empédocles, pois a tradição o apresenta como o apaixonado precursor da democracia nas disputas sobre a Constituição de sua cidade natal, Ácragas.

APÊNDICE

Karl Joel, *Geschichte der antiken Philosophie*, Tübingen, 1921, vol. I, p. 516, afirma: "Não basta a um Empédocles prometer e alcançar a igualdade para os cidadãos de Ácragas. Ele avança muito além dos muros da cidade natal e proclama a democracia universal".

90. Werner Jaeger, *Die Theologie der frühen griechischen Denker*, Stuttgart, 1953, p. 163, observa: "Ao contrário de Heráclito, Empédocles não vivenciou o conflito como o 'pai e rei de todas as coisas', mas como o Mal e a desgraça do mundo. Em sua ideia do amor revela-se um fundamento anímico inteiramente diverso, do qual brota toda a sua avaliação da realidade". Jaeger afirma (p. 163 e s.): "Sua [de Empédocles] visão da natureza é tudo, menos física pura. Ela contém um elemento escatológico". Está-se admitindo, com isso, que a filosofia natural de Empédocles contém uma especulação acerca de Bem e Mal, pois esta é a base indispensável de toda escatologia.

116. Leopold Schmidt, *Die Ethik der alten Griechen*, Berlim, 1882, vol. I, p. 159. Schmidt aponta também "para a expressão idiomática 'bom e oriundo do Bem', bastante popular entre os atenienses", e para o emprego de uma expressão para moralmente bom que, na verdade, significa 'de origem nobre'". Nota ainda (p. 161) que "a indiferença para com as vantagens de berço era algo bem estranho ao espírito da democracia ateniense, a qual, segundo a terminologia que se tornou habitual na Europa moderna, poderia muito bem ser chamada uma aristocracia (...)".

124. Na *República*, 422, de um Estado em que há oposição entre ricos e pobres, Platão diz que não seria propriamente *um único* Estado, mas "dois, em oposição hostil um ao outro". Mas isso se aplica também a seu Estado ideal, onde a oposição entre a classe politicamente dominante dos plutocratas e guerreiros e a classe politicamente dominada do povo trabalhador não é menos acentuada do que aquela entre os proprietários e os que nada possuem. Como o governo do Estado ideal não se ocupa da vida econômica da classe politicamente dominada – a comunhão dos bens só existe no interior da classe dominante –, não se pode de forma alguma excluir a possibilidade de que uma oposição bastante delicada entre pobres e ricos se desenvolva no interior da classe dominada,

127. Ernst Howald, "Ethik des Altertums", *Handbuch der Philosophie*, org. por A. Baeumler e M. Schröter, parte III B, 1926, p. 13, observa: Parmênides "tenta contemplar como real, como o *que é*, um mundo transcendente, tão somente concebido – ou seja, tenta, a partir de postulados do desejo, criar um mundo em contraposição ao qual o mundo percebido pelos sentidos é apenas um mundo da aparência, da δόξα". E Friedrich Brunstäd, "Logik": *Handbuch der Philosophie*, org. por A. Baeumler e M. Schröter, parte I A, 1933, p. 13 e s., constata: "Na doutrina platônica das ideias renova-se, condensada, toda a metafísica pré-socrática. Ela é a mais genuína doutrina metafísica acerca de dois mundos – nessa sua separação

completa entre o *mundus intelligibilis* e o *mundus sensibilis*, no χωρισμός, na transcendência da ideia e no correspondente separação das capacidades da 'razão' e do 'sensível', voltada para ela; na ἐπιστήμη, que é o ὄντως ὄν da ideia, o essencial, e na δόξα, que se relaciona com a mutabilidade e a multiplicidade dos fenômenos, e, por isso, não lhes apreende a 'essência'".

137. Com relação à oposição entre luz e escuridão em Parmênides, Karl Joel, *Geschichte der antiken Philosophie*, Tübingen, 1921, vol. I, p. 440, observa: "Também os pitagóricos já enfatizam as oposições óticas, menos materiais, espiritualizando-as ainda mais pela valoração. Ademais, dentre as oposições entre o mais perfeito e o imperfeito, incluem precisamente a oposição entre a luz e a escuridão. Em Parmênides, pode-se mesmo ver transluzir todo o quadro pitagórico de oposições – excetuando-se, é claro, as puramente matemáticas –, juntamente com suas valorações". Joël (p. 393 e s.) chama a atenção também para que os pitagóricos ainda não distinguiam o "Ser do acontecer, (...) o ideal do real e, assim, tampouco o pensar do Ser".

Werner Jaeger, *Die Theologie der frühen griechischen Denker*, Stuttgart, 1953, p. 125 e s., afirma: não podemos "nos cansar de separar o Ser de Parmênides de nosso conceito de realidade, abrandado pela abstração da moderna ciência natural. O que o diferencia é sua plenitude, expressa de maneira enfática (...) Há que mencionar aqui também a comparação do Ser com a esfera, a qual, para os pitagóricos, era a mais perfeita das figuras; e também a luz e o limite (πέρας) foram incluídos na doutrina pitagórica das oposições ao lado do Bem". Como Parmênides atribui perfeição ao Ser, Jaeger julga seu dever concluir que o filósofo, ainda que não conceba esse Ser como um Deus pessoal, o faz "parecer de uma categoria divina". Mas não é forçoso concluir-se daí – e sobretudo da concordância das oposições de Parmênides com as dos pitagóricos – pelo caráter ético de tais oposições. Jaeger (p. 116), com muita propriedade, afirma ser o caminho pelo qual Parmênides é conduzido pelas filhas do sol um "caminho da salvação", conforme ensinava a religião dos mistérios. E afirma ainda (p. 117): "Ambos os caminhos, o correto e o errado, desempenham um papel na simbologia religiosa do pitagorismo tardio. Eles simbolizam a escolha entre uma vida moralmente boa e outra moralmente má, diante da qual todo homem se vê colocado e pela qual cada um deles é responsável". Com essa afirmação, porém, já se reconhece o significado ético da oposição de Parmênides.

Para mostrar que a cosmologia de Parmênides nada tem a ver com a física, Karl Reinhardt, *Parmenides und die Geschichte der griechischen Philosophie*, Bonn, 1916, p. 19, acertadamente observa que a oposição entre luz e escuridão não poderia ter aí qualquer sentido físico: "(...) pense-se no que significaria, numa sociedade de físicos radicals como Anaxímenes e Anaximandro, declarar a luz e a escuridão – o que há de mais exterior, superficial e imaterial nas coisas – a essência e substância fundamental dessas mesmas coisas (...)". Reinhardt as interpreta como "puramente fenomenológicas" e, mais adiante, afirma (p. 71): "Chegamos assim à percepção de que mesmo a cosmogonia é de origem antes lógica do que física; a contradição entre o Parmênides físico e o lógico, que, a partir de então, parecia inegável resolve-se, numa interpretação mais precisa e condensada, na mais bela harmonia e complacência". É evidente que, em Parmênides, a oposição entre luz e escuridão não tem qualquer sentido físico. Mas, sendo assim – e considerando-se o inequívoco parentesco entre as oposições de Parmênides e as dos pitagóricos –, o mais natural seria interpretar essa oposição como ética, e não – ou não apenas – como fenomenológica ou lógico-epistemológica.

140. Em Frag. 12 (Diels), diz-se do mundo dualista da ilusão: um dáimon "estimula em toda parte odioso parto e união, na medida em que envia ao macho a fêmea e, inversamente, à fêmea o macho, para que se unam". E, em Frag. 17, o masculino é situado do lado direito, ao passo que o feminino, do lado esquerdo. Heinrich Gomperz, *Psychologische Beobachtungen an griechischen Philosophen*, Imago, vol. X, 1924, p. 2 e ss., enfatiza o motivo sexual na negação, por Parmênides, do dualismo do Aqui; sobretudo do fato de Parmênides conhecer apenas divindades femininas, Gomperz crê poder deduzir que ele tenha sido heterossexual. Mas não se pode excluir a possibilidade de uma interpretação oposta. Este nosso mundo bissexuado é "ilusão", logo é mau, porque dominado pela divindade causadora do amor sexual entre homem e mulher. A ele contrapõe-se a Dike – o Bom, o Justo –, em cuja esfera o Mal do dualismo sexual é superado. Conforme destaca Gomperz, Parmênides identifica o lado direito com o masculino e o esquerdo com o feminino, o que aponta para uma maior valoração do homem. Assim como Píndaro, também Parmênides cultua o Eros órfico, que era o Deus particular da pederastia em Creta, Tebas e Esparta. (Rolf Lagerborg, *Die platonische Liebe*, 1926, p. 34). Gomperz constata (p. 32): "(...) esse mundo que incorpora o amor sexual e é por ele dominado – *Parmênides o rejeita!* Ele o condena duramente, declara-o irreal, mero produto da ilusão humana. O que caracteriza essa ilusão como tal é precisamente a admissão de dois fenômenos opostos, o fazê-los unirem-se um ao outro e a concepção do parto, do nascimento e do devir associados a essa união. No mundo verdadeiro – assim ele nos assegura constantemente –, não há devir, nascer ou perecer; tampouco uma dualidade de fenômenos que pudessem unir-se um ao outro, de modo que dessa união resultasse algo novo. Nesse mundo *verdadeiro* há apenas o um, e esse um é neutro: trata-se daquilo 'que é'. Esse algo neutro que é não foi gerado nem é perecível: é eternamente imutável e imóvel (...)". Mas por que um homem rejeita esse mundo dominado pelo amor entre o masculino e o feminino, que, também nesse sentido, é para ele dualista? Esse homem não pode ser alguém que, como a maioria, vê justamente nesse dualismo a fonte da mais

elevada felicidade. Haveria, antes, de ser alguém a quem precisamente esse dualismo causa profunda dor.

141. Não se pode descartar a hipótese de um certo vínculo entre a negação da realidade dos sentidos e o posicionamento político aristocrático em Parmênides e em Platão. Quem desdenha a grande massa do povo, como o fazem esses filósofos, provavelmente tenderá a desqualificar como irreal o que é julgado correto por essa massa de tolos capaz apenas de seguir os próprios sentidos, mas não de pensar. De todo modo, é digno de nota que, em frontal oposição a Parmênides, Empédocles – "a quem Aristóteles chama de liberal e inimigo de toda forma de dominação" (Karl Joel, *Geschichte der antiken Philosophie*, Tübingen, 1921, vol. I, p. 510), que, ademais, como acentua Joel, transforma-se em libertador do povo e inimigo dos tiranos e cuja ordem da natureza, influenciada pela ideia democrática da igualdade, já se destacou aqui anteriormente (nota 87) – afirme a realidade do mundo sensível e exija que se confie nos sentidos. Com relação a Parmênides (cf. John Burnet, *Early Greek Philosophy*, 2. ed., 1908, p. 239), lê-se em Frag. 3 (Diels): "Vós, deuses, afastai de minha boca a loucura desses homens (...) Observa com os instrumentos dos sentidos como é clara cada coisa (...)". Cf. Werner Jaeger, *Die Ideologie der frühen griechischen Denker*, Stuttgart, 1953, p. 154, 278 e s., nota 20.

147. A noção da relatividade das oposições está contida na doutrina da unidade das oposições de Heráclito, junto com a noção da conjunção dos opostos na natureza. Esta se expressa em Frag. 10 (Aristóteles, *Do Mundo*, 5 396 b 7, Diels): "Também a natureza anseia pelo oposto e produz a harmonia a partir dele, e não do igual; como, por exemplo, uniu o sexo feminino ao masculino, e não cada um ao seu igual, produzindo assim a primeira concórdia, não pela reunião do que é semelhante, mas do que é oposto. Também a arte consegue fazê-lo, evidentemente mediante a imitação da natureza (...) É o que se expressa também nas palavras do obscuro Heráclito: 'Conjunções: o todo e o não todo, o convergente e o divergente, o consoante e o dissonante, e de todas as coisas um e de um todas as coisas'". A relatividade das oposições é a noção que embasa os fragmentos que se seguem. Frag. 13 (Diels): "(os porcos) comprazem-se na lama (mais do que na água limpa)". Ou seja, a oposição entre o agradável (e, nesse sentido, bom) e o desagradável (e, nesse sentido, ruim) é relativa, pois o que é agradável para uns é desagradável para outros. Frag. 49a (Diels): "Nos mesmos rios entramos e não entramos (...)". Ou seja, a oposição entre identidade e diversidade é relativa, pois, de um determinado ponto de vista, o rio é um único e mesmo ente, ao passo que, de outra perspectiva, são vários os rios. Frag. 58 (Diels): "Bem e mal são uma única e mesma coisa, Afinal, os médicos, ao cortar, queimar e torturar de todas as formas seus pacientes, ainda exigem deles uma remuneração por isso, embora não mereçam receber coisa alguma, pois produzem tão somente o mesmo (que as doenças)".

Isto é: a oposição entre bem e mal (no sentido subjetivo) é relativa, pois uma única e mesma coisa, o cortar e queimar a que os médicos submetem os doentes, é má como a doença se tomada em seu efeito imediato, mas boa se tomada em seu efeito mediato, pois liberta da doença. Se examinássemos o tratamento médico levando em conta apenas o seu efeito imediato – o que significaria uma grande falta de visão –, os médicos não mereceriam recompensa alguma. Frag. 61 (Diels): "Mar: água mais pura e mais impura; para os peixes, potável e mantenedora da vida; para os homens, impotável e mortal". Ou seja: é relativa a oposição entre mantenedora e destruidora da vida, pois uma única e mesma coisa – a água do mar – conserva a vida de uns e destrói a de outros. Frag. 62 (Diels): "Imortais, mortal; mortais, imortal, pois a vida deste é a morte daquele e a vida daquele, a morte deste". Isto é: a oposição entre mortal e imortal é relativa, pois o mesmo ser pode ser visto como mortal de um ponto de vista e imortal de um outro ponto de vista. Frag. 79 (Diels): "O homem é infantil perante a divindade assim como o menino o é diante do homem". Ou seja, a oposição entre homem e menino é relativa, pois um único e mesmo ser é, ao mesmo tempo, homem e menino – homem em relação ao menino e menino em relação à divindade. Frag. 82 (Diels): "O mais belo símio é feio, comparado ao gênero humano". Ou seja, a oposição entre belo e feio é relativa, pois um único e mesmo ser é simultaneamente belo e feio. Um macaco, comparado a outros macacos, pode ser belo, mas comparado ao homem pode também ser feio. Frag. 83 (Diels): "Diante de Deus, o mais sábio dos homens parecerá um símio, em sabedoria, beleza e em tudo o mais". Isto é: a oposição entre sabedoria e parvoíce, beleza e feiura, é relativa, pois um único e mesmo ser – o homem – é sábio e belo em relação ao macaco, mas parvo e feio em comparação com Deus. Frag. 88 (Diels): "É sempre uma única e mesma coisa o que em nós habita – o vivo e o morto, o desperto e o adormecido, o jovem e o velho –, pois um se transforma no outro, e o outro, novamente no um". Ou seja: as oposições entre vida e morte, vigília e sono, juventude e velhice são relativas, se consideramos que a vida transforma-se em morte e a morte, em vida; o sono em vigília e a vigília em sono; a juventude em velhice e a velhice em juventude. De um único e mesmo ser, conforme se observe a situação presente ou futura, pode-se dizer ao mesmo tempo que está vivo ou morto, dormindo ou acordado, que é jovem ou velho. Frag. 102 (Diels): "Para Deus, tudo é belo, bom e justo; os homens, porém, tomam algumas coisas por injustas e outras por justas". Ou seja, a oposição entre o justo e o injusto é relativa, pois somente existe do ponto de vista dos homens, mas não da perspectiva de Deus. Frag. 103 (Diels): "Na circunferência, princípio e fim são idênticos". Isto é: a oposição entre princípio e fim é relativa, pois um mesmo ponto pode – no círculo – ser simultaneamente princípio e fim. Frag. 111 (Diels): "A doença torna a saúde agradável e boa; a fome, a saciedade; a fadiga, o repouso". São, pois, relativas as oposições entre agradável e desagradável, bom e ruim (no sentido subjetivo), uma vez que a doença, a fome e a fadiga – que são em si desagradáveis e ruins –, tornando agradáveis e bons a saúde, a saciedade e o repouso, fazem-se também, tendo em vista esse seu efeito, agradáveis e boas. Essa relatividade das oposições, e especialmente das oposições de valores, em decorrência da qual uma única e mesma coisa é boa num determinado contexto e má em outro, é o sentido – ou, ao menos, um dos sentidos – das proposições nas quais Heráclito expressa a noção da unidade dos opostos. Frag. 50 (Diels): "Tendo ouvido não a mim, mas ao sentido, é sábio afirmar, em consonância com esse sentido, que tudo é um".

148. A desqualificação da realidade empírica tem sua razão de ser mais profunda no fato de um conhecimento baseado unicamente na experiência não ser capaz de sustentar a existência de valores absolutos, podendo apenas admitir como possíveis os valores relativos. Sobre a avaliação do mundo empírico por Platão, Ernst Hoffmann, *Platon*, 1950, p. 42, enfatiza com razão que: "Para ele, o mais importante é o lado moral". Hoffmann caracteriza com propriedade o ponto de vista de Platão: "Aquele que, nesse mundo da inconstância, das causações mecânicas, da passividade e da aparência sensível, sente-se 'à vontade', satisfaz-se e encontra prazer na mudança constante, logo deixar-se-á seduzir, afirmando que não há mesmo nada que seja, que permaneça, que seja imutável. O que hoje se afigura verdadeiro pode, amanhã, parecer falso; inexiste, pois, uma justiça que valha para sempre ou um Dever-ser que esteja a salvo das flutuações da mudança (...)". Ou seja: não há qualquer valor absoluto. O reconhecimento da realidade empírica caminha de mãos dadas com a renúncia a um absolutismo rigoroso do valor.

160. *Parmênides*, 134. Dentre outras coisas, lê-se no diálogo entre Parmênides e Sócrates: "Nenhuma das ideias admite ser conhecida por nós, pois não possuímos qualquer saber em si". "Se, porém, algo participa do saber em si, decerto não atribuirias o mais exato saber a nenhum outro senão a Deus? – Somente a ele, com certeza. – Mas Deus será capaz, com seu saber em si, de conhecer também as coisas do Aqui? – E por que não? – Porque, respondeu Parmênides, já concordamos, Sócrates, em que nem as ideias têm relação com as coisas do Aqui, nem aquilo que para nós vale guarda qualquer relação com elas: cada uma dessas coisas restringe-se à sua própria esfera. – De fato, concordamos. – Se, pois, esse poder e esse saber exatos são divinos, nem o poder de Deus reinará algum dia sobre nós, nem seu conhecimento poderá alguma vez vir a conhecer-nos ou a alguma coisa deste nosso mundo dos sentidos. A situação é a mesma para ambos os lados: munidos de nosso gênero de poder, *nós* não reinamos sobre os deuses, nem dispomos, com nosso saber, de qualquer conhecimento do divino; da mesma forma, tampouco os deuses, enquanto tais, reinam sobre nós ou têm algum conhecimento dos assuntos humanos."

172. *República*, 478. No *Banquete*, 202, lê-se também algo semelhante. Aí, Platão faz Diotima dizer "que, entre a sabedoria e a ignorância, há ainda algo intermediário", ou seja, "a opinião correta, que existe mesmo sem a consciência de suas razões" e que "não é nem um saber – pois como poderia ser um saber algo de que não se é capaz de prestar contas a si mesmo? –, nem ignorância – pois como poderia ser ignorância algo que se encontra em concordância com a verdade?". Se a mera opinião pode estar em concordância com a verdade, não se pode contrapô-la ao verdadeiro saber. Também no *Mênon*, 85 e 97, Platão faz referência a uma "opinião verdadeira" (δόξα ἀληθής).

178. Ernst Hoffmann, *Platonismus und Mittelalter*, 1926, p. 18 e ss. e 24 (O), acentua que não se pode representar a mudança da mera percepção para o conhecimento gerador do saber "como uma transição gradual, pois entre o conceito e o não conceito inexiste um estágio intermediário, um semiconceito. O que se tem com o conceito é algo fundamentalmente novo e original. O desenvolvimento desses seres ansiosos só se deixa representar como um virar-se para o outro lado, uma meia-volta. Quem deseja avançar da *aisthesis* para a *noiesis*, da *mimesis* para a *poiesis*, da substância para a figura, necessita de uma 'desvinculação' (λύσις), da libertação. O que o sentido daquela separação exige é um rigoroso dar às costas a uma região e um completo voltar-se para a outra".

187. A interpretação segundo a qual "amigos das ideias" referir-se-ia não à doutrina platônica das ideias, mas à Escola Megárica, só pode ser vista como uma tentativa de não se ter de admitir que a crítica que a doutrina dos amigos das ideias sofre no *Sofista* não tem por alvo a doutrina original das ideias. Quanto a se tomar os megáricos pelos "amigos das ideias" mencionados no *Sofista*, já Joseph Socher, *Über Platons Schriften*, 1820, p. 265, observava com muita propriedade: "Pois que sejam eles os megáricos! Mas não foi também Platão um amigo das ideias e (como os megáricos) um opositor do empirismo? Não se aplica, pois, também a ele o que o eleático diz sobre a doutrina das ideias?". Socher (p. 268 e s.) defende o ponto de vista de que o *Sofista* não poderia ser obra de Platão, pois contradiz uma de suas principais doutrinas. "Platão permaneceu fiel à distinção, definida anteriormente, entre os objetos mutáveis e os imutáveis que concebemos, entre o mundo dos sentidos e as ideias. Ele apartou objetivamente o Ser e o Não-ser, segundo aqueles objetos. Algum pensador cujo nome desconhecemos, mas decerto muito perspicaz, julgou, porém, poder reunir o mutável e o imutável num conceito mais elevado e encontrar, assim, pela via lógica do pensamento *formal*, o Ser, como fixação de todo o positivo, e registrou essa opinião no *Sofista*."

191. *Sofista*, 249. Na *República* (509), porém, onde Platão afirma acerca do sol – e portanto, indiretamente, daquilo que o gerou: a ideia do Bem – que confere às coisas perceptíveis pelos sentidos "não apenas a capacidade

de serem vistas, mas também vir a ser, crescimento e alimento", ele crê necessário acrescentar: "sem, no entanto, ser ele próprio um vir a ser". Isso porque, nesse momento, Platão ainda julga que o Ser exclui o devir. Mas é um mistério de que forma um Ser que – como o sol – exclui o vir a ser pode ser a causa deste; ou seja: de que forma um objeto do mundo sensível pode ser excluído do vir a ser.

205. Theodor Gomperz, *Griechische Denker*, vol. II, 4. ed., 1925, p. 476, pondera que, no *Timeu*, "duas substâncias primordiais" constituem o objeto da "mescla". No *Filebo*, elas figuram "com os nomes de 'limite' e 'ilimitado'. Já no *Timeu*, são designadas diferentemente: chamam-se 'o mesmo' e 'o outro' (esta designação lembrando o *Sofista*) ou, ainda, o 'indivisível' e o 'divisível'. Já os discípulos de Platão referiram-se a elas como a 'unidade', 'o grande e o pequeno' ou a 'dualidade'. Trata-se de noções pitagóricas desenvolvidas por Platão, que em parte lembram o 'quadro dos antagonismos'. À substância do mundo das ideias contrapõe-se a substância do mundo corpóreo. O imutável e idêntico a si mesmo, visto ao mesmo tempo como a unidade que limita, conforma e unifica, é o princípio do Bem. Sua contraparte – o princípio da mudança, da diversidade, da divisão e da fragmentação – é o princípio do Mal. Não se pode esquecer aqui completamente a teoria política e moral de Platão".

223. *Fédon*, 67. Em *Fédon*, 65, Sócrates diz que a alma "pensa melhor quando nada de corpóreo a perturba – seja a audição, a visão, uma dor ou ainda um prazer –, mas quando, ao contrário, se atém o mais possível a si mesma, desconsiderando o corpo e aspirando, na medida do possível sem qualquer comunhão ou contato com este, ao que realmente é". Em nenhum estado anímico que se possa designar como normal é possível tal desvinculação das sensações e dos sentimentos. Só um estado de êxtase místico pode provocar a ilusão de tal desvinculação de todo o sensível. "Na contemplação por meio do pensamento puro", diz Sócrates (*Fédon*, 66), "a deusa da morte parece, de certo modo, levar-nos consigo" – ou seja, acreditamos morrer. E, numa outra passagem (*Fédon*, 69), ele diz que "o conhecimento racional é uma espécie de iniciação". Tem-se aqui uma alusão a certas cerimônias da religião órfica nas quais os adeptos mergulham num estado de êxtase místico. E, de fato, na *Carta VII*, Platão afirma que a visão do Bem só é possível num transe semelhante.

228. Naturalmente, não faltam tentativas de reinterpretar essa contradição. É o caso, recentemente, de Reino Palas, "Die Bewertung der Sinnenwelt bei Platon", *Annales Academiae Scientiarum Fennicae*, B XLVIII, 2, 1941. Palas fala em uma "contraposição radical de mundo das ideias e mundo dos sentidos" na filosofia platônica, reconhecendo que "toda a visão de mundo platônica é dominada por essa oposição". Ao mesmo tempo, porém, afirma: "O abismo entre os dois mundos é quase intransponível". Na verdade, e dizendo-o cruamente, há nos escritos de Platão duas versões frontalmente

contraditórias. Segundo uma, o abismo entre os dois mundos é totalmente intransponível, ou seja, absoluto; segundo a outra, é possível transpor esse abismo, que seria, portanto, relativo. Palas (p. 204 e ss.) admite: "É característico de toda a visão de mundo de Platão um posicionamento negativo em relação ao mundo dos sentidos". Mas não pode negar que os diálogos platônicos contêm concepções das quais ressalta um posicionamento inteiramente positivo. Em vez de reconhecer aí uma contradição que retira dessa filosofia todo e qualquer direito a um valor de verdade, Palas (p. 206) diz "que Platão, de fato, nega de forma consequente o valor do empírico, mas que essa negação jamais é completa e total". Contudo, como pode essa negação ser "consequente" se não é "completa"? Palas (p. 209) fala ainda em "deslocamentos" no posicionamento de Platão ante o mundo dos sentidos e sustenta enfim que ele teria distinguido dois patamares da realidade: uma "realidade verdadeira" e uma "realidade de segunda categoria, da qual o homem precisa desvincular-se para chegar mais perto da realidade verdadeira". Mas a distinção entre uma realidade "verdadeira" e outra não verdadeira é um absurdo! Por fim, Palas (p. 230) abandona sua referência à "negação consequente da realidade empírica" por parte de Platão e passa a falar de seu "posicionamento ambivalente com relação à realidade positivamente dada". Pondera, então, que "essa ambivalência terá sido, no fundo, o agente positivo que Platão inseriu em sua valoração negativa do mundo dos sentidos". Entretanto, um posicionamento ambivalente – ou seja, emocional – diante da realidade não pode conduzir à sua valoração consequente e inequívoca; pode apenas – como, de fato, é o caso em Platão – levar a um julgamento em si mesmo contraditório do objeto,

Pode-se também caracterizar a contradição fundamental na filosofia platônica dizendo-se que Platão apresenta a oposição entre os dois mundos – e, com ela, a oposição entre Bem e Mal – ora como uma oposição contraditória, excluindo estágios intermediários entre os pares opostos, ora como meramente contrária, admitindo tais estágios intermediários. Assim, por exemplo, Ernst Hoffmann, *Platon*, 1950, p. 73, enfatiza ser "contraditória" a oposição entre o saber verdadeiro (*episteme*) e a mera opinião empírica (*doxa*): "O saber fundado no Ser é algo em princípio diverso da sensação provocada através do fenômeno sensível (*Aisthesis*). Desta até o saber não há transição, mas ruptura; o empírico e o noético estão em mundos tão diferentes quanto a variabilidade flutuante é diversa da constância absoluta. Consequentemente, o que se tem é o *khorismos*, o princípio da contradição, a teoria dos dois mundos". Isso de fato se aplica a uma das duas apresentações dessa oposição, no *Fédon* e na *República*. Hoffmann (p. 88) então define: "Contrária é aquela oposição que admite um ou mais termos intermediários (...) Contraditória, por sua vez, é a oposição que exclui a possibilidade de um termo intermediário (...)". Quando, pois, no *Mênon* e no *Banquete*, admite uma "opinião verdadeira" como um patamar intermediário entre *episteme* e *doxa*, Platão está apresentando a oposição como meramente contrária. Para ocultar a contradição na filosofia platônica, Hoffmann explica que "com a mera distinção entre contrariedade e contradição não se resolve o problema da oposição". Ele crê poder distinguir ainda duas espécies diversas de contradição: uma que, num extremo da oposição, admite um mais e um menos, e outra que não os admite para qualquer dos dois extremos. "Existem, portanto, três possibilidades para a relação a que chamamos oposição. A primeira é a contrariedade, que sempre admite um mais e um menos para ambos os extremos, senão seria impossível a transição, o intermediário; a segunda é a contradição, que admite um mais e um menos para o extremo definido como oposto, caso, por exemplo, de justo e injusto; a terceira é a contradição desprovida de mais e menos, como é o caso, por exemplo, de reto e torto (...)." A oposição platônica entre os mundos do Ser e do devir, entre mundo espiritual e mundo sensível seria, assim, uma oposição contraditória do primeiro tipo. "Não se trata de contrariedade (...), e sim de contradição, mas de uma contradição que admite, para um de seus extremos, o mais e o menos." O devir, o mundo da mera aparência, que participa em maior ou menor grau do mundo do Ser, admite um mais ou menos. Daí a *metaxy* platônica.

Essa defesa da filosofia platônica é tão contraditória quanto ela própria. Se, como supõe Hoffmann (p. 88), "contrária" é a oposição "que admite um ou mais termos intermediários" e "contraditória", a que "exclui a possibilidade de um termo intermediário", então a espécie de oposição caracterizada por Hoffmann como contraditória – a que admite, para um de seus extremos, um mais ou um menos – é fundamentalmente contrariedade, e não contradição. Afirmando que a contrariedade sempre admite um mais ou menos para ambos os seus extremos – porque senão uma transição, um intermediário, não seria possível –, Hoffmann entra em conflito consigo mesmo ao sustentar, acerca da oposição platônica, que ela admite um mais ou menos somente para um de seus extremos, e ainda assim admite um intermediário – a *metaxy*, que, segundo Hoffmann, é elemento essencial dessa filosofia. De resto, não se pode compreender por que a oposição platônica haveria de admitir um mais ou menos apenas para um dos extremos. "Participação" é, necessariamente, algo recíproco. Na mesma medida em que o devir participa do Ser, também o Ser participará do devir, estará "presente" nele. Tem-se aí, aliás, a παρουσία da ideia na coisa percebida pelos sentidos. Na medida em que Deus está no mundo, o mundo está em Deus. Após enfatizar que, na oposição Ser/devir (ou Ser/Não-ser), só existem graus no tocante ao devir ou Não-ser – pois só este participa do Ser (das ideias) –, Hoffmann afirma (p. 103): "Se não pode negar vida ao Ser absoluto, então, tanto quanto repouso e movimento, identidade e alteridade, também alguma espécie de existência 'daquilo que não é' há de ser própria desse Ser". Isso, por certo, significa que o Ser tem de participar do

Não-ser (devir), da mesma forma como o Não-ser (devir) participa do Ser – o que, afinal, é a mesma coisa. Como exemplo de contradição contendo um mais ou menos no extremo definido como contrário, Hoffmann cita a oposição entre justo e injusto (p. 89). Assim, afirma: "Justo é somente o que corresponde integralmente ao conceito de justiça. O injusto, porém, admite um mais ou menos: uma atitude ou ato injusto pode estar mais ou menos distante do conceito de justiça". Contudo, se a injustiça admite um mais ou menos, o mesmo há de ser o caso com a justiça. Porque, quanto mais um ato ou atitude estiver distante da injustiça, mais próximo estará da justiça. Afirmar que algo é mais ou menos injusto é dizer que é menos ou mais justo. A injustiça não poderá apresentar graus diversos se também a justiça não puder apresentá-los. Se uma oposição admite um mais ou menos, terá de admiti-lo para ambos os seus extremos – o que a transforma de contraditória em contrária ou, o que resulta no mesmo, de absoluta em relativa. A contradição na filosofia platônica consiste precisamente 'no fato de ora afirmar como contraditória a oposição entre ambos os mundos – ou seja, como absoluta, não admitindo estágios intermediários entre seus polos –, ora apresentá-la como meramente contrária, caso em que um intermediário (a *metaxy* platônica) desempenha o papel principal. A tentativa de Hoffmann de fazer desaparecer a contradição, interpretando-a como o dualismo platônico (que só admite graus em um dos extremos, não sendo, portanto, uma contrariedade, pois esta admite graus variados em ambos os seus extremos), é logicamente impossível. Todavia, ainda que fosse possível, persistiria a contradição na filosofia platônica. Consistiria no fato de Platão apresentar a oposição entre os dois mundos primeiro como uma oposição que não admite termos intermediários e, depois, apresentá-la como uma oposição que os admite – que admite, pois, a *metaxy*. Essa contradição manifesta-se em toda a sua clareza quando, no *Fédon*, Platão declara que o homem vivendo no mundo da realidade empírica – o homem cuja alma ainda está encarcerada no corpo – é incapaz do conhecimento verdadeiro, do conhecimento do Ser absoluto, somente possível à alma liberta do corpo, após a morte; e, não obstante, nesse mesmo diálogo – e mais decididamente no *Banquete* e na *República* – declara possível tal conhecimento, descrevendo-o ainda, na *Carta VII*, como uma visão mística, concedida, é certo, apenas a uns poucos eleitos, mas a estes ainda em vida, pela graça divina.

Primeiro livro: O amor platônico

2. Cf., p. ex., Eduard Zeller, *Die Philosophie der Griechen in ihrer geschichtlichen Entwicklung*, parte II, 1º seg., 5. ed., 1922, p, 610, ou Léon Robin, *La théorie Platonicienne de l'amour*, Paris, *1908*, p. 193 e ss. Robin interpreta o Eros platônico como amor à filosofia: "Néanmoins il est bien certain que l'amour des jeunes-gens dut lui sembler plus voisin qu'aucun autre

de l'amour philosophique, pourvu que les inspirations auxquelles il donne lieu conservent un caractère tout moral et n'aient rien de commun avec la passion sensuelle. La grande raison qui fit préférer l'homme à la femme, c'est que l'immaterialité de cet amour, qui est tout idéal quand il est ce qu'il doit être, c'est que le culte de la Science, qui en est le moyen, et la connaissance du bon et di beau, qui en est la fin, ne pennettent guere qu'il se développe qu'entre deux philosophes, l'un maître, l'autre disciple. (*Manuel de Philos. anc.*, II, 104, 2). Au reste le seul amour des jeunes-gens auquel les Lois consentent à faire place dans la cité est celui qui a la vertu pour but et qui vise à rendre meilleur celui qui en est l'object (VIII, 837 B-D). En resumé, l'amour tel que le comprend Platon c'est un amour dans lequel la passion n'a point de part: qu'il ait son origine dans l'emotion qui donne naissance à l'amour charnel, soit tel que le veut la nature, soit tel que l'a fait la dépravation des mœurs, ce n'en est pas moins tout autre chose. C'est un amour qui, détoumé des objects sensibles accoutumés, tend seulement vers la science et vers la vertu, ce qui, d'ailleurs, n'est pour lui qu'un seul et même but". Cf. ainda Konstantin Ritter, *Platon, sein Leben, seine Schriften, seine Lehre*, vol. I, 1910-1923, p. 170: "Em todo caso, Platão condena categoricamente todos os vícios antinaturais, ou seja, condena a pederastia no sentido de uma relação física impudica, como usualmente entendemos a palavra, embora qualquer leitor do *Banquete* e do *Fedro* saiba da existência de um significado inteiramente diverso do termo, que se aplica ao relacionamento de Sócrates ou Platão com seus discípulos: o significado de uma união de velhos e jovens fundada num empenho científico e moral comum, visando ao estímulo e ao incentivo mútuos". *Georg Mehlis, *Die platonische Liebe*, Logos, vol. III, 1912, p. 323, vê a essência do amor platônico no "anseio pela imortalidade".** Cf., por outro lado, a introdução de Kurt Hildebrandt à sua tradução do *Banquete*, Philosoph. Bibliothek, vol. 81, 2. ed., p. 32. *Cf. tb. John Jay Chapman, *Lucian, Plato and Greek Morais*, 1931, p. 120 e ss. (O); Werner Fite, *The Platonic Legend*, 1934, p. 153 e ss. Fite é um dos poucos autores com a coragem de chamar as coisas pelo seu verdadeiro nome. Ele afirma (p. 176) "that the Platonic spirituality is dereived from pederasty. And we may then go on to say that Plato's (earlier) enthusiasm for boy-love puts him, and puts Sokrates and his young companions in the sarne class with the circle of Oscar Wilde and to the circle of the ultra-aristocratic French nobility depicted by Proust".** (O)

9. Max Pohlenz, *Aus Platos Werdezeit*, 1913, p. 129, observa a esse respeito que os melancólicos nos quais Aristóteles incluiu Platão não seriam os que conhecemos. "São περιττοὶ ἄνδρες em cuja composição dos humores corporais predomina a bílis negra, determinando uma propensão à anormalidade capaz de conduzir tanto à genialidade quanto à loucura, o que se manifesta no indivíduo por meio de violentas alterações de seu estado de espírito. Que Platão estava sujeito a tais alterações, é o que podemos ainda

constatar em muitos de seus escritos." Platão parece ter pertencido ao tipo ao qual se dá hoje o nome de "maníaco-depressivo".
12. Cf. a respeito Rolf Lagerborg, *Die platonische Liebe*, Leipzig, 1926, p. 180 e ss., 196 e ss.; Eduard Spranger, *Psychologie des jugendalters*, 1920, p. 193. "Com respeito à psicologia juvenil, cumpre acrescentar especialmente que, nesse estágio de seu desenvolvimento, o indivíduo *vê* ainda, por assim dizer, a origem da ideia, pertencente à esfera do Além; a ideia vive ainda desligada da substância da experiência, não perturbada por todas as pequenas nuances e compromissos que resultam de sua aplicação a uma determinada situação cultural. A χωρίς da ideia (seu existir à parte), tão vigorosamente acentuada na meia-idade de Platão, corresponde portanto, em elevada medida, à estrutura da juventude do espírito. A filosofia platônica é uma filosofia juvenil." Lagerborg crê (p. 196) que a índole de Platão caracteriza-se por uma "puberdade recorrente".
52. *O Político (271 e s.) descreve da seguinte maneira essa situação paradisíaca: "Um Deus era seu pastor [i.e., dos homens], desempenhando a função de vigia, tal como agora são os homens – como criaturas comparativamente mais aparentadas a Deus – pastores de outras espécies inferiores. Sob a sua guarda, porém, inexistiam comunidades estatais, nem a posse de mulheres e crianças, pois todos brotavam da terra para a vida sem qualquer lembrança de estados anteriores. Destes, não restara vestígio. Frutos, tinham-nos em abundância, das árvores e toda sorte de vegetação, produzidos não pela mão do lavrador, mas espontaneamente oferecidos pela terra. Viviam nus, sem um abrigo, geralmente ao ar livre, sob a proteção do pastor. Qualquer que fosse a estação do ano, ventos suaves sopravam uniformemente, e a grama, brotando da terra em abundância, oferecia leitos macios".** A noção do começo da reprodução sexuada apenas no início da segunda era universal é uma antiga doutrina iraniana. Também em outros pontos o mito do *Político* apresenta elementos que tornam provável uma influência de antigas noções religiosas persas sobre Platão. Cf. Richard Reitzenstein, "Plato und Zarathustra", *Vorträge der Bibliothek Warburg*, 4º vol., 1924-1925, Leipzig, Berlim, 1927, p. 32 e 55 (O). A partir dessa influência deixar-se-iam explicar também certos paralelos notáveis entre o mito platônico e a doutrina judaico-cristã do reino messiânico, que, como era da justiça, do reino de Deus, seguir-se-á ao período satânico do Mal. *No reino de Deus inexiste a geração sexuada de crianças. "Porque, na ressurreição, nem os homens terão mulheres, nem as mulheres, maridos, mas serão como os anjos de Deus no céu" (Mateus XXII, 30). "Porque há eunucos que nasceram assim do ventre de sua mãe; e há eunucos a quem os homens fizeram tais; e há eunucos que a si mesmos se fizeram eunucos, por amor do reino dos céus (o reino de Deus)" (Mateus XIX, 12).

Em face da influência decisiva que o orfismo exerceu sobre Platão, não é supérfluo indicar que a lenda de Orfeu apresenta certos traços de misoginia. W. K. C. Guthrie, *Orpheus and Greek Religion*, 1935, p. 31 e s.: "After the loss of his wife, and the period of mourning (...), Orpheus shunned entirely the company of women, and so did not avoid the report which so often attaches to those who live celibate lives, of having another outlet for his passions. He became for some the originator of homosexual love". Cf. tb. p. 49; e Ivan M. Linforth, *The Arts of Orpheus*, 1941, p. 57: "It is also said that since Orpheus in certain versions of the legend is represented as rejecting the love of women, Hippolytus is here following in his footsteps. In the myth of Er (Plato, Rep. X, 620, A = Test. 139) the soul of Orpheus chooses to be born as a swan because of his hatred of women. But this means that he will not have a woman for a mother since women have murdered him. In the elegiacs of Phanocles preserved by Stobaeus (iv, 20, 47 = Test. 77) we are told that Orpheus introduced boy-love among the Thracians and that the women murdered him because he would have nothing to do with them".** (O)

56. *Com relação ao *Lísis*, Werner Jaeger, *Paideia*, vol. II, 1944, p. 244, afirma que, para Platão, a amizade (φιλία) "é a forma fundamental de toda comunidade humana" e, portanto, também do Estado. Isso é correto. Contudo, essa amizade é exclusivamente a amizade entre homens, o que Jaeger não julga necessário ressaltar. Ele remete à teoria aristotélica da φιλία, mas o conceito aristotélico inclui a família, o que certamente não é o caso da philia platônica. "Ao que parece, a própria natureza implantou-a [a philia] em nós, na relação do gerador com o gerado e deste com aquele, e aliás não somente entre os homens (...)." (*Ética a Nicômaco*, VIII, 1, 3). É sob o signo desse conceito da φιλία que se situa a relação entre pai e filho, homem e mulher (VIII, 1, 7), e também o Estado. "A amizade parece ainda ser o laço que mantém coeso o Estado, pois os legisladores voltam o olhar mais para ela do que para a justiça. Afinal, a concórdia entre os cidadãos é uma espécie de amizade, e sobretudo essa concórdia eles se empenham em produzir, ao mesmo tempo que buscam banir a discórdia, que é inimizade" (VIII, 1, 4). A φιλία de Aristóteles nada tem a ver com a de Platão.**

63. *Fedro*, 256. *O que Konstantin Ritter, *Die platonische Liebe*, 1931, afirma sobre o Eros platônico é inteiramente característico da interpretação tradicional de Platão. Ritter aponta para o "estranho" fato de que, no *Banquete*, "o amor pelas mulheres desempenhe um papel tão secundário". Sua explicação é a seguinte (p. 67): "A principal razão para aquele estranho fato será decerto que, para Platão, o sensível não é particularmente importante no amor – conforme ele o compreende: ou seja, como impulso para um agir ilimitado". Contra os que creem identificar no Eros platônico algo como a pederastia, Ritter diz: "Certos colegas menos asseados remexeram tanto com seus focinhos até encontrar passagens nas quais se fala abertamente do amor físico e de suas aberrações, as quais deturparam tanto, que com elas pareciam proporcionar a si próprios uma desculpa para sua impudência".**

70. *Wilhelm Kroll, "Freundschaft und Knabenliebe", *Tusculum--Scbriften*, caderno IV, 1927, p. 27, mostra que, em Atenas, a filosofia iluminista se escandalizou com a pederastia oriunda do círculo cultural dórico. "O círculo socrático, e toda a melhor sociedade ática, foi fortemente influenciado pelos dóricos, e a pederastia era componente inseparável dessa influência. Quando começou-se a repudiá-la, um homem como Sócrates não podia ignorar o fato, mas tinha de abandonar ou justificar moralmente a pederastia. A primeira alternativa não era possível, pois seu círculo de discípulos mantinha-se unido graças a ela. Assim, Sócrates buscou defender o amor dele apartando a sensualidade, que, para ele próprio, decerto não tinha grande importância (...) Uma solução definitiva e completa para o problema não chegou a existir, o que se depreende da maneira pela qual também Platão dedicou-se a essa questão, abordando-a em dois de seus mais magníficos diálogos: o *Fedro* e o *Banquete*.**(O)

73. Baseado em abundantes fontes, M. H. E. Meier, em "Päderastie", *Allgemeine Enzyklopädie der Künste und Wissenschaften*, org. por Ersch e Gruber, Leipzig 1818-1848, remete, no segmento sobre a "pederastia em Esparta", a uma passagem da *Constituição dos Lacedemônios* de Xenofonte, na qual se diz que ali o legislador tratou a pederastia como um instrumento educacional, mas declarou ignominioso o desejo pelo corpo de um jovem. Meier concorda com Xenofonte e escreve: "Assim afirma Xenofonte, e com razão (...) em Esparta, a lei permitia ao amante a máxima intimidade (...) A violação, contudo, era punida com a desonra, o desterro ou a morte, tanto para quem a praticava quanto para a vítima. Na vida real, porém, é possível que as fronteiras da lei tenham sido rompidas com bastante frequência". E, ao final do artigo, lê-se a respeito da pederastia entre os gregos de um modo geral que "a opinião pública jamais foi aí tão corrupta a ponto de também a língua não designar como tal o ignominioso e o vergonhoso (...)". ** Cf., por outro lado, E. Behte, *Die dorische Knabenliebe, ihre Ethik ind ihre Idee*, Rheinisches Museum für Philologie, Neue Folge, 62º vol., 1907, p. 445.

74. J. A. Symonds, "Die Homosexualität in Griechenland": Havelock Ellis e J. A. Symonds, *Das konträre Geschlechtsgefühl*, Bibliothek für Sozialwissenschaften, org. por Hans Kurella, 7º vol., 1896, p. 54 (O). Xenofonte, *Constituição dos Lacedemônios*, I, 2: *"No tocante aos demais gregos, entretanto, não se verifica o relacionamento de um homem com um rapaz em união constante, como entre os beócios, nem a fruição da beleza em troca de presentes, como entre os eleáticos; alguns [os atenienses], ao contrário, mantêm os amantes totalmente afastados dos jovens, de modo que nem sequer se falam. Licurgo, no entanto, determinou o contrário de tudo isso. Se um homem, sendo o que deve ser, compraz-se do espírito de um jovem e busca torná-lo seu amigo e relacionar-se com ele, isso, segundo Licurgo, é bom: é a melhor forma de educação. Mas se alguém demonstra desejo sexual por um jovem isso é declarado a maior

das ignomínias. Assim, Licurgo fez que, na Lacedemônia, os amantes não se servissem dos jovens tal como os pais não se servem dos filhos, ou como irmãos não se valem de irmãos para a satisfação dos prazeres do corpo. – Que, no entanto, muitos não acreditem nisso é coisa que não me espanta, pois em muitos Estados as leis não inibem a pederastia". Também em seu *Banquete*, Xenofonte afirma ser opinião dos lacedemônios que um homem impregnado de amor físico por um jovem devia carecer de toda virtude e excelência."**

79. *J. A. Symonds, "Die Homossexualität in Griechenland", Havelock Ellis e J. A. Symonds, "Das konträre Geschlechtsgefühl, Bibliothek für Sozialwissenschaften", org. por Hans Kurella, 7º vol., 1896, p. 117: "Não desejo de forma alguma dizer que, em Atenas ou Esparta, a mulher não tivesse qualquer influência sobre a casa ou que a família não fosse domínio de uma influência feminina muito maior, como nos mostram os escritos gregos de que ainda dispomos. As personagens femininas de Sófocles e Eurípides, bem como as nobres damas retratadas por Plutarco, hão de nos servir de advertência contra conclusões apressadas a esse respeito". (O) Symonds, porém, observa (p. 118) que "a religião e os instintos raciais dos gregos não ofereciam qualquer resistência direta à propagação do costume, tão favorecida pelas circunstâncias". Warner Fite, *The Platonic Legend*, 1934, observa que o ponto de vista segundo o qual a linguagem de Platão "about love merely reflects the custom of the day – in other words Platonic love [*i.e.* boy-love] was simply 'greek love'" seria "a widespread misconception". O equívoco dever-se-ia a que "Greek life, or at any rate Athenian life, is represented almost entirely by the picture of life which have come to them [most persons, not excepting many scholars] directly or indirectly from the dialogues of Plato".** (O)

98. Em Xenofonte, *Memorabilia*, II, 1, 21-34, na tradução de William Nestle, *Die Vorsokratiker*, 2. ed., Jena, 1922, p. 197. No texto, porém, a palavra ὑβρίζουσα foi traduzida por "abusar", em vez de por "maltratar", como traduz Nestle. – *Quanto ao interesse ético em Pródico, Heinrich Gomperz, *Sophistik und Rhetorik*, Leipzig e Berlim, 1912, p. 119, afirma tratar-se aí apenas "de revestir de uma prosa artisticamente completa, impressionante e eficaz, atitudes éticas tradicionais e reconhecidas por todos e, portanto, antes triviais do que originais". – De Pródico dispomos ainda de um fragmento onde se descreve a vida de um menino que já se tornou adolescente, no qual se evidencia a preocupação em proteger o jovem de qualquer abuso. Lê-se aí: "Se, então, o menino completou sete anos, tendo já sofrido diversas desventuras, chegam os educadores e os mestres da escrita e da ginástica e o mantêm sob seu poder. Quando se torna mais velho, depara-se com os professores de literatura, matemática e da arte da guerra, uma multidão de poderosos senhores. Se, depois disso, é incluído no rol dos efebos, a vigilância e a intimidação por certo recuam um pouco, mas, mais

adiante, terá de frequentar o liceu e a academia, submetendo-se à ginasiarquia e à sua disciplina, e tendo de suportar uma enorme quantidade de adversidades. Assim, o jovem vê-se o tempo todo submetido a seus preceptores e aos funcionários do areópago responsável pela educação" (Nestle, p. 192 e s.). – É bem característico da ética sexual predominante o fragmento de um outro sofista, Antífon, de Atenas, no qual se lê (Hermann Diels, *Die Fragmente der Vorsokratiker*, 9. ed., 1959, vol. II, p. 537 e 55., frag. 49): "Pois bem, siga adiante com tua vida e anseia pelo casamento e por uma mulher! Esse dia, essa noite é o início de uma nova vontade divina, de um novo destino, pois o casamento é um jogo arriscado para o homem (...) Pois bem, não falemos em adversidades, mas tratemos tão somente de tudo quanto é mais propício. O que há, afinal, de mais agradável para o homem do que a mulher de seu coração? O que há de mais doce, sobretudo para um jovem? Mas justamente aí, onde mora o que há de mais agradável, ronda também o doloroso, pois as coisas agradáveis não vêm sozinhas, mas acompanham-nas a dor e o esforço (...) Então não é certo que uma mulher, sendo a de seu coração, traz ao homem alegria e dor não menores do que as que ele próprio se proporciona? Não tem de cuidar da saúde de *dois* corpos, de sustentá-la, de zelar por sua honra e por seu bom nome? – Há mais ainda: nascerão crianças (...)". O Eros de que se fala aqui é exclusivamente o amor do homem pela mulher.**

101. Sobretudo Ivo Bruns, "Attische Liebestheorien und die zeitliche Folge des Platonischen Phaidros sowie der beiden Symposien", *Neue Jahrbücher für das klassische Altertum*, vol. V, Leipzig, 1900, p. 27, também interpreta categoricamente o *Banquete* xenofontiano como uma polêmica contra o platônico: "(...) enquanto Platão defende condicionalmente a pederastia física" – no *Fedro* –, "Xenofonte a condena inteiramente". Cf. tb. F. Rettig, "Knabenliebe und Frauenliebe in Platons Symposium": *Philogus*, vol. XLI, 1882, p. 429, e *H. Graef, *Ist Platons oder Xenophons Symposium das Frühere*, 1898, p. 40. Paul Shorey, em *What Plato Said*, 1933, p. 35, supõe ter sido o *Banquete* de Xenofonte escrito posteriormente ao diálogo homônimo de Platão. Ele afirma que Xenofonte "imita" a obra de Platão. Contudo, Shorey ignora (o que é bastante significativo) o fato de que, no tocante à questão decisiva – o amor do homem pelo homem –, Xenofonte contrapõe-se frontalmente a Platão. Cf. tb. *Xenophon, Die Sokratischen Schriften*, org. por Ernst Bux, Stuttgart, 1956, p. 193: "(...) embora a relação do *Banquete* platônico com o de Xenofonte não esteja de forma alguma esclarecida, todos os pesquisadores hoje concordam em que a primazia cabe a Platão (...) Xenofonte certamente leu a obra-prima de Platão logo após a sua publicação (...) Assim, também ele escreveu um *Banquete*, concebido conscientemente como uma contrapartida ao platônico".**

106. Xenofonte, *Banquete*, VIII, 19. Cf. tb. IV, 52; VIII, 10 e s.; VIII, 31 e s. Karl Steinhart, em sua introdução à tradução do *Banquete* de Platão,

Platons sämtliche Werke, trad, de Hieronymus Müller, introduções de Karl Steinhart, vol. IV, 1854, p. 268, diz sobre a tendência do *Banquete* de Xenofonte que ele tem claramente uma relação polêmica com o platônico, e sua intenção não é outra senão a do "combate à pederastia". Steinhart acompanha a opinião de K. F. Hermann, para quem Xenofonte, ao escrever o seu *Banquete*, já dispunha da obra platônica.

124. J. A. Symoncls, "Die Homossexualität in Griechenland"; Havelock Ellis e J. A. Symonds, *Das konträre Geschlechtsgefühl*, Bibliothek für Sozialwissenschaften, org. por Hans Kurella, 7° vol., 1896, p. 65. O autor resume (p. 121): "Embora a literatura grega seja rica em menções à pederastia, e embora essa paixão tenha desempenhado um papel importante na história grega, não é lícito supor que a maior parte do povo não fosse bem mais receptiva à beleza feminina. Ao contrário: as melhores fontes referem-se à pederastia como singularidade que diferenciava guerreiros, ginastas, poetas e filósofos da grande massa do povo. As histórias sobre artistas que chegaram até nós remetem fundamentalmente à sua preferência por mulheres". (O) *Em antigo estudo sobre a pederastia na Grécia – *Allgemeine Enzyklopädie der Künste und Wissenschaften*, org. por I. S. Ersch e I. G, Gruber, terceira seção, 9ª parte, Leipzig, 1837, artigo: "Pederastia" –, M. H. E. Meier, após investigação minuciosa e fartamente documentada da questão, afirma que, embora o vício da violação de rapazes fosse praticado numa triste escala, "a opinião pública jamais foi tão corrupta a ponto de também a língua não designar como tal o ignominioso e o vergonhoso. Basta lembrar o que se dizia em toda parte daquele que entregava a outrem a fruição de seu corpo: que perdera o direito à honra; daquele que deste desfrutava; que o tinha envergonhado; e que a prática era tida em geral por vergonhosa. Basta lembrar as expressões tão frequentes – καταισχύνειν, ὑβρίζειν, ὕβρις, αἴοχιστα, ἐπιτηδεύματα – e que o próprio Ésquines fala sempre com a máxima reserva no assunto, desculpando-se quando obrigado a empregar expressões indecorosas, mas afirmando não poder sempre valer-se de paráfrases e eufemismos. Se a língua expressa vergonha, é porque também o povo a tem" (p. 188 e s.).**

134. *Fedro*, 244 e ss. Sócrates principia informando que Eros, filho de Afrodite, é um Deus, "ou, ao menos, algo divino", e que, portanto, "não pode ser ruim". Contra esse Deus ele teria pecado em seu primeiro discurso, precisando, assim, penitenciar-se. É por isso que profere o segundo discurso. Este parte do princípio de que o homem apaixonado por um rapaz está delirante, mas que esse delírio não representa algo ruim. "Fosse simplesmente válida a afirmação de que o delírio é algo ruim, estaria correto o preceito [de que é melhor sujeitar-se ao não apaixonado do que ao apaixonado]; na realidade, porém, o delírio nos transmite nossos mais valiosos bens – um delírio que nos é concedido como dádiva divina." Especialmente aquele delírio que incita o amante rumo ao amado "nos é dado pelos

deuses, para nossa felicidade suprema" (245). Esse juízo do delírio é extremamente característico da tendência antirracionalista na filosofia de Platão e de sua conexão com o Eros platônico.

135. *A maneira pela qual Ernst Hoffmann, em *Platon*, 1950, p. 177 e s., explica essa passagem do diálogo é bastante característica da tendência da interpretação platônica usual em ocultar que os três discursos do *Fedro* tratam da pederastia e que o segundo discurso de Sócrates tem por fim único defendê-la contra a opinião pública desfavorável. Em seu primeiro discurso, Sócrates ter-se-ia "referido a Eros" qual se tratasse de algo ruim. "Contudo, um Deus não pode, segundo sua verdadeira essência, ser ruim. Sócrates tem, portanto, de proferir uma palinódia, a fim de penitenciar-se, o que faz abertamente. Nessa palinódia, parte do princípio de que ambos os discursos precedentes baseavam-se na suposição de que o amor, sendo arrebatamento, embriaguez, mania, seria insensato e, portanto, um mal. Mas o que dizer de Pítia (...)? Evidentemente, há um arrebatamento que é obra da inspiração divina e é fonte dos maiores bens para a humanidade. O amor é uma modalidade desse entusiasmo arrebatador. Pode-se ter uma ideia de sua natureza quando se obtém a correta compreensão da essência da alma (...)" Que esse "Eros" é o *Eros paiderastikos*, que esse "amor" é a pederastia, isso Hoffmann não diz, causando a impressão de que Platão refere-se aí ao amor de uma forma geral, que se entende o amor do homem pela mulher.**

139. *Leis*, 636, 836 e 839. Cf. tb. *Leis*, 841, onde Platão diz que, no tocante a todas as leis referentes às relações sexuais, importaria sobretudo que se acabasse definitivamente ao menos com a pederastia. Por certo, a contradição existente entre os tratamentos dispensados à questão do *Eros* nas *Leis*, no *Banquete* e no *Pedro* já foi amiúde apontada. Cf., p. ex., J. A. Symonds, "Die Homossexualität in Griechenland", Havelock Ellis e]. A. Symonds, *Das konträre Geschlechtsgefühl*, Bibliothek für Sozialwissenschaften, org. por Hans Kurella, 7º vol., 1896, p. 96 (O). Contudo, não se encontrou até o momento uma explicação psicológica satisfatória. *Sobre a atitude assumida por Platão nas *Leis*, diante da pederastia, Warner Fite, *The Platonic Legend*, 1934, p. 170, diz: "Plato, we migth say, has had his eyes opened. Love for him is still boy-love; it does not occur to him to associate it with the relation of man and woman. But he now sees boy-love much as we see it".** (O)

145. Embora a inclinação sexual do homem pelo homem seja bastante frequente, nem sempre é sintoma de um caráter feminino. É óbvio que atração pelo homem e repulsa à mulher sente todo aquele que possui uma disposição feminina. Essa disposição feminina de um homem era vista pela moral grega oficial como inferior, como uma "ausência doentia de virilidade" (J. A. Symonds, "Die Homossexualität in Griechenland", Havelock Ellis e J. A. Symonds, *Das konträre Geschlechtsgefühl*, Bibliothek für Sozialwissenschaften, org. por Hans Kurella, 7º vol., 1896, p. 59 (O)). A disposição *bissexual*, porém, é conciliável com o caráter masculino.

Aqui, o que atrai é a feminilidade da beleza do jovem. Já Parmênides reconhecera que, no ser humano, os princípios masculino e feminino podem apresentar-se misturados em proporções variadas, como ressalta Heinrich Gomperz, *Psychologische Beobachtungen an griechischen Philosophen*, Imago, vol. X, 1924, p.26.

150. Cf. Heinrich Gomperz, *Psychologische Beobachtungen an griechischen Philosophen*, Imago, vol. X, 1924, p. 37. Gomperz enfatiza que no centro da vida e do pensamento de Sócrates está "o conceito do autodomínio" e que "a verdadeira meta dessa autoeducação socrática era precisamente a superação do desejo pela posse física de belos rapazes" (p. 64 e s.). De um modo geral, Sócrates não é um asceta: admite a comida e a bebida e, particularmente, a relação sexual com mulheres. Contudo, a única limitação que se impõe, e para a qual não admite exceção, é a pederastia *sexual* (p. 65). H. Gomperz supõe como motivo dessa renúncia amorosa e da sublimação do Eros que lhe é ligada o seguinte: "Sócrates não nasceu no círculo dentro do qual viveu. A pequena burguesia ateniense da qual provinha permaneceu sempre alheia à pederastia – como nos mostra a comédia. A 'boa sociedade' ática herdara dos dóricos essa maneira de sentir. Não teria sido o espírito de sua casa paterna, o ambiente no qual cresceu, que deu a Sócrates a vontade e a força para superar seu desejo pela posse física de belos rapazes? E quando ele diz a Crítias que o desejo da intimidade com rapazes seria obsceno, não ecoa nessas palavras o juízo que aquele ambiente fazia dessa intimidade e que Sócrates estava acostumado a ouvir da pequena burguesia ateniense desde a sua infância?" (p. 67). Certamente, é possível que isso tenha influído; entretanto, não basta de forma alguma para explicar a razão pela qual, exatamente nessa questão, o aristocrata Platão empenhou-se tão apaixonadamente por seguir seu mestre. Ademais, contrários à pederastia não eram apenas os círculos pequeno-burgueses de Atenas e, portanto, não só a comédia; também os sofistas todos e, com eles, a tragédia de Eurípides mostram a mesma tendência. Embora H. Gomperz o negue, deve ter havido algo como uma "opinião pública indignada" com a pederastia, e nos círculos dentro dos quais transcorreu a vida de Sócrates e a de seus discípulos, a "pederastia não espiritualizada, ou pouco espiritualizada" não terá sido vista de forma tão natural quanto Gomperz supõe. E por razões que ele próprio constata: por um lado, porque essa pederastia era considerada um vício pela grande massa do povo – uma concepção que seria impossível ficar sem eco nas camadas mais elevadas de uma democracia; por outro, porque provinha do círculo cultural dórico, perante o qual a Atenas oficial, e particularmente a representada pela 'boa' sociedade, sempre teve uma atitude hostil.

152. Heinrich Gomperz, *Psychologische Beobachtungen an griechischen Philosophen*, Imago, vol. X, 1924, p. 68 e s., escreve: "(...) se, afinal, ocorreram duras batalhas morais na alma de Sócrates, não poderia a

predominância de questionamentos morais em seu *pensamento* ter tido nessas batalhas a sua razão última? (...) De todo modo, nosso esforço pela compreensão psicológica sentir-se-ia mais satisfeito se pudéssemos supor ter Sócrates se colocado a pergunta 'O que é o bom, o decente, o justo?' não por mera avidez pelo saber teórico, mas, muito mais – e originalmente –, porque realmente não sabia o que para ele era o bom, o decente e o justo. Em outras palavras: porque não sabia como devia se comportar e como orientar sua vida (...) Assim, não é decerto improvável que, para Sócrates, a questão sobre a essência do moral e do bom tenha originalmente se revestido do significado de uma questão pessoal diante da vida". Gomperz afirma expressamente que pode ter havido uma relação entre o questionamento ético e os impulsos pederastas de Sócrates! (p. 70).

179. *Lísis*, 214. Contudo, um fragmento de Heráclito diz: "Os opostos se combinam; do diverso resulta a mais bela harmonia, e tudo nasce pela via do conflito" (Wilhelm Nestle, *Die Vorsokratiker*, 2. ed., Jena, 1922, p. 121). Um fragmento de Filolau (?) expressa pensamento semelhante, pois como ambos os princípios que embasam o mundo "não eram semelhantes ou aparentados, deles não teria podido constituir-se uma ordem universal, se a harmonia não se houvesse juntado a eles, seja como for que tenha nascido. O semelhante e o aparentado não necessitavam da harmonia, mas o dessemelhante, o heterogêneo e o incongruente tinham, necessariamente, de reunir-se por seu intermédio, sendo assim fixados na ordem universal" (p. 165 e s.).

191. No exemplo de Alceste citado por Fedro, "mostrando-se pronta a morrer por seu marido", chama a atenção que a mulher não desempenha seu papel natural de amada passiva, mas o papel ativo-masculino do amante. Martin Wohlrab, "Knabenliebe und Frauenliebe im platonischen Symposium", *Jahrbücher für classische Philologie*, 25º vol., 1879, p. 680, observa: "Naturalmente, Alceste é aí compreendida como ἐπῶσα [ou seja, como amante] (...), e por isso seu sacrifício era mais natural do que o de Aquiles, que era apenas ἐρώμενος [isto é, o amado]". Contra isso polemiza G. F. Renig, "Knabenliebe und Frauenliebe in Platons Symposium", *Philologus*, 41º vol., 1882, p. 424.

197. Segundo E. Bethe, *Die dorische Knabenliebe, ihre Ethik und ihre Idee*, Rheinisches Museum für Philologie, Neue Folge, 62º vol., 1907, p. 462 e ss., os dórios justificam também o ato sexual homossexual através da noção de que o homem, com seu sêmen, transmite magicamente a sua alma ao rapaz – e, com ela, sua virtude – "espiritualizando" portanto, à sua maneira, a pederastia. Nessa ideologia da homossexualidade, atribui-se ao sêmen masculino – como se costuma fazer ao sangue ou ao hálito – o caráter ou os poderes da alma (p. 466). Isso significa que o sêmen é visto como substância moral, assim como a própria alma é cogitada basicamente como substancialização de valores morais. De resto, também em

Platão encontra-se a concepção de que o sêmen masculino seria animado. No *Timeu*, ele sustenta que o sêmen brotaria da medula espinhal e que esta, portanto, conteria ou representaria (41, 86) a substância seminífera. Nesse diálogo, Platão afirma (44, 91) que os deuses criaram o impulso procriador "mediante a constituição de uma espécie de ente animado que fizeram brotar em nós, homens, e de outro que fizeram brotar nas mulheres, e, aliás, cada um deles da maneira que se segue. No canal para as bebidas, onde os líquidos absorvidos (...) vão para a bexiga e são expelidos sob a pressão do ar, puseram uma abertura para a medula, que como cordão conector desce da cabeça junto ao pescoço e atravessa a espinha dorsal, e à qual, outrora, dávamos o nome de 'sêmen'. Essa medula, porque *animada* e participante do movimento da respiração, transforma o lugar onde ocorre esse movimento no 'impulso procriador', na medida em que implanta aí o desejo pelo escoamento, que desperta a vida. Daí, pois, o caráter indisciplinado e soberano das partes genitais masculinas (...)". A noção de Platão é, evidentemente, a de que o sêmen masculino constitui-se de "corpúsculos medulares" que "se desprendem da massa central da medula" (Konstantin Ritter, *Platons Dialoge*, vol. I, 1903, p. 144 e s.).

204. Na realidade, o discurso de Pausânias causa uma impressão muito confusa, conforme constata]owett em sua tradução do *Banquete*, *The Dialogues of Plato*, I, 3. ed., 1892, p. 529. Contudo, a contradição em meio à qual transcorre resolve-se quando se reconhece nele a intenção de, de algum modo, conciliar o Eros pederasta com a moral ateniense que o desaprova. Pode-se compreender, entretanto, que, com relação precisamente a essa passagem do *Banquete*, J. A. Symonds, "Die Homosexualität in Griechenland", Havelock Ellis e J. A. Symonds, *Das konträre Geschlechtsgefühl*, Bibliothek für Sozialwissenschaften, org. por Hans Kurella, 7. vol., 1896, p. 73 (O), fale em uma "confusão na consciência dos atenienses". O juízo moral estava efetivamente dividido. E o conflito moral para o qual o problema da pederastia arrastou a sociedade torna-se, no peito de Platão, um conflito trágico. Nas assim chamadas *Dialexeis*, de autoria de um sofista desconhecido, defende-se o seguinte ponto de vista (na tradução de Wilhelm Nestle, *Die Vorsokratiker*, 2ª ed., Jena, 1922, p. 241 e ss.): "Entre os filósofos da Grécia, há duas maneiras de se conceber o Bem e o Mal. A primeira diz que o Bem é algo distinto do Mal; a outra, que ambos seriam uma mesma coisa, só que boa para alguns homens e má para outros, ou ora boa e ora má para um único e mesmo homem. Com esta eu também concordo". A título de exemplo o autor menciona, entre outras coisas, que a relação sexual seria má para um doente, mas boa para um homem saudável. "Também para o decoroso e o indecoroso há duas concepções: uns afirmam que o decoroso seria algo diferente do indecoroso, diverso tanto no sentido quanto na coisa em si; outros, que o decoroso e o indecoroso seriam a mesma coisa. Também eu desejo tentar defini-lo e o explico da seguinte maneira: decoroso é,

p. ex., aprazer a um rapaz belo e apaixonado; indecoroso é aprazer a um não apaixonado." Nesse e nos demais exemplos, o autor demonstra apenas que algo pode ser bom para uns e mau para outros, decoroso para uns e indecoroso para outros. Heinrich Gomperz, *Sophistik und Rhetorik*, Leipzig e Berlim, 1912, julga provável que o autor tenha tomado emprestadas de um escrito de *Protágoras* (p. 162) as suas *Dialexeis* – cuja precariedade é reconhecida por todos e que, na forma em que se apresentam, presumivelmente nem sequer visavam a uma publicação, sendo, talvez, apenas um trabalho escolar (p. 139). Sobre Protágoras, Diógenes Laércio (XI) diz: "Ele foi o primeiro a sustentar a existência de duas afirmações opostas acerca de cada uma das coisas. Com o auxílio de tais oposições, conduzia a argumentação em seus diálogos didáticos, um procedimento que Protágoras foi o primeiro a empregar". Relacionando-a ao célebre ensinamento de *Protágoras* – essa máxima do *relativismo*: "O homem é a medida de todas as coisas", conforme nos relata o próprio Diógenes Laércio –, poder-se-á decerto entender sua doutrina da existência de duas afirmações opostas sobre cada uma das coisas no sentido de que (ou, ao menos, também neste sentido) referem-se a uma única e mesma coisa. Se é essa doutrina de Protágoras que o autor das *Dialexeis* busca ilustrar, ele a entendeu mal, ou, por certo, não a entendeu por inteiro. Pois o que nos mostra não é que uma única e mesma coisa é considerada boa por uns e má por outros, decorosa por uns e indecorosa por outros; é, antes, o óbvio: que, de duas coisas distintas, uma é boa e a outra, má; uma é decorosa e a outra, indecorosa. Afinal, a relação sexual de um homem sadio é diversa daquela de um doente, assim como aprazer a um jovem amado é distinto de aprazer a um não amado. No que se refere à pederastia, só se pode ilustrar a doutrina de *Protágoras*, entendida corretamente – sua doutrina da relatividade dos juízos de valor –, afirmando-se que, na Grécia, uns a tomaram por decorosa e outros, por indecorosa. Ou seja, que havia duas afirmações opostas acerca *desse* assunto; ou, em outras palavras, que a opinião a seu respeito estava dividida.

210. Precisamente nessa divisão dos homens-esfera é que os traços cômico-grotescos evidenciam-se com particular aspereza na exposição de Aristófanes. Zeus corta-os em duas metades, "da mesma forma como se cortam as peras para colocá-las em conserva, ou como se cortam ovos com um fio de cabelo". A partir de então, eles têm de se mover sobre duas pernas, ao passo que, anteriormente, seu movimento era, como eles próprios, "circular". Isso significa que se moviam para a frente girando feito uma roda, pois se assemelhavam a seus pais – o sol, a lua e a terra (*Banquete*, 190). E, caso não se detenham, Zeus ameaça cortá-los "novamente em dois, de forma que tenham de caminhar sobre uma só perna, qual numa corrida de sacos". Os homens nascidos dessa divisão em dois tinham apenas um órgão sexual cada um. Tinham-no porém às costas, sendo incapazes, portanto, de satisfazer mutuamente seu impulso sexual, "(...) e geravam e

reproduziam não um no outro, mas na terra, como as cigarras". Zeus, então, compadeceu-se deles, mudando-lhes o sexo "para a frente e fazendo com que gerassem um no outro, o masculino no feminino. Fê-lo para que, abraçando-se o homem e a mulher, gerassem e produzissem sua descendência; e para que, abraçando-se o homem ao homem, ao menos se saciassem e se acalmassem nessa união, voltando-se então para o trabalho e preocupando-se com os demais aspectos da vida" (91). A fim de que os homens sejam felizes, Zeus tem de proceder a uma inversão em seus órgãos sexuais; tem de voltá-los de fora para dentro. Trata-se da mesma noção de "inversão" radical que desempenha também um papel decisivo no mito do *Político* e é bastante característica da psicologia dos homossexuais.

211. *Banquete*, 191. Richard Reitzenstein, "Plato und Zarathustra"; *Vorträge der Bibliothek Warburg*, 4º vol., 1924-1925, Leipzig, Berlim, 1927, p. 24 e 26, chama a atenção para que a concepção de um homem duplo – representando a união de um homem e de uma mulher, e decomposto por Deus em dois seres de sexos distintos no início da segunda era universal – pertence ao âmbito das ideias da antiga religião persa. *Diz ele (p. 32): "Já se tentou em vão fixar na mitologia ou na filosofia grega a concepção original de tais homens duplos. Eu poderia de imediato demonstrar sua presença no Bundahisn persa (...) Contudo, que propósito teria discuti-lo? (...) Tem pouca importância para nós onde Platão colheu o seixo insignificante que seu poder mágico transformou num diamante". (O)** Contudo, na explanação que Platão coloca na boca de Aristófanes, a ênfase recai não na duplicidade homem-mulher, mas na duplicidade homem-homem do ser humano duplo. Esta é, decerto, um produto altamente pessoal da fantasia platônica, pois com essa invenção justifica-se o amor homossexual. *Aparentemente, o mito de cuja exposição Platão incumbe Aristófanes apresenta-se fortemente influenciado por concepções órficas. Theodor Hopfner, *Das Sexualleben der Griechen und Römer*, 1º vol., 1ª parte, 1938, p. 9 e s. (O), diz: "Essa concepção de que o ser humano primordial era hermafrodita remonta, entretanto, a especulações greco-helenísticas mais antigas, segundo as quais *as divindades primordiais e a própria divindade suprema eram bissexuadas* (...) Particularmente os *órficos* admitiam toda uma gama de divindades masculino-femininas: 'Para Orfeu, a divindade era masculina e feminina, pois não podia criar a não ser através do coito consigo mesma' (*Lactant, Inst, div*, IV, 8, 4). Segundo a cosmogonia órfica, primeiramente o Éter fecundou o Caos (a matéria ainda informe, a substância primordial), e este gerou, então, o grande *ovo* do mundo, que continha o germe de todas as coisas. Posteriormente, esse *ovo* partiu-se em duas metades, das quais a superior constituiu o céu e a inferior, a terra. Desse *ovo* do mundo, porém, surgiu também um ser divino masculino e feminino, o Deus primordial Protogonos-Phanes-Erikepaios, que juntou as duas metades, ao que, então, céu e terra deram origem a todo o restante".

Konrad Ziegler, "Menschen. und Weltenwerden", *Neue jahrbücher für das klassische Altertum*, 16º ano, 1913, p. 562 e ss., observa que os homens primordiais do mito do Aristófanes platônico correspondem, por um lado, ao *ovo órfico do mundo* e, por outro, ao Deus bissexuado Phanes. Ademais, "o fato de, no mito, Zeus cortar os seres primordiais como se cortam ovos com um fio de cabelo (190E) adquire um significado mais expressivo, tomando-se em conta o ovo órfico do mundo" (p. 564). Ziegler sustenta que "a antropogonia do Aristófanes platônico" é "uma repetição, em menor escala, da cosmogonia órfica" (p. 566). Trata-se, antes, de uma modificação bastante característica da cosmogonia órfica, típica do posicionamento de Platão diante do problema da sexualidade.**

233. Ivo Bruns, "Attische Liebestheorien und die zeitliche Folge des Platonischen Phaidros sowie der beiden Symposien", *Neue jahrbücher für das klassische Altertum*, vol. V, Leipzig, 1900, p. 21 e s., constata "com estranheza", em relação ao *Fedro*, que Platão trata aí da essência do amor em geral, mas fala somente no Eros homossexual. "Podemos apenas constatar a lacuna e concluir que o amor entre os sexos foi inteiramente ignorado nas considerações que conduziram Platão à teoria do *Fedro*. – Historicamente, pode-se bem entender essa parcialidade. Também Pausânias e Fedro, no *Banquete*, e mais tarde Xenofonte, creem estar falando do Eros em si, quando, na verdade, é tão somente do Eros pederasta que tratam. Apenas a pederastia dava-lhes o que pensar, o amor pela mulher não lhes apresentava quaisquer problemas." No *Banquete*, porém – que Bruns acredita ser posterior –, Platão teria preenchido a lacuna do *Fedro*. Ali, ao abordar pela segunda vez a questão, teria rompido em vários pontos com sua primeira exposição. Em especial porque constrói agora a teoria do amor "não mais a partir da observação do amor entre homens, mas do amor entre os sexos". Não é correto que assim seja. No *Fedro*, o amor normal entre os sexos não é de forma alguma ignorado, mas sim – conforme se verifica anteriormente no texto – expressamente mencionado; ocorre, porém, que é desqualificado como um desejo *animal*. Xenofonte, por sua vez, não apenas o menciona, como faz culminar seu *Banquete* numa apoteose desse Eros. É precisamente esse o motivo da crítica à "parcialidade" de Platão, que não pode ser explicada "historicamente", mas apenas psicologicamente. Ela não se faz menos perceptível no *Banquete* do que no *Fedro*. É certo que, neste último, Platão reconhece a função da procriação como essencial para o amor, fazendo parecer que ele parte aí do Eros normal; contudo, somente o reconhece com o propósito de justificar o Eros homossexual como forma mais elevada do amor gerador. Eros e pederastia são idênticos também no *Banquete*.

235. *Banquete*, 210. *Quando fala em beleza corporal, Platão tem em mente o corpo belo de um rapaz. Contudo, o ideal de beleza dos gregos à sua época continuava sendo Helena. Isócrates, em *Helena*, 216 e ss., diz a

respeito de Páris (Alexandre): obrigado a escolher entre os veredictos que lhe ofereciam, a todos os outros preferiu a união com Helena. "Não em razão do prazer – também este, porém, os sensatos o desejam mais do que muitas outras coisas". E, de Helena, diz-se que "beleza, recebeu em abundância, e 'a beleza é a mais magnífica, a mais estimada e a mais divina de todas as coisas'". "Louva-se a virtude sobretudo porque é a mais bela de todas as ocupações." A fim de demonstrar o poder da beleza, Sócrates diz: "Mas por que hei de deter-me a falar sobre as opiniões humanas? Se Zeus, que reina sobre tudo, demonstra o seu poder sobre tudo o mais, no tocante à beleza ele é fraco e concede-lhe a sua companhia. Disfarçado de Anfítrion, chegou até Alcmene; qual uma chuva de ouro, misturou-se a Dânae; transformado num cisne, fugiu para o colo de Nêmesis e, sob essa mesma forma, uniu-se a Leda. Sempre aparece com astúcia, e não com violência, à caça da beleza. Esta é tão mais reverenciada em seu meio [isto é, entre os deuses] do que no nosso, que vencidos pela beleza eles perdoam suas mulheres; e muitas são as imortais [deusas] que sucumbiram à beleza mortal, nenhuma procurando ocultá-lo como se fosse vergonhoso, antes desejando ver louvado do que silenciado o seu feito".** (O)

236. É Diotima quem expressa essa identidade do Bom com o Belo. Em seu diálogo com Sócrates, já amadureceu a percepção de que o Eros é o amor pelo Belo. "O que é que o Eros ama no Belo (...)?", ter-se-ia de perguntar. "O que ama quem ama o Belo?" Ao que Sócrates responde: "Tê-lo consigo". Diotima, então, pergunta: "Que terá aquele que ficar com o Belo?" A resposta deverá ser: será feliz. Contudo, para obtê-la mais facilmente, Diotima sugere que, em lugar do Belo, se fale do Bom, pois claramente pressupõe serem ambos idênticos. "Mas, disse ela, e se alguém, em lugar do Belo, colocasse o Bom e perguntasse: Diga, Sócrates, o que ama quem ama o Bom? – Tê-lo consigo, afirmei. – E que terá quem ficar com o Bom? – A essa pergunta é mais fácil responder, disse eu: será feliz. – Sim, pois é com a posse do Bom que os felizes são felizes, afirmou ela. É desnecessário perguntar ainda para que quer ser feliz quem assim deseja. Pelo contrário: a resposta parece completa" (*Banquete*, 204 e s.).

241. *Como observa Reino Palas, "Die Bewertung der Sinnenwelt bei Platon", *Annales Academiae Scientiarum Fennicae*, B, XLVIII, 2, 1941, p. 221, é correto que a homossexualidade e a atitude negativa ante a realidade positiva não estão, "de um modo geral", ligadas uma à outra. Em Platão, porém, não se trata de uma atitude negativa, mas ambivalente, profundamente contraditória, em relação à realidade. A disposição homossexual pode conduzir a essa atitude ambivalente especialmente quando à sexualidade anômala liga-se um sentimento de culpa – o que, na verdade, nem sempre é o caso, mas verifica-se no tocante a Platão. Palas rejeita essa explicação para a avaliação platônica do mundo dos sentidos porque pressupõe que, na sociedade grega à época de Platão, a homossexualidade não era

tida por associal e que o filósofo teria "sentido como uma coisa natural" o seu *Eros paiderastikos*. Palas chega mesmo a afirmar: "como amante de rapazes, Platão é um grego típico, tão disseminado estava à sua época o παιδυκός ἔρως" (p. 194). Mas por que, então, ele julgou necessário justificar esse Eros? Por que o condenou quando velho? Por que, em sua Ética, seu discípulo Aristóteles estigmatizou a homossexualidade como um dos vícios mais terríveis? Por que Xenofonte escreveu seu *Banquete*, o qual, contrariando a obra homônima de Platão, justificadora do ἔρως παιδυκός, resulta numa glorificação da sexualidade normal? Por que terá Aristófanes – o verdadeiro Aristófanes, e não o do *Banquete*, que Platão, movido por um propósito visivelmente polêmico, faz assumir a posição contrária – combatido à sua maneira peculiar, ou seja, satiricamente, a homossexualidade? É possível que nos círculos aristocráticos atenienses, simpáticos a Esparta, o intercurso sexual entre homens e rapazes, como manifestação da disposição bissexual, não fosse julgado com demasiado rigor. Esse fato, porém, não nos permite qualquer conclusão quanto ao estado psíquico de Platão, que – até onde podemos ver – não era bissexual, mas, na verdade, homossexual e possuidor de uma consciência moral bastante acima da média, e mesmo demasiado acentuada.**

257. *Protágoras, 357 e s., 361. Podemos supor que essa tenha sido uma doutrina do Sócrates histórico, pois também Xenofonte, *Memorabilia*, III, 9, 4 e IV, 6, relata: "Ele não distinguia a sabedoria como tal (σοφία) da temperança (σωφροσύνη), mas acreditava, ao contrário, que aquele que conhecia o Bem e o nobre agia segundo esses princípios, e quem conhecia o feio, dele se resguardava". "Estou convencido", assegurava, "de que dentre todas as coisas possíveis o homem escolhe sempre o que julga ser o mais profícuo; aquele, portanto, que não age corretamente será em tão pouca medida possuidor do conhecimento acertado quanto o é da verdadeira moralidade". Para Sócrates, a virtude é sabedoria, e a sabedoria (σοφία), saber (ἐπιστήμη). "Temente a Deus é aquele que sabe o que é legítimo com relação aos deuses". "Corajoso é quem, na necessidade e no perigo, sabe comportar-se com correção". Quem conheceu o Bem não há de preteri-lo por qualquer outra coisa, do mesmo modo como quem não o conheceu não será capaz de praticá-lo.**

258. *É o sofista Protágoras quem, no início do diálogo homônimo (318), defende a tese de que a virtude é ensinável. A princípio, Sócrates a combate, levando Protágoras a abandoná-la; entretanto o faz apenas para comprová-la perante o sofista. Ao final do diálogo, Sócrates diz: "Ante a confusão de todas essas coisas, impregna-me o vigoroso ímpeto de esclarecê-las. Meu desejo seria que, terminada esta discussão, nos dedicássemos à investigação da essência da própria virtude, buscando novamente examinar se é ou não ensinável (...)". Causa, pois, a impressão de que a questão não estaria decidida. Contudo, pela maneira como Platão apresenta a discussão,

conclui-se claramente que considera comprovada a tese de que a virtude é saber e, portanto, ensinável. Ele incumbe Sócrates de afirmar categoricamente que a "salvação de nossa vida" estaria na "arte da medida" – como uma "modalidade do conhecimento", de um "saber" (356 e s.) –, uma posição que Protágoras tem de assumir e que Sócrates, no restante do diálogo, não desdiz. Cf. Warner Fite, *The Platonic Legend*, 1934, p. 182 (O). Werner Jaeger, em *Paideia*, vol. II, 1944, p. 184, observa: "(...) o leitor fica com a certeza de que a tese socrática que reduz a virtude ao conhecimento dos verdadeiros valores deve ser a pedra angular de toda a educação".**

265. *Apologia de Sócrates*, 33. Cf. tb. *Eutífran*, 3, onde se traça um paralelo entre o daimônion de Sócrates e o dom divinatório de Eutífron. A tentativa de interpretar racionalisticamente o daimônion socrático como a razão humana, como o faz Otto Apelt, p. ex., em suas notas à tradução do *Eutífran*, *Platons sämtliche Dialoge*, vol. I, p. 97, é infrutífera. O próprio Apelt é forçado a admitir que essa "razão" é "o divino no homem", sendo pois uma fonte transcendente. Ernst Hoffmann, *Platon*, 1950, p. 121, diz também acerca do daimônion de Sócrates: "Não se trata de um demônio nele próprio, de um *alter ego*, mas da voz do divino que provém do inconsciente (...)". Decerto, essa "voz do divino" só poderá ser a voz de Deus; como, porém, Sócrates não afirma ser um Deus, não é ele próprio ou sua razão humana que fala a partir de seu daimônion, mas um ser distinto de seu ego – um ser divino, como ele próprio enfatiza.

331. *República*, 415. A "mentira" na qual se há de fazer crer também os governantes é a fábula dos Σπαρτοί, dos guerreiros que brotam da terra, a partir dos dentes de dragão semeados por Cadmo – a qual Platão adaptou a seus propósitos. A crença na veracidade dessa lenda fará que os cidadãos defendam a terra "como se defendessem a própria mãe que os educou, por assim dizer", além de fazê-los ver um ao outro "como se fossem irmãos". É especialmente significativo aquilo que Platão acrescenta à fábula: "'Por certo, vós, cidadãos de nossa cidade, sois todos irmãos' –, dir-lhes-semos nós, contando-lhes a fábula; 'Deus, porém, que vos modelou, acrescentou ouro àqueles dentre vós com vocação para governar, razão pela qual eles são os mais preciosos; aos auxiliares, contudo, adicionou prata, e aos lavradores e demais trabalhadores manuais, ferro e bronze. Como sois todos de *uma única* estirpe, pode ocorrer – embora, de um modo geral, vossos descendentes devam ser iguais a vós – que do ouro nasça um descendente de prata, e da prata um de ouro, e assim também com todos os demais casos. Assim, aos governantes a divindade ordena, em primeiro lugar e acima de tudo, que se revelem mais perspicazes e mais dedicados guardiões sobretudo no que tange àquilo que dessas matérias venha a ser adicionado às almas de seus descendentes; e, se a um de seus descendentes for misturado bronze ou ferro, não lhes é permitido demonstrar a menor compaixão, mas, ao contrário, têm de destiná-lo à categoria correspondente à sua

natureza, remetendo-o à classe dos trabalhadores manuais ou dos lavradores; contrariamente, se destes últimos nasce um descendente apresentando uma mistura de ouro ou prata, distinguir-lhe-ão os governantes promovendo-o, conforme o caso, à categoria dos guardiões ou dos auxiliares, uma vez que, segundo reza um oráculo, a cidade perecerá se o ferro ou o bronze assumirem a sua defesa'". Eis aí, pois, a mentira "bem-intencionada" na qual Platão desejaria fazer crer, se possível, também os governantes: ou seja, que os cidadãos são *todos iguais*, porque oriundos de uma mesma mãe; e, não obstante, sendo necessário que haja governantes e governados, *eles são, por natureza, desiguais*.

344. Cf. a respeito Eduard Meyer, *Geschichte des Altertums*, V, p. 511. A relação de Platão com Siracusa, inimiga de sua cidade natal, é alvo de julgamento bastante desfavorável por parte até mesmo dos seus mais incondicionais admiradores. Assim, Karl Steinhart, *Platons Leben*, *Platons sämtliche Werke*, trad. Hieronymus Müller, introduções de Karl Steinhart, vol. IX, 1873, p. 248, escreve: "(...) sem haver experimentado qualquer indignação pessoal, ele não apenas faltou inteiramente ao Estado ateniense, como inclusive dedicou o melhor de suas forças a um Estado estrangeiro. Neste – que, pouco tempo antes, fora inimigo do seu e, ademais, era governado por tiranos e fracionado por partidos ferozes –, estava empenhado em lançar as bases de sua construção ideal, para a qual – ainda que fosse exequível e compatível com a natureza humana, o que ninguém desejará admitir – faltavam ali, mais do que em qualquer outra parte, os pré-requisitos morais, que não podiam ser supridos nem pela autoridade de um tirano, nem pela influência de ligas pitagóricas clandestinas. Não nos é possível rechaçar incondicionalmente as duras palavras de Niebuhr, que afirmou ter sido Platão um mau cidadão".

Segundo livro: A verdade platônica

3. Paul Friedländer, *Platon*, vol. I: "Eidos-Paideia-Dialogos", 1928, p. 118 e s. "O que nos foi transmitido, porém, não deixa qualquer dúvida de que Platão e a Academia eram considerados uma força política e exerceram influência como tal. Platão é convocado pelos cireneus como legislador, mas rejeita o convite. Tampouco vai ele próprio a Megalópolis, mas manda Aristônimo, assim como manda a Élis seu 'companheiro' Phormio, que ali abranda a Constituição extremamente oligárquica. Em meados dos anos 60, o rei Perdicas, da Macedônia, solicita a Platão um conselheiro; Platão envia-lhe Eufraio, que incita a corte 'a dedicar-se à geometria e à filosofia'; e graças à sua influência, Perdicas é levado a confiar à administração do jovem Filipe uma porção particular de seus domínios. Spêusipo lembrou, ao já poderoso Filipe, a quem este devia a origem de seu poder. São mais evidentes ainda os casos de Corisco e Erosto, discípulos de Platão, que se

mudam para Assas, na Eólida – Ásia Menor –, ligando-se intimamente ao dinasta Hérmias, de Atarneu. Temos a carta na qual Platão aparece como conselheiro dessa aliança e sabemos que, devido a ele e seus discípulos, Hérmias transformou a tirania numa forma de dominação mais branda e, por assim dizer, legal."

7. Werner Jaeger, *Aristóteles*, 1923, p. 18, também constata: "As muitas classificações das plantas e de outras coisas das quais nos fala o cômico Epícrates, e que pareciam ao mundo exterior a marca característica e o mais estranho na atividade dos acadêmicos (também a grande obra de Spêusipo, 'Semelhanças', tinha aparentemente por objeto uma dessas classificações), não foram levadas a cabo em decorrência de qualquer interesse por seu objeto, mas por amor ao conhecimento das relações conceituais, razão pela qual, aliás, surgiu outrora na Academia toda uma gama de livros intitulados 'classificações'. Na classificação das plantas visava-se em tão pouca medida a uma botânica quanto Platão, no *Sofista*, deseja proceder a uma investigação histórica acerca dos verdadeiros sofistas". "(...) uma reunião das ciências positivas só veio a ocorrer quando o conceito aristotélico de realidade já havia desalojado o conceito transcendente do Ser platônico" (p. 19). O conceito platônico do Ser transcendente não é, portanto, fundamento possível para o conhecimento científico, pois significa uma negação da experiência e, logo, da fonte de todo conhecimento científico. Na medida em que se volta exclusivamente para o Bem e o Justo – como em Platão e na Academia, sob sua influência –, ele é precisamente o contrário de um conhecimento "científico". "Esse conhecimento" – isto é, o conhecimento do Justo, acessível apenas à alma essencialmente aparentada ao Justo –, "e não a organização das ciências, foi a razão de ser da fundação da Academia platônica. E assim permaneceu até o final, como comprova a carta escrita por Platão na velhice: o objetivo é a convivência (συζῆν) dos escolhidos, que são capazes – tendo sua alma crescido no Bem e graças a seu talento espiritual mais elevado – de participar do conhecimento que 'afinal reluz' (...)" (p. 22) – ou seja, da visão mística do Bem. Segundo Jaeger, portanto, o que caracteriza a Academia é claramente uma meta religiosa. Por essa razão, não se entende muito bem quando ele afirma (p. 14): "A atitude do investigador puro – que diferencia Aristóteles do realismo socrático e do espírito reformador do jovem Platão – e o caráter abstrato de seu pensamento (que o opõe ao primeiro Platão, que dá forma artística às coisas) não são traços próprios exclusivamente da sua pessoa. Trata-se, antes, da atitude geral da Academia, à época em que Aristóteles era um de seus membros".

14. *República*, 546: "Para a raça divina, há um período delimitado por um número perfeito; para a humana, o número é o primeiro em que a multiplicação das raízes pelos quadrados, abrangendo três dimensões e quatro limites de elementos que causam a igualdade e a desigualdade, o desenvolvimento e a atrofia, torna todas as coisas acessíveis e suscetíveis de serem

expressas uma em relação à outra. Desses, a relação quatro por três (4:3), aliada a cinco, dá duas harmonias quando multiplicada por três, a primeira igual a um número igual de vezes, e cem vezes cem; a outra é em parte da mesma extensão, em parte mais longa: de um lado, de cem quadrados das diagonais racionais de cinco, menos um em cada, ou de cem quadrados de diagonais irracionais, menos dois; por outro lado, de cem cubos de três".

36. Em *Plato und die sogenannten Pythagoreer*, 1923, p. 107 e s., Erich Frank, que interpreta a filosofia de Platão como uma filosofia natural, vê na passagem do *Timeu* citada acima "a conclusão última da sabedoria platônica". Acerca dessa filosofia natural, porém, Frank é obrigado a admitir (p. 108) que, para ela, "a essência mais profunda da realidade revela-se no fenômeno moral, na consciência prática do 'agaton'". Isso significa, no entanto, que essa filosofia é voltada não para a natureza – enquanto realidade do acontecer –, mas para o valor moral, não sendo portanto uma filosofia da natureza, mas sim uma ética metafísica, Extremamente característico dessa interpretação de Platão é o fato de Frank, após haver explicado ser o "agaton" o essencial da filosofia platônica, afirmar: "O que seria verdadeiramente esse *agaton*, isso Platão decerto preservou-se de definir. Trata-se, para ele, do *mysterium summum*, do 'segredo eterno' – a revelação e o conhecimento supremos" (p. 109). Uma "revelação", porém, que Platão "preservou-se" de nos revelar, e um "conhecimento" que ele – se é que dele dispunha – "preservou-se" de nos dar a conhecer. Essa interpretação não hesita em expressar sua máxima satisfação por ser enganada, nem tampouco em admirar o grande filósofo por aquilo que ele calou: "E, de fato, onde quer que ele aborde esse princípio do *agaton*, em seus escritos, Platão se cala em respeitoso silêncio. Para ele, esse princípio ultrapassa toda compreensão humana e só pode divisá-lo nos raros momentos de êxtase místico" (p. 109).

40. Charles Singer, *Greek Biology and Greek Medicine, Chapters in the History of Science*, Oxford, 1922, p. 17, fala do "the great intellectual movement as a result of which the departament of philosophy that dealt with nature receded befor Ethics". Singer sustenta que Sócrates foi protagonista dessa "intellectual revolution". Todavia, esse movimento intelectual não foi uma "revolution" no sentido de um desenvolvimento progressista, mas sim uma manifesta reação. Sua meta era deter o progresso da ciência natural, que à época de Sócrates e Platão ensaiava seus primeiros e promissores passos. Sobre Platão, Singer afirma: he "gives us in the Timaius a picture of the depth to which natural science can be degraded in the effort to give a specific teleological meaning to all parts of the visible Universe. The book and the picture which it draws, dark and repulsive to the mind trained in modern scientific method, enthralled the imagination of a large part of mankind for wellnigh two thousand years. Organic nature appears in this world of Plato (...) as the degeneration of man whom the Creator has made

most perfect. The school that held this view ultimately decayed as a result of its failure to advance positive knowledge (...)".

F. C. S. Schiller, *Studies in Humanism*, 2. ed., 1912, p. 40, observa: "That the hellenic will to know scientifically gave out at this point is a fact which must certainly be connected most vitally with the appearance of the stupendous genius whom history knows only by his nickname, Plato". E (p. 42): "We must affirm, therefore, that Plato's anti-empirical bias renders him profoundly antisscientific, and that his influence has always, openly or subtly, counteracted and thwarted the scientific impulse, or at least diverted it into unprofitable channels".

41. Contudo, Ulrich von Wilamowitz-Moellendorff, *Platon*, vol. I, 2. ed., Berlim, 1920, escreve logo no início (p. 1) de sua grandiosa obra sobre Platão: "O caminho que ele trilha e ensina é o da ciência rigorosa. Foi ele quem deu origem a ela – ninguém senão ele". Para Wilamowitz--Moellendorff, no entanto, as fronteiras entre ciência e religião obliteram--se mutuamente. "A genuína ciência (...) faz pios os homens (...) ela necessita de um complemento, mas conduzirá ela própria ao complemento correto" (p. 254).

Também Konstantin Ritter, *Platon*, vol. I e II, Munique, 1910, julga apropriado ver em Platão um dos grandes fundadores das ciências naturais (I 7, II 321 e ss.).

É característico o posicionamento de Werner Jaeger nessa questão, em *Platos Stellung im Aufbau der griechischen Bildung*, "Die Antike", vol. IV, 1928, p. 1 e ss. Ele admite que a filosofia platônica tem por objetivo supremo não o conhecimento da realidade da natureza, mas o "conhecimento da norma verdadeira de toda aspiração"; admite, ademais, que seu fim último não é de forma alguma o conhecimento, mas a conformação do Estado e da sociedade (p. 167 e s.). Ainda assim, sustenta que o fator predominante no conceito platônico da φιλοσοφία é o do saber exato e que somente a partir de Platão é que a palavra foi adquirindo cada vez mais o significado de "ciência" (p. 162). Mas que "saber" possui, para Platão, o caráter da exatidão? Não o saber acerca da natureza, da realidade empírica, que compõe o objeto da nossa "ciência", mas o saber acerca do Bem – a ética. Ou seja: Platão crê (ou faz crer) ser possível um conhecimento exato dos valores porque, para ele, o conhecimento e o conhecimento do valor – que é o conhecimento do valor absoluto – são coisas idênticas. Como inexiste "conhecimento" que não seja o do Bem absoluto, o conhecimento exato precisa, deve existir; o Bem há de ser tão cognoscível quanto as verdades matemático-geométricas. Mas isso é, em Platão, mais do que um postulado paradoxal? Pode-se afirmar seriamente que ele conseguiu dar ao menos um único passo para o preenchimento dessa exigência? Sua especulação acerca do Bem e do Mal não caminha, na verdade, precisamente na direção oposta, visto que desemboca numa visão mística do Bem, elevado à condição transcendental de divindade? Werner Jaeger, *Aristoteles*, Berlim, 1923, p. 89 e s., constata muito corretamente que Platão crê ter atendido a essa exigência pela exatidão, ao proclamar Deus a medida de todas as coisas, pois Deus é-lhe "a medida de todas as medidas". Contudo, que exatidão é essa que estabelece o absolutamente desconhecido e – pressupõe-se – incognoscível como a medida para o conhecido e o cognoscível? Aristóteles, a duras penas, precisou libertar-se dessa "exatidão", para poder reaproximar-se de algo como uma ciência? Ante a evidente propensão da filosofia platônica a uma teologia mística, é lícito falar-se numa "preponderância do conhecimento científico na estruturação da educação em Platão", como faz Jaeger em seu ensaio sobre a posição de Platão na formação da cultura grega (*Platos Stellung* im *Aufbau der griechischen Bildung*, "Die Antike", vol. IV, 1928, p. 171)? Jaeger afirma a respeito (p. 172): "O que distingue a concepção platônica da ciência – nascida de sua vontade pelo Estado – da antiga investigação natural dos jônicos é precisamente a sua definição essencial como construção teleológica da cultura, sua relação com a vida como um todo. Ela não é uma contemplação desinteressada e distante das coisas onde mergulha o Eu humano que contempla, mas sim a organização espiritual da realidade sob o domínio de um valor supremo, o qual, como alvo, rege também toda a atividade humana. A filosofia fez-se aqui religião do espírito; é uma *vita nuova*, uma renovação dos valores. Não é mais uma mera manifestação apartada e parcial da vida, mas busca apreender e dirigir o processo da vida em sua totalidade". No entanto, uma "concepção de ciência" jamais pode brotar da "vontade pelo Estado", mas tão somente da vontade de conhecimento, como aquela contemplação desinteressada das coisas da qual Platão estava bem longe. A investigação jônica da natureza era ciência ou tomara, decerto, o rumo da ciência. Platão toma conscientemente a direção oposta. De fato, há "um insuperável abismo separando a ciência jônico-siciliana daquilo que Platão entendia por ciência", conforme afirma Jaeger em seu *Aristoteles*, Berlim, 1923, p. 16. Nessa mesma obra, o autor constata ainda (p. 24): "Do modo como Platão a entendia originalmente, a filosofia não é um campo de descobertas teóricas, mas uma reconstrução de todos os elementos fundamentais da vida". Isso é ética, especulação teleológica, e, enquanto tal – e no verdadeiro sentido da palavra –, uma reação à ciência. "A investigação da causalidade dos filósofos naturais – em si, uma forma do espírito inteiramente oposta ao pensamento pedagógico-teleológico de Platão – não é excluída qual uma oposição irreconciliável, mas inserida como componente auxiliar, como uma verdade parcial da contemplação teleológica do mundo, em si importante, mas não decisiva para a visão de mundo" (Werner Jaeger, *Platos Stellung* im *Aufbau der griechischen Bildung*, "Die Antike", vol. IV, 1928, p. 175) – e, precisamente dessa forma, desnaturalizada, degradada à condição de ideologia! "Organização" do mundo e "conhecimento" da realidade são duas atitudes fundamentais inteiramente diversas, sobretudo no âmbito do social. A filosofia platônica é, na verdade, "religião". Uma "religião do espírito"? Toda religião o é. "Com a filosofia platônica" – afirma Jaeger em *Aristoteles*, Berlim, 1923, p. 161 –, "a religião adentrou o estágio da especulação, e a ciência, o da criação de ideias religiosas." Pode, contudo, ser tarefa da "ciência" criar ideias religiosas? Pode-se aqui falar ainda seriamente em ciência? Com muito acerto, Jaeger observa de passagem que Platão tinha de parecer "aos homens da ciência de seu tempo um híbrido de poeta, mestre das virtudes, crítico e profeta" (p. 21). Mas somente aos homens da ciência de seu tempo? Não deve a nossa época importar-se mais em defender as fronteiras da ciência contra fantasias ético-religiosas, contra ideologias metafísicas?

É muito significativa a posição de Paul Shorey, *What Plato said*, Chicago, 1933. Shorey rejeita categoricamente o ponto de vista de que a filosofia de Platão seja "the antithesis of the scientific spirit" (p. 31). Não obstante, constata: "Democritos, perhaps the most eminent of Plato's contemporaries, and the antithesis of Plato in philosophy, is never mentioned by Plato" (p. 31). E Demócrito é um dos fundadores do que chamamos ciência!

52. *Carta VII*, 341c-342a. A não identificação de Platão com as concepções expostas em seus diálogos vai ainda mais longe na carta dirigida a Dionísio, escrita presumivelmente entre as suas segunda e terceira estadias em Siracusa (a assim chamada *Carta II*). Nesta, ele pretende dar alguns esclarecimentos ao tirano com relação ao "Primeiro" – ou seja, o absolutamente Bom ou a divindade –, mas antecipa que só poderá fazê-lo através de "alusões enigmáticas", a fim de que, caso a carta caia em mãos erradas, "o leitor não a entenda". Temendo que Dionísio tenha publicado ou tencione publicar algo do conteúdo dos diálogos que Platão manteve com ele sobre a essência do Primeiro, algo que se poderia tomar então pela doutrina secreta do próprio filósofo, Platão o adverte: "Cuida para que mais tarde não tenhas de arrepender-te por haveres divulgado levianamente essas noções. Isso se evita com maior segurança quando nada escrevemos, atendo-nos antes à nossa memória, pois o que se colocou no papel não escapará do destino da publicação". Isso significa, em termos bastante gerais, que nada se deve publicar sobre essas questões. Decerto, pode-se facilmente objetar que o próprio Platão publicou abundantemente seus escritos. Entretanto, ele crê poder responder a essa objeção com as seguintes palavras: "Por isso, eu mesmo nunca escrevi sobre essas coisas; não há nem jamais haverá um escrito de Platão. No que concerne aos escritos anexos, nada mais são do que obras de Sócrates – de um Sócrates belo e rejuvenescido" (*Carta II*, 314). Ainda que essa carta não seja autêntica, a passagem sobre a inadmissibilidade de uma publicação de sua doutrina está inteiramente de acordo com o que Platão diz a esse respeito na indubitavelmente autêntica *Carta VII*.

55. Erich Frank, p. ex., *Plato und die sogennanten Pythagoreer, 1923*, p. 94, defende o ponto de vista de que os diálogos de Platão seriam simplesmente uma apresentação "popular" de sua filosofia, "destinada a um público mais amplo". Sua verdadeira doutrina, uma mística dos números, ele a teria exposto em suas preleções. Frank (p. 365, nota 229) apoia-se em Simplício, *Física* A, 4p. 151, 6 cf. 453, 28 e 454, 17 (Diels), onde se relata que "Aristóteles, assim como Spêusipo, Xenócrates, Hestieu e Heráclides de Ponto, teria ouvido e anotado as preleções de Platão sobre o Bem, preservando o seu conteúdo para a posteridade. A ideia básica da doutrina exposta nessas preleções era a de que os princípios de tudo, até mesmo das ideias, são o 'Um' e a *dualidade indefinida*, aos quais Platão denominava o *grande* e o *pequeno*". Segundo Aristoxenus, *Harmonia* II, 5 marq., Aristóteles costumava começar suas preleções contando como reagia a maioria dos ouvintes às preleções platônicas "Sobre o Bem". Todos iam assisti-las acreditando que ouviriam algo sobre o que se considera ser a bondade humana. Quando, porém, se verificava que tais especulações giravam em torno da matemática e da aritmética, da geometria e da astronomia, e em torno ainda de o Bem ser o "Um", então as preleções pareciam a todos bem diferentes do que haviam esperado, e os ouvintes passaram pouco a pouco a escassear. Frank supõe que nessas preleções sobre o Bem "o sistema platônico era evidentemente ensinado em toda a sua inteireza".

Também A. E. Taylor, *Plato, The Man and his Work*, 1927, p. 10, é da opinião de que: "We must suppose that Plato's written dialogues were meant to appeal to the 'educated' at large and interest them in philosophy; the teaching given to Plato's personal associates depended for its due appreciation on the actual contact of mind with mind within the school and was therefore not commited to writing at all. As we shall see later on, this has had the (for us) unfortunate result that we are left to learn Plato's inmost ultimate convictions on the most important question, the very thing we most want to know, from references in Aristotle, polemical in object, always brief, and often puzzling in the highest degree".

Um estudioso tão importante quanto John Burnet chega ao ponto de afirmar que a maioria dos diálogos platônicos – sobretudo aqueles contendo a doutrina das ideias e a doutrina da alma, como o *Górgias*, o *Mênon*, o *Fédon*, o *Fedro* e a *República* – não reproduz de forma alguma a filosofia de Platão, mas sim concepções socráticas. Em sua obra *Platonism, 1928*, p. 1, Burnet declara Platão "in many ways the greatest man that ever lived, (...) the source of all that is best and of most importance in our civilization (...)". Ao mesmo tempo, porém, afirma: "(...) but the time has not yet come when it will be possible to show in detail how this is so, and it may be that it will never come completely". Platão "began as an artist rather than as a philosopher. After the death of Socrates, when Plato was nearly thirty years old, he wrote dialogue after dialogue, not so much to expound any views of his own as to picture as faithfully as he could the conversations of this master Socrates (...) But they [the dialogues] do not give us Plato's own philosophy; for that we must look elsewhere" (p. 13). "There are, in fact, two Platos, the youthful Plato who was a great dramatic genius and whose chief aim was to set before us a picture of Socrates as he was, and the older Plato, (...) who was the head of a school, with a philosophy of his own to impart." (p. 15) Em *Greek Philosophy*, Burnet escreve: "It is of the utmost importance to remember that Plato's real teaching was given in the Academy, and that even his later dialogues only contain what he thought fit to give to a wider public in order to define his attitude to other schools of philosophy". De acordo com essa teoria, não há apenas um Platão autor dramático e outro filósofo, mas há também dois filósofos diferentes um do outro: o Platão dos diálogos e o Platão da Academia. Deste, porém, sabemos muito pouco, e mesmo esse pouco é incerto, E assim prossegue, *ad absurdum*, essa apologia de Platão. Ela glorifica Platão como o maior dos homens que já viveram nesta terra e a cuja filosofia devemos o melhor de nossa civilização, mas tem de admitir que nada sabemos acerca da verdadeira filosofia desse homem!

72. Ante o fato de que a justificação da mentira útil desempenha papel importante na filosofia moral de Platão (cf. abaixo, 75 e ss.), decerto não se pode afirmar, como o faz Otto Apelt em sua introdução à tradução do *Hípias Menor*, Platons Dialoge, vol. III, p. 2, que, nesse diálogo, Platão "faz uma brincadeira" com o leitor. A verdadeira opinião de Platão encontrar-se-ia, segundo Apelt, no *Hípias Maior*, onde o "moralmente Bom" (p. 9) é declarado "o ponto de vista supremo e condutor de todo o nosso agir" (p. 9). Apelt, entretanto, é forçado a admitir que "a resposta que o *Hípias Maior* dá às dúvidas suscitadas pelo *Hípias Menor* também não se apresenta sem algumas 'farpas'"; isso dever-se-ia "à maneira irônica e brincalhona, tão característica dos primeiros diálogos platônicos" (p. 7).

Paul Friedländer, *Platon*, vol. II: "Die Platonischen Schriften", 1930, p. 146, expõe: "No *Hípias*, o filósofo pode exercitar a *pseudos* melhor do que o sofista. Contudo – há que se acrescentar –, ele somente a exercitará voltado para o Bem, para a verdade e para o que é". Estranha "verdade" essa, cujo instrumento é o engodo! E, no entanto, um engodo que tem por meta o "Bem" pode ser concebido, sem que haja aí uma contradição. Essa verdade nada mais é do que o Bem, a máscara noética do valor moral. Nesse sentido, Friedländer remete com muita propriedade a uma passagem do *Fedro* (262 B) onde Platão defende a tese de que, quem deseja enganar sem ser enganado, tem de conhecer a verdade, passagem na qual, ademais, ele contrapõe uma retórica mais elevada à dos sofistas: a retórica do verdadeiro filósofo, mais bem capacitada para o engodo do que a daqueles, uma vez que, ao contrário da retórica dos sofistas, conhece a verdade e a realidade. É importante aí o fato de Platão admitir o conhecimento da verdade e da verdadeira realidade como pré-requisito para o engodo. É lícito, pois, que o verdadeiro filósofo, aquele que melhor sabe enganar, o faça.

Diante dessa conclusão, é compreensível que vários intérpretes, como Theodor Gomperz, p. ex., *Griechische Denker*, 4. ed., 1925, p. 233, acreditem que Platão não fala sério ao sustentar a tese de que é melhor cometer voluntária do que involuntariamente uma injustiça. Ou Konstantin Ritter, *Platon*, vol. I, Munique, 1910, p. 305, o qual afirma que o próprio Sócrates não acredita no que diz. E, de fato, o Sócrates platônico não parece muito bem em sua argumentação. No conflito entre a verdade e a justiça, tampouco revela-se fácil para o próprio Platão posicionar-se incondicionalmente ao lado da última e contra a primeira. A afirmação de que o veraz e a impostura seriam, afinal, uma única e mesma coisa perde o seu caráter repulsivo – acredita Ritter (p. 308) – "quando há uma mentira necessária da qual nenhum filósofo pagão jamais duvidou; quando, portanto, e sob determinadas circunstâncias, a própria moralidade exige uma mentira ou um engodo". Isso, porém, só acontece quando a moralidade está acima da verdade.

101. Werner Jaeger, *Paideia*, vol. II, p. 305, afirma: "Segundo a teoria de Platão, por mais arguta que seja a inteligência, não tem acesso direto ao mundo dos valores, que, em última instância, é o que interessa à filosofia platônica. Na *Carta Sétima*, o processo de conhecer é descrito como um processo gradual que se vai desenvolverido ao longo da vida inteira e que faz a alma parecer cada vez mais com a essência dos valores que aspira conhecer". E em *Paideia*, vol. III, p. 284, lê-se: "Nesse sentido, o conhecimento revela-se afinidade essencial com o objeto. O humano e o divino apresentam-se em sua proximidade máxima. Mas a visão, que é a meta da 'assemelhação com Deus', continua um *arreton* para Platão".

102. Ernst Hoffmann, *Platonismus und Mittelalter*, 1926, p. 41 (O), observa: "(...) para Platão, todo ato de conhecimento é um ato de 'associação', como, de resto, o próprio princípio da afinidade [o de que o conhecimento só se dá entre assemelhados] parece também, em última instância, provir de uma concepção antiquíssima segundo a qual todo conhecimento apresenta uma união mágica de sujeito e objeto".

103. *Teeteto*, 176: "Cumpre, portanto, tentar-se fugir o mais rápido possível daqui para lá. A fuga, porém, consiste no fazer-se o mais semelhante possível a Deus; tomar-se semelhante a ele significa, contudo, tornar-se justo e pio, com base na correta compreensão". Já no *Fédon*, a fuga significa a morte, o evadir-se da alma "rumo ao que é da mesma natureza de sua essência" (80).

Não propriamente em total concordância com sua interpretação da teoria platônica do conhecimento, citada acima, Ernst Hoffmann, *Platon*, 1950, p. 30, adverte sobre o perigo de se "incorrer no velho erro de interpretar Platão com base na mística (...) A mística significa unificação da existência cindida, desencaminhada, distante de Deus, com o Um primordial; tem sempre por meta fazer-se *unio mystica*. É a serviço dessa meta que, na mística (cujo fundador entre os gregos é Plotino), tudo se coloca: a psicologia, a ética, a lógica e até mesmo a física. Esse conceito de unificação com o Um não apenas está ausente em Platão, como seria para ele um disparate". Hoffmann embasa esse ponto de vista na passagem do *Teeteto* (176) citada acima. A concepção contida em seu ensaio *Platonismus und Mittelalter*, ele pode apoiá-la no *Fédon*. A seguir, Hoffmann afirma: "O conceito da *unio* com o Um contradiz tanto o dualismo fundamental da noologia platônica (para empregar a acertada expressão de Kant), quanto seu conceito de Deus". Isso é, sem dúvida, correto. Precisamente a teoria platônica do conhecimento, porém, caracteriza-se pelo fato de, nela, a oposição entre os dois mundos apresentar-se ora como absoluta, ora como meramente relativa, cf. Introdução: O dualismo platônico, p. 68 e ss. e 75 e ss. E, no tocante ao conceito platônico de Deus, ele próprio já está em contradição com a doutrina das ideias, cf. Terceira parte: A justiça platônica, p. 410 e ss.

111. Mesmo não tomando em consideração a *Carta VII*, é forçoso chegar à conclusão de que há, nos escritos de Platão, duas diferentes teorias do conhecimento: uma segundo a qual o sensível é empecilho ao conhecimento verdadeiro, que só é possível mediante a exclusão de toda percepção sensível e "pela via do pensamento puro" (*Fédon, República*); e outra segundo a qual o sensível é condição fundamental para esse mesmo conhecimento (*Fedro, Banquete*). A maneira pela qual Ono Kluge, *Die aristotelische Kritik der Platonischen Ideenlehre*, 1905, p. 14, apresenta a doutrina platônica é típica da interpretação platônica usual: "Platão absolutamente não nega que, partindo da intuição sensível, possamos chegar ao conhecimento das ideias". Para afirmá-lo, Kluge reporta-se ao *Fedro*, 249. "Ele chega mesmo a caracterizar esse caminho como o habitual, adequado à natureza sensível do homem". Isso, entretanto, não é inteiramente correto – ou pelo menos não é tratando-se do *Fedro*. Nesse diálogo, o conhecimento das ideias é apresentado como reminiscência, como algo reservado apenas a uns poucos. Platão, contudo – prossegue Kluge –, "destaca sempre com a máxima ênfase que esse não é o caminho verdadeiro e original para o conhecimento das ideias, mas que, em nós, um certo conhecimento delas tem sempre de preceder a dedução dos conceitos a partir da intuição sensível, e que não se pode obter um conhecimento puro das ideias a partir dessa percepção sensível, mas somente quando o pensamento se afasta de toda percepção pelos sentidos, aprofundando-se em si mesmo (...) Esse conhecimento é a meta da dialética e não pode ser alcançado por nenhuma outra via". O "caminho habitual" rumo ao conhecimento das ideias, o "adequado à natureza sensível do homem", tem de partir da intuição sensível. Mas o conhecimento das ideias "não pode ser alcançado por nenhuma outra via" senão "quando o pensamento se afasta de toda percepção pelos sentidos".

Em outra passagem, Kluge afirma (p. 16): "Platão chega à admissão de dois gêneros daquilo que é: um invisível, que se encontra sempre no mesmo estado e que sempre é, jamais vindo a ser; e outro que é sempre vir a ser e jamais chega a ser". Ou seja: um "Ser" que "jamais chega a ser". Tais contradições na apresentação da filosofia platônica são inevitáveis, se não se deseja admitir que há em Platão duas doutrinas distintas que se contradizem uma à outra.

112. Aristóteles, *Metafísica*, 987a-987b: "Como Platão se familiarizara muito cedo – já desde a juventude – com Crátilo e com o pensamento de Heráclito, segundo o qual todo o sensível flui constantemente, não havendo ciência que o apreenda, também mais tarde ateve-se a esse mesmo pensamento. Dado, porém, que Sócrates ocupou-se das questões morais, deixando de lado a natureza – e, ao fazê-lo, procurou na ética o universal e dirigiu sua atenção primeiramente para as definições dos conceitos –, Platão rendeu-lhe o seu aplauso e julgou, baseado em Sócrates, que essas definições teriam outra coisa por objeto, não o sensível. Pois uma definição universalmente válida de uma coisa perceptível pelos sentidos seria impossível, considerando-se que as coisas mudam constantemente. Assim, Platão deu o nome de ideia a tudo quanto é e ensinou que as coisas sensíveis existem paralelamente às ideias, destas recebendo o seu nome, pois a multiplicidade das coisas que lhes são sinônimas existiria graças à sua participação nas ideias. A expressão 'participação', porém, somente trouxe à luz um novo termo. Para os pitagóricos, as coisas existem pela imitação dos números; para Platão, graças à participação – que nada mais é do que uma outra palavra. No que consiste efetivamente essa participação nas ideias ou essa imitação, essa investigação eles deixaram a cargo dos outros". Em *Metafísica*, 1086a-1086b lê-se: "Quanto às coisas perceptíveis pelos sentidos, eles [os defensores da doutrina das ideias] julgavam estarem em fluxo, nenhuma delas perdurando; já o universal existiria exteriormente a elas, sendo-lhes diverso".

Como já dissemos acima, foi Sócrates, com suas definições, quem os levou a isso; mas não apartava das coisas o universal, e estava certo em não fazer essa separação. Isso é o que resulta da questão em si, pois se sem o universal não se chega a ciência alguma, a separação do universal, por sua vez, é a causa das dificuldades de que padece a doutrina das ideias. Seus adeptos, porém, supondo que, havendo outras substâncias além das sensíveis, das que fluem, elas teriam de existir por si, não souberam entretanto apontá-las e, por essa razão, destacaram-nas genericamente como entidades autônomas, seguindo-se daí que as entidades universais e as individuais são aproximadamente as mesmas. Sobre a crítica de Aristóteles a Platão, F. C. S. Schiller, *Studies in Humanism*, 2. ed., 1912, p. 43, observa: "That he should assail the citadel of Plato's power, the theory of the 'Ideas', in which Plato had hypostasised and deified the instruments of scientific research and uplifted them beyond the reach of human criticism, evinced a sound strategic instinct. But in the end his spirit also proved unable to escape out of the magic circle of conceptual realism, which he renders more prosaic without making it more consistent or more adequate to the conduct of life. Indeed his analytic sharpness, by exaggerating into opposition the rivalry between practical and theoretic interests, which Plato had sought to reconcile in too intellectualist a fashion, probably contributed, much against his intentions, an essential motive to that allenation from scientific endeavour which marks the decline and fall of Greek philosophy".

113. Friedrich Brunstäd, "Logik", *Handbuch der Philosophie*, org. por A. Baeumler e M. Schröter, parte I A, 1933, p. 13, também caracteriza a doutrina platônica das ideias como "realismo conceitual". "Aquilo que é pensado conceitualmente torna-se, como ideia e num mundo metafísico paralelo ou superior, uma entidade que é em si. Daí resulta uma metafísica de substâncias imateriais num κόσμος νοητός. Esse é o κωοισμός da ideia, que Aristóteles tão fundamentalmente combate." James George Frazer, *The Growth of Plato's Ideal Theory*, 1930, p. 10, fala daquele "gigantic and yet splendid error [of Plato], which converted a true theory of knowledge into a false theory of being, which turned, in other words, logic into ontology".

114. A tese de que a virtude é saber frequentemente é compreendida como sintoma de um racionalismo ou intelectualismo radical. Precisamente em Platão, contudo, esse não é o caso, pois ele ensina também que só quem é bom pode conhecer o Bem. Entendendo-se o "saber" por conhecimento racional, ter-se-ia como resultado um círculo vicioso. Para Platão, no entanto, conhecer é função da alma divina. Conhecer e ser – pensar o Bem e ser bom – são idênticos somente para o divino. Nessa esfera do transcendente, inexiste aplicação para a lógica racional. Simone Pétrement, *Le Dualisme chez Platon, les Gnostiques et les Manichéens*, 1947, p. 85 e s., observa com muito acerto: "On croit souvent que la formule: 'la vertu est science' conduit à une sorte d'intellectualisme, qu'elle met le salut de l'homme à la portée de son intelligence: il suffit d'acquérir la science et l'on parviendra sûrement à la vertu. Mais si l'on cherche sur quoi repose cette formule, on voit qu'elle repose sur cette idée que celui qui fait le mal l'ignore, qu'il croit faire le bien. Or comment s'appliquerait-il à connaitre le vrai, quand il ne sait pas qu'il est dans l'erreur? La conséquence de cette idée n'est pas qu'il suffit de chercher la vérité, comme si c'était une chose facile, mais plutôt qu'on ne peut la chercher qu'à la condition de l'avoir. La vérité de Platon sera comme le Dieu de Pascal: 'Tu ne me chercherais pas si tu ne m'avais trouvé'".

126. Friedrich Brunstäd, "Logik", *Handbuch der Philosophie*, org. por A. Baeumler e M Schröter, parte I A, 1933, p. 15 e s.: "A ideia como σύνοψις de características ou qualidades comuns [ou seja, a ideia como conceito] liga-se ao portador da coisa [à coisa como portadora das características e qualidades] como substrato, παρουσία da ideia ou μέθεξις do substrato. Como

a coisa que se manifesta é o que é através da ideia que copia, atribui-se eficácia – no sentido de conceito substancialista de efeito – à ideia que essa maneira de pensar evidencia: a coisa é causa primordial de suas qualidades e manifestações (...)".

134. L. Lévy-Bruhl, *La Mithologie primitive*, Paris, 1935, p. 103; cf. tb. p. 18 e ss. A concordância entre a doutrina platônica das ideias e a mitologia dos primitivos chamou não somente a atenção de Wirtz, no caso dos nativos da Nova Guiné, mas também a de Lafitau, com relação aos índios da América, O missionário escreve (Joséphe François Lafitau, *Moeurs des Sauvages amériquains comparées aux moeurs des premiers temps*, 1724, 1º vol., p. 360): "(...) ils croyent que chaque espece a dans le Ciel, ou dans le païs des Ames, le Type & le modele de toutes les autres, qui-sont contenuïs dans cette espece: ce qui revient aux idées de Platon". Sobre os iroqueses, E. Crawly, *The Idea of the Soul*, 1909, p. 156 (apud J. N. B. Hewitt, "The lroquoian Concept of the Soul", *Journal of American Folklore*, VIII, p. 107): "Each man has an *oiaron*, a tutelar spirit or fetish, selected from the animal world. Every species of animal and plant has in the spirit-world a type or model for that species, larger and more perfect than any single member. This is sometimes called 'the ancient' or 'the old one' of the race. This prototype was the *oiaron* of the species". Cf. tb. Crawley, p. 157 e 186. Também nessa forma original do mito primitivo mostra-se a conexão interna entre a doutrina das ideias e a crença na alma. As ideias – causadoras e modelos primordiais das coisas – são as almas dos antepassados mortos; são pois as almas dos mortos que, reencarnadas, vivem no homem como sua alma da vida, sua melhor porção, ou (seu) espírito protetor, vivendo, assim, no interior ou acima dos demais objetos e conferindo-lhes sua qualidade específica.

Lembra também o dualismo platônico de ideia e realidade o que Heinrich Vedder, *Die Bergdama*, 1923, vol. I, p. 99, relata sobre a concepção que têm os bergdama da relação entre o Aqui e o Além. É somente porque Gamab, o chefe do Além, dispõe da caça e dos animais que "pode haver animais também na terra". E é unicamente porque há frutas do campo e árvores frutíferas no Além que pode havê-las na terra. O Aqui é uma cópia do mundo de Gamab. Cf. a respeito Richard Thurnwald, "Primitives Denken", *Reallexikon der Vorgeschichte*, org. por Max Ebert, vol. X, p. 312.

137. O dualismo de ideia e realidade – que, em essência, coincide com o da alma e do corpo – encontra-se também na mitologia dos eveus. Assim como os Marind-anim, esses nativos da costa ocidental da África são incapazes de conceber a geração a partir do nada, e do mesmo modo como aqueles explicam o mundo em função da transformação de seus antepassados, acreditam que o céu e a terra nasceram quando, "em alguma época, deixaram a escuridão do não visível para adentrar a esfera do visível". Jacob Spieth, "Die Religion der Eweer in Süd-Togo", *Religionsurkunden der Völker*, org. por J. Boehmer, parte IV, vol. II, Leipzig, 1911, p. 4. "Antes disso

[de tornar-se visível, isto é, do nascimento], o céu, a terra, as plantas, os animais e os homens estavam no reino do invisível, razão pela qual existiam sob uma forma não material, mas espiritual. O mundo invisível, porém, continua existindo, tendo-se apenas revestido da matéria sólida. Em contraposição à porção visível do mundo, ele é encarado como portador da vida. Onde ele não existe está *Ku*, a morte, ou *Kodzogbe*, o terreno, o visível. Morrendo o visível, a porção corpórea de fato sucumbe à morte, mas não a espiritual. Esta continua existindo e, em algum momento, é revestida do visível (*Kodzogbe*). Assim é que, para os eveus, falar da 'vida' ou da 'alma' de um objeto significa exatamente a mesma coisa." Esse dualismo ontológico de dois mundos – um dos quais (o invisível, espiritual) não apenas precede temporalmente o outro (o visível, material), como também existe espacialmente, por assim dizer, em seu interior, de modo que este participa daquele – assemelha-se ao platônico não apenas pelo fato de o ideal corresponder ao Ser (isto é, à vida) e o material, ao Não-ser (ou seja, à morte), mas também porque esse dualismo ontológico possui ao mesmo tempo um caráter ético e, exatamente por isso (como em Platão), transforma-se, como oposição entre ideia e realidade, na oposição entre valor e realidade. Em relação ao mundo visível e material, o espiritual e invisível representa uma esfera ideal; o primeiro é simplesmente uma repetição imperfeita do segundo. O mundo espiritual apresenta-se não apenas no interior do material, como também acima dele. A preexistência do mundo das ideias (ou seja, do mundo das almas) em relação ao mundo da realidade – uma preexistência que é, ao mesmo tempo, imanência do mundo das almas na realidade – espelha-se na crença na preexistência especialmente da alma humana, crença que, em essência, apresenta as mesmas características tanto para os eveus quanto para Platão. "Já antes de adentrar o mundo visível o homem possuía existência pessoal no mundo das almas, e, aliás, sob condições idênticas às dos homens na terra. De lá, provido de instruções e enfrentando as maiores dificuldades que se pode conceber, ele vem para o Aqui. Neste mundo, escolhe sua mãe e, após o nascimento, é recebido com sacrifícios por seus parentes, particularmente quando o sacerdote verifica no recém-nascido alguma semelhança com qualquer de seus antepassados (...)" (p. 11 e s.). A alma preexistente é a alma de um antepassado morto que se transforma em alma da vida do descendente. "A missão do homem consiste em fazer aqui o que fez e lhe era próprio. Se lá a alma era casada, e se aqui o homem não obtiver a mesma mulher que tinha na morada divina, não terá paz até que volte a obter a mulher que tinha lá. Se, no mundo das almas, tinha filhos, gerará aqui novamente os mesmos filhos que lá foram seus. Se trabalhava, o mesmo trabalho que fazia lá terá de fazer aqui. Quem não obtiver aqui o mesmo trabalho que tinha no mundo das almas jamais terá paz (...), pois o que o homem é aqui já foi lá (...) Mas existem ações cuja peculiaridade o homem não trouxe consigo da morada das almas. Dentre elas, todas as praticadas com o deliberado propósito de prejudicar os outros." "Toda ação humana que traz desgraça a alguém é má" (p. 232 e s.). O Mal, portanto, certamente tem seu lugar no mundo real, mas não no ideal. Da mesma forma, todos encontram neste último (mas não no primeiro) o que lhes convém e, assim, a sua paz e a felicidade. O mundo real almeja, pois, igualar-se ao ideal, mas não consegue alcançar completamente essa sua meta imanente. Todos procuram a mulher certa e o trabalho certo, mas nem todos encontram. Tem-se aqui – numa forma algo mais ingênua – as doutrinas platônicas das ideias e da alma. A conexão entre ambas mostra-se aí com particular nitidez. É óbvio, portanto, que esses negros africanos – exatamente como Platão, em sua doutrina da preexistência da alma – concebem o caminho da alma desde o Além até o Aqui, desde o mundo da ideia (a "morada das almas", nas palavras do missionário Spieth) até o mundo da realidade, como uma queda das alturas da felicidade e da paz no abismo do sofrimento. Eles acreditam, pois, que a alma tem muito a sofrer em seu caminho rumo ao mundo do visível (p. 227).

185. Ludwig Edelstein, "The Function of the Myth in Plato's Philosophy", *Journal of the History of Ideas*, vol. X, nº 4, 1949, p. 463 e ss., acredita poder distinguir duas espécies de mitos nos diálogos platônicos:

"Now there are two groups of stories in the dialogues that in Platonic terminology can be classified as myths: those dealing with an account of the creation of the world and with an account of the early history of mankind, and those that deal with the fate of the soul before and after this life and have a bearing not on metaphysics or science but rather on ethics." Essa distinção não se sustenta, pois na filosofia platônica não é possível separar, da ética, a metafísica e a ciência. O "conhecimento científico" é a dialética, e o alvo desta é o conhecimento da ideia transcendente do absolutamente Bom. Para Platão, a ciência é metafísica, e sua metafísica é, fundamentalmente, ética. Isso se evidencia no mito da criação do *Timeu*. A criação do mundo é função do demiurgo, o qual, por sua vez, é a personificação do Bem. E, nesse mito, o destino da alma desempenha papel decisivo. Conta-se ali que, segundo o plano do demiurgo, cada estrela recebeu uma alma humana, que tais almas nasceram primeiramente como homens e as que levaram uma vida injusta assumiram, em seu segundo nascimento, a natureza da mulher (41 e s., 90). A seguir, lê-se: "Após haver ele (o demiurgo) ditado todas essas leis, a fim de isentar-se a si próprio de qualquer culpa por sua futura maldade, transplantou-as em parte para a terra, em parte para a lua e em parte para os outros instrumentos do Tempo. Tudo o mais que cumpria fazer após esse transplante, o demiurgo pôs nas mãos dos deuses jovens: a estes cabia conformar os corpos mortais, bem como fazer tudo o que ainda restava por fazer na formação da alma e em tudo o mais que a isso se liga, para, então, assumirem o comando e prepararem os caminhos para a criatura humana tão bem e tão acertadamente quanto possível, de modo que o

demiurgo não fosse o culpado por sua infelicidade" (42). Mais adiante, fala-
-se em duas espécies de almas humanas, uma boa e outra ruim, a "morada
de estímulos perigosos e inevitáveis, abrigando primeiramente o prazer – o
grande sedutor a serviço do Mal –, depois, a dor – que afugenta o Bem (...)"
(69). Não se pode negar que esse mito metafísico da criação, bem como
toda a filosofia platônica – e, particularmente, sua doutrina da alma –, é
indissoluvelmente ligado à ética.

187. Ernst Cassirer, *Philosophie der symbolischen Formen*, 2º parte: "Das mytische Denken", 1925, p. 5. Na medida em que Platão contrapõe o conhecimento do Ser transcendente, como instrumento cognitivo da razão, ao conhecimento da realidade empírica – enquanto função do pensamento mítico –, inverte inteiramente as coisas. Aquilo que, de um ponto de vista não metafísico, é objeto tão somente do mito – ou seja, o mundo do Além –, Platão o toma, como afirma Cassirer, por "ciência rigorosa"; e aquilo que, desse ponto de vista, é objeto da ciência rigorosa, para Platão é o mito. E, no entanto, esse mito possui para Platão um conteúdo de verdade. Nesse sentido, é correto o que Vittorio D. Macchioro, *From Orpheus to Paul*, 1930, p. 177, diz acerca do mito na filosofia platônica: "In Plato's mind myth and truth are one and the same thing. Myth relates to another world quite different from this earthly world but by no means less real and actual. In other words, myth is not for him, as for us, the product of imagination, but a way to truth, a means for attaining knowledge". – Também W. K. C. Guthrie, *Orpheus and Greek Religion*, 1935, p. 239, defende o ponto de vista de que, através de seus mitos – e particularmente dos mitos órficos por ele retomados –, Platão pretende apresentar uma "verdade": "It is a part of his [Plato's] greatness to have confessed that there are certain ultimate truths which it is beyond the powers of human reason to demonstrate scientifically". É de fato dessa natureza a verdade de uma das mais importantes conclusões da filosofia platônica! "Yet we know them to be true and have to explain them as best we can. The value of myth is that it provides a way of doing this." (...) "Examples of these mysteries are free will and divine justice, and in speaking of these Plato makes free use of the Orphic myths." Dizer que, através desses mitos, Platão apresenta uma "verdade" irracional é, por certo, mais correto do que tentar provar, como o faz Ludwig Edelstein, "The function of the myth in Plato's Philosophy", *Journal of the History of Ideas*, vol. X, nº 4, 1949, p. 467, que: "Reason to Plato is supreme; myth is subservient to reason"; "But never does he [Plato] acknowledge a truth that reason cannot grasp, that lies beyond its reach, because reason is 'fragmentary'. The myth, shaped in accordance with reason, brings to the realm of the passions the light of the intellect (...)" (p. 477). Mas Edelstein, por outro lado, admite que "Plato holds indeed that human reason is limited" (p. 471) e que "(...) the ethical myth is rooted in man's irrational nature, and it cannot be banished from philosophy because both these parts of the human soul

must be equally tended by the philosopher" (p. 474). "The ethical myth, then, is an addition to rational knowledge; it does not take the place of rational knowledge, as do the historical and scientific myths. It is a superfluity of riches, as it were. On the other hand, it is true, the ethical myth, too, transcends knowledge" (p. 473). Edelstein não pode negar (p. 473) o que Platão diz sobre o mito ético da alma no *Fédon:* "It would not be fitting for a man of sense to assert that all this is exactly as it has been described (*Phaedon*, 114D)". Aparentemente, porém, segundo Edelstein, o mito só transcende o conhecimento racional ao descrever o Além: "What is certain is (...) that there is life after death and previous to life" (p. 473). Se é uma verdade racional a afirmação de que, antes do nascimento e após a morte do homem, a alma existe e tem vida eterna, então o mito platônico da alma é, de fato, "subservient to reason"; essa "reason", entretanto, nada tem a ver com a razão científica. Sobre o mito da criação do *Timeu*, Edelstein afirma que, na medida em que ele demonstra como Deus está presente na história ("how God is present in history", p. 468), seu relato é "verdadeiro" ("is the account truthful", p. 468). "On the other hand, the manner in which the eternal is embedded in natural phenomena and human deeds can only be surmised by man". E, com relação ao mito do Político, Edelstein diz: "Certain is only this much, that God, looking up to ideas, created the cosmos, that there was divine guidance of mankind in the past and that some day it will be restored" (p. 468 e s.). Edelstein claramente supõe tratar-se de verdades racionais as afirmações de que Deus está presente na história, de que criou o mundo segundo o modelo das ideias e de que a humanidade é conduzida por ele. Se isso é correto, então a *ratio* ou razão capaz de apreender essas "verdades" certamente não é a razão da ciência. No entanto, é precisamente isso que o próprio Platão entende por razão, quando afirma que, pela via da razão, pode-se chegar à visão da ideia transcendente do absolutamente Bom; e o faz sem ver qualquer contradição com afirmar, ao mesmo tempo, que essa ideia está além do Ser e do pensar, podendo-se divisá-la somente pela via de uma experiência mística. Que, em Platão, a verdade do mito não é uma verdade racional ou científica, constatou-o já Eduard Zeller, *Die Philosophie der Griechen in ihrer geschichtlichen Entwicklung*, 5. ed., 1922, parte II, P seg., p. 580 e s.: "Em resumo, os mitos platônicos apontam quase sempre para uma lacuna no conhecimento científico: aparecem nos pontos em que ele tem algo a expor que reconhece como real, mas cuja comprovação científica ultrapassa as suas possibilidades". Zeller crê (p. 581, nota 1) que "o próprio Platão o sugere, em seus mitos escatológicos (*Fédon*, 114D, *Górgias*, 523A e 527A), além de, no Timeu, 29D e *59C*, falar em εἰ κὼς μὐθος".

264. Olivier Reverdin, *La Religion de la Cité Platonicienne*, 1945, p. 243 e s., remete ao ensinamento platônico segundo o qual "les hommes ne naissent pas égaux. Il existe entre eux des différences de valeur et de capacité.

Les uns son prédestinés au gouvernement, les autres à une rôle subalterne. Et, tandis que les premiers parviennent à la connaissance parfaite du Bien, du Beau et du juste, les seconds en demeurent plus ou moins éloignés". "Que si, en effet, les hommes diffèrent tant les uns des autres quant à leurs dons moraux et spirituels, il serait illusoire de leur proposer à tous la même religion. D'où la distinction que fait Platon – implicitement ou explicitement – entre celle du sage et celle de la cité." Reverdin, é certo, afirma que essas religiões não se contradizem, seriam "deux degrés d'une meme initiation". Mas suas observações são pouco convincentes.

272. Id., 212; cf. tb. *Timeu*, 90: "Mas quem dirigiu todo o seu esforço para o enriquecimento do seu saber e a aquisição do verdadeiro conhecimento, tendo mantido sobretudo essa porção de suas faculdades anímicas em intensa atividade e apreendido a verdade, tem de abrigar em si pensamentos imortais e divinos; tanto quanto é possível à natureza humana ser imortal, a imortalidade não lhe faltará". No *Político* (309), Platão distingue uma porção "mortal" e uma "porção imortal da alma", e, numa passagem das *Leis*, equipara inteiramente corpo e alma no tocante à imortalidade. Afirma (904) que "alma e corpo são, de fato, tão imperecíveis quanto os deuses reconhecidos pelo Estado, pois, perecendo um dos dois, seria impossível a geração de seres vivos, mas não eternos". Não obstante, em outra passagem dessa mesma obra, ele mantém a doutrina da imortalidade da alma. Assim, afirma (927) que, "após a morte, as almas dos mortos ainda têm um certo poder de interferir nos assuntos humanos. Poder-se-ia mesmo comprová-lo, mas essa comprovação exigiria um tempo demasiado longo. Há, no entanto, outras confirmações desse fato, às quais tem-se todos os motivos para dar crédito: vejam-se as muitas e antiquíssimas lendas a respeito, bem como o aval dos legisladores, aos quais não se há de inculpar de leviandade". E em *Leis*, 959, vê-se: "Não é lícito negar ao legislador o mais mínimo crédito, nem à sua garantia de que a alma é algo inteiramente diverso do corpo". Isso não se descarta simplesmente como uma contradição à redação precária dessa obra publicada postumamente, pois também aqui apresenta-se uma possível dupla verdade, com a qual Platão constantemente opera. Cf. tb. *Leis*, 721, onde a reprodução é interpretada como imortalidade. Veja-se, por fim, a passagem do *Fedro* (246) citada acima, na qual, em conexão com a definição da alma como movimento próprio, sugere-se a noção de uma alma universal que apenas passageiramente se individualizaria no homem, não admitindo, pois, qualquer imortalidade individual, que, no *Fédon*, Platão comprova a partir da participação da alma individual na ideia da vida. Ernst Hoffmann, *Platon*, 1950, p. 105 e s., nega que haja contradição entre a doutrina das ideias do *Fédon* e do *Fedro*. Hoffmann pondera: "Ao contrário do que antes era frequente supor, o *Fédon* e o *Fedro* não se contradizem. É grande, porém, o passo que vai do conceito da alma genericamente caracterizada como apenas participante na ideia da vida

até a alma definida como movimento próprio, constituindo o 'princípio' de todo e qualquer movimento, Somente após esse passo a alma está *definida*. O que mudou? O conceito de alma expandiu-se do psíquico-individual para o psíquico-cósmico. No *Fédon*, trata-se ainda da alma como princípio da vida do ser animado isolado; no *Fedro*, a alma já é o princípio do movimento próprio do mundo como um todo. (...) de acordo com a sequência de suas obras hoje estabelecida, podemos dizer que, muito provavelmente, Platão chegou à nova definição de alma pela via de sua concepção cada vez mais ampla da natureza do *conhecimento* que é próprio da alma sensata". Ou seja, Hoffmann tenta eliminar a contradição supondo um desenvolvimento da filosofia platônica. Contudo, a alma imortal individual do *Fédon*, na qual se cumpre a paga no Além, é tão completamente diversa da alma que se individualiza passageiramente no homem – como princípio do movimento próprio manifestando-se também no ser humano –, que não há como supor um desenvolvimento levando de um ao outro conceito.

273. Gustav Teichmüller, *Studien zur Geschichte der Begriffe*, 1874, p. 110 e ss., e *Die platonische Frage*, 1874, passim, defendeu com veemência o ponto de vista de que Platão não expressa sua verdadeira opinião sobre a imortalidade da alma individual, mas a apresenta somente em função de propósitos político-pedagógicos. Teichmüller demonstra – e não é difícil percebê-lo – que a doutrina da imortalidade da alma individual é incompatível com a doutrina das ideias. Diz que, segundo esta, a multiplicidade individual pertence apenas ao mundo sensível, que é o mundo do nascer e do perecer, dentro do qual não pode haver imortalidade alguma; e sustenta, ademais, que como eternidade a imortalidade só é concebível na esfera das ideias, que é uma esfera da universalidade. "A ideia é eterna, e o que é eterno é ideia. Se a alma individual deve ser eterna, tem de haver uma ideia da alma individual. Mas onde se pode encontrar tal ideia em Platão?" (*Studien zur Geschichte der Begriffe*, 1874, p. 112). É inteiramente acertada a sua constatação de que "o individual não é eterno, assim como tampouco os princípios eternos são individuais" (p. 142). Naturalmente, Teichmüller não pode negar que Platão está sempre falando com grande ênfase na imortalidade da alma individual e que no *Fédon*, 114, afirma estar ela "acima de qualquer dúvida". Essa afirmação, porém – assim ele interpreta o filósofo –, Platão a faz com o propósito único de, "em adição à ortodoxia religiosa, conferir ao esforço pela virtude também o estímulo patológico que todas as religiões empregam com relação à massa dos homens: isto é, a partir da perspectiva de recompensa e punição no Além, fazê-los mais dispostos a se submeterem aos preceitos da filosofia" (*Die platonische Frage*, 1874, p. 2). No conjunto da filosofia platônica, ter-se-ia de entender a doutrina da imortalidade da alma individual tão somente como uma "estória" que Platão conta à grande massa dos homens, da qual não se pode esperar que compreenda a "pura verdade" (p. 3 e s.). Teichmüller acusa Zeller

de haver "levado a sério o fabular platônico sobre as almas individuais no Hades, embora tais concepções estejam em oposição frontal com os princípios do sistema [platônico]" (p. 49). A existência de tal sistema livre de contradições, ou a possibilidade de extraí-lo dos escritos de Platão, é o que Teichmüller pressupõe. Ele coloca a interpretação da filosofia platônica diante das seguintes alternativas: considerar a doutrina da imortalidade da alma individual como algo que o próprio Platão não levava a sério, mas expôs unicamente em função de propósitos político-pedagógicos – o que significa considerar essa doutrina como não pertencente à filosofia platônica; ou transformar Platão "de um filósofo em um homem de boa índole, fraco e supersticioso, que em questões religiosas reprime suas convicções científicas e, com o *sacrificio dei intelletto*, submete-se às palavras misteriosas e inacreditáveis da velha tradição sacerdotal" (p. 3) – o que significa não tomar Platão "por um filósofo do qual seja lícito esperar uma doutrina coerente" (p. 24). Não há dúvida de que essas alternativas existem. Contudo, diante do fato de que Platão não colocou nenhuma outra de suas doutrinas em primeiro plano com tanto vigor precisamente quanto à imortalidade da alma individual, uma interpretação objetiva e não apologética a todo custo dos escritos platônicos tem, necessariamente, de chegar à conclusão de que a segunda alternativa – rejeitada por Teichmüller com indignação – não está absolutamente fora de cogitação. Tampouco se há de ignorar que, se hoje – como admite Teichmüller – é visto como "o maior filósofo do mundo antigo" (p. 1), Platão conquistou essa posição primeiro porque nenhum outro filósofo da Antiguidade exerceu influência tão decisiva sobre a filosofia do nosso tempo e porque essa influência advém justamente daquela porção da filosofia platônica que Teichmüller quer descartar como "estória" – ou seja, da doutrina da imortalidade da alma individual, que encampada pelo cristianismo tornou Platão "imortal". Rejeitando essa doutrina como não platônica, Teichmüller é obrigado a repelir também a teoria platônica do conhecimento, a doutrina da *mnemosine*. "A rememoração não é em nada (...) mais científica do que a imortalidade. Ela pertence igualmente ao variegado colorido da mitologia", ou, como afirma Teichmüller em outra passagem, ao "gabinete platônico de curiosidades" (p. 7 e 24).

Teichmüller parte da premissa mais do que discutível de que "Platão deseja explicar o mundo real" (IX), quando se sabe que, em sua concepção original, a doutrina das ideias tem como objetivo negar a realidade deste mundo. No entanto, Teichmüller tem de fazer essa suposição contrária à doutrina platônica das ideias, pois sua interpretação visa "eliminar as contradições de Platão em suas raízes" (VIII). Ele vê apenas a contradição entre a doutrina da alma e a das ideias. Não menores do que esta, contudo, são as contradições no interior da própria doutrina das ideias, tendo levado já muitos intérpretes a supor que Platão a teria simplesmente abandonado. Tentando-se eliminar as contradições em Platão, não é muito o que sobra de sua filosofia. As contradições são um elemento essencial de sua "filosofia", que não é uma filosofia científica, mas uma ideologia metafísico-religiosa, ético-política e, portanto – como toda ideologia dessa natureza –, repleta de contradições, porque não voltada para a explicação da realidade empírica. Pode-se em tão pouca medida eliminar as contradições na filosofia platônica quanto as do dogma da trindade ou da teodiceia da teologia cristã. Não é por acaso que Hegel – que consciente e expressamente apresenta sua filosofia da história como teodiceia – inventou uma "dialética" cuja função essencial consiste em livrar da contradição o princípio lógico, em transformar a contradição de um defeito em uma vantagem, ou seja, em fazer da necessidade uma virtude. Cf. Hans Kelsen, *Political Theory of Bolshevism*, 1949.

280. Karl Raimund Popper, *The Open Society and its Enemies*, vol. I: "The Spell of Plato", 1962 (Θ), nega que Platão tenha um conceito pragmático da verdade, que declare "verdadeiro" o que é útil a seu Estado ideal, pois admite serem mentiras as suas "noble lies", e não verdades. Decerto, Platão não é um pragmático no sentido de simplesmente identificar a verdade com a utilidade. Contudo, opera com duas verdades, uma das quais tem esse caráter pragmático. Considerando-se as provas apresentadas acima, não se pode negar que, em algum sentido, aquilo a que Platão chama uma mentira útil ou salutar é, para ele, "verdadeiro".

284. *República*, 509. Não obstante, em *República*, 532, Platão afirma que, "por meio da arte da dialética, graças ao pensamento puro", não se poderia apreender a essência do Bem "mediante a mera atividade racional" e que esse caminho do conhecimento "conduz à visão do melhor dentre tudo quanto é", o que significa que a ideia do Bem está na esfera daquilo que é. Cf. a respeito Werner Jaeger, *Paideia*, vol. III, p. 7, 378.

285. A doutrina da "dupla verdade" desempenha um papel altamente significativo nas filosofias medieval e renascentista. É a doutrina segundo a qual pode ser verdadeiro *secundum rationem et philosophiam* algo que, *secundum fidem et theologiam* não é verdadeiro e vice-versa, de modo que uma única e mesma coisa pode ser considerada ao mesmo tempo verdadeira e não verdadeira. Assim, a afirmação de que o mundo foi criado por Deus era reconhecida como teologicamente verdadeira, mas, ao mesmo tempo, declarada filosoficamente não verdadeira, pois, do ponto de vista filosófico, uma criação a partir do nada é em si contraditória, de forma que o mundo, tanto quanto Deus, teria de ser eterno. É certo que, primeiro, a doutrina da dupla verdade foi defendida pelos filósofos para protegê-los de ataques da Igreja, mas também no honroso esforço de fazer justiça ao valor moral da religião. Cf. Max Maywald, *Die Lehre von der zweifachen Wahrheit*, 1868.

É lícito supor que a filosofia platônica não deixou de ter influência sobre essa doutrina da dupla verdade. Ela remonta ao filósofo árabe Averróis

(Ibn Roschd, 1126-1198), que, em sua obra "Harmonie der Religion und Philosophie", *Philosophie und Theologie von Averroës*, trad. do árabe por Marcus Joseph Müller, Munique, 1875, explica: nós, muçulmanos, estamos convencidos de que nossa "lei divina" – isto é, a religião proclamada pelo profeta Maomé – corresponde à "verdade" (p. 6). Como a religião corresponde à verdade, "nós, muçulmanos, sabemos que a especulação demonstrativa [*i.e.*, filosófica] não implica contradição com o que contém a lei [a religião], pois a verdade não pode contradizer a verdade, mas, pelo contrário, coincide com ela e dela dá testemunho" (p. 7). Averróis admite, entretanto, que o enunciado da lei pode estar em contradição com o resultado da especulação filosófica. Sendo esse o caso, ter-se-ia de eliminar a contradição através da "interpretação", tomando-se o que diz a lei por uma expressão meramente figurada da verdade. De resto, haveria "coisas na religião cujo verdadeiro sentido não se pode ensinar a todos os homens", "coisas que só se pode comunicar aos que delas são dignos" (p. 9 e 10). "No que concerne às coisas que, em razão de sua obscuridade, só se conhece mediante demonstração, Deus teve misericordiosa indulgência para com os homens aos quais é vedado o caminho da demonstração (seja por sua disposição natural, por seus hábitos ou por não disporem dos meios para ensinarem a si mesmos), cunhando-lhes imagens e metáforas e capacitando-os a tomar por verdadeiras essas metáforas, uma vez que nelas, graças às comprovações comuns a todos, pode apresentar-se o verdadeiro" (p. 14 e s.). Entretanto, somente com uma restrição altamente significativa é que se pode admitir a "interpretação" dos princípios do Alcorão que, como expressão meramente figurada da verdade, contradizem as conclusões da filosofia. Tais interpretações só podem ser expostas "nos livros escritos com o auxílio do método demonstrativo [ou seja, nos escritos filosóficos], pois, constando elas dos livros demonstrativos, não as lerão os não afeitos às demonstrações" (p. 17), ou seja, os não filósofos, a grande massa inculta do povo. Esta tem de acatar a religião segundo o que reza expressamente a escritura sagrada: "Aquele, porém, que não é um homem da ciência tem de tomá-la pelo que afirma: uma interpretação significaria descrença da sua parte, pois é à descrença que ela conduz" (p. 17).

É "dever dos eleitos interpretar e obrigação da grande massa aceitar o que está dito (...), pois esta, por sua disposição natural, não é capaz de ir além disso (...) é-lhe absolutamente vedado tomar conhecimento daquelas interpretações". Ou seja, para essa classe de pessoas, a religião é literalmente verdade, e verdadeiro é o enunciado da sagrada escritura; já para o filósofo, verdadeiro é o que resulta de sua especulação demonstrativa, sendo-lhe permitido tomar o enunciado da escritura sagrada como simples expressão figurada da verdade por ele encontrada. Têm-se aqui duas verdades. É essencial a distinção de duas classes de homens: os "homens da ciência" – os filósofos – e os "não afeitos às demonstrações" – a grande massa dos incultos. Essa oposição social é a base da doutrina averroísta da dupla verdade. Tem-se aí a típica oposição platônica entre o filósofo e o leigo, não filósofo.

J. Rosenfeld, *Die doppelte Wahrheit, mit besonderer Rücksicht auf Leibnitz und Hume*, Berna, 1913, p. 24, nota que a doutrina da dupla verdade de Averróis corresponde inteiramente às condições sociais da cultura árabe. A ciência árabe movera-se no interior de círculos bastante fechados e, como um corpo estranho, jamais tivera contato adequado com a massa do povo. Sob tais condições, foi possível o aparecimento da doutrina segundo a qual o que é verdadeiro para o homem da ciência pode ser falso para a massa, podendo o filósofo ver as verdades da massa como falsas; e segundo a qual a religião positiva é uma necessidade indispensável e uma fonte da verdade para a massa do povo, enquanto o homem da ciência é capaz de, na filosofia e por meio da razão, conhecer a verdade plena. Exatamente como Platão – a quem recorre em outro contexto –, Averróis compara o legislador (ou seja, o fundador da religião) a um médico que, através da religião, deseja trazer saúde à alma dos homens. "Ou seja, o médico está para a saúde do corpo assim como o legislador está para a saúde das almas (...) A essa saúde chamamos temer a Deus." Em seguida Averróis cita o Alcorão, e dentre outras passagens, a sura XXIX, 44: "A oração afasta o vergonhoso e o condenável". A referência é aí, por certo, ao moralmente condenável. E acrescenta: "é nessa saúde que se assenta a eterna bem-aventurança, enquanto no seu oposto repousa a eterna desdita" (p. 22 e s.). Quem transmite a interpretação do "indigno" estará contrariando a intenção do legislador de fazer os homens moralmente bons. A verdade averroísta da religião é a verdade platônica do mito. A suposição de que a doutrina da dupla verdade de Averróis teria sido influenciada por Platão é respaldada pelo fato de o primeiro ter escrito um comentário à *República* e de que, portanto, deve ter conhecido a concepção platônica da mentira salutar. Não é supérfluo referir que Averróis atuou também como jurista e juiz. São constantes os seus paralelos entre a teologia e a jurisprudência, as quais de fato, na concepção árabe-judaica, pertencem a uma mesma esfera, pois ambos consideram "lei" a religião. Daí a tendência a não apartar nitidamente a verdade da justiça. O crente é o justo, enquanto o descrente é o injusto. Averróis cita ainda (p. 18) a sura XXXI, 12, segundo a qual "o politeísmo é uma portentosa injustiça".

Miguel Asin, "El averroismo teológico de Santo Tomás de Aquino", *Homenaje a. D. Codera*, Saragoça, 1904, e, acompanhando-o, Léon Gauthier, *La Théorie d'Ibn Rochd (Averroès) sur les Rapports de la Religion et de la Philosophie*, Paris, 1909, p. 57, e *Ibn Rochd (Averroès)*, Paris, 1948, contestam o ponto de vista de que Averróis tenha defendido a doutrina de uma dupla verdade. Ele teria antes enfatizado que a verdade da filosofia jamais pode contradizer a verdade da religião e que uma única e mesma verdade expressa-se em ambas, ainda que de maneiras diferentes. É correto que

Averróis o tenha afirmado: ele tem de fazê-lo, visto que, afinal, tenta defender a filosofia dos ataques da teologia ortodoxa. Contudo, só consegue sustentar essa afirmação com auxílio de uma evidente ficção: a de que certos ensinamentos do Alcorão somente contradizem os conhecimentos filosóficos quando tomados ao pé da letra, mas que essa contradição desaparece quando interpretados como representações alegórico-simbólicas. Ao mesmo tempo, porém, ele tem de afirmar que mesmo esses ensinamentos tomados ao pé da letra precisam ser tidos por verdadeiros – não, decerto, pelos filósofos, mas pela grande massa dos incultos, à qual é vedada toda e qualquer interpretação alegórico-simbólica do Alcorão. Que os ensinamentos da filosofia efetivamente contradizem os da religião, demonstrou-o o teólogo árabe Al-Gazali, numa obra contra a qual Averróis dirigiu sua defesa da filosofia. E, de fato, Averróis ensina que a alma individual não é imortal, enquanto o Alcorão sustenta sua imortalidade como fundamento da retribuição no Além; ensina ainda que o mundo é eterno, enquanto o Alcorão afirma que Deus criou o mundo do nada e que este, portanto, não é eterno, mas teve um começo. Como, porém, Averróis não apenas não contesta a "verdade" dos ensinamentos do Alcorão como também a afirma enfaticamente, ele está – ainda que sem admiti-lo para si mesmo – defendendo a doutrina de uma dupla verdade.

Léon Gauthier, *La Théorie d'Ibn Rochd (Averroès) sur les Rapports de la Religion et de la Philosophie*, Paris, 1909, p. 57, diz: "On voit combien Siger de Brabant et les autres soidisant 'avereroïstes' latins étaient mal fondés à placer sous l'égide d'Averroés leur thèse fondamentale des 'deux ordres de vérité'". Contudo, em sua obra *Ibn Rochd (Averroès)*, Paris, 1948, p. 41, Gauthier apresenta como ensinamento de Averróis "que la religion n'est pas du même ordre que la philosophie". Se, no entanto, também a religião é "verdadeira", a verdade da religião não pode ser "du même ordre" que a verdade da filosofia. Gauthier prossegue: "elle [la religion] est, comme nous dirions aujourd'hui, d'ordre *pragmatique*; seule la philosophie est de l'ordre de la vérité pure". Isso só pode significar – contrariamente ao que afirma Averróis – que as verdades da religião e da filosofia não podem ser a mesma: a primeira, "pragmática"; a segunda, uma verdade "pura". A verdade pragmática da religião, Gauthier a caracteriza – como ensinamento de Averróis – da seguinte maneira: "si la religion, en assurant l'ordre social, rend possible, en fait, l'existence et l'activité speculative des philosophes, la philosophie, en retour, justifie en raison l'indispensable existence, l'utilite des religions". A religião garante a vida da sociedade e é, portanto, *útil*. Em última instância, é essa utilidade da religião que constitui a sua verdade para a grande massa dos incultos. Sobre a religião islâmica e sua relação com a "gens du vulgaire", Averróis ensina (segundo Gauthier): "'pour les inciter aux actions verteuses, il est meilleur de leur représenter la vie future sous des formes corporelles que sous des formes spirituelles', de leur dépeindre, en particulier, le Paradis comme 'un jardim ou coulent des rivières' (Quoran, II, 23; III, 13; IV, 60; X, 9), 'habité par des houris aux yeux noirs' (Quoran, XLIV, 54, LVI, 34 a 37)". Esses são ensinamentos que – tomados ao pé da letra – são tão verdadeiros para a grande massa dos homens quanto não o são para os filósofos, para os quais têm apenas significado simbólico. É, portanto, absolutamente correto o ponto de vista dos averroístas dos séculos XIII e XIV, que baseiam em Averróis a sua doutrina da dupla verdade.

A doutrina da dupla verdade foi empregada pelos filósofos ocidentais especialmente na questão intensamente discutida da imortalidade da alma. É particularmente característica, nesse sentido, a posição de Petrus Pompanatius (Pietro Pompanazzi, 1462-1524), que recorre expressamente a Platão. Em seu *Tractatus De Immortalitate Animae* (1516) lê-se: "Ad quartum, in quo dicebatur, quod fere totum universum esset deceptum, cum omnes [religiones] leges ponant, animam immortalem esse. Ad quod dicitur, quod si totum nihil si!, quam suae partes, veluti multi existimant, cum nullus sit homo, qui non decipiatur, ut dicit Plato in de Republica, non est peccatum illud concedere, immo necesse est concedere, aut, quod totus mundus decipitur, aut, saltem major pars. Supposito, quod sint tantum tres leges, scilicet Christi, Moysis, & Mahumethi. Aut igitur omnes sunt falsae, & sic totus mundus est deceptus, aut saltem duae earum, & sic major pars est decepta. Veruntamen, scire oportet, quod, ut dicunt Plato & Aristoteles, politicus est medicus animorum, propositumque politici est, facere hominem magis studiosum, quam scientem (...)" (segundo uma nova edição de 1791, p. 103). O estadista (politicus), porém, teria de considerar a diversidade humana. São pouquíssimos os que almejam a virtude pela virtude, e estes são os melhores. A maioria é virtuosa apenas em razão da recompensa e da punição que a aguarda, e, nesse sentido, a noção de uma retribuição no Além seria eficaz ao máximo. "Et quoniam hoc ultimum ingenium omnibus hominibus potest prodesse cuiusque gradus sint respiciens legislator pronitatem virorum ad malum intendens communi bono sanxit animam esse immortalem. Non curans de veritate sed tantum de probitate ut inducat homines ad virtutem. Neque accusandus politicus est. Sicut namque medicus multa fingit ut egro sanitatem restituat sic politicus apologos format ut cives rectificet. Verum in his apologis ut dicit *Averroès* imprologo tertii physicorum proprie neque est veritas neque falsitas. Sic etiam nutrices inducunt alumnos suos ad ea que pueris prodesse cognoscunt (...) Non itaque mirum est si talibus (figmentis) utatur politicus (...)" (O) Ernest Renan, *Averroès et l'Averroèsme, Essai Historique*, Paris, 1925, p. 360, cita a seguinte passagem do *De incanct* de Pomponazzi (p. 53): "Quae omnia, quanquam a profano vulgo non percipiuntur, ab istis tamen philosophis, qui soli sunt dii terrestres et tantum distant a ceteris, cujuscumque ordinis sive conditionis sint, sicut homines veri ab hominibus pictis, sunt concessa et demonstrata". São genuinamente platônicas tanto essa oposição entre os filósofos e o comum do povo – oposição que é, afinal, a base da doutrina das duas verdades – quanto sua comparação com aquela entre um ser humano real e sua mera imagem.

Terceiro livro: A justiça platônica

1. Se, nesses primeiros diálogos, sequer encontrar uma conclusão como creem precisar fazer muitos intérpretes de tendência apologética, há de ser que, para solucionar as questões colocadas nesses diálogos – e trata-se de questões puramente éticas –, tem-se de tomar um outro caminho que não o das análises conceituais racionais e o das definições lógicas. Até mesmo R. H. S. Crossman – em geral, um autor bastante crítico – escreve em *Plato Today*, 1937, p. 71: "On first reading, these dialogues seem entirely destructive. Frequently the argument is unsound and Socrates is guilty of what looks like deliberate unfairness. The modern reader will sympathize with the jury who condemned him, and ask what possible use his verbal cleverness can be. But if we study them more carefully we shall notice that – however negative the conclusions may be – these dialogues are in one sense positive. They are examples of an educational method. This method of *analysis* – the attempt to define precisely the meanings of common words – is the great contribution of Socrates to modern philosophy (...)". Mas como pode uma análise conceitual reconhecidamente negativa ser de valor educacional do ponto de vista moral ou ser uma contribuição essencial a uma filosofia moral? E é tal filosofia que esses diálogos almejam!

Werner Jaeger, *Paideia*, vol. II, 1944, p. 114, caracteriza como meta da dialética socrática "penetrar na essência da moral por meio da força do *logos*", o que significa apreender a essência do moralmente Bom e, portanto, da justiça, pela via do pensamento racional e particularmente mediante a descoberta e a eliminação das contradições lógicas. Por outro lado, porém, Jaeger afirma (p. 115): "O diálogo socrático não pretende exercitar nenhuma arte lógica da definição sobre problemas éticos, mas é simplesmente o caminho, o 'método' do *logos* para chegar a uma conduta reta". Não obstante, Jaeger é forçado a admitir, ainda que entre aspas: "nenhum destes [os diálogos socráticos de Platão] chega realmente a um 'resultado'". E crê precisar afiançar: "Mas há de fato um resultado". Qual? A percepção de que a virtude há de ser saber. A Sócrates não importariam tanto as virtudes isoladas, mas "a virtude em si". Como resposta à pergunta sobre a essência do moral, a tese socrático-platônica de que a virtude é saber apenas tem valor quando se diz também o que se deve saber a fim de que se possa agir corretamente. Precisamente essa pergunta, porém, não encontra qualquer resposta. Isso, entretanto, não impede Jaeger de louvar a tentativa infrutífera de se definir a essência do moral pela via do conhecimento racional como a "exaltação máxima a que chegou na Grécia o ímpeto de conhecer e a fé no conhecimento". Embora tenha acabado de identificar como a essência da dialética socrática "penetrar na essência da moral por meio da força do *logos*", Jaeger agora afirma (p. 116) – com o intuito de encobrir a nulidade dessa empreitada – que "o conhecimento do Bem encontrado por Sócrates" – que é, por certo, a essência do moral – "não é uma operação da inteligência" – e o *logos* nada teria a ver, então, com o intelecto? –, "mas antes, como acertadamente Platão compreendeu, a expressão consciente de um ser interior no homem. Tem a sua raiz numa camada profunda da alma, em que já não se podem separar, pois são essencialmente uma e a mesma coisa, a penetração do conhecimento e a posse do conhecido" (p. 116 e s.). Se essas palavras pretendem-se dotadas de algum sentido, só pode ser o de que o conhecimento do Bem que Sócrates almeja revela-se um processo místico-irracional – o contrário, portanto, do "*método* do *logos*" –, não sendo, assim, "conhecimento" algum no único sentido admissível dessa palavra, ou seja: no sentido de uma função voltada para o saber racional, isto é, precisamente para aquele saber que, segundo Sócrates-Platão, é a virtude. Jaeger admite que o saber socrático tem apenas um único objeto – "o saber acerca do Bem" (p. 119) – e que, não obstante, o Sócrates platônico não se gaba de possuir esse "estranho" saber (p. 117). Ainda assim, afirma: "A existência deste saber é para Sócrates uma verdade de firmeza absoluta". Uma verdade da qual ele próprio não participa? – A tese do saber como virtude seria "a descrição da suprema capacidade da natureza humana, que em Sócrates se tornara realidade e tinha, portanto, existência" (p. 117). Que, para alcançar o saber acerca do Bem, essa capacidade se torne "realidade" justamente em Sócrates, que seguidamente reafirma nada saber, é, na verdade, mais do que paradoxal. E que se trate de uma "capacidade da natureza humana" em geral, nisso nem o próprio Jaeger parece crer, pois, mais adiante (p. 117), constata que Sócrates "buscou em vão nos homens a natureza desse saber". Jaeger não pode negar o fato incontestável de que os primeiros diálogos platônicos não conduzem a resultado algum e que, "ao final, uma pergunta permanece" (p. 145): precisamente a pergunta colocada de início. Jaeger, porém, crê precisar fazer dessa necessidade uma virtude: que a pergunta colocada não seja respondida "provoca no leitor uma tensão filosófica do mais alto efeito pedagógico" – mas apenas desapontamento no leitor ingênuo. "Quando, então – não uma única vez, mas constantemente – Platão por fim nos deixa, aparentemente interrompendo o diálogo *sem qualquer resultado positivo*" (o que não é apenas aparente, mas real), "o efeito que obtém com isso é o de que nosso pensamento busca avançar por si só na direção proposta pelo diálogo" (p. 146). Quando se trata, porém, da questão decisiva, da questão *única* dos diálogos platônicos – aquela acerca do que seria o "bom" –, a direção proposta pelo diálogo conduz-nos literalmente a nada. De todo modo, semelhante "avanço do pensamento" não é possível, pois a resposta a essa questão está *além da esfera* do concebível, como Platão acentua enfaticamente no ponto máximo de sua filosofia. Na opinião de Jaeger, não encontramos "inicialmente", nos primeiros diálogos, resposta alguma à questão para a qual Platão dirige "toda a força de seu ataque": a natureza desse saber e de seu objeto, o Bem. Jaeger sugere, assim, que adiante obteremos afinal a resposta, presumivelmente nos diálogos posteriores. Contudo, ele naturalmente não está em condições de nos revelar essa resposta. Assim, prossegue: "Porém, não nos sentimos desamparados no meio desta escuridão; ao contrário, sentimo-nos guiados por mão segura". Guiados para onde? Engana-se quem espera de Jaeger uma resposta para essa pergunta, pois a seguir ele não nos mostra em que direção nos conduz a mão segura de Platão. O que faz é, antes, explicar tratar-se de um equívoco supor, juntamente com Schleiermacher, que os diálogos platônicos compõem um todo sistemático e que nenhum deles se explica por si só; os diálogos de Platão espelhariam um desenvolvimento gradual do pensamento platônico, sendo, pois, "inadmissível explicar a partir de obras posteriores uma determinada obra na qual um problema apresenta-se formulado pela primeira vez". Isso por certo significa que, ficando uma questão irrespondida num determinado diálogo, não é lícito que se busque a resposta num diálogo posterior. Há que ver aí a "mão segura" de Platão guiando-nos para fora da escuridão em que nos encontramos, quando buscamos a resposta para a questão capital da filosofia platônica – a questão sobre a essência do Bem? De resto, pouco importa se, juntamente com Schleiermacher, examinamos os diálogos de Platão como um todo sistemático ou se, acompanhando Jaeger, supomos-lhes um *desenvolvimento* do pensamento platônico: qualquer que seja a hipótese adotada, não chegaremos à questão sobre a essência do Bem. Isso, porém, não impede Jaeger de falar da doutrina platônica como a "forma prototípica e imortal daquela concepção especulativa do mundo, cada vez mais obscurecida naquele tempo", como o "manancial vivo da nova força metafísica" (p. 131), a "maravilha da filosofia platônica" (p. 133).

4. Contrariamente ao que afirmam Hans Raeder, *Platons philosophische Entwicklung*, 1905, Heinrich Maier, *Sokrates*, 1913, e Max Pohlenz, *Aus Pia tos Werdezeit*, 1913, Werner Jaeger, *Paideia*, vol. II, 1944, p. 150, nega a existência de "um período puramente socrático do pensamento platônico". Caracteriza entretanto os diálogos da juventude de Platão como "diálogos socráticos", no sentido de que representam a "forma primitiva do diálogo socrático na sua estrutura mais simples, ainda inteiramente calcada na realidade" (p. 141). Jaeger nega ainda que tais diálogos seriam investigações éticas, considerando um "erro moderno" a concepção do primeiro Platão como "uma fase puramente ética do pensamento platônico". As virtudes da coragem, da justiça, da temperança e da piedade, abordadas por Platão nos primeiros diálogos, seriam "as antigas virtudes políticas da Cidade-Estado

grega e dos seus cidadãos" (p. 150). Contudo, é essencial à filosofia platônica que os problemas da política sejam apresentados como problemas éticos e que se tente solucioná-los a partir da ideia do Bem – uma ideia fundamentalmente ética. A diferenciação entre os primeiros diálogos como componentes de uma fase ética e as fases posteriores do pensamento platônico só não se sustenta em razão de a totalidade do pensamento de Platão ter um caráter inteiramente ético.

42. Cf. a respeito Ulrich von Wilamowitz-Moellendorff, *Platon*, vol. I, 2. ed., Berlim, 1920, p. 207 e ss., e Friedrich Überweg, *Grundriß der Geschichte der Philosophie*, 1ª parte: "Die Philosophie des Altertums", 12. ed., Berlim, 1926, org. por Karl Prachter, p. 231 e ss.

67. Também esse absurdo, baseado num subterfúgio lógico, encontra admirada defesa na interpretação apologética de Platão. Werner Jaeger, *Paideia*, vol. II, 1944, p. 119, diz: "Com essa tese (a de que ninguém erra voluntariamente), o caráter paradoxal da sabedoria educacional socrática (que, por certo, é a platônica) atinge o seu ápice". Por outro lado, porém, explica que essa tese de Sócrates atinge "em seu cerne a concepção trágica da vida"; "ela se revela como um panorama da superfície. Para Sócrates, é uma contradição em si que a vontade possa, conscientemente, querer o mal". Mas a "contradição em si" está em fazer que a "vontade" saiba ou não saiba alguma coisa. Ademais, de um "paradoxo" elevado à última potência faz-se a mais profunda sabedoria, a mais elevada conquista ética? "É desde que Sócrates concebeu essa ideia que nós falamos de um destino do Homem e de um objetivo da vida e conduta humanas" (p. 120). Como se nenhuma moral existisse anteriormente a Sócrates; como se já nas mais primitivas religiões não estivesse presente a ideia de que a conduta humana está sujeita a determinadas normas, de que o homem deve agir de determinada maneira, o que nada mais significa senão que lhe são impostas metas.

69. *Leis*, 860. Nessa passagem o ateniense – que é o porta-voz de Platão – assegura que "os malfeitores, ao praticar o mal, agem contrariamente à sua vontade. E, se assim é, não há como não reconhecer como correta a tese (...) de que o injusto age contra a sua vontade, visto que o injusto é um homem mau e o homem mau é mau contra a sua vontade. Uma ação voluntária não pode ser realizada em desacordo com a vontade – seria um contrassenso. Quem, portanto, considera a injustiça algo involuntário tem de considerar também toda ação injusta como uma ação involuntária. E é isso que desejo agora expressamente afirmar: sou da opinião de que, quem quer que cometa uma injustiça o faz contrariamente à sua vontade".

75. Também na doutrina das ideias, Platão faz a identificação entre "felicidade" e justiça. Em *República*, 526, ele caracteriza a ideia do Bem que inclui a justiça – como "a mais bem-aventurada dentre tudo quanto é". Theodor Gomperz, *Griechische Denker*, vol. II, 4. ed., 1925, p. 54, sublinha que a tese segundo a qual justiça e felicidade, injustiça e infelicidade são coisas

idênticas – ou indissoluvelmente ligadas – assenta-se em grande parte no duplo sentido da expressão "εὖ πράττειν", que significa tanto "fazer o que é justo" quanto "estar bem". "Assim, não apenas a coincidência imediata entre o 'agir bem' e o 'estar bem' confundiu o pensamento menos adestrado, como também fez-se bastante indistinta a diferença entre um fazer que é 'bom' porque favorece os objetivos daquele que age e um fazer cuja 'bondade' reside em sua aptidão para favorecer os objetivos da sociedade."

119. De que forma os pensadores da época, interessados numa visão científica do mundo, avaliaram o mito da retribuição é o que nos mostra um fragmento do escrito de Demócrito περὶ εὐθυμίης (Frag. 297, Diels): "Alguns homens, nada sabendo da dissolução da natureza humana, mas conscientes de sua má conduta na vida (isto é, com a consciência pesada), esforçam-se a vida toda, intranquilos e angustiados, inventando mitos falsos sobre o que virá após o fim".

189. Cf. Erwin Rohde, Psyche, vol. I, 2. ed., Darmstadt, 1898, p. 6 e s. Rohde remete a Píndaro, frag. 131, onde se afirma que o corpo subordina-se "à morte, a todo-poderosa". "Viva, porém, permanece a cópia daquilo que vive [a alma] ('pois somente o que vive provém dos deuses' [...]) e que, no entanto, dorme quando os 'membros' estão em atividade (...)". Contrariando Rohde, Walter P. Otto, Die Manen, 1923, p. 3 e ss., sustenta que ψυχή, em Homero, significa "vida". Contudo, as ψυχαί no Hades não possuem "vida" alguma, mas representam precisamente o contrário da vida: elas são os mortos. Cf. tb. James Adam, "The Doctrine of the Celestial Origin of the Soul from Pindar to Plato", The Vitality of Platonism and other Essays, 1911, p. 35 e ss. Adam (p. 65) remete a um dito de Heráclito (apud Sexto Empírico, III, 230): "Both living and dying are present in our life and in our death; for when we live our souls are dead and buried in us, and when we die our souls revive and live".

192. John Burnet, "The Socratic Doctrine of the Soul", Proceedings of the British Academy, 1915-1916, p. 258, observa: "The most striking feature of Orphic belief is that it is based on the denial of (...) the cardinal doctrine of Greek religion, namely, that there is an impassable, or almost impassable, gulf between gods and men. The Orphics held, on the contraty, that every soul is a fallen god shut up in the prison of the body as a penalty for antenatal sin (...)."

195. Górgias, 492 e 493. A doutrina dos pitagóricos segundo a qual o corpo é o túmulo ou cárcere da alma é rejeitada por Aristóteles, Da Alma, 407b, 13, como inteiramente equivocada. Aristóteles ensina que o corpo é um instrumento da alma e, aliás, o instrumento que lhe é apropriado. "Aqueles [os pitagóricos], porém, falam como se desejassem afirmar que a arquitetura serve-se de flautas. Na realidade, a arte necessita de ferramentas, e a alma tem de ter o corpo, do qual precisa."

228. Por causa das contradições dessa passagem do Fédon, supôs-

-se haver erros no texto. Cf. Hermann Schmidt, *Kritíscher Kommentar zu Plato's Phaidon*, 2ª metade, Wittenberg, 1852, p. 4 e ss. Contudo, as correções sugeridas não resolvem a contradição fundamental: que, mesmo sendo a alma incapaz de apresentar graus, podem haver almas mais ou menos boas (e, portanto, também mais ou menos ruins).

262. *Fédon*, 81. Também nas *Leis*, 865 e s., Platão se vale de certos elementos da mais antiga crença na alma. Lê-se aí: "Se alguém mata não premeditadamente um *homem livre*, há de submeter-se às mesmas purificações que aquele que matou um escravo, mas não deve deixar de atentar para uma velha crença popular. Diz-se que quando um homem que viveu em plena liberdade é vítima, por parte de um outro, de uma morte violenta, ainda treme de raiva de seu assassino durante um certo tempo após a morte; abalado pelo medo e pelo pavor em razão do horror que lhe aconteceu, e vendo seu assassino percorrer seus caminhos habituais, persegue-o como um fantasma e, fora de si, aguilhoado pela lembrança viva do que lhe ocorreu, desgoverna também com toda a força que se pode conceber o seu malfeitor e tudo quanto este faz. Assim, é imprescindível que o assassino se afaste da vítima por um ano, mantendo-se distante de sua terra natal. Sendo o morto um estrangeiro, o assassino deve manter-se pelo mesmo período afastado de sua cidade". Em *Leis*, 927, Platão diz que "as almas dos mortos conservam após a morte um certo poder de influir nos assuntos dos homens". Essa influência está em que elas se "devotam muito particularmente a seus descendentes", "bem-intencionadas" com relação aos que as "reverenciam", mas "ressentidas com os que revelam desconsideração para com elas". Tem-se aí a crença na função retributiva das almas dos mortos. Platão está longe de caracterizar essa crença como mera superstição. Pelo contrário! Ele diz: "Poder-se-ia mesmo comprová-lo, mas a comprovação exigiria muito tempo". Assim, ele não procura de modo nenhum apresentar a prova, mas reporta-se à autoridade de antiquíssimos ditos tradicionais. "Há, no entanto, confirmações outras desse fato, às quais tem-se todos os motivos para dar crédito: vejam-se as muitas e antiquíssimas lendas a respeito, bem como o aval dos legisladores, aos quais não se há de imputar leviandade." Desnecessário dizer que a crença na função retributiva da alma não se coaduna com a doutrina platônica segundo a qual a paga é aplicada à alma no Além. Têm-se aí duas ideologias bastante distintas acerca da alma. Ambas são instrumentos do princípio da retribuição, mas em dois estágios distintos de desenvolvimento. Platão vale-se das duas, sem se preocupar muito se são compatíveis ou não. Não lhe importa o conteúdo de verdade dessas ideologias, mas sim o seu propósito e provável efeito sobre os homens; cabe ao legislador fazer com os homens creiam nessa ideologia.

270. Werner Jaeger, *Paideia*, vol. II, 1944, p. 271, afirma: "O 'Estado' de Platão versa, em última análise, sobre a alma do Homem" – e não sobre o

Estado. "Não é, pois, na ordem orgânica do Estado (...) que a justiça consiste. Ela consiste na conformação interior da alma, de acordo com a qual cada uma das partes faz o que lhe compete, e o Homem é capaz de se dominar e congraçar numa unidade a multiplicidade contraditória das suas forças internas" (p. 318). "A justiça é a saúde da alma, sempre que concebemos esta como o valor moral da personalidade. Não é apenas em atos concretos que ela consiste, mas na *Hexis* interior, numa conformação constante da 'boa vontade'." Jaeger quer fazer acreditar a seus leitores que isso seria uma solução para o problema da justiça. Ele ignora que não se pode saber se cada parte da alma "faz o que lhe compete" quando não se conhece a ordem que destina a cada parte aquilo "que lhe compete"; que mesmo um homem que tem o domínio sobre si mesmo pode agir injustamente; que, se a "saúde" da alma significa o "valor moral da personalidade" e a "conformação constante da 'boa vontade'", a questão decisiva é saber no que consiste a personalidade "moral" e essa "conformação constante da 'boa vontade'"; e ignora, por fim, que essas perguntas não são respondidas.

281. George Grote, *Plato and the other Companions of Socrates, 1865*, vol. III, p. 124: "(...) Reason, Energy, Appetite are described as distinct and conflicting Persons, packed up in the same wrapper and therefore looking One from the outside, yet really distinct, each acting and suffering by and for itself: like the charioteer and his two horses, which form the conspicuous metaphor in the Phaedrus. We are thus told, that though the man is apparently One, he is in reality Many or multipartite: though the perfect Commonwealth is apparently Many, it is in reality One".

282. Como já disse Wamer Pite, *The Platonic Legend*, 1934, p. 10 (O). Fite afirma: "In the Republic the State is described as the human soul 'writ large'. Really, however, the soul is only the State 'writ small' ". Em sua tendência apologética, Werner Jaeger, em *Paideia*, vol. II, 1944, p. 272, chega à paradoxal afirmação de que a obra de Platão que tem por objeto principal a justiça e o Estado – a *República* ou o "Estado" – nada tem a ver com o Estado, mas sim com a alma humana: "O 'Estado' de Platão versa, em última análise, sobre a alma do Homem". O Estado é empregado por Platão apenas como um meio para se atingir um fim, que é tomar visível a essência e a função da justiça na alma humana (p. 280). O "Estado" de Platão não seria, pois, "uma obra política, no sentido usual do termo" (p. 388 e s.). Fosse realmente a alma humana o objeto da *República*, esta haveria de ser uma obra psicológica; isso, porém, nem o próprio Jaeger é capaz de afirmar. Ele crê que ela seria um "estudo para a formação do homem", tendo por tema o "cuidado com a alma". Ou seja, um estudo pedagógico. A pedagogia, contudo, é apenas uma parte da política, e esta é apenas uma parte da ética – especialmente uma pedagogia cuja meta é o ideal da justiça.

295. Nesse contexto, Otto Apelt, *Platons Dialoge*, vol. V, p. 469, remete a Xenofonte, *Ciropedia* 6.1, 41, onde esse contemporâneo de Platão põe

as seguintes palavras na boca de Araspas: "Evidentemente, Ciro, eu possuo duas almas. Sob a influência do sofista injusto, Eros, é que me debruço sobre isso, agora. Não é verdadeiro que a alma, sendo una, seja boa e má ao mesmo tempo, nem que almeje simultaneamente coisas nobres e infames e queira, ao mesmo tempo, fazer e não fazer uma mesma coisa. Evidentemente são duas as almas: quando a boa predomina, ela faz o que é nobre, mas, quando predomina a ruim, empreende coisas infames. Agora, porém, dispondo ela do teu amparo, predomina grandemente a boa".

305. Não há como ignorar a contradição entre as explanações contidas na *República* e no *Fédon*. Neste, a alma é contraposta ao corpo justamente porque tem de combater os desejos, fazendo frente a "estados corpóreos" como a sede e a fome. "Também em milhares de outros casos observamos a alma contrariar o desejo do corpo" (94). Todo desejo é corpóreo, um estado do corpo. E, em *Fédon*, 66, Platão explica que os piores males sociais, como a guerra e a revolução, são "consequência exclusiva do corpo e de seus desejos". Naturalmente não faltam, na literatura apologética sobre Platão, esforços para reinterpretar essa evidente contradição, como o de Otto Apelt, p. ex., em sua tradução da *República* (*Der Staat*, 5. ed., 1920, p. 491). Apelt pretende fazer crer aos leitores de Platão que também no *Fédon* os desejos têm sede na alma, estando apenas "em contato com o corpo". Se assim fosse, porém, o conflito entre razão e desejo seria um conflito no interior da alma e não – como enfatiza Platão no *Fédon* – um conflito entre alma e corpo. Apelt adverte: Platão não era um pedante; ele confia na inteligência de seus leitores. De fato, Platão não era um pedante: não lhe importava uma contradição a mais ou a menos em sua especulação metafísico-religiosa, mítico-poética. Por isso mesmo, um intérprete "inteligente" não será o que transforma o filósofo num pedante, tentando provar que Platão jamais se contradiz.

313. *República*, 381. Cf. tb. *Político*, 269: "O continuado persistir num único e mesmo estado, sem sofrer qualquer alteração, cabe somente aos seres mais divinos; a natureza do corpóreo, ao contrário, pertence a uma outra ordem de coisas". O "divino", como oposto ao "corpóreo", é o anímico; a alma é o divino no homem e, enquanto tal, não está sujeita a qualquer modificação ou mesmo à destruição.

321. Desnecessário dizer que apologistas como Otto Apelt não admitem essa contradição. Em *Der Staat*, 5. ed., 1920, p. 537, ele diz que "somente quem entendeu equivocadamente o *Fédon* pode afirmar" que, na *República*, Platão teria modificado o ponto de vista que assumira no *Fédon*. Tudo quanto Platão diz a respeito da alma nesse diálogo referir-se-ia unicamente "à porção superior da alma; tudo aponta para a atividade pensante da alma". Isso significa que Platão não afirma no *Fédon* ser a alma imortal, mas apenas uma parte dela: a porção pensante. Já mencionei que, no *Timeu* e também no *Político* (309), Platão de fato distingue uma porção "imortal" e outra

"mortal" da alma. No *Fédon*, porém, inexiste menção a isso. De acordo com Apelt, contudo, o fato de, no *Fédon*, Platão não mencionar outras partes da alma que não a pensante e de caracterizar o puro pensar não como uma parte da alma, mas como a alma em sua totalidade, "absolutamente não exclui a possibilidade da existência de uma outra ou de várias outras partes da alma". "O silêncio de Platão a esse respeito não é, de forma alguma, razão para que se lhe desconsidere a tripartição; pois ele não era obrigado, em cada oportunidade, a invocar todo o seu saber. No *Fédon*, isso teria sido até mesmo uma grande falta de senso." Mas quando, na *República*, após haver exposto a teoria da tripartição, Platão afirma que a alma imortal não poderia ser composta, ele está indubitavelmente se referindo à doutrina apresentada no *Fédon* – isto é, está admitindo na *República* ter defendido no *Fédon* o ponto de vista segundo o qual a alma é una, por sua essência, e não composta de três partes; está simplesmente tentando – em vão – compatibilizar essa doutrina com a da tripartição. E essa tentativa – contrariamente à de Apelt – não consiste em afirmar que já no *Fédon* ele contemplara a alma como composta de três partes. Ao contrário! Menciono tudo isso apenas para mostrar a que consequências absurdas pode conduzir a tendência apologética nos intérpretes de Platão.

342. *Fedro*, 248 e s. Logo em seguida, porém, lê-se que as asas crescem "somente na alma daquele que busca a sabedoria". À visão do belo rapaz, as plumas brotam na alma do apaixonado: "E ao vê-lo, passado o tremor, acometem-no novamente calor e suor inabituais. As emanações da beleza que absorveu com seus olhos fizeram-no arder, e algo como uma chuva precipita-se sobre a plumagem ainda nascente. Essa chuva quente derrete-lhe a camada exterior que impedia a germinação, de há muito fechada e tornada áspera pela secura. Agora, com o afluxo de seu alimento, incham-se e brotam das raízes os rebentos das penas sob toda a superfície da alma, pois toda emplumada ela foi um dia" (251). Sócrates cita os versos: "A este, então, os mortais chamam o Eros alado; os imortais, Pteros, pela pressão que faz brotar as asas" (252). O Eros alado é, por certo, o Eros animado, como, de resto, também a personificação da alma – Psyche – é representada como um ser alado.

375. Otto Apelt, *Platons Dialoge*, na introdução à tradução do *Filebo*, vol. IV, p. 77, observa: "Talvez Aristóteles o tenha [Platão] em mente ao afirmar *Cética a Nicômaco*, 1172a, 28 e ss.): 'Uns dizem do prazer que é o bem supremo; outros, ao contrário, afirmam que seria algo ruim. E, de fato, talvez os primeiros estejam convencidos de que o prazer é realmente bom, ao passo que os últimos apenas creem que seria melhor para a vida prática apresentá-lo como pertencente às coisas ruins, ainda que isso não seja correto. E isso porque os homens teriam um pendor natural para o prazer e estariam sempre prontos a entregar-se aos prazeres qual escravos, razão pela qual ter-se-ia de desviar seus impulsos para a direção oposta. Desse

modo, as pessoas conseguiriam mais rapidamente tomar o caminho intermediário". Se isso é correto, então a psicologia platônica do prazer oferece-nos não mais do que uma verdade político-pedagógica".

380. *Filebo*, 350. E, em *Filebo*, 34 e s., lê-se: "(...) cumpre-nos agora (...) examinar a essência e o local de origem dos desejos (...) Não acabamos de dizer que a fome, a sede e muitas outras coisas desse tipo seriam desejos? (...) Há, sem dúvida, um certo sentido em dizer-se: 'ele tem sede' (...) Significa o mesmo que dizer 'ele está vazio' (...) Se, portanto, um de nós está vazio, ansiará (...) pelo estado contrário àquele no qual se encontra, pois, estando vazio, buscará encher-se (...) Assim, deve haver algo no sedento que pensa em encher-se (...) O corpo certamente não pode ser, visto que, afinal, está vazio (...) Somente a alma, portanto, pode pensar em encher-se, e graças exatamente à lembrança. Por que outra via ocorrer-lhe-ia semelhante coisa?". Contudo, precisamente nesse contexto lê-se: "Aquele que pela primeira vez encontra-se vazio, pode – seja pela percepção ou pela lembrança – pensar em encher-se? Isto é, pensar em algo que não está experimentando em si no momento nem jamais experimentou?". E a resposta é negativa! O argumento decisivo fica sendo o negativo! O desejo não pode ter sua sede no corpo, pois este, no estado do desejo, está vazio! Por conseguinte, o desejo só pode morar na alma.

396. *Timeu*, 41. Theodor Gomperz, *Griechische Denker*, vol. II, 4. ed., 1925, p. 270 (Θ), crê poder traçar um certo paralelo entre a teoria da alma na *República* e a doutrina da alma do mundo no *Timeu*. "A ética se apoia em fundamentos cósmicos. A totalidade da natureza é eticizada, e da seguinte maneira. A analogia entre o indivíduo e o Estado já não basta ao amplo espírito platônico, que se expande ainda mais; estende-se até a analogia entre o homem e o universo. Reconduz-se a justiça (na *República*) à correta proporção entre as três partes da alma humana. A essa proporção correspondia a proporção correta entre as três classes do Estado ideal. O olhar de Platão expande-se, assim, para o incomensurável. A tripartição é estendida à alma do mundo, e a existência do universo é ligada à proporção adequada entre essas três partes. Se a justiça era vista anteriormente como o fundamento da felicidade humana, agora, tal e qual o 'Bem' no *Filebo*, é reconhecida como a base da salvação cósmica. E o mesmo vale para as transformações da totalidade do mundo orgânico, que se crê condicionadas pelo predomínio e pela diminuição da justiça."

404. *Timeu*, 92. Aparentemente, Platão não inclui as plantas no sistema da transmigração da alma. Ainda assim, permite-lhes também – porque vivem – participar de alguma maneira da alma. "Tudo quanto participa da vida tem o direito de ser denominado um ser vivente. Contudo, a criação da natureza que acabamos de mencionar (a planta) participa apenas da terceira parte da alma, que, como dissemos, aloja-se entre o diafragma e o umbigo. Essa parte da alma nada tem a ver com o juízo, a reflexão e a razão,

mas sim com a sensação do agradável e do desagradável ligada aos desejos" (*Timeu*, 77). Se Platão apresenta o nascimento dos animais quadrúpedes ou de várias patas como metamorfose dos homens – punição por terem se entregado à condução exclusiva da alma do peito –, seria coerente interpretar de modo análogo a criação das plantas, que participam apenas da alma da barriga.

439. Hermann Bonitz, *Platonische Studien*, 3. ed., 1886, p. 201, explica o ponto de vista platônico de que o conceito – como ideia – possui realidade mesmo fora da esfera do pensamento, sobretudo porque "a atenção de Platão volta-se principalmente para os conceitos da esfera ética e, em segundo lugar, para os conceitos matemáticos; a pretensão do juízo moral é de validade incondicional; e, com relação aos últimos, é a validade universal independente do arbítrio subjetivo que facilmente lhes confere a chancela de realidade objetiva". Cf. tb. a respeito Theodor Gomperz, *Griechische Denker*, vol. II, 4. ed., 1925, p. 314 e s.; Konstantin Ritter, *Platon*, vol. II, Munique, 1910, p. 80.

441. Friedrich Solmsen, "Plato's Theology", *Cornell Studies in Classical Philology*, vol. XXVII, 1942, p. 75, observa corretamente: "(...) the Ideas are the only reality and the source of all other 'being'. Particular objects are, almost by definition, unreal or at best real in the degree in which they participate in the Ideas".

443. Ernst Howald, *Platons Leben*, 1923, p. 55, afirma com muita propriedade: "Subitamente, o 'conceito' – cuja existência lhe era cara – não podia mais residir neste mundo; subitamente percebeu-se que ele não pode conviver em pé de igualdade com as coisas por ele dotadas de qualidades. A ânsia exagerada, doentia, pelo conceito, deu juntamente com esse primeiro passo um segundo: se o conceito pertence a um outro mundo, esse outro mundo é o verdadeiro, o real, o mundo que é; quanto a este mundo, o das qualidades e das coisas isoladas, é condenado a uma existência aparente (...)." O conceito cuja definição está de tal modo marcada pelo afeto, que produz uma radical inversão da relação natural entre o ideal e a realidade, só pode ser o conceito de justiça. O mesmo Ernst Howald, *Die Anfänge der europaischen Philosophie*, 1925, p. 112 e s., diz: "Acima de tudo, tinha-se o conceito de justiça, que ele não desejava pulverizar em leis terrenas, em ordenações e preceitos, mas buscava em sua forma absoluta, precisamente como conceito. Depois, atormentava-o também o fato de tais conceitos – o Bom, o Justo – não terem qualquer vida real, mas somente seus casos particulares – o homem justo, a ação justa (...) Desses sentimentos estava carregada a ânsia pelo conceito; mas era desesperada sobretudo a luta pelo mais majestoso de todos os conceitos: o da justiça (...) Deve ter sido enorme a tensão que reinou então. A explosão foi a descoberta da doutrina das ideias".

444. Cf. a respeito Ernst Howald, *Die platonische Akademie und die moderne universitas litterarum*, Zurique, 1921, p. 14: "A história, porém,

nos ensina que as épocas em que predominou o assim chamado realismo – isto é, a compreensão dos conceitos como realidades – incluem-se simultaneamente entre as mais frutíferas e criativas do ponto de vista religioso, e entre as mais miseráveis e tristes do ponto de vista científico".

445. Ernst Howald, *Platons Leben*, 1923, p. 57: "A faceta puramente lógica da doutrina das ideias – sua faceta original, portanto, que podemos identificar com o realismo escolástico-medieval, isto é, com a crença na realidade dos conceitos – não apenas torna seus defensores inteiramente acientíficos: mais do que isso, a investigação do Aqui será sem qualquer atrativo àquele que busca a verdade exclusivamente no transcendente, para quem, portanto, o Aqui poderá ser no máximo uma imagem especular de tudo quanto é".

472. Também no *Político* defende-se expressamente o ponto de vista de que, na esfera do ético-político, tem-se de admitir não apenas valores relativos, mas também valores absolutos. Nesse diálogo, Platão distingue duas "partes" da "arte da medida", devendo-se entender por isso duas espécies distintas de valoração. "A primeira define-se segundo a relação independente e recíproca que tem entre si a grandeza e a pequenez" – ou seja, o princípio dos valores relativos; "a outra, segundo (...) o propósito definido do devir (κατα τὴν τῆς γενέσεως ἀναγκαίαν οὐσίαν)". A formulação "segundo o propósito definido do devir" significa o mesmo que "conforme a natureza (κατὰ τὴν φύσιν)", na passagem do *Crátilo* citada acima. É o princípio do valor absoluto, em contraposição ao de um valor meramente relativo. Ele encontra aplicação naquilo em que "reside precisamente a principal diferença que se verifica entre nós, homens, ou seja, a diferença entre os maus e os bons" (*Político*, 283). "Temos, pois, de reconhecer como válidos esses dois modos de existência e de valoração (critérios de valor, princípios valorativos) do grande e do pequeno (no sentido mais amplo de valor positivo e negativo). Não podemos, como dissemos há pouco, considerar apenas sua relação recíproca, mas, em consonância com o que foi agora afirmado, temos de, paralelamente a essa relação recíproca, reconhecer também a relação de ambos com a justa medida." "Se desejamos considerar a natureza do maior em relação a nada mais do que o menor, essa natureza jamais revelará qualquer relação com a justa medida" (*Político*, 283 e s.). Temos, pois, de "obrigar o mais ou o menos (ou seja, as diferenças de valor) a medir-se não apenas em sua relação um com o outro, mas também em relação à justa medida a ser alcançada. Sem admiti-lo, não é possível a um estadista ou a qualquer outro comprovar indubitavelmente a sua competência". A arte do estadista é uma daquelas artes "que se medem em relação à justa medida, ao conveniente, ao oportuno e ao devido" (*Político*, 284). Ou seja: o princípio da "justa medida" encontra sua aplicação na esfera do ético-político. A "justa medida" é o critério absoluto, o valor absoluto. Mas como se pode determiná-lo? Platão afirma que "todas essas artes evitam

cuidadosamente tudo quanto excede o meio-termo" e que a "justa medida" tem sede "no meio-termo entre os extremos". Contudo, esse lugar-comum sobre o meio-termo não responde à pergunta sobre a medida absoluta do valor. Platão crê que, quando se busca "o meio-termo entre os extremos" na esfera ético-política, busca-se um critério absoluto, e não meramente relativo. O que ele quer dizer com "justa medida" surge na observação do estrangeiro de que "o que discutimos agora revelar-se-á, um dia, imprescindível para a exposição do princípio supremo" (*Político*, 284). Por tal princípio não se há de entender outra coisa senão a ideia do absolutamente Bom. Isso porque, mais adiante, Platão faz o estrangeiro dizer que, "para o maior e o mais magnífico" – isto é, para o valor absoluto, o absolutamente Bom e divino –, "inexiste qualquer cópia nítida, feita para os homens, que possa fazer-se perceptível e apresentar-se a qualquer um de nossos sentidos, de modo a realmente satisfazer à alma de quem inquire. Por isso, temos de procurar adquirir a capacidade de fornecer e reclamar a razão de todas as coisas, pois o incorpóreo, o que há de mais belo e grandioso, só se conhece com precisão através do puro pensar e de nenhuma outra forma, e é precisamente isso que pretende tudo quanto dissemos agora" (*Político*, 285 e s.). Platão afirma aí que a dialética é o caminho para chegar ao conhecimento do valor absoluto.

474. *Crátilo*, 440. "Se, ao contrário, sempre há um conhecimento e um objeto desse conhecimento; se, ademais, tem-se um Belo, um Bom e assim por diante para cada classe de coisas, então os conceitos aí mencionados evidentemente assemelham-se mais à corrente ou ao movimento." Esses conceitos são as ideias.

482. Cf. Otto Apelt, em sua tradução da *República*, *Platons Dialoge*, vol. V, p. 497: "O mundo das ideias é aí caracterizado, a partir de seu lado ético, como um mundo da paz sublime e da ordem jurídica imperturbada, em contraposição à discórdia deste mundo. O governante filósofo (no Estado ideal) tem a elevada tarefa de transferir o máximo possível daquele mundo para o nosso mundo". Isso significa que o próprio mundo das ideias é um Estado, uma ordem da sociedade, e não da natureza.

487. James George Frazer, *The Growth of Plato's Ideal Theory*, 1930, p. 39 e s., observa "(...) that at first Plato, if he made ideas of things, at least had not them primarily in view; that the notions which he primarily idealized and which he regarded as of paramount importance were not concrete notions of things, but abstract notions on which Socrates and Plato himself in his more purely Socratic days had dwelt – moral notions".

498. Que o Deus de Platão é idêntico à sua ideia do Bem é o que muitos intérpretes admitem. É o caso de Ernst Hoffmann, p. ex., *Platon*, 1950, p. 113. Mas já Pierre Bovet, *Le Dieu de Platon d'après l'ordre chronologique des Dialogues*, Genebra, 1902, contestou de forma convincente esse ponto de vista: "Il nous paraît désormais évident que la divinité, qui a une place

dans la pensée de Platon, n'en a point dans sa théorie des idées, c'est-à-dire dans sa philosophie. Platon était religieux; il croyait aux dieux de la même maniére que les honnêtes gens de son temps; mais dans sa philosophie, pendant toute la période des idées – ce rapprochement qui pourra paraître surprenant exprime bien notre pensée – il aurait pu dire comme Laplace: 'Je n'ai pas eu besoin de cette hypothése'". Cf., por outro lado, Victor Goldschmidt, *La Religion de Platon*, 1949, p. 27, 61.

516. Embora Ernst Hoffmann, Platon, 1950, suponha ser o Deus de Platão idêntico à ideia do absolutamente Bom – pois refere-se a "Deus como ideia do Bem" (p. 113) –, ele afirma (p. 56): "Portanto, como absolutamente Bom, Deus é, 'de certo modo, causa' tanto das ideias quanto dos fenômenos, mas de forma diferente para um e para outro (...)". Como pode Deus ser "causa" das ideias, se ele próprio é uma ideia – a ideia do Bem? A diversidade dos modos pelos quais Deus é causa das ideias e dos fenômenos consiste, segundo Hoffmann, no fato de, por um lado, cada ideia "representar o Bem único", mas, por outro, "cada fenômeno ter parte nas ideias que representam o Bem. Essa capacidade é força, *dynamis*, ela não provém das ideias do Ser – na medida em que o significado destas se cumpre em seu Ser em si –, mas de Deus, sem cujo Ser-bom não haveria existência, que, por essa razão, Platão situa ainda 'além do Ser, em categoria e poder' (...)". Contudo, esse "Ser além do Ser", Platão atribui à ideia impessoal do Bem, e não ao Deus pessoal; e explica a existência dos fenômenos, em sua teologia, não com base na participação nas ideias, mas porque um Deus pessoal bom os criou à sua imagem e semelhança. É somente para encobrir a contradição entre sua teologia e sua doutrina das ideias que Platão faz Deus criar os fenômenos não apenas "semelhantes o mais possível a ele", como também "tomando em especial consideração o que permanece sempre idêntico a si mesmo, que lhe serve de modelo". Um Deus pessoal que, por um lado, cria o mundo à sua imagem e semelhança e, por outro, um mundo da aparência enganadora – que, não obstante, participa do verdadeiro Ser das ideias – resulta em duas visões de mundo diversas e incompatíveis.

Transcendência e imanência de Deus em relação ao mundo – ou das ideias em relação aos fenômenos – é uma contradição lógica. Nesse sentido, após haver explicado (p. 43) que, em Platão, a ruptura entre o mundo transcendental do Ser e o mundo empírico do devir e da aparência é "fundamental e radical", Hoffmann observa (p. 56): "Devido ao seu Ser absoluto, as ideias são e permanecem sendo transcendentes em relação ao devir. Deus, na medida em que também é ideia, é igualmente transcendente; (...)". Na verdade, o próprio Platão não afirma em parte alguma que Deus é uma ideia; se, porém, assim o entendemos, então também Deus, como ideia – e devido ao Ser absoluto que cabe às ideias –, permanecerá transcendente em relação a todo devir. Hoffmann, porém, prossegue (p. 56): "(...) mas (Deus) é, ao mesmo tempo, imanente em relação ao devir, visto que somente ele dispõe da potência dinâmica". Na tentativa de defender a filosofia platônica da acusação de contraditória, essa interpretação cai em contradição não apenas consigo própria, mas com Platão também. E isso porque, segundo Platão, as ideias estão "presentes nas coisas, assim como as coisas participam das ideias"; e essa presença e participação cumpre-se, na doutrina platônica das ideias, sem qualquer colaboração divina. Hoffmann, entretanto, afirma (p. 56 e s.): "Onde se permite ao emipírico participação e caminhada; onde lhe é permitido um genuíno devir – ou seja, um devir que vai para o Ser –, aí aquela força advém não do próprio empírico (pois este é, em si, desprovido de essência. Mas mesmo o empírico criado por Deus?), nem da multiplicidade das ideias (que são metas indicativas do caminho, mas não fatores dinâmicos), mas tão somente do divinamente Bom (...)." Contudo, na passagem decisiva a esse respeito – *República*, 508/9 –, Platão caracteriza esse "divinamente Bom" como sendo não um Deus pessoal, mas a ideia impessoal.

A contradição entre a transcendência e a imanência de Deus é um problema também para a teologia cristã. Esta, porém, não apela para a razão lógica, mas para a fé. Como Deus está acima das leis da natureza e do espírito, pode operar milagres em ambas as esferas. Que seja ao mesmo tempo transcendente e imanente é um desses milagres.

Na tentativa de apresentar como conciliáveis a transcendência e a imanência do Deus platônico, Hoffmann não se baseia em que também esse Deus pode operar milagres, mas concede ao próprio Platão tal capacidade, na medida em que lhe confere o direito de abolir o princípio da contradição (p. 54 e s.). "O princípio eleático da contradição, segundo o qual o que se opõe de forma contraditória não pode ser reunido, parece ter sido anulado, e, nesse caso, de fato o foi. Platão, afinal, tem consciência de que o pensamento, quando reflete sobre a participação (*metexis*), não se move na esfera noética, ôntica, horizontal, por assim dizer, para a qual Parmênides descobriu o princípio da contradição. Ao pensar a *metexis*, o pensamento move-se antes na dimensão dinâmica, vertical. O problema que aí se apresenta não é no que consiste aquilo que é, mas sim de que maneira o devir aspira a um Ser. Ou seja: não se trata da relação que guardam entre si duas coisas que são, mas da relação de algo que não é para com o Ser. Deus é a razão de existir essa relação e de ser possível um aspirar, um imitar, um buscar a participação. Porque somente nessa participação existe vida, e Deus é a única *causa existentialis*." É bem difícil compreender o que significa – se é que significa alguma coisa – a diferença entre o pensar na dimensão horizontal e o pensar na dimensão vertical. Se significa que o princípio da contradição só se aplica às afirmações sobre o que é, mas não ao que está em processo de devir, não se pode dizer que isso seja evidente. É certo, porém, que um "pensar" para o qual se aboliu o princípio da contradição – sendo, portanto, admissível fazer afirmações contraditórias sobre um único e mesmo objeto, como, por exemplo, que as ideias são iguais entre si, mas ao mesmo tempo diversas umas das outras (p. 102) – não mais se processa dentro dos limites da razão humana e, assim, não é mais um pensar, no sentido específico da palavra. Ou, em todo caso, não se trata mais de um pensamento científico. Hoffmann, no entanto, defendendo Platão da concepção de sua filosofia como uma mística, afirma com a máxima ênfase que a esfera das ideias platônicas – para a qual ele aboliu o princípio da contradição – é a "esfera objetiva da ciência", o terreno "do pensamento metódico da ciência" (p. 52). Um terreno no qual se podem sustentar duas afirmações excludentes no plano do pensamento não é um terreno da ciência metódica, mas da fantasia utópica. E precisamente esse é o terreno da doutrina das ideias e da teologia platônica.

517. Friedrich Solmsen, "Plato's Theology", *Cornell Studies in Classical Philology*, vol. XXVII, 1942, tenta eliminar a contradição entre a doutrina das ideias e a teologia platônica. Solmsen explica (p. 72 e s.): "Many who could never grasp the Ideas themselves (...), will be influenced by the description of morally unimpeachable gods and heroes; (...)". "(...) the whole body of guardians, [in the ideal state] does not need philosophical culture. What they do need is the right state of mind, and this can be imparted to them if religion and poetry exhibit these same qualities – though, obviously, in a more sensuous medium – which the future rulers will finally perceive in their purest essence. The philosopher-rulers will look upon the ideas as ταραδείγματα – models and perfect forms of the different virtues; for the majority of the guardians, the gods and heroes will have that role. The philosophers will know that the idea of the Good is the source of every particular good; most of the guardians will be ignorant of this cause, and will acquiesce in the belief that whatever is good comes from the gods". Essa, de fato, parece ser a opinião de Platão. Com isso, porém, não se elimina a contradição entre a verdade da religião popular – é esta que Platão mantém em seu Estado ideal – e a verdade da doutrina das ideias. Tem-se algo diverso quando, com referência à contradição entre a doutrina das ideias e a teologia de Platão, Solmsen escreve (p. 73): "It might be said that the Ideas are the formal, the gods the efficient cause, and that as Aristotle would say the formal cause needs the efficient in order to be realized". Mas isso não é a doutrina das ideias de Platão. Segundo esta, a ideia do Bem é, ao mesmo tempo, a "formal" e a "efficient cause" de todo Bem particular no mundo.

528. Nenhum sistema teológico pode escapar da contradição entre determinismo e indeterminismo. Aí, é de importância secundária se o conflito nasce por ser a onipotência da divindade inconciliável com sua justiça retributiva (como pode o homem ser responsabilizado, pela divindade, por ter agido mal, se também esse agir se dá pelo poder da divindade?) ou se, como em Platão, porque a defesa do Bem conduz forçosamente à tese: todo

homem deseja apenas o Bem, logo só age mal contra a sua vontade, mas a justiça retributiva, ainda assim, exige sua punição. Uma vez que, num sistema ideológico, não importa a ausência de contradições – ou não basicamente, pois não se trata do conhecimento objetivo –, ambas as posições são mantidas e, conforme a necessidade, trazidas ora uma, ora outra para o primeiro plano. Cf. Konstantin Ritter, *Platon*, vol. II, Munique, 1910, p. 784.

532. Werner Jaeger, *Paideia*, vol. III, 1944, p. 101 e ss., admite que, segundo a exposição de Platão, "a alma que escolhe não é uma folha em branco". Mas sustenta que a ideia platônica da *paideia* pressupõe a liberdade de escolha. Jaeger busca encobrir a contradição na filosofia platônica afirmando que Platão faz "uma tentativa audaciosa para conciliar a consciência moral do dever, que vive em nós, com a antiga e oposta fé grega no *dáimon*, que encadeia magicamente todos os atos do Homem, desde o princípio até o fim". Se é essa a tentativa de salvar a ideia do livre-arbítrio como premissa da *paideia* e, portanto, da moralidade, Platão não obteve êxito nesse intento:

544. *República*, 415. R. H. S. Crossman, em *Plato Today*, 1937, p. 265, observa: "Plato does in *Republic* 415 admit the bare possibility that a 'civilian' might be found worthy of promotion to the ruling élite. This admission occurs, however, in a parenthesis and is nowhere elaborated. Since the education of the ruler begins at birth, it is difficult to see how a craftsman could ever show himself worthy of promotion. Plato, with his beliefs about the degrading effects of 'banausic' occupations, can hardly have considered it likely that he ever would".

550. Em *Leis*, 922 e s., Platão rejeita decididamente o princípio do *laissez-faire/laissez-passer*. Acusa de "miopia" e "compreensão insuficiente das questões humanas" os legisladores que partem do princípio de que "cada um deve desfrutar de liberdade ilimitada para, a seu bel-prazer, dispor do que é seu". O legislador correto diria a seus súditos: "Criaturas de um dia que na verdade sois, sois incapazes de perceber corretamente vossos próprios assuntos; que dirá então, em vossa condição presente, alcançar o pleno autoconhecimento, conforme exige o oráculo délfico? Eu, pois, como vosso legislador, declaro que não pertenceis a vós mesmos, assim como tampouco vossos bens vos pertencem, mas, antes, a toda a vossa estirpe, passada e futura. E mais: toda a vossa estirpe e fortuna pertencem, mais exatamente, ao Estado. Sendo assim, não assistirei calado quando, estando abalados pela doença ou pela velhice, alguém vos seduzir com lisonjas e procurar vos convencer a dispor do que é vosso de uma maneira que contradiga o que a razão julga bom. Ao contrário: editarei minhas leis tendo em vista o todo, o que é melhor para a totalidade do Estado e da estirpe, preterindo, como é justo que o faça, os desejos dos indivíduos. Quanto a vós, que possais, em paz e benevolentes para conosco, cumprir o caminho que, em conformidade com o curso natural da vida humana,

ora trilhais. Nós, de nossa parte, cuidaremos de todos os vossos assuntos e, da melhor maneira possível, colocaremos sob nossa guarda tudo quanto a eles se relaciona". Isso significa um coletivismo estatal radical, o princípio do Estado totalitário.

553. *República*, 494. Pouco mais adiante (496), Platão fala do "número insignificante" daqueles "dignos de conviver com a filosofia", dos que "conheceram suficientemente a loucura da multidão" e sabem que, "dizendo-o claramente, ninguém executa nada de sensato no governo dos Estados". Tal filósofo seria como "um homem caído no meio das feras", um homem que se encontra sozinho "ante um bando de monstros".

554. Platão reconhece, sem reservas, a escravidão como tal. Apenas exige, em *República*, 469, que os helenos não sejam feitos escravos. Em *Leis*, 777, Platão defende o ponto de vista de que: 1) "os escravos, se devem máxima obediência, não podem ser nossos conterrâneos, mas, tanto quanto possível, falantes das mais diversas línguas"; 2) é preciso "conceder-lhes um tratamento justo", ou seja, livre "de toda impiedade e injustiça". "Quando merecem, no entanto, tem-se de castigar os escravos; não podemos mimá--los, restringindo-nos a meras admoestações, qual se tratasse de homens livres. Ao falar-lhes, cumpre que, sem qualquer exceção, lhes dirijamos ordens, evitando incondicionalmente qualquer brincadeira com os criados, sejam mulheres ou homens (...)."

580. *Leis*, 942. Essa afirmação tem por contexto considerações sobre a guerra. Platão afirma: "Nesse terreno, ninguém, seja homem ou mulher, deve estar sem um comando; alma alguma deve acostumar-se, a sério ou de brincadeira, a fazer algo com as próprias mãos. Na guerra e na paz, cada um tem sempre de olhar para o comandante e deixar-se conduzir por ele a cada passo de sua vida, por mínimo que seja. Cada um, pois, tem de deter-se se ele assim ordena, ou marchar, exercitar-se fisicamente, banhar--se, comer, levantar-se durante a noite para montar guarda ou executar um comando, e, no próprio combate, não perseguir o inimigo ou esquivar-se dele sem ordem expressa do comandante. Em suma: cada um deve disciplinar sua alma de modo a que nem sequer em pensamento lhe ocorra de fazer algo sem a companhia dos demais; antes, a vida de todos deve constituir, tanto quanto possível, *uma* grande comunidade, sólida e fechada em si mesma, pois esse é o melhor, o mais poderoso e o mais apropriado meio de salvar-se e obter a vitória na guerra. Assim, mesmo na paz e desde a infância, isso deve ser objeto do mais diligente exercício, a fim de que as pessoas não aprendam menos a obedecer do que a dar ordens aos outros". Inequivocamente, Platão defende aí – conforme acentua Karl Raimund Popper, *The Open Society and its Enemies*, vol. I: "The Spell of Plato", 1962, p. 90 (Θ) – o princípio do comando, no âmbito de uma ordem social rigorosamente coletivista. É certo que, de início, ele o aplica somente à guerra; posteriormente, contudo, expande-o, transformando como que naturalmente

esse princípio na ordem da totalidade da vida. É altamente significativo que ele não faça qualquer diferença essencial entre a vida na paz e na guerra.

Contudo, a partir da exposição de Werner Jaeger, *Paideia*, vol. III, 1944, p. 47, tem-se a impressão de que o ideal social de Platão é o individualismo. Jaeger designa a transformação do "Estado numa instituição educacional encaminhada para o desenvolvimento da personalidade humana como o mais alto valor individual e social" e a "verdadeira missão do 'Estado' platônico em relação à *paideia*". Isso é difícil de compreender, visto que apenas uma pequena minoria da população – os membros da classe dominante – desfruta da educação.

591. R. H. S. Crossman, *Plato Today*, 1937, p. 274, refere-se à "Plato's obsession that change is dangerous and that at all costs innovations, even in song and dance and literature, must be suppressed". E Karl Raimund Popper, em *The Open Society and its Enemies*, vol. I: "The Spell of Plato", London, 1962, p. 86 (Θ), explica: "His fundamental demands can be expressed in either of two formulae, the first corresponding to his idealist theory of change and rest, the second to his naturalism. The idealist formula is: *Arrest all Political Change!* Change is evil, rest divine. All change can be arrested if the state is made an exact copy of its original, i.e. of the Form or Idea of the city. Should it be asked how this is practicable, we can reply with the naturalistic formula: *Back to Nature!* Back to the original state of our forefathers, the primitive state founded in accordance with human nature, and therefore stable; back to the tribal patriarchy of the time before the Fall, to the natural class rule of the wise few over the ignorant many".

594. *República*, 435. Paul Shorey, "The Idea of Justice in Plato's Republic", *The Ethical Record*, vol. II, nº 4, 1890, p. 191, observa: "When the parallel between man and state has been worked out, the definition of justice easily detaches itself". O que Shorey tem em mente aí é evidentemente o princípio da divisão do trabalho – ou seja, o princípio de que cada uma das três classes tem de manter-se dentro dos limites da função que lhe foi destinada. Isso porém, segundo o exposto na *República*, não é de forma alguma apresentado como uma resposta definitiva à questão sobre a essência da justiça. Platão não se fixa em qualquer definição de justiça. E essa definição parece demasiado pobre até mesmo para um apologeta como Shorey, que acrescenta: "but, as often happens, the formula when won is less significant than *was* anticipated during the search". Como conteúdo essencial da definição de justiça, Shorey vê o fato de ser ela "applied to prevent any class from trenching on the domain of the others" (p. 192). Será esse, então, o resultado último da filosofia social de Platão!

Karl Raimund Popper, *The Open Society and its Enemies*, vol. I: "The Spell of Plato", London, 1962, p. 78 e s., 85, 94, 126 e 172 (Θ), crê igualmente que Platão teria dado uma resposta definida para o problema da essência da justiça. Afirma, assim, "that Plato attented to present his totalitarian class rule as 'just'" e que, para Platão, "justice is defined, practically as that which serves the interest of his totalitarian state". Popper formula da seguinte maneira o conceito platônico de justiça: "Men must be taught that justice is inequality and that the tribe, though collective, stands higher than the individual". Afirmações desse gênero certamente podem ser encontradas na *República*; Platão, entretanto, cuida para não apresentá-las como sua opinião definitiva. Quando caracteriza a definição platônica do conceito de justiça como "anti-equalitarian", "collectivistic", e "totalitarianism", Popper está identificando a Constituição do Estado ideal platônico com a ideia platônica da justiça. O próprio Platão, porém, não faz essa identificação. Certo é apenas que Platão recusa-se a fazer valer a liberdade individual e a igualdade – as bases da democracia – como princípios da justiça.

620. Werner Jaeger, *Paideia*, vol. III, 1944, p. 35 e s., afirma que o *Teeteto* atua como "uma ilustração contínua da descrição, que ocorre na *República*, do que seja a educação filosófica através da dialética. Consta da tarefa de um legislador da paideia que ele não pode expor a dialética nesse âmbito à luz de um exemplo, como aliás não se faz em nenhuma das fases anteriores da *paideia*. Tais exemplos se produzem, no fundo, em todos os outros diálogos platônicos onde se investigam dialeticamente problemas de tipo mais especial, levando o leitor a compreendê-los com absoluta clareza". A julgar pela passagem citada no texto, essa é a função essencial da dialética, a razão pela qual ela é o coroamento de toda a ciência e conduz à definição conceitual do Bem. Se o *Teeteto* é uma ilustração do procedimento caracterizado como dialética, ele há de resultar na definição conceitual do Bem. Mas esse não é o caso. Se, na *República*, Platão figura como "legislador da *paideia*", por que seria da natureza de sua missão não apresentar quaisquer exemplos do procedimento dialético? O caso haveria de ser precisamente o contrário. Como se há de ensinar e aplicar esse procedimento, cujo conhecimento é imprescindível para os condutores do Estado, se 'o legislador que o prescreve nada mais tem a dizer a seu respeito do que vagas generalidades? Afirmar que "todos os outros diálogos platônicos" oferecem-nos exemplos do procedimento dialético só é possível se por dialética entende-se a socrática, que se diferencia da que Platão quer ver aplicada pelos dirigentes do Estado ideal, já pelo fato de não conduzir à meta em razão da qual – e somente em razão da qual – o filósofo governante tem de ser um dialético: o conhecimento do Bem.

635. Como Ernst Hoffmann supõe ser a ideia do Bem idêntica a Deus, tenta interpretar a afirmação de Platão de que o Bem sobrepuja o Ser, no sentido de que o primeiro está dentro da esfera do segundo. Do contrário, não se poderia atribuir um Ser a Deus. Em *Platon*, 1950, p. 197, Hoffmann afirma: "Quando Platão caracteriza a ideia do Bem como algo que está 'além do Ser', o que quer dizer com isso é que ela está acima, mas não fora dos limites do Ser, da mesma forma como – para usar uma comparação –

o governante está acima do povo, mas não fora de seus limites. Para Platão, Deus é 'algo que é' (...)." Na medida em que o governante está acima do povo, não pode estar em seu seio, no seio do "povo" acima do qual está. Se dizemos do governante que está acima do povo e que pertence a esse mesmo povo, utilizamos a palavra "povo" em dois sentidos distintos: por um lado, como o que está sujeito ao governantes; por outro, como todos que, de alguma maneira – seja como governados ou como governante –, pertencem ao Estado. Se a ideia do Bem está além do Ser, ela não pode, ao mesmo tempo, estar dentro dos limites desse mesmo Ser. Quem afirma o contrário tem de apoiar-se no mistério da transcendência que não exclui a imanência.

637. *Mênon*, 81. Simone Pétrement, *Le Dualisme chez Platon, les Gnostiques et les Manichéens*, 1947, p. 90, observa acertadamente: "Mais à bien y regarder, tout est grâce, chez *Platon*. L'homme ne crée pas la vérité, il la reçoit, il la voit; s'il s'en souvient, c'est qu'autrefois il la vue".

638. *República*, 540. Cf. tb. *República*, 520, onde se diz dos governantes que, "no tocante ao Belo, ao Justo e ao Bom", teriam "divisado a verdade" (διὰ τὸ τἀληθη ἑωρακέναι καλῶν τε καί δικαίων καί αγαθῶν πέρι). F. M. Cornford, *Mathematics and Dialectic in the Republic*, VI-VII, "Mind", vol. XLI, 1932, p. 189 e s., aponta para que, no *Banquete* e no *Fedro*, tanto quanto na *República*, Platão emprega a linguagem dos mistérios eleusínios. "It is appropriate because initiation ended with the ἐποπτεία, the sight of certain sacred objects 'in a blaze of light' coming after a long process of purification and instruction (λεγόμενα) in the significance of the rites that had been witnessed (δρώμεα)."

639. Se houvermos de distinguir a dialética platônica da socrática, então é essa tendência à mística que nos oferece o critério distintivo. Werner Jaeger, *Paideia*, vol. III, p. 383, crê que Aristóteles, *Metafísica*, M4, 1078b 25, embora consciente da origem da dialética platônica nos diálogos socráticos, faz nítida distinção entre essa origem "e a 'energia dialética' (διαλεκτική ἰσ χός) altamente desenvolvida, referindo-se à fase posterior de Platão ou ao seu próprio método, que naquela época ainda não existia". Até onde sabemos, Sócrates, na realidade, jamais afirmou que se poderia divisar a ideia transcendente do Bem pela via da especulação conceitual racional.

644. Especialmente com respeito à apresentação da dialética como um procedimento que, partindo da hipótese, busca chegar ao que não admite hipóteses – ao princípio de tudo –, adotando um proceder que, sem usar imagens, apoia-se "única e exclusivamente na coerência interna dos conceitos puros" (*República*, 510), Werner Jaeger, *Paideia*, vol. III, p. 13, observa: "Mas é visível que Platão não pretende explanar aqui, numa página, os últimos segredos da sua teoria do método e da sua lógica, como parece supor a maioria de seus intérpretes, que encontram aí desde sempre o seu paraíso (...)". Platão, porém, não desenvolveu em nenhuma outra parte de sua obra

os "últimos segredos da sua teoria do método e da sua lógica": eles permaneceram um segredo.

652. Ernst Howald, *Platons Leben*, 1923, p. 105. Em seu escrito "Ethik des Altertums", *Handbuch der Philosophie*, org. por A. Baeumler e M. Schröter, seg. III, artigo B, p. 40, Howald afirma que o insucesso da tentativa de Platão de converter Dionísio à sua filosofia política "tirou de Platão a certeza de sua doutrina absoluta: desse momento em diante, ele perdeu a fé no descortinamento direto do mundo conceitual transcendente através do conhecimento racional pela via da dialética; paulatinamente, ele substitui o conhecimento por uma intuição e uma disposição a ser adquirida mediante uma educação espiritual – ou seja, transforma-se num místico".

653. *Carta VII*. Werner Jaeger, *Paideia*, vol. II, 1944, p. 305, observa: "Segundo a teoria de Platão, por mais arguta que seja a inteligência, ela não tem acesso direto ao mundo dos valores, que, em última instância, é o que interessa à filosofia platônica". Isso é, sem dúvida, correto. Jaeger, entretanto, prossegue: "Na *Carta VII*, o processo de conhecer é descrito como um processo gradual que se vai desenvolvendo ao longo da vida inteira e faz a alma parecer cada vez mais com a essência dos valores que aspira a conhecer". Contudo, acerca do conhecimento do mais elevado e universal dos valores – o Bem –, Platão tão somente afirma na *Carta VII* que ele surge "subitamente" na alma, qual uma luz acesa por uma "fagulha a saltar". Isso é tudo, menos "paulatino".

654. F. M. Cornford, *Mathematics and Dialectic in the Republic*, VI-VII, "Mind", vol. XLI, 1932, p. 188, escreve: "The experience Plato means [na *Carta VII*] is, I believe, rather an act of metaphysical insight or recognition than what we should call a 'religious' experience – certainly nothing of the nature of trance or ecstasy". O próprio Cornford, porém, aponta para o fato de Platão, ao falar da visão do Bem, servir-se da linguagem dos mistérios (cf. nota 637). A visão dos objetos sagrados nos mistérios eleusínios dá-se num estado que não é outro senão o do êxtase. Por fim, Cornford afirma sobre quem passa pela experiência descrita na *Carta VII*: "He becomes a god, knowing the true from the false, the good from the evil, and incapable of error and wrong doing". O que mais pode ser isso senão a experiência tipicamente mística da identificação com a divindade?

662. Ernst Hoffmann, *Platonismus im Mittelalter*, 1926, p. 50 (O), crê que a especulação platônica sobre o absolutamente Bom não seja mística, mas "mítica", e que Platão não seria um místico, mas sim um "mitopoeta". "Por toda parte, Platão caracterizou de modo especial a posição particular da rainha das ideias. Em correspondência com o estar 'além do Ser' tem-se que, enquanto as ideias são apreendidas como algo acessível a todo dialético, algo que é necessário pensar da maneira mais clara, se diz expressamente do princípio supremo que ele 'mal' (μόγις) se apresentaria visível mesmo para quem obteve a maestria na dialética. De modo semelhante,

Platão não esconde que, embora todo pensamento lógico ascenda continuamente até a ideia suprema da dialética, a distância que vai da *usia* e da *ofeleia* até a *arche* já não pode ser percorrida, mas somente vencida com um salto (...) Ademais, a região suprema do Um é claramente destacada daquela das ideias e do conhecimento, porque a forma pela qual o filósofo se expressa é fundamentalmente distinta e oposta ao *logos* da dialética, isto é, faz-se mítica, tão logo se trate do governo do princípio supremo (...) Quem examina a doutrina platônica como um todo não duvidará de que colocar um motivo – o 'Bem em si' – no lugar do princípio supremo significa expressar o primado da *ofeleia* sobre a *usia*, da *techne* sobre a *episteme* (...) A doutrina do primado do Bem sobre o Ser não está, portanto, além da esfera dialética: a tarefa é, antes, metafísica. Apresentar a essência do Bem em sua função criadora; prover um conceito que reina sobre o Ser de modo a torná-lo compatível com a origem, ou seja, com o devir; efetuar, pois, esse trabalho contraditório do ponto de vista lógico é que é coisa da imaginação metafísica e do discurso mítico. – Expressando-o, pois, da forma mais resumida possível: a existência do Bem como princípio supremo é coisa que se encontra ainda no terreno da dialética; já a sua essência é assunto para o mito (...) Resulta daí o mito segundo o qual o Bem, como arquiteto divino e segundo o modelo das ideias eternas, constrói o mundo como uma obra acabada de arte. Se o primado tivesse sido atribuído ao Ser, o Deus de Platão ter-se-ia transformado num Deus da mística, num Ser no qual a contemplação bem-aventurada teria de mergulhar e dissolver-se. Tendo sido atribuído ao Bem, a filosofia platônica desemboca não em uma mística contemplativa, mas numa mitologia demiúrgica, na produção e dotação ativa e artística de uma figura divina à qual o mito permanece 'aparentado', na medida em que o próprio mitopoeta cria de forma demiúrgica." O "salto" exclusivamente por meio do qual o "conhecimento" do absolutamente Bom pode realizar-se é precisamente um salto para fora da esfera do pensamento racional e rumo a uma esfera que não exclui a contradição lógica: a da metafísica irracional. O mito é apenas uma forma de exposição, e, a julgar somente por seus diálogos, Platão é um metafísico que usa o mito na apresentação de suas teses metafísicas não fundadas em qualquer conhecimento racional. Em sua obra *Platon*, 1950, p. 30, Ernst Hoffmann explica que Platão não seria um místico, pois faltar-lhe-ia o conceito da "união com o Um", característico da mística. "Quando Platão fala sobre o afastamento da alma de tudo quanto é terreno e de seu voltar-se, ou mesmo de sua fuga, para o divino – referindo-se aí à 'máxima assemelhação possível com Deus' [*Teeteto*, 176] –, isso significa algo inteiramente diverso de um êxtase místico ou de uma união: significa aperfeiçoamento humano com base no conhecimento purificado e na direção do divinamente Bom; jamais um retorno da alma à sua origem. O conceito da união com o Um contradiz tanto o dualismo fundamental da noologia platônica

(...) quanto o conceito platônico de Deus." É correto que a essência da mística consiste na anulação de toda relação entre sujeito e objeto do conhecimento, e que essa identificação do primeiro com o segundo é diverso do princípio da igualdade entre um e outro – o princípio da afinidade (cf. Christian Janentzky, *Mystik und Rationalismus*, 1922, p. 17). A exigência do fazer-se semelhante a Deus ainda não significa misticismo. Contudo, ante a diversidade essencial que se supõe haver entre Deus e o homem, essa exigência não pode ser atendida. Quem fosse igual a Deus seria Deus, e, como só pode haver um único Deus, idêntico a ele. O princípio da afinidade entre sujeito e objeto do conhecimento tem, inevitavelmente, de converter-se no da união de sujeito e objeto. Ao contrário do que Hoffmann supõe, o "aperfeiçoamento" não se produz por meio do conhecimento e "na direção do divinamente Bom", mas somente mediante o conhecimento do divinamente Bom, e, segundo a explicação oferecida por Platão na *Carta VII*, esse "conhecimento" é possível, e, aliás, através de um ato que nada mais tem a ver com o conhecimento racional. É um ato da intuição, e esta é um elemento característico da mística (cf. J. Ellis McTaggert, *Philosophical Studies*, 1934, p. 47 e s. Encontra-se opinião contrária em Karl Jaspers, *Psychologie der Weltanschauung*, 1919, p. 73 e s.; Jaspers compreende o conceito da mística num sentido mais restrito do que o que se verifica na história da mística). O que se tem é uma experiência altamente pessoal, cujo conteúdo não se deixa exprimir por meio das palavras da linguagem humana e, portanto, tampouco sob a forma do mito; é algo que há de estar além do que costumeiramente se chama de metafísica, da qual não se pode dizer que não emprega fartamente a linguagem humana. Julgando-se não apenas por seus diálogos, mas também pelo que Platão diz na *Carta VII*, resulta que, aplicada ao conhecimento do absolutamente Bom, sua tese de que o conhecimento só ocorre entre assemelhados aproxima-se tanto de uma união mística que mal pode ser dela diferenciado. Que essa união é incompatível com o dualismo platônico, é correto. Contudo, essa contradição não seria a única de sua filosofia. O próprio Hoffmann admite que o dualismo "fundamental" de Platão pode ser superado. Constata (p. 44 e s.) assim ser possível, segundo Platão – e pela "providência divina" –, a coincidência das duas esferas separadas pelo *khorismos*, e que Platão, ao longo da *Carta VII*, apoia-se seis vezes nessa mesma providência divina (p. 190). Quanto ao caráter não místico da filosofia platônica, Hoffmann aponta (p. 31) para a alma do mundo, que caracteriza como "a lei matemática imanente ao cosmo, que lhe possibilita e conserva a vida (...)". Se há algo que se deixa exprimir com racionalidade e exatidão, esse algo é uma lei matemática. Hoffmann, porém, acrescenta de imediato que, com respeito à alma do mundo criada por Deus num ato especial de criação, se está diante de uma daquelas questões "que transcendem o horizonte da razão humana", acrescentando ainda que, segundo Platão, somente uma expressão "mitopoética" seria admissível no trato de tais questões. Trata-se, pois, de uma "lei matemática" relativa a algo que transcende o horizonte da razão e só pode ser expresso de forma mitopoética? Esse não é um argumento muito convincente contra a visão de Platão como místico.

667. A moderna interpretação platônica tem um caráter extremamente acrítico, e mesmo apologético. Identifica-se com sua metafísica ou abstém-se de distinguir claramente uma abordagem do ponto de vista da história dos dogmas de uma postura dogmática em relação à doutrina de Platão. É o caso, p. ex., de *Platon, Seine Gestalt*, Berlim, 1914, obra muito respeitada de Heinrich Priedmann. Nela, lê-se: "Frente ao curso do tempo, e a partir da forma imperecível que os delimita ante a fuga sofística de toda pressão legal e toda necessidade suprapessoal, cumpre oferecer aos fenômenos um 'amparo no Ser', a fim de que não mergulhem no 'espaço ilimitado da dessemelhança'. Essa obra é tarefa da ideia platônica". Mas trata-se de algo que a filosofia platônica efetivamente realizou ou apenas de uma tarefa que se propôs – como tantos outros sistemas tendo por meta o absoluto –, sem, contudo, executá-la? A resposta – não por acaso – permanece obscura. Bem característica nesse sentido é também a grandiosa obra de Paul Friedländer. Pressupõe-se ali, logo de início, que Platão "descobriu o mundo do que eterna e verdadeiramente é, e que essa descoberta é seu maior feito" (*Platon*, vol. I: "Eidos-Paideia-Dialogos", 1928, p. 4). É como se se tratasse de uma "descoberta" semelhante à de um novo continente, transformada em propriedade segura da ciência, e não de uma meta que permaneceu inatingida na filosofia de Platão tanto quanto em qualquer outro dos muitos sistemas metafísicos, de um mero postulado cuja atestabilidade é ainda hoje tão questionável quanto sempre foi! "Ele buscou o Estado", afirma Friedländer, "e, na busca pelo verdadeiro Estado, encontrou o reino das ideias". Como se Platão o tivesse descoberto de algum modo objetivamente comprovável, e não meramente inventado. Assim é que Friedländer – apenas um típico representante da investigação platônica em nossa época, alheia a toda crítica – apresenta também a doutrina platônica do Bem de tal forma, como se Platão houvesse conseguido de fato solucionar o problema, compreender a essência da justiça e definir seu conteúdo de forma universalmente válida. Com sua pergunta sobre o Justo, Sócrates teria feito ver aos outros que não sabiam a resposta. Teria, pois, apenas procurado a resposta, e, aliás, no conceito; e a teria dado, por fim, unicamente com sua vida e morte. "Platão vê e dá forma a essa vida e morte. Mas vê mais. Encontra a resposta também sob a forma de um filosofema; através da figura de Sócrates, divisa a ideia. 'O justo' divisado e exibido como entidade eterna, como modelo primordial: eis a resposta à pergunta de Sócrates, lida na própria realidade que se chamava Sócrates" (*Platon*, vol. I: "Eidos-Paideia--Dialogos", 1928, p. 69). Isso é típico de uma ciência da Antiguidade que quer fazer crer ao nosso tempo que Platão teria efetivamente respondido à

pergunta de Sócrates, embora tenha de admitir que Platão afinal ocultou essa resposta sob a forma de um segredo indizível. Contudo, Friedländer refere-se à "consistência do *agaton* que ele [Platão] contemplara (...)", como se Platão houvesse, de fato, divisado o Bem. E, nesse mesmo espírito, relata-se a descrição platônica do caminho rumo ao *agaton* como verdadeiramente percorrido por ele, conduzindo à meta: "Se já a subida exigira grande esforço, agora, atingida a meta, o olho é incapaz de enxergar de imediato a realidade suprema, pois a vista confunde-se tanto na passagem do claro para o escuro quanto do escuro para o claro (*República*, 518 A). Assim, os olhos encontram-se agora tão cheios de luz e de tal maneira ofuscados, que, a princípio, nada podem ver daquilo que é desvendado (516 A). Segue-se, porém, a visão plena do que está acima (θέα τῶν ἄνω, 517 B). A alma acostuma-se ao brilho e vê-se, afinal, em condições de suportar o mais resplandecente dentre tudo quanto é: o modelo primordial do Bem (518 C)" (p. 80). Embora Friedländer observe com muita propriedade que "mostrar" o caminho do conhecimento e "percorrê-lo são duas coisas distintas" (p. 71), ele não percebe aqui (p. 80) – ou crê não dever perceber – que "a visão plena do que está acima" não se oferece àqueles para os quais se dirige a obra do filósofo; nem que essa orgia de imagens nada diz sobre a essência do Bem. Do ponto de vista de uma filosofia científica – ou de uma história da religião –, sob cuja égide se dá a exposição de Platão, não se pode ignorar, ante a profusão e o caráter impressivo das imagens, que não se descobre "o que está acima" e não se conhece de modo algum qual é verdadeiramente o conteúdo desse "modelo primordial" do Bem. "Um caminho que vai da escuridão à claridade; um caminho escalonado, não desprovido de dificuldades várias e não acessível a qualquer um; mas um caminho em cujo fim algo divino mostra-se em luz ofuscante aos olhos (...)" (p. 81). Mas mostra-se mesmo? A ciência pode identificar-se com essa afirmação de Platão? Pode repeti-la com confiança, se ele nada nos oferece que a comprove objetivamente? "A meta suprema envolta num segredo não estabelecido arbitrariamente (...)", escreve Friedländer – mas onde está a garantia de que seu conteúdo tem existência objetiva? Decerto, não na fundamentação que Friedländer nos oferece ao completar: "(...) mas que, por isso mesmo, não carece de uma profanação pela palavra, pois com palavras não se pode expressá-lo (...)". Mesmo que Friedländer não deseje percebê-lo, o que se tem aí é misticismo, no sentido de atitude espiritual pela qual uma consciência não mística, mas científica, só pode ter um interesse psicológico. Contudo, dado que a filosofia platônica se apresenta como uma doutrina da justiça, a ciência não pode passá-la adiante sem constatar que não possui qualquer conteúdo objetivamente apreensível. A renúncia a toda e qualquer crítica, embasada na reverência ante a grandeza histórica, pode facilmente favorecer a tendência a empregar-se hoje a doutrina platônica da justiça, desprovida de conteúdo, como ideologia para os mesmos interesses antidemocráticos a serviço dos quais originalmente esteve. Um certo renascimento de Platão na Alemanha evidentemente não se deu sem esse pano de fundo político! Assim é que um dos mais proeminentes estudiosos de Platão escreve no prefácio de sua volumosa obra: "Meu maior desejo é que os ensinamentos políticos do autor da *República* e das *Leis* sejam compreendidos e seriamente considerados por muitíssimos de meus compatriotas; que deles façam sua própria convicção, para que tenha fim o mesquinho egoísmo dos partidos e a paralisadora desconfiança mútua, que são as nossas mais graves misérias. Assim como no Estado da democracia ática, também no nosso reuniram-se homens que as circunstâncias externas muniram de disposição hostil, que frequentemente veem-se à beira de apartar-se uns dos outros em exércitos antagônicos (...) Fosse-nos possível um dia erigir em solo alemão aquele Estado da pura e simples justiça, que tem por propósito supremo a educação de todos os seus cidadãos para a moralidade livre e no qual cada um assume precisamente a posição para a qual encontra-se à altura, na qual – atuando vigorosamente com todas as suas aptidões e graças à consciência da plena capacidade e do interesse público – cada um possa sentir-se feliz (...) Um povo unido nessas bases seria capaz da mais elevada obra no desenvolvimento de sua singularidade, e nenhum poder externo conseguiria mantê-lo curvado sob o jugo da escravidão indigna" (Konstantin Ritter, *Platon*, vol. II, Munique, 1910, prefácio do autor). Diante de tais anseios, é duplamente necessário pôr à prova o conteúdo daquela "pura e simples justiça" e do Estado supostamente erigido com base nela, a fim de verificar que nenhum outro está tão distante de educar a totalidade de seus cidadãos para a moralidade e que essa moralidade pode ser tudo, menos "livre". Mas talvez seja realmente apenas a ingenuidade filosófica a responsável por acreditar-se que, com auxílio da especulação platônica acerca de Bem e Mal, se podem obter êxitos até mesmo extrapolíticos.

678. De acordo com Paul Natorp, *Plato, Ideenlehre*, 1903, p. 328, seria esta a definição do conceito do Bem: a "causa última do Bem" é "a natureza da medida, da simetria". Essa "definição", porém, nada mais é do que a substituição de uma fórmula vazia de conteúdo por outra. Mais facilmente pode-se compreender o verso de "Amphikrates" que Diógenes Laércio cita em *Leben und Meinungen berühmter Philosophen*, vol. I, livro III, p. 27:

"*O que, verdadeiramente, é o Bem que*
Desejas alcançar, é algo ainda mais misterioso
Que o Bem platônico, ó senhor (...)"

Também Plutarco relata, em sua biografia de Díon (p. 14), que no círculo em torno de Dionísio dizia-se que Platão desejava persuadi-lo a abandonar seu exército e "buscar na Academia o Bem misteriosamente oculto" (na tradução de Konstantin Ritter, *Platon*, vol. I, Munique, 1910, p. 126).

693. *Político*, 301. Modifiquei um pouco a sequência dos pensamentos, pois o original não expressa com suficiente clareza a intenção evidente de Platão, que se depreende do exemplo da abelha-rainha, certamente reconhecível por sua aparência. Otto Apelt, em suas notas à tradução do *Político* em *Platons Dialoge*, vol. VI, p. 134, chama a atenção para uma passagem da *Política* de Aristóteles (VII, 14, p. 1332, 16 e ss.) na qual se lê: "Fosse uma parte dos cidadãos tão diferente da outra – como, segundo cremos, os deuses e os heróis o são dos homens –, sobrepujando-a física e espiritualmente de tal sorte que essa superioridade dos governantes se afigurasse indubitável e evidente mesmo para os governados, seria óbvio que os primeiros governariam para sempre, ao passo que os últimos sempre obedeceriam. Como, porém, não se pode facilmente supô-lo e tampouco ocorre o que Squílax narra acerca dos indianos – isto é, que seus reis se sobressaem ante os súditos –, está claro que, por muitas razões, todos os cidadãos têm de participar igualmente do governar e do ser governado".

707. Joseph Maguire, "*Platon's* Theory of Natural Law", *Yale Classical Studies*, vol. X, 1947, acredita que "the dialogues contain many statements about the criteria of positive law and the sources of its validity which are by no means always consistent" (p. 153). Maguire crê poder identificar nos escritos platônicos dois tipos diferentes de teorias do direito natural: "the proximate or partial and his ultimate theories of Natural Law". Por "proximate theories" ele entende "those which treat of the moral criterion on the level of ethics and politics with no explicit inference to its metaphysical base; in other words, all the platonic evaluations of law by criteria which are independent of the will of the legislator, but which are not transcendent to men" (p. 153). Ou seja: uma teoria racional e outra metafísica do direito natural. Essa distinção não se sustenta, pois tanto na ética quanto na filosofia do direito de Platão não se pode abstrair do fundamento metafísico. A teoria racionalista, Maguire acredita tê-la encontrado com especial nitidez em *Hípias Maior*, 284. Ali, Sócrates afirma que nem todas as leis elaboradas pela autoridade seriam leis no verdadeiro sentido da palavra. "Se os que se ocupam de fazer as leis faltam para com o Bem, não se pode mais falar em legalidade propriamente dita e em leis." O critério do direito obrigatório é aí, portanto, o Bem. Mas, segundo Platão, o Bem é uma ideia transcendente. Sem admiti-lo, a definição racionalista fica inteiramente vazia. Quanto à teoria metafísica do direito natural, Maguire aponta sobretudo para *Górgias*, 508. Nessa passagem, Platão faz Sócrates afirmar a necessidade de vivermos corretamente, ou seja, de modo a "não precisar de qualquer castigo (punição)". Mas quem não vive dessa maneira tem de sujeitar-se ao castigo (punição). Para viver corretamente, não se deve "permitir que os desejos reinem desenfreados". Quem o permite "é incapaz de viver em comunidade". E a respeito daquele que carece do sentimento comunitário não se pode falar em amizade. "Afinal, os próprios

sábios (Platão tem em mente aqui provavelmente os pitagóricos) afirmam que são a comunhão, a amizade, a boa conduta, a temperança e a justiça que mantêm coesos o céu e a terra, os deuses e os homens, razão pela qual chamam cosmo a esse todo, e não desordem ou desregramento." Nesse "cosmo", a "igualdade geométrica" desempenharia um papel importante. Maguire interpreta essa passagem da seguinte maneira: Platão "establishes the physical universe (rather its orderliness) as the criterion of Right" (p. 163). O direito natural é o verdadeiro direito quando corresponde ao princípio que governa a totalidade da natureza: o princípio da justiça; e este, segundo Platão, é na verdade um princípio metafísico. Maguire, porém, não percebe a função essencial que esse princípio metafísico cumpre em Platão: o da justificação do direito positivo.

Karl Raimund Popper, *The Open Society and its Enemies*, vol. I: "The Spell of Plato", Londres, 1962 (Θ), caracteriza a doutrina platônica do direito natural da seguinte maneira: "There is an inherent 'natural' order of justice in the world, i.e. the original or first order in which nature was created. Thus the past is good and any development leading to new norms is bad". Popper vincula a doutrina conservadora do direito natural de Platão à tendência geral de sua filosofia, voltada contra todo devir, o que significa contra toda mudança, cf. Livro segundo: a verdade platônica, p. 288. Deve-se considerar, no entanto, que a natureza foi originalmente criada por Deus, e só pode ser conservadora – isto é, contrária a toda mudança das condições existentes – se pressupõe que a condição original não foi efetivamente alterada (como, por exemplo, pelo pecado original). Nesse caso, a doutrina do direito natural aponta não para a preservação, mas para o restabelecimento da ordem original da natureza, não tendo um caráter conservador, mas sim reformador e, por vezes, revolucionário.

721. Não é correta a opinião, bastante defendida, de que os sofistas teriam pregado uma doutrina do direito natural, ou até mesmo uma doutrina revolucionária do direito natural. Hermann Diels, num ensaio intitulado "Ein antikes System des Naturrechts", *Internationale Monatsschrift für Wissenschaft, Kunst und Technik*, vol. 11, 1917, p. 82 e ss., emprestou a essa equivocada opinião a autoridade de seu nome. O ensaio diz respeito a fragmentos de um escrito do sofista Antífon descobertos num papiro proveniente de Oxyrhynchos (Egito) (Hermann Diels, *Die Fragmente der Vorsokratiker*, vol. II, 5. ed., Berlim, 1935, p. 337). Se é correta a suposição de que o papiro de Oxyrhynchos contém passagens do escrito de Antífon "Da verdade", sua interpretação como um direito natural revolucionário revela-se incompatível com a postura inteiramente conservadora que se depreende de fragmentos de um outro escrito atribuído a Antífon: "Do senso comum" (Diels, p. 357 e s.). Quanto à sua relação com o direito positivo – que, de um modo geral, é a mesma que com a moral positiva –, é importante que, nesse escrito, Antífon dá ênfase máxima à educação, decla-

rando-a "o que há de mais importante no mundo"; louva, ademais, a temperança, o autodomínio e, acima de tudo, a virtude da obediência. "Não há nada pior no mundo do que o desregramento. Convencidas disso, as pessoas outrora acostumavam desde cedo suas crianças à obediência e ao cumprimento das ordens, a fim de que, tornando-se homens, elas, para seu horror, não se modificassem sobremaneira" (Frag. 60, 61, Diels). O que se tem em mente aí é sobretudo a obediência às leis. No que se refere ao fragmento de Oxyrhynchos, deve-se considerar que provém de um escrito sobre a "verdade", o qual decerto tinha em primeiro lugar um caráter epistemológico, e não ético-político. Embora Antífon distinga φύσις de νόμος, não se pode esquecer que, para o pensamento antigo, a lei normativa do direito e dos costumes não se diferenciava tão fundamentalmente da lei causal da natureza, como ocorre entre nós. É fato que se distinguia φύσις de νόμος, mas ainda não eram contrapostas nitidamente como lei causal e norma. Nada mais natural, portanto, que num escrito dedicado ao problema da "verdade" se faça uma comparação entre a lei da natureza e a do direito, que se quisesse fazer sobressair a diferença entre os mandamentos da φύσις e os do νόμος – e isso de um ponto de vista epistemológico, sem conflitar a validade da lei natural com a lei do direito. É nesse sentido – e somente nesse sentido – que se pode entender as ponderações dos fragmentos de Antífon. O mais extenso desses fragmentos começa com a constatação: "A justiça consiste em não se transgredir as leis e os costumes do Estado do qual se é cidadão" (Frag. 44, Diels). Não se diz no fragmento que o princípio segundo o qual "justiça é obediência à lei" – o qual expressa a *communis opinio* – seja incorreto ou que haja qualquer outra justiça, mais elevada. O autor limita-se a constatar objetivamente que as consequências da infração da lei natural manifestam-se de forma inevitável – ou seja, independentemente do saber e do querer humanos –, enquanto ocorre o contrário com a violação da lei jurídica. Nesse caso, o fato injusto tem de ser antes conhecido e constatado, a fim de que, então, a consequência da injustiça – isto é, a pena – possa manifestar-se: "Com maior vantagem posicionar-se-á o indivíduo com relação à justiça, quando, na presença de testemunhas, louvar as leis e os costumes, e, na sua ausência, os mandamentos da natureza". Deve-se entender "mandamentos da natureza" inteiramente no sentido daquilo a que hoje chamamos lei natural. "As exigências das leis e dos costumes são arbitrariamente impostas; os mandamentos da natureza, pelo contrário, assentam-se na necessidade. Porque as primeiras não são naturais, mas acordadas, enquanto os últimos não são acordados, mas naturais. Se, pois, quando se infringem as leis e os costumes, não se é notado por aqueles que os acordaram, está-se livre da vergonha e da pena; caso contrário, não. Contrariamente, se são violadas além da medida as leis vinculadas à natureza, ainda que ninguém o perceba, não será menor a desgraça, assim como tampouco será maior se todo mundo perceber. Afinal, o dano não brota aí da opinião, mas da realidade." Embora de maneira ingênua e desajeitada, Antífon debate-se aqui com o problema da diversidade do vínculo entre condição e consequência nas leis natural e jurídica. Acreditando encontrar a distinção que procura na oposição entre realidade e opinião, ele toca no ponto essencial: a dependência do saber e do querer humanos, num caso, e a independência deles no outro. Significativamente, Antífon prossegue: "Investigo essas questões unicamente porque determinou-se estar em contradição com a natureza a maioria daquilo que, segundo a lei e os costumes, se julga justo". Antífon não afirma a injustiça ou ilegitimidade da lei e dos costumes, mas apenas a diversidade contenutística entre lei natural e lei jurídica. Nós o expressaríamos da seguinte forma: à condição vinculam-se, na lei jurídica, consequências inteiramente diversas das da lei natural. Antífon diz: "A lei e os costumes determinam o que os olhos podem e o que não podem ver; o que os ouvidos podem e o que não podem ouvir; o que a língua pode e o que não pode dizer; o que as mãos podem e o que não podem fazer; onde os pés podem e onde não podem ir; e, por fim, o que a nossa vontade pode e o que não pode desejar". O que Antífon tem em vista aqui é simplesmente a *oposição* entre *Ser* e *Dever-ser*. Seria inteiramente equivocado supor que ele defende o ponto de vista de que aquilo que efetivamente ocorre por natureza – tudo quanto os homens efetiva e naturalmente fazem – seria correto e justo, e incorreto e injusto o que as leis exigem deles. Não se acha em Antífon nenhum indício dessa concepção. As explicações que se seguem não são muito claras, e sua compreensão vê-se ainda dificultada pela falta de algumas linhas. "De resto, aquilo de que a lei e os costumes afastam os homens (o que as leis proíbem aos homens) não é mais próximo ou aparentado à natureza do que aquilo a que os incitam (o que as leis determinam)." Não se pode entender essa passagem senão no sentido de que, do ponto de vista da lei da natureza, o conteúdo da lei jurídica é indiferente. "Vida e morte são, porém, processos naturais; a vida é dada aos homens por aquilo que lhes é proveitoso; a morte, por tudo quanto os prejudica. Contudo, o que a lei e os costumes definiram como proveitoso é um agrilhoamento da natureza, enquanto o que provém desta assenta-se na liberdade. Assim, segundo a correta compreensão, o que acarreta sofrimento não é mais proveitoso do que o que provoca alegria. O que provoca desprazer não é mais profícuo do que o que causa prazer, pois o verdadeiramente profícuo não pode ser danoso, mas, ao contrário, tem de ser proveitoso." Não se há de depreender dessas palavras senão que não é forçoso que aquilo que, do ponto de vista da lei jurídica, é proveitoso e danoso o seja também na perspectiva da lei natural. Também aqui o que Antífon tem em vista é só uma diferença objetiva entre νόμος e φύσις, e não uma diferença de valor. Após as primeiras palavras de uma frase incompleta, segue-se, então, uma lacuna no fragmento e, em seguida, a enumeração de alguns exemplos de que a observação do direito e dos costumes por vezes subjetivamente acarreta sofrimento ao indivíduo. Assim, lê-se: "A obediência à lei e aos costumes não seria desvantajosa se a lei concedesse algum suporte aos que se munem de tais princípios ou causasse algum dano aos que, em vez disso, agem contrariamente a eles. Está claro, então, que a justiça assentada na lei e nos costumes não é *suficiente* para auxiliar os que se munem de tais princípios". Tampouco aqui afirma Antífon, de modo algum, que a lei e os costumes seriam injustos; ao contrário: constata que, na sua concepção, o direito positivo é vantajoso a quem se comporta de maneira justa, mas que, não obstante, nem sempre basta para, na realidade, auxiliar aquele que – segundo pensa – é justo. Comparando o direito à natureza, Antífon chega à constatação, bastante acertada, de que, fracassando a sua atuação preventiva, a ordem jurídica reage apenas à violação já consumada do direito. "Esta (a justiça baseada na lei e nos costumes) primeiramente admite que aquele que sofre uma injustiça a sofra, e que a cometa aquele que a comete; não impede nem o sofrimento de quem sofre a injustiça, nem a sua prática por parte daquele que a comete." Tem-se aí um fato que não pode ocultar-se a qualquer descrição essencial e objetiva do direito positivo e que, portanto, não significa nem implica necessariamente uma negação de sua validade. Na sequência, Antífon retoma ao fato de que, no procedimento do direito positivo, não importa a realidade e a verdade absoluta, mas aquilo que o tribunal julga verdadeiro, o que pode diferir consideravelmente da verdade absoluta – uma constatação que é tão correta quanto o exige uma investigação sobre a verdade e que, precisamente nesse âmbito, se reveste apenas de um significado epistemológico, e não ético-político. "Se, contudo, a questão é levada posteriormente ao tribunal, quem sofreu a injustiça não terá qualquer vantagem sobre quem a cometeu. Pois cada um nutrirá o desejo de convencer os juízes de que sofreu uma injustiça, conquistando assim a possibilidade de impor a sua acusação ao tribunal. A mesma possibilidade existe também para quem cometeu a injustiça, se nega tê-la cometido."

É nesse mesmo sentido que se há de entender também o segundo fragmento, menor do que o primeiro, no qual Antífon constata que a lei faz diferenças que não se fundam na natureza. "Os que nasceram de pais nobres são por nós respeitados e reverenciados, o que não ocorre com aqueles não provindos de casas nobres. Nisso, comportamo-nos feito bárbaros, uns em relação aos outros. Afinal, por natureza, somos em tudo idênticos, bárbaros e helenos (...), pois todos nós respiramos o ar pela boca e pelo nariz e comemos com as mãos." Tem-se aqui, mais uma vez, um paralelo entre φύσις e νόμος, e entre Ser e Dever-ser. As palavras "nisso, comportamo-nos feito bárbaros" parecem configurar um juízo negativo sobre as diferenças hierárquicas que, não fundadas na natureza, são feitas em função do direito positivo ou dos costumes tradicionais. Aqui, entretanto, é discutível se o texto é correto ou não, pois o emprego de "bárbaro" no sentido de "ruim" está em contradição direta com a afirmação que se segue, segundo a qual inexiste diferença entre bárbaros e helenos. Tomando-se em consideração o conteúdo restante do escrito sobre a verdade, conforme chegou até nós, não se há de supor que o autor pretendeu defender aí a tese abstrata de que o direito não poderia fazer quaisquer diferenças entre os homens, uma vez que, por natureza, todos são iguais, já que todos respiram pela boca e pelo nariz e comem com as mãos. O que cumpre ressaltar é apenas a diferença entre a lei jurídica e a lei natural: o que, por natureza, é desimportante pode, de direito, ser importante. No tocante a uma suposta doutrina do direito natural de Antífon, cabe considerar finalmente a seguinte passagem: "Quando o direito é levado a sério, o testemunho da verdade é tido como justo e proveitoso para os assuntos humanos. Não obstante, quem o faz pode não ser justo, visto que ser justo significa não causar injustiça ou dano, se não se sofreu injustiça ou dano. Mas a testemunha, mesmo dizendo a verdade, estará necessariamente, de algum modo, causando dano a outrem; e ela própria, mais tarde, sofrendo um dano em razão do que testemunhou na medida em que, por causa do seu testemunho, vier a ser condenado aquele a quem seu testemunho inculpou, perdendo dinheiro ou a vida por causa de alguém contra quem não praticou qualquer injustiça (...) Não é possível que sejam ao mesmo tempo justos o testemunho da verdade perante o tribunal e a exigência de não se praticar nem sofrer injustiça (melhor dizendo, talvez: se não se sofreu qualquer injustiça). Ou uma só dessas coisas é justa, ou ambas são injustas. Mas também o julgar, o sentenciar e o perseverar até que a decisão seja tomada afiguram-se injustos, pois o que para um é proveitoso prejudica o outro, não sofrendo aí qualquer injustiça os que recebem os proveitos, mas somente os prejudicados". Isso certamente não significa que o dever de dizer a verdade perante o tribunal, que o direito positivo impõe à testemunha, seja contrário ao direito natural e, portanto, facultativo. O autor absolutamente não diz aqui o que é justo. Apenas mostra que a definição que associa a justiça à utilidade não se sustenta, uma vez que, se é justo testemunhar a verdade, ser justo não pode consistir em favorecer alguém e não prejudicá-lo.

A compreensão inteiramente equivocada, conforme nos parece, desse fragmento de Antífon como um ataque dirigido contra o direito positivo e os costumes tradicionais, da parte de uma teoria revolucionária do direito natural, repousa em grande parte no fato de se interpretar a oposição entre φύσις e νόμος – de certa importância também para os demais sofistas – no sentido de oposição entre o direito positivo e o natural. Precisamente porque o pensamento antigo não identifica qualquer oposição fundamental entre a lei natural e a jurídica – e pelo fato mesmo de contemplar a lei natural como uma espécie de norma –, a contraposição de φύσις e νόμος não se dá verdadeiramente no sentido de uma oposição hostil. Por outro lado, não se pode ignorar que, a despeito da ideia de que, na natureza, as leis reinam de modo semelhante ao que ocorre no Estado, a noção da *oposição* entre Ser e Dever-ser também se faz valer naquela oposição. Porque as leis da natureza e as do direito normatizam coisas distintas não se pode simplesmente inferir que estas distanciam-se necessariamente das primeiras. É preciso muito cuidado para não interpretar a oposição entre φύσις e νόμος dos antigos como a ideia relativamente moderna da oposição entre o direito natural e o positivo. É uma noção inteiramente estranha à Antiguidade que da natureza ou da razão se possa extrair um sistema de normas jurídicas que tornem supérfluo o direito positivo. Dela não encontramos indício em fonte alguma. A doutrina do direito natural dos antigos limita-se à tese da origem divina do direito positivo. É impossível comprovar, sobretudo – ao menos a partir das fontes de que dispomos –, a afirmação de Diels de que a filosofia natural dos antigos gregos, com seu repúdio às tradições míticas, seu embrenhar-se pelas leis da natureza, tinha de conduzir ao desprezo às leis humanas. Tanto quanto é lícito apoiarmo-nos nas fontes disponíveis, Heráclito, Empédocles, Demócrito, todos eles respeitaram o direito positivo. O próprio Antífon o faz com plena consciência, mostrando que a lei jurídica tem por conteúdo algo inteiramente diferente da lei natural.

Como Diels considera o fragmento de Antífon uma espécie de direito natural revolucionário, conclui sua análise crítica afirmando: "Essas ideias com relação ao direito natural mostram-se produtivas somente após terem sido avidamente retomadas pela ala esquerda dos socráticos (Antístenes, Aristipos) e encontrado sua fundamentação mais científica e aplicação prática nos sistemas cósmicos posteriores de Zenão e Epicuro. Foi sob essa forma que o radicalismo jusnaturalista exerceu influência nos tempos modernos. Mais e mais ressuscitaram profetas declarando guerra à convenção e proclamando o evangelho da natureza. A Revolução Francesa, deflagrada e nutrida pela sofística do Esclarecimento do século XVIII, tentou impor esse evangelho ao mundo todo. Mas o vinho grego não apetece, se não é diluído em água. A concepção histórica do direito do século passado prestou-nos – a nós, alemães – esse serviço, conduzindo a um compromisso satisfatório entre *nomos* e *physis*. No exterior, pelo contrário, as radicais palavras de ordem do direito natural seguem ainda o seu curso. Na presente Guerra Mundial, serviram para denegrir-nos como retrógrados escravos do *nomos* perante todas as almas livres. O êxito, porém, ensinou a nossos adversários que nosso *nomos* e nossa organização são melhores. Viram-se assim forçados, passo a passo, a recorrer a medidas coercitivas que, do fundo de seu coração, repudiam. Para nós, a obediência à lei é um dever cumprido com prazer e alegria; para eles, ela realmente se transformará, como afirma Antífon, num grilhão que, obedecendo à necessidade, mas rangendo os dentes, carregam". Eis aí, da parte da filologia, uma contribuição bem instrutiva à questão do juízo sobre o direito natural dos antigos.

Que os assim chamados sofistas tenham defendido um direito natural revolucionário, negador da validade do direito positivo e da autoridade do Estado constituído, é já altamente improvável, se considerarmos que sua atividade pedagógica não foi em nada dificultada pelas autoridades estatais gregas, e que muitos deles, como Protágoras, Pródico, Hípias, Górgias, gozavam de altíssima consideração, tendo ocupado postos públicos. Tanto quanto é possível falar-se num caráter geral da sofística, são o espírito do esclarecimento racionalista e uma relativização cética do valor que caracterizam essa tendência, que volta suas armas contra a religião tradicional. Isso se aplica sobretudo ao fundador dessa escola, Protágoras, autor das célebres frases que afirmam ser o homem a medida de todas as coisas e haver sempre, para todas as coisas, duas concepções contraditórias entre si; além de outra, conhecida, de que ele nada sabia dos deuses: nem de sua existência, nem de sua inexistência (Frag. 1, 4, Diels). Diante dessa afirmação, não se há de supor que Platão, em seu diálogo *Protágoras*, tenha reproduzido corretamente a concepção desse sofista ao atribuir-lhe a doutrina segundo a qual o direito positivo seria de origem divina. Mas, se Protágoras, como a maioria dos sofistas, recusou-se a justificar religiosamente o direito positivo, isso não significa que os sofistas lhe negassem validade. Do contrário, como teria Péricles incumbido Protágoras de reformar as leis da colônia de Túrioi (cf. Wilhelm Nestle, *Die Vorsokratiker*, 2. ed., 1922, p. 74)? É bastante significativa, nesse aspecto, a exposição dos *Jamblichi* – obra tida por anônima – sobre o problema do Estado e do direito, que se inclui na literatura sofística e apresenta uma apologia do direito positivo. À pergunta sobre de que maneira se pode ajudar, obsequiar alguém, sem que se perca alguma coisa, segue-se a resposta: "Quando se auxiliam as leis e o direito (a justiça), pois é isso que permite e conserva a existência dos Estados e a convivência dos homens" (Frag. 7, Diels). "Tanto na vida privada quanto na pública, a legalidade é o que há de melhor, e a ausência de leis, o pior, pois desta última resultam de imediato grandes desvantagens." A exigida obediência às leis não se apoia aí em qualquer princípio metafisicamente divino, mas é justificada de maneira inteiramente racional. O anônimo simplesmente descreve as vantagens da legalidade e as desvantagens da ilegalidade. Ressalte-se como particularmente característico o seguinte: "Os proprietários desfrutam o que é seu em segurança, livres de perigos, e os não proprietários recebem apoio, deles, através do comércio e do crédito. Este é o resultado da legalidade". Acentua-se com a máxima ênfase que os homens seriam incapazes de viver isolados e devem necessariamente se associar. "Assim, em decorrência desses motivos imperiosos, a lei e o direito reinam entre os homens, e isso jamais se modificará, pois é determinado pela força da natureza."

Desse modo, a existência – e, portanto, a validade do direito positivo – repousa numa lei natural. E se isso é direito natural então trata-se de um direito natural altamente conservador e, por certo, não revolucionário.

A tendência antirreligiosa e desmistificadora da sofística é ressaltada com especial nitidez em Crítias. Em seu poema "Sísifo" (Frag. 25, Diels), Crítias descreve o nascimento da crença nos deuses e, de uma maneira típica da tendência básica da sofística como um todo, desmascara a religião tradicional como ideologia destinada a fortificar a obediência à ordem jurídica positiva. Se Protágoras, em sua aniquilação da metafísica mitológica, se detivera ainda (se é correto o retrato pintado por Platão) ante as esferas do Estado e do direito, Crítias, por sua vez, ataca precisamente aí. Sua luta é, evidentemente, contra a crença de que o direito positivo provém dos deuses. Ele simplesmente inverte essa afirmação – tal como fez o materialismo do século XIX, com o dogma de que Deus criou o homem à sua imagem e semelhança – e mostra que foi o direito positivo que, para sua proteção, criou os deuses. Como os homens, crendo-se inobservados, infringiam a lei, "um homem astuto e inteligente inventou então, segundo me parece, o temor dos mortais a Deus. Ele deveria ser para o Mal uma intimidação, ainda que secretos sejam a ação, a palavra e o pensamento. Assim, introduziu-se a religião. Um ser, brilhando na vida eterna, divino por natureza, capaz de ouvir e ver o espírito e repleto de sabedoria, foi quem nos presenteou com ela. Ele ouve cada palavra que os homens dizem, e ato algum oculta-se ao seu olhar. Mesmo que em silêncio trames o Mal, os deuses o veem, pois sua sabedoria está em toda parte". – Com palavras assim, Crítias anuncia o mais sutil de todos os ensinamentos: "*a verdade encobrindo, com a palavra, o engodo*". Libertar a *verdade* – ou seja, o fato real – do invólucro com o qual o encobre uma ideologia construída a partir de determinadas intenções ético-políticas é o objetivo de Crítias. É essa *alegria em torno da verdade* o motivo central dos que, não sem razão, são chamados "sofistas" – e não uma tendência política especialmente voltada contra o Estado estabelecido e o direito positivo. Em Crítias, isso se evidencia claramente. Ele está longe de condenar o *fim* perseguido pela ideologia que combate: a obediência à lei. Ao contrário. Aprova esse fim, sem quaisquer reservas, mas repudia o *meio* utilizado, porque o considera uma "mentira". Em que grande medida Crítias reconhece o direito positivo como tal – ainda que se recuse a servir-se de uma mentira para sua preservação – mostra-se em que, no "Sísifo", ele caracteriza o estado original de ausência do direito ("a época em que a vida dos homens era desprovida de toda ordem") afirmando que o homem era, então, "igual ao animal". "O forte reinava; o bom não encontrava recompensa, nem o criminoso punição. Somente então, parece-me, criaram-se as leis punitivas, a fim de que sobre todos reinasse o direito e de que se agrilhoasse o crime. Quem errasse tinha agora de pagar." De acordo com Crítias, o nascimento da ordem jurídica positiva é o passo decisivo rumo à cultura. Também o efeito da ficção religiosa conta com sua evidente aprovação. Como resultado da invenção dos deuses, ele aponta: "a ilegalidade cedeu às leis". Ademais, chama inteligente ao homem que "ensinou o mundo a acreditar nos deuses". Isso, no entanto, não o impede de dizer a verdade e denunciar como ilusão toda essa crença nos deuses. Crítias vê o direito positivo como é, e não através das lentes cor-de-rosa de qualquer "idealismo". Reconhece-o como necessário e, de forma geral, útil, mas não lhe superestima o valor, elevando-o ao absoluto; por isso, não é cego para os inevitáveis defeitos do direito positivo, conforme se nota quando, em seu "Peirithoos", afirma que, com suas palavras, os oradores colocam a lei de ponta-cabeça e, assim, fazem com ela o seu jogo, e que, portanto, a probidade garantiria "maior segurança". O que ele quer dizer, obviamente, é que há maior segurança numa situação em consonância com o direito positivo do que pela mera lei, cujo sentido pode ser distorcido.

Não se pode conceber equívoco maior do que enxergar nessa posição de Crítias – que é típica da sofística ulterior – uma teoria do direito natural, quanto mais uma teoria de caráter revolucionário. Tem-se aí precisamente o oposto: Crítias é o típico representante de um *positivismo sem ilusões*.

Esse foi, na verdade, o espírito da sofística, razão pela qual Platão foi seu ardoroso opositor.

726. Com base nos estudos de Heinrich Gomperz, "Über die Abfassungszeit des platonischen Kriton", *Zeitschrifl für Philosophie und philosophische Kritik*, vol. 109, p. 176 e s., Theodor Gomperz, *Griechische Denker*, vol. II, 4. ed., 1925, p. 349, supõe que o *Críton* foi escrito em uma época na qual a *República* – ou alguns de seus livros – já havia sido publicada. Gomperz presume "que importava aí a Platão, verdadeiramente, afastar de si e dos seus a suspeita de que tinham intenções revolucionárias. Por mais que denunciemos e condenemos as imperfeições e os erros contidos em nossa Constituição, estamos longe de desejar revogá-la pela força e, de um só golpe, colocar em seu lugar nossos próprios ideais – isso é o que se pode ler nas entrelinhas do diálogo (...)". O direito à revolução repousa essencialmente no direito do súdito de decidir se o direito positivo é justo ou não.

Notas breves e referências

Introdução: O dualismo platônico

3. *Metafísica*, 988a.
4. *Timeu*, 50 e s.
5. *República*, 611 e s.
7. *Político*, 272 e s.
8. Clemens Baeumker, *Das Problem der Materie in der griechischen Philosophie*, 1890, p. 205: "Se não, talvez, o próprio Platão, decerto alguns de seus discípulos – dentre eles, presumivelmente, Xenócrates – (...) identificaram categoricamente a matéria com o Mal, na medida em que a designaram a natureza (φύσις) do Mal".
9. *Fédon*, 79 e s.
11. *Fédon*, 79.
12. *Fédon*, 80.
13. *Fédon*, 79.
14. *Fédon*, 79.
15. *Fédon*, 81.
16. *Fédon*, 65.
17. *Fédon*, 66.
19. *Fédon*, 82 e s.
22. Os regentes do Estado ideal – conforme *República*, 428 – precisam possuir um "saber" "com base no qual" o Estado como um todo é aconselhado sobre "qual a melhor maneira de proceder tanto interna quanto externamente, em sua relação com outros Estados". Esse saber, adquirido pela via da dialética, é o saber acerca das ideias, particularmente a ideia do Bem.
23. *Timeu*, 27 e s.
24. *Fédon*, 101.

25. *Fédon*, 102.
26. *Fédon*, 75.
28. *República*, 477 e s.
31. Na *República*, 596, lê-se "que, para cada um dos grupos de coisas às quais damos o mesmo nome, nós adotamos um conceito (εἶδος) comum"; imediatamente a seguir, fala-se ali da ideia da cama e da mesa.
35. *Mênon*, 87.
36. *República*, 379.
37. *República*, 514.
38. *República*, 517.
39. *República*, 519.
41. *Teeteto*, 176.
42. *Teeteto*, 176. 44. *Fedro*, 245.
46. *Fedro*, 246, segundo a tradução de Diesenbruck, *Struktur und Charakter des platonischen Phaidros*, 1927, p. 17.
47. *Leis*, 896.
48. *Leis*, 896.
49. *Leis*, 897.
54. *Teogonia*, 111.
55. *Teogonia*, 887, 901 e s.
56. *Teogonia*, 209 e s.
57. *Teogonia*, 211-2.
58. *Teogonia*, 717-45.
59. *Teogonia*, 820 e ss.
60. *Teogonia*, 868.
61. *Teogonia*, 869-80.
62. Frags. 1, 2, 4 e 5 (Diels).
63. Cf. Werner Jaeger, *Die Theologie der frühen griechischen Denker*, Stuttgart, 1953, p. 82 e ss.
65. Cf. Hans Kelsen, *Vergeltung und Kausalitat*, 1941, p. 26 e ss.
66. Karl Joel, *Geschichte der antiken Philosophie*, vol. I, Tübingen, 1921, p. 258.
67. Cf. John Burnet, *Early Greek Philosophy*, 2. ed., 1908, p. 46, e tradução alemã de Else Schenkl, *Die Anfänge der griechischen Philosophie*, 1913, p. 36 e s.
68. Karl Joel, *Geschichte der antiken Philosophie*, vol. I, Tübingen, 1921, p. 228 e ss.
69. Segundo Aristóteles, *Física* III, 4, 203b; cf. Karl Joel, *Geschichte der antiken Philosophie*, vol. I, Tübingen, 1921, p. 259.
70. John Burnet, *Early Greek Philosophy*, 2. ed., 1908, p. 56, 60 e ss. e 71.
71. Frag. 1, na tradução de Wilhelm Nestle, *Die Vorsokratiker*, 2. ed., Jena, 1922, p. 109.
72. Frag. 2 (Diels).

73. Frag. 112 (Diels).
74. Na tradução de Wilhelm Nestle, *Die Vorsokratiker*, 2. ed., Jena, 1922, p. 116.
75. Frag. 1 (Diels), na tradução de Wilhelm Nestle, *Die Vorsokratiker*, 2. ed., Jena, 1922, p. 115.
76. Frag. 5 (Diels).
77. Frag. 34 (Diels).
78. Frag. 29 (Diels).
79. Frag. 121 (Diels).
80. Frag. 94 (Diels), na tradução de Wilhelm Nestle, *Die Vorsokratiker*, 2. ed., Jena, 1922, p. 123.
81. Frag. 53 (Diels).
82. Frag. 80 (Diels), na tradução de Wilhelm Nestle, *Die Vorsokratiker*, 2. ed., Jena, 1922, p. 121.
83. Frag. 66 (Diels), na tradução de Wilhelm Capelle, *Die Vorsokratiker*, 4. ed., Stuttgart, 1953.
84. Cf. Ernst Howald, "Ethik des Altertums", in *Handbuch der Philosophie*, org. por A Baeumler e M. Schröter, parte III B, 1926, p. 11.
86. Aristóteles, *Metafísica*, 985a.
88. Frag. 21 (Diels).
89. Frag. 17 (Diels).
91. Frag. 17 (Diels).
92. Frag. 27 (Diels).
93. Frag. 20 (Diels).
94. Frag. 109 (Diels).
95. Frag. 115 (Diels).
96. Frag. 122 (Diels).
97. Frag. 35 (Diels).
98. Frags. 20 e 151 (Diels).
99. Cf. John Burnet, *Early Greek Philosophy*, 4. ed., p. 245 e s.
100. Frag. 10 (Diels).
101. Frag. 109 (Diels).
102. Cf. Werner Jaeger, *Die Theologie der frühen griechischen Denker*, Stuttgart, 1953, p. 163, 172 e s., e Ernst Hoffmann, *Die griechische Philosophie bis Platon*, Heidelberg, 1951, p. 76 e s.
103. Frag. 115 (Diels). A alma como "dáimon" é de origem órfica. Cf. Werner Jaeger, *Die Theologie der frühen griechischen Denker*, Stuttgart, 1953, p. 165 e s.
104. Cf. Werner Jaeger, *Die Theologie der frühen griechischen Denker*, Stuttgart, 1953, p. 169 e s.
105. Frag. 118 (Diels).
106. Frag. 121 (Diels).
107. Frag. 120 (Diels).

108. Frag. 115 (Diels).
109. Cf. Wilhelm Nestle, "Der Dualismus des Empedokles", in *Griechische Studien*, 1948, 6º cap., p. 151 e ss.
110. Diógenes Laércio, *Vidas e Opiniões de Filósofos Ilustres*, VIII, p. 63.
111. Frag. 112 (Diels).
112. Frag. 113 (Diels).
113. Frag. 114 (Diels).
114. Frag. 11 (Diels).
115. Frag. 124 (Diels). Dificilmente pode-se conciliar esses últimos fragmentos citados com uma disposição democrática.
117. Cf. Georg Finsler, *Homer*, Leipzig, Berlim, 1908, p. 329.
118. Martin P. Nilsson, "Die Griechen", in *Lehrbuch der Religionsgeschichte*, org. por A. Bertholet e E. Lehmann, 4. ed., 1925, vol. II, p. 343.
119. Cf. Hans Kelsen, *Vergeltung und Kausalitat*, 1941, p. 478 e ss.
120. Leopold Schmidt, *Die Ethik der alten Griechen*, I, Berlim, 1882, p. 160.
121. Píndaro 01. 2, 86; 9, 100; Nem. 3, 40; 6, 15; Pít. 10, 12; 8, 44; Öst. 3, 13. Cf. tb. Leopold Schmidt, *Die Ethik der alten Griechen*, I, Berlim, 1882, p. 158 e 160.
122. Leopold Schmidt, *Die Ethik der alten Griechen*, I, Berlim, 1882, p. 157.
123. Leopold Schmidt, *Die Ethik der alten Griechen*, I, Berlim, 1882, p. 157.
125. Frag. 1 (Diels).
126. Frag. 6 (Diels).
128. Frag. 2 (Diels), na tradução de Wilhelm Capelle, *Die Vorsokratiker*, 4. ed., Stuttgart, 1953, p. 165.
129. Frag. 3 (Diels).
130. Frag. 9 (Diels).
131. Frag. 8 (Diels).
132. Frag. 6 (Diels).
133. Aristóteles, *Metafísica*, 986b. Cf. Karl Joel, *Geschichte der griechieschen Philosophie*, vol. I, Tübingen, 1921, p. 442.
134. Frag. 1 (Diels).
135. Frag. 8 (Diels).
136. Frag. 8 (Diels).
138. Frag. 2 (Diels).
139. Frag. 3 (Diels).
142. Theodor Gomperz, em *Griechische Denker*, 4. ed. 1925, p. 312, cita a frase de Herbart: "Divida o vir a ser de Heráclito pelo Ser de Parmênides e terás as ideias de Platão".
143. Richard Heinze, *Xenokrates*, 1892, VI.

144. Richard Heinze, *Xenokrates*, 1892, VII.
145. Richard Heinze, *Xenokrates*, 1892, VIII.
146. E. Lehmann, "Die Perser", in *Lehrbuch der Religionsgeschichte*, org. por A. Bertholet e E. Lehmann, 4. ed., 1925, vol. II, p. 230 e s.
149. *Fédon*, 77.
150. *Fédon*, 78.
151. *Fédon*, 79.
152. *Fédon*, 79.
153. *Fédon*, 79.
154. *Fédon*, 67.
155. *Fédon*, 83.
156. *Fédon*, 66.
157. *Fédon*, 64.
158. *Fédon*, 66. A suposição de que Platão esteja se referindo aqui não à morte de fato, mas a uma "morte filosófica" – ou seja, a maior independência possível da alma em relação às necessidades do corpo (cf. Otto Apelt, *Platon, Sämtliche Dialoge*, vol. II, "Phaidon", 2. ed., Leipzig, 1922, p. 136) –, mal se sustenta. Sócrates afirma que um verdadeiro filósofo não teme a morte – a morte de fato, iminente.
159. *Fédon*, 68.
161. *Fedro*, 250.
162. *República*, 516, 532, 599 e 601.
163. *Fédon*, 101.
164. *República*, 476.
165. *República*, 506.
166. *República*, 508.
167. *República*, 534.
168. *República*, 526.
169. *República*, 477.
170. *República*, 478.
171. *República*, 477.
173. *República*, 479.
174. *República*, 585.
175. *República*, 597.
176. *República*, 515.
177. *República*, 515.
179. *República*, 515 e s.
180. *República*, 517.
181. *República*, 521.
182. *República*, 518.
183. *República*, 519.
184. *República*, 509.
185. *Timeu*, 28 e ss.

186. *Sofista*, 245 e s.
188. *Sofista*, 246.
189. *Sofista*, 247.
190. *Sofista*, 248.
192. *Sofista*, 255 e s.
193. *Sofista*, 257.
194. *Sofista*, 257.
195. *Sofista*, 258.
196. *República*, 478.
197. *Filebo*, 23-7.
198. *Timeu*, 49 e ss.
199. *Timeu*, 29 e s.
200. *Timeu*, 52.
201. *Timeu*, 30-7.
202. *Timeu*, 46 e ss.
203. *Timeu*, 42.
204. Aristóteles, *Metafísica* I, 6.
206. *Teeteto*, 176.
207. *Timeu*, 42.
208. *Timeu*, 27 e s.
209. *Timeu*, 37.
210. *Timeu*, 51.
211. Cf. *República*, 523 e ss., e *Teeteto*, 152 e ss.
212. Friedrich Brunstäd, em "Logik", in *Handbuch der Philosophie*, org. por A. Baeumler e M. Schroter, parte IA, 1933, p. 16, observa que, em Platão, "o pensar, a νόησις, é tratado como um gênero superior de percepção, de αἴσθησις, como ver ou visão, o que, de resto, a palavra θεωρία evidencia. De todo modo, sua relação com o mundo das ideias apresenta tanto o caráter de cópia quanto a da percepção e suas impressões com o mundo das manifestações. Derivam daí as menções à visão intelectual (...)".
213. *Leis*, 896.
214. *Parmênides*, 130.
215. *República*, 596.
216. *Teeteto*, 176 e s. No *Timeu*, Platão faz que o demiurgo divino, em sua criação do mundo, se valha das ideias como "modelo".
217. *Sofista*, 247.
218. *Sofista*, 248 e s.
219. *Sofista*, 247.
220. Não se há de ignorar que, no *Sofista*, toda a investigação acerca do Ser do Não-ser é provocada pela necessidade de refutar a doutrina sofística da impossibilidade do erro e da inverdade. Considerando-se a íntima relação existente para Platão entre o verdadeiro e o bom, não é grande a

distância que separa a possibilidade e a realidade da inverdade, da possibilidade e realidade do Mal.

221. James George Frazer, em *The Growth of Plato's Ideal Theory*, 1930, p. 100 e s., observa: "(...) at the time when he [Plato] wrote the Sophist, the metaphysical side of the Ideal theory (which was of course its characteristic side) was giving way to the logical (...) And logically, of course, there are general ideas of vices just as much as of virtues".
222. *Fédon*, 66 e s.
224. *Mênon*, 84.
225. *República*, 516.
226. *República*, 518.
227. *República*, 509.
229. *Fédon*, 93.
230. *Fédon*, 80 e s.
231. *República*, 611.
232. *República*, 611 e s.

Primeiro livro: O amor platônico

1. A esse respeito, cf. Kurt Singer, *Platon der Gründer*, 1927, p. 159.

3. Particularmente característica desse gênero de interpretação da filosofia platônica é a obra de Heinrich Friedemann, *Platon, Seine Gestalt*, Berlim, 1914. Uma exposição panorâmica dessa tendência oferece-nos Franz Josef Brecht, "Platon und der George-Kreis", in *Das Erbe der Alten, Schriften über Wesen und Wirkung der Antike*, 2ª série, coletado e org. por Otto Immisch, caderno XVII, Leipzig, 1929; cf., particularmente, p. 35.

4. Cf. Otto Rank, *Das Inzestmotiv in Dichtung und Sage*, 1912, p. 274 e s.; Rolf Lagerborg, *Die platonische Liebe*, Leipzig, 1926, p. 79 e 230.

5. *Reino Palas, em "Die Bewertung der Sinnenwelt bei *Platon*", in Annales Acadamiae Scientiarum Fennicae, B XLVIII, 2, Helsinque, 1941, p. 125, nota, com relação ao mito da Época de Ouro no *Político* (271) e nas *Leis* (713), que ambas as narrativas "colocam a época passada em flagrante oposição ao presente".**

6. Konstantin Ritter, *Platon, sein Leben, seine Schriften, seine Lehre*, vol. I, 1910-1923, p. 180.

7. Diógenes Laércio, *Vidas e Opiniões de Filósofos Ilustres*, vol. I, liv. III, p. 4 e s. Cf. Karl Steinhart, "Platons Leben", in *Platons sämtliche Werke*, tradução de Hieronymus Müller, introduções de Karl Steinhert, vol. IX, 1873, p. 69 e 72.

8. Aristóteles, *Problemata* XXX, 1.

10. Diógenes Laércio, *Vidas e Opiniões de Filósofos Ilustres*, vol. I, liv. III, p. 26 e 28.

11. Rolf Lagerborg, *Die platonische Liebe*, Leipzig, 1926, p. 81.

13. Konstantin Ritter, *Platon, sein Leben, seine Schriften, seine Lehre*, vol. I, 1910-1923, p. 12.
14. *República*, 368. Cf. também Ulrich von Wilamowitz-Moellendorf, *Platon*, vol. I, 2. ed., Berlim, 1920, p. 37 e ss.
15. *República*, 506 e s.
16. *A palavra grega é ἔκγομος – literalmente, rebento.**
17. Diógenes Laércio, *Vidas e Opiniões de Filósofos Ilustres*, vol. I, liv. III, p. 2. Cf. também Karl Steinhart, "Platons Leben", in *Platons sämtliche Werke*, tradução de Hieronymus Müller, introduções de Karl Steinhert, vol. IX, 1873, p. 45.
18. Cf. Ulrich von Wilamowitz-Moellendorf, *Platon*, vol. I, 2. ed., Berlim, 1920, p. 37 e s., 116 e 591; Konstantin Ritter, *Platon, sein Leben, seine Schriften, seine Lehre*, vol. I, 1910-1923, p. 13.
19. Cf. Theodor Gomperz, *Griechische Denker*, vol. II, 4. ed., 1925, p. 426.
20. Karl Steinhart, em "Platons Leben", *Platons sämtliche Werke*, tradução de Hieronymus Müller, introduções de Karl Steinhert, vol. IX, 1873, p. 166, expressa-o afirmando que "mesmo o vício malévolo do mexerico de seus opositores nada foi capaz de fabular quanto a seus relacionamentos eróticos com mulheres". Cf. tb. Ulrich von Wilamowitz-Moellendorf, *Platon*, vol. I, 2. ed., Berlim, 1920, p. 37.
21. Ulrich von Wilamowitz-Moellendorf, *Platon*, vol. I, 2. ed., Berlim, 1920, p. 434.
22. *República*, 549 e s.
23. *República*, 577.
24. **República*, 571.**
25. **República*, 572 e s.**
26. *República*, 577.
27. Cf. tradução do *Hípias Maior* de Otto Apelt, Philosophische Bibliothek, vol. 172a, 2. ed., 1921, p. 6; cf. tb. formulação semelhante em *Leis* (873), onde Platão se vale da seguinte perífrase para definir o suicídio: "E o que se dá com aquele que mata seu parente mais próximo e amado, alguém que para ele é mais do que tudo?".
28. *República*, 571 e s.
29. *Otto Apelt, *Platon, sämtliche Dialoge*, introdução à tradução do *Filebo*, vol. IV, 2. ed., Leipzig, 1922, p. 21.**
30. **Filebo*, 28.**
31. **Filebo*, 12.**
32. **Filebo*, 54: "Sócrates: Se o prazer é vir a ser, não será, pois, de direito que a ele destinemos outro lugar que não ao lado do Bem? Plutarco: Certamente".**
33. **Filebo*, 31 e 41. Heinrich Friedemann, *Platon, Seine Gestalt*, Berlim, 1914, p. 99: "Na qualidade de uma mescla, o prazer é um *apeiron*. *Apeiron* e prazer são ilimitados, passivos e femininos (...)".**

34. *Timeu*, 50. "Por enquanto, cumpre-nos considerar três gêneros: o que vem a ser, o lugar onde este vem a ser e o modelo, de onde provém, na qualidade de cópia, o que vem a ser; e, decerto, tem sentido comparar-nos aquilo que acolhe à mãe, o modelar ao pai e o que se situa entre um e outro ao filho." Em *Timeu*, 49, a matéria é designada como o substrato do devir, "como receptora e, por assim dizer, ama de todo devir".
35. *Banquete*, 203 e s.
36. *Timeu*, 41 e s. Cf. tb. Rolf Lagerborg, *Die platonische Liebe*, Leipzig, 1926, p. 25.
37. *Timeu*, 90-2.
38. *República, 455.**
39. *República, 605.**
40. *República, 395.**
41. *República, 563.**
42. *República, 235.**
43. *República*, 452 e 455. Cf. tb. Rolf Lagerborg, *Die platonische Liebe*, Leipzig, 1926, p. 13 e s.
44. *Mênon, 71.**
45. *República*, 451.
46. *República*, 454.
47. *República*, 457.
48. *Warner Fite, em *The Platonic Legend*, 1934, p. 59, observa acerca das prescrições platônicas referentes ao acasalamento contidas na *República*: "It does not occur to the stockbreeder to consider the preference of his animals or indeed to suppose that they have any. Just as little does it occur to Plato to suppose that human sex-relations may have a human and personal meaning. For the matter of that the whole program reads as if it were devised by one to whom such things were unintelligible". (O)**
49. *Político*, 269.
50. *Político*, 274.
51. *Político*, 271.
53. A esse respeito, cf. E. Bethe, *Die dorische Knabenliebe, ihre Ethik und ihre Idee*, Rheinisches Museum für Philologie, Neue Folge, vol. 62, 1907, p. 438 e ss.
54. *Cármides*, 155.
55. Paul Friedländer, em *Platon*, vol. II, "Die platonischen Schriften", 1930, p. 102, observa a respeito desse diálogo que ele revela o erotismo "filosófico" "no nível das primeiras obras de Platão. Que por trás da *filia* desse diálogo oculta-se, na realidade, Eros – 'quando a amizade faz-se veemente, lê-se nas *Leis* (837), nós a chamamos amor' –, tal se dá a perceber logo no princípio. Desde as primeiras palavras, faz-se perceptível a atmosfera do παιδικὸς ἔρως ático (...)".
57. *Lísis*, 203-7.

58. *Lísis*, 222.
59. *Fedro*, 251-3.
60. Konstantin Ritter, in *Platon, Sämtliche Dialoge*, org. por Otto Apelt, nota 76 à tradução do *Fedro*, p. 129.
61. *Fedro*, 254.
62. *Fedro*, 255 e s.
64. *República*, 474.
65. *República*, 468.
66. *República*, 474.
67. *República*, 403.
68. *República*, 403.
69. Cf. Rolf Lagerborg, *Die platonische Liebe*, Leipzig, 1926, passim.
71. *Warner Fite, em *The Platonic Legend*, 1934, p. 173, chama à concepção de que a pederastia seria na Grécia um costume amplamente disseminado e reconhecido, "a widespread misconception". Tal concepção dever-se-ia ao fato de "Greek life, or at any rate Athenian life, is represented almost entirely by the pictures of life which have come to them [most persons, not excepting many scholars] directly or indirectly from the dialogues of Plato". (O)**
72. *Wilhelm Kroll, em *Freundschaft und Knabenliebe*, Tusculum-Schriften, caderno IV, 1927, p. 16, observa, com relação à pederastia originária do círculo cultural dórico, que "não se deve esquecer que os dórios, na qualidade de uma camada bastante delgada, situavam-se acima da população conquistada e insubmissa". (O)**
75. Theodor Gomperz, *Griechische Denker*, vol. II, 1902, p. 307.
76. Xenofonte, *Agesilau*, V, p. 5. Theodor Gomperz, em *Griechische Denker*, vol. II, 1902, p. 307, vale-se desse exemplo para afirmar que o erotismo homossexual era "amiúde contido e refreado por vigorosas forças antagônicas".
77. Theodor Gomperz, em *Griechische Denker*, vol. II, 1902, p. 412, afirma: "Era considerável o perigo que a superpopulação, como fonte de empobrecimento e consequente desmantelamento do Estado, representava para as repúblicas pequenas e ilhadas. Por isso, legisladores práticos como o coríntio Fêidon contemplaram-na seriamente já desde cedo. Esse perigo fez-se ainda mais acentuado para a classe dominante, cuja receita advinha exclusivamente de terras inextensíveis".
78. Aristóteles, *Política*, II, 10; 1272a, 23.
80. Apenas relativamente tarde, poder-se-ia supor, foi a lenda de Ganimedes, sob a influência de costumes dóricos, alvo de uma reinterpretação homossexual. Tais reinterpretações tiveram, ademais, de admitir certos relacionamentos históricos de amizade, como aquele entre Aquiles e Pátroclo. Cf. J. A. Symonds, "Die Homossexualität in Griechenland", in Havelock Ellis e J. A. Symonds, *Das konträre Geschlechtsgefühl*, Bibliothek für Sozialwissenschaften, org. por Hans Kurella, vol. VII, 1896, p. 45.

81. Cf. J. A. Symonds, "Die Homossexualität in Griechenland", in Havelock Ellis e J. A. Symonds, *Das konträre Geschlechtsgefühl*, Bibliothek für Sozialwissenschaften, org. por Hans Kurella, vol. VII, 1896, p. 42; Wilhelm Kroll, *Freundschaft und Knabenliebe*, Tusculum-Schriften, caderno IV, Munique, 1927, p. 27. *Erich Bethe, em *Thebanische Heldenlieder*, Leipzig, 1891, p. 12 e s., apresenta o mito da seguinte forma: "Hera, a casamenteira, encontra-se no centro da ação; furiosa com Laio, provoca a sua ruína e a de sua casa (...) A deusa mandou a esfinge aos tebanos porque eles não censuraram o amor antinatural de Laio e o rapto criminoso de Crísipos".**
82. *Leopold Schmidt, *Die Ethik der alten Griechen*, vol. II, 1882, p. 132.**
83. *Homero, *Ilíada*, IX, 335 e ss. A tradução literal do trecho grifado é: "Todo homem bom e sensato (ἀγαθος και ἐκίφρων) ama sua mulher". Amar sua mulher é uma virtude do homem.**
84. *Na tradução de Wilhelm Nestle, *Die Vorsokratiker*, 2. ed., Jena, 1922, p. 117.**
85. *Hesíodo, "Os trabalhos e os dias", in *Hesiod. Werke*. Tradução alemã de Thassilo von Scheffer, Wiesbaden, 1947, p. 86 e s.**
86. *Wilhelm Nestle, *Die Vorsokratiker*, 2. ed., Jena, 1922, p. 132.**
87. *Wilhelm Nestle, *Die Vorsokratiker*, 2. ed., Jena, 1922, p. 182.**
88. Cf. J. A. Symonds, "Die Homossexualität in Griechenland", in Havelock Ellis e J. A. Symonds, *Das konträre Geschlechtsgefühl*, Bibliothek für Sozialwissenschaften, org. por Hans Kurella, vol. VII, 1896, p. 77, e Wilhelm Kroll, *Freundschaft und Knabenliebe*, Tusculum--Schriften, caderno IV, Munique, 1927, p. 29. *J. A. Symonds, em "Die Homossexualität in Griechenland", in Havelock Ellis e J. A. Symonds, *Das konträre Geschlechtsgefühl*, Bibliothek für Sozialwissenschaften, org. por Hans Kurella, vol. VII, 1896, p. 70, remete a uma passagem dos Mirmidões de Ésquilo, citada por Lucianos e Atênaios, na qual o relacionamento entre Aquiles e Pátroclo é apresentado como um relacionamento amoroso; e Wilhelm Kroll, em *Freundschaft und Knabenliebe*, Tusculum-Schriften, caderno IV, Munique, 1927, p. 29 e s., supõe que Ésquilo teria interpretado tal relacionamento como pederastia.**
89. *Atênaios, *Deipnosophiston* XIII (Das mulheres), 603 e ss. Em outra passagem, XIII, 557, lê-se: "Um outro amante das mulheres (φυλογώνης) foi Eurípides. De todo modo, assim relata Hierônimos em seus apontamentos históricos: 'Quando alguém dizia a Sófocles que Eurípides odiava as mulheres, aquele respondia: Sim, em suas tragédias; na cama, porém, é um amante das mulheres'". (O)**
90. Íon, ap. Atên. XIII, 603 e s. (Fragm. Hist. gr. II, 46, Müller). Theodor Gomperz, em *Griechische Denker*, vol. II, p. 299 e 571, cita isso, juntamente com a manifestação de Agesilau mencionada anteriormente, como um sintoma das "vigorosas forças antagônicas" através das quais o amor grego foi

"contido e refreado" – como uma prova, pois, de que a opinião pública era contrária a toda prática sexual, mesmo a mais inocente.

91. *Wilhelm Nestle, *Eurípides*, 1901, p. 223: "No tocante ao Eros platônico, trata-se sempre, sabidamente, do amor entre membros do sexo masculino. Eurípides, porém, contrariamente a Ésquilo e Sófocles, condenou a pederastia, a qual tomou por modelo em seu Crísipos. Apenas o seu Ciclope, na condição de bárbaro, entrega-se a essa inclinação (583 e s.); já por essa razão há que se condenar como um mexerico tolo a estória de sua relação amorosa com o poeta Agaton". (O)**

92. Citação extraída de J. A. Symonds, "Die Homossexualität in Griechenland", in Havelock Ellis e J. A. Symonds, *Das konträre Geschlechtsgefühl*, Bibliothek für Sozialwissenschaften, org. por Hans Kurella, vol. VII, 1896, p. 71. (O)

93. Cf. J. A. Symonds, "Die Homossexualität in Griechenland", in Havelock Ellis e J. A. Symonds, *Das konträre Geschlechtsgefühl*, Bibliothek für Sozialwissenschaften, org. por Hans Kurella, vol. VII, 1896, p. 77. (O)

94. *Aristófanes, *As Nuvens*, 1085.**

95. *Aristófanes, *As Nuvens*, 980 e s.**

96. Aristófanes, *Os Pássaros*, 137 e ss. Cf. tb. Os *Cavaleiros*, 877, e *Ecclesiazusae*, 112.

97. Erich Bethe, *Die dorische Knabenliebe, ihre Ethik und ihre Idee*, Rheinisches Museum für Philologie, Neue Folge, vol. LXII, 1907, p. 439. Wilhelm Kroll, *Freundschaft und Knabenliebe*, Tusculum-Schriften, caderno IV, Munique, 1927, p. 27. (O) *Hans Licht, em *Sittengeschichte Griechenlands*, reorg., revisto e prefaciado por Herbert Lewandowski, Stuttgart, 1959, p. 313, afirma: "Naturalmente, tampouco a Antiguidade grega careceu de vozes a condenar a pederastia – quer de forma absoluta, quer em determinadas circunstâncias". (O)**

99. Diógenes Laércio, VI, 11, *relata o seguinte, como um ensinamento de Antístenes: "O sábio casará em razão de sua descendência e, ao fazê-lo, sua escolha recairá sobre as mais belas mulheres. Apaixonar-se-á também, pois somente o sábio sabe quem se pode amar".** Cf. a respeito Heinrich Gomperz, Psychologische Beobachtungen an griechischen Philosophen, Imago, vol. X, 1924, p. 45. Ivo Bruns, "Attische Liebestheorien und die Zeitfolge des Platonischen Phaidros sowie der beiden Symposien", in *Neue jahrbücher für das klassische Altertum, Geschichte und Deutsche Literatur*, ano III, vol. V, 1900, p. 29. Wilhelm Kroll, *Freundschaft und Knabenliebe*, Tusculum-Schriften, caderno IV, Munique, 1927, p. 28. Mais a esse respeito no artigo "Knabenliebe", em Pauly-Wissowa, *Realenzyklopiidie der klassischen Altertumswissenschaft*, vol. XI, p. 197 e ss.

100. Diógenes Laércio, VI, 4b: "Ao ver um jovem rapaz dirigindo-se para um banquete na companhia de nobres senhores, ele o puxou para si, levou-o até seus parentes e recomendou-lhe o amparo destes". E, em VI,

53: "Ao ver um belo rapaz dormindo sem ser vigiado, ele o acordou com as palavras (citadas da *Ilíada*, VIII, 95 e XXII, 283): 'Despertai, para que nenhuma lança seja cravada às costas daquele que dorme'".

102. Xenofonte, *Banquete*, VIII, 11.
103. Xenofonte, *Banquete*, II, 9.
104. Xenofonte, *Banquete*, VIII, 30.
105. Xenofonte, *Banquete*, VIII, 32-4.
107. Xenofonte, *Banquete*, VIII, 21 e s.
108. Xenofonte, *Banquete*, VII, 2.
109. Xenofonte, *Banquete*, IX. Pouco antes de ser representada a cena amorosa, Sócrates sugere falarem de Eros, o "poderoso demônio", e, ao fazê-lo, tem em mente o *Eros paiderastikos*. Assim como Platão em seu *Banquete*, Xenofonte também faz uma diferenciação entre Afrodite Urânia – o amor espiritual – e Afrodite Pândemos – o amor carnal. A discussão caminha no sentido de que, entre homens, somente deve haver o amor espiritual – ou seja, a amizade –, sem qualquer relacionamento sexual. Com a cena amorosa que se segue a essa discussão, Xenofonte pretende claramente demonstrar que é o casamento entre homem e mulher que se destina à satisfação natural do impulso sexual.
110. Xenofonte, *Banquete*, II, 29.
111. Xenofonte, *Banquete*, III, 8 e ss.
112. Theodor Bergk, *Poetae Lyrici Graeci*, vol. II, 1915, p. 299. Tradução de Hans Licht, *Sittengeschichte Griechenlands*, vol. II, 1926, p. 184.
113. Cf. Wilhelm Kroll, *Freundschaft und Knabenliebe*, Tusculum--Schriften, caderno IV, Munique, 1927, p. 28, e J. A. Symonds, "Die Homosexualität in Griechenland", in Havelock Ellis e J. A. Symonds, *Das konträre Geschlechtsgefühl*, Bibliothek für Sozialwissenschaften, org. por Hans Kurella, vol. VII, 1896, p. 106.
114. Aristóteles, *Ética a Nicômaco*, VII, 6, 1148b.
115. Tirano de Ácragas, Fálaris era conhecido por sua crueldade.
116. A explicação para tal medida dada por Aisquines é a de que o legislador não deseja deixar sozinhos no escuro mestres e meninos.
117. Aqui, a explicação de Aisquines é que "somente em sua idade mais madura" deve o condutor do coro juntar-se aos meninos.
118. Aisquines, o Orador, *Discurso contra Tímarcos*, na tradução de I. H. Bremi, vol. I, Stuttgart, 1828, 3, 6, 7, 8 e 10. Cf. T. H. Lipsius, *Das Attische Recht und Rechtsverfahren*, 1915, p. 420 e ss. e 436 e ss. (O); Wilhelm Kroll, *Freundschaft und Knabenliebe*, Tusculum-Schriften, caderno IV, Munique, 1927, p. 24. (O)
119. Cf. J. H. Lipsius, *Das Attische Recht und Rechtsverfahren, 1915*, p. 435 e s. Para a punibilidade do tomador, "não fazia diferença alguma se aquele a quem tomava em aluguel era maior ou menor de idade. Em ambos os casos aplicava-se-lhe, em caso de condenação, a pena de morte,

bem como àquele que entregara em aluguel o menor de idade. Sujeitos à lei estavam ambos, porém, apenas se o abusado pertencesse à camada burguesa".

120. Wilhelm Kroll, *Freundschaft und Knabenliebe*, Tusculum--Schriften, caderno IV, Munique, 1927, p. 24.

121. Wilhelm Kroll, in Pauly-Wissowa, *Realenzyklopädie der klassischen Altertumswissenschaft*, vol. XXI, p. 900; e J. A. Symonds, "Die Homossexualität in Griechenland", in Havelock Ellis e J. A. Symonds, *Das konträre Geschlechtsgefühl*, Bibliothek für Sozialwissenschaften, org. por Hans Kurelia, vol. VII, 1896, p. 61. (O)

122. Ivo Bruns, "Attische Liebestheorien und die Zeitfolge des Platonischen Phaidros sowie der beiden Symposien", in *Neue jahrbücher für das klassische Altertum*, vol. V, Leipzig, 1900, p. 25.

123. E. Bethe, *Die dorische Knabenliebe, ihre Ethik und ihre Idee*, Rheinisches Museum für Philologie, Neue Folge, vol. LXII, 1907, p. 446.

125. *Banquete*, 183.

126. *Banquete*, 181 e s.

127. Cf. Rettig, "Knabenliebe und Frauenliebe in Platons Symposion", in *Philologus*, vol. XLI, 1882, p. 414 e ss. "Mesmo segundo Pausânias, uma mácula deve, portanto, ter pesado sobre essa espécie de amor (...)" (423).

128. *Fedro*, 232.

129. *Fedro*, 238 e s.

130. *Fedro*, 239.

131. *Fedro*, 240.

132. *Fedro*, 241.

133. *Fedro*, 242.

136. *Fedro*, 232.

137. *Fedro*, 240.

138. *Fedro*, 252.

140. Heinrich Gomperz, *Psychologische Beobachtungen an griechischen Philosophen*, Imago, vol. X, 1924, p. 40 e s.: "Línguas ferinas do século que se seguiu chegaram mesmo a afirmar que, em suas relações com o sexo feminino, Sócrates demonstrou antes carência do que excesso de autodomínio. Além da esposa, teria ele se relacionado também com prostitutas". E (p. 62): "Sócrates, em si, foi indubitavelmente receptivo ao encanto de ambos os sexos, e essa dupla receptividade certamente constituía a regra também no círculo em meio ao qual ele passou sua vida: a nobre burguesia ateniense da segunda metade do século V a.C.".

141. Hans Licht, *Sittengeschichte Griechenlands*, vol. II, 1926, p. 155: "Ela [a pederastia grega] não é hostil ao casamento, mas o complementa na qualidade de um importante fator educacional. Com relação aos gregos, pode-se, portanto, falar em uma manifesta bissexualidade". Trata-se aqui, decerto, de uma generalização excessiva. (O)

142. Como destaca Rolf Lagerborg, *Die platonische Liebe*, Leipzig, 1926, p. 46.
143. Cf. tb. J. A. Symonds, "Die Homossexualität in Griechenland", in Havelock Ellis e J. A. Symonds, *Das konträre Geschlechtsgefühl*, Bibliothek für Sozialwissenschaften, org. por Hans Kurella, vol. VII, 1896, p. 85. (O)
144. Aristóteles, *Política*, 1303b.
146. *Banquete*, 195.
147. *República*, 571, 575.
148. *Timeu*, 70 e s.
149. *Banquete*, 219.
151. *Carta II*, 314.
153. Soloviév, "Das Lebensdrama Platons", in: *Religiöse Geister*, vol. XXIII, 1926, p. 44.
154. Soloviév, "Das Lebensdrama Platons", in: *Religiöse Geister*, vol. XXIII, 1926, p. 62.
155. *Górgias*, traduzido e comentado por Otto Apelt, 2. ed., Philos. Bibliothek, vol. 148, Leipzig, 1922, p. 8.
156. *Górgias*, 492 e s.
157. *Fédon*, 82.
158. *Fédon*, 68.
159. *Fédon*, 64.
160. *Fédon*, 67.
161. *Fédon*, 65.
162. *Fédon*, 83.
163. *Fédon*, 79.
164. *Fédon*, 66.
165. *Fédon*, 66.
166. *Fédon*, 66 e s.
167. *Fédon*, 88.
168. *Fédon*, 80.
169. *Fédon*, 81.
170. *Fédon*, 79.
171. *Fédon*, 65.
172. *Fédon*, 66.
173. Cf. *Fédon*, 75: "Nossa presente investigação, afinal, não tem por objeto unicamente o igual, mas também o Belo em si, o Bom, o Justo e o Piedoso em si – em suma, como já disse, tudo aquilo sobre o que, em nossas discussões que avançam sob a forma de perguntas e respostas, imprimimos o selo do 'em si' ". E, ainda, *Fédon*, 77: "Para mim, nada há que esteja tão indubitavelmente certo quanto isto: que a todas essas concepções, ao Belo, ao Bom e a tudo o mais que acabaste de mencionar, cabe o mais verdadeiro Ser". Cf. tb. *Fédon*, 78.
174. *Fédon*, 67.

175. *Fédon*, 67 e 82.
176. *Fédon*, 115.
177. *Lísis*, 213.
178. *Lísis*, 213 e s.
180. *Lísis*, 221.
181. *Lísis*, 217.
182. *Lísis*, 216.
183. *Lísis*, 216-8.
184. *Lísis*, 222.
185. *Lísis*, 219.
186. Otto Apelt observa acertadamente em *Platon, sämtliche Dialoge*, prefácio à tradução de *Lísis*, 2. ed., Leipzig, 1922, p. 71: "A questão central, a que importa aqui – a relação com a ideia do Bem –, destaca-se claramente de seu nebuloso invólucro, e, ainda que rapidamente novas nuvens se acumulem, o leitor atento tem a nítida sensação de ter encontrado a chave para a solução do enigma: a verdadeira amizade só é possível entre homens bons, pois ela nada mais é do que a unidade no amor pelo Bem".
187. *Lísis*, 220.
188. Já por essa razão, julgo bastante improvável que o *Lísis* tenha sido escrito posteriormente ao *Banquete*. Comparando-se a postura em relação ao Eros que Platão assume em ambos esses diálogos, não se há de considerar senão a possibilidade contrária. Cf. a respeito Raeder, *Platons philosophische Entwicklung*, 2. ed., Leipzig, 1920, p. 154 e ss.; e, particularmente, Rolf Lagerborg, *Die platonische Liebe*, Leipzig, 1926, p. 92.
189. *Banquete*, 176.
190. *Banquete*, 178.
192. *Banquete*, 180.
193. Gerhard Krüger, em *Einsicht und Leidenschaft, Das Wesen des platonischen Denkens*, 1939, p. 99, nota: "Conforme já se observou repetidas vezes, a fala de Pausânias tende marcada e nitidamente para uma apologia da pederastia".
194. *Banquete*, 181.
195. *Banquete*, 182 e s.
196. *Banquete*, 182.**
198. *Banquete*, 184.**
199. *Banquete*, 184. *Pausânias afirma: "Tem-se apenas que fundir em uma única ambas essas leis, aquela acerca da pederastia e a outra, acerca da filosofia e demais virtudes, se se há de concluir que é bonito que o amado sirva ao amante". Por "lei acerca da pederastia", deve-se, por certo, entender o preceito moral que proíbe aos moços a relação com amantes.**
200. *Banquete*, 185.
201. *Banquete*, 182.
202. *Banquete*, 184.

203. *Banquete*, 182.
205. *Fedro*, 256.
206. *Banquete*, 187.
207. Cf. *Banquete*, 191.
208. *Banquete, 189 e s.**
209. *Banquete*, 189.
212. *Banquete*, 192.
213. *Banquete*, 192.
214. *Não obstante, A. E. Taylor, em *Plato, the Man and his Work*, 1929, p. 215, afirma que Sócrates e Platão, "like ourselves", veem o amor homossexual "as not merely 'guilty' but 'unnatural'". (O)**
215. *Banquete*, 193.
216. *Banquete*, 195.
217. *Banquete*, 195.
218. *Banquete*, 196.
219. *Banquete*, 197.
220. Muito propriamente observa Kurt Hildebrandt, na introdução à sua tradução do *Banquete* de Platão, Phil. Bibl., vol. 81, 3. ed., 1912, p. 16: "Que, segundo nossas concepções, Sócrates não procede muito logicamente, pode-se facilmente depreender de seu discurso. É possível concluir daí que, para Sócrates, a comprovação lógica não é a meta final. O que ele quer é apresentar a ideia nova e maior de Eros (...) A lógica é-lhe apenas um meio, e uma pequena falha nesse ponto não lhe parece tão importante; a origem primeira e meta de seu ser situam-se alhures".
221. *Banquete*, 202.
222. *Banquete*, 205.
223. *Banquete*, 205.
224. *Banquete*, 206.
225. *Banquete*, 207.
226. *Banquete*, 208.
227. *Banquete*, 208.
228. *Banquete*, 209.
229. *Banquete*, 209.
230. *Fedro*, 244.
231. *Fedro*, 250.
232. *Fedro*, 250 e s.
234. *Banquete*, 211.
237. *Característico da interpretação que habitualmente se dá à filosofia platônica é o ensaio de F. M. Cornford, "The Doctrine of Eros in Plato's Symposium", in *The Unwritten Philosophy and other Essays*, 1950, p. 68 e ss., no qual a singularidade desse Eros como *Eros paiderastikos* nem sequer é mencionada. Cornford apresenta a ascensão rumo à contemplação do absolutamente Belo da seguinte maneira: "There are four stages in this

progress. The first step is the detachment of Eros from the individual person and from physical beauty (...)". Que a "individual person" só pode ser um rapaz e a "physical beauty", a beleza do corpo de um jovem, isso não é dito, causando a impressão de que o Eros em Platão significaria o mesmo que o amor entre pessoas sexualmente normais.**
238. *Banquete*, 211.
239. *Fedro*, 256.
240. *Banquete*, 202.
242. *Banquete*, 208 e s.
243. Kurt Hildebrandt, no prefácio à sua tradução do *Banquete* de Platão, Philos. Bibl., vol. 81, 2. ed., p. 37, afirma: "Quando Diotima fala dos criadores espirituais, a ênfase recai não sobre poetas e artistas, mas sobre a confecção das leis. Chama, assim, as leis de Licurgo de salvadoras da Grécia. Ergue-se aí Platão, em cujo interior amadureciam outrora os livros acerca do Estado e que acalentava ainda a esperança de tornar-se o salvador da Grécia".
244. *Lísis*, 206.
245. *Lísis*, 210.
246. *Banquete*, 216.
247. *Banquete*, 222.
248. *Banquete*, 218.
249. *Banquete*, 219 e 222.
250. *Banquete*, 219.
251. *Ernst Howald, em "Ethik des Altertums", in *Handbuch der Philosophie*, org. por A. Baeumler e M. Schröter, parte III, artigo B, 1926, p. 27, afirma: "Assim como para os sofistas, também para Sócrates os temas éticos constituem exercícios, *meletemata* para desempenhos formais. O que pretende com eles é convencer, derrotar seus oponentes. Importa-lhe mais essa vitória do que a verdade". (O)**
252. Ernst Howald, *Platons Leben*, 1923, p. 24.
253. Ernst Howald, *Die Anfänge der europaischen Philosophie*, 1925, p. 106.
254. *Segundo Xenofonte, *Memorabilia*, livro I, cap. II, 9, no processo que conduziu à condenação do filósofo, o acusador teria afirmado que "Sócrates ensinou àqueles à sua volta a desprezar as leis existentes dizendo-lhes ser uma insensatez que os condutores do Estado fossem escolhidos mediante sorteio, sendo que ninguém desejaria valer-se de um timoneiro, de um construtor, de um flautista etc. escolhido dessa maneira, ainda que, se um desses fizesse algo errado, muito menores seriam os danos daí decorrentes do que os erros porventura cometidos na condução do Estado. O acusador sustentou que discursos dessa natureza impeliriam os jovens a desdenhar o Estado então constituído e que, em consequência disso, eles se tornariam violentos".** Cf. tb. Ulrich von Wilamowitz-Moellendorff, *Platon*, vol. I, 2. ed., Berlim, 1920, p. 5.

255. Paul Friedländer, *Der große Alcibiades, Ein Weg zu Plato*, 1921.
256. *Alcibíades, 132* .
259. Cf. Paul Natorp, *Platos Ideenlehre*, 2. ed., 1921, p. 189.
260. *Protágoras, 355*.
261. Xenofonte, *Memorabilia*, livro I, cap. I.
262. Xenofonte, *Memorabilia*, livro IV, cap. VIII.
263. *Apologia de Sócrates, 23*.
264. *Apologia de Sócrates, 31*.
266. *Górgias, 504*.
267. *Górnias, 515 e ss.*
268. *Górgias, 516 e s.*
269. *Górgias, 521*.
270. *Górgias, 519*.
271. *Mênon, 89*.
272. *Mênon, 99 e s.*
273. *Mênon, 100*.
274. Werner Jaeger, *Paideia*, vol. II, 1944, p. 242.
275. *Xenofonte, em *Memorabilia*, livro I, cap. VI, conta: "Perguntado novamente por Antifon como é que ele se julgava capaz de transformar outros homens em estadistas, uma vez que ele próprio jamais tivera atuação política, embora devesse entender do assunto, Sócrates respondeu: 'Em qual dos casos tenho uma maior atuação política: quando faço política sozinho ou quando imponho-me a tarefa de capacitar para tanto o maior número possível de pessoas?'".** Cf. Werner Jaeger, *Platons Stellung im Aufbau der griechischen Bildung*, "Die Antike", vol. IV, 1928, p. 166.
276. Cf. Ulrich von Wilamowitz-Moellendorff, *Platon*, 2. ed., Berlin, 1920, p. 200.
277. Ulrich von Wilamowitz-Moellendorff, *Platon*, 2. ed., Berlin, 1920, p. 90.
278. Ernst Howald, *Platons Leben*, p. 17.
279. Cf. Heinrich Friedemann, *Platon, Seine Gestalt*, Berlin, 1914, p. 20.
280. Paul Friedländer, *Platon*, vol. I, "Eidos-Paideia-Dialogos", 1928, p. 69.
281. Ernst Howald, "Ethik des Altertums", *Handbuch der Philosophie*, org. por A. Baeumler e M. Schröter, parte III, artigo B, 1926, p. 37. Cf. Werner Jaeger, Paideia, vol. II, 1944, p. 169: "A educação constitui para ele o único e verdadeiro sentido do Estado". Cf. tb. Paul Friedländer, *Platon*, vol. II, "Die Platonischen Schriften", 1930, p. 363.
282. Ernst Howald, *Die platonische Akademie und die moderne universitas litterarum*, Zurique, 1921, p. 15. Cf. tb. Salin, *Platon und die griechische Utopie*, 1921, passim.
283. Kurt Singer, *Platon der Gründer*, 1927, passim.
284. *Carta VII, 328*.

285. *Carta VII*, 324-6, na tradução de Ernst Howald, *Die Briefe Platons*, 1923, p. 53 e ss.

286. Cf. Salin, *Platon und die griechische Utopie*, 1921, p. 47.

287. *Acerca do relacionamento de Platão com o governo dos Trinta, Theodor Gomperz, em *Griechische Denker*, vol. II, 1902, p. 205, afirma: "Por mais que o jovem Platão tenha repudiado os excessos daquele governo do terror, ele certamente o tomou por produto de uma necessidade imperiosa. Em não menor grau continuou nutrindo amor e admiração por *Crítias*, o que, aliado ao luto pelo tio *Cármides*, tombado naqueles mesmos combates, muito contribuiu para tornarem-lhe estranhas a cidade natal e sua Constituição democrática".**

288. Cf. Ulrich von Wilamowitz-Moellendorff, *Platon*, vol. II, 2. ed., Berlim, 1920, p. 439.

289. *República*, 587.

290. Cf. Theodor Gomperz, *Griechische Denker*, vol. II, 4. ed., 1925, p. 401.

291. *República*, 578 e s.

292. *Górgias*, 484.

293. *Górgias*, 486.

294. *Górgias*, 485.

295. *Górgias*, 485.

296. Modifiquei-as apenas o necessário para colocá-las na boca de alguém que fala por si, ao passo que, no original, Cálicles as pronuncia referindo-se a outra pessoa: Sócrates.

297. *Górgias*, 483.

298. Paul Friedländer, em *Platon*, vol. I, "Eidos-Paideia-Dialogos", 1928, p. 134, nega que, no tocante a Platão, "haja algo que se deva simplesmente considerar uma defesa contra Sócrates que Platão, em algum ponto, o combata dissimuladamente". Contudo, acrescenta uma ressalva: "a não ser que Platão esteja lutando contra o Sócrates que traz dentro de si, contra si próprio". Cf. tb. demais obras de Friedländer aqui indicadas.

299. Cf. Menzel, *Kallikles*, Viena, 1922, p. 85 e ss.

300. Theodor Gomperz, *Griechische Denker*, vol. II, 4. ed., 1925, p. 264: "Espanta o brilho do qual Platão cercou aqui a apresentação do jovem leão, apenas semiamansado, a romper os grilhões e, na verdade, alçando-se à sua magnificência inata. É de admirar o poder artístico que empregou no desenho da figura do super-homem, figura esta que lhe era moralmente repugnante. Ou será que esta, embora repugnando-lhe pelo mau uso da genialidade, por essa mesma razão o atraía?". Cálicles nada mais é do que o próprio Platão, daí o posicionamento ambivalente do filósofo em relação a ele.

301. *Górgias*, 491.

302. *Górgias*, 484.

303. *Górgias*, 526.

304. *Górgias*, 521.
305. *República*, 488 e s.; cf. tb. Konstantin Ritter, *Die Dialoge Platons*, II, p. 77, e Karl Raimund Popper, *The Open Society and its Enemies*, vol. I, 1945, p. 136 e 241.
306. *República*, 496 e s.
307. Cf. *República*, 379, 458, 519 e 592.
308. *República*, 369, 473 e 592.
309. *Leis*, 712.
310. *Leis*, 739.
311. *Leis*, 739.
312. *Leis*, 968 e s.
313. *República*, 473.
314. *República*, 502-41.
315. *República*, 500.
316. *República*, 500.
317. *República*, 499.
318. *República*, 500.
319. *República*, 500.
320. *República*, 501.
321. *República*, 501.
322. Cf. Raeder, *Platons philosophische Entwicklung*, 2. ed., p. 222.
323. *República*, 519.
324. *República*, 576.
325. *República*, 540.
326. *República*, 541.
327. *República*, 412.
328. *República*, 412.
329. *República*, 546.
330. *República*, 414 e s.
332. *Político*, 260 e 292.
333. *Político*, 292 e s.
334. *Político*, 293 e ss.
335. *Leis*, 875.
336. *Leis*, 644. Cf. tb. *Leis*, 804.
337. *Reino Palas, em "Die Bewertung der Sinnenwelt bei *Platon*", in *Annales Academiae Scientiarum Fennicae*, B XLVIII, 2, 1941, p. 229, afirma: "Pode-se com certeza depreender dos escritos platônicos que Platão estava efetivamente impregnado de uma vontade de poder".**
338. Cf. Eduard Meyer, *Geschichte des Altertums*, V, p. 502. A informação é, porém, objeto de ampla contestação.
339. Eduard Meyer, *Geschichte des Altertums*, V, p. 504.
340. Eduard Meyer, *Geschichte des Altertums*, V, p. 506.
341. *Carta VII*, 339-45.

342. Eduard Meyer, *Geschichte des Altertums*, V, p. 509.
343. *Carta VII*, 350c e ss.
345. Atênaios, XI, 508 e s. Cf. Theodor Gomperz, *Griechische Denker*, vol. II, 4. ed., 1925, p. 594 e s.
346. Cf. Eduard Meyer, *Geschichte des Altertums*, V, p. 512.
347. Eduard Meyer, *Geschichte des Altertums*, V, p. 522.
348. *Carta VII, 351*.

Segundo livro: A verdade platônica

1. Ernst Howald, *Die platonische Akademie und die moderne universitas litterarum*, Zurique, 1921, p. 10 e ss.
2. Friedrich Überweg, "Grundriß der Geschichte der Philosophie", 1ª parte, in *Die Philosophie des Altertums*, 12ª ed., org. por Karl Prachter, 1926, p. 185.
4. Paul Friedländer, *Platon*, vol. I, "Eidos-Paideia-Dialogos", 1928, p. 116. Cf. tb. R. H. S. Crossman, *Plato Today*, 1937, p. 128 e s.: "The Academy would then become the central advisory bureau of a network of aristocratic dictatorships, setting the general lines of policy on which each of the scholar-statesmen should proceed. It would be the headquarters of an 'open conspiracy' to clean up Greek politics, the *Republic* would be its manifesto and Plato the commander-in-chief".
5. Ernst Howald, *Die platonische Akademie und die moderne universitas litterarum*, Zurique, 1921, p. 10 e ss.
6. Paul Ludwig Landsberg, "Wesen und Bedeutung der platonischen Akademie", in *Schriften zur Philosophie und Soziologie*, org. por Max Scheler, vol. I, Bonn, 1923, p. 31 e ss.
8. Cf. Ernst Howald, *Die platonische Akademie und die moderne uni versitas litterarum*, Zurique, 1921, p. 13.
9. *Fedro*, 230.
10. Ernst Howald, *Platons Leben*, 1923, p. 13: "Sócrates interrompeu a trajetória da vida de Platão; (...) ele influenciou de tal maneira – e, na verdade, para sempre – a vida espiritual de Platão, desviou-a tanto de sua própria orientação, que ela frequentemente parece negar-se a si própria chegando mesmo a efetivamente fazê-lo inúmeras vezes".
11. Ernst Howald, *Die platonische Akademie und die moderne universitas litterarum*, Zurique, 1921, p. 15 e s.
12. *República*, 525.
13. *República*, 545 e s.
15. *República*, 587.
16. *República*, 587 e s.
17. Ernst Howald, em *Die platonische Akademie und die moderne universitas litterarum*, Zurique, 1921, p. 17, afirma acerca da matemática

platônica: "É latente e contínua a presença do pensamento de que se poderia calcular a solução dos problemas filosóficos, como se se pudesse, por meio de fórmulas matemáticas, obrigar os segredos da natureza a desvendarem-se como que graças a palavras mágicas. Trata-se de um pensamento que sucessores de Platão levaram adiante com igual empenho".
18. *Timeu*, 53 e ss.
19. *Timeu*, 55.
20. Ernst Howald, *Die platonische Akademie und die moderne universitas litterarum*, Zurique, 1921, p. 20.
21. *Timeu*, 27.
22. *Timeu*, 53.
23. Ernst Howald, *Die platonische Akademie und die moderne universitas litterarum*, Zurique, 1921, p. 20.
24. *Timeu*, 57.
25. Ernst Howald, *Die platonische Akademie und die moderne universitas litterarum*, Zurique, 1921, p. 21. Muito apropriadamente, observa Howald (p. 14): "A filosofia de Platão é tão anticientífica quanto possível". Warner Fite, em *The Platonic Legend*, 1934, p. 254, fala da "Plato's confidence in the miraculous powers of geometry", remetendo ao fazê-lo a *Górgias*, 508, passagem na qual Sócrates acusa Cálicles de não querer saber da geometria, querendo dizer com isso que, houvesse Cálicles estudado geometria, não seria capaz de sustentar sua teoria moral egoísta. (O)
26. *Timeu*, 27.
27. *Timeu*, 28-30.
28. *Timeu*, 34.
29. *Timeu*, 42.
30. *Timeu*, 59.
31. *República*, 509-19.
32. Theodor Gomperz, *Griechische Denker*, vol. II, 4. ed., 1925, p. 379. Heinrich Friedemann, em *Platon*, Seine Gestalt, Berlim, 1914, p. 26, afirma: "Aquilo que constituiu motivo de orgulho para o século anterior, as ciências exatas, é aqui não apenas hierarquicamente rebaixado, como também internamente abalado, na medida em que sua precisão revela-se objetiva e incapaz de superar-se a si mesma e alçar-se rumo à origem do humano (...)"
33. *República*, 529-30.
34. *Timeu*, 34.
35. *Timeu*, 90.
37. *Leis*, 967.
38. *República*, 531.
39. *Timeu*, 68. Cf. Theodor Gomperz, *Griechische Denker*, vol. II, 4. ed., 1925, p. 470 e 586.
42. *Fédon*, 95.
43. *Fédon*, 95 e s.

44. *Fédon*, 96.
45. *Fédon*, 96.
46. *Fédon*, 97.
47. *Fédon*, 97.
48. *Fédon*, 98.
49. *Fédon*, 98 e s.
50. *Fédon*, 99.
51. *Fedro*, 277.
53. Cf. Otto Kluge, *Die aristotelische Kritik der platonischen Ideenlehre*, 1905, p. 41 e s.
54. Cf. Harold Cherniss, *Aristotle's Criticism of Plato and the Academy*, 1944, e, do mesmo autor, *The Riddle of the Early Academy*, 1945, passim.
56. Werner Jaeger, em *Aristoteles*, Berlim, 1923, p. 24, afirma: "Em Platão, o impulso primordial é o da criação. Ele não escreve em função da exposição contenutística de uma doutrina. O que o atrai é tornar visíveis os filósofos no momento dramaticamente fecundo da busca e da descoberta, da aporia e do conflito."
57. Paul Ludwig Landsberg, "Wesen und Bedeutung der platonischen Akademie", in *Schriften zur Philosophie und Soziologie*, org. por Max Scheler, vol. I, Bonn, 1923, p. 9.
58. Paul Ludwig Landsberg, "Wesen und Bedeutung der platonischen Akademie", in *Schriften zur Philosophie und Soziologie*, org. por Max Scheler, vol. I, Bonn, 1923, p. 10.
59. Xenofonte, *Memorabilia*, IV, 2 e 3.
60. Xenofonte, *Memorabilia*, IV, 2 e 13.
61. Xenofonte, *Memorabilia*, IV, 2 e 17.
62. Xenofonte, *Memorabilia*, IV, 2 e 20. Ao final desse capítulo, Xenofonte observa: "Muitos daqueles que haviam experimentado semelhante comportamento em Sócrates, mais tarde, passaram a evitar o contato com ele, que, por sua vez, considerava essas pessoas imbecis".
63. *Hípias Menor*, 369.
64. *Hípias Menor*, 367.
65. *Hípias Menor*, 367.
66. *Hípias Menor*, 371.
67. *Hípias Menor*, 366.
68. *Hípias Menor*, 366 e s.
69. *Hípias Menor*, 376.
70. Cf. Otto Apelt, *Platon, sämtliche Dialoge*, 2. ed., Leipzig, 1922, vol. III, introdução à tradução do *Hípias Menor*, p. 3 e ss.
71. Hípias Menor, 375.
73. *Mênon*, 71.
74. *Mênon*, 80.
75. *Mênon*, 81.

76. *Mênon*, 81.
77. *Mênon*, 86.
78. *Mênon*, 86.
79. *Mênon*, 81.
80. *Mênon*, 86.
81. *Mênon*, 81. Em *Fédon*, 92, lê-se: "O discurso sobre a reminiscência baseia-se num fundamento realmente digno de confiança. Foi-nos dito, afinal, que a existência de nossa alma já anteriormente à sua penetração no corpo é algo comprovado com toda segurança pelo fato de estar ela de posse da noção daquela sabedoria a que chamamos 'o que efetivamente é'".
82. *Fedro*, 247 e ss.
83. *Fedro*, 247.
84. *Fedro*, 248.
85. *Fedro*, 248.
86. *Fedro*, 249.
87. *Fedro*, 249 e ss.
88. *Fedro*, 250 e s. Os primeiros dedicam-se ao relacionamento sexual normal. "Qual o gado", eles buscam "gerar filhos por intermédio do corpo" e não se envergonham de, "contrariamente à natureza, perseguir o prazer." Os últimos, porém, tornam-se os servidores do *Eros paiderastikos*.
89. *Fedro*, 249.
90. *Fédon*, 64 e s.
91. *Leis*, 726.
92. Na tradução de Otto Apelt, "honrar, honra, homenagem"; na de Gustav Teichmüller, em *Studien zur Geschichte der Begriffe*, 1874, p. 181, "respeito".
93. Na crença na alma dos primitivos encontra-se com frequência a ideia de que a alma existente no interior do homem constitui um ser distinto da personalidade desse mesmo homem, uma espécie de espírito protetor ao qual cumpre dedicar oferendas e veneração. Assim é, por exemplo, na religião dos Batak, na Sumatra. Cf. Hans Kelsen, *Vergeltung und Kausalität*, 1941, p. 297 e s.
94. *Fédon*, 65.
95. *Fédon*, 78.
96. *Crátilo*, 440. Cf. tb. *República*, 49, *Teeteto*, 157, *Sofista*, 248 e *Filebo*, 59.
97. *Fédon*, 69.
98. *Fédon*, 79 e s.
99. *República*, 508. Cf. Reino Palas, "Die Bewertung der Sinnenwelt bei *Platon*", in *Annales Academiae Scientiarum Fennicae*, B XLVIII, 2, 1941, p. 10 e s.
100. H. Krohn, em *Der platonische Staat*, 1876, p. 247, afirma: "De acordo com Platão, inexiste uma ideia da alma. As ideias constituem

a essência da objetividade, objetividade esta à qual faz frente a alma, ao conhecer. Platão, é certo, fala em εἴδη da alma, mas o que entende por isso é o poder que lhe é inerente".

104. *Carta VII*, 341.
105. *Carta VII*, 341.
106. *Carta VII*, 344.
107. *Carta VII*, 344.
108. *Carta VII*, 341.
109. *Carta VII*, 344.
110. *República*, 532.
115. Cf. Hans Kelsen, *Vergeltung und Kausalitat*, 1941, p. 18 e ss. Acha-se aí material suplementar ilustrando a tendência à substancialização no pensamento dos primitivos.
116. Na concepção da teologia védica, segundo Ernst Cassirer, *Philosophie der symbolischen Formen*, 2ª parte, "Das mythische Denken", 1925, p. 72, o "corpo que mata o marido" habita a mulher infiel, assim como o "corpo (tanu) da ausência de filhos" habita a mulher estéril.
117. Ernst Cassirer, *Philosophie der symbolischen Formen*, 2ª parte, "Das mythische Denken", 1925, p. 71.
118. *República*, 508.
119. Ernst Cassirer, *Philosophie der symbolischen Formen*, 2ª parte, "Das mythische Denken", 1925, p. 6.
120. Ernst Cassirer, *Philosophie der symbolischen Formen*, 2ª parte, "Das mythische Denken", 1925, p. 53 e s.
121. Ernst Cassirer, *Philosophie der symbolischen Formen*, 2ª parte, "Das mythische Denken", 1925, p. 56 e s.
122. Ernst Cassirer, *Philosophie der symbolischen Formen*, 2ª parte, "Das mythische Denken", 1925, p. 77.
123. Richard Karuz, "Emanismus", in *Zeitschrift für Ethnologie*, vol. 45, 1913, p. 185. Cf. Hans Kelsen, *Vergeltung und Kausalitat*, p. 19 e 303.
124. *Fédon*, 96 e ss.
125. *Fédon*, 101.
127. *República*, 517.
128. Ernst Cassirer, *Philosophie der symbolischen Formen*, 2ª parte, "Das mythische Denken", 1925, p. 177. "Se, para o pensamento lógico, o número possui uma função universal, um significado de validade genérica, para o pensamento mítico ele se afigura inteiramente como uma 'entidade' primordial a comunicar sua essência e força a tudo quanto a ele se subordina."
129. Ernst Cassirer, *Philosophie der symbolischen Formen*, 2ª parte, "Das mythische Denken", 1925, p. 179.
130. Cf. Theodor Gomperz, *Griechische Denker*, vol. II, 4. ed., 1925, p. 312 e Hans Kelsen, *Vergeltung und Kausalitat*, 1941, Excurso III: "Die platonische Ideenlehre und der primitive Mythos", p. 430 e ss.

131. P. Wirtz, "Die Marind-anim von Holländisch-Süd-Neu-Guinea", Hamburgische Universität, in *Abhandlungen aus dem Gebiet der Auslandskunde*, vol. X, 1922, 1º vol., 2ª parte, p. 10 e ss.

132. P. Wirtz, "Die Marind-anim von Holländisch-Süd-Neu-Guinea", Hamburgische Universität, in *Abhandlungen aus dem Gehiet der Auslandskunde*, vol. X, 1922, 2º vol., 3ª parte, p. 105.

133. P. Wirtz, "Die Marind-anim von Holländisch-Süd-Neu-Guinea", Hamburgische Universität, in *Abhandlungen aus dem Gebiet der Auslandskunde*, vol. X, 1922, 1º vol., 2ª parte, p. 41.

135. Johann Warneck, "Die Religion der Batak", in *Religionsurkunden der Völker*, org. por Julius Böhmer, parte IV, vol. I, Leipzig, 1909, p. 49.

136. *República*, 617.
138. *Górgias*, 523.
139. *Górgias*, 524.
140. *Górgias*, 526 e s.
141. Vittorio D. Macchioro, em *From Orpheus to Paul, A History of Orphism*, 1930, p. 177, afirma: "In Plato's mind myth and truth are one and the same thing. Myth relates to another world quite different from this earthly world but by no means less real and actual. In other words, myth is not for him, as for us, the product of imagination, but a way to truth, a means for attaining knowledge". O decisivo, porém, é que para Platão existe ainda uma outra verdade e um outro caminho conduzindo a essa verdade.

142. *Mênon*, 81.
143. *Mênon*, 86.
144. *Mênon*, 98.
145. *Mênon*, 99.
146. *Crítias*, 110.
147. *Fédon*, 61.
148. *Fédon*, 76 e 77.
149. *Fédon*, 92.
150. *Fédon*, 77.
151. *Fédon*, 77 e s.
152. *Fédon*, 91.
153. *Fédon*, 106 e s.
154. *Fédon*, 107.
155. *Fédon*, 108.
156. *Fédon*, 110.
157. *Fédon*, 114.
158. *Fedro*, 229.
159. *Fedro*, 229 e s.
160. *Fedro*, 241.
161. *República*, 378.
162. *República*, 379.

163. *República*, 382.
164. *República*, 414.
165. *República*, 415.
166. *República*, 613, 614 e s.
167. *República*, 614.
168. *República*, 621.
169. *Teeteto*, 176.
170. *Teeteto*, 176.
171. *Teeteto*, 177.
172. *Político*, 268.
173. *Político*, 274.
174. *Político*, 275.
175. *Político*, 275.
176. *Timeu*, 27 e ss.
177. *Timeu*, 59.
178. *Timeu*, 29.
179. *Timeu*, 27.
180. *Timeu*, 28.
181. *Timeu*, 40.
182. *Timeu*, 29.
183. *Timeu*, 72.
184. *Carta VII*, 335a.
186. Perceval Frutiger, em *Les Mythes de Platon*, 1930, p. 144, afirma "qu'il n'y a pas, chez *Platon*, une hétérogénitè radicale entre le mythique et le dialectique. On ne saurait donc les isoler l'un de l'autre comme deux éléments invariables et bien définis".
188. *Leis*, 821.
189. *República*, 376 e s.
190. *República*, 382.
191. *República*, 382.
192. *República*, 389.
193. *República*, 389.
194. *República*, 475.
195. *República*, 485.
196. *República*, 501. Cf. Karl Raimund Popper, *The Open Society and its Enemies*, vol. I, "The Spell of Plato", Londres, 1962, p. 230 (Θ).
197. *República*, 389.
198. *República*, 459 e s.
199. *República*, 602 e 605.
200. *República*, 414.
201. *República*, 412.
202. *República*, 414.
203. *República*, 414.

204. *República*, 415.
205. *República*, 415.
206. *Leis*, 713.
207. *Leis*, 714.
208. *Leis*, 714.
209. *Leis*, 715 e s.
210. *República*, 379.
211. *República*, 380.
212. *República*, 392.
213. *República*, 392.
214. *Leis*, 659.
215. *Leis*, 659 e s.
216. *Leis*, 662.
217. *Leis*, 662.
218. *Leis*, 662.
219. *Leis*, 663.
220. *Leis*, 663.
221. *Leis*, 663.
222. *Leis*, 663 e s.
223. *Leis*, 664.
224. *Leis*, 665 e s.
225. *Leis*, 674.
226. *Leis*, 637 e 643.
227. *Leis*, 645.
228. *Leis*, 646.
229. *Leis*, 647 e 649.
230. *Leis*, 646.
231. *Leis*, 666.
232. *Leis*, 671.
233. *Leis*, 666.
234. *Leis*, 665.
235. Em *Leis*, 762, por exemplo. Ali, Platão afirma: "Tem-se de depositar maior orgulho no bem servir do que no bem governar – isto é, servir em primeiro lugar às leis, pois isso significa servir aos deuses (...)". Cf. tb. *Leis*, 722.
236. *Leis*, 741. Cf. Bisinger, *Der Agrarstaat in Platons Gesetzen*, 1925, p. 66.
237. *Leis*, 909 e 910.
238. *Leis*, 636.
239. *Leis*, 838.
240. *Leis*, 839.
241. *Leis*, 840.
242. *Leis*, 889.
243. *Leis*, 884 e ss.

244. *Leis*, 890 e s.
245. *Leis*, 885.
246. *Leis*, 887.
247. *Leis*, 700.
248. *Leis*, 700 e s.
249. Cf. *República*, 595 e ss.
250. *República*, 377.
251. *República*, 378.
252. *República*, 383.
253. *República*, 386.
254. *República*, 387.
255. *República*, 401.
256. *República*, 607.
257. Cf. *Leis*, 656 e 800-2.
258. *Leis*, 799.
259. *República*, 427. Cf. tb. *República*, 469, passagem na qual é exigido que a regulamentação do culto aos heróis no Estado ideal obedeça aos preceitos do Apolo délfico.
260. *Leis*, 759.
261. *Leis*, 828.
262. *Leis*, 907 e 908.
263. *Leis*, 839.
265. Cf. Terceiro livro: A justiça platônica, p. 431 e ss.
266. Ulrich von Wilamowitz-Moellendorff, *Platon*, vol. I, 2. ed., Berlim, 1920, p. 693.
267. *Fédon*, 77.
268. *Fédon*, 77 e s.
269. *Fédon*, 114.
270. *Banquete*, 208.
271. *Banquete*, 209.
274. *Filebo*, 36.
275. *Filebo*, 37.
276. *Filebo*, 37.
277. *Filebo*, 40.
278. *Filebo*, 41.
279. Paul Natorp, em *Platos Ideenlehre*, 1903, "Prefácio V", caracteriza a doutrina platônica das ideias como "o nascimento do idealismo na história da humanidade (...)".
281. *República*, 508.
282. Cf. tb. *Filebo*, 65, onde, estranhamente, Platão afirma pela voz de Sócrates não ser possível apreender o Bem em uma única ideia; temos de "apreendê-lo por meio de três ideias juntas: a da Beleza, a da Harmonia e a da Verdade".

283. República, 509.
286. Assim é em *Fedro*, 247, onde se afirma que, no "lugar acima dos céus", a força anímica da "inteligência divina" "nutre-se e delicia-se da visão da verdade".

Terceiro livro: A justiça platônica

2. *Apologia de Sócrates*, 29.
3. Cf. Theodor Gomperz, *Griechische Denker*, vol. II, 4. ed., 1925, p. 65.
5. *Laques*, 184.
6. *Cármides*, 161.
7. *República*, 433.
8. *Cármides*, 161 e s.
9. *Cármides*, 162.
10. *Eutifron*, 8.
11. *Eutifron*, 8.
12. *Leis*, 934.
13. *Protágoras*, 324.
14. *Protágoras*, 330. Também no *Hípias Maior* (287) Sócrates pergunta: "A justiça é, portanto, algo?" – para, com tal pergunta, obter a concordância de Hípias.
15. *Protágoras*, 359 e ss.
16. *Protágoras*, 319.
17. *Protágoras*, 323.
18. *Hípias Maior*, 293 e s.
19. *Hípias Maior*, 294-6.
20. *Hípias Maior*, 297.
21. *Hípias Maior*, 297.
22. P. ex., Otto Apelt, em *Platon, sämtliche Dialoge*, 2. ed., Leipzig, 1922, vol. III, introdução à tradução do *Hípias* I e II, p. 8.
23. *Hípias Maior*, 284.
24. *Hípias Maior*, 286.
25. *Hípias Maior*, 287.
26. *Hípias Maior*, 304.
27. *Primeiro Alcibíades*, 106.
28. *Primeiro Alcibíades*, 107.
29. *Primeiro Alcibíades*, 109.
30. *Primeiro Alcibíades*, 110.
31. *Primeiro Alcibíades*, 112.
32. *Primeiro Alcibíades*, 118.
33. *Primeiro Alcibíades*, 120 e s.
34. *Primeiro Alcibíades*, 116.
35. *Primeiro Alcibíades*, 116.

36. *Primeiro Alcibíades*, 134.
37. *Primeiro Alcibíades*, 127.
38. *Primeiro Alcibíades*, 132.
39. *Primeiro Alcibíades*, 133.
40. *Primeiro Alcibíades*, 135.
41. *Primeiro Alcibíades*, 135.
43. *República*, 331.
44. *República*, 332 e ss.
45. *República*, 334 e s.
46. *República, 335*.
47. *República*, 338 e s.
48. *República*, 342; cf. tb. 346 e s.
49. *República*, 343 e s. e 349.
50. *República*, 350.
51. *República*, 352 e ss.
52. *República*, 357.
53. *República*, 354.
54. *Teeteto*, 150.
55. Theodor Gomperz, em *Griechische Denker*, vol. II, 4. ed., 1925, p. 270, chama esse diálogo "o cântico dos cânticos da justiça".
56. *Górgias*, 452.
57. *Górgias*, 452 e s.
58. *Górgias*, 454. O grifo é meu.
59. *Górgias*, 459.
60. *Górgias*, 463.
61. *Górgias*, 465.
62. *Górgias*, 465.
63. Cf. tb. *Górgias*, 505.
64. *Górgias*, 448.
65. *Górgias*, 466.
66. *Górgias*, 466.
68. *Protágoras*, 345.
70. No mito final da *República*.
71. *Górgias*, 468.
72. *Górgias*, 472 e s.
73. *Górgias*, 495 e ss. No *Protágoras* (351), contudo, Platão faz Sócrates defender o ponto de vista de que bom e mau, ainda que não sejam verdadeiramente sinônimos de prazer e desprazer, guardam entre si uma íntima relação.
74. *Górgias*, 471.
76. *Górgias*, 469.
77. *Górgias*, 472.
78. *Górgias*, 481.

79. *Górgias*, 482.
80. *Górgias*, 483.
81. *Górgias*, 483 e s.
82. *Górgias*, 483.
83. *Górgias*, 484.
84. *Górgias*, 489.
85. *Górgias*, 508.
86. *Leis*, 757.
87. *Górgias*, 483.
88. *Górgias*, 488.
89. *Górgias*, 491.
90. *Górgias*, 491.
91. *Górgias*, 491.
92. *Górgias*, 492 e s.
93. *Górgias*, 497 e s.
94. *Górgias*, 498.
95. *Górgias*, 507.
96. *Górgias*, 486.
97. Na tradução de Otto Apelt, *Platon, sämtliche Dialoge*, 2. ed., Leipzig, 1922, p. 95: "Num tal pateta, dizendo-o grosseiramente, pode-se dar uma bofetada sem que se seja punido por isso".
98. *Górgias*, 486.
99. *Górgias*, 490.
100. *Górgias*, 490.
101. *Górgias*, 491.
102. *Górgias*, 497.
103. *Górgias*, 498.
104. *Górgias*, 506.
105. Otto Apelt, em *Platon, sämtliche Dialoge*, 2. ed., Leipzig, 1922, vol. I, *Górgias*, p. 178, recusa-se a reconhecer nas passagens aqui citadas um esboço da doutrina da alma.
106. *Górgias*, 504.
107. *Górgias*, 507.
108. *Górgias*, 509.
109. *Górgias*, 509.
110. *Górgias*, 507.
111. *Górgias*, 508 e s.
112. *Górgias*, 507.
113. *Górgias*, 515 e s.
114. *Górgias*, 515.
115. *Górgias*, 513.
116. *Górgias*, 521.
117. *Górgias*, 521.

118. *Górgias*, 522.
120. *Górgias*, 524.
121. *Górgias*, 523.
122. *Górgias*, 523.
123. *Górgias*, 524.
124. *Górgias*, 524.
125. *Górgias*, 525.
126. *Górgias*, 525.
127. *Górgias*, 525 e s.
128. *Górgias*, 526.
129. *Górgias*, 477.
130. *Górgias*, 478.
131. *Górgias*, 525.
132. Grifos do autor.
133. *Protágoras*, 324.
134. Grifo do autor.
135. *Leis*, 934: Sobre correção como propósito da pena, cf. tb. *Leis*, 854.
136. Com relação à "verdade" do mito do *Górgias*, cf. Segundo livro: A verdade platônica, p. 218 e s.
137. *Górgias*, 525.
138. *Górgias*, 526.
139. Paul Shorey, *What Plato Said*, Chicago, 1933, p. 72.
140. George Grote, *Plato and the other Companions of Socrates*, 1865, vol. III (Θ).
141. *República*, 330 e s.
142. *República*, 330.
143. *República*, 330.
144. *Leis*, 888.
145. *República*, 380.
145. *República*, 591.
146. *República*, 358.
148. *República*, 359.
149. *República*, 363.
150. *República*, 364 e s.
151. *República*, 367.
152. *República*, 358.
153. *República*, 367.
154. *República*, 368.
155. *República*, 380.
156. *República*, 612.
157. Cf. Introdução: O dualismo platônico, p. 60 e s.
158. *República*, 611.
159. *República*, 611.

160. *República*, 611 e s.
161. *República*, 613.
162. *República*, 361 e s.
163. *República*, 613.
164. *República*, 361.
165. *República*, 613.
166. *República*, 614.
167. *República*, 614-21.
168. *República*, 618.
169. *República*, 619.
170. *Leis*, 715 e s.
171. *Leis*, 870.
172. *Leis*, 872 e s.
173. *Leis*, 873.
174. *Leis*, 904.
175. *Leis*, 905.
176. *Leis*, 899.
177. *Leis*, 899 e s.
178. *Leis*, 900.
179. *Leis*, 903.
180. *Leis*, 903.
181. *Leis*, 905.
182. Cf. Otto Kern, *Die Religion der Griechen*, vol. I, 1926, p. 27 e ss.; Ernst Samter, *Die Religion der Griechen*, 1914, p. 12 e ss. Tentei uma exposição detalhada da função social da crença nas almas dos mortos na religião grega, particularmente da ideia da paga que determina essa crença, em meu livro *Vergeltung und Kausalität*, 1941, p. 175 e ss.
183. Cf. Erwin Rohde, *Psyche*, vol. I, p. 264 e ss.
184. Cf. Hans Kelsen, *Vergeltung und Kausalität, 1941*.
185. Homero, *Odisseia*, Xl, 475.
186. Cf. Bruno Snell, *Die Entdeckung des Geistes*, 2. ed., 1948, p. 22 e s.
187. Cf. John Burnet, "The Socralic Doctrine of lhe Soul", in *Proceedings of the British Academy*, 1915-1916, p. 252 e s. (O).
188. Cf. Martin P. Nilsson, "Die Griechen", in A. Bertholet e E. Lehmann, *Lehrbuch der Religionsgeschichte*, 4. ed, 1925, vol. II, p. 353 e 55.
190. Frag. 2 (Diels).
191. Cf. John Burnet, "The Socratic Doctrine of the Soul", in *Proceedings of the British Academy*, 1915-1916, p. 258 (O).
193. *Górgias*, 463 e s.
194. *Górgias*, 465.
196. *Górgias*, 464.
197. *Górgias*, 504.
198. *Górgias*, 496.

199. *Górgias*, 493. Cf. a esse respeito Hans Raeder, *Platons philosophische Entwicklung*, 1905, p. 215 e s.
200. *Górgias*, 477.
201. *Górgias*, 524.
202. *Górgias*, 522.
203. *Mênon*, 77-9.
204. *Mênon*, 80.
205. *Mênon*, 81.
206. *Mênon*, 81.
207. *Fédon*, 62.
208. *Fédon*, 79 e s.
209. *Fédon*, 77.
210. *Fédon*, 79.
211. *Fédon*, 78.
212. *Fédon*, 63.
213. *Fédon*, 80.
214. *Fédon*, 88.
215. *Fédon*, 79.
216. *Fédon*, 82.
217. *Fédon*, 79.
218. *Fedro*, 246.
219. *Fédon*, 93.
220. *Fédon*, 86.
221. *Fédon*, 91 e s.
222. *Fédon*, 93.
223. *Fédon*, 93.
224. *Fédon*, 93.
225. *Fédon*, 93 e s.
226. *Fédon*, 94.
227. Otto Apelt, em *Platon, sämtliche Dialoge*, 2. ed., Leipzig, 1922, p. 144, interpreta da seguinte maneira a resposta de Símias: "Fosse correta a suposição de que a alma é harmonia, então não poderiam resultar daí conclusões tão absurdas quanto a de que as almas de todas as criaturas hão de ser igualmente boas".
229. *Fédon*, 94.
230. Homero, *Odisseia*, XX, 17.
231. *Fédon*, 94.
232. *Fédon*, 94.
233. *Fédon*, 79.
234. *Fédon*, 67.
235. *Fédon*, 63.
236. *Fédon*, 67.
237. *Fédon*, 67.

238. *Fédon*, 69.
239. *Fédon*, 80.
240. *Fédon*, 81.
241. *Fédon*, 81.
242. *Fédon*, 81.
243. *Fédon*, 81 e s.
244. *Fédon*, 107.
245. *Fédon*, 107.
246. *Fédon*, 108.
247. *Fédon*, 113.
248. *Fédon*, 113.
249. *Fédon*, 114.
250. *Fédon*, 110 e s.
251. *Fédon*, 111.
252. *Fédon*, 61.
253. *Fédon*, 63.
254. *Fédon*, 63 e s.
255. *Fédon*, 64.
256. *Fédon*, 66.
257. *Fédon*, 67.
258. *Fédon*, 69.
259. *Fédon*, 72. Otto Apelt, em *Platon, sämtliche Dialoge*, 2. ed., Leipzig, 1922, p. 140, é da opinião de que essa passagem não se encaixa nesse contexto, mas talvez no capítulo VIII (63c), uma vez que ela não resulta da argumentação desenvolvida no capítulo XVII.
260. *Fédon*, 81.
261. *Fédon*, 81.
263. *Fédon*, 81 e s.
264. *Fédon*, 106 e s.
265. *Fédon*, 106 e s.
266. *Fédon*, 113.
267. *Fédon*, 114.
268. *República*, 353.
269. *República*, 611.
271. Conforme destaca corretamente Hans Raeder, em *Platons philosophische Entwicklung*, 1905, p. 363. A esse respeito, cf. tb. Max Pohlenz, Aus Platos Werdezeit, 1913, p. 157 e 233. Otto Apelt, em *Platon, sämtliche Dialoge*, 2. ed., Leipzig, 1922, busca, pelo contrário, nas notas à tradução da *República* (490 e ss. e 536 e ss.), demonstrar, sem muito êxito, que tanto no *Fédon* quanto no *Górgias* Platão expõe a mesma doutrina da alma.
272. *República*, 440.
273. *República*, 435.
274. *República*, 439.

275. *República*, 490.
276. *República*, 439.
277. *República*, 439.
278. *República*, 440.
279. *República*, 440.
280. *República*, 588 e s.
283. *República*, 368 e s.
284. *República*, 430.
285. *República*, 431.
286. *República*, 431.
287. *República*, 439.
288. *República*, 485.
289. *República*, 558.
290. *República*, 571.
291. *República*, 571.
292. *República*, 580.
293. *República*, 586.
294. *República*, 431.
296. *Timeu*, 69.
297. *Timeu*, 89.
298. *Leis*, 904.
299. *Leis*, 904.
300. *República*, 415.
301. *República*, 426.
302. *República*, 425 e s.
303. *República*, 416.
304. *República*, 410. A mesma exigência pode ser encontrada também em *Leis*, 862 e s.
306. *República*, 402.
307. *República*, 353.
308. *República*, 382.
309. *República*, 408 e ss.
310. *República*, 535.
311. *República*, 411.
312. *República*, 381.
314. *República*, 608-612.
315. *República*, 609.
316. *República*, 608.
317. *República*, 608 e s.
318. *República*, 610 e s.
319. *República*, 611.
320. *Fédon*, 253.
322. *República*, 612.

323. *República*, 621.
324. *Carta VII*, 335a.
325. *Fedro*, 245.
326. *Fedro*, 246.
327. *Fedro*, 246.
328. *Fedro*, 246 e s.
329. *Fedro*, 246.
330. *Fedro*, 253.
331. *Fedro*, 248 e 256.
332. *Fedro*, 247.
333. *Fedro*, 254.
334. *Fedro*, 247.
335. *Fedro*, 247.
336. *Fedro*, 246.
337. *Fedro*, 253.
338. *Fedro*, 246.
339. *Fedro*, 248.
340. *Fedro*, 248.
341. *Fedro*, 249.
343. *Fédon*, 65.
344. *Mênon*, 82 e 55. O experimento tem início com as seguintes palavras de Sócrates: "Dize-me, rapaz: percebes que este plano de quatro lados é um quadrado?".
345. *Fedro*, 249.
346. *Fedro*, 249.
347. *Fedro*, 251.
348. *Fedro*, 251.
349. *Fedro*, 251.
350. *Fedro*, 250.
351. *Banquete*, 210.
352. *Banquete*, 211.
353. *Banquete*, 212.
354. *Fédon*, 61 e s.
355. *Lísis*, 217. Tb. 219.
356. *Fedro*, 249.
357. *Fedro*, 246.
358. *Fedro*, 246.
359. *Fedro*, 248.
360. *Fedro*, 246.
361. *Fedro*, 248.
362. *Fedro*, 248.
363. *Fedro*, 248.
364. *Fedro*, 249.

365. *Fedro*, 248 e s.
366. *Filebo*, 13.
367. *Filebo*, 11.
368. *Filebo*, 27.
369. *Filebo*, 24.
370. *Filebo*, 25.
371. *Filebo*, 26.
372. *Filebo*, 27 e s.
373. *Filebo*, 30.
374. *Filebo*, 31.
376. *Filebo*, 12.
377. *Fileho*, 53.
378. *Filebo*, 22.
379. *Filebo*, 65 e s.
381. *Filebo*, 37 e ss.
382. *Filebo*, 40.
383. *Filebo*, 52.
384. *Filebo*, 45.
385. *Filebo*, 65.
386. *Fileho*, 52.
387. Muito corretamente observa Theodor Gomperz, em *Griechische Denker*, vol. II, 4. ed., 1925, p. 458: "Em Platão, entretanto, o pensador científico encontra-se em luta com o entusiasta da moral e é, por fim, superado por este último".
388. *Filebo*, 32.
389. *Filebo*, 33.
390. *Filebo*, 21.
391. *Filebo*, 22.
392. *Filebo*, 61.
393. *Filebo*, 65.
394. *Filebo*, 63.
395. *Timeu*, 91. Cf. tb. *Timeu*, 30. Também no *Filebo* afirma-se que o corpo do universo é "animado".
397. *Timeu*, 41.
398. *Timeu*, 69.
399. *Timeu*, 69.
400. *Timeu*, 90.
401. *Político*, 310.
402. *Timeu*, 69 e s.
403. *Timeu*, 91 e s.
405. *Leis*, 635.
406. *Leis*, 646.
407. *Leis*, 650.

408. *Leis*, 663.
409. *Leis*, 726.
410. *Leis*, 727.
411. *Leis*, 644.
412. *Leis*, 804.
413. *Leis*, 728.
414. *Leis*, 716.
415. *Leis*, 903.
416. *Leis*, 904.
417. *Leis*, 689.
418. *Leis*, 863 e s.
419. *Leis*, 959.
420. Cf. a respeito Julius Stenzel, *Platon der Erzieher*, 1928, p. 111 e 114.
421. Como faz Paul Friedländer, *Der grode Alcibiades*, 1921. Cf. tb., do mesmo autor, *Platon*, vol. I, "Eidos-Paideia-Dialogos", 1928, p. 35 e 36.
422. *Alcibíades*, I, 133.
423. *Alcibíades*, I, 130.
424. *Alcibíades*, I, 135.
425. *Críton*, 47 e s.
426. *Alcibíades*, I, 129.
427. Cf. Ulrich von Wilamowitz-Moellendorff, *Platon*, vol. I, 2. ed., Berlim, 1920.
428. Cf. as explanações assaz acertadas de Theodor Gomperz, *Griechische Denker*, 4. ed., 1925 (Θ).
429. *Leis*, 966.
430. *Leis*, 893.
431. *Leis*, 891.
432. *Leis*, 896.
433. *Leis*, 896 e s.
434. *Leis*, 897 e s.
435. *Teeteto*, 176.
436. Cf. Ernst Hoffmann, *Platon*, 1950, (Θ): "Para Platão, todo ato do conhecimento é um ato da 'vinculação' [de dois seres internamente aparentados], assim como o próprio princípio da afinidade parece provir, em última instância, de uma noção antiquíssima segundo a qual todo conhecimento representa uma união mágica de sujeito e objeto".
437. *República*, 508.
438. Julius Stenzel, *Platon der Erzieher*, 1928, p. 158 e s.: "Note-se como a *arete* e o homem que a possui são logicamente tratados como uma única e mesma coisa".
440. Cf. Segundo livro: A verdade platônica, p. 211 e ss.

442. Ernst Howald, *Die platonische Akademie und die moderne universitas litterarum*, Zurique, 1921, p. 15.
446. *Fédon*, 76 e s.
447. *Fédon*, 100.
448. *Fédon*, 102.
449. *Fédon*, 106.
450. *Fédon*, 106 e s.
451. *Fédon*, 65.
452. *Fédon*, 65.
453. *Fédon*, 74.
454. *Fédon*, 74 e s.
455. *Fédon*, 75.
456. *Fédon*, 76.
457. *Fédon*, 77.
458. *Fédon*, 78.
459. *Banquete*, 208 e s.
460. *Fedro*, 247.
461. *Fedro*, 249.
462. *Fedro*, 249.
463. *Fedro*, 250.
464. *Fedro*, 250.
465. *Cármides*, 167.
466. *Cármides*, 168.
467. *Cármides*, 169.
468. *Crátilo*, 385 e s.
469. *Crátilo*, 386.
470. *Crátilo*, 387.
471. *Crátilo*, 387.
473. *Crátilo*, 439.
475. *República*, 476.
476. *República*, 479.
477. *República*, 501.
478. *República*, 507.
479. *República*, 490.
480. *República*, 500.
481. *República*, 500.
483. *República*, 500.
484. *República*, 517.
485. *República*, 514 e s.
486. *República*, 517.
488. *Crátilo*, 389. Cf. a respeito Ulrich von Wilamowitz-Moellendorff, *Platon*, vol. I, 2. ed., Berlim, 1920, p. 345: "Se Platão pensou ou não em uma ideia, conforme ele a compreende metafisicamente, é discutível e

irrelevante. E se, na *'República'* (472d), faz que o pintor pinte um homem belo não a partir de um modelo, mas da ideia do homem belo, a palavra lançada aí casualmente nada significa".
489. *República*, 596.
490. *Parmênides*, 130.
491. Cf. Segundo livro: A verdade platônica, p. 189 e ss.
492. *Fédon*, 100.
493. *Fédon*, 100.
494. *Fédon*, 101. Em *República*, 510, Platão caracteriza um procedimento do espírito afirmando que "a alma (...), partindo da hipótese, busca chegar àquilo que não admite hipóteses – o princípio de tudo (...)".
495. *República*, 379.
496. Melhor do que "dos males", conforme traduz Apelt.
497. *República*, 379.
499. *República*, 506.
500. *República*, 508.
501. *Fédon*, 96 e 100 e ss.
502. *República*, 508.
503. *República*, 509.
504. *República*, 517.
505. *República*, 509.
506. *República*, 507.
507. *República*, 530.
508. *República*, 597.
509. *Timeu*, 27e s.
510. *Timeu*, 28.
511. *República*, 381.
512. *Timeu*, 29 e s.
513. *Timeu*, 30.
514. *Timeu*, 34.
515. *Timeu*, 92.
518. *Timeu*, 34.
519. *Timeu*, 40.
520. *Timeu*, 42.
521. *Timeu*, 40 e s.
522. *Político*, 270.
523. *Político*, 271 e s.
524. *Político*, 273.
525. Cf. Primeira Parte: O amor platônico, p. 80.
526. *Político*, 269 e s. Sobre a possível influência da doutrina de Zaratustra sobre Platão, cf. Introdução: O dualismo platônico, p. 17 e s. e 34.
527. Clemente de Alexandria, *Teppiche wissenschaftlicher Darlegungen entsprechend der wahren Philosophie* (*Stromateis*), livro V, cap. XIV, 92,

6, Bibliothek der Kirchenväter, 1937. cf. posição contrária em Ulrich von Wilamowitz-Moellendorff, *Platon*, vol. II, 2. ed., Berlim, 1920, p. 316.
   529. *Timeu*, 87.
   530. *República*, 617.
   531. *República*, 618.
   533. *República*, 379.
   534. *Leis*, 906.
   535. *Leis*, 904.
   536. Cf. *Teeteto*, 176, e *Leis*, 803.
   537. *República*, 505.
   538. *República*, 509.
   539. *República*, 517.
   540. No *Banquete*, por exemplo.
   541. Cf. Eduard Zeller, *Die Philosophie der Griechen in ihrer geschichtlichen Entwicklung*, Parte II, 1º seg., 5. ed., 1922, p. 895.
   542. *República*, 368 e s.
   543. Cf. a respeito Theodor Gomperz, *Griechische Denker*, vol. II, 4. ed., 1925, p. 361, que constata "a guinada da realidade rumo ao ideal" observando: "Esse proceder de Platão não se deixa compreender sem algum esforço". Entretanto, a tentativa de explicação de Gomperz não é muito convincente.
   545. Na *República*, menciona-se de passagem que da jurisdição são encarregados "os governantes da cidade". Em *Timeu*, 17, porém, em que os elementos essenciais da constituição do Estado ideal são recapitulados, afirma-se que cabe aos guerreiros a função de juízes.
   546. *Timeu*, 18.
   547. Cf. Charles Singer, "Greek Biology and Greek Medicine", in *Chapters in the History of Science*, 1922, p. 68.
   548. *República*, 425.
   549. *República*, 426 e s.
   551. *República*, 369.
   552 *República*, 373.
   555. Em *Timeu*, 17, lê-se que a classe dos guardiões destina-se a, "no exercício da vigilância, agir em benefício do Estado (...) contra toda tentativa de perturbação ou dano, provenha ela do exterior ou do interior (...)".
   556. *República*, 473.
   557. *República*, 474.
   558. Cf. Theodor Gomperz, *Griechische Denker*, vol. II, 4. ed., 1925, p. 381 e 587.
   559. *República*, 472.
   560. *República*, 592.
   561. *República*, 337.
   562. *República*, 368.

563. *República*, 432.
564. *República*, 433.
565. *República*, 433.
566. *República*, 331.
567. *República*, 434.
568. Cf. Warner Fite, *The Platonic Legend*, 1934, p. 83. (O)
569. *República*, 443.
570. *República*, 444.
571. *República*, 558.
572. *Leis*, 656 e s.
573. *República*, 521.
574. *República*, 557.
575. *República*, 557.
576. *República*, 562.
577. *República*, 562.
578. *República*, 563.
579. *República*, 563.
581. *República*, 589.
582. *República*, 588.
583. *República*, 589.
584. *República*, 590.
585. *Político*, 274 e ss.
586. *Político*, 276.
587. *República*, 420.
588. Cf. Warner Fite, *The Platonic Legend*, 1934, p. 83. (O)
589. *República*, 381.
590. *República*, 424.
592. *República*, 434.
593. *República*, 434 e s.
595. *República*, 435.
596. *República*, 441-3.
597. *República*, 443.
598. *República*, 443.
599. *República*, 443 e s.
600. *República*, 444.
601. *República*, 444.
602. *República*, 444.
603. *República*, 504.
604. *República*, 504.
605. *República*, 435.
606. *República*, 504.
607. *República*, 505.
608. *República*, 506.

609. *República*, 506.
610. *República*, 506.
611. *República*, 506.
612. Uma técnica bastante semelhante de exposição encontra-se no *Timeu* (28). Ali, a ideia do Bem figura como divindade suprema e causa do mundo. Dela, diz-se: "Encontrar o escultor e pai deste universo é algo difícil, e, tendo-se ainda assim encontrado, é impossível comunicá-lo a todos".
613. *República*, 534.
614. *República*, 534 e s.
615. *República*, 532 e s.
616. *República*, 533.
617. *República*, 533.
618. *República*, 534.
619. *República*, 532.
621. *República*, 531 e s.
622. *Sofista*, 230.
623. *Sofista*, 231.
624. *República*, 538 e s.
625. *República*, 532.
626. *República*, 532.
627. *República*, 534.
628. *República*, 532.
629. *República*, 511.
630. Warner Fite, em *The Platonic Legend*, 1934, p. 239, observa: "Dialectic is geometry purified of spatial imagery". (O)
631. *República*, 534.
632. *República*, 517.
633. *República*, 509.
634. *República*, 535.
636. *República*, 532.
640. *República*, 509.
641. *República*, 510.
642. *República*, 511.
643. *República*, 532.
645. *Repúhlica*, 534.
646. *Banquete*, 211.
647. *Fedro*, 244, 249, 250 e 251.
648. *Fedro*, 244.
649. *Carta VII*, 344.
650. *Carta VII*, 341.
651. Ernst Howald, *Platons Leben*, 1923, p. 105.
655. *Carta VII*, 341c.
656. *Carta VII*, 341d e 341e.

657. *Carta VII*, 342a.
658. *Carta VII*, 326.
659. *Carta VII*, 344b.
660. *Carta VII*, 312, com base na tradução de Ernst Howald, *Die echlen Briefe Platons*, Zurique, 1951, p. 186 e s. (Θ), e na de Otto Apelt, *Platons Briefe*, Philosophische Bibliothek, vol. 173, 2. ed., 1921, p. 26 (O).
661. Cf., particularmente, Paul Friedländer, *Platon*, vol. I: "Eidos-Paideia-
-Dialogos", 1928, p. 81 e ss. Cf. tb. Hans Leisegang, *Die Platondeutung der Gegenwart*, Karlsruhe, 1929, p. 60 e s.
663. Cf. Ernst Howald, *Die echten Briefe Platons*, Zurique, 1951, p. 37: "A dialética naufraga, não conduz à meta; alguma outra coisa faz-se necessária, naturalmente a intuição etc." (Θ)
664. Paul Friedländer, *Platon*, vol. I: "Eidos-Paideia-Dialogos", 1928, p. 91: "A alma mística é solitária".
665. *Carta VII*, 341 c.
666. Como, por exemplo, para Konstantin Ritter, *Platon*, vol. II, Munique, 1910, p. 730 e 736. (O)
668. Paul Natorp, *Platos Ideenlehre*, 1903, p. 328.
669. Cf. Primeira parte: O amor platônico, p. 72 e s.
670. *Filebo*, 20.
671. *Filebo*, 61.
672. *Filebo*, 61.
673. *Filebo*, 62.
674. *Filebo*, 63 e s.
675. *Filebo*, 64.
676. *Fileho*, 64 e s.
677. *Filebo*, 66.
679. *Político*, 293.
680. *Político*, 276.
681. *Político*, 292.
682. *Político*, 305 e s.
683. *Político*, 293.
684. *Político*, 297.
685. *Leis*, 757.
686. *Político*, 297.
687. *Político*, 293.
688. *Político*, 303.
689. *Político*, 294.
690. *Político*, 294.
691. Heráclito, frag. 114 (Diels): "Quem fala com o intelecto tem de apoiar-se no que é comum a tudo, da mesma forma como o Estado apoia-
-se na lei, e com ainda maior vigor".
692. *Político*, 296 e s.

694. *Leis*, 875.
695. *Político*, 300.
696. *Político*, 300 e s.
697. Xenofonte, *Memorabilia*, IV, 4, 1.
698. Xenofonte, *Memorabilia*, IV, 4, 12 e s.
699. Xenofonte, *Memorabilia*, IV, 4, 14.
700. Xenofonte, *Memorabilia*, IV, 4, 15.
701. Xenofonte, *Memorabilia*, IV, 4, 18.
702. Xenofonte, *Memorabilia*, IV, 4, 25.
703. *Górgias*, 470 e s.
704. *Górgias*, 522.
705. *Górgias*, 489.
706. *Górgias*, 480.
708. *República*, 344 e 351.
709. *República*, 351.
710. *República*, 351 e 352.
711. *República*, 352.
712. *República*, 517.
713. *Leis*, 885.
714. *Leis*, 887.
715. *Leis*, 886.
716. *Leis*, 886.
717. *Leis*, 886.
718. *Leis*, 889.
719. *Leis*, 889.
720. *Leis*, 890.
722. *Leis*, 890.
723. *Leis*, 890.
724. *Leis*, 690.
725. *Leis*, 715.
727. *Críton*, 50.
728. *Críton*, 50.
729. *Críton*, 51.
730. *Críton*, 54.
731. *Críton*, 53.

4ª edição 2008 | **1ª reimpressão** 2015
Diagramação Megaarte Design | **Fonte** Minion Pro
Papel Offset 75 g/m²
Impressão e acabamento Yangraf